EIN ZWEITES LEBEN

Michael Schneider

EIN ZWEITES LEBEN

Roman

Kiepenheuer & Witsch

Verlag Kiepenheuer & Witsch, FSC® N001512

1. Auflage 2016

© 2016, Verlag Kiepenheuer & Witsch, Köln
Alle Rechte vorbehalten. Kein Teil des Werkes darf in irgendeiner Form
(durch Fotografie, Mikrofilm oder ein anderes Verfahren) ohne schriftliche
Genehmigung des Verlages reproduziert oder unter Verwendung
elektronischer Systeme verarbeitet, vervielfältigt oder verbreitet werden.
Umschlaggestaltung Barbara Thoben, Köln
Umschlagmotiv © plainpicture / Westend61
Autorenfoto © Barbara Tisjé
Schrift Dante
Satz Buch-Werkstatt GmbH, Bad Aibling
Druck und Bindung CPI books GmbH, Leck
ISBN 978-3-462-04886-5

Für
Ingeborg

Der Tod ist groß.
Wir sind die Seinen
lachenden Munds.
Wenn wir uns mitten im Leben meinen,
Wagt er zu weinen
Mitten in uns.

RAINER MARIA RILKE

Glück ist die nachträgliche Erfüllung eines prähistorischen Wunsches, eines Kinderwunsches. Darum macht Reichtum so wenig glücklich. Geld war kein Kinderwunsch.

SIGMUND FREUD

Erstes Kapitel

Ankunft

Halten Sie sich nach zweihundert Metern rechts ... *Halten Sie sich rechts* ... *Nehmen Sie im Kreisverkehr die erste Ausfahrt rechts* ... Aber die erste Ausfahrt war gesperrt, wie der rot durchkreuzte Schriftzug Bad Rodau auf dem gelben Hinweisschild signalisierte. Unschlüssig umfuhr ich noch einmal den Kreisverkehr. *Nehmen Sie die erste Ausfahrt rechts,* wiederholte die Navigatorstimme. Wieder fuhr ich an der gesperrten Ausfahrt vorbei und nahm die zweite Ausfahrt ... Zur Strafe für meinen Ungehorsam verschwand der rote Pfeil auf dem Display, und die weibliche Stimme verstummte: Jetzt sieh zu, schien ihr plötzliches Schweigen zu sagen, wie du ohne mich deinen Weg findest.

Nach etwa einem Kilometer kam ich erneut an einen Kreisverkehr. Und nahm die erste Ausfahrt rechts nach Bad Rodau, die hier nicht gesperrt war. Folgte dann einer kurvenreichen Landstraße, die sich an einem von Uferweiden und Silberpappeln gesäumten Bach entlangzog, an einsamen Gehöften, eingezäunten Pferdekoppeln und einem Getreidesilo vorbei. Kurz hinter dem Ortsschild Bad Rodau bog ich auf einen Parkplatz. Ich nahm die angebrochene blaue Schachtel von der Ablage und zündete mir eine Zigarette an. Ein Mal noch eine rauchen!

Während ich den Rauch durch das offene Wagenfenster blies, war mir plötzlich, als säße Dorothea neben mir auf dem Beifahrersitz, in ihren beigen Sommershorts, die nackten Füße gegen das Handschuhfach gestemmt und genüsslich an ihrer Zigarette ziehend ... Ich schloss die Augen und sah sie jetzt, während ich mich ihr langsam näherte, in ihrem roten Bikini auf der Bastmatte sitzen, hinter dem wehenden Dünengras funkelte das Meer, sie war in ein Buch vertieft, während ihre aufgestützte Rechte die Zigarette hielt, die sie mit einer zierlichen Bewegung zum Mund führte. Plötzlich – sei es, dass sie meine Nähe in ihrem Rücken spürte, sei es, dass sie das leise Knirschen des Sandes unter meinen Sohlen hörte – wandte sie sich nach mir um und empfing mich mit leuchtenden Augen. Das *war* Glück!

Ich öffnete die Wagentür und stieg aus. Schlurfte durch das Laub auf dem Boden der kleinen Parkbucht. Seit meiner Kindheit mochte ich das trockene Rascheln des Herbstlaubs unter meinen Schritten. Ich folgte der tänzelnden Abwärtsbewegung der Blätter, die der Wind von den Ahornbäumen blies. Bis mein Blick den Boden streifte und an unserem Nummernschild haften blieb: *LM–DO 202.* Ob ich nicht lieber ein neues Kennzeichen beantragen wolle?, hatte mich kürzlich ein Freund gefragt. – Warum?, antwortete ich, es ist unser Auto, und sie fährt ja noch immer mit.

Das an jeder Kreuzung ausgeschilderte Kurgebiet war leicht zu finden. Es lag am südlichen Rand des um einen See gelegenen Kurstädtchens Bad Rodau, das – wie dem Flyer zu entnehmen war – mit seinem mittelalterlichen Stadttor und seinen alten Fachwerkhäusern zu den architektonischen Perlen der Region zählte. Am Ende einer großen Allee, gleich hinter dem Thermalbad, zogen drei durch eine Parkanlage miteinander verbundene Häuser meine Aufmerksamkeit auf sich. Auf dem Dachfirst des mittleren Hauses thronte ein stilisierter Vogel mit gebogenem Schnabel und einer antennenartigen Feder auf dem Kopf, die an das zierliche Krönchen der Eichelhäher erinnerte. Unschwer erkannte ich das auf der Werbebroschüre abgebildete Emblem der psychosomatischen Klinik *Phönix*.

Langsam steuerte ich den Wagen in den letzten freien Parkstreifen. Die Tür zur Empfangshalle war nur angelehnt. Meinen Rollkoffer hinter mir herziehend, trat ich ein. Niemand war zu sehen, die Rezeption war unbesetzt. Ich hatte mich allerdings sehr verspätet, es war schon fast 21 Uhr, dabei hatte ich mein Kommen für spätestens 18 Uhr angekündigt.

Und doch war ich hier nicht allein: Aus der Tiefe der Lobby, die nur im Eingangsbereich noch spärlich beleuchtet war, drang, von leisem Klavierspiel begleitet, ein betörender Gesang an mein Ohr, eine Melodie, die ich nur allzu gut kannte – getragen von einer weichen Mezzosopranstimme, die mir direkt ins Herz ging. Wie verzaubert blieb ich stehen und lauschte der unsichtbaren Sängerin, die ihr ganzes Gefühl in die gedehnten melodischen Bogen des Ave-Maria zu legen schien.

Wie benommen ließ ich meinen Koffer stehen und folgte dem Sirenengesang. Dabei stieß ich versehentlich mit dem Fuß gegen eine Glasvitrine, wodurch ein klirrendes Geräusch entstand. Abrupt brach die Stimme ab, das Klavierspiel endete in schrillem Missklang. Ich trat neben die Mittelsäule, welche die Hallendecke stützte und mir die Sicht auf das kleine Podium verstellt hatte, auf dem das Piano und mehrere Trommeln standen. Gerade noch konnte ich sehen, wie eine Gestalt mit langen dunklen Haaren vom Klavierschemel aufstand, sich kurz nach dem Störenfried umdrehte, dann durch die Tür huschte und in dem dahinterliegenden Korridor verschwand. Wer war diese Frau, die mit ihrem Gesang Steine erweichen konnte? Und warum stahl sie sich weg wie eine ertappte Diebin? Wollte sie keine Zuhörer haben?

»San Sie der Professchor Fohrbeck?«
Ich drehte mich um. Hinter der Rezeption war eine junge Frau mit blondem Pferdeschwanz aufgetaucht, ganz in Weiß gekleidet. Ich nickte geistesabwesend.
»Mir habe Se zum Abendesse erwartet, Herr Professchor. Leider isch der Speisesaal scho gschlosse.«
»Entschuldigen Sie meine Verspätung, ich bin leider erst am spä-

ten Nachmittag von zu Hause losgekommen, außerdem haben mich zwei Staus aufgehalten. Ist Doktor Wieland noch im Hause?«

»Der Doktor konnt leider net auf Sie warte, da er heut Abend a wichtige Termin hätt.«

Schade! Gerne hätte ich den ersten Abend hier mit meinem Freund Ansgar verbracht, der leitender Therapeut der Phönix-Klinik war und sie mir empfohlen hatte.

Während die blonde Schwäbin im Computer nach meinen Daten suchte, sah ich mich um. Zu beiden Seiten der Eingangstür gab es Sitzecken mit orangefarbenen Sofas, bequemen Stoffsesseln und Glastischen, auf denen mit Orchideen bestückte Vasen standen. Wie dezente Raumteiler wirkten die hohen kubusförmigen Glasvitrinen, in denen allerlei medizinische Ratgeber und Bücher mit esoterisch anmutenden Titeln ausgestellt waren: »Das Glück, einen Baum zu umarmen« – »Die Aura-Fotografie als Schlüssel zum Selbst« – »Die sieben Hauptchakras und ihre Bedeutungen«. Auch Hermann Hesses »Siddharta« und Paulo Coelhos Erfolgsroman »Der Alchimist« fanden sich unter den ausgestellten Titeln. In einer anderen Vitrine waren verschiedenfarbige Edelsteine zu sehen, denen heilkräftige Wirkungen zugeschrieben wurden.

Schließlich fiel mein Blick auf eine sonderbare Pyramide, die neben der Mittelsäule platziert war: Es handelte sich um eine durchsichtige Edelstahlkonstruktion von circa einem Meter Höhe, deren Grundlinien zwei ineinandergesteckte Pyramiden nachbildeten. Die eine Spitze zeigte nach oben, während die andere auf dem Kopf stand und mit der Spitze den Boden berührte.

Was es mit dieser Pyramide auf sich habe?, fragte ich die junge Frau an der Rezeption.

»O., des isch was ganz Bsonders mit dene zwei Pyramide, Herr Professchor. Schon die alte Ägypter habe gwusst, und neuere physikalische Experimente han des bestätigt, dass Läbensmittel wie Fleisch oder Gmüse, die man unter die Pyramide lege tät, und zwar genau unter die Spitze, länger konserviert bleibe ... Und wenn Sie das innere Quadrat mit beide Hände längere Zeit anfasse, verspüre Sie 'nen wunderbaren Zufluss an Energie. I habs oft scho probiert.

Wenn i müd bin, fass i die innre Pyramide an und fühl mi danach, wie wenn i grad aus der Dusche käm.«

Nur schwer konnte ich, bei dieser Mischung aus schwäbischem Pragmatismus und Okkultgläubigkeit, ein Lachen unterdrücken. Gleichzeitig fragte ich mich, ob ich hier eigentlich richtig war. Schließlich war ich nicht, gemeinsam mit Dorothea, aus der Kirche ausgetreten, um mich jetzt einer esoterischen Heilslehre anzuschließen, sei diese nun schamanistisch, buddhistisch oder ägyptisch-orientalisch inspiriert.

Die schwäbelnde Rezeptionistin erläuterte mir nun die Topografie der Klinik: »Mer san hier im *Haus Sonne*, wo auch die meischte Anwendunge stattfinde. Dort drübe isch das *Haus Kristall*. Sie wohne nebean im *Haus Oase*. I zeig Ihnen jetzt Ihr Zimmer.«

Ich folgte ihr durch einen langen Korridor, an dessen Wänden die Porträts der Mitarbeiter hingen, auch einige ausländische Namen und Gesichter darunter, nach den entsprechenden Teams geordnet. Alle Abteilungen wurden im gleichen Format vorgestellt, das Team, das für die Küche und die Reinigung zuständig war, rangierte gleich neben dem der Ärzte und Psychotherapeuten ohne die an den Kliniken übliche hierarchische Stufung.

Am Ende des Flurs lag der Speisesaal. Rechter Hand führte eine Tür mit Metalltreppe nach draußen in die beleuchtete Gartenanlage und auf einen überdachten, in leichtem Zickzack verlaufenden Holzsteg. Dieser ging an einem kleinen Seerosenteich vorbei und verband das *Haus Sonne* mit dem *Haus Oase*. Am Rand der Gartenanlage, zur Straßenseite hin, stand ein Holzhäuschen mit Balkon, an dessen Stirnseite ein Schild mit der tröstlichen Bezeichnung *Raucherecke* angebracht war. Mit Erleichterung registrierte ich, dass die Raucher hier nicht – wie in den meisten Kliniken – strikt verbannt wurden, dass ihnen vielmehr ein Platz, wenn auch nur draußen, zugestanden wurde. An verschiedenen Stellen des Rasens standen Liege- bzw. Hängestühle aus geflochtenem Leder. Linker Hand des Holzstegs, der die Gartenanlage teilte, erhob sich eine Blutbuche, deren mächtige Krone die Rasenfläche mit dem aufgespannten Federballnetz und den angrenzenden Zaun überragte. In ihrem

Windschatten, nahe dem Eingang zum *Haus Oase*, wuchsen zwei dünnstämmige Birken, vor denen eine weitere Doppelpyramide aus Edelstahl stand; nur war diese drei- bis viermal so hoch wie das Modell in der Empfangshalle.

Mein Zimmer lag parterre, gleich am Anfang des Flurs.

»I hoff, Sie werde sich bei uns wohlfühle, Herr Profeschor«, sagte meine Begleiterin, nachdem sie mir gezeigt hatte, wie man mit der elektronischen Karte die Tür öffnete. »Frühstück isch von 8 bis 9. Uhr 30. Um 11 habe Se Termin bei Frau Doktor Klier. I wünsch Ihne a guts Nächtle!«

Das Zimmer war mit wenigen schlichten Möbeln im Fichtenton, einem kleinen Kühlschrank, einem Wasserkocher, einer Senseo-Espressomaschine, einem Set Wasser- und Teegläser und zwei Espressobechern ausgestattet. Es gab einen kleinen Flachbildschirm, einen DVD-Rekorder, einen CD-Player und eine Buchse mit WLAN-Anschluss. Nur die Stehlampe mit dem biegsamen Leselicht und dem Deckenfluter standen am falschen Platz; ich rückte sie gleich neben den gepolsterten Lehnstuhl am Balkonfenster.

Auf dem kleinen Sekretär, von dem aus man durchs Fenster in die Grünanlage blicken konnte, war gerade Platz genug für meinen Laptop. Dann packte ich meinen Koffer aus. Die paar mitgebrachten Bücher samt Tagebuch stellte ich in das kleine Regal, das über dem Nachttisch hing, und die mitgebrachte Rotweinflasche in die Minibar. Auch wenn mir bewusst war, dass Alkoholika in der Klinik verboten waren, auf meinen abendlichen »Absacker« wollte ich nicht verzichten.

Zwischen zwei Pullovern lag der Silberrahmen mit dem Porträt meiner Frau. Ich nahm es in die Hände und überlegte, wo ich es aufstellen sollte: auf den Nachttisch oder auf die kleine Wandkonsole neben dem Lehnstuhl? ... Es war ein frühes Passfoto von Dorothea, das durch die Vergrößerung seine Schärfe verloren hatte und daher wie gemalt wirkte. Es stammte aus der Zeit, da wir uns kennengelernt hatten. Wie schön und ausdrucksvoll war ihr Gesicht mit der hohen, vom blonden Pony gesäumten Stirn, den leicht verschatteten türkisblauen Augen unter den dunkelblonden Brauen, der weichen Kinnlinie und dem sinnlichen Lippenbogen mit den kleinen Grübchen in den Mundwinkeln, die auch dann zu lächeln schienen, wenn ihre Lippen geschlossen waren.

Als ich, wenige Tage nach ihrem Tod, dieses alte Bild einscannte und es plötzlich auf dem Monitor erblickte, wurde mir jäh bewusst, dass es sie gleichsam nur noch in gepixelter Form gab, während ihr geliebter Leib im Kühlhaus des St.-Vinzenz-Krankenhauses lag. Es war zum Verrücktwerden!

Dieses vergrößerte Foto mit dem melancholischen Blick hatte ich zur Trauerfeier auf ihren Sarg gestellt. Und wenn ich verreiste, nahm ich es mit. Ich dachte daran, wie ich das erste Mal nach ihrem Tod in einem Hotel der Mainzer City übernachtete. Als ich spätabends nach meinem Vortrag das Hotelzimmer betrat, wollte ich nach alter Gewohnheit zum Telefon greifen, um Dorothea anzurufen, und ließ, die Sinnlosigkeit dieser Geste plötzlich begreifend, meinen ausgestreckten Arm wieder sinken. Damals hatte ich meinen Kopf in den Kissen des Doppelbettes vergraben und geweint. Jetzt war der Schmerz immer noch da, aber er überwältigte mich nicht mehr; irgendwie hatte ich inzwischen gelernt, mit ihm zu leben. Oder hatte ich ihn nur betäubt?

Ich stellte ihr Foto auf die Wandkonsole neben den Lehnstuhl. Dann zog ich mir eine Wolljacke über und holte die Rotweinflasche aus der Minibar.

Mit dem vollen Weinglas trat ich hinaus auf den Balkon. Es war kühl, der Wind ließ die Äste der Birken und der Blutbuche erzittern. Von den Wandleuchten des gegenüberliegenden Hauses fiel ein mattes Licht auf den Rasen und den Holzsteg. Ab und zu lugte der Mond durch die Wolkendecke und warf seinen Schimmer auf die Edelstahlpyramide. An zwei Sternen von besonderer Leuchtkraft, die ganz nah beieinanderlagen, blieb mein Blick haften: *Philemon und Baucis*. Die Geschichte jenes mythischen Paares, das in glücklicher Harmonie und Selbstgenügsamkeit auf dem Lande lebte, hatten Dorothea und ich immer auf uns bezogen: Als Zeus und Hermes eines Nachts, als Bettler verkleidet, an die Tür ihrer

Hütte klopften, hatten Philemon und Baucis ihnen, als Einzige unter den Dorfbewohnern, Obdach gewährt. Zum Lohn dafür stellten die Götter ihnen einen Wunsch frei. Sie wünschten sich, dass keiner vor dem anderen sterben würde. Der Wunsch wurde ihnen gewährt – und so gingen sie, als die Zeit gekommen war, *gemeinsam ins grüne Laub* ... Eine Woche vor ihrem Tod hatte Dorothea einem befreundeten Ehepaar per Mail zur silbernen Hochzeit gratuliert und dabei diese Geschichte erwähnt. Hatte sie geahnt, dass sie bald ohne mich *ins grüne Laub gehen* würde?

Was bin ich ohne sie? Ein *Übriggebliebener*. Ein halbiertes Wesen. Mich fröstelte. Ich ging wieder hinein und machte mich bettfertig. Trotz meiner Müdigkeit konnte ich nicht einschlafen. Ich knipste die Nachttischlampe an und nahm mein Tagebuch aus dem Regal.

Ich zögerte, bevor ich es aufschlug. Die darin versammelten Eintragungen hatte ich in den einsamsten und verzweifeltsten Stunden meines Lebens geschrieben. War es denn nicht gefährlich, sich da wieder hineinzubegeben?

15. April
Meine Liebste,
auch wenn ich weiß, es ist eine Illusion, aber ohne sie käme ich nicht über den Tag: Ich stelle mir vor, dass du mich noch hörst, wenn ich mit dir spreche, und dass dich auf geheimnisvolle Weise noch erreicht, was ich dir schreibe.
Schließlich sind ja auch unsere beiden PCs noch immer per Kabel verbunden. Auch wenn ich von dir jetzt keine E-Mails mit blinkenden Smileys mehr empfange, ich spüre deine unsichtbare Gegenwart überall, nicht nur hier, wo dein Schreibplatz war und dein PC noch immer steht – ich spüre sie überall im Haus, in unserem wunderschönen alten Fachwerkhaus, das du so liebevoll eingerichtet hast, ebenso im Garten, der gerade jetzt in voller Frühlingsblüte steht.
Gestern Abend, als ich mir – das erste Mal wieder seit deinem Tod – mein Manuskript vornahm und das zuletzt Geschriebene durchlas, rief ich unwillkürlich aus: »*Hör mal, Schatz, wie findest du das?*«, *um gleich darauf festzustellen, dass der Platz neben mir leer ist. In*

diesem Moment war mir, als müsste ich meinen Kopf gegen die Balken schlagen, bis ich das Bewusstsein verliere.
Heute Morgen habe ich mich auf deinen Stuhl gesetzt und den Videotext angeschaltet. Es ist das erste Mal seit deinem Tod, dass ich deinen Platz einnahm. Doch was interessieren mich die Katastrophenmeldungen von ZDF und ARD nach der Katastrophe, die dein plötzlicher Tod, dein Nichtmehrsein, für mich bedeutet.

17. April
Setzte mich heute aufs Mountainbike und machte unsere übliche Tour an der Lahn entlang, wobei ich mich manchmal unwillkürlich nach dir umdrehte, als führest du noch immer hinter mir – und konnte die blühenden Obstbäume und die leuchtend gelben Rapsfelder um mich herum sogar wieder ein wenig genießen. Die körperliche Bewegung, die Muskeln und Sehnen, die eigene Kraft zu spüren – gerade jetzt, wo die Seele so leidet –, das tut gut.
Doch als ich in der Abenddämmerung zurückkam und es war so still im Haus, da fasste mich wieder der ganze Jammer an. Wie soll ich leben ohne dich? Was bin ich ohne dich, ohne deine Gegenwart und Wärme, ohne unser tägliches vertrautes Sprechen und Austauschen? Du warst mein Spiegel. In der besonderen Art, wie du mich wahrnimmst, erkannte und spürte ich mich selbst. Jetzt, da der Spiegel zerbrochen ist, tappe ich wie ein Blinder im Dunkeln umher, ich spüre mich nur noch ungenau und weiß nicht mehr, wer ich eigentlich bin.

22. April
Wie schwer mir das Leben im Singular fällt. Noch immer stelle ich deinen Zahnputzbecher auf seinen Platz neben dem meinen. Noch immer hole ich, wenn ich zu Mittag oder Abend esse, unwillkürlich zwei Gabeln, Löffel und Messer aus dem Schubfach – bis ich meinen »Irrtum« bemerke. Und noch immer lege ich dein rotes Kopfkissen auf deine Betthälfte, wenn ich schlafen gehe.
Ich wage kaum, mich an unseren letzten Liebesschlaf zu erinnern, an jenen Mittwoch, drei Tage vor deinem Tod, dein warmer, weicher, schmiegsamer Leib ... all das soll ich nur noch erinnernd »erleben« dürfen? Ich verdränge die Bilder, um nicht ganz elend zu werden.

23. April
Gestern habe ich das erste Mal seit deinem Tod wieder ferngesehen, unseren sonntäglichen »Tatort«. Aber wie sehr vermisste ich dein Händchen und unsere gemeinsamen Spekulationen, wer wohl der Täter sei. Und wie anders habe ich die Begräbnisszene empfunden, da der Pfarrer eine Schaufel Erde auf den Sarg des Opfers wirft und dann die bekannten Worte spricht: Erde zu Erde, Asche zu Asche, Staub zu Staub. Da fiel ich richtig aus dem Film – in die bittere Wirklichkeit. Im Grunde kann ich ihn nicht begreifen: den Tod. Dass von einem Moment auf den anderen deine Personalität mit allem, was sie ausmachte und was sie mit mir verband, dass dies alles in einer Sekunde ausgelöscht wurde und mit dir im Koma, ins Nichts, versank – es ist noch immer unfassbar für mich! Und doch muss ich deinen Tod annehmen, so wie man eine Naturkatastrophe annehmen muss.

Selig sind die Ausgebrannten

Als ich, nach einer unruhigen Nacht, am nächsten Morgen gegen neun den Speisesaal betrat, begrüßte mich, mit slawischem Akzent, eine mittelalte Frau mit Silberblick und lindgrüner Schürze. Sie wurde, wie ich bald hörte, von den Patienten »die Küchenfee« genannt, weil sie die Gäste mit einem so beglückenden Lächeln zu bedienen pflegte, als ob sie jedes Mal eine neue Götterspeise offerierte, selbst wenn es sich nur um eine Nudelsuppe mit Klößchen handelte. Sie wies mir sogleich meinen Platz an einem der Sechsertische zu, die entlang der Fensterfront aufgereiht waren.

»Guten Morgen.«

»Guten Morgen«, kam es von fünf Tischgästen zurück, die den Neuankömmling neugierig musterten. Ich kam mir vor wie ein Schüler, der das erste Mal vor der Klasse steht und in den Gesichtern seiner Mitschüler die Frage liest: Was ist denn das für einer? Ich nahm Platz neben einer sommersprossigen Frau mit schulterlangen roten Haaren, die einen grauen Trainingsanzug trug.

»Ich bin Roswita«, sagte sie und reichte mir die Hand.

»Ich bin Fabian.« Neben meinem Frühstücksgedeck lag eine Stoffserviette mit einem Klebestreifen, auf dem in schwarzen Druckbuchstaben stand: PROF. DR. FABIAN FOHRBECK.

»Ich heiße Marja«, sagte die Frau, die mir gegenübersaß. »Willkommen im Klub.« Sie mochte Ende fünfzig sein, hatte warme Augen und trug eine gebatikte Bluse in brünetten Herbstfarben. »Wir sind schon die ganze Zeit gespannt auf den Überraschungsgast, nicht wahr, Oswald?«

»Wir haben schon gerätselt«, sagte, in leicht sächselndem Tonfall, der Angesprochene, der neben Marja saß, ein breitschultriger Mann mit Bürstenhaarschnitt, Stoppelbart und jungenhaften Gesichtszügen: »Ist er nun ein Doktor der Medizin, der die Seite gewechselt hat und auch mal wissen will, wie man sich so als Burn-out-Patient fühlt?«

»Oder ein Doktor der Philosophie, der uns ein Licht aufsteckt über den Sinn des Lebens – warum wir eigentlich hier sind und unsere kostbare Zeit vertun?«, fragte in leicht spöttischem Ton die Frau, die an der Schmalseite des Tisches saß und gerade eine Scheibe Knäckebrot mit Butter bestrich. Ihre schwarzbraunen Haare bauschten sich über der Stirn zu einer helmartigen Frisur, die ihrem Gesicht etwas Wehrhaftes verlieh. »Simone Aschmoneit«, fügte sie mit einem angedeuteten Lächeln hinzu.

»Doktor Aschmoneit bitte«, ergänzte Marja mit hochgezogenen Brauen.

Während ich mir Kaffee einschenkte, fühlte ich noch immer alle Blicke auf mir ruhen.

Ob ich mit meinem Zimmer zufrieden sei, fragte Marja. Ich bejahte. Und ob ich schon meinen Therapieplan habe?

Ich schaute auf das Blatt, das neben meinem Frühstücksteller lag, aber da stand außer dem Termin bei Frau Doktor Klier noch nichts drauf.

Warnend hob Oswald den kleinen Löffel, mit dem er gerade sein Frühstücksei aufgeklopft hatte: »Glaub ja nicht, Fabian, dass du hier eine ruhige Kugel schieben und ausschlafen kannst. Schon vor dem

Frühstück geht es mit Qigong auf der Wiese los. Therapie ist ein Knochenjob, kann ich dir sagen. Da bleiben kein Hemd und kein Auge trocken. Und Überstunden werden nicht bezahlt.«

»Oswald übertreibt wieder mal schamlos«, sagte Roswita, als müsse sie mich beruhigen. »Es gibt hier ein großes Angebot von Therapien, und wenn dir die eine nicht zusagt, kannst du problemlos eine andere wählen oder einfach spazieren gehen.«

»Das sagt eine«, sagte Oswald, »die jede zweite Anwendung schwänzt und stolz darauf ist, ihren Therapieplan zu höchstens fünfzig Prozent zu erfüllen.«

Roswita knüllte ihre Stoffserviette zusammen und hob den Arm mit dem Tuchknäuel drohend in Oswalds Richtung. Der ging grinsend in Deckung und streifte dabei versehentlich den Arm von Frau Aschmoneit, die gerade ihre Kaffeetasse zum Mund führte. Der Kaffee schwappte über die Tasse, spritzte auf das weiße Tischtuch und auf den Ärmel ihrer Trainingsjacke, die aus irgendeiner teuren Chemiefaser bestand.

»Kannst du nicht aufpassen?«

Oswald entschuldigte sich wortreich für das Malheur und legte Papierservietten über die hässlich braunen Flecken auf dem Tischtuch.

»Irgendwie wundert es mich ja nicht«, legte Frau Aschmoneit nach, während sie mit einer Stoffserviette den Fleck auf ihrem Ärmel wegzurubbeln suchte, »dass du deine Firma in die roten Zahlen gefahren hast.«

Für einen Moment gefror Oswalds Miene, dann sagte er: »Ich bezahle dir die Reinigung, Simone. Und werde dich für den nächsten European Song Contest empfehlen als die Frau mit der spitzesten Zunge von Deutschland.«

Roswita und Marja kicherten. Ich stand auf und ging zur Frühstückstheke. Als ich mir gerade ein Glas mit Orangensaft füllte, stand plötzlich Frau Aschmoneit mit ihrem Teller neben mir und fischte nach einem Stück Lachs.

»Was lehren Sie, wenn ich fragen darf?«

»Ich bin Kulturwissenschaftler … Und Sie?«

»Ich arbeite an der minimalintensiven Verbesserung der Welt. Ich berate Unternehmen.«

»Wir wollten«, sagte ich, »die Welt auch mal verbessern, anno 68 und danach.«

»Offenbar war die andere Seite effizienter und erfolgreicher.« Mir fehlten die Worte.

»Sie müssen übrigens nicht denken, dass Sie die nächsten Wochen mit uns an diesem Tisch verbringen müssen. Mit den zugewiesenen Plätzen nimmt man es hier nicht so genau.«

Als ich mit meinem Tablett wieder am Gruppentisch Platz genommen hatte, ließ die Küchenfee gerade eine Liste mit den angebotenen Menüs für das Mittagessen herumgehen. Ich kreuzte das Fischgericht an.

Die Küche, beteuerten Marja und Roswita übereinstimmend, sei hier ganz ausgezeichnet. Der Koch arbeite vorwiegend mit Gemüse, Obst und Angeboten aus der Region. Er verstehe sich aber auch auf die asiatische Küche und sei besonders kreativ, was die Desserts angehe.

»Nur von der deutschen Küche versteht er rein gar nix!«, protestierte mit bayerischem Dialekt der bullige Mann, der mit einem Teller voller Rührei und Schinkenspeck von der Theke kam und den Platz neben Roswita besetzte. Er hatte kurze, an den Schläfen leicht angegraute Haare, mattblaue Augen und einen mächtigen Brustkorb, über den sich ein graues Polohemd spannte. »Wenn er uns doch wenigstens einmal die Woche, statt Tofu mit Sojasprossen, eine richtige Schweinshaxen mit Sauerkraut und Bratkartoffeln gönnen tät.«

»Du solltest ihm dankbar sein« sagte Roswita, »dass er beim Kochen auch an deinen Cholesterinspiegel denkt.«

»Ja, ja, Fett gilt heutzutage als Inbegriff des Schlechten, Ekligen und Krankmachenden. Und wer eine gesunde Schwarte hat, der hat in der Gesellschaft der Magersüchtigen nichts zu lachen. Ich bin übrigens Viktor«, sagte er beiläufig in meine Richtung, indem er Mittel- und Zeigefinger zum Victoryzeichen spreizte, dann aber mit einer raschen Drehung der Hand den Daumen nach unten kehrte.

»Leider hält mein Name nicht, was er verspricht, sonst wär ich wohl nicht hier.«

»Wie du siehst«, sagte Oswald zu mir, »nehmen wir an diesem Tisch uns alle nicht zu ernst. Lachen ist bekanntlich die beste Medizin. Ist jedenfalls besser und gesünder als Antidepressiva. Oder wie unsere Cheftherapeutin, in zeitgemäßer Erweiterung der Bergpredigt, zu sagen pflegt: ›Selig sind die Ausgebrannten, denn sie haben endlich Zeit für die wirklich wichtigen Dinge.‹«

Der Humor dieses Sachsen gefiel mir. Ich war erleichtert, dass man mich an einen Tisch platziert hatte, an dem wohl gewisse Spannungen und Reizbarkeiten herrschten, jedoch keine Trübsal geblasen wurde.

Die Therapeutin

Nach dem Frühstück nahm ich den Aufzug in den zweiten Stock. Während ich vor dem Büro der leitenden Therapeutin Doktor Klier wartete, überkam mich eine gewisse Unruhe, die sich mit einer Art von Scham verband. Es war schließlich das erste Mal, dass ich mich in eine psychosomatische Klinik begeben musste. Immer noch sträubte sich etwas in mir gegen die Vorstellung, dass ich, der eigentlich immer gesund gewesen und über eine hohe Leistungsmotivation und -fähigkeit verfügt hatte, nun für sechs Wochen krankgeschrieben war und wie ein psychisch Kranker behandelt werden sollte.

»Herr Fohrbeck.«

Ich hob den Blick. Aus der Tür gegenüber trat eine mittelgroße, etwas füllige Frau mit gescheiteltem schwarzen Haar.

»Ich bin Margarete Klier. Bitte kommen Sie rein.«

Mit seinen sonnengelben Tapeten, der mokkabraunen Ottomane mit der geschwungenen Lehne, dem alten Jugendstilvertiko mit dem geschnitzten Aufsatz und der Sitzecke gleich hinter der Tür wirkte der Raum eher wie ein Wohnzimmer denn wie ein Büro.

»Bitte nehmen Sie Platz.«

Ich setzte mich in einen Ledersessel, vor dem ein Keramiktisch mit zwei Konfektschalen stand, während die Therapeutin mir gegenüber in einem Ohrensessel Platz nahm. Sie mochte Ende fünfzig, Anfang sechzig sein und trug einen taubengrauen Wickelrock, eine schwarze Designerbluse mit weißen Blumenmustern, einen Seidenschal und schwarze Schnürstiefel. Ihr Outfit passte zu jener Mischung aus leicht matronenhafter Statur, intellektueller Ausstrahlung, die durch ihre hohe runde Stirn und die wachen Augen hinter der randlose Brille bekräftigt wurde, und einer gewissen Strenge, die wohl ihren schmalen Lippen und ihrer energischen Kinnlinie geschuldet war.

Frau Klier hob die Augen von der Krankenakte, die vor ihr auf dem Tisch lag. »Doktor Wieland hat mir viel von Ihnen und Ihrer Frau erzählt. ... Wie lange ist es jetzt her, dass sie starb?«

»Sieben Monate.«

Frau Klier sah mich mitfühlend an. »Da ist das Gefühl des Verlustes, der Einsamkeit besonders schlimm, nicht wahr? Die ersten Wochen und Monate haben sich noch die Angehörigen, Kinder und Freunde um einen gekümmert. Man war nicht allein, konnte seinen Schmerz mit anderen teilen. Aber danach geht das Leben wieder seinen normalen Gang, jeder hat zu tun. Nur für den, der seinen Lebenspartner verloren hat, ist nichts mehr wie vorher. Für ihn gibt es keine Normalität mehr.«

Ich staunte, wie treffend die Therapeutin meine Situation beschrieb, ohne mich doch zu kennen. *Keine Normalität mehr.* Genau das war es!

»Wie lange waren Sie mit Ihrer Frau zusammen?«

»Fast dreißig Jahre.« Diese Zahl kam mir jetzt, da ich sie aussprach, irgendwie unwirklich, ja geradezu mythisch vor. Ich konnte mir kaum vorstellen, dass es für mich jemals ein anderes Leben gegeben hatte, ein Leben vor Dorothea. Noch, dass es für mich ein Leben *nach* Dorothea geben könnte.

»Sie starb an einem Aneurysma ... Waren Sie dabei?«

»Ja.«

»Gab es keine Anzeichen, nichts, was darauf hindeutete?«
»Vor achtzehn Jahren hatte sie schon einmal ein Aneurysma, einen Blutsturz im Gehirn. Aber die OP verlief glücklich, und sie wurde vollständig geheilt. Das zweite Mal war es nicht mehr operabel. Es war ein Sekundentod.«

»Wie schrecklich für Sie, welch ein Schock. Konnten Sie Ihren Schmerz und Ihre Trauer mit jemandem teilen?«

»Ja, vor allem mit Sonja, meiner Stieftochter. Und mit meiner Schwiegermutter. Sie ist dreiundneunzig. Sie stand am Bett ihrer einzigen Tochter und rief immer wieder fassungslos: ›Ach, mein Mäusken, warum du – und nicht ich.‹«

Frau Klier zog die Schultern hoch, als ob ihr fröstelte. »Das ist das Schlimmste, was einer Mutter passieren kann: das eigene Kind zu überleben.« Ihr Blick ging unwillkürlich in Richtung Schreibtisch, wo ein Foto ihrer Familie mit ihren Kindern stand.

»Doktor Wieland sagte mir, Sie und Ihre Frau seien sehr glücklich miteinander gewesen.«

»Sie war mir alles, was eine Frau einem Mann sein kann.«

»Wie schön, dass Sie das sagen können. Doch umso größer der Schmerz.«

Ich musste an jenen Vers von Goethe denken, den Ansgar in den Tagen des großen Schmerzes mir einmal zitiert hatte: *Alles geben die Götter, die unendlichen/ Ihren Lieblingen ganz./ Alle Freuden, die unendlichen/ Alle Schmerzen/ die unendlichen, ganz«* – Ihren Lieblingen wohlgemerkt, hatte er tröstend hinzugefügt. Ich fühlte den Ansturm der Tränen hinter den Lidern.

»Möchten Sie darüber sprechen oder lieber nicht?«, fragte Frau Klier.

Es war ein Zustand, für den ich selbst jetzt noch kaum die richtigen Worte fand – ein Ausnahmezustand der Seele, der zwischen jähem Schmerz, Betäubung, Verlorenheit, Verzweiflung und dem Gefühl totaler Unwirklichkeit schwankte.

»So richtig fühlbar wurde mir meine plötzliche Verlassenheit erst, als alle abgereist waren und es wieder still im Hause war. Solange ich noch, gemeinsam mit Sonja und Andreas, mit der Ausrichtung der Trauerfeierlichkeiten beschäftigt war, solange die Stimmen der Kinder und Enkel das alte Fachwerkhaus erfüllten, drang der Schmerz nur gedämpft an mich heran.

Kaum aber waren sie alle fort, kam er zurück. Gebieterisch und unabweisbar stand er vor mir – kein Ausweichen, keine Ablenkung, kein Widerstand mehr möglich – und begehrte Einlass in mein gedrücktes Herz, es nunmehr ganz in Besitz nehmend.

Schlimm war das Erwachen am Morgen, wenn ich die leere Betthälfte neben mir wahrnahm. Meist schloss ich wieder die Augen und ließ mich in den Halbschlaf zurücksinken, hoffend auf einen gnädigen Traum, der bezeugte, dass sie noch lebte. Umso bitterer war das Erwachen danach.

Schließlich stand ich auf und ging hinunter ins Bad. Nahm meinen Frotteebademantel vom Türhaken, neben dem noch immer der ihre hing, die gleiche Ausgabe, nur zwei Nummern kleiner. Während ich die Stiege hinabstieg, wunderte ich mich, dass mir die Ärmel nur bis knapp über die Ellenbogen reichten: Wieder einmal war ich in ihren Bademantel geschlüpft. Ich hob den Arm und hielt meine Nase in die Achselhöhlung des Mantels: Einen Hauch ihres Geruchs, ihres Schweißes glaubte ich noch wahrzunehmen. Oder war es nur noch mein eigener?

Ich betrat die kleine Küche, um mir einen Kaffee zu machen. Wie immer gab ich sechs Messlöffel Kaffee in den Filter und füllte den Tank bis zum vierten Strich mit Wasser aus der Evian-Flasche. Ich wollte gerade den Ein-Aus-Knopf drücken, als mir jäh bewusst wurde, dass ich ab jetzt nur noch die halbe Menge Wasser und Kaffee benötigte.

Ich konnte, ich wollte es einfach nicht wahrhaben, dass eine neue Zeitrechnung begonnen hatte, dass ich von jetzt an im Singular statt wie bisher im Plural würde leben und handeln müssen.

Was mich am meisten quälte, war die plötzliche Stille um mich herum. Wie ein verwaistes Kind lief ich durch Haus und Garten und rief immer wieder denselben Satz: ›Wo bist du, Liebste? Wenn ich nur wüsste, wo du jetzt bist!‹ Doch niemand antwortete mehr – außer dem gleichgültigen Säuseln des Windes und dem monotonen Gurren des Taubenpaares, das im Geäst der Kiefer nistete.

Mir war, als sei ich gefangen in einem leeren Raum mit schalldichten Wänden, als sei ihr Tod gleichbedeutend mit Isolationshaft für mich, Isolation für den Rest meines Lebens.

Um von dem Schweigen, das mich jeden Morgen aufs Neue umfing, nicht völlig erdrückt zu werden, beschloss ich, den so plötzlich abgerissenen Dialog mit meiner Frau fortzusetzen, indem ich an sie schrieb – auch wenn es keine Anschrift mehr gab, an die ich meine Briefe adressieren konnte, war sie doch im wahrsten Sinne des Wortes *unbekannt verzogen.*«

»Und«, fragte Frau Klier bewegt, »schreiben Sie ihr noch immer?«

»Als ich Mitte Juni wieder meine Arbeit an der Universität aufnahm, habe ich damit aufgehört. Ich hatte einfach sehr viel zu tun, zumal just in diesen Monaten eine neue Sorge auf mir lastete und noch immer lastet: Die kulturwissenschaftliche Fakultät der Hochschule, an der ich seit vielen Jahren unterrichte und die ich mit aufgebaut habe, soll verkleinert werden, weil sie sich angeblich ›nicht rechnet‹ und ›zu wenig Drittmittel einfährt‹ – so der neue Rektor. Ich habe keinen Beamtenstatus, mein Vertrag wird alle zwei Jahre verlängert. Und da ich mir die Professur mit einer jüngeren Kollegin teile, steht auch mein Arbeitsplatz auf dem Spiel.«

»Auch das noch.« Frau Klier sah mich bekümmert an.

»Seit die Kürzungspläne bekannt wurden, ist ein Klima der Angst in die Fakultät eingezogen: Wen wird es treffen? Wie muss ich mich gegen die anderen Kollegen und Kolleginnen profilieren, damit es nicht mich trifft? Gleichzeitig wehrten wir uns. Verzweifelt suchten meine Mitarbeiter und ich nach Sponsoren zur Gewinnung von Drittmitteln, schrieben Anträge über Anträge, verfassten Memoranden und Eingaben an das Ministerium und, und, und … Von alldem Stress war ich bald so erschöpft und gleichzeitig so überreizt, dass ich nachts stundenlang wach lag, weil das Mühlrad in meinem Kopf nicht mehr zur Ruhe kam.«

»Sie waren also wieder im Hamsterrad«, resümierte Frau Klier. »Wie heißt es so schön in den Sprüchen Salomonis: *Ein jegliches Ding braucht seine Zeit.* Das gilt auch für das Trauern und Loslassen. Doch nicht einmal dafür nehmen wir uns die nötige Zeit. Bis der Körper die Notbremse zieht.«

In den ersten Wochen nach dem Tod meiner Frau hatte ich oft geweint und viel geschrieben – an sie und über sie. Doch als der Hochschulalltag wieder begann, schaltete ich meine Gefühle ab. Auch war es mir peinlich, vor den Kollegen und Studenten meinen Schmerz zu zeigen. Dafür war ich dann ständig verschnupft und musste mir während der Vorlesung und des Seminars die triefende Nase schnäuzen, als ob die Tränen, die ich nicht mehr weinen wollte oder konnte, sich einen anderen Kanal suchten. Oft verließ ich erst gegen 21 Uhr das Büro der Fachschaft, nur um nicht in unserem Haus, in dem Dorothea noch überall präsent war, allein zu sein.

»Und wie erging es Ihnen in den Semesterferien?«

»Da schrieb ich mein Buch zu Ende.«

»Wovon handelt es?«

»Von der Habgier und dem zentralen Paradox unserer Epoche: warum wir mittels neuer Technologien immer mehr Zeit einsparen und doch keine mehr haben.«

Frau Klier schürzte die Lippen. Es war ja auch nicht ohne Ironie, dass ich, der Kulturwissenschaftler, ein kritisches Buch über den Turbokapitalismus schrieb und doch, als es mich persönlich betraf, auch nicht vermochte, innezuhalten.

»Aber nachdem ich das Manuskript abgeliefert hatte, fiel ich in ein Loch. Auf einmal kam mir alles so sinnlos vor. Wozu noch Bücher schreiben? Wozu noch unterrichten? Wozu noch um den Erhalt der Fakultät und um meinen Arbeitsplatz kämpfen? Wenn der mir liebste und wichtigste Mensch, die Frau an meiner Seite, nicht mehr da war. Ich fiel in eine gefährliche Gleichgültigkeit, kam morgens nur noch schwer aus dem Bett, fühlte mich matt und antriebslos, verlor den Appetit, hatte an nichts mehr Freude. Dazu kamen Herzrhythmusstörungen. Mein Hausarzt diagnostizierte eine *Depression infolge von schwerem Lebensstress* und überwies mich, nachdem ich mich mit Ansgar abgesprochen, in diese Klinik.«

Frau Klier nickte. Nach einer Weile sagte sie: »Trauer ist Ablösung. Es ist die Ent-Bindung und schmerzhafte Ablösung an den Stellen, an denen man zusammen gewachsen war, in Gefühlen, lieben Gewohnheiten und den Sicherheiten, die man vom anderen erwarten durfte. Lassen Sie los. Lassen Sie die Erinnerungen zu, die schönen wie die schmerzlichen! Weinen Sie, wenn Ihnen danach ist. Lachen Sie, wenn Ihnen danach ist. Tanzen Sie, wenn Ihnen danach ist. Und tun Sie alles, was Ihnen guttut und Freude bereitet ... Vielleicht wird es Ihnen auch guttun, wieder an Ihre Frau zu schreiben.«

Sie besprach dann mit mir den Therapieplan für die erste Woche. Doch müsse ich den Plan nicht sklavisch befolgen. Wenn ich allein sein oder lieber spazieren gehen wolle, dann solle ich das ruhig tun. Andererseits sei es gut, sich in einer Gemeinschaft zu bewegen, die manches auffangen könne und in der es viel Empathie gebe.

Ich verließ das Büro von Frau Klier mit einem guten Gefühl: Diese Frau war einfühlsam, klug, sehr klar und bestimmt in ihrer Art. Und ich mochte ihre wohltemperierte Altstimme, die mich ein wenig an ein Violoncello erinnerte.

Auf der Klangliege

17 Uhr: Klangmeditation bei Herrn Sommer stand auf meinem Therapieplan.

Ich griff mir einen der bunten Regenschirme aus dem Halter vor der Eingangstür des *Hauses Sonne* und spannte ihn auf. Ein schmaler gewundener Kiesweg führte mich am *Haus Kristall* vorbei zu dem kleinen Pavillon am Rande des Kurparks.

»Ich bin Winfried. Willkommen in der Wiege der Klänge!«, empfing mich mit kräftigem Handschlag ein Mann in kurzärmeligem Sporthemd und weißer Leinenhose. Die weiche, geradezu sanfte Stimme des Therapeuten bildete einen erstaunlichen Kontrast zu seiner maskulinen Erscheinung: breite Schultern, muskulöse Oberarme, kurzer, kräftiger Hals, auf dem ein runder braun gebrannter Schädel saß, den ein spärlicher schwarzer Haarkranz zierte.

Ob ich schon mal auf solch einem Ding gelegen habe? Winfried deutete auf die Klangliege in der Mitte des Raumes.

Ich verneinte.

Ob ich selbst ein Instrument spiele?

Ja, Querflöte.

Dann sei ich ja bestens vorbereitet für die Klangmeditation. Sie sei zwar nicht so populär wie Yoga, Qigong und andere Formen der Meditation, aber darum nicht weniger heilsam. Das Wissen über Musik als meditative und Heilkraft gehe auf den griechischen Philosophen Pythagoras zurück. Die Vibration der Töne durchdringe das Innere des menschlichen Körpers, der ja bekanntlich zu achtzig Prozent aus Wasser bestehe.

»Es ist, wie wenn man einen Stein in einen See wirft: Rund um die Stelle, da der Stein auf die Wasseroberfläche trifft, bilden sich konzentrische Kreise. So ähnlich wirken auch die Schwingungen der Töne, die sich in unserem Körper ausbreiten – von den Zehen bis zum Kopf.«

Winfried führte mich an die Klangliege heran, ein aus Edelhölzern bestehendes Bett, das auf einem schön gerundeten Holzgestell ruhte, und erklärte mir ihre Funktionsweise. An der Unterseite der Liege waren, an Stiften befestigt wie bei einer Zither, zehn Saiten gespannt – das sogenannte Monochord. Auf dem kleinen Perserteppich darunter befanden sich kupferfarbene Klangschalen verschiedener Größe und ganz besonderer Legierungen. An der Längsseite der Liege hingen an einem Gestänge Zimbeln und Aluminiumröhren verschiedener Stärke und Länge – das Glockenspiel.

»Mithilfe der Saitenklänge des Monochords«, sagte Winfried, »wirst du dich wie in einem Klangkokon eingebettet fühlen, dein Körper wird in Schwingung geraten, als ob du in einer Wiege liegst.«

Ich zog meine Schuhe aus und nahm auf der Liege Platz. Der

Therapeut hüllte mich in eine weiche flauschige Decke. Ich schloss die Augen.

Die Klangmeditation beginnt mit einem leisen tiefen Grundton, mehr ein Hall als ein Ton, der von ganz weit her zu kommen scheint, sich mal um winzige Nuancen steigert, dann wieder langsam abebbt. Manchmal klingt es wie ein fernes Summen oder Brummen, dann wie das Brandungsgeräusch eines weit entfernten Meeres, das eine ungemein beruhigende, beinahe einlullende Wirkung auf mich hat. Nach einer Weile kommen andere, hellere Töne dazu, lange nachhallende Glockentöne, die sich mit den Klängen des Monochords und dem Geräusch des Regens mischen, der auf das Dach des Pavillons prasselt. Bald glaube ich zu spüren, wie mein Körper in leichte Schwingung gerät, von bald tieferen, bald höheren Klangwellen umflutet, indes mein Geist auf Wanderschaft geht ...

Wie um mich zu ärgern, taucht plötzlich die dicke Hostess in ihrer grauen Uniform vor mir auf, die, all meine Erklärungen ignorierend, den Zettel mit dem Bußgeldbescheid ausfüllt, weil ich, noch am Tag vor meiner Abreise, zwei Minuten lang auf einem Behindertenparkplatz vor der Postbank gestanden habe. Dann sehe ich mich mit Dorothea inmitten eines Demonstrationszuges, der von behelmten Polizisten mit Plastikschilden begleitet wird, über die abgesperrte Autobahn marschieren, in der Ferne blinkt der Tower des Frankfurter Flughafens, es ist so heiß, dass die T-Shirts wie nasse Lappen um unsere Schultern hängen, wir tragen Transparente mit globalisierungskritischen und Antikriegsparolen, während über unseren Köpfen die Polizeihubschrauber kreisen. Ein anschwellendes Dröhnen wie von Motoren: Plötzlich verwandelt sich die Skyline des Frankfurter Flughafens in die futuristischen Wolkenkratzer von Shanghai. In der Abenddämmerung spaziere ich mit Dorothea und den anderen Touristen über den Bund und bleibe bei einem chinesischen Straßenhändler hängen, der einen fantastischen Zaubertrick vorführt: Er greift kleine leuchtende Kugeln aus der Luft, die sich zwischen seinen Fingern auf wundersame Weise vermehren, dann steckt er sie sich nacheinander in den Mund, wo sie verschwinden und verglühen. Ich will dieses Kunststück unbedingt kaufen. Nach längerem Feilschen einige ich mich mit dem Händler schließlich auf einen Preis. In der Hand das Tütchen mit den erworbenen Zauberrequisiten, will ich wieder zu meiner Gruppe aufschließen. Doch sie scheint samt Dorothea in der unübersehbaren Menschenmenge verschwunden. Wie komme ich jetzt zurück ins Hotel? Und wie heißt es noch mal? Ich gerate in Panik, denn ich kann mich an den Namen dieses Hotels nicht mehr erinnern. Dann sehe ich mich, während unablässig Autos an mir vorbeirauschen, allein am Rande einer sechsspurigen Autobahn in einer kleinen Parkbucht stehen. Meine einzige Hoffnung ist, dass man mich hier, wo der Bus gehalten hat und alle ausgestiegen sind, auch wieder abholen wird. Ansonsten wäre ich verloren in dieser 23-Millionen-Metropole ... Da, endlich!, endlich!, kommt Dorothea mit dem chinesischen Reisebegleiter, der mich irgendwie an Winfried erinnert, die Treppe herunter. Ja, wo warst du denn die ganze Zeit? Wir haben dich gesucht! Ich renne auf sie zu, und meine Angst, diese uralte fürchterliche Angst, allein gelassen zu werden, weicht einer unsagbaren Erleichterung. Von einer langsam abebbenden Klangwelle getragen, drifte ich in einen wohligen Zustand tiefster Entspannung, fühle mich geborgen und wieder zu Hause ...

Der Freund

Für den Abend war ich mit Ansgar verabredet, der mich in meinem Zimmer im *Haus Oase* abholte.

Ansgar drückte mich so fest an sich, dass mir für einen Moment fast die Luft wegblieb. Er überragte mich um einen halben Kopf und war von athletischer Statur. Für sein Alter hatte er noch erstaunlich volles, wenn auch leicht ergrautes Haar mit einer jugendlich wirkenden Tolle, die ihm wie eine Schillerlocke in die Stirn fiel. Ich war froh, den Freund in meiner Nähe zu wissen.

»Und? Wie fühlst du dich hier?«
»Ganz gut.«

»Ich habe einen Tisch in einem Chinarestaurant reservieren lassen, es sind nur zehn Minuten von hier.«
Ich nahm meinen Mantel, dann verließen wir die Klinik.

Das Restaurant lag gleich am Anfang der Langen Gasse, neben dem Alten Spital. Im Vestibül des Restaurants empfing uns die fast lebensgroße vergoldete Statue eines sitzenden Buddhas, auf dessen Lippen ein zeitloses Lächeln lag. Der chinesische Kellner begrüßte uns mit einer dezenten Verbeugung und führte uns an den Tisch nahe der Fensterfront, in deren Scheiben sich die Lampions mit den roten Fransen in einer langen Flucht spiegelten.

Nachdem wir bestellt hatten, erzählte ich dem Freund, dass Dorothea mir zu meinem letzten Geburtstag einen Buddha geschenkt hatte. Einen erdfarbenen Buddha im Lotussitz, der jetzt auf dem Bücherbord im Dachstuhl unseres Hauses stand. »Es war ihr letztes Geschenk an mich.«

Ansgar sah mich erstaunt an. »Da habe ich ja das richtige Lokal gewählt.«

»Von unserer Chinareise im Jahr davor hat sie zwei gerahmte Bilder des Buddhas mitgebracht: den liegenden Buddha, der wunderbar entspannt aussieht und sehr weibliche Züge hat, und den lachenden Buddha, dessen Lachfalten gleichsam noch seinen schwangeren Bauch überziehen. Dabei sind wir nie Buddhisten gewesen.«

»Vielleicht ahnte sie«, sagte Ansgar, »dass sie bald sterben würde und dass du würdest lernen müssen, was der Buddhismus lehrt: Das Loslassen.«

»In letzter Zeit denke ich oft, dass sie es ahnte, auch wenn sie nie davon sprach. Um mich, die Kinder und ihre Mutter nicht zu beunruhigen. In den Wochen vor ihrem Tod hat sie für jedes der Kinder noch ein eigenes Fotoalbum mit alten Familien- und Kinderbildern zusammengestellt.«

»Wahrscheinlich haben Menschen, die sich schon einmal auf der anderen Seite befunden haben – wie sie damals nach ihrem ersten Aneurysma –, ein besonderes Gespür für solche Dinge.«

Der Kellner kam mit den Getränken und der Vorspeise, zwei Frühlingsrollen.
»Trinken wir auf Dorothea und den lachenden Buddha.«, sagte Ansgar, indes seine buschigen Brauen in Bewegung gerieten – eine mir sehr vertraute mimische Kuriosität, die immer dann einsetzte, wenn ihn etwas bewegte oder begeisterte.
Wir stießen an.
»Und wie geht es dir und Amelie?«
»Amelie lässt dich herzlich grüßen, sie wäre heute Abend gerne mitgekommen, ist aber gerade auf Fortbildung. Seit ich in der Phönix-Klinik arbeite, haben wir endlich wieder Zeit füreinander. Und das tut unserer Beziehung gut.« Mit einem Seufzer der Erleichterung fügte Ansgar hinzu: »Du glaubst gar nicht, wie froh ich bin, nicht mehr in einer dieser medizinischen Mühlen arbeiten zu müssen. Damals hetzte ich rastlos durch die Gänge, stets die Augen auf Pieper oder Papiere gerichtet, um nicht den Blicken von Angehörigen zu begegnen oder den Anschein zu erwecken, ich sei ansprechbar. Hier habe ich endlich wieder Zeit für meine Patienten ... Apropos. Was macht dein Herz? Tanzt es immer noch aus der Reihe?«
»Ab und zu schon. Doch ansonsten ist es gesund, sagt mein Kardiologe. Er hat mir ein Herzmittel auf pflanzlicher Basis verschrieben, das weder Leber noch Niere belastet. Und empfahl mir viel Bewegung und gesunde Ernährung.«
»Nun, für beides ist ja hier gesorgt. Vielleicht würde dir auch Tanz- und Musiktherapie guttun? Du bist doch sehr musikalisch. Hast du deine Querflöte mitgebracht?«
»Ja. Samt den CDs fürs Play-back.«
»Na wunderbar. Wir haben einen schönen Musikraum hier – mit allem, was dazugehört. Ein-, zweimal die Woche kommt Frau Sander zu uns, eine Gesangs- und Tanztherapeutin.«
»Ich habe seit meiner Studentenzeit nicht mehr gesungen.«
»Aber das *Bella ciao.* haben wir zusammen gesungen. Was heißt gesungen? Geschmettert haben wir es in der *Dicken Wirtin,* dass der Tresen wackelte.« Ansgar ließ wieder seine buschigen Brauen tanzen.

»Ich singe lieber auf der Flöte.«

»Vielleicht überlegst du es dir noch, wenn du Frau Sander mal singen hörst. Sie hat eine geradezu überirdische Stimme. Im Haus wird sie *die Sirene* genannt.«

Jetzt endlich dämmerte mir, von wem der Freund sprach: Es musste dieselbe Frau sein, die ich am Abend meiner Ankunft in der Lobby am Klavier überrascht hatte. Sie hatte wirklich eine überirdische Stimme.

»Überhaupt«, fuhr Ansgar fort, »ist dies schon eine ganz besondere Klinik.«

Er portätierte kurz den Chef Doktor Wallerstein, einen Mann mit imponierender Biografie. Doktor Wallerstein habe nicht nur Medizin, Psychologie und Philosophie studiert, sondern auch viele Jahre in Indien und China gelebt, um die asiatischen Kulturen und Heilmethoden kennenzulernen. Nach seiner Rückkehr habe er dann, zusammen mit seiner Frau, diese Privatklinik gegründet und vorwiegend aus eigenen Mitteln finanziert und es nach langen Kämpfen schließlich durchgesetzt, dass einige der hier praktizierten alternativen Heilmethoden auch von den gesetzlichen Kassen anerkannt wurden … Auch die leitende Therapeutin Frau Doktor Klier sei eine Frau von ungewöhnlichem Format. Wie Traumata, vor allem Kriegs- und Fluchttraumata, in die nächste und übernächste Generation weiterwirken – das sei ihr Spezialgebiet, über das sie auf internationalen Fachkongressen referiere.

»Ich habe schon ihre Bekanntschaft gemacht«, sagte ich. »Eine angenehme Frau.«

»Bei ihr bist du bestimmt in guten Händen … Und doch. So gerne ich hier auch arbeite, ein Paradies ist es nicht gerade.«

»Warum? Was ist das Problem?«

»Unsere prekäre Finanzlage. Wir machen hier nämlich keinen Unterschied zwischen Kassen- und Privatpatienten. Aber nein« – Ansgar schüttelte so heftig den Kopf, dass seine Haartolle ihm in die Stirn fiel –, »das ist kein Thema für heute Abend. Wie steht es um die Fakultät?«

»Noch ist alles in der Schwebe. Der eigentliche Grund für den drohenden Abbau der Fakultät sind vermutlich gar nicht die fehlenden Drittmittel, sondern dass sie eine Nische kritischer Gesellschaftswissenschaft geblieben ist und somit ein Hindernis auf dem Wege zur ›Exzellenz-Uni‹, die der ehrgeizige Rektor anstrebt. Nicht zufällig fing das Gerede ›Die Fakultät rechne sich nicht‹ erst an, als meine Mitarbeiter und ich das Konzeptwerk *Zeitwohlstand versus Wachstum* gegründet hatten, das von den Professoren der Wirtschaftswissenschaften heftig befehdet wird. Und es bekümmert mich natürlich, dass ich gerade jetzt ausfalle, da meine Anwesenheit in der Uni eigentlich dringend vonnöten wäre.«

»Das verstehe ich. Trotzdem, Fabian, so darfst du nicht denken.« Ansgar sah mich eindringlich an und fasste meine Hand. »Du hast deine Frau und Lebenspartnerin verloren. Fakultät hin, Fakultät her – du hast das verdammte Recht auf eine Auszeit. Auch dein Herz sagt dir das.«

Der Kellner brachte den Hauptgang: Lammfleisch mit Bohnen und Sojaspitzen und Pekingente in Mangosoße mit allerlei Gemüse.

Ich war unschlüssig, ob ich lieber zu Messer und Gabel oder zu den Essstäbchen greifen sollte, die neben meinem Teller lagen. Ich dachte an jene Szene in einem Pekinger Restaurant: wie ich mit Dorothea und den Mitreisenden an einem großen Drehtisch saß; wie geschickt sie mit den Essstäbchen den Reis, die Glasnudeln und die kleinen Tofustückchen fasste und vom Teller zum Munde führte, während ich und die meisten aus der deutschen Reisegruppe, nach kurzem ungeduldigen Hantieren mit den Stäbchen, wieder zum Gebrauch von Messer und Gabel zurückkehrten. »Ihr Verräter!«, rief uns Dorothea mit gespielter Entrüstung zu. Und alle hatten gelacht.

Nein, diesmal wollte ich nicht zu den Verrätern gehören, dachte ich und nahm die Stäbchen zwischen Daumen und Zeigefinger. Und nach anfänglichen Schwierigkeiten und Pannen ging es immer besser ...

Gegen 22 Uhr machten wir uns auf den Rückweg in die Klinik.

Sonja

Kaum hatte ich mein Zimmer betreten, klingelte mein Handy. Es war Sonja.

»Hallo du Lieber! Wie geht es dir? Bist du gut untergebracht?«

»Ganz okay. Es ist alles da, was man zum Überleben braucht. Und das Bett so schmal, wie es sich für einen Einsiedler gehört.«

»Hast du einen Balkon?«

»Ja, der geht zum Garten hinaus, in dem eine Blutbuche steht. Du weißt ja, ich liebe Blutbuchen. Überhaupt ist das Ambiente hier sehr angenehm, hat nichts von der sterilen Atmosphäre einer Klinik. Ähnelt eher einem Wellnesshotel mit leicht esoterischem Anstrich.«

»Wieso esoterisch?«

Ich erzählte Sonja von der Frau an der Rezeption und den wundersamen Wirkungen der Doppelpyramide.

Sonja lachte hell auf. »Das ist ja eine geniale Konservierungsmethode. Und ganz ohne Chemie. Statt eines Hometrainers werde ich mir von meinem Mann solch ein Ding zum Geburtstag wünschen. Und künftig das Hackfleisch statt in die Tiefkühltruhe unter die Pyramide legen. Und mich selbst gleich mit dazu. Um mein Haltbarkeitsdatum als Frau zu verlängern.«

Sonja hatte nicht nur den Humor und quecksilbrigen Witz ihrer Mutter, sie lachte auch genau wie diese. Ich liebte sie, als wäre sie meine eigene Tochter. Sie hatte es mir auch leicht gemacht, hatte sie mich doch nach der Scheidung ihrer Eltern von Anfang an als ihren neuen Vater angenommen. Auch wenn sie äußerlich wenig Gemeinsamkeiten mit ihrer Mutter hatte – sie war brünett, braunäugig, hatte einen dunkleren Teint und einen anderen Gesichtsschnitt –, so war sie ihr doch vom Wesen her sehr ähnlich. Ebenso herzlich, spontan und den Menschen zugewandt wie jene, mit rascher Auffassungsgabe, sicherer Intuition und großem Einfühlungsvermögen begabt.

Sonja wusste genau, wie mir zumute war, wenn ich jetzt von einer Reise zurückkam in mein nunmehr verwaistes Haus. Und ich konnte sicher sein, dass sie mich genau in diesen für mich besonders schmerzvollen Stunden anrief. Auch wenn sie 600 Kilometer von Amorbach entfernt in Berlin lebte und mit Beruf und der großen Familie doppelt belastet war – sie arbeitete als Kinderärztin in einer Gemeinschaftspraxis und hatte selbst drei Kinder –, alle vier bis sechs Wochen kam sie, entweder allein oder mit ihrer jüngsten Tochter, mich und Gisela, ihre Großmutter, besuchen.

Durch Dorotheas Tod war mir Sonja noch nähergekommen; mit niemandem sonst konnte ich meine Trauer und meinen Schmerz so teilen wie mit ihr. Sie half mir nicht nur bei der Abwicklung des Schriftverkehrs mit Behörden, Ämtern und Versicherungen, sie erklärte mir nicht nur das Touch-Bedienfeld des neuen Küchenherdes und wie man sich mithilfe von Backpulver der Ameisenstraße erwehrte, die vom Garten in die Küche führte; sie weinte mit mir, wenn ich weinen musste, und lachte mit mir, wenn wir uns wechselseitig die gewitzten Mails vorlasen, die Dorothea noch in den letzten Wochen vor ihrem Tod an Freunde, Kinder und Enkel geschrieben hatte.

Dass Sonja mir geblieben war, empfand ich denn auch, bei allem Schmerz und aller Bitternis, als großes Geschenk.

Zweites Kapitel

15. Oktober
Erwachte in der Frühe von einem Alb: Unser Bello lief jaulend vor mir weg, er schien irgendwie verwundet, ich verfolgte ihn und schlug ihn mit einem Stock; blutend und winselnd lag er vor mir. Ich erwachte mit einem ganz schrecklichen Gefühl, als hätte ich unseren Hund erschlagen. Dabei ist er ja seit Langem tot.

Qigong

Donnerstag, 8.30 Uhr: Qigong mit Frau Müller las ich auf meinem Therapieplan. Eigentlich war ich nicht in der Stimmung, mich noch vor dem Frühstück an einer Gruppenübung im Freien zu beteiligen, zumal ich eine unruhige Nacht verbracht hatte. Doch dann überwand ich mich, stand auf und schlüpfte, nach einer kurzen Dusche, in meinen Jogginganzug und meine Turnschuhe.

Kurz vor halb neun fand ich mich auf dem Rasenplatz vor dem *Haus Sonne* ein, wo sich etwa zwei Dutzend Patienten zum morgendlichen *Qigong* versammelt hatten. Es war kühl und recht windig, immer wieder schob sich eine graue Wolkendecke vor die Morgensonne, die so bleich aussah, dass man sie mit dem Mond verwechseln konnte. Aus Angst, ich könne mich bei dieser Übung, an der ich das erste Mal teilnahm, blamieren, stellte ich mich in die letzte Reihe, hinter eine Frau mit kurzen hennaroten Haaren, ausladendem Hinterteil und mächtigen Oberschenkeln, die in einer knielangen pinkfarbenen Mikrofaserhose steckten. Dazu trug sie Aerobic-Strümpfe und Wadenwärmer in grellen Farben, als ob sie es darauf angelegt hätte, noch in schwärzester Nacht durch ihre Signalfarben aufzufallen.

Die Übungsleiterin Frau Müller war eine zierliche Frau mit asiatischen Gesichtszügen und – kurioserweise – blonden Haaren. Sie trug einen weißen Trainingsanzug und begann, nachdem sie die Anwesenden begrüßt hatte, mit der *Ersten Übung der Harmonie:* Sie öffnete beide Arme, führte sie erst nach hinten und unten, sodann in einer halbkreisförmigen Bewegung langsam nach vorn zusammen und wieder zurück zur Brust, als ob sie eine große Schale umfassen und darin etwas sammeln würde. Dann kehrte sie die Handflächen nach innen und drückte das »Gesammelte« in mehrfacher Bewegung nach unten und von sich weg. Dazu sprach sie folgenden Text:

Mit jedem Einatmen sammelst du das gute Qi. Mit jedem Ausatmen entspannt sich dein Körper mehr und mehr; alle negativen Einflüsse senkst du mit den Händen nach unten und leitest sie über die Fußsohlen in die Erde ab. Dabei fühlst du den Widerstand wie Dampf, wie Wolken, unter deinen Händen.

Mit dieser Übung hatte ich meine Mühe, weil mir die Sicht auf die Übungsleiterin durch das vor mir kreisende wuchtige Hinterteil der Frau in den Papageienfarben verstellt wurde und ihr »gutes Qi« schon bald als Schweißausdünstung in meine Nase zog. Erst als ich mich einen Meter von ihr entfernt hatte, konnte ich mich auf den Bewegungsablauf dieser Übung konzentrieren. Nach der dritten Wiederholung hatte ich ihn so weit verinnerlicht, dass ich meinen eigenen Assoziationen folgen konnte: Ich stellte mir vor, dass ich in der imaginären Schale die guten und schönen Erinnerungen an meine Frau »sammeln« und die bittern Gefühle des Allein- und Verlassenseins nach unten über meine Fußsohlen in die Erde ableiten würde. Es folgte die *Zweite Übung der Harmonie:*

Du stellst dir vor, einen Regenbogen oder einen riesengroßen bunten Ball in den Armen zu halten, du schwebst in einem heiteren Meer von Farben. Du kannst auch spüren, dass das Qi wie Honig durch die Arme von einer Hand zur anderen fließt. Du fühlst innere Ruhe, Glück und Heiterkeit.

Linker Hand in der Reihe vor mir tänzelte Roswita im grauen Jogginganzug hin und her; mal mit hüpfenden, mal mit weit ausgreifenden Schritten und wiegenden Armbewegungen suchte sie den imaginären Ball zu jonglieren und in der Schwebe zu halten. Ich wollte es ihr nachmachen, kam mir dabei aber ziemlich dämlich vor, verlor plötzlich die Balance und fiel auf den Rasen. Rasch rappelte ich mich wieder auf, fühlte mich an gewisse peinliche Situationen meiner Tanzstundenzeit erinnert. Obschon von Haus aus sehr musikalisch, schaffte ich es nur mit Mühe, die gebotenen Tanzschritte, ob beim Walzer oder beim Cha-Cha-Cha, auf die Reihe zu kriegen. Und da ich nicht gut führen konnte, hatte ich bei der Damenwahl meistens das Nachsehen ...

So gerieten auch jetzt, bei den schnelleren »Übungen der Harmonie«, meine Arme und Beine immer wieder aus dem Takt und verhedderten sich. Wie zum Trost fiel mir ein, dass selbst James Fixx, der Erfinder des »Joggens«, beim Laufen gestorben war.

Richtig ins Zeug aber legte ich mich bei der Übung *Die Faust stoßen:*

Bei jedem Fauststoß setzt du deine ganze innere Kraft ein. Dein Atem, dein Blick, deine innere Sammlung werden eins, gerichtet im Stoß deiner Faust; Kinn, Schulter, Arm, Faust und imaginäres Ziel bilden eine Gerade.

Diese Übung gelang mir auf Anhieb. Vielleicht weil sie meine Wut kanalisierte, die Wut, so plötzlich verlassen worden zu sein, und zugleich den Wunsch ausdrückte, mich jetzt nicht unterkriegen zu lassen, mich zu wehren, auch wenn der Gedanke irgendwie lächerlich war, denn gegen den Tod kann man sich nicht wehren.

Nach der letzten Lockerungsübung, dem »Ausschütteln« aller Glieder und Gelenke, fühlte ich mich gleichwohl entspannt, meine Mattigkeit und Niedergeschlagenheit vom Morgen – ich staunte selbst darüber – waren einer besseren Stimmung gewichen.

Die Ausreißerin

Donnerstag, 10 Uhr: Gruppentherapie bei Doktor Wieland stand auf meinem Therapieplan.

Die Sitzung fand im dritten Stock des *Hauses Sonne* statt. Am Aushang neben der Eingangstür informierte ein Flyer über die dabei geltenden Grundregeln und Gepflogenheiten. Regel Nummer eins: Außerhalb der Gruppe darf nicht darüber geredet werden, was innerhalb der Gruppe geschieht. Mit Erleichterung nahm ich Regel Nummer fünf zur Kenntnis: Es besteht keinerlei Zwang, sich mit seinem Problem vor der Gruppe zu outen.

Der Raum, in dem die Sitzungen stattfanden, war in denselben sonnengelben Farben gehalten wie die anderen Therapieräume. Durch die hohen Bogenfenster schaute man auf die Blutbuche, die neben der Edelstahlpyramide am Rande der Gartenanlage stand. Die Stühle für die zehn Teilnehmer, unter ihnen auch die Mitglieder meiner Tischgruppe, waren im Kreis angeordnet. Nach kurzem Zögern entschied ich mich dafür, den freien Platz neben Marja einzunehmen.

Nachdem Ansgar alle begrüßt hatte, stellte er mich als einen alten Freund von ihm vor. Dann überreichte er mir einen verschnürten schwarzsamtenen Beutel. Es sei, sagte er, ein alter Ritus der Gruppentherapie, dass jeder neue Teilnehmer von dem letzten, der die Gruppe verlassen hatte, ein symbolisches Geschenk erhalte. Und damit gleichsam dessen Nachfolge antrete.

Überrascht und ein wenig verlegen löste ich die Schlaufe des roten Bandes, mit dem das Säckchen verschnürt war, und förderte eine kleine grünstichige Eule aus Bronze zutage. Mit ihren pfenniggroßen Kulleraugen und hervortretenden Augäpfeln verkörperte sie ein Sinnbild der Wachsamkeit. Auch passte ihr schön gerundeter stilisierter Korpus mit dem angedeuteten Brustfedernkleid wunderbar in meine Hand.

»Die Eule der Minerva«, sagte ich spontan.

»Nein, das ist Hedwig!«, rief Roswita belustigt.

Alle lachten. Ich brauchte einen Moment, bis ich verstanden hatte, warum. Ich war ja auch nicht mit Harry Potter, sondern mit griechischen und germanischen Helden- und Göttersagen groß geworden.

»Na, passt doch«, sagte Ansgar. »Und was wünschst du dir von der Gruppe?«

Diese Frage hatte ich mir noch gar nicht gestellt. Es war ja das erste Mal, dass ich an einer Gruppentherapie teilnahm. Und so sagte ich nach kurzem Bedenken:

»Ich habe vor sieben Monaten meine Frau verloren. Und muss jetzt lernen, das für mich ungewohnte Alleinsein auszuhalten und mein Leben ohne sie zu gestalten. Was ich mir von der Gruppe wünsche? Einfach dabei sein und teilnehmen zu dürfen. Vielleicht erfahre ich dabei auch ein paar wichtige Dinge über mich selbst.«

Nach einer Einstimmungsrunde, in der jeder kurz sein Befinden mitteilte, welche Themen und Fragen ihn die letzten Tage beschäftigten, fragte Ansgar:

»Wer möchte heute von sich erzählen? Und vielleicht den Rat und Support der Gruppe für sich in Anspruch nehmen?«

Er schaute von einem zum anderen, doch keiner schien den Anfang machen zu wollen. Manche blickten ostentativ weg in Richtung Fenster, andere hielten die Augen gesenkt, um nur nicht dem Blick des Therapeuten zu begegnen.

»Roswita, du wolltest doch heute, oder nicht?«

Roswita, die einen gelben Kapuzenpullover trug, blickte Ansgar unsicher an. Zögernd begann sie zu erzählen: Sie stamme aus Neuruppin im Norden Brandenburgs und sei von Beruf Altenpflegerin. Sie habe drei Kinder und einen Mann, der seit Längerem arbeitslos sei und zu Depressionen neige, da er nur noch wenig zum Familieneinkommen beitragen könne. Ihre ständige Doppelbelastung durch den Beruf und die große Familie habe sie mit den Jahren erschöpft und so reizbar gemacht, dass sie eine extreme Geräuschempfindlichkeit entwickelt habe. Sie leide an häufigen Kopfschmerzen und chronischem Bluthochdruck, den sie durch regelmäßige Einnahme von Betablockern zu regulieren suche.

Schon gestern im Speisesaal war mir Roswitas schleppender Gang aufgefallen, der diese hübsche Frau um Jahre älter erscheinen ließ, als sie war.

»Im Sommer letzten Jahres« – auf einmal belebte sich ihre Miene« –»wurde im Seniorenheim eine neue Station eröffnet. Ein Modellprojekt, wie es hieß, das sich an den vier großen Ls einer menschenwürdigen Pflege orientiere: Laufen, Lernen, Lächeln und Liebe. Das halte die alten Leute fit und schütte Dopamin im Gehirn aus. Sie sollten nicht nur gemeinsam essen und Gymnastik machen, sondern auch gemeinsam singen, töpfern, basteln und nach Bedarf kulturelle Angebote erhalten … Ich melde mich freiwillig zu diesem Modellprojekt. Schiebe Frühdienst von 8 Uhr 30 bis 15 Uhr. Die ersten Wochen laufen gut an: Ich bin nicht nur für die Grundpflege zuständig, ich organisiere gemeinsame Lese- und Vorlesestunden, gelegentlich auch Filmvorführungen mit anschließender Diskussion. Und staune, wie die Alten dabei aufleben. Wie dankbar sie sind, endlich auch mit geistiger und kultureller Kost versorgt zu werden und sich untereinander austauschen zu können, statt allein in ihren Zimmern vor der Glotze zu sitzen und vor sich hin zu dämmern … Doch schon bald ist es mit dem ›Modellprojekt‹ wieder vorbei. Da das Seniorenheim privatisiert worden ist und schnell profitabel werden soll, landen immer mehr alte und kranke Menschen auf der Station, ohne dass neues Personal eingestellt wird. Nicht lange und ich muss meine ganze Kraft und Zeit wieder der Grundpflege zuwenden, die Alten und Kranken füttern, waschen, windeln und ins Bett bringen. Die von mir ins Leben gerufenen und so beliebten kulturellen Meetings fallen dem zunehmendem Zeitdruck zum Opfer, dem ich nun wieder ausgesetzt bin. Da das Personal der vielen Neuzugänge nicht mehr Herr wird, bleibe ich jetzt auch an Wochenenden und Feiertagen auf der unterbesetzten Station. In drei Monaten häufe ich mehr als hundert Überstunden an.«

Roswita hielt inne und blickte sich unsicher um. Hört ihr mir denn auch zu?, schien ihre Miene zu fragen. Während Oswalds Augen unverwandt auf sie gerichtet waren, saß Viktor mit verschränkten Armen auf seinem Stuhl und döste, die Augen auf Halbmast, vor sich hin. Frau Aschmoneit, die nach der gestrigen Havarie einen neuen, cremefarbenen Trainingsanzug trug, wippte unruhig mit dem Bein, das sie über das andere geschlagen hat; ihre ganze Miene drückte Ungeduld aus.

»Auf der überfüllten Station«, fuhr Roswita fort, »ist bald die Hölle los. Ich werde Zeuge von Misshandlungen an Patienten. Sehe, wie man alte Menschen, die mit Medikamenten nicht zu beruhigen sind, an Händen und Beinen mit Gurten festbindet. Ich melde diese Missstände der Leitung des Altenheimes. Doch statt diese abzustellen und mehr Personal einzustellen, wird mein Arbeitsbereich noch vergrößert, das Team durchmischt und die Wohnbereiche im Haus von vier auf drei zusammengelegt. Jetzt muss ich über drei Etagen hetzen. Da meine Kolleginnen und ich völlig überfordert sind, wird bald auch die Grundpflege eingeschränkt, oft sind nur noch Teilwaschungen möglich, Nagelpflege und Rasieren entfallen immer häufiger, ebenso das Baden und regelmäßige Duschen der Heimbewohner. Auch bleibt keine Zeit mehr für die psychosoziale Betreuung, geschweige denn für eine gewissenhafte Pflegedokumentation ...«

Wieder hielt Roswita inne und zog sich die langen roten Haare wie einen Vorhang vors Gesicht. »Ach, ich weiß gar nicht«, sagte sie mit einem Schluchzer, während sie in ihrem Stuhl zusammensackte, »warum ich euch das alles erzähle. Denn eigentlich geht es ja um meine Familie.«

Ein längeres Schweigen trat ein. Ratlose und bedrückte Mienen, wohin ich auch blickte. Während Roswitas Erzählung hatte wohl manch einer hier einen Blick in die eigene mögliche Zukunft geworfen. Mit Sorge dachte ich an meine 93-jährige Schwiegermutter, für die Sonja und ich jetzt die Verantwortung trugen. Noch war sie zwar gut auf den Beinen und konnte sich einigermaßen selbst versorgen in ihrem Eigenheim. Aber wie lange noch?
Mit einem Ruck richtete sich Roswita wieder auf und wischte sich die Haare aus der Stirn.»Was mich noch mehr bedrückt als die Zustände im Altenheim: dass ich aufgrund der vielen Überstunden immer weniger Zeit für meine Familie habe.«
Roswitas 13-jährige Tochter Ronja leidet an Legasthenie und ADHS. Vergebens hat man ihr in der Schule den Status als »Integrationskind« zugewiesen, vergebens geht Roswita mit ihr zweimal die Woche zur Ergo- und Lerntherapie: Ronja sackt in ihren schulischen Leistungen immer mehr ab. Und lässt ihre Frustration an ihren Mitschülerinnen und ihren jüngeren Geschwistern aus. Mit ihren aggressiven Ausbrüchen terrorisiert sie die ganze Familie. Die Eltern wissen bald nicht mehr, wie sie mit Ronja umgehen sollen. Und Roswita hat immer größere Mühe, ihrer cholerischen Tochter nicht mit Ablehnung zu begegnen.
»Eines Tages – ich bin gerade auf der Station – erhalte ich von der Sekretärin der Schule, auf die Ronja geht, einen Anruf. Ich möge bitte am nächsten Freitag zur Schulkonferenz kommen, bei der es um das weitere Schicksal meiner Tochter geht. Ihr drohe der endgültige Schulverweis ... Ich bin wie betäubt von dieser Nachricht. Plötzlich nehme ich alles um mich herum nur noch wie durch einen Nebel wahr: den langen Korridor mit den gelben Läufern, die an mir vorbeiziehenden Rollwagen, auf denen sich das Frühstücksgeschirr und die abgezogene Bettwäsche stapeln, die Kolleginnen, die die Rollstühle mit den Alten schieben – alles um mich herum verschwimmt, wird irgendwie unwirklich. Wie in Trance gehe ich in mein Büro, packe meine Sachen zusammen, steige, ohne mich abzumelden, in den Fahrstuhl, fahre nach oben zum Parkdeck, setze mich in meinen Fiat Punto, fahre die Serpentinen hinunter bis zum

Ausgang. Biege in die Hauptstraße ein, fädele mich auf den Zubringer zur A 19 ein, fahre immer weiter und weiter, ich weiß nicht, wohin, ich weiß nur eines: dass ich fort will, möglichst weit fort. DAHIN, WO NIEMAND MEHR ETWAS VON MIR WILL!!! Dieser Satz mit drei Ausrufezeichen steht wie eine Leuchtschrift vor meinem inneren Auge, ja ich spreche ihn laut vor mich hin, immer wieder, wiederhole ihn wie ein Mantra, von dem mein Leben abhängt: DAHIN, WO NIEMAND MEHR ETWAS VON MIR WILL: Weder die nörgelnden Alten und Dementen auf der Station noch meine gleichfalls überlasteten Kolleginnen, weder die herrische Managerin des Altenheimes noch deren dienstbare Geister und Kontrolleure, die meine Tätigkeiten ständig messen und evaluieren; weder mein Mann, der sich seit Wochen von mir vernachlässigt fühlt, weil ich abends zu müde bin, um noch mit ihm Sex haben zu wollen, noch meine eigenen Kinder, die ständig ›Mama! Mama!‹ kreischen – und schon gar nicht meine Tochter mit ihren wahnsinnigen Wutausbrüchen, die ich manchmal an die Wand klatschen möchte ... Ja, ich weiß, das darf eine Mutter nicht sagen. Aber ich sage, wie ich es fühle.«

Roswita strich sich die Haare aus dem Gesicht und schaute mit glühenden Wangen in die Runde, ob sie nicht etwa missbilligende Blicke oder Kommentare ernte. Aber dies war nicht der Fall. Vielmehr hörten ihr alle gespannt zu.

»Ich weiß nicht, ob ihr euch vorstellen könnt, wie erleichtert ich mich fühlte, während ich mit 140 über die Autobahn rauschte, einfach so ins Blaue hinein – ohne irgendein Ziel. Während der Fahrt hörte ich meine Lieblings-CDs, *The Clash* und die *Sex-Pistols,* und sang laut mit: *Should I stay or should I go.* Und: *God save the queen and her fucking regime ...* Mich überkam ein unbeschreibliches Gefühl von Freiheit. Ich fühlte mich wie in der Zeit vor meiner Ehe, als ich mit meinen Freundinnen im Sommer die Elbe und Oder entlangradelte – mit meinem superschnellen Tourenrad. So frei wie zur Zeit meiner Ausbildung, da ich mit meiner Punkband in den Klubs auftrat und jede zweite Nacht unterwegs war ... Als das erste Kind kam, war es mit der Band und den langen Nächten vorbei. Und als das dritte Kind kam, war es auch mit den Radtouren vorbei ... Irgendwann am späten Nachmittag fuhr ich von der Autobahn ab, eine Landstraße entlang, abwechselnd Kiefernwälder und bräunliche Stoppelfelder, verschlafene Dörfer und abgelegene Gehöfte, bis ich in ein Städtchen kam, weiß gar nicht mehr, wie es hieß, mit schönen Fachwerkhäusern rund um den Marktplatz. Ich suchte mir ein Hotel, und nachdem ich eingecheckt hatte, bestellte ich mir das teuerste Menü auf der Karte: Zanderfilet mit gedünsteten Pfifferlingen und Williamsbirne – ich hatte ja fast den ganzen Tag nichts gegessen. Dazu eine Flasche exquisiten französischen Weißweins. Die trank ich auch aus. Davon wurde ich so müde, dass ich mich erst mal hinlegen musste. Gegen 23 Uhr wachte ich auf, vom Marktplatz drang laute Discomusik herüber. Ich stand auf, nahm ein Duschbad und wusch mir die Haare, schminkte mir die Lippen und tuschte meine Wimpern. Dann ging ich rüber zur Disco, eine umgebaute Scheune, und tanzte bis zum frühen Morgen durch – mit Männern, die wohl meine Söhne hätten sein können – und fand es herrlich, einfach herrlich! Seit Jahren war ich nicht mehr tanzen gegangen. Endlich fühlte ich mich wieder als Frau.«

Roswita straffte ihren Oberkörper und legte die Hände an die Hüften, als ob sie gleich zum Tango ansetzen würde. Ihrer Haltung und ihren leuchtenden Augen sah man an, welche Energie der plötzliche Entschluss, ihrem alten Leben zu entfliehen, in ihr freigesetzt hatte ... Vielleicht, schoss es mir durch den Kopf, sollte ich doch hier in die Tanztherapie gehen.

»Als ich am nächsten Tag in meinem Hotelbett erwachte«, fuhr Roswita fort, »war es etwa zwei Uhr am Nachmittag. Ich hatte, wohl von den vielen Drinks, furchtbare Kopfschmerzen und Schwindelgefühle. Als ich aufstand, wankte der Boden unter meinen Füßen. Nur mühsam schaffte ich es ins Bad. Unter der Dusche fiel mir plötzlich ein, was ich getan hatte: dass ich ausgerissen, einfach abgehauen war, ohne mich auf der Station abzumelden, und was viel schlimmer war: ohne meinem Mann und den Kindern Bescheid zu geben. Ich stürzte aus der Dusche und kramte mein Handy aus der Handtasche. Doch das gab keinen Piep von sich, der Akku war leer. Ich griff zum Zimmertelefon, fand aber die richtige Taste nicht. Ich zog mir eilig was über, rannte die paar Stufen hinab zur Lobby. Plötzlich begann sich alles um mich herum zu drehen, mein Herz raste, ich wankte und fiel ... Was dann geschah, weiß ich nicht mehr. Als ich wieder zu mir kam, fand ich mich in einem Klinikbett wieder, blickte erst auf einen Katheter, der in meiner Armvene steckte, und dann in das besorgte und vorwurfsvolle Gesicht meines Mannes. Da kam mir allmählich die Erinnerung zurück – und zu Bewusstsein, was ich getan hatte: Ich hatte meine Familie verlassen wollen.«

Mit einem tiefen Seufzer ließ sich Roswita in ihren Stuhl zurückfallen. Schließlich zog sie ein Taschentuch aus ihrer Kapuzenjacke und wischte sich über die Augen.

Ansgar blickte in die Runde: ob jemand Fragen an Roswita habe oder ihr vielleicht etwas vorschlagen möchte?

Keiner wollte den Anfang machen. Schließlich wandte sich Frau Aschmoneit an Roswita: »Ich habe mich die ganze Zeit gefragt: Wie lässt sich der berufliche und familiäre Dauerstress, unter dem du stehst, vermindern? Ich sehe da im Prinzip drei Stellschrauben. Die erste: Du gehst auf Teilzeit oder suchst dir einen anderen Job. Die zweite: Du gibst deine Tochter Ronja in ein Internat oder eine Sonderschuleinrichtung mit ganztägiger Betreuung. Die dritte: Du trennst dich von deinem Mann.«

Wow, drei Dartpfeile mitten ins Herz! Fassungslos, mit offenem Mund starrte Roswita die Ratgeberin an. Ihre Vorschläge, dachte ich, waren zwar schroff, vielleicht gefühllos, doch im Prinzip hatte sie recht. Ein betretenes Schweigen trat ein. Warum, fragte ich mich, sagt Ansgar denn nichts?

Endlich tat er es. Er könne, wandte er sich an Roswita, wie wohl alle hier, sehr gut nachvollziehen, was sie dazu gebracht habe, ihrem alten Leben zu entfliehen. Doch solle sie ihr Tun jetzt nicht moralisch bewerten. Statt sich selbst für ihren Ausreißertrip zu verurteilen, solle sie lieber die Botschaft ernst nehmen, die dieser ihr offenbare: dass sie, wohl ein Leben lang gewohnt und darauf trainiert, sich immer um andere zu kümmern – um die alten Leute im Heim, um ihren Mann, um die Kinder –, sich endlich einmal um sich selbst kümmern, ihre eigenen Bedürfnisse und Wünsche ernst nehmen, mit einem Wort: ihre *Selbstliebe* entwickeln.

Augenblicklich löste sich Roswitas Gesicht aus der Erstarrung, sie nickte zustimmend.

»Ich vermute mal«, wandte sich nun Marja an sie, »dass jedes deiner drei Kinder ein eigenes Zimmer hat. Nur die Mutter hat keines, in das sie sich auch mal zurückziehen kann.«

»Ich teile mir ein Zimmer mit meinem Mann. Wie soll es denn auch anders gehen in einer Vierzimmerwohnung?«

»Ich vermute ferner«, fuhr Marja mit feinem Lächeln fort, »dass dein Mann sich höchstens an ein oder zwei Nachmittagen die Woche um die Kinder kümmert, während die Mutter, obschon genug gestresst durch ihren Beruf, die restlichen fünf Tage für die Kinder da zu sein hat.«

»Mein Mann kümmert sich schon, er ist ein guter Vater, aber ... na ja, es stimmt schon, die meiste Zeit habe ich mit ihnen zu tun.«

»Treibt dein Mann Sport?«, fragte Marja weiter.

Roswita nickte.

»Ich möchte wetten, dass er auf seinen Sport nicht verzichtet, während das einst so geliebte Rennrad der Mutter seit Jahren unbenutzt im Keller steht und vor sich hin rostet.«

»Stimmt.«

»Wie bekannt mir das alles vorkommt«, rief Marja, fast ein wenig belustigt. »Ich habe auch Kinder. Und habe ein halbes Leben gebraucht, bis ich gelernt habe, mich von ihren Ansprüchen und denen meines Mannes abzugrenzen.«

»Und warum«, fragte die Frau mit den hennaroten Stoppelhaaren, »reduzierst du eigentlich nicht auf eine Zweidrittel- oder halbe Stelle? Dann soll dein Mann eben Taxi fahren, wenn er sonst keine Arbeit findet.«

»Und was deine alte Leidenschaft, die Punkband, betrifft«, schaltete sich nun Oswald ein, »hol deine E-Gitarre wieder aus dem Schrank. Ich bring meinen Bass mit. Und dann geht das hier mal so richtig ab, dass die Vitrinen und die Wände wackeln. Aus der Burn-out-Klinik machen wir einen richtig geilen Musikschuppen, bis alle um Mitternacht rufen: Burn, burn, baby, burn!«

Oswald feixte über das ganze Gesicht. Und alle mussten über seine ebenso drollige wie frivole Vision lachen.

Beim Mittagessen wurde noch lange über Roswitas Geschichte gesprochen. Ihr Ausreißertrip hatte entsprechende Fantasien ausgelöst.

»Was glaubst du, wie oft ich schon davon geträumt habe, dem Schuldienst einfach den Rücken zu kehren und auf einer Kunsthochschule noch mal von vorne anzufangen«, sagte die Frau mit den hennaroten Haaren. »Aber leider bin ich nicht so mutig wie du.«

»Ja«, sagte Frau Aschmoneit mit einem Hauch von Melancholie, »wer hätte nicht gerne etwas anderes aus seinem Leben gemacht ... Mein Vater war Flugzeugingenieur, und schon als Mädchen träumte ich davon, Pilotin zu werden. Aber leider ist das ein reiner Männerberuf.«

»Mal ehrlich, Simone«, sagte Viktor, der gerade die Putenbrust auf seinem Teller zerteilte, »würdest du in einem Flieger sitzen wollen, wenn du weißt, im Cockpit sitzt eine Frau und hat ihre Tage?«

»Der Mann hat auch seine Tage«, gab Frau Aschmoneit zurück, »nur fällt es bei ihm weniger auf.«

Alles lachte. Dann wandte sich das Gespräch der skandalösen Situation der Altenpflege im reichsten Land Europas zu.

Altenpflege, meinte Viktor, sei sowieso ein aussterbender Beruf und werde, wie jetzt schon in Japan, bald von Robotern ausgeübt werden. Und indem er eine blecherne Roboterstimme imitierte: »Guten Morgen, Marja. Hast du gut geschlafen? Wir haben schon deinen Blutdruck und deinen Blutzucker gemessen. Dein Stuhlgang ist leider suboptimal.«

»Und das findest du sexy – von Robotern geweckt und betüttelt zu werden?«, entrüstete sich Marja.

»Warum denn nicht? Wenn sie dich gut behandeln und dir deine Fragen höflich beantworten. In zehn, zwanzig Jahren wird die künstliche Intelligenz die unsrige weit übertroffen haben. Der Homo sapiens ist sowieso ein Auslaufmodell.«

Er glaube, sagte Oswald, auch das Problem der Altenpflege und der Überalterung unserer Gesellschaft werde bald durch *Outsourcing* gelöst: indem die pflegebedürftigen Alten der reichen Länder nach Afrika, Thailand oder Sri Lanka ausgeflogen werden, wo sie dann von spottbilligen Einheimischen gefüttert, gewaschen und gewindelt werden.

»Ist schon längst der Fall«, sagte Ansgar, der gerade mit seinem vollen Teller an unseren Tisch kam.

Thaimassage

Eine blonde Frau mit asiatischem Gesichtsschnitt und Mandelaugen, die Müller hieß? Auf der orangen Gummimatte hockend, fragte ich mich, wie dieses ungewöhnliche Phänomen wohl zustande gekommen war. Oder hatte die zierliche Frau, die mir im Yogasitz gegenübersaß, ihre Haare gefärbt? Sie trug ein weißes Leinenhemd und eine weiße Hose und erklärte mir in völlig akzentfreiem Deutsch das besondere Prinzip der Thaimassage: Es handle sich um eine Ganzkörpermassage, bei der von den Füßen aufwärts jeder einzelne Muskel, jede Sehne massiert werde, sodass die gestaute Energie wieder fließen könne.

Wo sie gelernt habe, so gut Deutsch zu sprechen?, fragte ich.

Sie sei in Deutschland geboren und zur Schule gegangen, antwortete sie. Ihr Vater stamme aus China. In den Siebzigerjahren sei er vor Maos Kulturrevolution geflohen, habe in Deutschland Asyl beantragt und erhalten. Und schließlich eine Deutsche geheiratet. Dass sie von ihrer Mutter nur die blonden Haare geerbt habe, alles andere aber von ihrem chinesischen Vater, ärgere diese noch heute. Zum Ausgleich sollte sie wenigstens den Familiennamen ihrer Mutter tragen, statt auch noch Li Han-Hong zu heißen.

Vielleicht, sagte ich, kündige das dominante Genom ihres Vaters ja die kommende Weltmacht China an. Lachend entblößte Frau

Müller zwei makellose weiße Zahnreihen, die vielleicht dem Geschlecht der Ming-Dynastie entstammten.

Nachdem ich mich meiner Jogginghose und des Sweatshirts entledigt hatte, legte ich mich rücklings auf die Matte.

Bei einer leisen meditativen Musik rieb Frau Müller meine Beine und Füße mit Öl ein. Dann begann sie mit der Massage. Erst knetete sie in langsamen, rhythmischen Bewegungen meine Fußsohlen und Knöchel, sogar jeden einzelnen Zeh – was ich als sehr angenehm empfand, noch nie hatten meine Füße so viel Zuwendung erfahren. Dann widmete sie sich meinen Waden und Beinmuskeln, meinem Knie, der Kniekehle und meinen Oberschenkeln.

Nachdem ich mich auf den Bauch gedreht, arbeiteten sich ihre Hände langsam durch meinen Rücken – bis hoch zum Hals-und-Nacken-Bereich. Fest musste sie hier kneten und drücken, weil meine Muskeln ihr so viel Widerstand boten. Mein Nacken und die Muskeln der rechten Schulter seien sehr verspannt, sagte sie. Das sei typisch bei Menschen, die viel mit dem Kopf arbeiten, das heißt, ihre linke Gehirnhälfte auf Kosten der rechten zu strapazieren pflegen.

Was man dagegen tun könne?, fragte ich.

Weniger denken und grübeln. Stattdessen mehr Bewegung und Kontemplation. Doch leider sei das Kontemplative fast gänzlich aus der westlichen Kultur verschwunden.

Ich versuchte, meine Gedanken abzuschalten und mich nur auf jenes angenehme, manchmal auch leicht schmerzende Gefühl zu konzentrieren, das die warmen knetenden Hände auf meinem Körper hinterließen. Doch es wollte mir nicht gelingen, immer kamen mir irgendwelche Gedanken dazwischen …

Nach der vierzigminütigen Massage fühlte ich mich entspannt, ja ich glaubte, das Fließen des Blutes in meinen Adern, dieses langsame Strömen, deutlich zu spüren. Und mein Herz ging ruhig und regelmäßig.

Ich fragte Frau Müller, ob eine solch lange Massage für Sie nicht furchtbar anstrengend sei? Nein, sagte sie, sie füge ja nicht nur meinem Körper ihre Energie zu, es ströme ja auch von mir wieder

Energie zu ihr zurück. Es sei ein Austausch. Darum sei es für sie auch nicht anstrengend.

Eine sehr sympathische Sichtweise, fand ich. Nicht zufällig gehörte das Handauflegen zu den ältesten Heilmethoden der Menschheit. Ich fragte Frau Müller, ob eine ähnliche Philosophie auch hinter den Qigongübungen stehe, an denen ich mich heute Morgen das erste Mal beteiligt hatte.

Ja, sagte sie, das Qigong sei eine tausend Jahre alte Meditations- und Heilmethode der chinesischen Medizin. »Qi« stehe für das gesamte energetische Potenzial des Menschen. Der freie Fluss des Qi, der Lebensenergie, werde als Bedingung für Gesundheit angesehen. »Gong« als chinesischer Begriff bedeute Arbeit. Somit könne man Qigong übersetzen als »stete Arbeit am Qi«. Es gehe darum, die Lebenskraft zu nutzen, zu entwickeln und mit drei Mitteln zu stärken: Erstes durch die verschiedenen Haltungen und Bewegungen des Körpers, insbesondere durch die Basisbewegungen Steigen – Sinken und Öffnen – Schließen. Zweitens durch die Atmung. Und drittens durch die Vorstellungskraft. Die chinesische Medizin gehe davon aus, dass der Körper den Geist beziehungsweise die Vorstellungskraft ebenso beeinflusse wie diese umgekehrt den Körper. Das unterscheide sie grundlegend von der westlichen Medizin, die ganz stark vom abendländischen Leib-Seele-Dualismus geprägt sei, übrigens auch die klassische Psychotherapie, die vorwiegend kognitiv und analytisch sei. Die Sprache sei das Medium der Psychotherapie, und der Körper bleibe außen vor. Ob ich den letzten Vortrag des Chefs gehört habe?

Ich verneinte.

Sein Vortrag habe genau dieses Thema behandelt.

Ich dankte Frau Müller für ihre erhellenden Erklärungen und für die »Wohltat ihrer Hände«. Sie lächelte.

Vom Glück und alten Kinderwünschen

Am nächsten Tag um 11 Uhr fand ich mich wieder im Büro von Frau Doktor Klier ein.

Statt der Designerbluse mit dem schwarz-weißen Margeritenmuster trug sie diesmal einen eher gemütlich weiten grau melierten Rollkragenpullover – es war ja auch etwas kühler geworden – und dazu passende Schnürstiefel.

Nachdem sie in dem großen Ohrensessel mir gegenüber Platz genommen hatte – auf dem Tisch stand wieder eine Schale mit Konfekt –, sagte sie mit einem entschuldigenden Lächeln, als handle es sich hierbei um eine Indiskretion: Sie habe gestern mal in meiner Homepage geblättert und mit Erstaunen gelesen, dass ich über Karl Marx und Sigmund Freud promoviert habe. »Eine sehr ungewöhnliche Kombination.«

Es überraschte mich, dass sich meine Therapeutin für meine Doktorarbeit interessierte.

Ich habe, fuhr sie fort, ein sehr schönes Motto beziehungsweise Freud-Zitat für meine Doktorarbeit gewählt. Sie sah kurz auf den Notizblock, der vor ihr auf dem Tisch lag: *Glück ist die nachträgliche Erfüllung eines prähistorischen Wunsches, eines Kinderwunsches. Darum macht Reichtum so wenig glücklich. Geld war kein Kinderwunsch.* – »Gehe ich richtig in der Annahme, dass dieses auf Ihrer Homepage so hervorgehobene Zitat auch für Sie persönlich und für die Beziehung zu Ihrer Frau von Bedeutung, ja geradezu ein Schlüsselzitat ist?«

»An diesem Zitat über das Glück haben wir einander intuitiv erkannt – an jenem Abend vor fast 30 Jahren, als wir uns das erste Mal begegneten.«

»Erzählen Sie, wenn Sie möchten.«

»Ich arbeitete damals als Schauspieldramaturg und Hausautor an einem hessischen Staatstheater und zeichnete verantwortlich für eine von mir geschriebene Bühnencollage mit fetzigen Songs zum Thema Berufsverbot. Das ständig ausverkaufte Stück löste einen Theaterskandal aus – es war die Zeit des sogenannten Radikalenerlasses – und trug mir seitens der konservativen Presse den Ruf des ›roten Dramaturgen‹ und die persönliche Feindschaft des für die Kultur zuständigen Stadtrates ein.

Nach der Aufführung ging ich mit Benno, dem Regisseur des Stücks, in den Rathauskeller. Bennos Frau saß mit einer blonden Schönheit, die einen weißen Jeansoverall trug, am Tresen. Benno stellte uns einander vor.

Was mir auf den ersten Blick gefiel: ihre warmen, leuchtend blauen Augen, die feinen Grübchen in ihren Mundwinkeln, der schöne Lippenbogen und die weiche Rundung ihres Kinns. Vor allem aber ihr dunkles ansteckendes Lachen, in dem so etwas Großzügiges, Sichverströmendes lag.

Um die blonde Bellezza mit dem hübschen Pony zu beeindrucken, ließ ich im weiteren Fortgang des Abends meine intellektuellen Muskeln spielen und im Schnelldurchgang meine literarische und philosophische Bildung (und Einbildung) mit entsprechenden Rekursen auf die damaligen geistigen Referenzgrößen Marx und Marcuse, Freud und Adorno Revue passieren. Dabei stellte ich erstaunt fest, dass sie für jeden meiner intellektuellen Eröffnungszüge sogleich eine passende Antwort parat hatte – und dies tat sie noch dazu mit einer spielerischen Leichtigkeit und einem wissenden Lächeln, als durchschaue sie mein routiniertes Selbstdarstellungs-und-Anmach-Programm und als amüsiere es sie gleichzeitig, dass ich dergleichen nötig hatte. Geradezu perplex aber war ich, als sie mir besagtes Zitat von Sigmund Freud gleichsam aus dem Munde stahl.«

»Vielleicht«, sagte Frau Klier, »hatten Sie ja schon an diesem ersten Abend die Ahnung, dass Dorothea die Frau sein würde, bei der Ihre ›prähistorischen‹, Ihre Kinderwünsche in Erfüllung gehen würden. Wie alt waren Sie, als Ihre Mutter starb?«

»Fünf«.

»Haben Sie nach dem Tod Ihrer Frau manchmal an diesen ersten einschneidenden Verlust in Ihrem Leben gedacht?«

»Kaum. Ich habe nur sehr wenige verschwommene Erinnerungen an meine Mutter.«

»Bitte, erzählen Sie weiter.«

»Nach Mitternacht war ich mit Dorothea in eine Szenekneipe der Altstadt weitergezogen, in der die hiesigen Künstler, Schauspieler und Nachtschwärmer verkehrten. Wir saßen tête-à-tête an einem Zweiertisch, umhüllt vom Qualm ihrer Marlboro und den Rauchwölkchen, die aus meiner Pfeife stiegen. Da wir einander so viel zu sagen hatten, bestellten wir noch einen und noch einen Schoppen. Über dem vielen Reden vergaß ich, meine Pfeife nachzustopfen, sodass sie immer wieder ausging und ich sie erneut anzünden musste – ein unfreiwilliger Running Gag, über den wir beide lachen mussten.

Bald kamen wir auf sehr persönliche Themen zu sprechen. Dorothea hatte sich unter schwierigsten und widrigsten Umständen von einem Mann getrennt, von dem sie zwei Kinder hatte und der sie mit allen Mitteln zu halten suchte. Ihr war bewusst, dass sie nur dann von ihm loskommen würde, wenn sie finanziell auf eigenen Füßen stehen würde. Und so nahm sie ihre – nach dem zweiten Kind unterbrochene – Berufsausbildung als Grundschullehrerin wieder auf und holte, just in den Zeiten der schwersten Ehekrise, das Referendariat und zweite Staatsexamen nach. Um ihrem Mann keine Gelegenheit zu geben, die Beziehung mit ihr via endloser Gerichtsverfahren fortzusetzen, verzichtete sie auf die ihr rechtlich zustehende Hälfte am gemeinsam gebauten Haus. Ruhe vor ihm zu haben, war ihr wichtiger, als auf ihrem Recht und Besitzanspruch zu bestehen.

Was mich besonders beeindruckte: dass sie die harten Jahre des Ehekrieges ohne Bitterkeit und Hass überstanden hatte. Obwohl der dreizehn Jahre ältere Ehemann ihr keine Drohung und keine Demütigung erspart hatte, brachte sie für ihn und seine traumatischen Verlustängste – er hatte beide Eltern und seine einzige Schwester bei einem Bombenangriff kurz vor Kriegsende verloren – noch Verständnis auf.«

»Eine starke Frau«, bemerkte Frau Klier. »Wie viele Frauen bleiben nicht wegen der Kinder in einer unglücklichen Ehe stecken und resignieren.«

»Diese Option hatte auch Dorothea immer wieder vor Augen gestanden. Doch war sie nicht bereit, ihr eigenes Lebensglück dem Erhalt der Familie zu opfern. Sie hatte den Mut und die Stärke, sich, von ihrer Mutter unterstützt, mit ihren Kindern auf den Weg zu machen. Nicht zuletzt darum wirkte sie so frei, strahlte sie eine solche Souveränität und Gelassenheit aus.

Wer aber war eigentlich ihr Exmann? Den ganzen Abend über hatte sie weder seinen Namen noch seinen Beruf erwähnt.

›Du kennst ihn‹, sagte sie mit feinem Lächeln, ›und er kennt dich. Und ist dir nicht gerade wohl gesonnen.‹

›Wer ist es? Nun sag schon.‹

›In meinem früheren Leben hieß ich Dorothea Berghaus.‹

›Berghaus – wie der für Kultur zuständige Stadtrat?‹

Ich war perplex. Ich konnte es, mochte es einfach nicht glauben, dass diese so anmutige, intelligente und fortschrittlich denkende Frau mit diesem Mann, der gegen die neue, ›in der Wolle rot eingefärbte Schauspieltruppe des Staatstheaters‹ und besonders gegen mich, den ›roten Dramaturgen‹, wetterte, wo er nur konnte, zehn Jahre lang in einer ehelichen Gemeinschaft gelebt hatte. Noch schwerer fiel mir die Vorstellung, dass sie von diesem Mann, von dem sie Welten trennten, wie sie selbst sagte, drei Mal schwanger geworden war. Die letzte Schwangerschaft hatte sie unterbrochen.

Sie könne es ja selbst kaum mehr glauben, sagte sie mit heiterer Miene. Wenn sie auf die ersten Jahre ihrer Ehe zurückblicke, habe sie Mühe, sich in der blonden Frau mit Dauerwelle und dem schwarzen Cocktailkleid wiederzuerkennen, die bei all den Empfängen und Opernbesuchen an der Seite des Herrn Doktor Berghaus stand, als ob sie neben sich stehe, pflichtgemäß lächelnd und den Kopf neigend, wenn sie wieder einen der Honoratioren zu begrüßen hatte. Sie sei sich in dieser Rolle oft wie eine aufgezogene Puppe vorgekommen – wie die schöne Automatenpuppe Olimpia in E. T. A. Hoffmans Erzählung *Der Sandmann*.

Es war vier Uhr morgens, als wir als Letzte die Kneipe verließen; der Wirt hatte gerade begonnen, die Lichter hinterm Tresen auszuknipsen.«

Gedankenverloren hielt Frau Klier noch immer eine Praline zwischen Daumen und Zeigefinger. Erst jetzt schob sie sich diese in den Mund. Nach einer Weile fragte sie:
»Wie alt war Ihre Frau, als Sie sie kennenlernten?«
»Neununddreißig, ich war vierunddreißig.«
»Und der Altersunterschied war kein Problem für Sie?«
»In den ersten Wochen hegte ich zuweilen die leise Befürchtung, sie habe die Blüte ihrer Jahre vielleicht schon überschritten. Manchmal, wenn ich ihre kleinen, ein wenig faltigen Hände betrachtete, kamen mir solche Gedanken. Doch schon bald war diese Angst verflogen. Ich liebte sie von Tag zu Tag, von Woche zu Woche mehr, weil sie so herzlich war, weil wir einander so gut verstanden, einen so hohen Grad an Übereinstimmung hatten im Denken, Empfinden und in der Art, die Welt zu betrachten. Und weil die Liebe mit ihr so leicht und gleichzeitig so innig war.«

»›Innig‹ – ein heute fast ausgestorbenes Wort.« Für einen Moment verlor sich Frau Kliers Blick in die Ferne, als gehe sie einer eigenen Erinnerung nach.

»Ich fand Dorothea schön – nicht nur im physischen Sinne –, sondern weil sie in allen Äußerungen ihres Wesens so lebendig und authentisch war. Ihr anteilnehmendes Wesen war zugleich mit einer hohen Intelligenz und subtilen Reflexionsfähigkeit gepaart; sie war eine leidenschaftliche Leserin und nicht nur literarisch sehr gebildet, sie hatte sich auch eingehend mit Psychologie, Soziologie und Philosophie beschäftigt, wobei ihr Wissen nie etwas bloß Angelesenes war, sondern immer einen konkreten Bezug zu ihrem eigenen Erleben und Tun hatte, also wirklich angeeignet war. Jedenfalls ging uns der Gesprächsstoff niemals aus. Einmal, als wir für ein Wochenende nach Amsterdam fuhren, begannen wir uns irgendwann zu wundern, warum die angekündigte Ausfahrt *Amsterdam* so lange auf sich warten ließ. Bis wir feststellten, dass wir so sehr ins Gespräch vertieft gewesen, dass wir an Hollands Hauptstadt glatt vorbeigefahren waren.«

Frau Klier lachte. »Und? – Sind Sie dann nach Amsterdam zurückgefahren?«

»Nein. Wir fuhren weiter – bis an die Küste – und verbrachten zwei herrliche Tage am Meer.«

»Es war also eine Beziehung auf Augenhöhe … Oder gab es auch Bereiche, in denen Sie sich Ihrer Frau unterlegen fühlten?«

Ich dachte nach. »Ja, diese Bereiche gab es wohl. Sie war in mancher Hinsicht reifer als ich. Mein Denken kreiste damals noch sehr ums eigene Werk und um meine berufliche Karriere. Ich glaubte oder fürchtete, dem Geschenk ihrer Liebe, ihrer Großzügigkeit im Geben nichts Gleichwertiges entgegensetzen zu können. Fast ungläubig nahm ich ihre wiederholte Versicherung auf, dass sie mit mir glücklich sei. Wollte es doch, vor allem nach der vorangegangenen dreijährigen Beziehung mit Karla, die eine ziemliche Katastrophe war, zu meinem eigenen Selbstbild als Mann gar nicht passen, dass ich eine Frau wirklich glücklich machen könne. Doch kam ich mit der Zeit nicht umhin, von diesem mir lieb gewordenen ›dämonischen Selbstbild‹, über das sich Dorothea manches Mal mokierte, Abschied zu nehmen. Weil ich ja sah – und es irgendwann nicht mehr nur für ein Phantom, für eine verliebte Einbildung ihrerseits halten konnte –, dass sie *wirklich* mit mir glücklich war; und ich mit ihr.«

»Aber hat es nicht auch«, fragte Frau Klier, »Konflikte, Streit und Auseinandersetzungen zwischen Ihnen und Ihrer Frau gegeben?«

»Natürlich gab es das – wie in jeder Ehe. Aber was bedeutet das schon angesichts des Todes.«

Es klopfte an die Tür. Frau Klier warf einen Blick auf die Uhr. Dann sagte sie:

»In meinem Beruf höre ich ja viele Geschichten, meist recht traurige und unglückliche Beziehungs- und Ehegeschichten. Was haben Sie doch für ein Glück mit Ihrer Frau gehabt, auch wenn sie zu früh gegangen ist – ein Glück, von dem viele Menschen nur träumen können. Daran sollten Sie immer denken, wenn Sie der Schmerz wieder einholt und Sie sich einsam fühlen. Und doch werden Sie sich verändern müssen, um Ihrem Leben jetzt einen neuen Gehalt und eine neue Richtung zu geben.«

Sie drückte mir die Hand.

Geschäftsbein

Als ich gegen halb eins den Speisesaal betrat und an meinem Tisch Platz nahm, waren Marja und Roswita gerade damit beschäftigt, Oswalds Bein zu begutachten. An seinem Oberschenkel klebte ein eindrucksvoller Wundverband. Frau Aschmoneit saß am Kopfende des Tisches und blätterte in der Zeitung.

Oswald erzählte sogleich von dem Malheur, das ihn am gestrigen Nachmittag ereilt hatte: Er radelte gerade gemächlich durch das Städtchen, da kam ihm eine alte Dame mit einem Dackel entgegen, der unentwegt kläffte. Da die Dame nicht wusste, wie sie ihren Hund beruhigen konnte, wollte Oswald ihr helfen; er stieg vom Fahrrad, täschelte und streichelte den Dackel und redete ihm gut zu. Doch der Köter ließ sich nicht beruhigen, schnappte immer wieder nach seiner Hand und biss ihn schließlich in den Oberschenkel. Oswald ließ sich mit dem Taxi sofort in die städtischen Kliniken befördern und sich eine Tetanusspritze verabreichen. Die Wunde musste geschnitten werden.

»Zwei Zentimeter tief. Da passt jetzt 'n Radiergummi rein, und jede Bewegung tut höllisch weh, könnt ihr mir glauben. Joggen, Trampolin und Qigong kann ich erst mal vergessen. Doch jetzt kommt das Schärfste: Wisst ihr, was Frau Doktor Klier sagte, als ich ihr diese Geschichte erzählte?« Oswald machte eine Kunstpause und ließ seinen Blick von Gesicht zu Gesicht wandern: »Sie sagte: ›Nehmen Sie es als Zeichen, dass der Hund Sie gerade in das rechte Bein gebissen hat.‹ – ›Als Zeichen wofür?‹ – ›Dass Sie Ihre Geschäfte einmal ruhen lassen und Ihren Aufenthalt hier noch um zwei Wochen verlängern sollten.‹ – ›Aber was hat das mit dem rechten Bein zu tun?‹ – ›Das rechte Bein wird von der linken Gehirnhälfte gesteuert, es ist sozusagen Ihr Geschäftsbein.‹ – Also da war ich platt.«

Oswald schaute erwartungsvoll in die Runde. »Und was sagt unser Professor dazu?«, wandte er sich schließlich an mich.

»Natürlich war es Zufall. Der Hund hätte dich ebenso in das andere Bein beißen können.«

»Nu, das sagst du jetzt, da du noch bei klarem Verstand bist. Aber wenn du erst mal drei Wochen hier hinter dir hast, glaubst du an keine Zufälle mehr. Dann siehst du überall nur noch« – Oswalds Stimme ging in eine höhere Tonlage über, als ahme er eine Frauenstimme nach – »Fügung, Koinzidenz und unsichtbare Kausalität am Werk. Dann bist du genauso meschugge wie wir. Wart's nur ab.«

Ich musste lachen.

Die Küchenfee kam mit der Suppenterrine, füllte mit der Schöpfkelle der Reihe nach die Teller und wünschte guten Appetit. Es war eine schmackhafte Steinpilzsuppe mit Klößchen.

»Wo bleibt eigentlich Viktor?«, fragte ich mit Blick auf den dampfenden Teller vor Viktors leerem Platz.

»Der muss noch schnell die New Yorker Börse abräumen«, sagte Oswald und grinste. »Bevor es zum nächsten Crash kommt.«

Da ich die Stirn runzelte, half Frau Aschmoneit mir auf die Sprünge: »Viktor ist Geldfondsmanager. Und lässt lieber seine Suppe kalt werden, als eine wichtige Börseninfo zu verpassen.«

»Und warum ist er dann hier?«

»Weil er hier in aller Ruhe zocken kann, ohne dass ihm aufgebrachte Kunden und deren Anwälte das Haus einrennen.«

Eine psychosomatische Klinik als Asyl für Zocker? Das war wahrlich kurios.

Von der vergessenen Sprache der Organe

Kurz vor 18 Uhr betrat ich den Plenarsaal im *Haus Kristall*. Etwa dreißig bis vierzig Patienten, die meisten in Turnschuhen, Jogginghosen und Trainingsanzügen, füllten den nur mäßig beheizten Raum. Teils hockten sie auf Gummimatten, teils auf Klappstühlen, die im Halbkreis um das Podium angeordnet waren. Oswald und Marja rückten ihre Stühle beiseite, damit ich zwischen ihnen Platz nehmen konnte.

Doktor Wallerstein, eben noch mit Ansgar im Gespräch, nahm in der Mitte des Podiums Platz. Er wartete eine Weile, bis es ruhig im Saal geworden war. Von Patienten wie Therapeuten immer nur »der Chef« genannt, war er eine imposante Erscheinung: sehr groß, breitschultrig, mächtiger Brustkorb, stattlicher Embonpoint, der wohl bezeugte, dass er kein Kostverächter war. Das markante Profil mit den tief liegenden Augen unter den buschigen Brauen, die breite Stirn mit dem wallenden grauen Haar und der dichte Kinn- und Backenbart, der sein Gesicht umrahmte, verliehen ihm schon rein äußerlich die Aura und Autorität eines Patriarchen. Sein sonorer Bass, der sogleich den Raum füllte, als er die Anwesenden begrüßte, tat ein Übriges, diesen Eindruck zu bestätigen.

»*Krankheit ist der Ort, wo man lernt,* sagte schon Blaise Pascal.« Mit diesem Zitat begann Doktor Wallerstein seinen Vortrag. Im Unterschied zur herkömmlichen und Schulmedizin, die Krankheit primär als Defekt der »Körpermaschine« Mensch begreife, sah der französische Philosoph im Körper vor allem einen Lehrmeister. Dieser sei der »redlichste Therapeut«, den man sich vorstellen könne, da er uns auf Schritt und Tritt durch das Leben begleite und genauestens über unsere Versäumnisse und Fehltritte Buch führe.

»Was uns fehlt«, fuhr Doktor Wallerstein nach einer Gedankenpause fort, in der er seinen Blick rund um das Auditorium schweifen ließ, »können wir an unserem Körper präzise ablesen, vorausgesetzt, dass wir verstehen, was er uns in der symbolischen Sprache seiner Organe sagen will. Diese ist allerdings weithin in Vergessenheit geraten. Die Menschen früherer Zeiten hatten noch eine intuitive Ahnung davon, wie die Seele auf den Leib wirkt und umgekehrt, wie unterdrückte Gefühle und Konflikte sich im Körperlichen manifestieren, wovon viele volkstümliche Redeweisen noch heute Zeugnis ablegen. Zum Beispiel *Das hat mir auf den Magen geschlagen … Das geht mir an die Nieren … Ich mach mir vor Angst in die Hose* usw. Doch im Laufe der Zeit wurde dieses volkstümliche Wissen durch die lateinische Formel- und Fachsprache der Anatomie ersetzt. Erst durch die Forschungen der psychosomatischen Medizin, im Verein mit der modernen Neurobiologie, ist die vergessene Sprache der Organe wiederentdeckt und dechiffriert worden. Mithilfe der neuen bildgebenden Verfahren der Neurobiologie lassen sich die leib-seelischen Wechselwirkungen unmittelbar nachweisen, zumal alle Organe – außer der Milz – über Nervenzellen mit dem Gehirn, dem zentralen Steuerungs- und Speicherorgan all unserer Empfindungen und seelischen Prozesse, verbunden sind. Inzwischen haben wir immer mehr Erkenntnisse darüber, wie die komplexe Kommunikation zwischen unserem Gehirn und den einzelnen Organen über bestimmte Neurotransmitter, Hormone und Botenstoffe reguliert wird.«

Den weithin vergessenen Bedeutungs- und Sinnzusammenhang zwischen den Organen und unseren Emotionen erläuterte Doktor Wallerstein sodann an einzelnen Beispielen beziehungsweise Symptomen:

Kopfschmerzen etwa verwiesen oft auf eine seelische Hoch- oder Überdrucksituation, auf eine Überforderung durch übermäßigen Leistungsdruck, Ehrgeiz, Perfektionsanspruch – *sich den Kopf zerbrechen, sich das Hirn zermartern, Kopflastigkeit:* Man versuche krampfhaft, Probleme zu lösen, die mit dem Kopf nicht zu lösen sind.

Rückenschmerzen, Bandscheibenvorfälle, Verklemmungen und Verkrümmungen einzelner Wirbel oder der Wirbelsäule deuteten in der Regel auf zu hohe Belastung – *sich krummlegen für andere oder im Beruf,* Halsschmerzen auf unterdrückten Ärger – *den Hals voll haben, einen Kloß im Hals haben,* Gallensteine auf unterdrückte und verdrängte Wut – *mir läuft die Galle über,* Nieren- und Blasenentzündungen auf ungelöste Beziehungsprobleme – *Das geht mir an die Nieren* auf einen Konflikt zwischen Behalten (Aushalten) und Loslassenwollen. Erkrankungen der Atemorgane, wie zum Beispiel Bronchialasthma, verwiesen auf das Thema Enge und Freiheit, nicht selten auf eine ungelöste Fixierung an frühe Bezugspersonen – *der oder das nimmt mir die Luft, vor Schreck die Luft anhalten;* Herzerkrankungen seien oft Ausdruck von *Herzeleid* und *Herzweh,* wie der Volksmund seit Langem wisse ... Der Tod meiner Frau, dachte ich, war ein solcher Einbruch in die gewohnte Ordnung meines Lebens gewesen, dass mein Herzschlag buchstäblich *aus dem Takt geraten war.*

Überhaupt, resümierte Doktor Wallerstein, bewirken seelischer Stress, unterdrückte und verdrängte Gefühle, verschleppte und ungelöste Konflikte eine Schwächung des Immunsystems und damit ein erhöhtes Risiko für Entzündungen und Krankheiten aller Art. Leider neigten viele von einer Sucht oder schweren Krankheit Betroffene dazu, diese als ›Schicksal‹ hinzunehmen, das ›in den Genen liege‹, um sich die oft schmerzhafte Auseinandersetzung mit den psychischen Anteilen der Krankheit zu ersparen. So aber beraubten sie sich selbst der Chance, aus der Krankheit zu lernen und sie – im Sinne Pascals – als Wegweiser zu verstehen für eine wichtige Erkenntnis und notwendige Veränderung des eigenen Lebens.

Ich dachte an Andreas, mit dem ich in der letzten Woche noch ein langes Gespräch geführt hatte. Nach dem Tod seiner Mutter war er an einer Herzklappenentzündung erkrankt, die ihn ungemein schwächte und für Wochen ins Bett zwang. Er hatte verschiedene Ärzte aufgesucht, und durch Einnahme starker Antibiotika war die Entzündung zwar wieder abgeklungen, doch fühlte er sich noch immer so schwach, dass ihn schon die geringste körperliche Anstrengung ermüdete und er keine Treppe ohne Schweißausbrüche und Herzrasen mehr hochkam. An sein gewohntes Training im Fitnessstudio war überhaupt nicht zu denken. Nach eingehender Untersuchung wurde ein »Chronic-Fatigue-Syndrom« diagnostiziert, was – wie ihm der Arzt erklärte – nur ein anderer Ausdruck für eine anhaltende Depression sei. Er würde ihm deshalb dringend raten, sich in therapeutische Behandlung zu begeben. Doch diese Diagnose erschien Andreas nicht nur völlig abwegig, sie empörte ihn geradezu. Er sei doch »kein Depri«, er sei doch sonst immer »gut drauf gewesen«, überhaupt gehe ihm dieser »ganze modische Psychokram« tierisch auf die Nerven. – Es sei doch eigentlich sehr nachvollziehbar, hielt ich dagegen, dass seine Erkrankung auch psychisch bedingt sei; schließlich habe er in den zurückliegenden Jahren zwei schwere Schicksalsschläge hinnehmen müssen: erst seinen Absturz an der Börse mit der Folge einer enormen Schuldenlast, die ihn bis heute drücke; und jetzt den Tod seiner geliebten Mutter.

Doch Andreas hatte mich gar nicht ausreden lassen, sofort war er wieder bei seinem Lieblingsthema: den inkompetenten Ärzten, deren Urteil man sowieso nicht trauen könne, weil die meisten von ihnen nicht auf dem Stand der heutigen Forschung seien. Er habe jetzt im Internet recherchiert, in den amerikanischen Fachzeitschriften werde das CFS eindeutig als Stoffwechselerkrankung diagnostiziert. Mit »Psycho« habe das gar nichts zu tun. Und dann hatte er mir, im Brustton eines selbst ernannten medizinischen Experten, einen 20-minütigen Vortrag über Stoffwechselstörungen, Autoimmunerkrankungen, Fehlfunktion von Antikörpern et cetera gehalten. Und schließlich die medizinisch erforschten Wirkungen mehrerer Präparate auf pflanzlicher Basis aufgezählt, die beim Chronic-Fatigue-Syndrom hilfreich seien, weil sie seltene Spurenelemente enthielten, die seinem Zellstoffwechsel offenbar fehlten. Seit er diese Präparate, die er übers Internet bestellt habe, einnehme, gehe es ihm schon wieder besser. – Meinen besorgten Einwand, eine Selbstmedikamentierung via Internet, zumal ohne ärztliche Beratung und Supervision, sei nicht ungefährlich, wischte er mit der Bemerkung beiseite, das sei jedenfalls aussichtsreicher, als sich jahrelang auf die Couch eines »Psychofritzen« zu legen.

Nach diesem Gespräch war ich ziemlich ratlos. Wie sollte man Andreas auch helfen, wenn er ständig Ursache und Wirkung vertauschte und sich gar einbildete, er selbst sei sein bester Arzt?

»Gibt es weitere Fragen?« Doktor Wallerstein ließ seinen Blick über das Auditorium schweifen.

»Wie kommt es eigentlich«, fragte ich, »dass die allermeisten Krankheiten noch immer mit Pillen, pharmazeutischen Produkten und den Mitteln der herkömmlichen Schul- und Apparatemedizin behandelt werden, obwohl – nach einer neuerlichen umfangreichen Feldstudie der Deutschen Psychosomatischen Gesellschaft – weit über 50 Prozent der untersuchten Krankheiten als psychosomatische Krankheiten einzustufen sind?«

»Gute Frage.« Nach kurzem Blickwechsel mit dem »Chef« übernahm Ansgar die Antwort: Dies sei die zwangsläufige Folge der unheiligen Allianz zwischen Medizin und Kommerz. Gesundheit sei eben ein riesiger Wachstumsmarkt. 50 000 Medikamente überschwemmten derzeit Deutschland, obwohl Gesundheitsexperten davon ausgingen, dass 1500 zuverlässige Präparate mehr als ausreichend wären, Hausärzte würden gar mit hundertfünfzig problemlos auskommen. Um ihre Marktanteile und Umsätze zu steigern, erfinde die Pharmaindustrie immer neue Krankheiten und Malaisen – etwa Wechseljahre beim Mann, Cellulitis bei der Frau –, die medikamentös behandelt werden müssten. Der frühere ›Zappelphilipp‹ gelte heute als ›ADHS-gestört‹ und werde mit Ritalin ruhiggestellt, ein Medikament mit Suchtpotenzial, mit dem inzwischen Milliardenumsätze erzielt werden. »Die Phönix-Klinik jedenfalls ist kein Absatzmarkt für Psychopharmaka, happy pills und leistungssteigernde Drogen; deshalb ist sie bei den Pharmakonzernen auch nicht sonderlich beliebt.«

Spontaner Applaus, mit Gelächter vermischt, setzte ein.

»Übrigens«, setzte Ansgar hinzu, »ist die Zeit, die sich Ärzte für ihre Patienten nehmen, nirgendwo in Europa so knapp bemessen wie in Deutschland. Einer vergleichenden Studie zufolge verbringt der durchschnittliche Kranke gerade mal neun Minuten im Behandlungszimmer. Und im Schnitt unterbricht ein Arzt bereits nach achtzehn Sekunden den kranken Menschen, der vor ihm sitzt, um ihm sein Leid zu klagen.«

Doktor Wallerstein schüttelte den Kopf. »Eigentlich unbegreiflich, dass die Patienten das hinnehmen. Denn wie soll der Arzt ihnen helfen, ohne ihre Geschichte, ihr Umfeld, ihre Herkunft, ihre Ängste und Sorgen zu kennen? Genau das aber ist die Regel der Schulmedizin und bei der Massenabfertigung des ›Stückguts Patient‹. Dabei sind doch Reden und Zuhören – dies wusste schon Paracelsus – noch immer die besten Werkzeuge des Arztes … Gibt es weitere Fragen?«

Doktor Wallerstein ließ seinen Blick durch den Raum schweifen.

Frau Aschmoneit fragte, ob Burn-out eigentlich eine anerkannte medizinische Diagnose sei.

Nein!, sagte Doktor Wallerstein. Burn-out sei ein nicht stigmatisierendes, vielfach sogar moralisch entlastendes Etikett für eine anhaltende Erschöpfung und Depression. Wer ausgebrannt sei, müsse schließlich einmal gebrannt, das heißt sich engagiert und viel gearbeitet haben. Die Depression dagegen sei viel weniger populär, sie löse Angst aus und stigmatisiere. Burn-out sei eine gesellschaftlich anerkannte Edelvariante der Depression, die auch im Moment des Scheiterns das Selbstbild unangetastet lasse: Nur Verlierer werden depressiv. Burn-out dagegen sei die Diagnose für Gewinner, genauer: für ehemalige Gewinner.

So hatte ich die Sache noch nicht betrachtet. Wohl darum wehrte sich Andreas so heftig gegen die ärztliche Diagnose »Depression«: Er, der einst eine Blitzkarriere in der Finanzwirtschaft gemacht hatte, wollte partout nicht zu den »Verlierern« gehören.

Die Depression, fuhr der »Chef« fort, sei inzwischen die häufigste seelische Störung überhaupt – und auch die teuerste. Sie koste nicht wenigen Menschen das Leben durch Suizid, sie koste zusammengenommen viele Jahrzehnte an Lebensqualität, und sie koste die Gesellschaft Milliarden, weil Depressive länger ausfallen – als Arbeitnehmer, Eltern, Partner, Lehrer und Steuerzahler.

Doktor Wallerstein lud nun die Anwesenden zu einem meditativen Organ-Scanning ein, wie er es nannte. Die Übung habe den Sinn, uns unserer einzelnen Organe, die uns Tag und Nacht zu Diensten sind, meist ohne dass wir davon Notiz nähmen, bewusst zu werden, sie bewusst wahrzunehmen und ihnen für ihre unermüdlich treuen Dienste einmal zu danken, zumal wir ihnen alles verdankten, was das Leben lebenswert mache: Gesundheit, Vitalität, Lebenslust und Freude.

Die Übung bestand aus einem einfachen meditativen Ritual. Doktor Wallerstein sprach vor, die anderen sprachen nach: »Einatmend bin ich mir meines Herzens bewusst, ausatmend danke ich meinem Herzen ... Einatmend bin ich mir meiner Lunge bewusst, ausatmend danke ich meiner Lunge« und so weiter.

Der tiefere Sinn dieses meditativen Organ-Scannings leuchtete mir durchaus ein – warum sollte man nicht einmal seinen Organen für ihre treuen Dienste danken? Der heilige Ernst indes, mit dem nun der ganze Saal die vom Chef vorgesprochenen Dankessätze an die einzelnen Organe gebetsmühlenhaft wiederholte, erinnerte an Kirche und Liturgie. Das monotone Gemurmel hatte auch eher eine einschläfernde Wirkung auf mich, zumal es fast eine halbe Stunde dauerte, bis alle Organe durchdekliniert waren und den ihnen gebührenden Dank empfangen hatten. Auch fand ich es nicht gerecht – darin war ich mir mit Oswald einig –, dass die vom Chef nicht näher spezifizierten Geschlechtswerkzeuge auf dieselbe unterschiedslose Weise bedankt wurden wie die anderen Organe auch; dabei hätten diese höchsten Lustspender doch eigentlich eine ganz besondere Danksagung, ein Merci der Extraklasse, verdient.

Die anschließende fünfzehnminütige »Geh-Meditation«, die von einer monotonen, leicht rhythmisierten Musik begleitet wurde, empfand ich dagegen als eine ebenso erhellende wie herausfordernde Übung, zumal dabei der Gleichgewichtssinn auf eine harte Probe gestellt wurde: Alle gingen im Kreis und sollten sich durch den dreigeteilten Vorgang – langsam den Fuß heben, halten und senken – ihres Gehens bewusst werden. Was so einfach ist und so leicht aussieht, wenn es im normalen Zeitmaß geschieht, wird schon schwieriger, wenn man es langsam tut, weil man nun länger auf einem Fuß stehend die Balance halten muss. So mancher verlor für Momente das Gleichgewicht, sodass es immer wieder zu bedenklichen Schieflagen und kleineren Karambolagen kam, die für Erheiterung sorgten. Ja, genau genommen – dies wurde mir im Zuge dieser Übung klar – geht der Mensch gar nicht auf zwei Beinen, sondern nur auf einem Bein, das sich jeweils mit dem anderen abwechselt.

Er hoffe, sagte Doktor Wallerstein, nach dieser Übung wüssten alle Beteiligten die meditative Leistung der Störche und erst recht der Flamingos zu würdigen, die auf einem Bein nicht nur stehen, sondern auch schlafen können. Doch so weit müssten wir es nicht bringen.

Er erhielt einen schönen Applaus.

An diesem Abend ging ich früh zu Bett. Mitten in der Nacht wachte ich mit starkem Herzklopfen auf. Ich knipste die Nachttischlampe an, schob mir ein Kissen in den Rücken und setzte mich aufrecht. Mein Herzschlag stolperte. Die kurzen Aussetzer bereiteten mir Angst, weil ich jedes Mal dachte, mein Herz bleibe jetzt vielleicht stehen. Ich wartete, bis es wieder im Gleichtakt ging. Dann versuchte ich, jene Traumsequenz zu erinnern, die mich aus dem Schlaf gerissen hatte:

Plenarsaal: Ich gehe im Zeitlupentempo mit vielen anderen im Kreis. Plötzlich sehe ich einige Meter vor mir eine Frau mit halblangen blonden Haaren, die ein zweiteiliges rosenfarbenes Kleid trägt, genau jenes Kleid, das Sonja und ich für Dorotheas Aufbahrung ausgesucht hatten. Für einen Moment bin ich wie paralysiert vor Glück: Dorothea lebt! Ich drängle mich an den vor mir im Kreis gehenden Männern und Frauen vorbei, schiebe sie einfach zur Seite, ernte böse Blicke und Flüche, aber das ist mir egal, bis ich schließlich ganz dicht hinter der blonden Frau bin. ›Dorothea!‹, rufe ich, ›Dorothea!‹. Sie dreht sich um, aber es ist nicht Dorothea, sondern eine alte Frau mit runzeligem Gesicht und farblos-wässrigen Augen, eine Frau, die ich nicht kenne. Vor Schreck wache ich auf.

Ich schlug die Bettdecke zurück und stand auf. Nahm mein Tagebuch vom Bücherbord und setzte mich in den Lehnstuhl am Fenster. Wie zum Trost und gleichsam als Kontraindikation gegen den schockierenden Traum las ich noch einmal das, was ich damals, in der Nacht vor der Trauerfeier, über meine Frau geschrieben und dann am nächsten Vormittag in der kleinen Dorfkirche unter Tränen vorgetragen hatte:

Miniaturen
Für meine Frau

Ein altes Rabbiner-Wort sagt: »Wer Weisheit besitzt ohne Menschenliebe, gleicht einem Menschen, der den Schlüssel zum innersten Gemach besitzt, aber zum äußeren verloren hat.«
Sie fand meistens beide Schlüssel zum Menschen, selbst wenn das Schloss klemmte oder verrostet war.

Eine ihrer liebsten Geschichten aus Ernst Blochs »Spuren« war diese: Ein Hund und ein Pferd waren befreundet. Der Hund sparte dem Pferd die besten Knochen auf, und das Pferd legte dem Hund die duftigsten Heubündel vor, und so wollte jeder dem anderen das Liebste tun, und so wurde keiner von beiden satt.
Für mich, für die Kinder, ihre Mutter, die Freunde, ja für jeden Menschen, der ihr nahe war, fand sie das passende Futter – und so wurden wir alle in ihrer Nähe satt.

Wenn sie mit einem Kind sprach, ging sie in die Knie, um mit ihm auf gleicher Augenhöhe zu sein. Mit jedem, auch mit den großen Kindern, den Erwachsenen, sprach sie auf seiner Stufe und in seiner Sprache, gleichviel welcher Schicht er entstammte, welchen Status oder Rang er bekleidete. Sie war in diesem Sinne wirklich polyglott, vielsprachig.

Sie liebte die Vögel, erkannte jeden Vogel an seinem Gesang, seinem Gefieder oder seiner Flugbahn. Oft sprach sie mit den Vögeln, die in unserem Garten nisteten. In letzter Zeit vorzüglich mit einer Amsel, die so viel Zutrauen zu ihr gewonnen hatte, dass sie selbst beim Rasenmähen vor ihr her hüpfte. Kürzlich aber floh die Amsel vor ihr, als sie mit ihr sprach. Da schimpfte sie: »Du undankbarer Vogel! Hast du vergessen, dass ich dich durch den ganzen Winter gefüttert habe?«

Als Grundschullehrerin verstand sie es fabelhaft, mit sogenannten Problemkindern umzugehen und ihr Vertrauen zu gewinnen. Einem besonders schwierigen und aggressiven Jungen, der während des Unterrichts stets mit seinem Klappmesser herumfuchtelte, entwaffnete sie, indem sie ihm für zehn Euro das Klappmesser abkaufte.

Als die Amerikaner wieder einmal Krieg im Irak führten, sagte sie: »Ach, könnte man diesen Irren ihre Hightechwaffen doch ebenso abhandeln!«

Von Heinrich von Kleist wird erzählt, dass er mit seiner Schwester so vertraut war, dass sie sogar in seinem Zimmerchen sitzen und stricken durfte, während er an seinen Texten arbeitete. Ich konnte mich in ihrer Gegenwart vollständig in meine Arbeit, meine eigene Welt vertiefen, gerade weil ich sie in meiner Nähe wusste.

Etliche, vielleicht die besten meiner Bücher wären ohne unsere Gespräche und ohne die vielen Ideen, die sie beisteuerte, gar nicht zustande gekommen. Meinen letzten Roman, ein über sechshundert Seiten langes Werk, hat sie von A bis Z lektoriert, und nicht bloß einmal. Sie war dabei sehr streng mit mir, verlangte mir diese und jene Umarbeitung ab; und nicht selten musste ich mich unter Schmerzen von längeren Textpartien wieder trennen, weil sie zu Recht befand: Das hast du im Grunde schon gesagt. Das können wir streichen. Einmal maulte ich: »Wenn an mir ein Thomas Mann verloren geht, dann bist du schuld, denn die besten Textstellen hast du gestrichen!« Da lachte sie und sagte: »Es genügt doch, dass du der berühmteste Schriftsteller von Amorbach bist.«

Sie hätte niemals wie ich für einen anonymen Markt schreiben können. Wenn sie schrieb, dann immer für bestimmte Menschen, die ihr nahe waren oder denen sie nahekommen wollte. Die schönsten, originellsten und witzigsten Briefe, die sie in den letzten Monaten schrieb, waren an einen Häftling der Vollzugsanstalt D. gerichtet, den sie als ehrenamtliche Vollzugshelferin in ihr Herz geschlossen hatte. Auch wenn sie selbst nie ein Buch veröffentlicht hat und auch gar kein Bedürfnis danach hatte, sie war eine Poetin des Zwischenmenschlichen.

Bei allem Sinn für das Schöne und Schöngeistige war sie das gerade Gegenteil einer Romantikerin. Sie schwelgte nie in lebensfernen Träumen, sondern ihr ganzes Wesen war auf Verwirklichung bedacht. Schöne Träume, *große Ideen und Utopien hatten in ihren Augen nur dann einen Wert, wenn der Mensch seine Energie und seinen Willen auch dareinsetzte, sie zu verwirklichen – und sei es in seinem kleinen persönlichen Lebenskreis. ›Den Träumen nicht die Flügel stutzen, sie wahr zu machen, ist die Kunst‹, pflegte sie zu sagen.*

»Identität« war ein zentraler Begriff ihres Denkens, ja gleichsam der Schlüssel zu ihrem Wesen: Was sie fühlte und dachte, sprach sie früher oder später auch aus. Vor allem handelte sie danach, selbst wenn sie sich damit, beruflich oder privat, Schwierigkeiten oder Nachteile einhandelte. Sie war unfähig zu lügen, konnte sich weder verstellen noch jemandem schmeicheln oder ihm aus Gefälligkeit nach dem Mund reden. Darum mied sie öffentliche Empfänge und Small Talks, überhaupt jenen Jahrmarkt der Eitelkeiten, auf dem jeder etwas anderes vorzustellen sucht, als er ist. Identität, Nähe, Einfühlung, Empathie, gelingende mitmenschliche Kommunikation – das war ihr Terrain, und das verband sie mit Glück.

Sie wurde immer um zehn Jahre jünger geschätzt, als sie war. Das Geheimnis ihres Jungbleibens und ihrer Schönheit hatte nichts mit Kosmetik, Fitness oder Wellness zu tun; es lag in ihrer Lebendigkeit. Auch als reife Frau und Mutter hat sie alle guten Eigenschaften der Kinder in sich bewahrt: die Fähigkeiten zu staunen, sich zu begeistern, offen und neugierig zu bleiben, die Welt mit eigenen Augen zu sehen, den »Glanz im Unscheinbaren« zu entdecken (wie Bloch sagt), und vor allem: sich zu freuen, woran sich die Kinder und die Narren erfreuen. Darum wurde sie von den Kindern und den großen Narren, die wir sind, auch so geliebt.

Da sie selbst so viel Kindheit in sich bewahrte, hatte sie auch so viel Humor. Was haben wir nicht mit ihr gelacht! Sie lachte nicht nur mit dem Mund, sondern auch mit den Augen, mit dem ganzen Körper, von Grund auf, sich und die Welt mit ihrem Lachen versöhnend. Ihr Lachen galt immer dem Menschlich-Allzumenschlichen, unseren kleinen Schwachheiten, Lastern und Fehlern. Am meisten konnte sie über sich selbst lachen. Aber auch über den Widerspruch zwischen dem, was einer zu sein vorgibt, und dem, was

er wirklich ist. *Falsches Getue, Pathos, Prunk, eitle Selbstbespiegelung, Imponiergehabe, Heuchelei – sei es im Zwischenmenschlichen, sei es im öffentlichen und politischen Raum – machte sie sogleich durch ihren Witz und ihr herrliches Gelächter zunichte.*
Sie war auch: ein weiblicher Satyr mit Herz. ›Lachend die Wahrheit sagen!‹ war mit Montaigne ihr Motto.

Ein alter griechischer Mythos sagt: Wen die Götter besonders lieben, den lassen sie früher sterben. Und wen sie um sein Glück beneiden, dem nehmen sie das Liebste, was er hat.

Im Zeichen der Ewigkeit

Sa., 9.30 Uhr: Ausflug zum Kloster S. stand auf meinem Therapieplan.

Gleich nach dem Frühstück begab ich mich in die Empfangshalle des *Hauses Sonne,* wo man sich um Herrn Wichert versammelte, einem quirligen Schwaben mit Halbglatze und Menjou-Bärtchen, der die wöchentlichen Ausflüge organisierte. Das aus dem 12. Jahrhundert stammende Kloster S. erklärte er mit verheißungsvoller Miene, gehöre zu den architektonischen Perlen dieser Region. Auch sei hier zurzeit ein besonderes Highlight zu besichtigen; nämlich eine Ausstellung zeitgenössischer Künstler und Bildhauer zum Thema Ewigkeit. Eben weil auf dieser unserer Erde nichts ewig währe – außer eben der Ewigkeit selbst – gehe dieses Thema uns alle an. Nachdem alle Teilnehmer des Ausfluges ihren Beitrag von acht Euro entrichtet hatten, bestiegen sie den Shuttlebus, der auf dem Parkplatz vor der Klinik bereitstand.

Bald hatten wir das Städtchen hinter uns und fuhren auf einer wenig befahrenen Landstraße durch einen hügeligen, teils bewaldeten, teils von Äckern und Wiesen durchzogenen Landstrich. Durch den bedeckten Himmel drang ab und zu ein Strahlenbündel, das aber rasch wieder vom Wolkengrau zugedeckt wurde.

Nach einer halben Stunde hatten wir unseren Zielort erreicht. Wir parkten auf dem geräumigen Platz vor dem Kloster. Dann durchschritten wir den weitläufigen Park der ringförmigen Klosteranlage, bestehend aus altem und neuen Konvent, Klosterkirche, Kapelle, Spital und diversen Wirtschaftsgebäuden. Eine mächtige Freitreppe führte zum Eingang des neuen Konvents.

In der marmorgefliesten Empfangshalle empfing uns ein hagerer Herr mit tief gekerbten Gesichtszügen und schlohweißem Haarkranz. Er trug das schwarze Habit und den weißen Rundkragen eines katholischen Geistlichen. Er gab uns sogleich eine Einführung in die bewegte Geschichte des Klosters, dessen architektonische Perle der barocke Bibliothekssaal im Mittelteil der Dreiflügelanlage sei.

Als ich den lichtdurchfluteten Saal betrat, hatte ich das Gefühl eines Zeitsprungs: Die über zwei Stockwerke angeordneten reich verzierten Bücherschränke und Vitrinen, die auf rötlich geäderten Säulen ruhende, rundum laufende Galerie, vor allem aber das farbenprächtige Deckenfresko, welches das Universum des damaligen Wissens, Denkens und Glaubens in dicht gedrängten Genreszenen und Allegorien versinnbildlichte – mir war, als sei ich um drei Jahrhunderte in der Zeit zurückversetzt worden. Altes und Neues Testament, der Thron mit König Salomon und der gegenüberliegende Tempel mit den sieben Gaben, dazwischen Maria mit dem Christuskind, das apokalyptische Lamm und der Gekreuzigte bildeten den inneren Kern, den heiligen Bezirk des Deckenfreskos, um den die allegorischen Darstellungen des weltlichen Wissens, geordnet nach den verschiedenen Wissenschaften, Philosophie, Ius, Medizin, Rhetorik, Geografie und so weiter, wie die Planeten um die Sonne gruppiert waren.

Was mich an der Komposition dieses Deckenfreskos faszinierte, war die ebenso dogmatische wie heimelige Zusammenschau von – aus heutiger Sicht – völlig disparater und unvereinbarer Wissensgebiete und Glaubensbereiche, diese noch voraufklärerische Behauptung eines Halt und Geborgenheit stiftenden einheitlichen Weltbildes. Heute dagegen, angesichts der vollständigen Zersplitterung der einzelnen Wissenschaften, angesichts des Zerfalls ehemals wirkmächtiger Ideologien und Weltbilder und der täglich anwachsenden Informationsflut im digitalen Universum, verwaltete der Mensch nur noch die Splitter seines fragmentierten Wissens. Wie in einer Nussschale trieb er durch das Meer der täglich sich exponentiell vermehrenden Datenflut.

Ich schritt die Galerie entlang mit den von oben bis unten gefüllten Regalen ehrwürdiger in Leinen oder Leder gebundener Bücher Folianten und Originalhandschriften aus dem Mittelalter und der frühen Neuzeit. Im schieren Anblick dieser ehrwürdigen Zeugnisse einer längst vergangenen Frömmigkeit und Gelehrsamkeit lag auch ein *Memento mori*. Wie viel geronnener Schweiß, wie viel geistige und physische Energie steckten nicht in diesen Hunderten Regalmetern von Büchern und Folianten – der größte Teil lagerte noch in den Archiven, wie der Guide sagte –, die doch kein Mensch mehr kannte, geschweige denn lesen würde. Die hier gestapelten Werke mit ihren vergilbten wachsweißen Leinen- und braunen Ledereinbänden kamen mir wie einbalsamierte Buchleichen vor – und unwillkürlich dachte ich an mein eigenes publizistisches und literarisches Werk, das vielleicht anderthalb Regalmeter umfasste und ebenso dem Vergessen anheimfallen würde (und weitgehend schon vergessen war) wie die Werke der Kollegen aus fernen Jahrhunderten. Früher konnte man mit dem Beruf des Schriftstellers noch die Hoffnung verbinden, dass das eigene Werk einen überleben würde. Heute dagegen, im »Zeitalter der Dromokratie« (Virilio), der rasenden Beschleunigung, da auch das kulturelle Novitätenkarussell sich immer schneller drehte – nach dem Motto »Altes raus, Neues rein!« verschwanden und starben die Werke in der Regel lange vor ihren Schöpfern. Über dem ganzen Kultur- und Medienbetrieb kreiste die Furie des Verschwindens.

Ich verließ den Bibliothekssaal und folgte der Besuchergruppe und dem geistlichen Guide durch die hohe Wandelhalle zur Ausstellung »Im Zeichen der Ewigkeit«. Von der mit Stuck verzierten Decke hingen, zwischen den einzelnen Bogenfenstern gestaffelt, diverse Transparente herab mit Zitaten berühmter Dichter, Philosophen und Wissenschaftler zum Thema »Zeitlichkeit und Ewigkeit«. Ein Gedicht von Rainer Maria Rilke sprach mich besonders an:

Der Tod ist groß.
Wir sind die Seinen
lachenden Munds.
Wenn wir uns mitten im Leben meinen,
Wagt er zu weinen
Mitten in uns.

Ich dachte an den letzten Abend mit Dorothea: Rotwein trinkend saßen wir mit Freunden in der Wohnstube unsres Fachwerkhauses und schauten uns Charlie Chaplins *Modern Times* an. Tränen hatten wir gelacht über die Szenen am Fließband, das Charlie in einen zuckenden Körperautomaten und Spastiker verwandelt. Am meisten hatte Dorothea über die Szene mit der Essmaschine gelacht, vor der Charlie wie auf der Folterbank sitzt, während der automatische Hebel den Teller mit der Suppe an seinen Mund führt, diesen aber knapp verfehlt, sodass die Suppe ihm ins Gesicht schwappt ... Wie ich ihr Lachen liebte! Im Lachen war sie ebenso hingebungsvoll wie in der Lust ... Wenn ich geahnt hätte, dass nur noch eine Nacht sie von der Ewigkeit trennte.

Auf einem anderen Transparent war eine Sentenz von Ludwig Wittgenstein zu lesen:

Wenn man unter Ewigkeit nicht unendliche Zeitdauer,
sondern Unzeitlichkeit versteht, dann lebt der ewig, der in der
Gegenwart lebt.

Der Satz leuchtete mir sofort ein: Das Vergessen der Zeit, das Verweilenkönnen im Augenblick, das Ganz-im-Gegenwärtigen-Sein, wie es Kinder sind in der Selbstvergessenheit ihres Spiels, Liebende in der Hingabe aneinander, Künstler in der trancehaften Versenkung ins Werk, Meditierende im Anhalten ihrer Bewusstseins- und Gedankenströme – all dies sind Zustände des Aus-der-Zeit-Gefallen-Seins, Zustände von Unzeitlichkeit, mithin von Ewigkeit. Es ist das Gegenteil des rastlosen Strebens nach dem »immer mehr«, »immer schneller«, »immer effizienter«, das unsere moderne Welt beherrschte. *Ach, Augenblick, verweile doch. Du bist so schön* – wer sich darauf verstand, der hatte die faustische Neurose hinter sich gelassen, der lebte ewig im Augenblick.

Lange verweilte ich vor dem Transparent – mit einem Zitat des Philosophen Wilhelm Schmid:

> *Die Kultur der Zeit kann nicht mit dem messerscharfen Schnitt in der Zeit leben, den der Tod darstellt, denn er zerstört jede fortschreitende Bewegung und Veränderung und vernichtet die so selbstgewisse, zielgerichtete Zeit, der Tod ist das Ende der Zeit für den, der stirbt, und, zumindest für einen Augenblick, der Stillstand der Zeit für diejenigen, die die Zeugen des Todes sind – fortan bezeugen sie den tiefen Einschnitt und die daran erinnernde Narbe der Zeit mit der Unterscheidung eines Davor und Danach ...*

Seit dem Tod meiner Frau war auch mein Denken, Wahrnehmen und Fühlen gezeichnet vom *tiefen Einschnitt und der erinnernden Narbe der Zeit mit der Unterscheidung eines Davor und Danach ...*

> *Da der Tod gerade im Horizont einer Kultur der Zeit solchermaßen an Macht gewinnt, kann die Antwort darauf nur der Versuch sein, ihn der Lächerlichkeit preiszugeben und ihn zu ignorieren, das heißt, ihn zum Verwaltungsakt zu machen ...*

Der Tod hat heute keinen Ort mehr hat. Die Intensivstation ist kein Ort, an dem er fühlbar erlebt werden kann (denn hier werden nur Körperfunktionen gemessen und protokolliert). Und was nicht mehr erlebt wird, das wird verschoben, um dann als Gegenstand der Unterhaltung wiederzukehren. Auf der Mattscheibe, hat jüngst ein Kriminalstatistiker errechnet, geschehe das Vielfache an

Morden als in der Wirklichkeit. Noch zu keiner Zeit hat wohl der Tod als Entertainer und Quotenkönig in Thrillern und Krimiserien, in Video- und Computerspielen eine solche Karriere gemacht wie in der heutigen. Offenbar können wir nur noch mit ihm umgehen, indem wir ihn in den Cyberspace verlagern, ihn dem ubiquitären Entertainment einverleiben. Überhaupt glauben wir dem Kommissar mehr als dem Priester oder Pfarrer, weil er dafür sorgt, dass das Gute am Ende doch über das Böse siegt und die Welt wieder eingerenkt zu sein scheint. So ist denn der Krimi zu einer Art weltlichem Gottesdienst geworden, den die TV-Kommissare heute zu fast jeder Tages- und Nachtzeit zelebrieren.

Vor dem Betreten der Ausstellung wurden die Besucher gebeten, zur Schonung der Ausstellungsräume, mit ihren Schuhen in die Plastiküberzieher zu schlüpfen, die in einer offenen Glasvitrine in der Mitte des Korridors lagen. Dann führte der Guide in das Thema der Ausstellung ein. Sie sei den Werken einer Künstlerin gewidmet, die sich »der Transparenz von Skulpturen in Feinsilber und Feingold gewidmet« habe.

Zunächst aber sprach er über die hohe symbolische und kultische Bedeutung des Goldes. Weiß als Licht- und Reinheitszeichen werde noch überboten durch Gold. Bevorzugte Eigenschaften des reinen »unlöslichen Berggoldes« seien seine Beständigkeit und Unveränderlichkeit und seine leicht verformbare Geschmeidigkeit. Darum gelte es in fast allen Religionen und alten Kulturen als Sinnbild des Heiligen, Göttlichen und Ewigen, des Reinsten und Höchsten. In der mittelalterlichen Lichtmystik stehe Gold für das immaterielle Licht, für das Leuchten des Heiligen Geistes und das metaphysische Licht der Ewigkeit. Es vergegenwärtige durch seinen überirdischen Glanz die Präsenz Gottes.

Während seines Vortrages ging der Blick des Geistlichen über die Köpfe seines kleinen Auditoriums hinweg, als ob er sich selbst gerade im Ewigen verliere, indes seine geübte Predigerstimme in immer höhere Tonlagen kletterte. Mir gingen derweil ganz andere Assoziationen durch den Kopf, und ein wenig verübelte ich es dem

Geistlichen, dass er nicht auch die schlimmen und mörderischen Konnotationen erwähnte, die sich mit dem kostbarsten und edelsten aller Metalle verbanden. Hatte doch die Gier und Jagd nach dem Gold eine unermessliche Blutspur durch die Geschichte der Neuzeit gezogen ... Und war denn nicht gerade ein neuer Goldrausch im Gange, da infolge des Börsencrashs immer mehr Anleger ihr Geld in Sicherheit zu bringen suchten, indem sie Goldunzen kauften. Ganze Heerscharen von betuchten Anlegern fuhren derzeit bei der größten deutschen Goldankaufstelle in München vor, um ihre Porsches, BMWs und Land Rover mit Goldbarren vollzuladen. Nein, der »überirdische Glanz des Goldes« repräsentierte schon lange nicht mehr die »Präsenz Gottes«, vielmehr die allgegenwärtige Präsenz der menschlichen Habgier und Gewinnsucht.

Endlich kam der Geistliche auf die Arbeiten der Künstlerin zu sprechen. Schon seit drei Jahrzehnten widme sie sich der Sublimierung von Gold und Silber und verbinde in ihren Werken die eigene naturphilosophische Ausrichtung mit der Lichtmetaphysik des Mittelalters. Die Urform der Schale als Symbol der Schöpfung spiele in ihrem Werk eine zentrale Rolle, ebenso Kreis und Spiralform als Zeichen des ewigen Schöpfungskreislaufs.

Endlich dirigierte er die Besuchergruppe in den ersten, rundum mit weißen Tüchern drapierten Ausstellungsraum, in dem eine gleißende Helligkeit herrschte. Das Auge des Betrachters wurde sofort auf den einzigen, wenngleich winzigen Gegenstand dieses lichtdurchfluteten Raums fokussiert: auf einen goldenen Ring, der an einem fast unsichtbaren Faden in der Mitte eines aus weißen Tüchern gebildeten Rechtecks hing, vielmehr zu schweben schien. Er war kaum größer als ein Finger- oder Ehering, nur viel dicker, und seine Oberfläche war nicht glatt, sondern spiralförmig geschichtet. Auf dem kleinen Hinweisschild am Rande der Installation stand zu lesen: *Kleines Schöpfungszeichen / Der erste Ring.*

Unwillkürlich befühlte ich den Ring an meinem Finger, dessen goldenes Pendant jetzt inmitten grauer Asche in Dorotheas Urne lag. Ihr Ring, auf dessen Innenseite mein Name und das Datum unserer Eheschließung eingraviert waren, und ein kleines Häufchen Asche – war dies wirklich alles, was von ihr geblieben war?

Im nächsten Raum war eine *Das Goldene Tor* benannte monochrome Meditationstafel aus feinstem Gold zu sehen. Höhepunkt der Installationsabfolge war die große Goldlichtschale, von der Künstlerin *Durchflutung* genannt, weil die im starren Goldbarren gebundene Lichtfülle durch die Bearbeitung des Materials in Bewegung freigesetzt werde. Das goldene Ritualgefäß mit einer minimierten Wandstärke von 0,1 bis 0,05 Millimeter Feingold sei in zweitausendfünfhundert Stunden Arbeit von der Künstlerin geschaffen und hauchfein ausgeschmiedet und emporgetrieben worden. »Klangmodellieren« nenne sie die letzte Bearbeitung dieser Ritualgefäße mit einem sehr feinen Hammer zu extremer Materialdünne, die schon an Entmaterialisierung grenze. Gold und Weiß steigerten sich gegenseitig zu höchster Strahlkraft – ein sagenhafter Anblick, der Erinnerungen wachrufe an den Heiligen Gral, der von jeher die Sehnsucht des Menschen beflügelt habe und ihm zugleich die größten Rätsel aufgebe.

Auch wenn ich den verklärend erhabenen Ton dieser Kommentare als theologischen Kitsch empfand – die wie in einem Sanktuarium abgeschirmte Goldlichtschale, zu einer hauchdünnen, schwingenden und leuchtenden Membran minimiert, zog auch mich in ihren Bann. Es war vor allem die zauberische Läuterung des Metalls von aller Schwere, der hier versinnlichte Übergang der leuchtenden Materie in die Quasi-Entmaterialisierung, die das Faszinosum dieser Schale ausmachte; schien sie doch wie ein Traumbild oder wie eine Projektion aus Gold und Licht im Raume zu schweben. Wenn – nach der Relativitätstheorie – Materie und Licht nur zwei verschiedene und ineinander umwandelbare Formen der Energie sind, dann – so dachte ich beim Anschauen dieser gleichsam aus Sonnendunst geformten Schale – bedeutete auch der Tod nicht vollkommene Auslöschung, sondern Umwandlung der an die Materie gebundenen Energieform in eine andere entmaterialisierte Form der Energie. Nicht die irdene Schale, Urne genannt, barg das, was von Dorothea geblieben war, nein!, ich selbst war das lebendige Gefäß, in dem ihre Energie, ihre Leuchtkraft, ihre Liebe aufgehoben war; ich trug sie in mir wie einen unverlöschlichen Glutkern.

Inzwischen hatte der eloquente Geistliche vom Goldenen Gral als Symbol der Ewigkeit einen kühnen Bogen zu den Erfahrungen von Komapatienten geschlagen, die nach dem Erwachen übereinstimmend berichteten, dass sie am Ende des Tunnels ein gleißendes Licht, das Tor zur Ewigkeit, erschaut hätten.

Wieder sah ich die letzte Szene im Bad vor mir: wie sich Dorothea in ihrem braunen Ringelpulli übers Klosett beugt und erbricht. Wie, als sie sich aufrichtet, ihr Gesicht kreidebleich und von Schmerz verzerrt ist. Wie sie sich mit beiden Händen an die Schläfen fasst, als könne sie, was da gerade in ihrem Kopf geschieht, noch nieder- oder unter Kontrolle halten. Es ist zugleich eine abwehrende Geste, als dürfe niemand sie jetzt berühren – Was ist? Was hast du?, rufe ich bestürzt und bleibe vor ihr stehen. *Leg mich hin*, sagt sie leise. Ich nehme sie in meine Arme, führe sie langsam, Schritt für Schritt, aus dem Bad, durch den kleinen Flur in ihr Zimmer und bette sie auf die Liege, mit dem Gesicht zur Seite, damit sie sich nicht an dem Erbrochenen verschluckt. Einem idiotischen Reflex folgend, für den ich mich noch jetzt schäme, laufe ich zurück ins Bad, reiße die Tür des Waschunterschranks auf und hole den gelben Plastikeimer hervor, damit sie sich in diesen erbrechen kann. Als ob das jetzt noch wichtig wäre! Als ich mit dem Eimer zurück in ihr Zimmer komme, hat sie die Augen geschlossen. Dorothea! Dorothea!, rufe ich – und rüttelte sie an den Schultern. Aber sie rührt sich nicht mehr, ist schon ins Koma gefallen ... *Leg mich hin*. Den sanften Ton ihrer letzten Worte habe ich noch im Ohr. Immer wenn ich an diese Szene denke, dreht sich mir das Herz um.

Ich kehrte der Besuchergruppe den Rücken und folgte raschen Schrittes den mit *Exit* unterlegten Pfeilen zum Ausgang der Ausstellung. Im Korridor entledigte ich mich der Schonbezüge an meinen Schuhen, dann stieg ich die marmornen Stufen hinab ins

Parterre, durchquerte die Eingangshalle, ließ den Museumsshop links liegen und trat ins Freie. Ich lief durch die weitläufigen parkähnlichen Anlagen des Klostergeländes, bis ich hinter dem ehemaligen Spital, das jetzt als Museum dient, ein stilles Plätzchen gefunden hatte. Ich setzte mich auf ein niedriges, aus Bruchsteinen geschichtetes Gemäuer, das den kleinen Friedhof von dem leicht abschüssigen Klostergarten trennt, dessen mit Rebstöcken bepflanzte Spaliere sich bis zur unteren Häuserzeile des Städtchens erstrecken.

Wieder sehe ich Dorothea auf dem Klinikbett liegen, mit geschlossenen Augen, als ob sie schlafe. Ein paar blassblonde Haarsträhnen fallen ihr in die Stirn und streifen den schönen Bogen ihrer Brauen. In ihrem linken Unterarm steckt ein Venenkatheter, an ihrem rechten Nasenloch klebt das Endstück einer Kanüle, die über einen dünnen Schlauch mit dem Beatmungsgerät verbunden ist. Ihr Gesicht wirkt entspannt, ihr Brustkorb hebt und senkt sich gleichmäßig im Rhythmus des Atmens, der künstlichen Beatmung, als ob sie noch lebt, nur eben schläft. Eigentlich deutet nichts auf die Zerstörung im Inneren ihres Gehirns, auf die mit Blut vollgelaufenen vier Ventrikel, auf die »Massenblutung«, wie Doktor Harland es nannte.

Hast du während der zwei Tage und Nächte, da ich und die Kinder im Wechsel an deinem Sterbebett saßen, deine Hände und Wangen streichelten und mit dir sprachen, noch irgendetwas gespürt und wahrgenommen? Ich habe Annita, deine ehemalige Pflegetochter, darüber befragt. Sie hat selbst einmal im Koma gelegen und konnte sich nach dem Erwachen genau an ihre Gesichter und Traumbilder erinnern. Annita ist überzeugt, dass du unsere Anwesenheit, unsere nächtlichen Ansprachen, wenn auch in einer anderen Dimension, mitbekommen hast. Dass wir dir durch unseren Schmerz, unsere Tränen und unsere Abschiedsworte gleichsam die »Erlaubnis« gaben, loszulassen. Denn wir wussten, du wolltest nicht künstlich am Leben gehalten werden, ohne eigenen Atem, ohne Lidreflexe, ohne Sprache, Gehör und Sehkraft. Was wäre das auch für ein »Leben« gewesen.

Ach, Liebste, ich weiß nicht mehr, was ich dir in diesen zwei Tagen und Nächten, da ich an deinem Sterbebett saß, alles gesagt habe. Weiß nur noch, dass ich dir wieder und wieder meine Dankbarkeit ausdrückte für all die Liebe, die du mir schenktest, für das schöne Leben, das ich mit dir teilen durfte. Weiß noch, dass ich im tiefsten Schmerz mir ein Wiedersehen mit dir wünschte, obschon wir beide nicht gläubig sind. Weiß auch noch, dass ich, ganz allein mit dir in der Nacht des Todes, über deinen noch warmen Bauch strich und deinen noch warmen Schoß streichelte, wieder und wieder deine Stirn, deine Wangen und Lippen küsste; dabei fast vergessend, dass diese Körperwärme nur die Wirkung der künstlichen Beatmung war, denn du warst ja im klinischen Sinne schon tot – »hirntot«, wie die Ärzte sagen, was für ein schreckliches Wort –, und doch hob und senkte sich noch deine Brust, manchmal, in der ersten Nacht, zucktest du noch oder hattest einen Brechreiz. Auch deine Pulsfrequenz und dein Blutdruck wurden ja auf dem Monitor über deinem Bett noch angezeigt, irgendwann nachts fiel die Pulsfrequenz dann fast auf null, kam jedoch gegen Morgen noch einmal wieder.

 Sonja hatte gar die Vorstellung, dich an den Fußsohlen zu kitzeln, wie sie es als Kind getan hatte, durch das Kitzeln wollte sie dich noch einmal lebendig machen. Aber sie tat es dann doch nicht, weil sie wusste, die Mama mochte das schon damals nicht. »Unsere tolle Mama«, weinte und schluchzte sie unentwegt, »unsere tolle Mama.«

 In der Nacht von Sonntag auf Montag verschwanden dann deine letzten Reflexe. Nun lagst du ganz stumm da, zwar atmetest du noch, aber kein Muskel rührte sich mehr. So entferntest du dich langsam von uns. Auch deine Stirn, deine Wangen, dein Leib wurden kälter. Man fuhr die Beatmung langsam herunter. Auch wenn deine Nase verklebt und durch den Tubus leicht verbogen war, dein Gesicht war mir noch immer so vertraut, viele Abschiedsküsse drückte ich auf deine halb geöffneten Lippen, durch die die Magensonde lief ... Beide Nächte, da wir im Wechsel an deinem Sterbebett saßen, deine Hand haltend, und ich dir immer wieder über die bleiche Stirn und die Wangen strich, sind in meiner Erinnerung zu einer einzigen, unendlich langen Nacht des Abschieds verschmolzen ...

Thermalbad

Ich genoss es, an diesem Sonntag einmal ausschlafen zu können und einen anwendungs- und therapiefreien Tag zu haben. War doch in den ersten Tagen meines Klinikaufenthaltes gleich so viel Neues auf mich eingestürmt, dass mir die Ruhe des Wochenendes, da der Klinikbetrieb ruhte, sehr nottat. Da das Wetter schön und die Luft so milde war, verbrachte ich den Vormittag im Liegestuhl auf dem Balkon, machte mir nach alter Gewohnheit Notizen über die Erlebnisse der zurückliegenden Woche und telefonierte zwischendurch mit Sonja und Andreas.

Beim Mittagessen im spärlich besetzten Speisesaal – etliche Patienten waren übers Wochenende nach Haus gefahren – fragte mich Marja, ob ich Lust habe, mit ins Thermalbad zu kommen? Für uns Klinikinsassen gelte ein ermäßigter Tarif.

Das städtische Thermalbad lag am Rande des Kurgebietes. Es war ein verzweigter, einstöckiger Rundbau, den eine postmoderne Glaskuppel überragte.

Als ich, in der Hand meine Sporttasche, die Barriere zur Schwimmhalle passierte, winkte mir aus dem Whirlpool Marja zu. Ich hängte meinen Bademantel an den Haken und stieg in den Pool, in dem auch Roswita und Frau Aschmoneit saßen. Beide Arme auf das Rundbecken legend und die Beine streckend, genoss ich die Rückenmassage des warmen, aus der Düse strömenden Wasserstrahls.

Der blubbernde Whirlpool, sagte Marja, erinnere sie immer an Island mit seinen heißen Quellen und Geysiren, die wie Fontänen aus dem vulkanischen Gestein hochschießen. Ob ich mal in Island gewesen sei? Es sei eine faszinierende Insel – nicht nur wegen des Zaubers seiner einzigartigen Berglandschaft. Auch die Inselbewohner seien sehr freundlich, sehr hilfsbereit und stolz auf ihre hydrogene Kultur. Die ganze Insel – Industrie, Infrastruktur, öffentliche Einrichtungen – speise sich fast aus einer einzigen Energiequelle: aus ihrer unerschöpflichen Wasserkraft. Entsprechend niedrig seien die Energiepreise.

Während mir Marja von Island vorschwärmte, besprachen Roswita und Frau Aschmoneit gerade ein Urthema der Frau. Wie sie das bloß hinkriege, dass sie so schlank sei?, fragte die Unternehmensberaterin, die an der Diskrepanz zwischen ihrem schlanken Oberkörper mit dem langen Hals und ihrem recht fülligen Hinterteil zu leiden schien. Roswita riet ihr zur »Trennkost« und empfahl ihr noch weitere Wundermittel zum Abnehmen, die ich jedoch wegen des lauten Blubberns nicht mehr verstand und weil Marja mein Ohr nun wieder ganz in Beschlag nahm. Sie sei schon zweimal auf Island gewesen. Ihr Mann sei nämlich ein passionierter Vulkanologe, er betreibe dies freilich nur hobbymäßig, im Hauptberuf sei er Konditor, der beste und kreativste Konditor von M. Im Grunde, fügte sie hinzu, habe er sie mit seinen köstlichen Törtchen gewonnen, mit seinen ›Liebesgedichten für den Gaumen‹.

Ich mochte diese Frau mit den bernsteinbraunen Augen und den ausgeprägten Lachfalten. Ihre offene und anteilnehmende Art erinnerte mich an Dorothea. Und ich fragte mich, was sie in einer psychosomatischen Klinik zu suchen hatte.

Schon bald verließen Roswita und Frau Aschmoneit den Pool. Sie könne sich vorstellen, sagte Marja nach einer Weile zu mir, was der Verlust meiner Lebenspartnerin für mich bedeute. Und wie lange es dauere, bis man diesen Verlust verschmerzt und verarbeitet habe. Sie sei selbst in zweiter Ehe mit einem Witwer verheiratet. Als sie vor einem Jahr bei ihm einzog, hingen im Kleiderschrank noch die Kostüme, Hosenanzüge und Blusen seiner verstorbenen Frau.

»Auch die Kleider meiner Frau hängen noch im Schrank«, sagte ich.

Im Geiste sah ich mich wieder mit Sonja vor Dorotheas großem Wandschrank stehen und mit wehem Gefühl Bügel für Bügel durchgehen. Für die Aufbahrung im Haus wollten wir ein passendes Kleid für sie aussuchen. Sonja und ich waren uns einig gewesen: Ihr letztes Kleid sollte keines ihrer schicken Ausgehkostüme sein, sondern eines, das sie gern im Hause trug: das rosenfarbene mit dem weiten und bequemen Oberteil, dazu ihr Lieblingsgürtel mit den silberfarbenen Medaillons in Herzform und dem dazugehörigen Halsschmuck. Sonja fand auf der Ablage im Bad auch gleich den Lippenstift, den sie zu benutzen pflegte. Nachdem ich ihre letzte Garderobe zusammengepackt hatte, fuhr ich zum Bestatter nach L. Da das Institut schon geschlossen hatte, ging ich um die Ecke in den Hausflur und drückte die Klingeltaste. Wenig später kam der halbwüchsige Sohn des Bestatters in Jogginghosen und mit Stöpseln im Ohr die Treppen herunter. Nie war mir elender zumute als in diesem Moment, da ich ihm das Päckchen mit dem letzten Kleid meiner Frau übergab. Er nahm es mit gleichgültiger Miene entgegen, als sei es irgendein Fummel aus der chemischen Reinigung.

»Wenigstens habe ich es inzwischen erreicht«, sagte Marja, »dass das Mobiliar des Schlafzimmers, samt dem Bett meiner Vorgängerin, gegen ein neues ausgetauscht wurde.«

»Ein Etappensieg sozusagen.«

Marja lachte. »Mir geht es nicht ums Siegen, ich finde, mein Mann hat ein Recht auf seine Erinnerungen ... Trotzdem frage ich mich manchmal, ob ich nicht zu früh bei ihm eingezogen bin.«

Dass eine andere Frau bei mir einziehen könnte – in dasselbe Haus, das ich so lange mit Dorothea bewohnt hatte –, ich konnte es mir nicht vorstellen.

Als der blubbernde Whirl versiegte, stiegen Marja und ich aus dem Pool. Wir kreuzten die Schwimmhalle und betraten das Schwefelthermalbad, eine dämmrige Grotte, die von Deckenflutern in ein zwischen Grün, Blau und Violett changierendes Licht getaucht wurde. Leise Musik, die an indische Sitarklänge erinnerte, ergänzte die meditative Stimmung. Träge trieben die Badegäste durch das geheizte Becken, rund um den in der Mitte gelegenen Brunnen aus rotem Marmor mit seinen sich nach oben zu verjüngenden Schalen, aus denen das heilkräftige Wasser sprudelte. Manche Schwimmer stützten sich auf lange Schaumgummi-Nudeln, die zwischen ihren Achselhöhlen steckten, oder sie lagen rücklings, die Arme um die Rollen geschlungen, im Wasser.

Auch Marja griff sich eine Rolle. Nachdem wir einige Runden gemächlich geschwommen, ergriff ich von hinten die beiden Enden der Schaumgummi-Rolle, auf der Marja rücklings lag, und zog sie in Schleifen und Serpentinen durch das Wasser. Ihr schien das viel Vergnügen zu bereiten, denn sie juchzte dabei wie ein junges Mädchen. Sie komme sich wie in einer schwimmenden Wiege vor, rief sie mir mit dankbarem Lächeln zu.

Nach einer Weile verließen wir die Grotte, querten die Schwimmhalle und gelangten über eine Schleuse in das geheizte Außenbecken. Die Köpfe der Schwimmer verschwanden in den dichten Wasserdampfschwaden. Wir ließen uns ein paar Runden mit der Strömung treiben; dann legten wir uns auf die ergonomisch gestalteten Unterwasserliegen des Beckenrands, im Rücken die blubbernden Düsen.

»Ist es nicht herrlich, dieses heiße schwefelhaltige Wasser!«, rief Marja mir zu. »In M. hatten wir auch ein Thermalbad. Es musste schließen. Ich hab's schließen müssen«, fügte sie mit einem Seufzer hinzu,»wie so viele andere kommunale Einrichtungen auch. Stadtkämmerin – du glaubst gar nicht, was das das für ein Scheißjob ist in diesen Zeiten, da die Kommunen kaputtgespart werden.«

Ich kannte die Stadt. In den Neunzigern hatte ich in der Stadtbibliothek von M. mal eine Lesung gehabt. Damals hatte die Stadt einen recht properen und wohlhabenden Eindruck auf mich gemacht.

»Ja, damals.« Marja winkte ab. Damals wusste die örtliche Politik nicht, wohin mit dem vielen Geld. Heute pfeife der Wind durch die undichten Fenster des Rathauses, überall bröckle der Putz ab. Eine Sanierung sei überfällig. Aber die Stadt, durch Bergbau und chemische Industrie einst einer der reichsten Flecken des Ruhrgebiets, sei heute pleite. Täglich schrumpften die Einnahmen aus Gewerbe- und Einkommenssteuer. Und die Landeszuweisungen an die Kommunen fielen jedes Jahr knapper aus. Gleichzeitig stiegen die Sozialausgaben infolge der steigenden Arbeitslosigkeit. Die Straßenbeleuchtung wurde schon in den Neunzigern zurückgefahren, heute werde sie in den verkehrsärmeren Stadtteilen einfach ausgeknipst. Immer wieder, sagte Marja, habe sie sich, zusammen mit örtlichen Bürgerinitiativen, gegen die Schließung kommunaler Einrichtungen gewehrt – wobei ihr nicht selten die eigene Partei in den Rücken fiel. Und doch musste sie in ihrer Funktion als Stadtkämmerin am Ende selbst den Geldhahn zudrehen. Seit Jahren kämpfe sie um den Erhalt der Kinder-und-Jugendbücherei. Doch auch die werde wohl demnächst geschlossen.»Ach, es ist ein Elend ohne Ende.«

Wir schwammen zurück, stiegen aus dem Becken und trockneten uns ab. Marja schlug vor, noch einen Drink in der Bar zu nehmen. Wir schlüpften in unsere Bademäntel und verließen die Schwimmhalle.

Die Bar war nur spärlich besetzt. Frau Aschmoneit, in einen flauschigen sandfarbenen Bademantel und gleichfarbigen Schal gehüllt, saß allein an einem Tisch, einen Strohhalm zwischen den Lippen, durch den sie sich einen Drink zuführte. Wo denn Roswita sei, fragte Marja. Die sei schon gegangen.

Ich bestellte mir einen Mojito verde, Marja einen Tee mit Minze und Ingwer. Wir setzten uns zu Frau Aschmoneit. Durch das breite Panoramafenster konnte man auf das geheizte Außenbecken blicken. In Abständen tauchten die Köpfe der Schwimmer aus den dampfenden Nebelschwaden auf, um Sekunden später wieder in ihnen zu verschwinden.

Am schlimmsten sei für sie gewesen, sagte Marja, dass viele, die über die Schließung des Thermalbads zu Recht entrüstet und enttäuscht waren, ihren Frust an ihrer Person ausließen, weil sie den Stadtsäckel verwalte. Als ob es ihre Schuld sei, dass dieser leer ist! Wie viele Zuschriften und E-Mails beleidigenden Inhalts habe sie nicht in den letzten Jahren erhalten. Im Internet erschienen Karikaturen, auf denen sie mit dem OB in zweideutigen Posen gezeigt wurde. Dabei habe sie sich von seinem rigorosen Sparhaushalt und Sparplan für die Stadt öffentlich distanziert.»Das ständige Mobbing und dass ich qua Amt Entscheidungen mittragen muss, die meinen politischen Überzeugungen widersprechen – das hat mich krank gemacht. Bluthochdruck, Kopfschmerzen, Schlaflosigkeit – das ganze Programm.«

Marja hatte sich so in Rage geredet, dass sie erst jetzt bemerkte, dass sie noch immer den Faden mit dem Teebeutel in der Hand hielt, den sie zuvor aus dem Glaskännchen gezogen hatte.

»Also eines verstehe ich nicht«, wandte sich Frau Aschmoneit an Marja. »Wenn eure Kommune so klamm ist, warum holt ihr dann nicht private Investoren ins Boot?« Als Unternehmensberaterin habe sie einige Partnerschaften zwischen öffentlicher Hand und privaten Investoren eingefädelt – mit stets guten Ergebnissen. Ob es dabei um städtische Schwimmbäder, Bibliotheken oder Schulen gehe – eine solche Public-Private-Partnership habe für beide Seiten nur Vorteile. Dabei ließen sich enorme Effizienzgewinne und Kosteneinsparungen von bis zu fünfundzwanzig Prozent erzielen. Es sei eine typische Win-win-Situation.

»Das ist ja nicht wahr«, widersprach ihr Marja. »Die Erfahrung mit allen PPP-Projekten zeigt: Die ›Effizienzvorteile‹ sind Luftschlösser, und alles wird sehr viel teurer als bei der Finanzierung durch die öffentliche Hand. Vor Jahren haben wir eine heruntergekommene Schule in M. von einem privaten Investor renovieren lassen. Sie scheint zwar jetzt auf den ersten Blick schöner und effizienter als vorher, und die Parteien schrieben sich die kurzfristige Ausgabenersparnis auf die Fahnen, mit denen sie in den nächsten Wahlkampf zogen, aber das dicke Ende kam hinterher: Die Kommune musste, um die horrende Miete an den Investor zahlen zu können, einen Kredit aufnehmen, zahlt also jetzt und die nächsten dreißig Jahre doppelt Zinsen. Irgendwie irre oder nicht?«

»Dann hat sich die Kommune über den Tisch ziehen lassen. Schlecht verhandelt, kann ich nur sagen.« Frau Aschmoneit zog den Strohhalm, aus dem sie gerade die letzten Tropfen gesogen hatte, aus dem Glas und jonglierte ihn zwischen ihren goldberingten Fingern. »Ich könnte dir viele PPP-Projekte aufzählen, in die ich involviert war und die zur Zufriedenheit aller Beteiligten ausfielen – aber du würdest mir ja doch nicht glauben.« Und indem sie sich mit einem koketten Lächeln an mich wandte: »Was sagt denn unser Philosoph und Kulturwissenschaftler zu diesem Thema? Oder haben Sie hierzu keine Meinung?«

Frau Aschmoneit kreuzte die Arme vor der Brust und maß mich mit ihrem Blick.

»Private-Public-Partnership ist eine besonders perfide Form der Privatisierung, das geben ihre Lobbyisten auch gelegentlich zu. Sie kleidet sich in den Schafspelz der ›Partnerschaft‹ und sichert den Investoren, in der Regel Banken und Konzernen, eine dreißigjährige Pfründe, während die öffentliche Hand zahlt und zahlt und zahlt ... Elementare Bereiche unserer Lebensgrundlage wie Bildung, Gesundheit, Energie, Wasser, Straßen, aber auch Gefängnisse und Friedhöfe, die sogenannten commons, werden so zu Finanzprodukten und zu Spekulationskapital. Und die Verträge sind immer geheim. Noch nie wurde in Deutschland ein PPP-Vertrag vor der Abstimmung den Abgeordneten vorgelegt. Die politischen Verantwortlichen müssen über Verträge abstimmen, die sie nicht kennen. Öffentliche Güter in Privathand werden so der politischen Kontrolle der Bevölkerung entzogen. Mit jedem PPP-Projekt wird ein Stück Demokratie verkauft. Denn die Demokratie hört bekanntlich am Fabriktor und am Bankeingang auf – also an der Tür zum Privatbesitz.«

Frau Aschmoneit hatte mir mit unbewegter Miene zugehört, nur ihre Finger knickten nervös den Strohhalm, bis er eine kuriose Zickzackform angenommen hatte.

»Das ist doch, mit Verlaub, politische Hysterie! Was nützt mir kommunale Demokratie, wenn die Kommune kein Geld hat, um die marode Schule zu renovieren, in die ich mein Kind schicke.« Und sich an Marja wendend. »Den Bürgern ist es übrigens ziemlich egal, ob der Betreiber des Thermalbads die Kommune oder ein privater Investor ist – Hauptsache, sie können es nutzen. Mal ehrlich, habt ihr euch gefragt, als ihr dieses Thermalbad betreten habt, wer es betreibt? Und zu welchen Konditionen? Wie wohl jeder hier wollt ihr es einfach genießen, euch entspannen und wohlfühlen. Man sollte vom Kunden her denken. Und wer das beste und kundenfreundlichste Angebot macht, der bekommt den Zuschlag. Peng!«

»Vom Kunden her denken«, äffte Marja nach. »Als ob das der einzige Maßstab wäre. Mit den Gewinnen der privaten Unternehmen steigt auch alles andere: die Verschuldung der Kommunen, die Arbeitslosigkeit, die Preise und Gebühren für Wasser, Energie et cetera pp. Das heißt: Letztlich zahlt auch der Kunde drauf.«

»Der eigentlich Skandal ist doch«, sekundierte ich Marja, »dass die Kommunen kaputtgespart werden, während gleichzeitig, bei sprudelnden Gewinnen der Unternehmen, die Unternehmenssteuern und der Spitzensteuersatz gesenkt, die Vermögenssteuer abgeschafft und sich das private Geldvermögen in Deutschland in den letzten zehn Jahren verdoppelt hat – auf rund fünf Billionen Euro. Würden sich die Inhaber dieser Summe auszahlen lassen, ließe sich daraus, die Euroscheine aneinandergeklebt, eine Treppe bis zum Mond bauen.«

»Unfassbar.« Marja schüttelte den Kopf. »Und die Millionen Hartz-IV-Empfänger, Leiharbeiter, Minijobber und Arbeitslosen gucken in den Mond beziehungsweise in die Röhre. Und träumen davon, auch mal bei ›Wer wird Millionär?‹ mitspielen zu dürfen.«

»Na und? Warum denn nicht?«, Frau Aschmoneits Ton wurde scharf. »Ich finde es ausgesprochen elitär, auf Leute herabzublicken, die in einer populären Quizshow ihr Glück versuchen.«

»Darum geht es doch gar nicht«, sagte ich. »Es geht um die Frage, wohin der von allen erzeugte gesellschaftliche Reichtum eigentlich fließt. Und dafür gibt es ein untrügliches Indiz: Die Geldvermögen der europäischen Millionäre und Milliardäre entsprechen in etwa den Schulden der europäischen Staaten. Noch nie war die Kluft zwischen öffentlicher Armut und privatem Reichtum so groß wie heute. Dank einer Politik und wirtschaftspolitischen Doktrin, die wir ›Neoliberalismus‹ nennen, fließt das Geld ständig von unten nach oben und von der öffentlichen Hand in private Taschen.«

In Frau Aschmoneits Miene malten sich Unverständnis und Widerwille zugleich: »Vertreten Sie solche Thesen auch im Hörsaal?«

»Es handelt sich nicht um Thesen, sondern um empirisch belegbare und nachprüfbare Tatsachen.«

Frau Aschmoneit kräuselte die Lippen. Dann sagte sie: »Ich wollte auch mal Kulturwissenschaften und Publizistik studieren.

Bin ich froh, dass ich mich, dem Ratschlag meines Vaters folgend, zuletzt doch für ein solides Studium entschieden habe.«
»Nämlich?«
»Für Jura und BWL.«
Frau Aschmoneit stand auf, reckte ihr Kinn, wickelte sich ihren Schal noch mal um den langen Hals und griff ihre Sporttasche.
»Wünsche einen geruhsamen Abend.«
Nachdem sie die Bar verlassen hatte, sagte ich: »Die steht ja schwer unter Dampf. Warum ist sie in der Klinik?«
»In der Gruppentherapie hat sie mal erwähnt, dass ihre Ehe kaputtging und sie ihren Mann verlassen hat. Ansonsten hält sie sich bedeckt. Vielleicht hat sie gehofft, in dir einen Verbündeten zu finden.«
»Wieso?«
»Nun, sie ist ja nicht gerade ein Herzblatt und in der Gruppe nicht sonderlich beliebt. Überhaupt geht ihr alles hier viel zu langsam. Einmal, im Zuge einer Achtsamkeitsübung, gingen wir in den Wald. Jeder sollte danach erzählen, was er dabei beobachtet habe. Was aber hatte Simone am meisten beindruckt? Eine Nacktschnecke beim Überqueren des Waldweges. Wie lange die dafür braucht, rief sie verwundert und in einem fast ärgerlichen Ton aus. Gäbe es eine Turbotherapie, die dich in zwei, drei Tagen wieder fit macht – Simone hätte bestimmt das Patent darauf.«
Als wir das Thermalbad verließen, dunkelte es bereits.

Den Sonntagabend verbrachte ich vor dem Fernseher.

19. Oktober, nachts
Sah heute noch einmal Truffauts »Das grüne Zimmer«. Der Film berührte mich umso mehr, als sein Thema nun auch das meine geworden ist. Auch ich möchte – wie Julien, der die meisten seiner Freunde im Ersten Weltkrieg verlor und dessen junge Frau bald nach der Hochzeit starb – die Erinnerung an dich lebendig halten, dich in diesem Sinne »ehren«. Zugleich verspüre ich jedoch den Wunsch, nicht allein zu bleiben. Anders als Julien – der, während er Andachten für

seine tote Frau hält, gar nicht bemerkt, dass sich Cecilia längst in ihn verliebt hat, und der am Ende lieber stirbt, als das Wagnis einer neuen Liebe einzugehen – habe ich die Hoffnung, vielleicht noch mal eine neue Liebe zu finden, die ich nicht als »Verrat« an dir empfinden muss. »Du liebst die Toten gegen die Lebenden«, sagt Cecilia in der Schlüsselszene des Films zu Julien. Sie dagegen, die ihren Vater verloren hat, glaubt, dass man die Erinnerung an die geliebten Toten auch in einer neuen Liebe aufbewahren kann. Treue über den Tod hinaus – darin waren wir uns einig, als wir damals über den Film sprachen – wäre eine Option, die gegen das Leben gerichtet ist.

Drittes Kapitel

Versäumnisse?

In eine Wolldecke gewickelt, lag ich in einem der ledernen Hängestühle, die vor dem Seerosenteich in der Gartenanlage standen. Dank einer genialen Konstruktion konnte man darin wie in einer Wiege schaukeln. Obwohl auch an diesem Montag die Sonne schien, war es merklich kühl geworden. Zum ersten Mal fiel mir auf, dass es in dieser Gartenanlage weder gerade Linien noch rechteckige Winkel gab; sowohl die an den Längsseiten der beiden Häuser angelegten Blumenrabatten als auch die schmalen Kieswege, die rings um den Seerosenteich und zur Raucherecke führten, verliefen in sanften Wellen und geschlängelten Linien. Als ob ein anthroposophischer oder ein vom Feng-Shui-Prinzip inspirierter Architekt hier gewaltet hätte.

Der neue Therapiewochenplan lag auf meinem Schoß. Die Stunde bei Frau Doktor Klier war eben zu Ende gegangen ... Ob ich nicht vielleicht das Gefühl hätte, hatte sie mich gefragt, meiner Frau etwas schuldig geblieben zu sein, gerade weil ich ihr so viel verdanke? Wenn ein geliebter Mensch plötzlich sterbe, frage sich der Zurückbleibende ja oft, ob er ihm gegenüber nicht etwas versäumt habe. – Meine Frau, hatte ich geantwortet, habe mir nur gute Gefühle hinterlassen. Aber, räumte ich ein, es gebe schon ein paar

Dinge, die versäumt zu haben ich nachträglich sehr bedaure: dass ich, nach ihrem ersten Aneurysma vor achtzehn Jahren, nicht energischer darauf bestanden habe, dass sie mit dem Rauchen aufhöre, wie es die Ärzte ihr dringend geraten hatten. Das hätte freilich bedeutet, dass auch ich mit dem Rauchen hätte aufhören müssen. Leider hätten wir beide diese Konsequenz nicht aufgebracht. – Dorotheas Entscheidung, nach der OP dennoch weiterzurauchen, sagte Frau Klier, falle allein in ihre Verantwortung. Deswegen müsse ich mir keine Vorwürfe machen.

Und noch etwas, hatte ich gesagt, bedaure ich im Nachhinein sehr: dass ich gerade im letzten Wintersemester, das eigentlich ein Freisemester für mich sein sollte, eine recht zeitaufwendige Gastprofessur angenommen hatte und deshalb oftmals verreisen musste. Hätte ich doch lieber auf das Extrahonorar verzichtet und stattdessen diesen letzten Herbst mit meiner Frau in unserem geliebten spanischen Feriendomizil verbracht. – Das meine sie nicht, wenn sie von »Versäumnissen« spreche, sagte Frau Klier, zumal ich damals nicht ahnen konnte, dass es für Dorothea der »letzte Herbst« sein würde. Vielmehr meine sie damit eine grundlegende, tief innere Empfindung. Unabhängig davon, ob sie berechtigt sei oder nicht, könne sie den Hinterbliebenen nämlich belasten und das Loslassen erschweren. – Meine Frau, hatte ich noch einmal betont, habe mir nur gute Gefühle hinterlassen. Doch Frau Klier – ich sah es an ihrem Blick – glaubte mir nicht … Und warum sollte sie auch? Tief in meinem Innern wusste ich nämlich sehr wohl, was ich meiner Frau schuldig geblieben war. Vor allem in den Jahren, die ihrem ersten Aneurysma vorausgegangen waren. Aber dies ging niemanden etwas an, auch nicht meine Therapeutin. Und was hülfe es auch, dies jetzt zu thematisieren? Dorothea war tot, und was ich damals versäumt hatte, ließ sich ja doch nicht mehr nachholen.

Mein Handy klingelte. Mich empfing das dünne Stimmchen meiner Schwiegermutter, die offenbar völlig aufgelöst war. Warum ich denn nicht zurückrufe? Sie habe gestern drei Mal bei mir angerufen.

Ich schlug die Decke zurück und stand auf. Gestern sei ich im

Thermalbad gewesen, sagte ich, während ich über den Rasen wanderte, und hätte mein Handy nicht dabeigehabt. Seit vorgestern sitze sie hier im Kalten, jammerte Gisela, die Heizung sei ausgefallen, niemand kümmere sich um sie. Sie werde sich noch eine Lungenentzündung holen ...

Irgendwann unterbrach ich ihren Klagemonolog:

»Ruf den Hausmeister an, Gisi, damit er sich um die Heizung kümmert.«

»Ja, aber ich habe seine Telefonnummer nicht.«

»Dann frag deine Nachbarin.«

»Die ist verreist!«

»Dann wende dich an die Hausverwaltung!«

»Die Nummer ist immer besetzt. Kannst du denn nicht mal herkommen?«

»Gisi, ich bin hier zur Behandlung in einer psychosomatischen Klinik, dreihundert Kilometer von dir entfernt. Und kann mich jetzt nicht einfach ins Auto setzen, bloß weil deine Heizung ausgefallen ist.«

»Ach, ich weiß gar nicht mehr, was ich tun soll, seit Dorothea tot ist.«

»Beruhige dich, Gisi. Und ruf noch mal die Hausverwaltung an! Am Wochenende komme ich und besuche dich.«

Ich mochte meine Schwiegermutter und hatte mich immer gut mit ihr verstanden. Sie war eine warmherzige und mitfühlende Frau, die sich eine kindliche Neugier bewahrt hatte. Gern hörte ich ihr zu, wenn sie aus ihrem langen Leben erzählte, zumal sie ein beneidenswertes Gedächtnis hatte und sich an die kleinsten Details aus ihrer Kindheit und Jugend erinnerte. Doch es machte mich wütend, wenn sie mich mit ihrer Hilflosigkeit zu erpressen suchte – wie sie es immer wieder auch mit ihrer Tochter gemacht hatte. Dabei war sie mit ihren dreiundneunzig Jahren noch erstaunlich fit und völlig klar im Kopf. Doch wenn irgendetwas in ihrem Alltag nicht klappte, der Fahrstuhl oder die Heizung ausgefallen war, ein Fenster klemmte oder ein Sturm die Jalousie ihres Balkons beschädigt hatte, geriet sie in eine Panik, als ob der Blitz bei ihr eingeschlagen hätte und eine Katastrophe unmittelbar bevorstehe. In solchen Situationen, die sie wohl unbewusst mit dem Trauma ihres Lebens, der Flucht, assoziierte, verhielt sie sich wie ein hilfloses, jammerndes Kind, das nach sofortiger Hilfe verlangte, egal, wo man sich gerade befand.

Fluchttrauma

Im Januar 1945 hatte Gisela mit ihrer – damals fünfjährigen Tochter – aus Breslau fliehen müssen. Wochenlang zogen die beiden, bei schneidender Kälte, teils mit der Eisenbahn, teils mit Flüchtlingstrecks auf Pferdewagen, teils mit fliehenden Wehrmachtssoldaten auf Armeelastern, oft auch zu Fuß, an der Donau entlang durch die Wachau. Als sie von sowjetischen Soldaten daran gehindert wurden, die Donaubrücke zu überqueren, wollte die völlig verzweifelte Gisela mit ihrer Tochter ins Wasser gehen. Dass es nicht dazu kam, war nur dem Widerstand der kleinen Dorothea zu danken, die aus Leibeskräften schrie: »Ich will aber nicht! Ich will aber nicht!«, während sie ihre Mutter umklammert hielt und sie dann Schritt für Schritt vom Wasser zurückzog. Es war eine der wenigen Fluchtszenen, die ich nur aus dem Munde meiner Frau gehört hatte. Offenbar verband Gisela diese Szene noch immer mit Scham und Schuldgefühlen.

Irgendwie schafften sie es dann doch, die Donau zu überqueren. Anfang Februar erreichten sie schließlich die Elbe, an der die Demarkationslinie zwischen den von den Amerikanern und Sowjets besetzten Gebieten verlief. Sie konnten von Glück sagen, dass der Zug, in dem sie saßen, nicht mehr in das mit Flüchtlingen vollgestopfte Dresden hineingelassen wurde und dass sie in Radebeul aussteigen mussten. Dorothea erinnerte sich noch genau an den flammend roten Himmel über Dresden, der dem Mädchen als ein wundersames Naturschauspiel erschien, und an den beißenden Geruch, der noch tagelang in der Luft lag. Erst sehr viel später begriff sie, dass dieser Geruch von verbranntem Menschenfleisch herrührte. Und dass sie und ihre Mutter nur durch Zufall dem angloamerikanischen Bombardement entkommen waren.

Am 8. Mai, dem Tag der deutschen Kapitulation, kamen sie, nach wochenlangen Fußmärschen, endlich in Bayern an, wo sie bei Verwandten eine Zeit lang Unterschlupf fanden. Infolge der Strapazen der Flucht – Hunger, Kälte und Angst waren ihre steten Begleiter gewesen –, war Dorotheas Immunsystem so geschwächt, dass sie innerhalb eines Jahres sämtliche Kinderkrankheiten bekam: Diphtherie, Scharlach, Masern, Mumps, Furunkulose. So manche Nacht saß Gisela am Krankenbett ihrer im Fieber delirierenden Tochter und betete um ihr Leben, zumal Medikamente nur schwer zu bekommen waren. Für Dorothea war diese Zeit, da sie von einer Krankheit in die nächste fiel, wie in Nebel getaucht. Doch erinnerte sie sich genau der liebevollen Fürsorge ihres Vaters, der schon im Sommer 1945 wieder bei seiner Familie war: Um seiner von Furunkeln geplagten Tochter ein schmerzfreies Sitzen zu ermöglichen, hatte er in die Sitzfläche ihres Holzstühlchens Löcher gebohrt – in genauer Entsprechung zur Lage der eitrigen Furunkel an ihrem Po. Gisela wiederum, die sich und die Familie damals mit Näharbeiten über Wasser hielt, erzählte gern, wie sie für die Ami-Liebchen Büstenhalter nähte. Da sie weder Englisch sprach noch verstand, suchten die GIs ihr die jeweilige Körbchengröße ihrer Liebchen durch den – mal größeren, mal kleineren – Griff ihrer zur Halbkugel geformten Hände zu demonstrieren. Im Tausch gegen die fertigen BHs bekam sie dann Schokolade, Butter, Käse und Zigaretten, der auf dem Schwarzmarkt einzig gültigen Währung.

Auch wenn Gisela gern solche Geschichten erzählte, die Flucht mit ihrer kleinen Tochter war das schrecklichste Ereignis, ja *das* Trauma ihres Lebens. Nicht nur musste sie immer wieder davon erzählen, sie hatte auch eine panische Angst vorm Reisen. Reisen war für sie das Gleiche wie Auf-die-Flucht-Gehen. Wenn sie einmal, was selten vorkam, einen Zug besteigen musste, dann nur in Begleitung ihres Mannes oder ihrer Tochter. Und so war sie denn in ihrem ganzen Leben aus Deutschland nie herausgekommen. Sie geriet in Panik aber auch dann, wenn ihre Tochter verreiste und in den Urlaub fuhr – sei es aus Angst, dass ihr etwas zustoßen könnte, sei es aus Angst, dass sie selbst für ein paar Wochen allein zurückblieb.

Ende der Vierzigerjahre ließ sich Gisela von ihrem Mann Arnold, einem Textilkaufmann, der während des Krieges für die Wehrmachtsbekleidung zuständig war, scheiden. Als ehemaliges Mitglied der NSDAP konnte er sich nach dem Krieg nur mühsam mit Schwarzmarktgeschäften über Wasser halten; als Ernährer der Familie fiel er aus. Gisela zog zu einer Freundin nach Essen, lernte dort ihren zweiten Mann, einen verwundeten Kriegsheimkehrer, kennen, den sie gesund pflegte, und übergab ihre damals neunjährige Tochter der Obhut erst der Großeltern, später ihrer Schwägerin Elsa, die als Oberin eines Kieler Krankenhauses eine einigermaßen gesicherte Existenz hatte. Von nun an sah Dorothea ihre Mutter nur noch ein-, zweimal im Jahr.

Nach ihrem Tod fand ich in einem mit rotem Samt verkleideten Kästchen ihre Schulzeugnisse und Briefe aus den Fünfzigerjahren. Auch drei Kalender mit ihren Notizen befanden sich in dem Kästchen. Jeweils zu Beginn der Sommerferien war hier mit Bleistift der immer gleiche sehnsüchtige Ausruf vermerkt, mit drei Ausrufezeichen: »Endlich Mutti!!!«. Und dahinter die Abfahrtszeiten der Züge von Kiel nach Essen.

Auch ihren Vater Arnold, der nach dem Krieg vergebens versuchte, sich eine neue Existenz als Textilkaufmann aufzubauen, sah sie immer seltener – und wenn, dann meist bei einem Besuch im Gefängnis.

Gefährdete Liebe

Oft habe ich mich gefragt, wie sie mit der frühen Trennung von beiden Eltern, mit diesem doppelten Verlassensein, fertiggeworden war, ohne in Bitterkeit oder in eine anklagende Haltung gegen sie zu verfallen. Jedenfalls habe ich nie einen diesbezüglichen Vorwurf aus ihrem Munde gehört. Weder gegen ihre Mutter noch gegen ihren Vater, der Anfang der Sechzigerjahre unter sehr traurigen Umstän-

den gestorben war. Offenbar verstand sie die Not ihrer Eltern, die im zerstörten Nachkriegsdeutschland nicht mehr in der Lage waren, ihr ein normales Zuhause zu bieten. Sie habe sich gleichwohl von beiden geliebt gefühlt, hat sie mir gegenüber oft beteuert. Oder hatte sie den Spieß umgedreht – nach dem Motto: Wenn ihr mich schon verlassen habt, ich werde euch nie verlassen?!
Einmal, als wir über unsere Herkunftsfamilien sprachen, schrieb sie mir:

Wenigstens konnten meine Eltern mir keine heile Fassade vorgaukeln, wie es in so vielen deutschen Nachkriegsfamilien der Fall war. Da ich mit wechselnden Bezugspersonen groß geworden bin und mit ihnen zurechtkommen musste, habe ich früh gelernt, auszugleichen und zu vermitteln zwischen den Erwachsenen – nicht nur zwischen den Eltern – und sie in ihren Widersprüchen anzunehmen.
Es ist wohl keiner unter uns, dem nicht die Eltern eine Nuss zu knacken mit auf den Weg gegeben haben. Aus eigener Erfahrung weiß ich, wie gefährdet die Liebe zu meinem Vater war. Und mein Verhältnis zu Menschen ist davon geprägt, dass ich die Liebe zu diesem Gestrauchelten, Ausgestoßenen, Haltlosen habe retten können. Als ich ihn mit elf Jahren zum ersten Mal im Gefängnis besuchte – kannst du dir vorstellen, was das für ein Kind bedeutet? Das könntest du vermutlich nur, wenn du die damaligen Haftanstalten mal von innen betreten und die Schikanen des Personals miterlebt hättest, dazu das nicht enden wollende Auf- und Zuschließen der verschiedenen Schleusen, die man als Besucher zu passieren hatte, um am Ende den eigenen Vater nicht einmal umarmen zu dürfen. Manchmal blieb gerade noch Zeit, ihm mein erspartes Taschengeld in die Hand zu drücken, damit er sich davon Zigaretten kaufen konnte. Was hatte er gemacht? Schulden, die er nicht zurückzahlen konnte. Die erste Anzeige brachte bis zur Verhandlung automatisch U-Haft (ein halbes bis ein Jahr), und während er einsaß, wurden weitere Gläubiger zur Anzeige aufgefordert – insgesamt alles lächerliche Beträge. ›Betrug‹ nannte man das. Und das wiederholte sich dann noch zweimal bis 1959.
Für mich erschwerend kam hinzu, dass die ganze Familie, seine Eltern,

seine Schwester, meine Mutter, von ihm abgefallen waren. Wie viel böse und schlimme Worte über meinen Vater habe ich nicht aus dem Munde seiner Mutter, meiner Großmutter, gehört, bei der ich damals aufwuchs. Es tat mir in der Seele weh, ihn, der für mich ein idealer Kindervater gewesen, derart beschimpft, ausgestoßen und entwertet zu wissen. Wenn ich mich später gern und spontan für die Erniedrigten und Beleidigten einsetzte, so hat das natürlich mit meiner Lebensgeschichte zu tun.

Die tatkräftige Empathie mit den »Erniedrigten und Beleidigten« war denn auch ein Grundzug ihres Wesens. Gerade in der Zeit ihrer schwersten Ehekrise nahm sie eine Pflegetochter ins Haus. Und es gelang ihr binnen dreier Jahre, die fünfzehnjährige Annita, die aus einer zerstörten Unterschichtfamilie kam und sich anfangs fast gar nichts zutraute, so weit aufzubauen, dass sie wieder Selbstvertrauen bekam, einen guten Schulabschluss machte und eine Ausbildung als Krankenschwester begann. Annita war denn auch über den Tod ihrer Pflegemutter ganz untröstlich; noch nie in ihrem Leben, sagte sie, habe ein Mensch sie so gut und liebevoll behandelt wie Dorothea.

Und wenn Dorothea nach ihrer vorzeitigen Pensionierung als ehrenamtliche Vollzugshelferin acht Häftlinge einer Justizvollzugsanstalt, sowohl in Einzel- wie in Gruppengesprächen, betreute,»lauter schwere Jungs«, die sich um die Termine mit ihr rissen, dann hatte auch dies mit ihrer Lebensgeschichte und der anhaltenden Treue zu ihrem geliebten »Vati«, diesem »Gestrauchelten« und »Ausgestoßenen«, zu tun.

Aber war nicht auch die Liebe zu ihrer Mutter »gefährdet« gewesen? Sie habe sich, hatte Dorothea einmal zu mir gesagt, wohl mehr mit ihrem Vater identifiziert, von dem sie sich als Kind beschützt fühlte, als mit ihrer Mutter, die ihr in ihrer Unselbstständigkeit und Lebensängstlichkeit kein Vorbild sein konnte. Vielleicht hing damit auch zusammen, dass Dorothea zwar etliche Freundinnen, nie aber das hatte, was man eine »Busenfreundin« nennt. – Später allerdings und gerade in der Zeit ihrer Ehekrise, da sie ins Referendariat ging und sich auf ihr zweites Staatsexamen vorbereiten musste, erst recht nach der Scheidung von ihrem ersten Mann, wurde sie von ihrer Mutter sehr unterstützt. Gisela kam in diesen Jahren fast täglich zu ihr, kaufte ein, wusch und kochte für die Familie und kümmerte sich um die beiden Enkel, die sie wie eine zweite Mama empfanden. Dass sie sich als Großmutter so einsetzte, empfand Dorothea wohl wie einen Ausgleich für das, was die Mutter ihr in früheren Jahren nicht hatte geben können.

Ein Gong ertönte. Er kündigte an, dass im Speisesaal das Mittagessen aufgetragen wurde.

Die Sirene

Nachdem ich nachmittags eine Stunde auf Winfrieds Klangliege verbracht, hatte ich Lust, selbst Musik zu machen. Das Musikzimmer lag im dritten Stock des *Hauses Sonne,* gleich neben dem Yogaraum. Ich wusste, dass es um diese Zeit nicht mehr genutzt wurde, sodass ich sicher sein konnte, allein zu sein. Es war ein großes Zimmer, fast schon ein Saal, mit gepflegtem Dielenboden, hohen Bogenfenstern, diversen Halogenstrahlern und Deckenflutern, die ein warmes Licht verbreiteten. Der durch zwei Stufen etwas erhöht liegende, kleinere Teil des Raumes diente als Bühne, auf der ein Flügel, ein Sideboard mit Stereoanlage, mehrere Notenständer, zwei Mikrofone und eine ganze Batterie von größeren und kleineren Trommeln, Bongos und Djemben standen. Der weitaus größere, etwas tiefer liegende Teil des Raumes war völlig frei gehalten; er diente wohl für musikalische Gruppenübungen und als Tanzfläche.

Ich holte meine Querflöte aus dem samtgefütterten Behälter und schob die drei Teile zusammen. Das gemeinsame Musizieren war ein alter und schöner Brauch der Familie gewesen, zumal der Vater als Dirigent und Komponist großen Wert darauf gelegt hatte, dass all seine Kinder schon früh ein Instrument erlernten. Bastian, der Älteste, spielte Klavier, Astrid, die Zweitgeborene, Cello, Christian, der Drittgeborene, Violine, und ich, der Jüngste, Flöte. Nicht zufällig war die aus vier Tönen bestehende Erkennungsmelodie, die jeder in der Familie pfeifen konnte und die stets die Ankunft des Vaters ankündigte, noch ehe man ihn auf der Treppe oder durch die Tür treten sah: B – A – C –H. Eigentlich hätte ich einen Vornamen tragen müssen, der mit H beginnt, doch meine Mutter habe – so erzählte der Vater – auf dem Namen Fabian bestanden. Übrigens schienen auch wir Geschwister nach einer strengen kompositorischen Logik gezeugt worden zu sein: hatten wir doch alle, im Abstand von jeweils drei Jahren, im April Geburtstag.

Dass jeder von uns ein Instrument spielte, hatte neben dem Prestige, das einer musizierenden Familie in der traditionell musikfreundlichen Freiburger Gesellschaft zukam, auch einen wirtschaftlichen Nebeneffekt: Bei den Weihnachtsfeiern des Roten Kreuzes etwa pflegte das kleine »Familienorchester« der Fohrbecks für die musikalische Umrahmung zu sorgen, indem es leichte Stücke und Quartette von Bach, Händel und Telemann aufspielte. Zum Lohn dafür durften wir nach der Feier den Fundus des Roten Kreuzes nach uns gefälligen und passenden Kleidern, Mänteln, Schuhen und Stiefeln durchforsten, die wir gratis mitnehmen durften – was in den Fünfzigerjahren für eine Flüchtlingsfamilie, die, außer ihrer Musikalität und ihrem kulturellen Kapital, nichts über den Krieg hatte retten können, keine geringe Gratifikation bedeutete.

Auch gehörte es zu unseren selbstverständlichen Gepflogenheiten, dass wir uns auch ohne Tickets – denn das Taschengeld war knapp bemessen – Zutritt zu den begehrten Konzertsälen der Stadt verschafften. Und der Vater, ansonsten ein durchaus loyaler, die Gesetze achtender Bürger, hatte an diesen kleinen illegalen Praktiken seiner Kinder nicht das Geringste auszusetzen, im Gegenteil: Es war eine Art Familiensport, sich aus Anlass des »Weihnachtsoratoriums« oder der »Matthäuspassion« an den Türstehern vorbei in die Stadthalle zu mogeln, wo wir uns dann mit verhalten triumphierenden Mienen wiedertrafen, manchmal sogar in der ersten Reihe des Saales.

Das gemeinsame Musizieren – bis hin zu den regelmäßigen, im

Freundes- und Bekanntenkreis beliebten Hausmusikabenden – gehörte nicht nur zum kulturellen Selbstverständnis, ja zur Identität der Fohrbecks, die Musik war in dieser sehr männlich dominierten Familie auch das Medium, in dem man Gefühle äußern durfte, ohne sich dafür schämen zu müssen. Wenn ich einmal Tränen in den Augen des Vaters sah, was selten vorkam, dann beim Anhören eines Schubert-Streichquartetts, einer Arie aus der »Matthäuspassion« oder wenn er selbst auf dem Klavier den Tristan-Akkord nachmodulierte. Und vielleicht war ich meinem Vater darin ähnlich.

Nach dem Tod meiner Frau war es vor allem die Musik, die den Tränenstau hinter meinen Lidern löste und zugleich die wundersame Wirkung hatte, meinen Schmerz zu sublimieren und zu verwandeln, indem er sich mit klanglicher Schönheit verband: mit den schon immer geliebten Melodien und Harmonien eines Bach-Violinkonzertes, eines Schubert-Streichquartetts oder eines Mozart-Klavierkonzertes.

Und so hatte ich meine Flöte wieder aus dem Schrank geholt, wo sie jahrelang unberührt und unbenutzt gelegen hatte. Bald hatte ich mir zu den klassischen Flötensonaten und -konzerten, die ich einigermaßen beherrschte, auch die entsprechenden CDs besorgt, sowohl die *Vollversion* mit Flöte und Klavier- oder Orchesterbegleitung als auch die *Play-along-Version,* bei der die ausgesparte Flötenstimme dann von mir selbst eingespielt werden konnte. Es war für mich ein ganz neues, ja fantastisches Erlebnis, die H-Moll-Suite von Bach oder Glucks Arie »Ach, ich habe sie verloren« nun mit Orchesterbegleitung zu flöten, ohne dass ein Orchester im Raume war – eine, dank digitaler Ton- und Aufnahmetechnik musikalische Hexerei, die mich immer wieder aufs Neue begeisterte.

Inzwischen hatte ich mein musikalisches Repertoire beträchtlich erweitert – hin zum Jazz, zur Pop- und Worldmusic. Nicht lange und ich spielte bekannte Jazzballaden, brasilianische Rumbas und Bossa novas, russische Lieder und Klezmer-Stücke vom Blatt – natürlich immer mit Play-back. Die Nachbarn begannen sich über die bald klassisch konzertanten, bald jazz-, bald latino-, bald klezmerartigen Klänge zu wundern, die da plötzlich aus dem alten Fachwerkhaus, in dem es seit dem Tod der Lehrerin recht still geworden war, zu ihnen herüberschallten. Und sie staunten nicht schlecht, als sie hörten, dass der Solist dieser abendlichen Sommerkonzerte kein anderer als der seit Kurzem verwitwete Hausherr war.

»Hey, Fabian«, sprach mich einmal meine Nachbarin, die achtzigjährige Loni, an, die im Morgenmantel und mit Lockenwicklern im Haar am Gartenzaun stand: »Du bläst so schö, dass die Altenbank vor deinem Haus jetzt wieder vollzählig isch. Kannst du net mal ›La Paloma‹ spiele?« – Am nächsten Abend spielte ich bei geöffnetem Fenster »La Paloma« mit orchestralem Play-back, und die Alten, die auf der langen Bank vorm Zaun meines Vorgartens saßen, schunkelten im Takt und sangen begeistert mit.

Ich stellte die Musikmaschine an. Zum Einspielen begann ich mit dem langsamen und getragenem »Largo« von Händel und mit dem »Menuett« aus Mozarts »Kleine Nachtmusik«. Dann ging ich über zu Schuberts »Ave Maria«. Ich hatte dieses Stück, das ja eigentlich ein Gesangsstück ist und hier für Flöte und Klavier arrangiert worden war, schon ein paarmal gespielt, doch nie in seinen sehr getragenen und fast zerfließenden Rhythmus gefunden. Dieses Mal aber schien es mir zu gelingen, hielt ich die erst nach zwei langsamen Takten einsetzende Melodie im Einklang mit dem Klavier, das die immer gleiche auf- und absteigende Fünfachtelsequenz durch fast alle Tonarten hindurch modulierte. Noch nie hatte ich die langen melodischen Bogen mit so weichem Ansatz geblasen, dabei die Gipfeltöne leicht überdehnend, sodass vor jeder chromatischen Abwärtsbewegung ein leichtes Ritardando entstand; noch nie, so schien mir, war ich dem Charakter dieses Stücks, das für mich der musikalische Inbegriff von Sehnsucht und Melancholie war, so nahegekommen, zumal die gute Akustik und Resonanz des Raumes meinen Ton förmlich aufblühen ließ.

Als ich beim Dacapo, nach den einleitenden Takten des Klaviers, die Flöte wieder an die Lippen setzte, war mir, als ob, synchron mit meinem Spiel, auf einmal Gesang einsetzte, eine wunderschöne Mezzosopranstimme, die mein Flötenspiel begleitete, nur eine Terz tiefer, und genau dem leicht verzögertem Rhythmus meiner Melodieführung folgte. Verwundert spielte ich weiter. Hatte man in der Play-along-Version etwa eine weibliche Gesangsstimme integriert und mit aufgenommen, die ich bislang überhört hatte? ... Aber nein! Die Stimme kam ja gar nicht aus den Lautsprechern, sondern aus der Gegenrichtung, aus Richtung der Tür ...

Noch immer die Flöte am Mund, drehte ich mich um: Ein paar Schritte vor der angelehnten Tür stand eine vollschlanke Frau mit schwarz gelockten schulterlangen Haaren und sang, die Hände im getragenen Rhythmus des Liedes langsam auf und ab bewegend, das »Ave Maria« mit. Und sie sang es mit der gleichen Intensität und Hingabe wie an jenem Abend meiner Ankunft, da ich sie beim Singen in der Lobby überrascht hatte. Fast hatte ich das Gefühl, zu träumen: So frappierend und unwirklich zugleich war der Anblick dieser singenden Frau und so weich und schmelzend ihr Gesang, dass ich unwillkürlich meinen Ton dämpfte, damit der ihre umso besser zur Geltung käme.

Als die letzte, langsam absteigende Halbtonfolge verklungen war, standen wir beide einen Moment lang schweigend da.

»Entschuldigen Sie, dass ich Sie gestört habe«, sagte die Frau. »Aber es ist ein so hinreißendes Lied, dass ich, wenn ich es höre, einfach mitsingen muss.«

»Sie haben mich nicht gestört. Sie haben es wunderschön gesungen.«

Sie ging auf mich zu.

»Dafür, dass wir noch nie zusammen musiziert haben«, sagte sie mit entwaffnendem Lächeln, »war das doch ein klasse Debüt.«

»Zum Steineerweichen.«

»Ich bin Lea.«

»Fabian.«

Sie trug knallenge schwarze Leggins und über dem schwarzen Top eine honiggelbe Strickjacke. Sie hatte große, dunkel schimmernde Augen, die mich jetzt unverwandt musterten, hohe Wangenknochen und volle, sinnliche Lippen, korallenrot mit scharf gezogener violetter Umrandung.

»Ich will Sie auch gar nicht länger stören«, sagte sie, »ich habe hier nur ein paar Noten liegen gelassen.«

Sie holte ihr Brillenetui aus der Schultertasche und setzte sich die Brille auf – ein recht schräges, poppiges Modell mit rechteckigen Gläsern, dunkelroten Bügeln und Umrandung, was ihr Gesicht stark verfremdete. Dann ging sie zum Flügel, auf dem diverse Notenblätter lagen, die sie begutachtete.

»Sie sind die Gesangstherapeutin, nicht wahr?«

»Ich unterrichte hier ein-, zweimal die Woche: Stimmbildung, Atemtechnik, Gesang und ein bisschen Tanz, mache dies aber nur nebenbei. Im Hauptberuf bin ich Sängerin, freie Künstlerin ... Ah, da sind ja meine Noten.«

Sie nahm die Notenblätter und steckte sie in ihre Tasche. »Und Sie? Haben Sie beruflich auch mit Musik zu tun?«

»Nein. Aber ich komme aus einer Musikerfamilie.«

Ihr Handy klingelte. »Entschuldigen Sie.« Hastig kramte sie ihr Handy hervor, schaute kurz auf das Display, dann drückte sie die Nummer weg.

»Ihr Klingelzeichen – war das nicht der Anfang von Mozarts Türkischem Marsch?«

Sie sah mich erstaunt an, ein irisierendes Glitzern in den Augen.

»Ein wunderschönes Stück, nicht wahr? So leicht, so verspielt, so tänzerisch.«

»Es gehört zu meinen schönsten Kindheitserinnerungen: Wie ich als Siebenjähriger wippend auf Vaters Schoß sitze, während er und mein ältester Bruder auf dem Flügel vierhändig den Türkischen Marsch spielen. Noch bei den Demos der 68er auf dem Kurfürstendamm habe ich, zum Befremden meiner linken Genossen, lauthals die Parole skandiert: Marx, Mao, Mozart!«

Sie lachte, ihre ebenmäßigen Zähne entblößend, ein helles, leicht tremolierendes Lachen.

»Wären die Genossen damals Ihrer Parole gefolgt, hätte euch die Berliner Polizei vielleicht mit Mozartkugeln statt mit Wasserwerfern empfangen.«

Nun musste ich lachen.

»In jenen Jahren«, fuhr sie fort, »habe ich noch mit meinen Puppen gespielt. Eine konnte auf Knopfdruck sogar singen, vielmehr piepsen: Happy birthday to you ...«

»Dann haben Sie also viele Male im Jahr Geburtstag gehabt.«

Sie lächelte amüsiert. »Ja, aber Geschenke gab's leider nur einmal.«

Wieder klingelte ihr Handy. Sie schaute auf das Display und ging, das Handy am Ohr, die zwei Stufen in den Saal hinunter. Nach ein paar Minuten kam sie wieder zurück.

»Das war meine Tochter. Sie kann nicht einschlafen, wenn Mama nicht da ist. Tut mir leid. Ich muss los. Ich habe noch lange zu fahren.« Sie ging zur Tür.

»Gute Fahrt!«

Auf der Türschwelle drehte sie sich noch mal um und winkte mir kurz mit einem Fingerträllern ihrer erhobenen Hand zu.

Ich trat ans Fenster und wartete, bis sie unten aus dem Haus kam und eiligen Schrittes, mit wehendem Haar, über den spärlich beleuchteten Steg stöckelte, der das *Haus Sonne* mit dem *Haus Oase* verband. Das also war die *Sirene*. Sie hatte wirklich eine überirdische Stimme, wie Ansgar gesagt hatte. Unwillkürlich dachte ich an die Szene aus der »Odyssee«, da Odysseus sich die Ohren verstopft und an den Mast des Schiffes binden lässt, um nicht das Schicksal seiner Kameraden zu erleiden, die vom Gesang der Sirenen derart ergriffen wurden, dass sie sich kopfüber in die Fluten stürzten und jämmerlich ertranken.

Ich wunderte mich über mich selbst: Es war das erste Mal seit Dorotheas Tod, dass ich wieder Augen für eine Frau hatte. Ich konnte den attraktivsten Frauen begegnen – mit gleichgültigem Blick war ich an ihnen vorübergegangen. Bei den wenigen Veranstaltungen, die ich besucht hatte, bei meinen Einkäufen im nahe gelegenen Städtchen, bei meinen sommerlichen Radtouren sah ich eigentlich nur das, was ich in irgendeiner Weise mit Dorothea in Verbindung bringen oder was mir als Zeichen, als Symbol für ihr Nichtmehrsein, erscheinen konnte – das leere Schaufenster der zum Verkauf stehenden Modeboutique, in der sie gern eingekauft hatte, die Mohnblumen am Rande der gelben Rapsfelder, die flammenden Sonnenuntergänge über den Hügeln von Amorbach ... Nun aber hatte sich, wie ich erstaunt registrierte, mein nach innen gekehrter Sinn wieder geöffnet. Der Gesang und die Schönheit dieser Frau hatten mich berührt und eine unbestimmte Sehnsucht in mir geweckt.

Prüfungsangst

In der Gruppentherapie am Dienstagvormittag stellte Ansgar einen neuen Teilnehmer namens Maik vor, nachdem er ihm, gemäß dem üblichen Ritual, ein Geschenk seines Vorgängers überreicht hatte: einen kleinen Stoffhamster, der nicht im, sondern *neben* dem Hamsterrad sitzt. Die Botschaft löste Heiterkeit aus.

Maik, ein junger Mann mit dunkelblauen Augen und einem Nasenpiercing, studierte Wirtschaftskommunikation im sechsten Semester. Sein kastanienbraunes Haar war seitwärts an Schläfen und Hinterkopf ganz kurz geschnitten, während es über der Stirn eine gepflegte, seidig glänzende Mähne bildete. Sein dunkler Blazer mit den messinggelben Knöpfen zielte auf Seriosität, während das taubengraue Kapuzenhemd darunter und die ausfransenden Löcher seiner gebleichten Röhrenjeans eher salopp und trendy wirkten. Die Omega mit dem breiten verchromten Armband an seinem Handgelenk und die nagelneuen Nikes an seinen Füßen zeugten von einem ausgeprägten Markenbewusstsein.

War Maiks Blick auch leicht verhangen – schüchtern war er nicht. Ansgar musste ihn nicht erst lange ermuntern, seine Geschichte zu erzählen:

»Im Herbst letzten Jahres bin ich eigentlich gut erholt von einem Auslandssemester in Spanien zurückgekommen. Ich hatte große Pläne, wollte mein Studium innerhalb eines Jahres zu Ende bringen. Acht Hausarbeiten, fünf Modulprüfungen und die Bachelorarbeit standen an. Dazu noch fünfzehn Stunden die Woche in einem Callcenter jobben, denn ich muss mir mein Studium zum Teil selbst finanzieren, weil der Verdienst meiner Eltern knapp oberhalb der fürs BAföG zulässigen Höchstgrenze liegt. Für die Zulassung zum Bachelor benötigte ich mindestens hundertsechs von hundertachtzig Leistungspunkten. Aber ich hatte erst achtzig. Ich besuchte die vorgeschriebenen Vorlesungen und Seminare und schrieb eine Hausarbeit nach der anderen. In dem überfüllten Hörsaal – oft musste ich auf der Heizung sitzen – fühlte ich mich bald nur noch wie eine Matrikelnummer unter vielen, wie ein Automat, der Creditpoints zu hamstern hatte und allzeit prüfungsfähig sein musste: in BWL, VWL, Rhetorik, Marketing, Empirische Markt- und Kommunikationsforschung et cetera pp ...«

Eine eigenartige Mischung von Virilität und Sensibilität lag in Maiks Gesicht. Je nachdem, welche Seite er einem zuwandte, wirkte es mal anmutig-weich, mal punkig-trotzig. Während er sprach – die Arme hingen schlaff über seinen gespreizten Beinen –, suchte er immer wieder Ansgars Blick, als ob es ihm ganz besonders auf die Reaktion und Meinung des Gruppentherapeuten ankomme.

»Als ich die fehlenden Creditpoints endlich beisammen- und die Zulassung zur Bachelorarbeit erhalten hatte«, fuhr er fort, »war meine Kraft aufgebraucht. Ich spürte, dass ich meinen Zeitplan nicht würde einhalten können. Bald konnte ich keinen klaren Gedanken mehr fassen, wurde immer reizbarer, stritt mich mit meinen WG-Mitbewohnern und meiner Freundin herum und wusste doch nicht, was mich so reizbar und aggressiv machte: Wenn es im Supermarkt meine Lieblingsbionade nicht mehr gab, flippte ich aus. Wenn mir beim Tennis ein Ball ins Netz ging, flippte ich aus. Wenn der Bus Verspätung hatte, wenn meine Freundin zehn Minuten zu spät zum Date kam, flippte ich aus und machte ihr eine Szene ... Gleichzeitig fühlte ich mich immer schlapper. Bald konnte ich nicht mehr schlafen, nahm Schlaftabletten und fühlte mich am nächsten Tag dann erst recht schlapp. Dagegen nahm ich wiederum Aufputschtabletten, die meinen Motor für einige Tage wieder auf Hochtouren laufen ließen – bis zum nächsten Energieabfall. Manchmal saß ich in meinem Zimmer und dachte: Du kannst nichts, bringst es nicht, bist ein kompletter Versager. Du wirst deinen Abschluss nicht schaffen, du wirst keinen Job finden, du wirst deine Freundin und deine Freunde verlieren, du wirst zum Sozialfall werden ... Dabei gehörte ich in der Schule zu den Besten, das Abi hab ich mit 1,2 gemacht, ich war meistens gut drauf, beliebt bei meinen Kumpels und Freunden, und ging gern aus. Doch jetzt fühlte ich mich wie in einem Schacht, an dessen Wände ich kratzte und aus dem ich ohne Hilfe nicht mehr herauskam. Schließlich suchte ich die Beratungsstelle des Studentenwerks auf. Die Psychologin riet mir, mich von meinem Hausarzt schnellstmöglich in eine psychosomatische Klinik überweisen zu lassen.«

Maik hatte seinen Fall ohne emotionale Dramatik, mit einer fast coolen Sachlichkeit vorgetragen. Er sprach flüssig und ohne einmal zu stocken, fast wirkte sein Bericht ein wenig einstudiert.

Fälle wie der seine gehörten inzwischen zum Unialltag. Wie oft hatten sich nicht Studierende aus meinen Vorlesungen und Kursen mit ähnlichen Klagen, Sorgen und Ängsten, wie sie Maik plagten, an mich gewandt. Ihr Tenor war im Grunde immer derselbe: Das stressige und völlig verschulte Studium, die viel zu vielen Hausarbeiten und Prüfungen, die zum »bulimischen« Lernen zwangen – man paukt den Stoff bis zur Prüfung, und danach kotzt man ihn wieder aus –, die zunehmende Anonymität und das miserable Betreuungsverhältnis. Was zur Folge hatte, dass die meisten Studierenden ihre Dozenten persönlich gar nicht mehr kennenlernten.

»Vielleicht«, wandte sich Ansgar an Maik, »wird es dir guttun, deine hohe Erwartung an dich selbst, dass du deinen Bachelor mindestens so gut machen musst wie dein Abitur, ein wenig herunterzuschrauben und dir zu sagen: Hey, was soll's! Wenn ich nur einen mittelmäßigen Abschluss erreiche, so bin ich doch trotzdem ein heller Kopf und liebenswerter Kerl und wird meine Freundin mich nicht gleich verlassen! Das eigene Ichideal verhält sich oft wie ein unerbittlicher Diktator. Darum muss man ihm hin und wieder« – Ansgar streckte den Mittelfinger – »den Stinkefinger zeigen.«

»Und wer sagt denn«, wandte sich Marja an Maik, »dass du deinen Abschluss unbedingt im nächsten Semester machen musst? Häng doch einfach ein Semester dran und mach mit deiner Freundin einen Tango- oder Breakdancekurs. Der Bachelor läuft dir doch nicht davon.«

»Eben doch. Ich bin schon ein Semester über der Regelzeit.«

»Wir alle hier, glaube ich, kennen Prüfungsangst«, sagte Ansgar mit Blick in die Runde. »Aber wovor haben wir eigentlich Angst? Es ist die Angst vor der Be- und Entwertung durch den Prüfer, letztlich vor der Abwertung unserer Person. Und diese Angst ist umso größer, je öfter man Situationen erlebt hat, in denen man sich entwertet, in seinem Selbstwertgefühl und seiner Würde verletzt fühlte – sei es durch die Eltern und Erzieher, sei es durch die Lehrer im Angesicht der Klasse, sei es durch die Kumpels vor der eigenen Peergroup.« Und sich wieder an Maik wendend: »Ich vermute, dass dir solche Situationen nicht unbekannt sind.«

Maik runzelte die Stirn. Nach einer Weile sagte er: »Bisher hatte ich eigentlich nie ein Problem mit Prüfungen. Fühle mich auch nicht abgewertet. Ich war immer sehr leistungsbereit und leistungsmotiviert. Wenn nötig, kann ich die Nächte durcharbeiten ... Nur diesmal war es – ist es anders. Warum, weiß ich nicht.«

Nun wandte ich mich an Maik: »Als ich in deinem Alter war, hatte ich auch furchtbare Angst vor Prüfungen. Ich studierte damals Naturwissenschaften, Hauptfach: Biologie. Als Stipendiat der Deutschen Studienstiftung musste ich alle Zwischenprüfungen mit Bestnoten ablegen. So auch das anstehende Vordiplom. Ich setzte mich selbst ungeheuer unter Druck, büffelte und paukte wie ein Verrückter, gönnte mir kaum noch Freizeit, vernachlässigte meine Freunde – und je näher der Tag X rückte, desto unruhiger und nervöser wurde ich. Bis mich eines Tages ein Freund beiseitenahm.« Ich deutete auf Ansgar: »Sag mal, Fabian, warum machst du dich so verrückt? Wovor hast du eigentlich Angst? Dass du durchfällst? Du und durchfallen. Du hast doch bisher all deine Prüfungen blendend hingekriegt. Aber vielleicht hast du ja Angst vor dem, was *nach* der Prüfung auf dich zukommen wird.«

Ansgar lachte, während seine buschigen Brauen in Bewegung gerieten. »Hab ich das damals wirklich zu dir gesagt?«

»Allerdings ... Und du hattest ja recht. Die Vorstellung, mein Leben als gut bezahlter Mikrobiologe im Forschungslabor eines Pharmakonzerns zu verbringen, bereitete mir einige Pein – lange vor meinem Vordiplom. Es war wohl kein Zufall, dass mir im Chemiepraktikum die über der Gasflamme erhitzten Erlenmeyerkolben mit einer schon auffälligen Häufigkeit um die Ohren flogen. Ob ich nicht vielleicht doch lieber Pyrotechniker werden wollte, spottete der Assistent. Schon oft hatte ich mich gefragt, ob ich nicht lieber auf Philosophie, Soziologie oder Germanistik umsatteln sollte – denn eigentlich wollte ich ja schreiben und publizieren; zumal mich die anstehenden gesellschaftspolitischen Themen und Diskurse – es war die Zeit der Studentenbewegung – viel mehr interessierten und beschäftigten als die Frage, welche Genkombination welches Protein determiniert. Und als dies endlich für mich klar war – dass ich nach dem Vordiplom mein Studium wechseln würde –, ging ich entspannt ins Vordiplom und machte es gut. Seither weiß ich, dass Prüfungsangst – nicht nur, aber auch – mit der Sinnfrage zusammenhängt: dass man umso mehr Angst hat, je mehr man am Sinn dessen zweifelt, was man da eigentlich lernt und paukt – und wozu?«

Maik hatte mir sehr aufmerksam zugehört, und als Ansgar ihn fragte, ob er mit dieser »Erfahrung von uns älteren Semestern« etwas anfangen könne, bejahte er dies. Nur wisse er eben nicht, wie er aus dieser »quälenden Negativstimmung« wieder herauskomme, die ihm ständig suggeriere: Du schaffst es nicht! Du bist ein Versager!

Ansgar riet ihm, er solle die Negativsätze und Fragen, die ihm immer wieder durch den Kopf gingen und ihm den Schlaf raubten, einmal aufschreiben und sie dann sinngemäß umdrehen: ›Doch, ich werde es schaffen! Es gibt keinen ernsthaften Grund, warum ich es nicht schaffen sollte. Und warum denke ich denn, dass meine Freundin mich verlässt, falls ich die Prüfung verhaue? So ein Blödsinn! Ich würde sie doch auch nicht verlassen, wenn sie durch die Prüfung fiele.‹ Sobald die belastenden und niederziehenden Gedanken in seinem Kopf zu kreisen begännen, solle er die betreffenden Umkehrsätze einschalten. Das sei eine gute Methode, um die quälenden Endlosschleifen zu unterbrechen und der Depression Paroli zu bieten. Es gehöre nämlich zu den großartigsten Eigenschaften des menschlichen Gehirns, dass es zwischen wirklich erlebten und simulierten Situationen nicht unterscheiden könne und auf eine positive Selbstsuggestion genauso reagiere wie auf eine positive Erfahrung: mit der Ausschüttung von Serotonin und anderen Glückshormonen.

In Maiks Augen blitzte etwas auf, ein Anflug von Lächeln zeigte sich auf seinen Lippen.

Am See

Es war einer jener schönen Herbsttage, die die Bezeichnung »goldener Oktober« wirklich verdienten. Die milde Nachmittagssonne brachte die verschiedenen Braun-, Gelb- und Goldtöne der Laubbäume, welche die Alleen säumten, noch einmal richtig zum Leuchten. Ließe sich diese Farbenpracht in Musik ausdrücken, dachte ich, als ich, den Rucksack über der Schulter, das Kurgebiet hinter mir ließ und die lange Allee entlangging, welche direkt zum Mondsee führte, dann müsste es sich um eine »Sinfonie in Oker« handeln. Zwar hätte ich, laut Therapieplan, jetzt eigentlich zum Yoga gehen müssen, aber dieser Nachmittag war viel zu schön, um ihn in einem schlecht belüfteten Meditationsraum mit einem Dutzend Patienten zu verbringen. Und nach den zahlreichen Anwendungen und den vielen Gesprächen der letzten Tage wollte ich wieder einmal allein sein.

Nur ein paar ältere Damen und Herren, die ihre Hunde ausführten, und ein paar Jogger in grauen Trainingsanzügen mit Stöpseln im Ohr kamen mir auf dem asphaltierten Uferweg entgegen. Nachdem ich, auf der Suche nach einem Ort, wo ich ungestört wäre, den halben See umrundet hatte, ließ ich mich auf einer Bank nieder, die in einer von Platanen überdachten Einbuchtung am Wegrand stand. Von hier aus hatte ich einen schönen Blick auf das gegenüberliegende Seeufer mit der Silhouette des Städtchens, dem barocken Rathausturm und dem Zwiebelturm der Kirche. Die Stille wurde nur unterbrochen durch die Ruderschläge und Kommandorufe aus einem Achterboot, das den See in gerader Linie kreuzte.

Ich öffnete meinen Rucksack, nahm Wasserflasche, Lesebrille und mein Tagebuch heraus. Ich wollte den Gefühlen noch einmal nahekommen, die ich im heftigen Schmerz der ersten Wochen nach Dorotheas Tod durchlebt und dann, als ich mich wieder in die Mühlen meines Berufes begab, von mir wegzuschieben versucht hatte.

1. Mai
Heute ist Muttertag, und die Kinder und ich können dir nicht mehr gratulieren, dabei warst du doch eine so »tolle Mama«!
Dafür habe ich deiner Mutter heute zu dir gratuliert. Andreas brachte ihr einen großen Fliederstrauß und ich die honiggelbe Schlotterweste mit, die du gerne im Haus trugst.
Gisela war erstaunlich munter, unterhielt uns mit ihren alten Histörchen, du weißt ja, wie sie aufblüht, wenn sie ein bisschen Gesellschaft hat. Wir sprachen viel über dich und fragten uns wieder, warum du vor der Zeit von uns gegangen bist. Andreas meinte, du habest schon immer dünne Blutgefäße gehabt. Wenn du ihm als Kind mal eine verpasst hast (was sehr selten vorkam), habest du hinterher bläulich angelaufene Hände, die reinsten Blutergüsse, gehabt. Du konntest gar nicht zuschlagen, ohne dir selbst wehzutun.
Gisela zeigte uns dann das kleine Fotoalbum mit Kinderbildern von dir und den schon etwas vergilbten Porträts deiner Eltern und Großeltern. Besonders rührte mich ein Bild von dir, da du, vielleicht sechs- oder siebenjährig, mit langen Zöpfen im Garten auf einer Schaukel sitzt. Deine Mutter erzählte, wie sie dir immer aus dem großen Wilhelm-Busch-Buch vorgelesen hat. Noch bevor du lesen und schreiben lerntest, kanntest du das ganze Buch auswendig. Und wenn du auf dem Töpfchen saßest, hättest du die Wilhelm-Busch-Verse immerzu vor dich hin geplappert. Jetzt wissen wir endlich, woher du deinen Humor hast.

5. Mai
Als ich gegen fünf Uhr früh erwachte, hatte ich für einen Moment die Illusion, du lägest neben mir, denn deine Bettdecke hatte sich so

gebauscht, als ob eine Schulter darunterliege. Ich wollte mich gerade an dich kuscheln, da merkte ich, dass es nur ein Trug war, und heulte ins Kissen, das immer noch da ist, dein rotes Kopfkissen mit den aufgestickten fröhlichen Drachen, das wir von unserer Chinareise mitgebracht haben.
Dann aber erinnerte ich mich – und dies tröstete mich ein wenig – an die Überraschung, die du mir zu meinem 58. Geburtstag bereitet hast: Als ich morgens erwachte, sah ich über mir einen langen Faden, behängt mit allerlei Süßigkeiten, Pralinen und kandierten Früchten. Während ich noch schlief, hattest du diesen Geburtstagsfaden mit Reißzwecken im Gebälk des Dachstuhls befestigt, und zwar so, dass er genau über meinem Kopf baumelte. Dass du mir den Zauber meiner Kindergeburtstage wieder beschertest, wie meine fürsorgliche Großmutter sie nach alter sächsischer Tradition auszurichten pflegte, das war einfach wundervoll. Und nur du konntest auf eine solch beglückende Idee kommen.

9. Mai
Heute kam Ansgar zu mir und half mir, deinen schriftlichen Nachlass zu sichern. Dein PC, mit dem du in den letzten Jahren so gern und so viel herumexperimentiert hast, ist ja wie ein Archiv deines Könnens, Schreibens und Denkens. Aber dass das, was einmal deinem lebendigen Geist, deinem Gehirn entsprang, jetzt nur noch in den unsichtbaren Files einer CD und den winzigen Mikrochips einer Festplatte existiert – diese Vorstellung machte mich wieder sehr traurig. Wie sehr vermisse ich deine hübschen Selbstgespräche, als du noch neben mir an deinem PC saßest und ihn beschimpftest, wenn wieder mal ein Programm bockte oder ein dringend benötigter Download misslang!
Ansgar zeigte und erklärte mir auch, was du stets für mich getan hast und was ich nun bald allein können muss: wie ich meine Homepage selbst verwalten kann ...

Ich sah Dorothea wieder am Schreibtisch vor ihrem PC sitzen, wie sie an der Homepage herumbastelte – ihr Geschenk zu meinem sechzigsten Geburtstag. Innerhalb von dreieinhalb Wochen hatte sie sich das dafür notwendige Wissen, die Grundlagen des Webdesigns, angeeignet. Und nie werde ich den magischen Moment an jenem Sonntagvormittag vergessen, da wir beide in Hochspannung vor unseren PCs saßen und, nachdem wir die Vorschau der Homepage in der noch unveröffentlichten Version angeschaut hatten, Dorothea endlich auf den Button »Veröffentlichen« klickte – und siehe da: Meine neue Homepage war im Netz, alle siebzehn Seiten mit meiner Vita, meinen wichtigsten Publikationen samt den dazugehörigen Bildern erschienen maßstabsgerecht auf dem Bildschirm. Jubelnd fielen wir uns in die Arme, dann ließen wir die Sektkorken knallen. Wie ich mich über dieses tolle Geschenk freute! Und wie sie sich über meine Freude freute! Und wie stolz sie war, dass ihre wochenlangen Bemühungen von solch einem Erfolg gekrönt wurden! Es sei für sie ein »kleines drittes Staatsexamen« gewesen, sagte sie.

12. Mai
An diesem Wochenende haben wir dich zu Grabe getragen, mein Schatz! Vielmehr das, was nach der Einäscherung von dir blieb. Es war wieder ein obszön schöner Frühlingstag. Dein Urnengrab liegt, beschirmt und beschattet von drei hohen Fichten, im hinteren Teil des Dorffriedhofs. Jedes der Kinder und Enkel trug eine kleine Topfpflanze, um sie an dein Grab zu stellen. Es war eine kurze Zeremonie, die, bei aller Traurigkeit, nicht ohne Humor war: Die Kleinen versammelten sich sofort um die offene Grabstelle, guckten neugierig in das Erdloch, das für die Urne bestimmt war, und warfen Sand hinab. Ihre Unbefangenheit kontrastierte auf fast poetische Weise mit unserer Trauer.
Mit Tränen in den Augen stand ich neben Ansgar, Amelie, Sonja und Andreas vor deinem Grab, während die Enkel sie wie eine interessante Sandburg behandelten – das Schmerzliche und das Leichte, dein Tod und ihr junges Leben in derselben Situation vereint.
Mir war so schwer ums Herz, dass ich fast dankbar für das kleine unerwartete Spektakel war, das während der traurigen Zeremonie neben deinem Grab stattfand. Just als der Pfarrer die bekannten Worte sprach »Erde zu Erde, Asche zu Asche, Staub zu Staub«, legte sich dein Enkel Tobias probeweise in den schwarzen Holzrahmen, der dein Grab vorläufig umfassen wird. Er nahm mit seinem kleinen Körper Maß von

der Grabstelle, suchte wohl nachzuvollziehen, was es heißt und wie es sich anfühlt, »begraben« zu werden. Dieser Akt kindlicher Unbefangenheit und kindlichen Forschertriebes kontrastierte so sehr mit dem Ernst der Situation, dass wir lachen mussten, indes der Pfarrer irritiert in seinem Sermon innehielt. Diese Szene am Rande deines Grabes hätte dir gewiss gefallen.
Ansgar hielt sodann eine schöne Rede, die er mit einem Rousseau-Zitat beschloss, das sehr gut auf dich und dein Leben passt:
»Nicht der Mensch hat am meisten gelebt, welcher die höchsten Jahre zählt, sondern derjenige, welcher sein Leben am meisten empfunden hat.«

Es gab sehr rührende Szenen während der dreieinhalb Tage, da die Familie sich in unserem Hause versammelte, um dir die letzte Ehre zu erweisen. Während ich kochte, präsentierten sich mir Sonja und Anja wechselweise in deinen Kleidern, die du nun nicht mehr brauchst: Deiner Enkelin passte die neue dunkelblaue Jeanskombination samt der Weste, die du dir zuletzt bei Karstadt gekauft und mir noch vorgeführt hast, wie angegossen. Omi – verkündete sie bewundernd – habe die Taille einer Siebzehnjährigen gehabt. Auch freute sie sich, nun deine weißen Turnschuhe, deine Sandaletten und braunen Schnürstiefel tragen zu dürfen. Sie hat nämlich genau deine Schuhgröße 39. Und Sonja »bunkerte« sich zwei deiner Hosen – samt den dazugehörigen Shirts –, außerdem noch eine Kombination in Braun, die du früher gern getragen hast. Und beide, Tochter wie Enkelin, waren gespannt auf mein Urteil – eine kleine Modenschau am Rande deines Grabes.

Am nächsten Morgen – es regnete Bindfäden – gingen wir, mit großer und kleiner Schaufel, Pflanzstäben und Rechen bewehrt, noch einmal zum Friedhof. Wieder trug jedes Kind eine kleine Topfpflanze: ein paar rote fleißige Lieschen, ein paar violetter Elfenspiegel, ein paar gelbe Kappkörbchen, ein paar oranger Studentenblumen und gelbroter Wandelröschen – du siehst, ich habe mir die Namen der Blumen in deinen Lieblingsfarben genau gemerkt. Doch bald stellten wir fest, dass die mitgebrachte Blumenerde nicht ausreichte, um dein Grab zu bepflanzen. Und so ging ich zurück und füllte zwei Eimer mit Erde aus unserem Komposthaufen im Garten. Ach, mein Herz, nie hätte ich gedacht, dass ich mit unserem Kompost einmal dein Grab düngen würde! Der Humus von unseren Spargel- und Salatresten, von unserem Kaffeesatz und fauligem Obst umgibt nun deine Urne. Aber dass ich mit meinen eigenen Händen deine Grabstelle bepflanzte, tat mir bei allem Schmerz wohl. Es war eine Art, dir nahe zu sein. Auch du wühltest ja beim Unkrautjäten und Pflanzensetzen gerne in der Erde. Gießen mussten wir nicht mehr, denn es regnete in Strömen.

Ich hob die Augen aus meinem Tagebuch. Sah den See und die Uferweiden, deren vom Winde bewegte Äste sanft über das Wasser strichen, nur noch durch einen Tränenschleier. Noch immer drehten die Stockenten und Blesshühner ihre Runden vor dem Schilfgürtel zu meinen Füßen, ab und zu tauchten ihre Köpfe blitzschnell unter, sodass nur noch ihre Schwänze zu sehen waren. Noch immer kreuzte das weiße Achterboot, unter den bellenden Kommandos des Steuermannes, den See. Wie robust und unbeeindruckt von denen, die zurückbleiben müssen, das Leben doch weitergeht.

Als ich in die Klinik zurückkam und die Empfangshalle betrat – die Beleuchtung befand sich schon im Stand-by-Modus –, sah ich im Halbdunkel der Sitzecke eine Gestalt, die in eine Decke gehüllt war. Es war Rena, die Frau mit den großen traurigen Augen und dem seitlich herabhängenden bräunlichen Zopf, der ihr etwas Mädchenhaftes verlieh, dabei war sie bestimmt schon um die sechzig. Sie gehörte zu meiner therapeutischen Gruppe, saß aber die meiste Zeit still dabei und beteiligte sich kaum an den Gruppengesprächen. Auf dem Glastisch vor ihrem Stuhl stand ein leeres Teeglas, um das ein halbes Dutzend Papierkraniche gruppiert war. Rena wurde von den Insassen, teils mitleidig, teils ein wenig spöttisch, »die Kranichfrau« genannt, weil sie stundenlang damit beschäftigt war, aus festem und buntem Papier Kraniche zu falten, die sie an die Mitpatienten zu verschenken pflegte. Man sah sie nachmittags und abends oft in der Empfangshalle sitzen, vermutlich fühlte sie sich dort nicht so allein.

Doch war ich jetzt nicht in der Stimmung, mit ihr ein Gespräch zu beginnen. So ging ich denn mit einem flüchtigen Gruß an ihr vorbei.

Universitas ade!

Am nächsten Morgen nach der Körpertherapie war plötzlich Maik neben mir und fragte, ob er mich mal sprechen könne.

Wir gingen hinaus in die Gartenanlage und setzten uns auf die Bank in der Raucherecke.

Nach einem Schluck aus der Limonadenflasche sagte Maik: Was ich da gestern über meine frühere Prüfungsangst erzählte, habe bei ihm ziemlich ins Schwarze getroffen. Denn eigentlich wolle er Filmemacher werden. Schon mit zwölf habe er kleine Videos gedreht, selbst geschnitten und mit etlichen Tonspuren unterlegt. Einer habe sogar bei einem Jugendfilmwettbewerb den ersten Preis gewonnen. Auf Drängen seines Vaters habe er sich dann doch für das »solidere« Studium der Wirtschaftskommunikation entschieden. Anfangs sei er sehr motiviert gewesen und habe das Studium mit großem Elan vorangetrieben. Wie man als Kommunikationsmanager das Image eines Unternehmens und seiner Produkte in der Öffentlichkeit und bei den Kunden präsentiere, *The power of Branding* – wie macht man eine Marke stark? –, all das habe ihn sehr interessiert.

Maike strich wieder seine Mähne aus der Stirn, die ihm jedoch bei jeder heftigeren Kopfbewegung wieder ins Gesicht fiel, sodass immer nur dessen eine Hälfte zu sehen war. Im letzten Jahr, fuhr er fort, habe er ein dreimonatiges Praktikum bei einer großen iberoamerikanischen Film-Company in Madrid absolviert. So hoffte er, seinem alten Traum vom Filmemachen wieder ein Stück näherzukommen und zugleich Anschauungsmaterial für seine Bachelorarbeit zu gewinnen: Product-Placement als gezielte Einbringung von Markenprodukten in die Handlung von Filmen.

»Und worin bestand deine Aufgabe während dieses Praktikums?«
»Im Creative-Placement. Ich entwickelte für die Produkte kleine

Geschichten, die nahtlos in die Handlung integriert werden müssen. Die Schauspieler verwenden die Produkte aktiv und geben nach Möglichkeit eine positive Wertung ab.«

»Weißt du, Chérie, diese Anti-Aging-Creme von Dove macht dich glatt um zehn Jahre jünger!«

»Viel zu direkt! Letztlich geht es um gezielte Schleichwerbung.«

Maik hielt mir seine Zigarettenschachtel hin. Wir steckten uns eine an.

»Jedenfalls sagt mein Prof: Product-Placement für globale Marken in Blockbusterfilmen und -serien sei eine absolute Karriereplattform für einen Wirtschaftskommunikator. Ich könnte damit sehr viel Kohle machen, wenn ...« Maik stutzte, seine Miene wurde verdrießlich, »wenn ich darin, außer Kohle machen, irgendeinen Sinn erblicken könnte. Zuletzt hat es mich nur noch angeödet, mir tagelang den Kopf darüber zerbrechen zu müssen, wie und in welcher Szene ich der Protagonistin die Reizwäsche von Esprit oder die Schokoeiscreme von Nestlé unterjubeln kann, ohne dass es dem Zuschauer allzu sehr auffällt.«

»Kann ich verstehen. Aber Wirtschaftskommunikation ist ein weites Feld. Und bietet bestimmt auch andere Berufswege an.«

»Schon. Aber ich will doch eigentlich Filme machen, Independent-Filme, statt meine besten Jahre damit zu verbringen, globale Marken in Blockbusterfilmen zu platzieren.«

»Und warum bewirbst du dich nicht an einer Filmhochschule?«

»Dann streicht mir mein Alter garantiert den monatlichen Wechsel.«

»Diese Angst«, sagte ich, »hatte ich damals auch. Doch schließlich habe ich meinen Vater davon überzeugen können, dass einer, dem im Chemiepraktikum dauernd die Erlenmeyerkolben um die Ohren fliegen, kein geeigneter Kandidat für ein biotechnisches Forschungslabor sei. Nach meinem Vordiplom habe ich dann fast zwei Jahre mit dem Studium ausgesetzt. Dafür engagierte ich mich im Sozialistischen Deutschen Hochschulbund, machte Straßentheater und zog mit anderen zusammen eine Art kritische Gegen-Universität auf.«

»Wie denn das?«

»Wir organisierten unsere eigenen Vorlesungen, in dem wir uns mit all den Themen und Autoren beschäftigten, die uns der offizielle Wissenschaftsbetrieb vorenthielt: mit Karl Marx, Sigmund Freud, Erich Fromm, Wilhelm Reich, Ernst Bloch, Theodor Adorno, Max Horkheimer, Herbert Marcuse und vielen anderen. Wir waren sozusagen unsere eigenen Dozenten.«

»Das ist ja cool!«

»Klausuren gab es nicht, Noten auch nicht, dafür jede Menge Sinn. Wir diskutierten uns die Köpfe heiß, waren unglaublich neugierig. Und selten habe ich so viel gelernt wie in dieser Umbruchszeit, auch wenn ich sehr knapp bei Kasse war und mir keine Markenklamotten leisten konnte.«

»Und wie hast du dich in dieser Zeit finanziert?«

»In der Hauptsache durch journalistische Arbeiten. Hin und wieder trat ich auch als Zauberkünstler in Nachtklubs auf.«

»Wie? Du kannst zaubern?« Maik sah mich erstaunt an.

»Glaubst du wohl nicht, wie? Na, dann pass mal auf!«

Ich griff den Zipfel seines dunkelblauen Blazers und drückte den Daumen so in den Stoff hinein, dass eine kleine trichterförmige Ausbuchtung entstand. Dann nahm ich ihm die halb gerauchte Zigarette aus der Hand und steckte sie mit der glühenden Spitze nach vorn sichtbar in die Ausbuchtung seines Blazers …

»Bist du verrückt!«, schrie Maik. »Das ist ein original Lagerfeld-Blazer. Der hat über dreihundert Euro gekostet!«

Ich zog den Daumen meiner – nunmehr leeren – Hand wieder aus dem Stofftrichter, pustete dreimal hinein, sagte »Simsalabim!« und zog den Stoff an derselben Stelle wieder glatt: Er war vollkommen unversehrt. Auch nicht die Andeutung eines Brandloches war zu sehen! Dann griff ich hinter Maiks Ohr und zog den Zigarettenstummel hervor, der nun allerdings nicht mehr glühte.

Er schüttelte den Kopf. »Super! Und wie machst du das?«

»Frag Harry Potter.«

Noch einmal nahm Maik seinen Blazer in Augenschein, um sich zu vergewissern, dass da auch wirklich kein Brandfleck war.

»Zauberei« sagte ich, »ist ein wunderbares Kommunikationsmittel. Vor allem auf Reisen in Ländern, deren Sprache dir fremd ist. Denn die Sprache der Zauberei ist universell, jeder versteht sie.«

Und ich erzählte ihm, wie ich Ende der Achtzigerjahre mit meiner Frau eine große Reise durch die Sowjetunion gemacht hatte. Wie immer auf Reisen hatte ich meinen Zauberkoffer mitgenommen. Doch als wir auf dem Moskauer Flughafen ankamen und durch die Sicherheits- und Zollkontrolle mussten, erregte der Zauberkoffer den Argwohn der sowjetischen Beamten. Die darin enthaltenen Requisiten, metallene Ringe und Röhren, silber glänzende Kugeln mit Halbschalen, Kästchen mit doppelten Böden und präparierte Taschenmesser – all dies kam ihnen höchst verdächtig vor. Dieser angebliche Zauberkoffer – war das nicht der Besteckkasten eines deutschen Spions oder Doppelagenten? Da ich kaum Russisch sprach, konnte ich die sowjetischen Beamten auch nicht vom Gegenteil überzeugen. Sie waren schon drauf und dran, mich und meine Frau zu verhaften, da nahm ich einem der Kontrolleure die Metallringe aus der Hand und führte ihm und seinen verdutzten Kollegen das »chinesische Ringspiel« vor: Wie sich neun Ringe, die ich ihnen einzeln vorzählte, nach und nach zu den wundersamsten Figuren verbinden: zur Pyramide, zum Kubus, zur Kette, zum vierblättrigen Kleeblatt, zuletzt sogar zu den olympischen Ringen. Doch die eigentlich magische Verwandlung ging mit den uniformierten Beamten selbst vor: In ihre eben noch misstrauischen und feindseligen Mienen kam plötzlich ein Ausdruck ungläubigen Staunens. Wie große Kinder, mit glänzenden Augen und offenen Mündern, verfolgten sie das magische Spiel der Ringe. Und als ich geendigt hatte, luden mich dieselben Beamten, die mich noch eben verhaften wollten, zu sich nach Hause ein und kritzelten eilig ihre Telefonnummern und Adressen auf Zettel und Taschentücher.

Maik lachte. »Und wie hast du damals, trotz der langen Unterbrechung, deinen Abschluss geschafft?«

»Nun, es waren natürlich andere Zeiten. Die Universität war eine völlig andere als heute. Wir hatten viel mehr Freiräume als ihr. Ich zum Beispiel habe neben dem naturwissenschaftlichen Grundstudium drei Semester lang das *Studium generale* belegt.«

»Was ist das?«

»Das sind nicht obligatorische, öffentliche Lehrveranstaltungen der Hochschule, die, im Sinne des humanistischen Bildungsideals, eine umfassende Allgemeinbildung fördern sollen, also das, was *universitas* eigentlich meint. Gibt es heute nur noch an ganz wenigen Unis.«

»Mensch, hattet ihr es gut damals!«, staunte Maik. »Und wir rennen nur noch Creditpoints hinterher und sind schon froh, wenn wir in unseren Studienfächern den Workload erfüllen.«

»Ja«, sagte ich, »das *Studium generale* wurde durch die TV-Quizshow ersetzt. Als ›allgemein gebildet‹ gilt heute, wer im Multiple-Choice-Test, unter Zuhilfenahme eines Jokers aus dem Publikum, die richtige Antwort gibt, und als neuer Einstein gar, wer bei Günther Jauch die Eine-Million-Euro-Frage löst.«

Maik sah auf seine Omega: »Ich muss zum Sport. Trampolinspringen. Macht echt Spaß. Kommst du mit?«

»Trampolin, das ist eher was für junge Hüpfer.«

Maik stand auf. Kurz vor dem Seerosenteich drehte er sich noch einmal um: »Und danke für das tolle Gespräch!«

»Danke für dein Vertrauen!«

Parenting

Es war später Vormittag. Ich saß, in meine gefütterte Windjacke gepackt, auf einer Bank im Kurpark. Vor und um mich herum erhoben sich uralte Eichen und Buchen, Letztere hatten ihre Blätter längst abgeworfen und den Boden mit einem kupferfarbenen Laubteppich bedeckt. Ich mochte dieses spätherbstliche Ambiente und fand es völlig überflüssig, ja geradezu ärgerlich, dass zwei Männer in oranger Montur – zum Glück in einiger Entfernung – gerade dabei waren, dieses Herbstgold, das dem Park seinen ganz besonderen Zauber verlieh, mit ihren lauten Maschinen aufzusaugen.

In Gedanken war ich bei der zurückliegenden Therapiestunde. Ich hatte mit Frau Klier über Dorotheas Kindheit und Jugend gesprochen, über die frühe Trennung von beiden Eltern. Wie geht ein neunjähriges Mädchen damit um? Es erfährt Leere, hatte Frau Klier gesagt, und versucht, diese Leere durch Leistung zu kompensieren. Dorothea war nicht nur eine Superschülerin, die Klassenbeste und Klassensprecherin bis zum Abitur gewesen, sie hatte später auch ihr erstes und zweites Staatsexamen mit Auszeichnung gemacht. Dass sie, trotz ihres frühen Verlassenwerdens, ihrer Mutter nichts nachtrug und eine solch enge, von Liebe und Verantwortung getragene Beziehung zu ihr entwickeln konnte, führte Frau Klier auf die traumatische Erfahrung der Flucht zurück, die das Mutter-Tochter-Verhältnis schon früh geprägt habe: Wenn ein fünfjähriges Mädchen seine Mutter davon abhalten muss, mit ihr ins Wasser zu gehen, was bedeutet das eigentlich für das Kind? Dass es sich von der Mutter nicht mehr beschützt fühlt, dass es – im Gegenteil – *selbst die Mutter beschützen muss* – eine völlige Überforderung und eine fatale Umkehrung des Mutter-Tochter-Verhältnisses, hatte Frau Klier gesagt. In solchen Situationen, aber auch in vielen anderen, die nicht so extrem sind, übernehmen Kinder mehr Verantwortung, als sie ihrem Kindesalter gemäß tragen können. Kinder werden zu Eltern der Eltern und neigen später dazu, sich zu überfordern, zumal das gemeinsam erlittene Fluchttrauma oftmals eine symbiotische Beziehung zwischen Eltern und Kindern stiftet: immer und um jeden Preis zusammenhalten ...

Gisela wusste nur zu gut, wie leicht sie ihre Tochter mit ihrer Ängstlichkeit erpressen konnte, etwa wenn wir in Urlaub fuhren. Wie oft sah sie da nicht schon ihr letztes Stündlein gekommen und jammerte, wenn wir wiederkämen, sei sie vielleicht schon tot. Wenn Dorothea krank wurde, wurde Gisela prompt auch krank – aber nicht etwa aus Empathie, wie ich anfangs noch glaubte, sondern weil sie durch ihr Kranksein demonstrieren wollte, dass sie die Hilfe ihrer Tochter benötigte. Im Gegensatz zu dieser hat Gisela es immer verstanden, sich zu schonen, Belastungen auszuweichen und sich auf den kindlichen Standpunkt des »Ich kann nicht« zurückzuziehen. In einer plötzlichen Gemütsaufwallung hatte ich zu Frau Klier gesagt: »Auch wenn kein Mensch über seine Lebenszeit bestimmen kann, manchmal kann ich mich des Gedankens nicht erwehren, die Mutter habe ihre Lebenszeit auf Kosten ihrer Tochter verlängert.«

Frau Klier hatte mich erstaunt angesehen und dann mit ihren Fingerspitzen mehrmals über ihre Augenbraue gestrichen, wie sie es zu tun pflegte, wenn sie über etwas konzentriert nachdachte. Nach einer Weile fragte sie, ob ich mich nicht vielleicht, auf Kosten meiner Schwiegermutter, von eigenen Schuldgefühlen zu entlasten suche? – Mit einer gewissen Gereiztheit gab ich die Frage zurück: Dorothea und ich hätten eine gute, eine glückliche Ehe geführt, warum sollte ich mich dafür schuldig fühlen? – Nach ihrem Eindruck, sagte Frau Klier, neige ich sehr dazu, meine Frau zu idealisieren. – Wieso sie das glaube? – Weil ich ihr Bild stets in den hellsten Farben male, als dürfe kein Schatten, kein Makel daraufallen. – Darauf wusste ich nichts zu sagen. – Schließlich sagte Frau Klier: Wenn sich der eine Partner immer für alles verantwortlich fühle, bekomme der andere leicht das Gefühl, dominiert zu werden. Ob ich nicht manchmal unter der Dominanz meiner Frau gelitten habe? Ob ich nicht auch mal wütend auf sie gewesen sei? Ob es in meiner Ehe nicht auch tabuisierte Bereiche und Themen gegeben habe?

Es fiel mir schwer, dies einzugestehen: Ja, ich hatte manchmal unter der sanften Dominanz meiner Frau gelitten. Und ja, es hatte zwischen uns Tabuthemen gegeben. Das eine betraf Andreas und seine Erziehung, das andere meinen Wunsch, doch irgendwann wieder die dörfliche Provinz zu verlassen und in die Großstadt, nach Köln oder Berlin, zu ziehen, wo ich studiert und über zehn Jahre gelebt hatte.

Zwar fühlten wir uns beide in unserem alten Fachwerkhaus sehr wohl und heimisch. Die leicht hügelige, offene und abwechslungsreiche Landschaft rund um Amorbach war wunderschön und das nahe gelegene Lahntal ideal für Wanderungen und Radtouren. Auch konnte ich in dieser ländlichen Zurückgezogenheit sehr gut arbeiten. Und doch begann ich mit den Jahren mehr und mehr das kulturelle Umfeld der Großstadt zu vermissen, an das ich gewöhnt war. Das nächste Kino war zehn Kilometer entfernt, und wenn man einen interessanten Theaterabend erleben, eine Ausstellung sehen, einen wichtigen Vortrag hören oder Freunde besuchen wollte, musste man fünfunddreißig, fünfzig oder sechzig Kilometer nach Frankfurt, Mainz oder Wiesbaden fahren. Das tat man eher selten, weil die Entfernungen einfach zu groß waren. Und so verbrachten wir, wenn ich nicht gerade meine Unitage hatte, eben doch die meisten Abende zu Hause und, mangels anderer kultureller Angebote, viel zu oft vor dem heimischen Fernseher. Jedenfalls mochte ich es mir nicht vorstellen, bis zu meinem Lebensende in Amorbach zu bleiben.

Obwohl Dorothea sonst immer auf meine Wünsche Rücksicht nahm, just diesen Wunsch, der für mich von so zentraler Bedeutung war, pflegte sie mit einer sonst ungewohnten Renitenz zu übergehen. Wenn aber das Gespräch darauf kam, wiegelte sie das Thema ab oder verschob den Zeitpunkt eines möglichen Umzugs auf eine ferne Zukunft, manchmal mit dem vorsichtigen Zusatz: »Wenn Gisela nicht mehr ist.« Ihrer Mutter, die in einer Eigentumswohnung nahe Wiesbaden lebte, in ihrem hohen Alter noch einen Umzug zuzumuten, wollte sie jedenfalls vermeiden. Überhaupt schien sie einen Umzug nach Köln oder Berlin mit der unannehmbaren Vorstellung einer dann notwendigen Entfernung, gar Trennung von ihrer Mutter zu verbinden. Ich aber fühlte mich durch die Aussicht beengt, mit Rücksicht auf Gisela und das enge, nahezu symbiotische Mutter-Tochter-Verhältnis, nochmals zehn oder mehr Jahre in der kulturellen Einöde der ländlichen Provinz verbringen zu müssen.

Nun aber, da Dorothea von mir gegangen war, stand der Realisierung meines lange gehegten Wunsches eigentlich nichts mehr im Wege. So bald wie möglich würde ich mir in Berlin eine Zweitwohnung zulegen – gleichsam als »Basislager« meines neuen Lebensabschnitts post Dorotheam – und die Herbst- und Wintermonate, die auf dem Lande eher trist und einsam waren, in der

Hauptstadt verbringen, wo Sonja mit ihrer Familie und auch einige alte Freunde von mir wohnten. Die Aussicht, dergestalt meinen Lebensrahmen und mein soziales Umfeld wieder zu erweitern, ermutigte mich; sie verband sich mit dem Gefühl eines wirklichen Neubeginns …

Inzwischen hatten sich die Männer in den orangen Arbeitswesten meiner Bank genähert, und das Getöse ihrer Laubsauger wurde so unerträglich, dass ich mich auf den Rückweg in die Klinik machte.

Als ich den Speisesaal betrat und meinen Platz neben Roswita einnahm, redete Oswald gerade auf sie ein:

»Aber Roswita, die Frage nach dem Sinn des Lebens ist doch längst geklärt. Ich sage nur: *Per Anhalter durch die Galaxis*. Sag bloß, du kennst den Film nicht! Nu, die Bewohner der Galaxis wollen endlich wissen, worin der Sinn ihres Lebens besteht. Also konstruieren sie einen riesigen Computer, größer als einen Berg, den sie wie eine archaische Gottheit verehren. Und der Computer rechnet und rechnet und rechnet … Ein Jahr lang, zehn Jahre lang, fünfzig Jahre lang. Und nach hundert Jahren – die Generation der Fragesteller ist längst tot – raschelt es im Gehäuse des Computers, und dieser spuckt plötzlich einen Zettel aus, einen schlichten grauen Zettel. Sofort werden die Bewohner der Galaxis zusammengerufen, die Urururenkel der damaligen Fragesteller, und alle blicken gebannt auf den grauen Zettel, der die Frage nach dem Sinn des Lebens nun endlich beantwortet hat. Und auf dem Zettel steht nichts weiter als eine Zahl, nämlich 42.«

»Wieso 42?«, fragte Roswita. »Was hat denn 42 mit dem Sinn des Lebens zu tun?«

Oswald: »Nu, das haben sich die Bewohner der Galaxis och gefragt.«

Alle am Tisch lachten.

»Und was sagt unser Philosoph zu dieser Geschichte?«, wandte sich Frau Aschmoneit, das Kinn auf die aufgestützten Hände gelegt, an mich.

»Ihre eigentliche Pointe scheint mir darin zu liegen, dass sich die Menschen die Antwort auf die Frage nach dem Sinn des Lebens von einer gottgleichen Maschine erwarten. Offenbar trauen wir den Maschinen nicht nur an Schnelligkeit und Effizienz, sondern auch an Intelligenz und Weisheit inzwischen viel mehr zu als uns selbst.«

Viktor hob seinen Kopf aus dem Magazin, das er gerade las, und erklärte mit finsterer Miene: »Weil die Maschinen uns längst kontrollieren. Und weil wir vollkommen abhängig von ihnen geworden sind.« Da Frau Aschmoneit dies in Zweifel zog, setzte er sogleich nach. »Wenn du schon mal vor einem Geldautomaten gestanden hast und siehst, wie plötzlich deine EC- oder goldene Kreditkarte eingezogen wird – *Zu Ihrer eigenen Sicherheit,* wie du auf dem Display lesen kannst –, dann weißt du, was ich meine.«

»Das ist mir tatsächlich mal passiert«, sagte Frau Aschmoneit, »und zwar in Shanghai. Der Grund war, wie sich später herausstellte: Dass meine Kreditkartennummer fünfmal die Zahl vier enthielt. Für die Chinesen, die an Zahlenmystik glauben, ist die Zahl vier mit Sterben und Tod verknüpft. Und Kreditkarten, die den Tod bringen können, werden sofort eingezogen.«

Mitten in das Gelächter hinein kam die Küchenfee und servierte das Mittagessen.

Vom Wahn der Effizienz

Am späten Nachmittag ging ich in den Gymnastik-und-Fitness-Raum, der im Souterrain des *Hauses Kristall* lag. Er war recht sparsam eingerichtet – mit einer Kletterwand, einem Gestell mit Hanteln verschiedener Größe und Gewichte, ein paar Fitnessgeräten, Laufbändern, Steppern und Hometrainern und jeder Menge Gummimatten, auf denen einige Patientinnen gerade ihre Streck- und Beugeübungen machten.

Da ich es gewohnt war, vor dem Krafttraining zu laufen, ging ich in den hinteren Teil des Raumes zu den drei Steppern. Auf dem mittleren lief Frau Aschmoneit. Nach einem förmlichen Hallo stieg ich in den Stepper zu ihrer Rechten.

Ich wählte das Programm »Cardio«. Eine Weile liefen wir schweigend nebeneinander. Frau Aschmoneit trug eine knielange schwarze Stretchhose und ein schwarzes eng anliegendes Sporttrikot, das in Rot die Aufschrift trug: *Optimiere dich selbst!* – wobei ironischerweise das *Optimiere* die Wölbung ihrer unterm Trikot sich abzeichnenden Brüste umspannte. Als ob es da noch etwas zu optimieren gäbe! ... Ihr Profil mit dem roten Stirnband, das ihre schwarzbraunen Kräuselhaare wie ein Schild umfing, dem langen schmalen Hals und der geraden Nase hatte eine eindrucksvolle Kontur – und hätte »schön« genannt werden können, wären da nicht diese tief eingekerbten, bis zur Kinnlinie herabhängenden Mundwinkel gewesen.

Nach einem Blick auf das iPhone, das mittels eines Plastikbandes um ihren Oberarm gespannt war, sagte sie:

»Wussten Sie, dass jährlich fünf Millionen Menschen weltweit sterben, weil sie sich zu wenig bewegen? Wer sich nicht aufrafft, riskiert Herzkrankheiten, Diabetes, Krebs. Seit ich hier in der Klinik bin, komme ich auf durchschnittlich vierzehntausend Schritte pro Tag, fast ein Drittel mehr, als allgemein empfohlen werden.«

»Und wie zählen Sie das?«

»Das macht mein iPhone von alleine. Es ist mit einem Sensor und einer besonderen App ausgestattet. So ein Ding ist sehr nützlich. Ich brauche nur in der Chronik zurückzublättern und kann für jeden Tag der vergangenen Woche das absolvierte Bewegungspensum nachlesen. hundertfünfzig Minuten Tagesaktivität pro Woche empfiehlt die Weltgesundheitsorganisation.«

In ihrem Beruf, sagte sie, während sie weiter kräftig die Pedale trat, spiele Tempo ja auch eine besondere Rolle. Als Unternehmensberater müsse man in sehr komprimierter Zeit ein enormes Pensum bewältigen und viele Themen bearbeiten. Dazu die vielen Reisen. Sie sei schon fast überall auf der Welt gewesen. Nur bekomme man von den Orten leider wenig mit, außer vielleicht die Flughäfen.

Ja, sagte ich, man geht immer schneller von Ort zu Ort, auch wenn die Orte immer gleicher werden. Ob so ein Leben aus dem Koffer auf die Dauer nicht furchtbar anstrengend und ermüdend sei?

Ja und nein! Wenn sie nicht gerade schlafe, sei sie eigentlich immer »on«, immer eingeschaltet, weil sie an so vielen Themen gleichzeitig arbeite. Mentales Multitasking! Allerdings sei es nicht leicht, bei sechzig und mehr Wochenstunden Arbeit und Familienleben unter einen Hut bringen. Dies könne man nur, wenn man die Dinge sehr schnell erledige, das heißt auch eine gewisse persönliche Effizienz entwickle. »Manchmal sehe ich meine beiden Kinder« – ihrer Brust entrang sich ein kleiner Seufzer – »nur alle zwei, drei Wochen – gerade mal für ein paar Stunden vor dem nächsten Abflug.«

»Das heißt, es gibt keine Grenze mehr zwischen Berufs- und Privatleben?«

»Mir macht diese Durchmischung nichts aus. Meinem Mann schon ...« Während der kleinen Gesprächspause, die folgte, begann ihr Kinn merklich zu zittern. In forschem Ton sagte sie schließlich:

»Zum Glück verfüge ich über eine solide Hardware.«

»Was meinen Sie damit?«

»Meinen Body natürlich.«

Längst wurde der Mensch, dachte ich, von den intelligenten Maschinen nicht nur weitgehend kontrolliert, auch das Bild, das er von sich selbst hatte, wurde dem der Maschine immer ähnlicher.

»Trotzdem hat man nie Zeit genug!«, sagte Frau Aschmoneit. »Manchmal wünsche ich mir, der Tag hätte achtundvierzig Stunden und das Leben wäre doppelt so lang.«

»Kennen Sie Senecas kleine Schrift *Von der Kürze des Lebens*?«

Sie schüttelte den Kopf.

»Alle klagen, wie kurz das Leben sei. Doch das Leben ist nicht zu kurz, sagt der römische Stoiker, es komme uns nur so vor, weil wir viel zu viel Zeit mit unnützen und überflüssigen Dingen vertun und vergeuden. Vor allem geißelt er die ›törichte Geschäftigkeit‹ seiner römischen Landsleute, die nie zu sich selbst kommen, sich selbst entfremdet sind, weil sie ständig an Geschäfte denken und in Geschäften unterwegs sind und sich so das kostbarste Gut, die eigene Lebenszeit, entreißen lassen.«

»Der hatte gut reden«, spottete Frau Aschmoneit. »Der war bestimmt von Adel und konnte den halben Tag philosophierend im römischen Bade verbringen, weil er ein Dutzend Sklaven hatte, die für ihn die Geschäfte erledigten.«

Ich erhöhte die Wattzahl und spürte sofort den größeren Widerstand in den Oberschenkeln. Mein Tritt wurde langsamer.

Wie sie denn an den Beraterberuf geraten sei, fragte ich.

Nach dem Jura- und BWL-Studium habe sie den MBA und Doktor gleich drangehängt. Und danach sei sie zu Mc Kinsey gegangen.

Mc Kinsey! Der Name dieser weltweit operierenden Unternehmensberatung löste bei mir sehr unangenehme Assoziationen aus. Vor gut einem Jahrzehnt hatten die Herren und Damen mit den schwarzen Köfferchen auch die Universität, an der ich lehrte, gründlich »evaluiert«. Nach ihrer Umstrukturierung war diese nicht mehr wiederzuerkennen: Aus der ehemaligen Alma Mater war eine nach betriebswirtschaftlichen Effizienzkriterien arbeitende und durchgetaktete Lernfabrik geworden. Inzwischen bestand der überwältigende Teil des Lehrkörpers aus prekär Beschäftigten, und nur noch fünfzehn Prozent der wissenschaftlichen Mitarbeiter hatten einen unbefristeten Vertrag. Längst hatte das Effizienzdenken alle Poren der Gesellschaft durchdrungen, ein regelrechtes Brainwashing hatte stattgefunden: Energieversorger, Versicherungen, Bahn, Post, Universitäten, Schulen, Krankenhäuser, Altenheime, Gefängnisse, Opernhäuser, Theater et cetera pp. sollten besser, effizienter und wettbewerbsfähiger werden – und befanden sich seither in einem Dauer-Reformzustand. Die treibende Kraft dahinter waren die großen Unternehmungsberatungen, sie waren gleichsam das Elitekorps der neoliberalen »Revolution von oben«.

»Warum«, fragte ich die Mc-Kinsey-Frau, »spielen Effizienzsteigerung und Beschleunigung im heutigen Wirtschaftsleben – und nicht bloß dort – eigentlich eine so eminent wichtige Rolle? Können Sie mir das erklären?«

Ich erntete einen misstrauischen Blick von der Seite. Frau Aschmoneit fragte sich wohl: Interessiert den das wirklich, oder will er mich bloß aushorchen? ... Dann aber legte sie los, als befinde sie sich im Konferenzsaal. Top 1: Globalisierung und Digitalisierung hätten einen enormen Beschleunigungsschub ausgelöst. Top 2: Beschleunigung und Effizienz seien für die Unternehmen zu einer Frage des Überlebens geworden. Wer sich diesem Diktat widersetze, der werde im globalen Wettbewerb gnadenlos abgehängt und gehe unter. Top 3: Der Charakter des Wettbewerbs habe sich verändert. Heute spiele der »Zeitwettbewerb« eine herausragende Rolle. Denn es genüge nicht, nur das bessere Produkt anzubieten, nein! Man müsse es auch als Erster auf den Markt bringen. Wer schneller sei als die Konkurrenz, der mache das Rennen – und dann auch die Umsätze und den Profit ... Wie Klaus Schwab, Begründer des World Economic Forum in Davos, es so treffend formuliert habe: ›Nicht der Große frisst den Kleinen, sondern der Schnelle den Langsamen.‹«

Was mich an dieser Frau verblüffte, war ihr völlig ungetrübtes Sendungsbewusstsein. Unternehmensberatung war in ihren Augen offenbar ein ununterbrochener Akt der Weltverbesserung, ja überhaupt die einzig noch denkbare Form der Weltverbesserung.

»Womit Herr Schwab«, entgegnete ich, »offenbar gar nicht rechnet: dass die Natur und die Biologie der Beschleunigung Grenzen setzt. Man kann wohl von einem Quickie schwanger werden, aber das Austragen des Babys dauert dann eben doch neun Monate.«

»Wozu denn?« Frau Aschmoneit lachte auf – ob aus Belustigung oder Spott, konnte ich nicht unterscheiden. »Der Geburtsvorgang lässt sich doch heutzutage abkürzen. Und die Schmerzen dabei zu ertragen, ist völlig überflüssig. Ich habe mein zweites Baby per Kaiserschnitt holen lassen. Die Zukunft ist sowieso die In-vitro-Befruchtung.«

»Huxley lässt grüßen!«

Ohne auf meinen Einwurf einzugehen, fuhr sie fort: »Die entscheidende Frage für jede Gesellschaft ist doch: Wie können die Menschen besser und effizienter arbeiten? Wie können Produktionsprozesse und alltägliche Abläufe optimiert und Kosten gesenkt werden? In jedem Unternehmen gibt es lieb gewordene Traditionen, von den Belegschaften hartnäckig verteidigte Privilegien und Pfründe, auch persönliche Seilschaften, die bei Umstrukturierungsprozessen sehr hinderlich sind. Darum wenden sich ja die Unternehmensleitungen an externe Beraterfirmen, die frei von solchen Rücksichten sind und nach reinen Kriterien der Effizienzsteigerung vorgehen.«

»Was«, pointierte ich, »in aller Regel bedeutet: Automatisierung, Einsatz von Maschinen, Personalabbau, Outsourcing in sogenannte Tochtergesellschaften, wo die Mitarbeiter dieselbe Arbeit für weniger Geld verrichten müssen, und Standortverlagerung in Länder, in denen billiger produziert werden kann. Wie geht man als Unternehmensberaterin mit solchen ›Kollateralschäden‹ des Berufs um?«

»Was heißt hier ›Kollateralschäden‹? Wir sind doch nicht im Krieg!«

»O doch! Der Verdrängungswettbewerb der sicheren Arbeitsplätze durch die prekären, der Hochlöhner durch die Niedriglöhner und der Langsamen durch die Schnellen ist eine Art permanenter Krieg, der nur deshalb unsichtbar bleibt, weil kein Blut fließt, höchstens Tränen, und weil er kein Gegenstand der Medien ist.«

Inzwischen hatte Frau Aschmoneit die beweglichen Außenhebel des Steppers mit den festen Haltestangen am Monitor vertauscht. »Dass Effizienzsteigerung oftmals den Verlust von Arbeitsplätzen nach sich zieht, ist leider nicht zu ändern. Es ist der Preis für ein System, das auf Innovation, Optimierung und Wachstum ausgelegt ist. Natürlich ist das manchmal auch eine Belastung für den Berater.«

»Aber wieso denn? Sie kriegen doch die heulenden Frauen und Mütter gar nicht zu Gesicht, die oder deren Männer den Kündigungsbrief erhalten.«

»Jetzt werden Sie mal nicht sentimental!« Frau Aschmoneits noch eben missionarischer Ton wurde plötzlich scharf. »Wer in einem Unternehmen fest angestellt war und seinen Job verliert, bekommt in der Regel eine gute Abfindung. Und unser soziales Netz ist noch immer so dicht geknüpft, dass kaum einer durchfällt ... Im Übrigen sind Kostensenkung und Produktivitätssteigerung ja kein reiner Selbstzweck. Man tut dies vor allem, um in anderen Bereichen zu wachsen, in neue Märkte zu investieren und nachhaltige Entwicklung generieren zu können. Alles andere hieße Stillstand und Stagnation. Deshalb ist es so wichtig, das Effizienzprinzip nicht nur in der Wirtschaft, sondern in der gesamten Gesellschaft, vor allem im Erziehungs- und Bildungswesen, zu verankern. Meine Tochter wächst schon im bilingualen Kindergarten mit Deutsch und Englisch auf und hat so für ihre schulische Laufbahn eine günstige Startposition.«

»Und wie viel Zeit haben Sie bei ihrer Sechzig-, Siebzigstundenwoche noch übrig, um mit Ihrem Kind zu spielen? ... Ist Spielen, unter dem Gesichtspunkt der Effizienz, nicht überhaupt etwas gänzlich Unnützes und Überflüssiges?«

»Was soll die Frage? Ich spiele gerne mit meinen Kindern.«

»Wenn alle Lebensbereiche – Bildung, Ausbildung, sogar die vorschulische Erziehung, Gesundheit, Sport, Wissenschaft, Medien, Kultur et cetera pp – jetzt dem Diktat der Märkte, der Effizienz und des Wettbewerbs unterworfen werden, was für eine Gesellschaft kommt dabei heraus? Was meinen Sie?«

Frau Aschmoneit sah mich verständnislos an. »Wieso? Was ist denn daran so schlimm?«

Nein, es war sinnlos, diesen Disput fortzusetzen. Ebenso hätte ich mit einem Außerirdischen diskutieren können.

Ich stoppte den Stepper und stieg aus den Pedalen. »Ihr Sporttrikot ist übrigens sehr chic. Es trägt nur die falsche Aufschrift.«

»Ach ja! Und was wäre Ihrer Meinung nach die richtige?«

In eine höhere, leicht tremolierende Stimmlage gehend, sagte ich. »*Wollt ihr den totalen Markt? – Ja, jeh, ja!*«

Frau Aschmoneit verzog keine Miene. Schließlich sagte sie: »Das finde ich jetzt aber gar nicht witzig.«

Brüsk wandte sie den Kopf zum Monitor und trat weiter in die Pedale.

Galli-Theater

Meine Tischgenossen hatten mir bereits mit Begeisterung vom Galli-Theater erzählt. Und ich war umso gespannter auf dieses gruppentherapeutische Rollenspiel, nachdem ich erfahren hatte, dass es von Frau Klier *und* der Gesangs- und Tanztherapeutin Lea Sander geleitet wurde.

Es war Freitag. Gegen 17 Uhr versammelte man sich im Musiksaal. Die circa dreißig Teilnehmer, die meisten in Sport- und Trainingskleidung, saßen dicht an dicht, teils auf Klappstühlen, teils auf Gummimatten hockend, in einem langen Oval rund um die frei gehaltene Mitte des Saales. Ich nahm neben Marja und Oswald Platz. Am Bühnenrand stand Lea, die mich aber nicht wahrnahm, da sie gerade mit Frau Klier im Gespräch war. Sie trug ein schwarzes Top zu schwarzen Leggins und hatte ihre Haare zu einem Pferdeschwanz hochgebunden.

Nachdem alle Vorbereitungen getroffen waren, ließ Frau Klier einen Gong ertönen und begrüßte die Anwesenden. Da einige neue Teilnehmer dazugekommen seien, die mit dem Rollenspiel des Galli-Theaters noch nicht vertraut seien, wolle sie mit einer kurzen Einführung beginnen:

Die *sieben Kellerkinder* seien ein – von Johannes Galli entwickeltes – dynamisches Typenmodell, das gewisse Parallelen zu den sieben Todsünden des christlichen Kanons aufweise – nur ohne dessen moralisierende Implikationen. Jeder der sieben Charaktertypen – Tranfunzel, Fetzer, Geizhals, Lästermaul, Großkotz, Flittchen und Binnix – stehe für bestimmte Eigenschaften und kreative Energien, die jedem Menschen innewohnen, die aber meist im Laufe seiner Entwicklung, kraft der zensierenden Rolle des Verstandes und der Moral, in den Keller, sprich: in das Unbewusste verbannt worden seien. »Im Unterschied zur alten christlichen Morallehre betrachten wir unsere Kellerkinder nicht als sündige Gegner, die wir in uns selbst zu unterdrücken und zu bekämpfen haben. Im Gegenteil: Wir wollen sie von ihrem Schattendasein erlösen, sie aus dem Keller wieder ans Sonnenlicht und ins Leben holen, um ihre kreativen Potenziale zu nutzen und zu transformieren. Nur wenn wir uns von einem dieser sieben Kellerkinder auf Kosten aller anderen beherrschen lassen, geraten wir in die destruktiven Fallstricke der Sucht – oder des Lasters, wie die Moraltheologen früher gesagt hätten. Wenn wir dagegen alle Kellerkinder beisammenhaben und in der Balance halten, gelangen wir wieder zur vollen Lebensfreude.«

Frau Klier reichte nun das Mikrofon an Lea weiter. »Wir wollen uns jetzt«, sagte Lea, »dem Charakter jedes der sieben Kellerkinder durch eine von entsprechender Musik begleitete Tanzimprovisation nähern. Wir beginnen mit der Tranfunzel.«

Alle Teilnehmer erhoben sich von ihren Stühlen oder Matten und begannen, sich zu dem eingespielten Musikstück langsam zu bewegen. Es war eine monotone Entspannungsmusik, die so gleichförmig und träge dahinfloss, dass man, wie Lea es mit komödiantischer Übertreibung vormachte, fast unwillkürlich Kopf, Schultern und Arme hängen ließ und wie eine Transuse übers Parkett schlurfte; wobei manche ostentativ gähnten, andere sich genießerisch in den Hüften wiegten und riefen: ›Ach, ist das schön, mal so richtig abzuhängen!‹ Oder: ›Wer sich hängen lässt, hat mehr vom Leben!‹ Es war drollig, welche Ausdrucksformen für die Darstellung der Trägheit spontan ge- beziehungsweise erfunden wurden: Roswita verlangsamte ihren ohnehin schleppenden Gang noch mehr als sonst und schien im Gehen fast einzuschlafen. Oswald wiederum schlenderte, die Hände in den Hosentaschen und gemütlich vor sich hin pfeifend, an den anderen vorbei und erklärte mit freundlichem Nachdruck: ›Ich bin eine nachgehende Uhr und lasse mich von keinem mehr aufziehen.‹

Dann kam plötzlich ein »fetziger« Hardrock aus den Boxen. Leas noch eben schlafferer und gebeugter Körper straffte sich, und während ihre Beine den harten, stampfenden Rockrhythmus aufnahmen, fegte sie mit angewinkelten Armen und ausgefahrenen Ellenbogen, die so kantig wie Krebsscheren wirkten, durch die Reihen, sodass jeder ihr auswich. Man tat es ihr nach und kreuzte mit grimmig entschlossener Miene den Raum wie ein Eisbrecher, ohne Rücksicht, wen man dabei anrempelte oder auf die Füße trat – mit Aussprüchen wie: »Mach Platz, Kleiner!« Oder: »Beweg endlich deinen Arsch, du Transuse!« Oder: »Wenn du Streit willst, kannst du ihn haben!« Die wechselseitigen Anrempeleien und Anpöbeleien lösten immer wieder Heiterkeit aus.

Beim »Flittchen«, von einer süßlich-romantischen Musik mit schmelzenden Violinen begleitet, wurden die Bewegungen lässig, geschmeidig, lasziv. Lea warf im Vorbeitanzen den Männern Kusshände zu, blinkte verführerisch mit den Augen und wackelte mit den Hüften. Dabei zitierte sie mit ihrer Sirenenstimme bekannte Chansons: »Ich bin von Kopf bis Fuß auf Liebe eingestellt.« Oder: »Siehst du den Mond von Soho, Geliebter?« Ihre schwingende Hüfte berührte einmal auch mich, ihr Pferdeschwanz streifte mein Gesicht, und während sie sich kurz nach mir umdrehte, schenkte sie mir ein Lächeln. Doch war sie zu sehr in ihrer Rolle, als dass ich glaubte, ihr Lächeln auf mich beziehen zu dürfen. Das gespielte Kokettieren, Turteln und Einander-verliebte-Blicke-Zuwerfen machte allen Teilnehmern Spaß, zumal dabei bekannte oder auch drollig verkitschte Anmachsprüche vom Stapel gelassen wurden: »Schau mir in die Augen, Kleines.« Oder: »Wenn ich heut Nacht von dir träume, bist du mir was schuldig.« Oder: »Wann fliegen wir nach Hawai und trinken Mojito aus einem Glas?« Die Stimmung wurde immer ausgelassener.

Nachdem man sich auf diese tänzerisch improvisierende Weise mit den sieben Kellerkindern vertraut gemacht hatte, nahmen alle wieder auf ihren Matten und Klappstühlen Platz. Frau Klier sprach einen kurzen Entspannungstext, der von sanfter Musik begleitet wurde. Dann schlug sie vor, jeder möge sich eine Treppe vorstellen, die nach unten führt, und diese dann Stufe für Stufe hinabsteigen, in dem Bewusstsein, dass man in sich selbst hinabsteige. Am Fuße der Treppe angekommen, solle man sich einen halbkreisförmigen Raum vorstellen, von dem sieben Türen abgehen, rechts die Türen von Flittchen, Lästermaul und Tranfunzel, links die Türen von Fetzer, Großkotz und Geizhals, und geradeaus die Tür von Binnix. Dann möge man innehalten und sich mit einer Frage, die einen gerade beschäftige, an eines der Kellerkinder wenden, von dem man glaube, dass es einem vielleicht eine Antwort geben könne. Oder sich einfach demjenigen Kellerkind zuwenden, zu dem man eine besondere Affinität verspüre – und dann solle man die entsprechende Tür öffnen und hindurchgehen.

Ich brauchte nicht lange zu überlegen. Spontan öffnete ich die Tür von Binnix – und hatte schon bald ein etwas verschattetes Bild wie in einem Schwarz-Weiß-Film vor Augen: sah mich wieder als Dreizehn- oder Vierzehnjähriger am Familientisch sitzen: Der Vater, die Stiefmutter und meine drei älteren Geschwister redeten und diskutierten gerade heftig über irgendetwas; wobei die Blicke der Stiefmutter auf meinem älteren Bruder Christian ruhten, den sie durch ihr Nicken und zustimmendes Lächeln ermunterte. Nur ich saß schweigend am Tisch; wenn ich versuchte, auch mal etwas zu sagen, wobei ich leicht ins Stottern geriet, wurde ich entweder gar nicht beachtet, oder man fiel mir einfach ins Wort. Bis ich wieder verstummte ...

Dann sah ich mich in meinem neuen Konfirmationsanzug – es war mein erster Anzug überhaupt – vor der Theke des Bäckerladens stehen, und während die Bäckersfrau die frischen Semmeln in die Tüte packte, fragte sie mich, woher ich denn den schönen Anzug habe. Beim Jugendskirennen im Schwarzwald, sagte ich, hätte ich eben den ersten Preis gewonnen und dafür den Anzug bekommen. Die Bäckersfrau sah mich mit großen Augen an und gratulierte mir zu meinem Preis. Am nächsten Tag, als ich von der Schule nach Hause kam, empfing mich der Vater mit dem Teppichklopfer. Was ich denn da neuerdings für Lügenmärchen in der Nachbarschaft verbreite, herrschte er mich an und legte mich übers Knie.

Dann hatte ich ein eher drolliges Bild vor Augen: wie ich in Vaters weißem Bademantel, der mir natürlich viel zu groß war, vor dem Wohnzimmerspiegel stand und mit einer Schleuderbewegung meines linken Armes eine Apfelsine aus dem Ärmel katapultierte und sie aufzufangen suchte. Was mir erst nach vielen Fehlversuchen gelang. Dies war meine erste Übung als Zauberer. Und dann die erste Zaubervorstellung im Kreis der Familie: Während Christian die Conference machte, saß ich, durch das schwarze bis zum Boden reichende Tuch verdeckt, unter dem Tisch vor einer brennenden Kerze und steckte den Ehering der Stiefmutter in das unterste von sieben ineinandersteckenden Tütchen, deren jede ich mittels heißen Siegellacks verschloss, um dann das Tütenpäckchen heimlich wieder in Christians Hand zu bugsieren. Nur ärgerte es den kleinen Bruder ungemein, dass der große ganz allein den Applaus für dieses schöne Kunststück einheimste, obschon doch sein zur Unsichtbarkeit verdammter Assistent die eigentliche Trickarbeit geleistet hatte ...

Ein Gong holte mich aus den Kellerräumen der Erinnerung zurück. Nach einer kurzen Lockerungsübung setzten sich alle wieder im Halbkreis um die Bühne.

»Wer möchte uns nun von seinem Besuch bei den Kellerkindern erzählen?« Frau Klier schaute erwartungsvoll in die Runde.

»Da ich hier sozusagen der Datenschutzbeauftragte bin«, sagte Ansgar, »möchte ich noch einmal daran erinnern, dass keine der hier zur Person geäußerten Daten nach außen getragen werden dürfen.«

Als Erste äußerte sich Marja. Sie habe den Fetzer gewählt, obwohl oder gerade weil der Typ ihr eigentlich gar nicht liege. Jedenfalls habe sie mal ihre gute Erziehung vergessen und im Geiste all den Leuten im Stadtrat und in der Partei, die sie gemobbt haben, so richtig auf die Füße getreten: »Ihr elenden Leisetreter und Arschkriecher! Ihr denkt doch nur an die nächste Wahl und wie ihr eure Posten und Pensionen behalten könnt! Und den OB, der nach der Wahl das Gegenteil von dem tut, was er den Bürgern vor der Wahl versprach, habe ich vor dem ganzen Stadtparlament einen elenden Heuchler genannt. Und mir dabei seine verdatterte Miene und den Eklat vorgestellt. Hach, hat das gutgetan! ... Leider war's nur ein Spiel meiner Fantasie!«

»Vielleicht hast du ja gelernt«, sagte Frau Klier, »dass dir eine gesunde Portion Fetzer gut bekommt, statt deinen Zorn in dich hineinzufressen.«

»Frei nach Nietzsche: Gehst du zum Stadtrat, vergiss die Peitsche nicht!«

Alle lachten über Marjas Bonmot.

Sie habe, sagte Roswita, die Rolle gewählt, die sie schon als Kind und junges Mädchen innegehabt habe. »Du bist eine richtige Transuse!«, pflegte ihre Mutter zu sagen, wenn sie vor sich hindöste und lieber die kunstvollen Spinnweben an den Fenstern betrachtete, statt sie zu putzen. Oder wenn sie, statt das Unkraut im Garten zu jäten, den Junikäfern bei ihrem Gang um die Rosenblüte zuschaute. Sie habe auch stundenlang für die Schulaufgaben gebraucht, weil sie zwischendurch träumte. Und dann sei sie doch wie ihre Mutter geworden, die immer furchtbar aktiv und auf Trab war. Und hielt das Dösen und Träumen für Zeitverschwendung ... »Dabei habe ich gerade in meinem Beruf mit alten Leuten und Dementen zu tun, die oft nur noch dösen und träumen, wenn sie nicht gerade essen, fernsehen oder schlafen. Eigentlich kann man gerade von den Dementen, die ja weder Vergangenheit noch Zukunft mehr haben, etwas sehr Wichtiges lernen: nämlich ganz im Gegenwärtigen, im Augenblick, zu sein.«

Ich dachte an meine Tante Dörte, die infolge eines nicht mehr operablen Hirntumors dement wurde und das Kurzzeitgedächtnis verlor. Immer wenn ich sie im Krankenhaus besuchte, musste ich ihr die Rede vorlesen, die ich seinerzeit zu ihrem siebzigsten Geburtstag gehalten hatte. Und jedes Mal hörte sie diese wieder mit einem Vergnügen an, als höre sie sie zum ersten Mal. Noch nie hatte ich eine so dankbare Zuhörerin gehabt.

Zuerst wollte sie den Fetzer wählen, sagte Frau Aschmoneit, aber dann habe sie sich doch für das Flittchen entschieden. Sie erinnerte sich nämlich, wie sie sich mit dreizehn oder vierzehn das erste Mal geschminkt und sich von ihrem Taschengeld einen recht tief ausgeschnittenen Body gekauft habe. Da sei ihr Vater richtig zornig geworden und habe gesagt: Du siehst aus wie ein Flittchen! ...

»Ich war nämlich die Jüngste von drei Schwestern und leider kein Junge geworden, wie es sich der Vater gewünscht hatte. Jedenfalls schminkte ich mich von da an nur noch heimlich und trug den Body nur bei meiner Freundin oder wenn die Eltern nicht zu Hause waren ... Ich hab früher auch gerne geflirtet. Als ich heiratete, war's dann damit vorbei. Für meinen Mann hatte ich die sichere Bank zu sein, ich durfte ihm keinen Grund zur Eifersucht geben. Dabei flirtete er selbst gern mit anderen Frauen.«

Er habe den Geizhals gewählt, sagte Viktor. Er habe mal wissen wollen, was und wer ihm dabei hochkomme: natürlich sein alter Herr! Der sei nämlich ein richtiger Geizknochen gewesen – und sparsamer als ein Schotte. In der Firma habe er immer den gleichen Anzug und zu Hause die gleiche Joppe getragen. Wenn er sich mal ein neues Hemd leistete, dann war's garantiert von Woolworth. Brachte die Mutter einen guten Sonntagsbraten auf den Tisch, war seine erste Frage, was der gekostet hat. Er habe sogar regelmäßig den Hausmüll kontrolliert, ob da nicht irgendetwas Essbares hineingeraten sei. Die drei Hungerjahre während seiner russischen Kriegsgefangenschaft steckten ihm noch in den Knochen. Dabei ging es der Familie längst wieder gut. Die Firma florierte und schrieb immer nur schwarze Zahlen. »Wenn ich was ausgefressen hatte, strafte mich der Alte, indem er mir das Taschengeld strich. Und das war für mich schlimmer als Prügel. Und so fing ich denn an, mir besondere Spiele auszudenken, wie ich aus wenig Geld mehr Geld machen könnte. Zum Beispiel dachte ich mir ein Gewinnspiel aus, bei dem jeder meiner Mitspieler fünf Mark in einen Fonds einzahlen und jeweils fünf andere dazu bringen muss, das Gleiche zu tun, sodass nach diesem Schnellballsystem der Fonds immer weiter wachsen und jeder Mitspieler am Ende einen Gewinn kassieren würde, der größer wäre als der investierte Einsatz.«

»Das war – schätze ich – die Geburtsstunde des späteren Geldfondsmanagers Viktor«, resümierte Oswald trocken.

»Tja, hätte mein alter Herr mir nicht immer das Taschengeld gestrichen, wäre vielleicht was Gescheiteres aus mir geworden.«

Sofort zückte Oswald seinen Geldbeutel: »Wie viel Taschengeld brauchst du? Zwanzig, dreißig oder fünfzig Euro?«
Alle lachten.
Nun war Oswald an der Reihe. Er habe auch die Tranfunzel gewählt. Und sich dabei erinnert, wie schön es war, wenn ihn der Vater im Sommer zum Angeln mitnahm. Stundenlang saßen sie am Ufer der Oder und sprachen, wenn überhaupt, nur im Flüsterton miteinander, um die Fische nicht zu verscheuchen. In dieser Stille gab es so viel zu beobachten und zu sehen: den Tanz der Mücken überm Wasser, die Enten, Fischreiher und Haubentaucher, die Sonnenstrahlen, die einen funkelnden Steg vom Horizont bis zum Ufer bildeten, das sich ständig verändernde Licht, das sich im Wind bewegende Schilfgras, über dem die Libellen tanzten ... »Ich kam oft zu spät in die Schule, weil ich mich auf dem Schulweg verbummelt hatte. ›Oswald, der Bummler‹ war mein Spitzname. Und wie gerne stand ich nicht auf der Plattform der Bummelzüge, wenn einem der Wind um die Nase wehte, und betrachtete die gemächlich an mir vorbeiziehenden Landschaften! Heute fährst du im ICE in zweiundachtzig Minuten von Frankfurt nach Köln und nimmst nichts mehr von der Landschaft wahr, die ja auch durch die vielen Untertunnelungen weitgehend zerstört ist. Vielleicht sollte ich meine Firma lieber umrüsten: statt Schaltwerke für Dieselmotoren, die in der ganzen EU verkauft werden, Schaltwerke für Bummelzüge herstellen. Oder eine neue Konzeptfirma gründen, eine ›Muße & Bummel GmbH‹ mit der Schildkröte als Firmen-Logo.«

»In Paris, zur Zeit der ersten Industrialisierung«, warf ich ein, »war man über die damit einhergehende Beschleunigung des Lebens dermaßen verstört und verärgert, dass die Dandys auf den Boulevards Schildkröten an der Leine führten und sich ihrem Kriechtempo demonstrativ anpassten.«

»Gottvolle Idee!«, feixte Oswald. »Ich stelle dich als Creative Director ein!«

»Na, ob ein Binnix für den Job taugt?« Ich sah mich um. Alle Augen waren jetzt auf mich gerichtet.

»Du bist nichts, du hast nichts, du kannst nichts!‹, pflegte mein Vater zu sagen, wenn ich mich in der Schule von einem Lehrer ungerecht behandelt fühlte. ›Also halte gefälligst den Mund!‹ Als Jüngster von vier Geschwistern, die immer alles besser wussten und natürlich mehr konnten als ich, kam ich mir tatsächlich wie ein Binnix vor … Bis mein Bruder Christian und ich zu Weihnachten einen Zauberkasten geschenkt bekamen. Ich war vollkommen fasziniert von all den seltsamen Requisiten, die er enthielt. Und fing wie ein Besessener zu üben und zu trainieren an: mit Kugeln, die zwischen meinen Fingern auf rätselhafte Weise erschienen und wieder verschwanden; mit Schaumgummi-Häschen, die zwischen drei Bechern hin und her wanderten; mit Tüchern, die plötzlich die Farbe wechselten, und so weiter. Bald war ich so geschickt im Manipulieren mit Bällen, Karten, Seilen und Ringen, dass mein Bruder Christian mir das magische Feld überließ. Und wie staunten die Geschwister, die Eltern, die Freunde, wenn ich bei einer Familienfeier oder bei den Hausmusikabenden meine Kunststücke zum Besten gab: Aus dem Binnix, der von den Älteren oft belächelt wurde, war plötzlich ein kleiner Magier geworden! Er konnte etwas, was sie nicht konnten! Und mein Vater, von Verwandten und Bekannten befragt, wie sich denn so der Jüngste in der Familie mache, pflegte mit wissendem Lächeln zu antworten: ›O, der zaubert wie der Teufel.‹«

»Wie?«, rief Lea mit gespieltem Vorwurf mir zu. »Wir haben hier einen Harry Potter unter uns – und der hat uns seine Kunst die ganze Zeit vorenthalten?«

»Man geht schließlich nicht mit einem Zauberkoffer in die Klinik«, verteidigte ich mich.

»Na warum denn nicht«, rief Frau Klier. »Magie und Heilkunst sind doch von alters her verschwistert!«

Da es schon nach sieben Uhr war, bedankten sich Frau Klier und Lea für die »tolle Mitarbeit« – und hoben die Veranstaltung auf. Sie ernteten einen begeisterten Applaus.

»Du fährst übers Wochenende nach Hause?, fragte Ansgar, als er mit mir den Saal verließ.

»Ja.«
»Dann vergiss nicht, deinen Zauberkoffer mitzubringen. Du stehst jetzt in der Pflicht, mein Lieber!«

Viertes Kapitel

Daheim allein

Es war für mich ein schroffer Kulissenwechsel, als ich nach dem ausgelassenen therapeutischen Gruppenspiel spätabends in Amorbach ankam. Kein Mensch mehr auf den Straßen, kein Kneipenlärm, nur ein paar Hunde und Katzen hörte man jaulen. Fast alle Fenster dunkel, nur hie und da sah man durch die zugezogenen Gardinen und die Lamellen der Jalousien das bläuliche Flimmern der Bildschirme.

Als ich den Vorgarten des alten Fachwerkhauses betrat, überkam mich ein Gefühl der Wehmut und des bittern Wieder-Alleinseins. Der über dem Dachfirst des Nachbarhauses stehende Mond warf sein bleiches Licht auf die von Weinlaub und Glyzinien umrankte Fassade und auf die steinerne Bank neben der Haustür, auf der ich so oft mit Dorothea gesessen hatte. Immer wenn ich von einem Ausflug oder einer Reise in das Haus zurückkehrte, in dem ich so viele Jahre mit ihr verbracht hatte, verspürte ich wieder den ziehenden Schmerz in der Brust.

Nachdem ich in der Diele, der Küche und dem Wohnzimmer Licht gemacht hatte, stieg ich die zwei Stiegen zum Dachstuhl hinauf, der halb Atelier, halb Schlafraum war. Ich verharrte auf dem Treppenabsatz und strich über den hier aufgehängten Wandteppich.

Dorothea hatte ihn gemeinsam mit ihren Grundschulkindern angefertigt. Er war aus kleinen bunten Stofflappen zusammengenäht, auf jedem Stoffquadrat war mit verschiedenfarbigen Wollfäden je ein Paar aus der Tierwelt aufgestickt, welche die Arche Noah besteigen durften: schwarze Katze und Kater mit grün leuchtenden Augen, braune Henne und Hahn mit rot geschwelltem Kamm, Hase und Häsin in wolligem Braun, weißer Gänserich und Gans mit gereckten Hälsen, Pandabär und -bärin in schwarz-weiß gestreiftem Fell, gelber Löwe und Löwin mit kugelrunden Mondgesichtern und lustigen Augen und mehr. Es war eine wunderschöne Gemeinschaftsarbeit, halb Gobelin, halb Freskostickerei.

Nur für meine Frau war auf der Arche Noah kein Platz mehr gewesen. Ich hätte sie allein besteigen müssen.

Als ich am nächsten Morgen auf der Steinbank vorm Haus sitzend meinen Morgenkaffee trank, sah ich, dass am Rosenstrauch vis-à-vis noch eine letzte Rose erblüht war. Beschattet von den Zweigen der Eibe, hatte sie sich gleichsam aufgespart – vielleicht, damit meine Ankunft im Haus nicht gar so traurig sei.

Das Hexenhäuschen

Lange hatten wir gesucht und die Dörfer der Region immer wieder abgefahren, bis wir das Fachwerkhaus mit den ochsenblutroten Balken, das in der Ortsmitte von Amorbach stand, gefunden hatten. Es war Liebe auf den ersten Blick gewesen. Zwar hatte ich Bedenken, mir ein Leben in dieser ländlichen Abgeschiedenheit, weit ab vom Schuss, vorzustellen, aber Dorotheas Begeisterung für dieses alte Bauernhaus, 1696 erbaut, war so ansteckend, dass meine Zweifel allmählich verblassten. Und da das aus Granitsteinen gemauerte Fundament ebenso gut erhalten war wie das Fachwerk, die tragenden Eichholzbalken und das mit Naturschiefern gedeckte Dach hatten wir es schließlich gekauft.

Der besondere Charme dieses Hauses bestand darin, dass es, ungeachtet einiger Umbauten, die es im Lauf der Jahrhunderte erfahren hatte, in seinem Kern nicht verändert worden war. Die schmalen und steilen Stiegen, die die drei Stockwerke miteinander verbanden, waren ebenso original wie die Fenster und Eichholztüren mit den alten ziervollen Messinggriffen, erst recht die zahllosen kleinen, von Schiefer umkleideten Gaubenfenster rund um den mit hellem Fichtenholz ausgekleideten Dachstuhl, dessen Querbalken als natürlicher Raumteiler wirkten: In der einen Hälfte hatte ich mein Studio und Büro eingerichtet, die andere Hälfte mit dem französischen Doppelbett diente uns als Schlafgemach. Auch die »gute Stube« im Erdgeschoss mit der alten Wannendecke, jetzt das Wohn- und Fernsehzimmer, gehörte zum originalen Grundbestand des Barockhäuschens, ebenso wie die kleine Räucherkammer neben dem Bad, jetzt die Kleiderkammer, und die massive schräge Türklappe in der Diele parterre, die in den Keller aus gestampftem Lehmboden führte, der jetzt der Wein- und zugleich der Kohlenkeller war. Auch wenn wir in allen Zimmern eine Gasetagenheizung installiert und den gusseisernen Ofen in der Diele durch einen modernen Kaminofen ersetzt hatten, über die vom Kamin ausgehenden Luftschächte, die durch verschließbare Wandklappen mit jedem Zimmer verbunden waren, ließ sich das Haus noch immer auf die althergebrachte Weise mit Holz und Kohle beheizen.

Außer den Fenstern, Gauben und Gefachen, die das Fachwerk bildeten, gab es so gut wie keine standardisierten Elemente. Jede Stube, jede Nische, jede Ecke, jedes Treppchen hatte einen eigenen unverwechselbaren Charakter. Entsprechend stilgerecht hatten wir es eingerichtet – mit sorgfältig ausgewählten Accessoires, antiken Möbeln und auf alt getrimmten Lampen, die sich mit den Ikea-Regalen, den modernen Ledersofas und den runden kleinen Glastischchen durchaus vertrugen. Wobei wir einige der alten vorgefundenen Gerätschaften als Dekor übernahmen. Den Kaminsims in der Esszimmerdiele zierten zwei alte Öllämpchen und ein gusseisernes Bügeleisen aus dem 19. Jahrhundert, an der Wand daneben hingen noch die alten Gerätschaften zum Reinigen des Kamins und der Klappe. Gegenüber dem langen Ausziehtisch, an dem, bei entsprechenden Anlässen und Feiern, die ganze Familie samt Kindern und

Enkeln Platz finden konnte, hing ein uralter Kerzenständer aus Messing mit eingekerbten Querstrichen; an diesen ließ sich – entsprechend dem Niveau, bis zu welchem die Kerze abgebrannt war – die Zahl der verflossenen Stunden ablesen.

Was wir an diesem Haus besonders liebten und was ich auch jedem Besucher sofort mitteilte: Es atmete die Aura von Jahrhunderten und den Geist der vielen Generationen, die es vor uns bewohnt hatten. Darum kamen wir uns, auch wenn wir als Eigentümer im Grundbuch eingetragen waren, eigentlich immer nur als Gäste vor in einem Haus, das lange vor uns erbaut worden und das noch lange nach uns bestehen würde. Irgendwann wollte ich mal einen historischen Roman schreiben – mit dem Haus als auktorialem Erzähler, schien doch in seinen Wänden und seinen mit der Zeit steinhart gewordenen Balken, an denen jeder Holzwurm scheitern musste, all das gespeichert zu sein, was seine Bewohner seit dem späten 17. Jahrhundert in ihm erlebt, genossen, erduldet, geträumt, einander mitgeteilt und zugefügt hatten.

Auch die Kinder liebten dieses alte »Hexenhäuschen«, wie sie es nannten; die Enkel vor allem, weil es so viele Winkel und Ecken hatte, in denen man sich verstecken konnte, und weil es so manche ungebetene Mitbewohner beherbergte, über die es immer Geschichten zu erzählen gab und vor denen man sich auch ein wenig gruseln konnte: vor Spinnen und Weberknechten zumal, die an den Balken und Fensterscheiben kunstvolle Netze spannen; vor Mäusen, die nachts hinter den holzverschalten Leitungsrohren und -kabeln entlanghuschten und doch immer wieder in die mit Speck und Käse bestückten Fallen liefen; auch vor Mardern und Siebenschläfern, die eine Zeit lang hörbar, wenn auch ungesehen auf dem Spitzboden ihr Unwesen trieben. Doch am meisten beeindruckte die Kleinen jene Geschichte, wie Dorothea den unbekannten Vielfraß aus dem Keller vertrieben hatte.

Keiner hatte ihn bislang zu Gesicht bekommen; aber dass der Vorrats- und Weinkeller einen heimlichen Kostgänger beherbergte, sah man an den angefressenen Kartoffeln, die im Keller lagerten, an den bis aufs Gehäuse abgenagten Überresten der Äpfel, den vertilgten

Möhren, Tomaten, Gurken und Salatköpfen. Vergebens suchten wir den Keller nach dem verborgenen Schlupfwinkel dieses Vielfraßes ab. Er war nicht zu finden. Lange wurde gerätselt, um was für ein Vieh es sich handeln könnte, das solche Verheerungen unter den Vorräten anrichtete. Dass es sich um Mäuse handelte, konnte man ausschließen; dem Appetit des unbekannten Mitbewohners nach musste es sich um ein viel größeres Nagetier handeln.

Schließlich entdeckte Dorothea verdächtige Löcher in der bröseligen Lehmwand dort, wo die Kohlen gelagert waren, Löcher, die auf weitverzweigte Gänge im Mauerwerk schließen ließen. Ich spachtelte die Schlupflöcher des Schmarotzers sogleich zu – zum gelinden Entsetzen meiner sanftmütigen Frau, die dem Verderber der familiären Vorräte ein so grausames Ende nicht bereiten wollte. Ihn lebendig einzumauern und verhungern zu lassen, erschien ihr denn doch als eine sehr unchristliche Lösung. Darum war sie fast erleichtert, als sich am nächsten Tage zeigte, dass sich gleich neben dem zugemauerten Loch ein neuer Ausgang in der Kellerwand auftat, durch den der unbekannte Mitbewohner seine Freiheit wiedererlangt und sich sogleich an dem eingekellerten Blumenkohl vergangen hatte, von dem nur noch die Strünke übrig waren.

Schließlich schickte Dorothea nach dem Kammerjäger des Dorfes, aber der war gerade im Urlaub.

Da kam ihr die rettende Idee: Sie sagte sich, dass dasselbe Mittel, das den ungebetenen Vielfraß in den Keller gelockt, ihn auch wieder aus diesem vertreiben müsse. Zunächst entfernte sie sämtliches Gemüse und Obst aus dem Keller. Dann stellte sie einen Teller auf, der mit verschiedenen klein geschnittenen Gemüsesorten, Apfelscheiben, Blumenkohl, Möhren belegt war. Den Tag über blieb alles unberührt. Doch als sie am nächsten Morgen in den Keller ging, war der Teller leer gefressen. Das Untier war demnach erstens ein Nachttier und zweitens ein wahlloser Allesfresser. Der nächste Schritt war, es gehörig hungern zu lassen. Für zwei Tage blieb alles Gemüse und Obst aus dem Keller entfernt. Am dritten Tag ging Dorothea wieder in den Keller und baute eine Art Laufsteg zusammen: Sie legte ein Brett, das sie mit klein geschnittenen Apfelscheiben,

Möhren, Gurkenstückchen belegte, vom Kellerboden an den Vorsprung des Kellerfensters und verlängerte die vegetarische Fressspur bis in den Hof.

Zu Beginn der Dämmerung lief sie die Stiege hoch zum darüberliegenden Fenster im ersten Stockwerk und steckte den Kopf heraus: Vielleicht würde sich der ungebetene Gast, von der Lockspeise angelockt, ja endlich zeigen. Da er sich nur des Nachts auf die Pirsch machte, war sie auf längeres Warten gefasst. Sie spähte und spähte – wohl eine Stunde. Endlich sah sie, wie sich unter ihr am offenen Kellerfenster erst ein braunes schnüffelndes Näschen, dann der spitze Kopf und schließlich der fette Körper einer Ratte zeigte. Mit einem Satz sprang die Ratte aus dem Fenster, um sich auch des im Hofe ausgelegten Futters zu bemächtigen. Augenblicklich rannte Dorothea die Treppe hinunter in den Keller und schloss das Fenster, sodass dem Vieh der Rückweg versperrt war.

Von diesem Tage an waren die Kellervorräte wieder vor allen Nagetieren sicher. Dorotheas originelle Methode machte im ganzen Dorf die Runde und ließ selbst den alten Kammerjäger staunen, der darauf noch nicht gekommen war.

Kuriose Nachbarschaft

Nach dem Frühstück machte ich einen Besuch bei den Nachbarn. Die achtzigjährige Frau Schmidt, von allen Loni genannt, eine übergewichtige urhessische Dorfpflanze von kindlichem Gemüt, empfing mich mit der gewohnten Herzlichkeit, führte mich sogleich in die Küche und übergab mir die wollenen Fußwärmer beziehungsweise Pantoffeln, die sie aus einem dreifarbigen Wollknäuel für mich gestrickt hatte. Da sie nur noch unter Schmerzen laufen konnte, saß sie fast den ganzen Tag strickend am Küchenfenster und hatte im Lauf der Jahre sämtliche Nachbarn und deren Kinder, ja das halbe Dorf mit ihren Fußwärmern versorgt, die sie großzügig verschenkte. Von ihrem Stammplatz am Fenster aus hatte sie die Kreuzung der beiden Dorfstraßen, an der das »Hexenhäuschen«

stand, und die Nachbarhäuser stets im Blick. Dass in all den Jahren, auch während unsrer Urlaubsreisen, noch nie bei uns eingebrochen worden war, führten wir auf die »natürliche Überwachungskamera« von Lonis großen hellblauen »Guck-Äpfeln« zurück. Nur einmal hatte sie mich spätabends per Telefon alarmiert: Sie habe, sagte sie aufgeregt, gerade einen Mann durch das Küchenfenster meines Hauses einsteigen gesehen. Ich konnte sie auf der Stelle beruhigen: Der Einbrecher war ich selbst gewesen, da ich meinen Hausschlüssel vergessen hatte.

Hannes, ihr fünfzigjähriger Sohn, ein gemütlicher Mann mit Schmerbauch und Halbglatze, der einen schönen Humor besaß und immer hilfsbereit war, kam sogleich die Treppe heruntergewatschelt und drückte mich an die Brust.

Hannes hatte lange Zeit eine Speditionsfirma mit zwanzig Fahrern geleitet und war berufsbedingt viel in der Welt herumgekommen. Und aus seinem reichen Erfahrungsschatz als Spediteur gab er immer wieder hübsche Anekdoten zum Besten: Etwa wie er einmal auf einem Lkw mit Anhänger eine halbe Augenklinik zu einem Scheich nach Marbella in Südspanien transportiert hatte. Der Scheich war so reich, dass er es nicht nötig hatte, eine Augenklinik aufzusuchen; nein, er ließ die teure Apparatur zum Lasern seiner kranken Augen samt dem klinischen Personal in sein Chateau kommen. Nur mithilfe der Polizei, die die halbe Innenstadt abriegelte, konnte der Transportzug durch die engen Straßen Marbellas gelotst werden. Das Trinkgeld, das Hannes und sein Mitfahrer für den Transport bekommen hatten, sei allerdings eher eines Kameltreibers denn eines Scheichs würdig gewesen.

Ein anderes Mal hatte er ein riesiges Aquarium mit Schildkröten und Riesengarnelen durch den Eisernen Vorhang für einen Zoo nach Warschau zu liefern. Doch just während der aufwendigen Kontrolle an der DDR-Grenze – offenbar hatte ein übereifriger Grenzer in den Ventilen des Aquariums herumgestochert – gelangten mit dem ausfließendem Wasser auch die Krebse und Riesengarnelen ins Freie und tummelten sich nicht nur auf der Ladefläche des Lkws, sondern auch auf dem Boden der Deutschen Demokratischen Republik – und zwar ohne gültige Transitpapiere, wie Hannes bekannte. Es bedurfte einiger Anstrengungen, um die »blinden Passagiere« und »illegalen Grenzgänger« wieder einzufangen, und etlicher aufgeregter Telefonate seitens der Grenzbeamten mit ihren Vorgesetzten, bis Hannes die Weiterfahrt und der Transit durch die DDR gestattet wurde; natürlich nur unter strengsten Auflagen und in Begleitung eines schwarzen Wartburgs, in dem zwei Leute von der Staatssicherheit saßen.

Loni und Hannes berichteten mir sodann von dem jüngsten Todesfall im Dorf. Der alte Czerny, ein gebürtiger Ungar, der das an unser Grundstück angrenzende Bauernhaus bewohnte, war letzte Woche gestorben. Er und seine Frau lebten von Sozialhilfe und hatten sich im Laufe der Jahre mit allen Nachbarn zerstritten. Seit das alte Ehepaar den ältesten Sohn durch einen Verkehrsunfall verloren hatte, lag es sich ständig in den Haaren und lieferte sich, egal, wo es sich gerade befand, im Haus, im Garten oder auf der Straße, teils auf Deutsch, teils auf Ungarisch die heftigsten Wortgefechte, die in wechselseitigen Verwünschungen und Verfluchungen mündeten. Es war ein ständiger Überbietungswettkampf im wechselseitigen Entwerten und Niedermachen. Da die beiden zudem von enormer Stimmgewalt waren und alle Nachbarn ihre rituellen Beschimpfungsorgien mitbekamen, wurden sie entsprechend gemieden.

Nur Dorothea und ich bemühten uns, über die Gartenmauer hinweg, versöhnend auf sie einzuwirken und den Kontakt nicht ganz abreißen zu lassen. Als Frau Czerny schwer erkrankte, mit einer Querschnittslähmung dauerhaft bettlägerig wurde und schließlich in ein Heim überführt wurde, wo sie bald darauf starb, verlor der alte Czerny völlig den Boden unter den Füßen. Nun, da er niemanden mehr hatte, den er beschimpfen und um den er sich kümmern konnte, schlich er wie ein geprügelter Hund ums Haus, klagte und weinte um den Tod seiner Frau und war dankbar für jede noch so bescheidene Nachfrage und jede kleine Aufmerksamkeit, die ihm zuteilwurde. Dorothea sprach ihm oftmals gut zu, machte ihm einen Tee und suchte ihn in seinem Elend ein wenig zu trösten. Und nie würde ich jenen Samstagmorgen im April vergessen – die Leute vom Rettungsdienst hatten Dorothea gerade auf einer Liege in den Krankenwagen getragen –, als der alte Czerny auf mich zukam und mit tränenerstickter Stimme fragte: »Ach, die Frau Lehrerin! Ist sie jetzt auch gestorben?« Da fiel ich dem gebeugten alten Mann schluchzend um den Hals und dachte: Jetzt bin ich auch so ein armer Hund wie du!

Nachdem Hannes, der regelmäßig meinen Briefkasten leerte, mir die Kiste mit der Post und den Zeitungen übergeben hatte, ging ich zurück ins Haus – hoch in den Dachstuhl.

Glücklich ungleich

Beim Betrachten der Familienfotos, die an den Eichenbalken der Fensterfront festgepinnt waren, blieb mein Blick an einem schon vergilbten, braunstichigen Foto von Dorothea und mir haften. Es war unser beider liebstes Hochzeitsfoto. Die Farben waren über die Jahre so nachgedunkelt, als entstamme es der Werkstatt eines alten niederländischen Meisters.

Die wuselige Fotografin in ihrem Studio hatte uns Nachhilfe erteilen wollen, wie ein Brautpaar sich der Welt und Nachwelt zu präsentieren habe. Empfahl uns diese Stellung und jene Pose, dirigierte und choreografierte uns gleich einer strengen Regisseurin hin und her – bis Dorothea, leicht enerviert, zu ihr sagte: »Ach, was! Wir wollen hier nicht posieren, fotografieren Sie uns so, wie wir uns gerade geben und wohlfühlen.« Und daraus entstand jenes ein wenig anzügliche Foto, das wir beide so mochten: wie Dorothea mit leicht gegrätschten Beinen, nach oben verrutschtem malvenfarbenem Rock und weißer Spitzenbluse, auf dem gepolstertem Stuhl eher liegend als sitzend, beide Arme nach hinten um meinen Hals schlingt, während ich mich über sie beuge, um ihren lächelnden Mund zu küssen.

Ich holte das kleine, in rotes Kunstleder gebundene Album mit den Fotos unserer Hochzeit und Hochzeitsreise aus dem Hängeschrank und setzte mich in den Schaukelstuhl. Beim Durchblättern fiel mein Blick auf einen lindgrünen Briefumschlag, der mit Tesafilm auf die Seite neben unser liebstes Hochzeitsfoto geklebt war. *Für Fabian* stand auf dem offenen Umschlag. Er enthielt einen Brief von Dorothea, datiert vom 25. August 1981, wenige Wochen vor unserer Hochzeit – und ein Dreivierteljahr nach dem Erscheinen meines literarischen Erstlings, der mir einen ansehnlichen Literaturpreis und viele Lesungen eingetragen hatte. An den Inhalt des Briefes konnte ich mich kaum mehr erinnern, doch muss er damals sehr wichtig für mich gewesen sein, sonst hätte ich ihn nicht in das Album mit unseren Hochzeitsfotos geklebt.

Mein Fabian!
Ein Brief an meinen Geliebten. Warum?
Auch, weil ich allein bin, ohne mich allein zu fühlen,
weil ich Sehnsucht habe,
weil ich dich vor mir sehe,
weil ich dich liebe,
weil ich glücklich-melancholisch (die deutsche Sprache weiß kein Wort
  für mich)
bewegt bin,
weil ich zu dir sprechen will und nicht warten mag.

Was mich stark beschäftigt hat: Ich bin nicht ›vollkommener‹ als du.
Was ich als Lob auffassen könnte, ist es doch nicht für mich.
Ich liebe dich, weil ich ohne dich unvollkommen bin, weil du bist, was ich nicht bin, weil du hast, was ich nicht habe, weil du kannst, was ich nicht kann. Weil ... Weil?
Soll ich schreiben, ein Mann werden, mich wie du in der Außenwelt darstellen? Soll ich traurig werden, weil ich das nicht kann, schlimmer noch, mir Wunsch und Wille dazu fehlen? Ist es allzu voreilig, dieses andere Leben durch dich stellvertretend zu erleben, es so zu teilen, mich gar daran zu erfreuen?
Noch immer sagst du, du fühlst dich mir im Geben, im Lieben unterlegen. Warum heißt du »unterlegen«, was mich anzieht? Was ich nicht nachahmen, nur begehren kann?

Du seist weniger liebesfähig als ich? Warum beharrst du bei mir auf einer Wahrheit über dich, die mir fremd ist? Ich werde nicht traurig, weil es so ist, wie du sagst. Ich werde traurig, gerade weil du »fähig« bist, mich zu lieben. Fähig sein und danach tun ist doch nicht immer eins.
Du darfst mich traurig machen. Hier steht es. Ich will dich auch traurig machen dürfen, ja, doch eben, ohne dass du in die wohlbekannten schwarzen Löcher deiner Geschichte fällst. Ich habe nicht teil an ihr, bin nicht Teil von ihr, fühle mich verwechselt, wenn sie sich gegen mich durchsetzt, wenn sie stärker wird als unsere Gegenwart. Ich will aber nicht verwechselt werden, auch nicht mit meiner Vorgängerin Karla! Es ist der rückwärtsgewandte Blick, der auf dem Zauberberg versteinern lässt. Ich möchte dich lieben dürfen, ohne diese alten Gespenster, die dir ins Ohr flüstern, zum Beispiel, dass du der Frau in der Liebe unterlegen bist.

Beweise? Wo sind meine Beweise, wirst du fragen.
Gut. Einen. Etwas. Das, was du auf deine Lesereise mitgenommen hast: meinen Schrei. Wieder war es da: dass du nicht so schreien, dich nicht so entäußern kannst, eben weil … So aber ist es nicht.
Ich liebe unsere körperliche Liebe fast schmerzhaft, daher mein Schrei, dieser, andere, oder auch Tränen. Ich liebe es, wie du dich mir gibst, wie du mich nimmst, diese sinnlich-heftig-zärtlichen Vereinigungen, ich schreie, weil ich mich endlich, endlich aufgeben und dir überlassen kann, ich schreie auch, weil diese Erlösung auf dem Hinweg zu dir gefährdet bleibt, nicht gesichert erreichbar scheint, als wüsste ich nichts von dir und mir, als sei es das erste Mal, ein immer unbekanntes Wunder. Wünsche nicht gleich zu machen, was so glücklich ungleich ist. Wende nicht gegen dich, was du bei mir auslöst.
Früher oder später, irgendwann muss ich mich dir ganz überlassen, wirklich anvertrauen. Du allein bestimmst mich dann zu Glück oder Trauer, Erlösung oder Versagen. Glück und Erlösung will ich nur dir verdanken – die Angst, zurückzubleiben, nicht folgen zu können, traurig zu werden, begleitet mich verborgen, verlässt mich lange nicht. Doch nur so will ich es haben, »allein durch die Gnade« möchte ich in den Himmel kommen. Vielleicht sind die Frauen erotische Lutheraner

und die Männer Katholiken. Und weil wir uns lieben, weil wir vereinen können, was ideologisch unvereinbar ist, findet der »Religionskrieg« diesmal nicht statt.
Soll ich also traurig sein, weil ich diesen Schrei bei dir nicht auslöse? Und weil dir die Gefährdung des Hinwegs nicht vertraut ist wie mir? Ich finde nicht. Was für mich daran schön ist, wäre es nicht für dich. Würdest du dich diesen wechselnden Gefühlen überlassen, dann wärst du mitten im Liebesschlaf auch wechselnd stark und schwach. Das brauchst weder du noch ich.
Drum lass mich schreien oder lass mich weinen, einfach weil wir verschieden sind und nicht weil ich besser (hingebungsvoller, liebesfähiger) bin als du.
Es ist doch unser Schrei, mein Mund gibt dir nur zurück, was du meinem Schoß geschenkt hast, verändert durch mich, aber dein. Lass uns also nicht durch »mehr« oder »weniger« dich und mich vergleichen, lass uns nicht so tun, als gebe es einen amtlich geeichten Maßstab für Mann und Frau!
Deine Dorothea

Manche unserer Freunde und Bekannten hatten uns damals gefragt, warum wir überhaupt heiraten wollten, galt doch die Ehe in linken Kreisen als ein völlig überholtes bourgoises Lebenskonzept – wegen der steuerlichen Vorteile, wegen der Kinder oder weil ich, damals noch Freiberufler, später an Dorotheas Pension partizipieren wolle? »Ach ihr aufgeklärt Neunmalklugen«, pflegte Dorothea in heiterem Tone zu kontern, »könnt ihr euch nicht vorstellen, dass es auch heute noch das gibt, wovon ihr doch alle heimlich träumt: eine echte Liebesheirat?«

Fünf Jahre hatten wir, in getrennten Wohnungen lebend, gebraucht, um unsere beiderseitigen Ängste vor der Ehe loszuwerden, zumal zu dem Zeitpunkt, da wir uns kennenlernten, Dorothea sich gerade erst aus einer für sie quälend gewordenen Ehe befreit hatte. Und ihre neu gewonnene Autonomie und Freiheit wollte sie nicht so rasch wieder aufgeben.

Mir unvergesslich der Tag, da wir zusammen meine Dachgeschosswohnung in der Rheinstraße auflösten und einen Teil des

Mobiliars dem Sperrmüll übergaben, darunter auch die anthrazitfarbene Klappcouch, den letzten Unterpfand meines Junggesellendaseins und vormaligen erotischen Freibeutertums. Als die großen Greifzangen des Sperrmüllwagens die Couch an beiden Schmalseiten packten, sie hochhoben und, unter ohrenbetäubendem Krachen, brutal zusammendrückten wie eine Ziehharmonika, worauf das auf ein Achtel seiner ursprünglichen Länge geschrumpfte Liebes-Möbel im Container verschwand, kommentierte Dorothea lachend meine aufkommende Abschiedswehmut: »Mein armer Fabian! Da wird es brutal zerquetscht – das Vehikel deiner Junggesellenfreiheit! Doch im Ernst, mein Schatz: Auch der verliebtesten Frau hättest du diese Couch nicht mehr zumuten können – so muffig roch sie.«

Nach fünf Jahren einer im Ganzen glücklichen Probezeit, in der wir mancherlei Irritationen und Konflikte durchzustehen hatten und ich nicht mehr als Mangel an mir selbst empfand, was zwischen uns so glücklich ungleich war, gab es für uns beide nicht mehr den geringsten Zweifel: dass wir zusammenziehen und ein Leben lang zusammenbleiben wollten, durch dick und dünn – bis dass der Tod uns scheidet!

Drei Omen begleiteten unseren Gang zum und vom Standesamt: Als wir auf dem Schlossplatz aus unserer Hochzeitskutsche, der gelben »Ente«, stiegen, deren Motorhaube mit einem Kranz gelber Rosen dekoriert war, empfing uns ein Taubentrio: zwei grau-schwarze und in ihrer Mitte eine weiße Taube, eine »Friedenstaube«, die gemütlich auf uns zuwatschelte und dann flügelschlagend aufflog. Als wir nach der standesamtlichen Trauung die A-Straße hochfuhren, kam uns ein silbergrauer Kombi mit vergitterten Fenstern entgegen: ein Geldtransporter. Friede, Harmonie und Wohlstand seien unsrer Ehe vorbestimmt, weissagte Gerda, unsere Trauzeugin. Doch kurz darauf kam uns ein Leichenwagen entgegen. Den, sagte ich, wollen wir lieber nicht als Omen betrachten. Warum denn nicht?, widersprach Dorothea mit feinem Lächeln, das sei nur eine Allegorie dafür, dass wir irgendwann wieder in den Kreislauf der Natur eingehen.

Während wir bei heftigem Gegenwind und trübgrauem Himmel zum Jagdschloss fuhren, wo die Hochzeitstafel bestellt war, lösten sich plötzlich die gelben Rosen aus der Metallhalterung und flogen über die Windschutzscheibe und das Autodach, über unsre Köpfe hinweg. Ich schaute mich um: Alle nachfolgenden Autos, nicht nur die der Freunde, die zum Hochzeitscorso gehörten, machten einen respektvollen Bogen um die jungfräulichen Rosen, die verstreut auf der Fahrbahn lagen, oder hielten gar an, um sie nur ja nicht zu überfahren.

Die Hochzeitsreise – natürlich musste es Venedig sein, wir waren ja auch ein klassisches Liebespaar – machten wir, entgegen der üblichen Reihenfolge, zwei Wochen *vor* der Hochzeit.

Am späten Nachmittag kamen wir in Basel Bahnhof an und bestiegen den Milano-Venezia-Express. Wir hatten keinen Proviant mitgenommen, in der Annahme, es gebe in diesem Italien-Express ein Bordrestaurant. Gab es aber nicht. Und Zeit, um am Bahnhofskiosk noch etwas einzukaufen, hatten wir auch nicht.

Wenigstens hatten wir ein Abteil für uns allein. So fuhren wir mit knurrendem Magen durch die Schweiz, von Talschlucht zu Talschlucht, von Tunnel zu Tunnel, während auf den kurzen tunnelfreien Strecken die Silhouetten der Bergriesen an unserem Fenster vorbeizogen. Irgendwann vergaß ich meinen Hunger, weil ich so hungrig auf sie war. Ich zog den Vorhang vor die Waggontür und schob die beweglichen Polster unserer Sitze zusammen, sodass eine Art Liege entstand. Dorotheas anfänglicher Protest, als ich begann, sie aus der Strumpfhose zu pellen, hielt nicht lange an. Schon bald vergaßen wir alle Vorsicht, zumal das monotone Rattern der Räder und die langen Tunnelfahrten uns in eine trancehafte Selbstvergessenheit versetzten und der Kitzel der Gefahr meine Lust noch steigerte.

Plötzlich wurde die Waggontür aufgerissen, ein Kopf mit Schnauzer und Schaffnermütze lugte herein. Wir hielten erschrocken inne im Liebesspiel, rasch bedeckte ich Dorotheas Blöße mit meinem Parka.

»Ich muss doch sehr bitten, Herrschaften«, rügte uns der Schaffner in breitestem Schwyzerdütsch, das als Amtssprache denkbar ungeeignet ist: »Sie sind hier nicht auf der Alm oder im Heustadl, sondern in einem Express der Helvetisch-Italienischen Eisenbahn!«

Da sagte Dorothea, mit einer ganz weichen Stimme und einem verträumt-somnambulen Blick, als käme sie aus einer anderen Welt: »Aber die vielen Tunnel, durch die wir fahren ... Die habt ihr doch auch nur gebaut, damit die Menschen schneller zueinanderfinden.«

Noch während der Schaffner den Kopf schüttelte, zeigte sich auf seinen Lippen ein Schmunzeln, behutsam schloss er die Waggontür.

Danach liebten wir uns weiter. Und ich legte ihr meine Hand nicht auf den Mund, um ihre Lustschreie zu dämpfen – es war schließlich unsere Hochzeitsreise!

Der Findling

Gegen Mittag fuhr ich, nach einem Abstecher in die nahe gelegene Großgärtnerei, zum Dorffriedhof, holte den Pflanzstab und die Palette mit den winterfesten Pflanzen aus dem Kofferraum und ging den schmalen Kiesweg entlang, der an der kleinen Dorfkirche mit dem geschieferten Glockenturm vorbeiführte. Ich passierte den alten, historischen Teil des Friedhofs und gelangte schließlich in den neueren Bereich, wo die Gräber jüngeren Datums lagen. Das dritte Grab in der vordersten Reihe mit dem bläulich schimmernden Findling und den schräg stehenden Lettern war Dorotheas Grab. Den circa achtzig Zentimeter hohen, oben schön gerundeten Naturstein, der nur leicht bearbeitet worden war, hatte ich von einem Grabsteinlager beim Felsenmeer im Odenwald geholt, das ich früher einmal mit Dorothea besucht hatte. Damals hatte sie gesagt, solch ein Findling solle einmal auf ihrem Grab stehen. Und da auch Gisela wünschte, im Grab ihrer Tochter beigesetzt zu werden, hatte ich den Steinmetz gebeten, die Inschrift meiner Frau möglichst weit oben auf dem Findling anzubringen, damit noch Platz genug für die Grabinschrift der Mutter blieb.

Nachdem ich die verwelkten Begonien, Margeriten und Elfenspiegel entfernt hatte, bepflanzte ich das Grab mit Erika, Edelweiß und rostroten Astern. Plötzlich klingelte mein Handy. Es war Sonja.

»Hallo, du Lieber! Wo bist du?«

»Ich bepflanze gerade Dorotheas Grab.«

»Na das passt ja.«

Sie sei eben, erzählte Sonja, mit Julio und den Kindern aus den Herbstferien zurückgekommen, die sie in Mar Azul, dem spanischen Ferien-Domizil der Familie, verbracht hatten. Die ersten Tage habe sie sehr am Wasser gebaut. Die Ferienwohnung, der Strand, die Strandbars, die Orangenhaine, die ganze Landschaft – alles habe sie an Mama erinnert. Mar Azul gehöre ja auch zur Landschaft ihrer Kindheit und Jugend. Es seien »richtige Mama-Tage« für sie gewesen.

»Ja«, sagte ich, von einer plötzlichen Wehmut ergriffen, »ich denke oft an Mar Azul«, aber ich könne mir nicht vorstellen, noch einmal dorthin hinzufahren, es würde mich melancholisch machen.

Das verstehe sie gut, sagte Sonja, es wäre wohl am besten, ich würde das Apartment verkaufen. Ich würde es mir überlegen, sagte ich.

Sie habe aber auch eine gute Nachricht, genau genommen sogar zwei, sagte Sonja und lachte.

»Lass mich raten: Ihr habt im Lotto gewonnen?«

»Kalt.«

»Julio hat einen neuen Job?«

»Noch kälter.«

»Du gehst auf Teilzeit?«

»Schon wärmer.«

»Hilf mir! Ich komme nicht drauf.«

»Aus welchem Grund würde ich denn auf Teilzeit gehen wollen?«

»Weil einfach zu viel an dir hängt.«

»Und ein anderer Grund fällt dir nicht ein?«

Ich überlegte und überlegte, kam aber nicht drauf.

»Du wirst wieder Großvater!«
»Nein! Du bist schwanger?«
»Im dritten Monat!«
Ich mochte es nicht glauben.
»Aber ihr habt doch schon drei Kinder!«
»Na und? Da kommt es auf ein viertes auch nicht mehr an. Wir freuen uns darauf … Freust du dich denn gar nicht?«
»Doch, doch natürlich!«, log ich … »Aber ich mache mir auch Sorgen: Julio hat einen unsicheren Job. Wenn du auf Teilzeit gehst, wird es finanziell für euch eng. Und mit vier Kindern hängt dann noch mehr an dir.«
»Lieber Fabian! Deine Sorgen in Ehren, aber hier hast du nicht mitzureden! Wir sind eben keine deutsche Durchschnittsfamilie mit 1,38 Kindern.«
»Natürlich ist es eure Entscheidung, aber … Und was ist die andere Neuigkeit?«
»Du wirst demnächst unser Trauzeuge sein.«
»Ihr wollt heiraten?«
»Ja.«
»Das freut mich, wirklich! … Dorothea hätte es bestimmt auch gefreut.«
»Nur schade, dass sie bei unserer Hochzeit nicht mehr dabei sein kann!«

Julio, mit dem Sonja jetzt seit zwölf Jahren zusammenlebte, war Chilene. Er hatte sich schon als Schüler und junger Student sehr für die Unidad Popular engagiert und musste nach dem Sturz Salvador Allendes, wie so viele seiner Landsleute, das Land verlassen. Dorothea und ich mochten Julio, der warmherzig, intelligent und ein guter Vater war. Und da fast seine ganze Familie nach Deutschland emigriert war und er unter den Exilchilenen viele Freunde hatte, fühlte sich auch Sonja, die bald Spanisch sprach, in die große Gemeinschaft der chilenischen Emigranten aufgenommen.

Allerdings hatte Julio in puncto Erziehung ziemlich andere Vorstellungen als Sonja. Er meinte, dass Kinder eigentlich gar keiner

Erziehung bedürfen und dass sie am besten gediehen, wenn man ihnen keine Vorschriften mache; sie würden schon von selbst herausfinden, was für sie gut und nicht gut sei. Dies aber machte es Sonja schwer, ja nahezu unmöglich, klare Regeln zu setzen, die Kinder eben auch brauchen. Vor allem pflegen sie es gnadenlos auszunutzen, wenn die Eltern sich als Erzieher nicht einig sind. Da Sonjas Autorität als Mutter durch das Laisser-faire des Vaters ständig untergraben wurde, ging es in der großen Familie oft drunter und drüber.

Darum war ich über die Nachricht ihrer erneuten Schwangerschaft mehr besorgt als erfreut; denn mit einem vierten Kind würden Sonjas Belastung und das Chaos in der großen Familie noch weiter zunehmen, zumal sie sich, bei ihrer angespannten finanziellen Lage, auch keine Hilfen, etwa in Gestalt einer Kinderfrau, leisten konnte. Andererseits – war es nicht menschlich sehr nachvollziehbar, gegen den Verlust ihrer geliebten Mama ein neues Leben zu setzen?

Nachdem ich die neu gesetzten Winterpflanzen gewässert hatte, blieb ich noch eine Weile am Grab meiner Frau. Dann verließ ich den Friedhof und fuhr zu meiner Schwiegermutter.

30. Oktober
Habe heute, nachdem ich dein Grab mit winterfesten Gewächsen bepflanzt, deine Mutter besucht. Sie war gut drauf und freute sich sehr. Sie wusste schon die große Neuigkeit, dass Sonja wieder schwanger ist und sie und Julio demnächst heiraten werden.
Da es ein regnerischer Tag war, schlug ich vor, einen Ausflug nach Mainz zu machen und das Historische Museum zu besichtigen, sie interessiert sich doch so für die alte Geschichte. So wandelten wir denn, sie immer an meinem Händchen, durch die Römer-Abteilung, an alten Grabsteinen und imposanten Grabmalen vorbei – mit den Inschriften irgendwelcher gefallener Legionäre aus dem 1. und 2. Jahrhundert nach Christus. Wir schritten durch einen römischen Tempelbogen und bestaunten die 18 Meter hohe Jupitersäule mit ihren Reliefs. Es war eine Zeitreise eigener Art, die uns – das war die Verbindung zu dir – die Vergänglichkeit alles Irdischen, das Memento mori der kleinen

wie der großen Geschichte sinnlich vor Augen führte. »Ob irgendwer unseren Grabstein nach 2000 Jahren auch noch besichtigen wird?«, fragte Gisela. Sie glaube es nicht. Immerhin fanden wir es tröstlich, dass auch dem amerikanischen Imperium ein gleiches Schicksal bevorsteht wie seinerzeit dem römischen.

Gisela war stolz darauf, wie gut sie noch auf den Beinen ist und dass keiner der Besucher auch nur im Entferntesten an ihr mythisches Alter heranreichte.

Danach setzten wir uns – der Regen hatte aufgehört und die Sonne kam wieder durch – in ein Kaffee am Gutenberg-Platz. Gisela erfreute sich am Erdbeerkuchen mit Sahne und am Schokoladeneis. Wir waren hier gewiss, unsere Jahre zusammengerechnet, das älteste Paar. Und deine Mutter genoss es sehr, von mir »ausgeführt« zu werden wie zu jener Zeit, da sie eine junge Frau gewesen ist. Und doch ist es nicht ohne Bitterkeit für mich, dass ich jetzt mit ihr jene Ausflüge mache, die ich früher mit dir gemacht habe.

Sie spreche jeden Tag mit dir, sagte Gisela, vormittags und abends vor dem kleinen Schrein mit deinen Bildern und Briefen. Es klinge vielleicht ein wenig mystisch, aber sie glaube daran, dass unsere geliebten Toten uns als geistige Gefährten, Ratgeber und Freunde umgeben. Ich finde das gar nicht mystisch – auch ich spreche ja oft mit dir im Geiste. Und frage mich, wie würdest du dieses und jenes beurteilen, was würdest du dazu sagen? Auch träume ich ja noch immer von dir, auch wenn ich mich nicht immer an diese Träume erinnere. So bist du nicht nur um mich, sondern ein Teil von mir, ein Teil meiner Identität geworden.

Es ist schon seltsam, wie wir uns unsere geliebten Toten einverleiben, sodass sie in verwandelter Form in uns weiterleben – wie Vergil sagt.

Ein neues Gefühl

Da an diesem Sonntag, dem letzten im Oktober, das Wetter so schön und die Luft so milde war, beschloss ich, eine Fahrradtour an die Lahn zu machen.

In Bad Ems parkte ich meinen Wagen und nahm das Mountainbike vom Heck.

Rasch gelangte ich auf den gut ausgebauten Radweg, der, immer am Fluss entlang, bis nach Lahnstein führt, wo die Lahn in den Rhein mündet. Ab und zu überholten mich behelmte Biker auf ihren Rennrädern, deren Leichtmetall- und Aluminiumgestelle von Saison zu Saison immer dünner und leichter zu werden schienen. Gegenüber diesen Hochgeschwindigkeitsradlern kam ich mir in meinem gemütlichen Tempo wie ein Relikt aus dem Postkutschenzeitalter vor.

Umso gemächlicher war das Treiben auf dem Fluss. Paddelboote und Kajaks zogen flussabwärts, manchmal auch eine voll besetzte Arche, kleine Flöße mit einem Holzhäuschen und Bänken darauf, auf denen gut gelaunte Familienväter, Mütter und Kinder saßen, die mir fröhlich zuwinkten.

Wie vertraut mir die abwechslungsreiche Landschaft rund um das Lahntal doch war. Auch wenn sich die Fahrt hin und wieder mit kurz aufscheinenden Erinnerungen an unsere gemeinsamen Ausflüge und Radtouren verknüpfte, ich empfand sie nicht als Erinnerungsfahrt, vielmehr genoss ich ihren besonderen Zauber im Hier und Jetzt. Ich kam an Fachwerkhäusern vorbei, deren vorkragende Balkone und Erker über den Fluss ragten; an alten Ziegeleien und zerfallenen Fabrikgebäuden, deren von Efeu umwucherten Schornsteine bekundeten, dass die Natur sich wieder alles zurückholte. Eine Zeit lang radelte ich an einem Bahndamm entlang, der von Knöterich so überwuchert war, dass man kaum die Schienen sah; umso pittoresker nahm sich der stillgelegte, zum Wohnhaus umgebaute ehemalige Bahnhof aus: Über die mit Blumenkübeln dekorierte und allerlei Zierpflanzen und Sträuchern bepflanzte Balkonterrasse spannten sich Wäscheleinen, an denen eine komplette Damengarderobe nebst diversen BHs und Spitzenhöschen hing. Und die alte Signalanlage neben den mit Gras überwachsenen Schienen war zum Kletterbaum für Kinder umfunktioniert.

Nicht lange und der Radweg entfernte sich vom Fluss und ging durch braune längst abgeerntete Felder und Wiesen, an Scheunen und alten Bauernhöfen vorbei, deren gepflegter, auf Granitsteinen errichteter Fachwerkbau so solide wirkte, als könne der Zahn der Zeit ihnen nichts anhaben. Danach ging es wieder am Fluss entlang, sanfte Hügel wechselten mit bizarren Felsformationen und Kreidefelsen ab, die zuweilen alte Gemäuer, Reste und Ruinen alter Burgen trugen, über welchen die Milane und andere Raubvögel ihre Kreise zogen. Manchmal musste ich absteigen und das Mountainbike ein paar Stufen zu einer Brücke hochtragen, die auf die andere Seite der Lahn führte, wo der Radweg dann weiterging.

Fasziniert beobachtete ich einen grauen Fischreiher, der auf einem aus dem Wasser ragenden Geäst stand; ein filigranes Wesen von eigener Eleganz und Schönheit! Wie ruhig und reglos, als sei er selbst Teil des Geästs, der Reiher dastand – und wartete. Bis er plötzlich zuschnappte und einen zappelnden Fisch im Schnabel hatte. Der Erfolg dieses gekonnten Beutefangs war nur durch äußerste Konzentration bei gleichzeitiger Gelassenheit möglich. Wäre der Reiher ein zerstreuter Multitasker, wäre er wohl längst verhungert.

Während einer Rast in einer kleinen sandigen Bucht, schaute ich, an den Stamm einer Uferweide gelehnt, lange einem Schwanenpaar zu, das, keine zwei Meter von mir entfernt und ohne sich durch meine Anwesenheit gestört zu fühlen, sein Gefieder putzte. Vermöge immer neuer Drehungen und Wendungen ihrer langen, geschmeidigen Hälse erreichten die Schwäne mit ihren Schnäbeln jede Stelle ihres Leibes und ihrer Flügel, auch die zuunterst liegenden Federschichten. Und dies geschah mit einer bewundernswerten Geschicklichkeit und Gründlichkeit, wobei sie ihr Gefieder nicht nur reinigten, sondern zugleich mit Talg einrieben, das einer Drüse entstammte und dafür sorgte, dass das Wasser an ihren Flügeln abglitt.

Immer wieder ließ ich meinen Blick über den Fluss gleiten mit seinen schillernden tiefgrünen Schlieren, den braungelb gewordenen Schilfgürteln und den das Wasser streichelnden Uferwaiden, die sich im Fluss spiegelten. Zuweilen, wenn ich durch eine bewaldete Gegend kam, verdunkelte sich der Weg ein wenig, weil die Buchen und Eichen so dicht beieinanderstanden, dass ihre Zweige sich in den höheren Lagen berührten und förmliche Laubdome bildeten. Umso schöner der Moment, wenn ich aus dem bewaldeten Tunnel herausfuhr und wieder die offene, besonnte Landschaft vor Augen hatte!

Mit Staunen registrierte ich an mir selbst, dass mit mir eine Veränderung vorgegangen war: Ich konnte mich an der Natur und der schönen Landschaft wieder erfreuen, empfand wieder Lust am Schauen, Beobachten und Entdecken.

Wenn der Radweg breit genug und der Asphalt ohne Bodenwellen war, nahm ich die Hände vom Lenker und genoss den kleinen Kitzel des Freihändigfahrens, darin ich mich schon als Junge geübt und das ich immer mit einem Gefühl der Freiheit verbunden hatte. Ja, ich fing sogar zu summen und zu pfeifen an – irgendein Lied aus meinen Kindertagen, dessen Text ich vergessen hatte.

Später – die Sonne stand schon tief über den Hügeln – machte ich Rast auf einer kleinen Anhöhe, die etwas oberhalb des Radwegs verlief, wo eine Bank zum Verweilen einlud. Ich holte die Wasserflasche und den Apfel aus dem Rucksack und ließ ihn mir schmecken. Lange verweilte ich beim Anblick der Landschaft, der das weiche Abendlicht einen ganz besonderen Zauber verlieh. Und mir fiel jenes Kafka-Zitat ein, das Dorothea immer so teuer gewesen war:

»Es ist sehr gut denkbar, dass die Herrlichkeit des Lebens um jeden und in seiner ganzen Fülle bereitliegt, aber verhängt, in der Tiefe, unsichtbar, sehr weit. Aber sie liegt dort, nicht feindselig, nicht widerwillig, nicht taub ... Ruft man sie mit dem richtigen Wort, beim richtigen Namen, dann kommt sie. Das ist das Wesen der Zauberei, die nicht schafft, sondern ruft.«

Fünftes Kapitel

In eine Decke gehüllt, saß ich neben Viktor auf der Holzbank in der Raucherecke. Es war später Montagvormittag und merklich kühler geworden. Für mich hatte die dritte Woche in der Klinik begonnen. Da ich gestern erst spät in Amorbach aufgebrochen und entsprechend spät in Bad Rodau angekommen war, hatte ich die Nacht nur wenig geschlafen. Darum war es mir ganz recht, dass Frau Klier wegen einer Erkältung die heutige Therapiestunde abgesagt hatte.

Viktor, der gerade aus dem Yogakurs kam, zog eine versilberte Zigarettendose aus seiner grauen Trainingsjacke, ließ sie mit einem Klick aufschnappen und hielt sie mir hin. Ich nahm mir eine Zigarette. Er habe immer Mühe, sagte Viktor, bei den Meditationsübungen nicht einzuschlafen. Ihm jedenfalls fließe mehr Energie beim Qigong, beim Joggen oder Trampolinspringen zu. »Beim Qigong tanke ich jedes Mal Kraft. Danach fühl ich mich so, als könnt ich drei Frauen glücklich machen.«

»Genügt es denn nicht, eine glücklich zu machen?«

»Ja, das ist schon schwer genug!«

Viktor blies bei geschlossenem Mund den Rauch durch seine großen Nasenlöcher und schaute mit einem Ausdruck der Verlorenheit den dünnen Rauchsäulen nach, bis sie sich in Luft aufgelöst hatten. »Ich habe eine Freundin in München, fünfzehn Jahre jünger als ich, eine richtige Betriebsnudel. Jeden Abend will sie mit mir in den Klub gehen und Party machen – auch wenn mir das Wasser bis zum Hals steht.«

Er nahm noch einen Zug aus der Zigarette, dann drückte er sie im Ascher aus.

»Eigentlich darf ich gar nicht rauchen, vor drei Monaten hatte ich einen Herzinfarkt.«

Erschrocken drückte auch ich meine angerauchte Zigarette aus.

»Und deswegen bist du hier?«

»Besser hier als zu Haus.«

»Warum?«

Viktor sah mich, während er sein Ohrläppchen rieb, von der Seite an, ein misstrauisch-abschätzender Blick, in dem zugleich etwas Verzweifeltes lag.

Dann begann er zu erzählen:

Die Messingstadt

Viktor stammt aus einer mittelständischen, in Bayern ansässigen Unternehmerfamilie. Sein Vater hatte nach dem Krieg mit bescheidenem Startkapital eine Firma aufgebaut, die medizintechnische Geräte herstellte. Nach Absolvierung seines BWL-Studiums trat Viktor in den Familienbetrieb ein und übernahm, nachdem der Vater sich zurückgezogen hatte, die Geschäftsleitung.

»Na ja, zurückgezogen ist der falsche Ausdruck. Mein Alter besaß noch immer ein Vetorecht in allen Fragen der Geschäftsleitung. Und machte davon, auch als er schon im Rollstuhl saß, reichlichen Gebrauch. So hatte ich dauernd mit ihm Zoff. Auch wenn ich de jure die Geschäfte der Firma führte, im Grunde kam ich mir noch immer wie ein Angestellter vor, wie *sein* Angestellter.«

Die Firma florierte, und Viktor legte einen Teil der steigenden Gewinne in einem vielversprechenden und von den Analysten hoch bewerteten Geldfonds an, den ein Freund von ihm managte. Eines Tages machte dieser ihm den Vorschlag, doch selbst als Komanager bei ihm einzusteigen; mit dem milliardenschweren Fonds ließen sich an der Börse Gewinne in ganz anderen Größenordnungen erzielen als mit seinem »popeligen« Betrieb für medizinische Ausrüstungen. Viktor zögerte, beriet sich mit seinem greisen Vater, der ihm dringend davon abriet, er sei schließlich Unternehmer und kein Spekulant.

»Ich hab's noch im Ohr, wie mein Alter sagte: Mit der Börse sei es wie im Märchen von der Messingstadt: Ihre goldenen Türme und Zinnen leuchten verheißungsvoll am Horizont und ziehen die Karawane des Kalifen, die wochenlang durch die Wüste gezogen, magisch an. Doch als die Karawane endlich die goldene Stadt erreicht, was finden die Männer vor? – Eine Totenstadt!«

Die Messingstadt als Totenstadt – eine treffliche Metapher für die »Herrschaft des toten Kapitals über die lebendige Arbeit«, wie Marx es formuliert hatte. Dieser Finanzmarkt-getriebene Kapitalismus – war er nicht eigentlich ein Vampirsystem, das sich über die ganze Gesellschaft gelegt hatte und ihr das Blut, sprich: das Geld aus den Adern saugte? ... Vielleicht hatten die Vampir- und Twighlightfilme und -romane deshalb eine solche Konjunktur, weil die Menschen auf dumpfe Weise spürten, dass sie anonymen Mächten ausgesetzt waren, die – wie die Untoten in den Vampir- und Draculageschichten – über sie herrschten.

Viktor zog wieder sein Zigarettenetui aus der Jackentasche und ließ den Deckel zurückschnappen.

»Auf einen Sargnagel mehr oder weniger kommt's auch nicht mehr an!«

Er zündete sich eine neue Zigarette an, dann fuhr er mit gepresster Stimme fort: »Hätt ich damals auf meinen Alten gehört – er starb vor zwei Jahren –, wäre mir der ganze Schlamassel erspart geblieben. Aber ich hatte seine ewige Besserwisserei satt. Wollte endlich mal mein eigener Chef sein.«

Viktor übergab die Geschäftsführung seinem Prokuristen und wurde Fondsmanager. In den ersten zwei Jahren lief alles prächtig. Die Kurse stiegen und stiegen, der Fonds erzielte Renditen von bis zwanzig Prozent und zog immer mehr Anleger an. Diese waren hochzufrieden, und Viktor und sein Kompagnon steckten satte Boni und Beteiligungen ein. Die Rallye schien kein Ende zu nehmen – bis zu jenem schwarzen Freitag im September 2007, als Lehman Brothers zusammenbrach und die Börsenwerte weltweit in den Keller rutschten. Die Anleger gerieten in Panik.

»Vergeblich warnten wir die Anleger: ›Wenn die Kanonen donnern, gerade dann muss man halten und neue Aktien und Fondspapiere dazukaufen. Wenn alle high sind, weil die Kurse in den Himmel wachsen, dann muss man verkaufen.‹ Aber gegen den Herdeninstinkt vor allem der kleinen Anleger bist du machtlos!«

Infolge der vielen Panikverkäufe schrumpfte das Volumen des Fonds von Woche zu Woche, von Monat zu Monat, während die Kosten konstant blieben. Zu denen gehörten – nicht zuletzt – die stattlichen Gebühren für die Banken, die ja in das ganze Geschäft mitverwickelt sind und die Fondspapiere täglich bewerten. Der Fonds wurde geschlossen – und wird derzeit abgewickelt. Doch da viele Anleger sich betrogen fühlen, sie seien über die Risiken nicht aufgeklärt worden, droht Viktor und seinem Kompagnon jetzt eine Prozesslawine.

»Wenn ich nach Hause komme, erwartet mich dort eine Flut von Gerichts- und Anwaltsterminen, von Eingaben, Prozessdrohungen und Rechnungen ohne Ende. Im Unterschied zu den Klägern, die eine Rechtsschutzversicherung abgeschlossen haben, muss ich die Honorare für die Anwälte im Voraus bezahlen. Aber woher das Geld nehmen, wenn dir die Banken keinen Kredit mehr geben? Dabei hab ich ihnen schon mein Haus überschrieben, den Porsche und die Jacht verkauft. Solange die Rallye läuft, schmeißen sie dir das Geld hinterher, doch in der Krise behandeln sie dich wie einen Aussätzigen!«

Viktor schnaufte vor Erregung, während sein rechter Fuß unentwegt gegen den Holzboden hämmerte.

»Und was ist mit deiner Firma?«, fragte ich.

»Schreibt zurzeit nur rote Zahlen – wegen des Konjunktureinbruchs.«

»Wäre es dann nicht besser, du würdest Insolvenz anmelden?«

»Vergiss es! Wenn du einmal das Kainszeichen der Insolvenz auf der Stirn trägst, kriegst du kein Bein mehr auf die Erde.«

»Und wie stellst du dir die Zukunft vor?«

»Zukunft?« Viktor lachte gequält. »Seit August hab ich alles losgelassen. Meine Frau hat die Scheidung eingereicht, unser Jüngster ist wegen Asthmas in ärztlicher Behandlung, und mein Ältester hat sich, um dem Papa eins auszuwischen, einem linken Netzwerk angeschlossen. Der Vater zockt, und der Sohn bloggt und demonstriert gegen die Zocker ... Verkehrte Welt, was?«

Er sah mich an, als erwarte er von mir einen Kommentar, doch ich schwieg.

»Nun, was soll's! Am Wochenende bin ich wieder in München. Da gibt's Weißwürste mit Knödel und ein Wiesenbier. Und eine heiße Nacht mit Anke. Carpe diem, sagt der Lateiner.«

Viktor sah auf seine Uhr und stand auf. »Ich muss an den Rechner. Gleich kommen die neuesten Infos von der Börse. Da zählt jede Sekunde. Danke fürs Zuhören!«

Ich sah dem bulligen Mann im grauen Trainingsanzug, unter dessen schwerem Schritt der Kies knirschte, noch eine Weile nach, bevor er im *Haus Oase* verschwand. Was, fragte ich mich, hatte ihn bloß dazu gebracht, seine solide Existenz als mittelständischer Unternehmer aufzugeben – zugunsten eines Vabanquespiels an der Börse, mit dem er sein Leben, seine Familie und seine Gesundheit ruiniert hatte? War es die Habgier, die Gier und Sucht nach dem »immer mehr«? Oder war es vor allem der Wunsch, aus dem Schatten seines dominanten Vaters herauszutreten und diesen gleichsam zu übertrumpfen? Oder brauchte er, wie der Süchtige die Droge, den täglichen Kick beim Zocken, um sich überhaupt noch lebendig zu fühlen?

Auch wenn sich mein Mitgefühl mit dem abgestürzten Geldfondsmanager in Grenzen hielt, während er mir seine Geschichte erzählt hatte, musste ich immer wieder an Andreas, meinen Stiefsohn, denken.

Yuppieträume und ihr Preis

Schon als Jugendlicher war Andreas ein Computerfreak gewesen. Sein Zimmer mit seinen Metallic-Lederstühlen, der Acrylschreibtischplatte und den vielen elektronischen Gerätschaften auf den ringsum laufenden schwarzen Sideboards erinnerte eher an das Homeoffice eines Ton- oder Computeringenieurs. Nur die Poster mit den Popstars seiner Lieblingsbands und den muskelbewehrten Helden und Heldinnen aus den Bodybuildermagazinen, die die Wände seines Zimmers zierten, signalisierten, dass dies die Heimstatt eines gerade der Pubertät entronnenen Jugendlichen auf der Suche nach einem männlichen Selbstbild war. Neben seinem Fouton stapelten sich Taschenbuchausgaben von Fantasyromanen, Sportmagazine und Computerzeitschriften. Über jede Novität auf dem Computer- und IT-Markt war Andreas sogleich im Bilde, und was er sich an neuem Zubehör und Accessoires leisten konnte, suchte er seinem eigenen, immer komplexer werdenden Homeoffice zu implementieren. Und wenn seine Mutter und sein Stiefvater oft hilflos und fluchend vor ihren PCs standen, weil sie nicht wussten, wie sie ein neues Programm zum Laufen bringen oder eine neue Software installieren sollten, dann war Andreas sofort zur Stelle und hatte das Problem im Handumdrehen gelöst. Sein Sachverstand und seine Kompetenz auf diesem Gebiet waren so groß, dass Dorothea lachend zu sagen pflegte: »Wofür haben wir Kinder in die Welt gesetzt? Damit sie uns die digitale Welt erklären.«

Entgegen dem Wunsch seiner Mutter und dem Ratschlag seines Stiefvaters wollte Andreas nicht studieren, sondern möglichst früh viel Geld verdienen und in der Finanzwirtschaft Karriere machen. Und so hatte er nach dem Abitur eine Banklehre bei der Commerzbank begonnen, wo er schon bald als Wertpapierberater eingesetzt worden war. Dank seiner vertrauenerweckenden Ausstrahlung und seiner rhetorischen Fähigkeiten wurde er schon bald der erfolgreichste Wertpapierberater seiner Filiale.

Nachdem er einen Onlinetest entwickelt hatte, der mittels farbiger Diagramme das unterschiedliche Verhalten der Anleger entsprechend ihrer jeweiligen Risikobereitschaft darstellte und den er als Internetportal für die Finanzbranche anbot, wurde der Vorstand einer großen Frankfurter Investmentbank auf ihn aufmerksam und bestellte ihn zum Marketingmanager mit einem sechsstelligen Jahresgehalt. Andreas machte eine Blitzkarriere und verdiente jetzt zweimal so viel wie seine Mutter und sein Stiefvater zusammen. Nun konnte er sich auch einen entsprechenden Lebensstil leisten – mit Luxusloft, technisch hochgerüstetem Haushalt, maßgeschneiderten Anzügen und immer neuen Karossen.

Ich erinnere mich noch: Wenn wir in unserem klapprigen 2-CV, der Familienkutsche, durch die Stadt fuhren, hatte Andreas jedes Mal den Kopf eingezogen, wenn einer seiner Schulkameraden im Mercedes-Benz uns überholte – so peinlich war es ihm, in solch einem »Schrottauto« zu sitzen. Jetzt aber fuhr er mit seiner hübschen Freundin Angela, einer gebürtigen Spanierin, mal im Mini Cooper, mal im Range Rover bei seinen Eltern vor, kaufte hier eine Immobilie und dort eine Immobilie und erweiterte sein ansehnliches Portfolio um die gepriesenen Highlights der neuen Internetökonomie. Mit dreißig – so prophezeite er – würde er im Vorstand einer großen Investmentbank oder eines internationalen Dotcom-Unternehmens sitzen, und mit vierzig hätte er »ausgesorgt« und würde sich dann nur noch seinen Hobbys, der Astrophysik und Kosmologie, widmen und Zukunftsromane schreiben. Vielleicht weil er vorwiegend Fantasyromane las, die in fernen Welten und Paralleluniversen spielten, verfügte er über eine hochfliegende Fantasie und eine – vor allem ihn selbst mitreißende – Begeisterungsfähigkeit, die ihn die kühnsten Wunsch- und Karriereträume ausspinnen ließ. Leider fehlte ihm das notwendige Korrektiv der kritischen Distanz zu sich selbst, um dem gefährlichen Selbstlauf seiner Größenfantasien zu wehren.

Ich habe jenen Abend im Januar 2000 noch gut in Erinnerung, da wir alle zusammen an der gedeckten Tafel in der Esszimmerdiele saßen und Andreas uns seinen neuesten Coup vorstellte: Für dreihunderttausend Euro hatte er Aktien einer Dotcom-Firma gekauft, die eine neue lasergestützte Technologie für Filmprojektoren entwickelt hatte. Diese neue Technologie, so verkündete er enthusiastisch, würde bald in allen Kinos und Filmpalästen der Welt zum Einsatz kommen, und der Aktienkurs bewege sich seit dem Börsengang steil nach oben.

Woher er denn so viel Geld nehme, hatte Dorothea besorgt gefragt. – Er habe einen günstigen Kredit von zweihundertfünfzigtausend Euro aufgenommen. – Auf Kredit zu spekulieren, sei aber brandgefährlich, hatte ich ihn gewarnt. – Das machen doch alle so, hatte Andreas geantwortet. Und mit dem ihm eigenen rhetorischen Furor hatte er die Bedenken seiner Eltern als anachronistische Ängste einer Generation abgetan, die noch im Sparmodus der Nachkriegsjahre befangen sei. Heute, im Zeitalter einer explodierenden Finanzwirtschaft, sei das Schuldenmachen ein allgemein praktiziertes und ökonomisch anerkanntes Verfahren zur Belebung der Konjunktur, ja es generiere geradezu Wachstum, wie man am derzeitigen Boom der New Economy ablesen könne. Auch mein skeptischer Verweis auf die nach wie vor bestehende Krisenanfälligkeit des kapitalistischen Systems, in Sonderheit seines aufgeblähten Finanzsektors, bekümmerte Andreas nicht im Geringsten. In seinen Augen war die »altbackene« Kapitalismuskritik der 68er, waren überhaupt die linken Ansichten seines Stiefvaters längst überholt, ja »out«.

Unsere Haltung als Eltern war ja auch nicht konsequent gewesen: Einerseits vernahm Andreas aus unserem, vor allem aus meinem Munde immer wieder heftige Kritik am System, andererseits hatte er uns dazu gebracht, dass auch wir uns ein bescheidenes Portfolio mit Nokia – und anderen Aktien des Neuen Marktes zugelegt hatten und uns, solange dieser boomte, an den hübschen Erträgen erfreuten. Diese Zwiespältigkeit unseres eigenen Verhaltens musste in seinen Augen auch unsere kapitalismuskritische Haltung entwerten.

Wenige Wochen später platzte die Dotcom-Blase, der Aktienkurs jener Firma, auf die Andreas seine ganze Hoffnung gesetzt hatte, stürzte ins Bodenlose, und sein Yuppietraum verwandelte sich in einen realen Albtraum: Statt mit dreißig Millionär zu sein, saß er jetzt auf einem Berg voll Schulden und musste von nun an,

Monat für Monat, Jahr für Jahr, drei Viertel seines stattlichen Gehaltes an die Bank abtreten, um seine Schulden zu bedienen. Es war eine böse Ironie der Geschichte, dass wenige Tage nach dem Crash seine seit Langem geplante und vorbereitete Hochzeit mit der schönen Angela stattfand und im großen Stil in einem gemieteten Schloss am Rheinufer mit über hundert geladenen Gästen, großer Festtafel, Musikkapelle und einem eigens aus Madrid eingeflogenem Fotografen zelebriert wurde. Die Braut, von deren Ersparnissen dann die Kosten der aufwendigen Hochzeit bestritten werden mussten, pflegte später mit melancholischem Lächeln zu sagen: »Als er um mich warb, war er fast Millionär. Geheiratet habe ich einen Bettler.«

Warum – diese Frage hatte ich mir manches Mal gestellt – war es Dorothea und mir nicht gelungen, den Sohn von seinem Yuppietraum vom schnellen Reichtum abzubringen und ihm qualitativ andere Werte und Vorbilder zu vermitteln? Dann wäre er jedenfalls nicht in die Verschuldungsfalle gelaufen, in der er seit Jahren feststeckte. Doch darüber war mit Dorothea nicht zu reden gewesen.

Die Einladung

Da ich um 13 Uhr noch einen Termin bei Doktor Wallerstein hatte, kam ich diesmal erst spät zum Mittagessen. Nur Oswald saß noch am Gruppentisch und ließ sich sein Dessert munden, einen Pudding mit Mangosoße.

»Wo sind denn die anderen?«, fragte ich.

»Die sind mit Frau Müller in den Wald – zum Achtsamkeitstraining.«

Ich schaute auf die Wanduhr, die über der Tür zum Speisesaal hing. »Aber es ist doch erst Viertel vor zwei.«

Oswald lachte. »Die Uhr da geht nach … Und das ist gut so!«

»Wieso ist das gut?«

Oswald nahm wieder einen Löffel Pudding und leckte sich genießerisch die Lippen. »Die ersten zwei Wochen, als ich hier ankam, musste ich ständig gebremst werden, weil mein Motor noch immer heiß lief – wenn auch im Leerlauf. Dass die Wanduhr im Speisesaal eine Viertelstunde nachging – ich konnt's nicht ertragen. Die ersten Tage habe ich sie jeden Morgen richtig gestellt. Eine Uhr, die nachging, passte einfach nicht in meinen gewohnten Alltag, sie machte mich kirre, ja zornig. Dabei wollte die Uhr mir doch eigentlich sagen: Geh du auch einmal nach! Halte ein und besinne dich! Nu, und jetzt bin ich selbst eine nachgehende Uhr geworden und komme überall zu spät.« Er lachte.

Die Küchenfee kam und trug das Menü auf: Tafelspitz mit Meerrettichsoße. Oswald wünschte mir einen guten Appetit. Dann stand er auf und verließ den Speisesaal.

Auf einmal hörte ich ein leicht tremolierendes Lachen, das mir bekannt vorkam. Ich schaute zur gegenüberliegenden Seite des Speisesaals. An dem langen Achtertisch vor der Wandkonsole mit den Agaven- und Kakteentöpfen saß eine Gruppe von Patientinnen, unter ihnen die *Sirene*. Die Küchenfee und ihre Gehilfin trugen dort gerade die Teller mit den Speisen auf. Erst nachdem die beiden Frauen mit den leeren Tabletts den Tisch verlassen hatten, nahm auch Lea mich wahr. Sie winkte mir kurz zu; ich winkte zurück. Dann wandte sie sich wieder ihren Tischgenossinnen zu.

Während ich aß, wanderte mein Blick immer wieder verstohlen zu ihr hinüber. Unter der weißen halb geöffneten Trainingsjacke trug sie ein schwarzes eng sitzendes Top mit Spitzensaum. Ihre langen schwarzen Haare hatte sie zu einem Pferdeschwanz hochgebunden, wodurch ihr ovales Gesicht mit den hohen Wangenknochen und dem hohen Lippenbogen besonders zur Geltung kam. Wie alt mochte sie wohl sein? Ende dreißig? Anfang vierzig?

Was mich indes verwunderte, war die sonderbare Hast, mit der sie ihr Essen in sich hineinschlang. Sie hatte den Mund noch halb voll, da nahm sie schon das nächste Stück Fleisch und die nächste Portion Reis auf die Gabel. Weit davon entfernt, ihr Essen zu genießen, schien sie es eher als eine lästige Pflicht zu betrachten, die sie möglichst schnell hinter sich zu bringen suchte. Oder war es ein

Anfall von Heißhunger, der sie zu solcher Eile antrieb? Ich musste unwillkürlich an den alten Kommissausdruck »Essen fassen!« denken. Diese Schöne aß nicht, sie fraß; was einen etwas ernüchternden Kontrast zu dem erotischen Zauber bildete, der von ihr ausging.

Sie war denn auch längst mit dem Essen fertig, als ich kaum damit angefangen hatte. Plötzlich stand sie auf, nahm ihre Schultertasche von der Stuhllehne und kam an meinen Tisch.

»Hi! Wie geht's?«

»Danke!«

»Am kommenden Samstag gebe ich einen Chansonbend«, sagte sie. »Mit Liedern von Hollaender, Tucholsky, Brecht, Weill, Kreisler und anderen. Eine kleine Zeitreise durch die Welt der Chansons ... 20 Uhr im Gemeindesaal dieses Städtchens. Ich hab noch ein paar Freikarten. Würde mich freuen, wenn du kommst.«

»Sehr gern!« Ich war so überrascht über die Einladung, dass ich, als sie mir das Ticket überreichte, mit meinem Ellenbogen die Wasserflasche streifte. Sie fiel um, und ich konnte sie gerade noch greifen, bevor sie von der Tischkante rollte. Lea quittierte mein Geschick im Ungeschick mit amüsiertem Lächeln.

Ich bedankte mich und fügte noch rasch ein paar lobende Sätze über das Galli-Theater an. Es sei eine sehr inspirierende Erfahrung für mich gewesen.

»Das freut mich!« Ein kleines Leuchten kam in ihre Augen. »Ich staune selbst immer wieder, was dieses Rollenspiel an Erinnerungen und Fantasien freisetzt – selbst bei Patienten, die sonst eher zurückhaltend oder verschlossen sind.«

»Ja«, sagte ich, »schon Schiller wusste: ›Der Mensch ist nur ganz bei sich, wenn er spielt.‹«

»Eines meiner Lieblingszitate«, sagte sie mit wissendem Lächeln. »Bis Samstag also.«

Mit einem leicht geträllertem »Ciao« ging sie in Richtung Tür. Ich hoffte, sie würde sich noch einmal kurz nach mir umdrehen, bevor sie hinter der metallenen Schwingtür verschwand. Aber das tat sie nicht.

Von den Paradoxien des digitalen Zeitalters

Nach dem Mittagessen ging ich mit meinem Laptop in die Empfangshalle und nahm Platz in der Sitzecke des Eingangsbereichs – mit Blick auf die prächtigen Orchideen, die in chinesischen Vasen längs der Fensterfront aufgestellt waren. In dem orangen Fauteuil mir gegenüber saß Maik, der selbstvergessen auf seinem iPhone herumtippte.

Beim Checken meiner E-Mails stellte ich fest, dass ich schon wieder fünfzehn Freundschaftsanfragen auf Facebook erhalten hatte. Es waren fast durchweg Studenten aus meinen Kursen und Seminaren. Sollte ich sie bestätigen oder nicht? Wenn ich sie nicht bestätigte, fühlten sie sich gegenüber denen, die ich schon bestätigt hatte, weniger wertgeschätzt. Wenn ich sie aber bestätigte, würde ich wieder täglich Dutzende von Benachrichtigungen und Statusmeldungen mit Fotos und Videos erhalten, die mir die Mailbox zumüllten. Wieso musste ich – und alle Welt – eigentlich wissen, dass sich Jutta ein neues Profilbild zugelegt, dass Gabis Siamkatze sich bei einer Rauferei mit einer anderen Katze ein Auge verletzt hatte; dass Doris gerade bei achtundzwanzig Grad Wassertemperatur im Roten Meer surfte und Stefan ein neues Bild geteilt hatte? Facebook, das allseits beliebte Social-Media-Portal – was war es anderes als eine Plattform des demokratisierten Narzismus und Exhibitionismus?

Warum hatte ich mir überhaupt einen Account bei Facebook zugelegt? Doch nur, um vor meinen Studenten nicht als kommunikativer Muffel zu erscheinen. Wer bist du heutzutage, wenn du nicht bei Facebook bist? Dann bist du ganz schnell draußen, ein Gestriger, ein analoger Ladenhüter. Ich hatte mich – und ärgerte mich im Nachhinein darüber – dem sozialen Druck gebeugt, wollte mich bei meinen Studenten beliebt machen. Aus demselben Grund hatte ich im Lauf der Jahre auch die Unsitte etlicher Kollegen angenommen, sich von ihren Studenten duzen zu lassen. Inzwischen hatte ich die Erfahrung gemacht, dass diese Distanzlosigkeit, dieses scheinbare Auf-gleicher-Stufe-Miteinanderverkehren dem Unterrichtsklima gar nicht förderlich war, da es manche Studenten zu Respektlosigkeit gegenüber dem

Dozenten verleitete. Warum war es eigentlich so schwer, Abstand zu halten? Und wieso muss der Lehrende immer beliebt sein? Warum hatte ich nicht den Mut, meinen Studenten zu sagen: ›Ich gehe nicht zu Facebook. Diesem Overkill von Belanglosigkeiten setze ich mich nicht aus?‹

Gerade wollte ich alle neuen Facebook-Meldungen löschen, da hörte ich wieder das bekannte »Blim«. Ich schaute auf die Adressliste: Eben war wieder eine Freundschaftsanfrage angekommen – von einem jungen Mann, dessen Profilbild mir bekannt vorkam. War das nicht …? Ich drückte den Button »Bestätigen«. Sekunden später hörte ich von gegenüber einen vibrierenden Ton. Maik schaute mich an – und feixte.

»Jetzt weiß ich endlich«, sagte ich, »wofür Facebook gut ist: dass man online kommunizieren kann, auch wenn es offline viel leichter geht!«

»Nicht unbedingt«, widersprach Maik, von dessen Gesicht nur die eine Hälfte zu sehen war; die andere wurde von seiner Haartolle verdeckt. »Online chatten, wobei man den Mädels ja nicht in die Augen schauen muss, fällt manchem viel leichter als offline flirten.«

»Aber zuletzt möchte man doch offline poppen, oder nicht?«

Maik lachte. »Als ich siebzehn war, hatte ich an die hundert Facebook-Freunde und -Freundinnen. Connected mit der halben Welt unserer Kleinstadt – fühlte ich mich doch einsam und voller Selbstzweifel.«

»Ja«, sagte ich, »Unternehmen wissen: Nichts verkauft sich besser als ein Surrogat von Freundschaft.«

»Oft dachte ich deprimiert: Meine Onlinefreunde und -freundinnen haben es viel besser als ich. Die führen ein so lustiges, aufregendes und spannendes Leben.«

»Und woher wusstest du das?«

»Natürlich wusste ich, dass das nicht stimmt, weil nun mal niemand postet, dass er traurig oder verzweifelt ist. Aber diese ständigen Partyfotos von fröhlichen und lachenden Gesichtern, im Minutentakt hochgeladen, machten mich irgendwie mürbe.« Maik nahm einen Schluck aus der Cola light, die auf dem Glastisch stand.

»Ja, die Paradoxien des digitalen Zeitalters«, sagte ich: »Einerseits können wir jetzt in Millisekunden miteinander kommunizieren, andererseits bin ich seit zehn Minuten nur damit beschäftigt, Junkmails zu löschen und sinnlose Werbeblocks wegzuklicken, die sich mir ungerufen über das Textfeld legen ... Und dann diese ewigen Updates. Da kann man ja wahnsinnig werden.«

Maik lachte über meine gespielt verzweiflungsvoll-grimmige Miene.

»Warum muss denn alles immerzu optimiert werden, egal ob der Kunde das will oder nicht, ob es Sinn macht oder nicht. Doch nur, damit wir kaufen, kaufen, bis zum Umfallen kaufen, um dieses völlig überdrehte turbokapitalistische Rad am Laufen zu halten.«

»Wie schon Descartes sagte: Cogito, ergo consum.«

»Und wozu musst du jedes Jahr das neueste Smartphone von Samsung haben?«

»Damit ich noch schneller als vorher Infos und Wissen abrufen und die allerneuesten Apps herunterladen kann.«

»Ja, toll!«, höhnte ich. »Es lohnt ja auch kaum mehr die Mühe, sich irgendetwas zu merken, drei Zahlen im Kopf zu addieren, ein Gedicht auswendig zu lernen oder eine Landkarte zu lesen. Wozu auch? Wir haben doch Google Maps und Wikipedia! Unser Erinnerungsvermögen ist in Gefahr, wenn wir uns zunehmend auf Computer als externes Gedächtnis verlassen.«

»Aber diese freie Enzyklopädie, an der jeder mitwirken kann – das ist doch Basisdemokratie pur, von der ihr 68er immer geträumt habt! Und – wie die gesamte Open-Source-Bewegung – ein tolles Vorbild für die emanzipative Nutzung des Netzes. Und ist es denn nicht fantastisch, wie schnell man über Facebook und Twitter heutzutage Menschen massenhaft mobilisieren kann? Über bestimmte digitale Plattformen kann man sogar Petitionen an den Deutschen Bundestag einreichen, wenn das nötige Quorum erreicht ist.«

»*Liquid democracy* – eine schöne Utopie, gewiss! Doch leider hört sie vor den Portalen der marktbeherrschenden Internetunternehmen auf, jener Datenkraken, die allein an der kommerziellen Nutzung unserer Persönlichkeitsprofile interessiert sind und diese bereits im großen Stile vermarkten und verkaufen ... Wird dir nicht mulmig bei der Vorstellung, dass da längst ein digitaler Doppelgänger von dir existiert, von dem du nicht weißt, wo er sich überall herumtreibt, was er tut, von wem er angezapft wird?«

Maik kratzte sich an seiner kahl rasierten Schläfe. »Natürlich ist das eine Riesengefahr. Aber soll ich deswegen jetzt zum Offline-Eremiten werden? Ist es denn nicht fantastisch« – Maik hielt sein iPhone wie einen Pokal in die Höhe –, »was man mit diesen genialen Dingerchen alles kann! Zum Beispiel die nächste Urlaubsreise vom eigenen Bett aus buchen.«

»Natürlich, fantastisch«, pflichtete ich ihm bei. »Kein vernünftiger Mensch möchte auf den Komfort, den uns die digitalen Medien bescheren, wieder verzichten. Auch ich nicht. Aber ich will mich von diesen monströsen Zeitfressern auch nicht versklaven lassen!. Wie oft am Tag checkst du deine Mails und deinen Account bei Facebook?«

»Hab's noch nie gezählt. Aber einen Tag ohne Facebook – und ich kriege Entzugserscheinungen.«

»Du solltest«, sagte ich, »schleunigst eine digitale Fastenkur machen: Vierzehn Tage kein Handy und kein Facebook! Andernfalls läufst du Gefahr, zu einem E-Zombie zu werden.«

Maik tippte etwas in sein iPhone. Ein paar Sekunden später machte es auf meinem Laptop »blim«. Ich schaute auf meinen Facebook-Account. Maik hatte geschrieben:

»Lieber ein digitaler Zombie als ein analoger Kaspar Hauser!«

Wir mussten beide lachen.

Inzwischen hatten sich Marja und Roswita der Sitzecke genähert. Während Marja, in der Hand einen Kaffeebecher, den Platz neben Maik einnahm, der wieder auf seinem iPhone herumwischte, tigerte Roswita, das Handy am Ohr, vor dem Panoramafenster hin und her. Heftig gestikulierend und in zunehmend gereiztem Ton sprach sie mit ihrem unsichtbaren Gegenüber:

»Wie oft soll ich es dir noch sagen? Am Mittwochnachmittag kann Klaus nicht ins Kino gehen, da hat er Nachhilfe. Um 16 Uhr.

Das müsstest du doch eigentlich wissen ... Sigrids Mützen und Handschuhe liegen, wo sie immer liegen: In der Truhe im Schlafzimmer ... Wie bitte? Dann nimm Ronja das Handy eben weg oder den Akku raus ... Dann lass sie halt schreien. Hauptsache, du bleibst konsequent und lässt dich nicht von ihrem Geschrei erpressen ... Ja, danke. Tschüss!«

Roswita war so geladen, dass ihre Handyhand zitterte.

»Dein Mann scheint ja ganz schön gestresst zu sein«, sagte Marja.

»Jetzt, wo er die Kinder für sechs Wochen alleine an der Backe hat, merkt er mal, was das heißt – und was sonst immer auf mir lastet.«

»Vielleicht eine gute Lektion für ihn.«

»Nur solange ich weg bin. Bin ich wieder daheim, zieht er sich an seinen PC zurück oder geht in die Schwimmhalle – er trainiert nämlich neuerdings den Nachwuchs des Neuruppiner Schwimmvereins –, und ich darf wieder Hausfrau, Putzfrau, Mutter, Kindermädchen und die Dompteuse meiner cholerischen Tochter spielen. Ach, ich hab es so satt! Manchmal denke ich: Soll er doch mit Ronja ausziehen und sehen, wie er mit ihr zurechtkommt.«

Marja legte Roswita die Hand auf den Arm. »Jetzt übertreibst du aber.«

»Wenn er wenigstens Arbeit hätte. Das zweite Jahr arbeitslos – das drückt natürlich auf sein Selbstwertgefühl ... Ich fände es ja gar nicht schlimm, wenn ich das Geld verdiene und er dafür den Hausmann macht und sich um die Kinder kümmert. Aber das genügt ihm einfach nicht, es frustriert ihn, nur Hausmann zu sein.«

»Ja«, sagte Marja, »der Mann zieht sein Selbstwertgefühl eben primär aus der Anerkennung im Beruf, und wenn die wegfällt, fällt er in ein Loch.«

»Aber warum denn eigentlich? Jahrhundertelang sind Frauen nur Hausfrauen gewesen. Was ist denn daran so schrecklich, wenn auch der Mann mal nur Hausmann ist?«

»Er kommt sich dann offenbar ›entmannt‹ vor«.

»Und warum kam ich mir nicht ›entweibt‹ oder ›entfraut‹ vor, als ich nach dem zweiten Kind ein Jahr lang zu Hause geblieben bin?«

»Es gibt zwischen Mann und Frau nicht nur den kleinen, es

gibt auch den großen Unterschied: Wir können gebären, er nicht. Und darum muss er sich selbst und seinen Artgenossen ständig beweisen, was er – außer Zeugen und Papa sein – sonst noch alles draufhat.«

»Stimmt!«, sagte ich, »der Hausmann war im Schöpfungsplan leider nicht vorgesehen.«

Marja und Roswita sahen mich an – und lachten. Marja schaute auf ihre Uhr. »Wir müssen zur Tanztherapie!«

Maik hob den Kopf vom iPhone und sagte mit nachdenklicher Miene: »Komisch! Meine Generation ist die erste, die fast alles, was es gibt, zuerst auf dem Bildschirm gesehen hat: den Eiffelturm, die Tour de France, Autorennen, den Papst, hungernde Kinder in Afrika, Orchideen, Pinguine, Giraffen ...«

»Waren denn deine Eltern mit dir nie im Zoo?«, fragte ich.

»Natürlich. Doch als ich mit sechs Jahren das erste Mal im Zoo war, war ich ziemlich enttäuscht. Die Bilder und Filme von Tieren, die ich vorher gesehen hatte, kamen mir viel schöner vor. Auch konnten die animierten Pinguine aus den *Ice-Age*-Filmen viel mehr als die watschelnden Zweibeiner im Zoo.«

»Ging dir das mit deiner ersten Freundin auch so?«

»Zum Glück nicht ... Ich habe Viola zwar auch erst online gesehen, auf Partyfotos, die ein Freund ins Netz gestellt hatte. Doch als ich sie dann offline beim Rollerskaten kennenlernte, erschien sie mir viel cooler und reizvoller als auf den Bildern im Netz.«

»Da hat sie aber Glück gehabt«, sagte ich. »Hätt ja auch sein können, dass du der leibhaftigen Viola einen Korb gibst, weil sie mit der gepixelten im Cyberspace nicht mithalten kann.«

Maik lachte. Dann wischte er wieder auf seinem iPhone herum. Nach einer Weile sah er wieder zu mir herüber: »Schon mit sechs, sieben Jahren haben wir auf unseren Spielekonsolen, Gameboys und Laptops so viele Spiele gespielt und so viele Filme und Serien gesehen, dass uns die reale Welt im Vergleich dazu oft nur noch öd und langweilig erscheint. Ich habe mich in der Schule sehr oft gelangweilt! Der Unterricht konnte mit einem mittelmäßigem Blockbuster einfach nicht mithalten: Es gab keine aufregenden Verfolgungsjagden und geilen Liebesszenen, keine Special Effects – außer vielleicht im Chemie- und Biologieunterricht –, und statt schnellen Schnitten verharrte das Bild in einer Einstellung auf immer demselben genervten Lehrergesicht.«

»Liest du denn noch manchmal ein Buch?«, fragte ich.

»Eigentlich nur, wenn es sein muss – fürs Studium.«

»Schlechte Aussichten für einen Kultur-Dino wie mich.«

»Wieso?«

»Weil ich noch immer Bücher schreibe, die deine Generation nicht mehr liest.«

»Vielleicht doch«, sprach Maik mir Trost zu, »wenn du sie häppchenweise als E-books vermarktest oder noch cooler: sie als grafische Romane und vertonte 3-D-Hologramme ins Netz stellst ... Rein ökologisch betrachtet, wäre das doch ein Fortschritt: Der Raubbau der Wälder könnte endlich gestoppt werden.«

»Ja, um den Preis, dass wir immer mehr funktionelle Analphabeten bekommen – in Deutschland sind es bereits sieben Millionen! – und ihr Tolstois *Anna Karenina* nur noch als digitalisierten Comicstrip kennt!«

Der rapide, durch die Digitalisierung beschleunigte Übergang von der Buch- und Schriftkultur zur allgegenwärtigen Kultur der bewegten Bilder hatte in der Tat zu einem regelrechten *gap*, zu einem kulturellen Bruch zwischen den Generationen, geführt. Ich erlebte diesen kulturellen Bruch fast täglich im Vorlesungssaal und in meinen Seminaren: wie von Jahr zu Jahr die Aufmerksamkeitsspannen kürzer wurden und die Fähigkeit und Bereitschaft der Studenten sank, einen Text von substanzieller Länge zu lesen, der Konzentration erforderte, geschweige denn ihn diskursiv zu erfassen und in einen entsprechenden Kontext einzuordnen ... Kürze, Fünf-Sekunden-Sound-Bites, TV-Kanal-Surfing, instante Gratifikation, sich immer schneller bewegende Bilder. Eine Welt, in der das Schlimmste darin besteht, langweilig zu sein – so lauten die Imperative der Programmmacher im Cyberspace, die auch die alte Lesekultur und deren mentale Voraussetzung, die Fähigkeit, sich zu konzentrieren und die *eigenen Bilder im Kopf entstehen zu lassen,* weitgehend zerstört hatten ...

»Ich las kürzlich«, sagte ich, »eine Studie zum Thema ›Lebenszeit‹. Demnach werden die Menschen deiner Generation als Siebzigjährige im Schnitt vierzehn Tage ihres Lebens mit Küssen verbracht und zwölf Stunden lang Orgasmus erlebt – aber sechs volle Jahre online verbracht haben. Und acht Monate eurer kostbaren Lebenszeit werdet ihr für das Löschen sinnloser Mails verschwendet haben.«

»Acht Monate!« Maik war oder tat schockiert. »Das wäre ja der Super-GAU ... Vielleicht sollte ich meinen Account bei Facebook doch lieber löschen!«

»Und«, ergänzte ich, »mehr Lebenszeit aufs Küssen verwenden.«

Die Kranichfrau

Rena, die Kranichfrau mit den traurigen Augen und dem langen Zopf, erzählte heute mit zittriger Stimme, die immer wieder zu versiegen drohte, ihre Geschichte: Seit vierzig Jahren wohnt sie mit ihrem Mann, einem Ingenieur für Nachrichtenwesen, in einer schwäbischen Kleinstadt, zusammen. Als er gerade fünfundsechzig geworden war, erklärte er ihr, er komme sich vor wie in einem Käfig, er wolle jetzt noch mal durchstarten, ein neues Leben beginnen – und das könne er nicht mit ihr. Rena wollte es anfangs gar nicht glauben. Doch bald wurde ihr klar: Ihr Mann meinte es ernst. Immer häufiger verbrachte er die Nacht bei seiner neuen Geliebten, die achtzehn Jahre jünger war als sie.

Rena kam sich furchtbar gedemütigt vor, abgelegt wie ein altes Möbel, das man auf den Müll wirft. Sie liegt nachts stundenlang wach und hat Panikattacken. Früher sei sie so ein fröhlicher Mensch gewesen und habe an so vielen Dingen Freude gehabt. Jetzt sei sie vollkommen kraftlos und empfinde nur noch eine tiefe Traurigkeit und Leere.

Solch ein plötzliches Verlassenwerden nach so vielen gemeinsamen Lebensjahren, an der Schwelle des Alters – ist das nicht schlimmer, als den Partner durch den Tod zu verlieren? Auch wenn Dorothea von mir gegangen ist, ich werde die Gewissheit und Erfahrung ihrer Liebe immer in mir tragen – bis an mein Lebensende. Rena aber hat diese Gewissheit verloren; es ist ein Sturz ins Bodenlose.

Fast noch schlimmer als das Gefühl des Verrats und des Verlassenseins, sagte sie, sei das Gefühl der Fremdheit ihrem Mann gegenüber. Seit er mit der neuen Frau zusammen ist, habe er sich einem grotesken Jugendkult verschrieben: Obschon im Rentenalter, habe er sich einen Haarschnitt wie ein Punk zugelegt, laufe nur noch in Lederjacke und teuren Neopren-Sporthosen herum, gehe fast jeden Tag ins Fitnessstudio und habe seine halben Ersparnisse für eine Harley-Davidson ausgegeben, mit der er vor seinen Klubkameraden und seiner Freundin protzen könne.

Kommentar Oswalds: »Alle werden älter, aber keiner will mehr alt sein.«

Jüngst habe ihr Mann einen Taucherlehrgang gemacht und sich eine kostspielige Taucherausrüstung zugelegt, weil er mit seiner neuen Freundin demnächst im Roten Meer tauchen wolle. Und sie, Rena, mache sich seinetwegen sogar noch Sorgen, denn vor zwei Jahren wurden ihm, nach einem Infarkt, vier Stents in den Herzkranzgefäßen eingesetzt.

Ob sie, fragte Ansgar, außer dem Gefühl der Traurigkeit und Leere denn nicht auch Wut auf ihren Mann empfinde?

Rena blickte scheu, mit einem Ausdruck der Verwunderung, um sich. Wut? Nein, Wut empfinde sie nicht, nur eine maßlose Enttäuschung. Überhaupt frage sie sich, was sie in ihrer langjährigen Ehe falsch gemacht habe, dass ihr Mann sich jetzt wie in einem Käfig vorkomme, aus dem er glaube, ausbrechen zu müssen.

Plötzlich schlug die Stimmung der Gruppe um. Das sei ja wohl das Letzte, empörten sich die Frauen, dass sie, Rena, die Schuld jetzt auch noch bei sich selbst suche! Anstatt einem Kerl, der ihr so etwas antue, die Krallen zu zeigen und ihn hochkantig rauszuwerfen! »Ein Mann, der dich so behandelt«, sagte Frau Aschmoneit, »hat es nicht verdient, dass du ihm auch nur eine Träne nachweinst!«

Nach der Sitzung fragte mich Ansgar: »Wolltest du nicht auch etwas zu Renas Geschichte sagen? Dir lag doch etwas auf der Zunge?«

»Stimmt! Vielleicht war es gerade Renas Duldsamkeit und Wehrlosigkeit, die ihr Mann nicht mehr ertragen hat. Und was ist eigentlich so schlimm daran, wenn ein Mann seines Alters sich in eine viel jüngere Frau verliebt? Er will halt noch mal jung sein – ist denn das ein Verbrechen?«

»Warum hast du das denn nicht in der Gruppe gesagt? Es hätte Renas lähmendes Selbstmitleid, das sie in der Opferrolle festhält, ebenso herausgefordert wie den allzu raschen Konsens der Frauen: dass ihr Mann ein moralisches Schwein ist.«

»Für diesen ›Unhold‹ und ›Macho‹ auch nur einen Hauch von Verständnis aufzubringen, hätte mir den geballten Zorn der versammelten Weiblichkeit eingetragen. Darum habe ich den Mund gehalten.«

Ansgar nahm seine Brille ab und rieb sich die Augen. Nach mehrmaligem Räuspern sagte er: »Darf ich dir als Freund, der dich nun schon so lange kennt, mal eine ganz persönliche Beobachtung mitteilen?«

»Wenn es der Wahrheitsfindung dient ...«

»Du bist ein widerständiger Kopf. Gehst nie nach dem, was gerade ›in‹ oder ›en mode‹ ist. Du stehst für deine Überzeugungen ein. Als öffentlicher Intellektueller, wo immer es um die großen Fragen der Gesellschaft, der *res publica,* geht, zeigst du Kante, bist du streitbar, scheust nicht die Konfrontation, ich habe dich oft um deinen Mut bewundert ... Doch im Privaten, also dort, wo es um sehr persönliche Dinge geht, wie hier in der Gruppe, bist du – entschuldige, wenn ich das mal so sage! – manchmal feige.«

»Findest du?«

»Ja.«

Es schmerzte mich, dies aus dem Munde eines Mannes zu hören, der zu meinen besten Freunden gehörte und dessen Urteil mir immer wichtig war. Umso mehr, als das Attribut »feige« zu dem Bild, das ich von mir selbst hatte, gar nicht passen wollte.

»Vielleicht ist ›feige‹ nicht ganz das richtige Wort«, sagte Ansgar, der meine Betroffenheit wohl registrierte, »weil in ihm gleich etwas Abwertendes mitschwingt. Warum scheuen wir uns davor – ob in einer Gruppe oder Klasse –, auszusprechen, was wir wirklich denken? Weil wir uns beliebt machen wollen. Weil wir *gelikt* werden wollen, wie es in der Onlinesprache heißt. Und weil wir die irrige Vorstellung haben, dass wir nur dann beliebt sind und *gelikt* werden, wenn wir im Konsens mit den anderen sind.«

»Ja«, sagte ich ein wenig beschämt, »darum wohl lasse ich mich von meinen Studenten duzen und bestätige jede Woche ein Dutzend neuer sogenannter Facebock-Freunde ... Ach zum Teufel damit!«

Lachend schloss mich Ansgar in die Arme. Und lud mich – »zur vollkommen überflüssigen Bestätigung unserer Freundschaft« – für den Sonntag zum Dinner in seinem Loft ein.

Ein Hilferuf

Abends rief mich Andreas an. Ich war überrascht. Nur selten rief er von sich aus an, meistens war ich es, der sich meldete.

Wie es mir geht? ... Der Aufenthalt hier tue mir gut, sagte ich, die Therapien seien hilfreich. Auch der menschliche Austausch mit den anderen sei wichtig. Man bekomme Einblick in ganz andere Lebensläufe und Schicksale, und das eigene Leid relativiere sich, wenn man die Probleme der anderen kennenlerne. »Und wie geht es dir?«

Gesundheitlich besser! Er komme langsam wieder zu Kräften, sagte Andreas, komme ohne Schweißausbrüche die Treppen hoch und gehe wieder zweimal die Woche ins Training.

»Das freut mich. Und wie geht es Angela?«

Ein Stoßseufzer, dem eine lange Klage folgte: Angela – man könne es nicht anders sagen – sei »regelrecht kaufsüchtig« geworden. Es vergehe fast kein Wochenende, an dem sie sich nicht ein Paar neue Schuhe, Schmuck oder teure Designerklamotten kaufe.

Und da sie mehrere Kreditkarten besitze, merke sie gar nicht, wie tief ihr Kontostand schon ins Minus gerutscht sei. Und er, Andreas, könne auch nicht immer ihr Konto ausgleichen, er lebe ja selbst am Limit! Auch leide sie öfter an Depressionen und denke an Scheidung.

»Ach je!«

»Und ich kann's ihr nicht mal verdenken – nach allem, was sie in den letzten Jahren mit mir durchmachen musste! ... Ehrlich gesagt, ich weiß nicht mehr, was ich machen soll.« Andreas Stimme war auf einmal ganz brüchig geworden, mir schien, er war nahe an den Tränen.

Ich war bestürzt. Im Geiste sah ich ihn und Angela wieder an der großen Hochzeitstafel im sommerlichen Schlossgarten sitzen; die beiden waren ein so schönes Paar, ein Traumpaar wie aus dem Bilderbuch – muss man jetzt sagen: gewesen? Dorothea war so froh über diese Braut gewesen, eine südländische Schönheit von bescheidenem und liebenswürdigem Wesen, und dass sich die beiden gefunden hatten. Genauer gesagt hatte Angela ihn gesucht und gefunden, denn obgleich Andreas ein richtiges Mannsbild mit durchtrainiertem Körper war und sehr gut aussah, war er doch ziemlich schüchtern und hatte kaum Erfahrungen mit Frauen gehabt.

Aber es war noch etwas anderes, das mich berührte: Es war das erste Mal seit vielen Jahren, dass sich Andreas in seiner Not an mich wandte. Wäre seine Mutter noch am Leben, wäre natürlich sie seine erste Ansprechpartnerin gewesen. Doch jetzt, da sie nicht mehr da war, ging er mich um Rat und Hilfe an – was ja auch bedeutete, dass er zu mir Vertrauen hatte.

Wir sprachen lange, wohl über eine Stunde, miteinander. Was ihrer beider Situation so erschwere, sagte Andreas, sei die hohe Verschuldung, die auf der Familie laste und ihnen so große Einschränkungen auferlege. Seit Jahren hatten sie keinen Urlaub mehr zusammen gemacht, Angela hätte gern ein zweites Kind gehabt, aber sie können sich das einfach nicht leisten. Überhaupt wolle er sich nicht mehr mit einem 60-Stunden-Job krummlegen, der ihm kaum noch Zeit für die Familie lasse, er sei schließlich Vater und wolle auch für seine »kleine süße Maus« da sein können. – Ob es dann nicht sinnvoller wäre, gab ich zu bedenken, wenn er sich nach einem Job mit bescheidenerem Gehalt umsehe und gleichzeitig Privatinsolvenz anmelde? Dann müsste er sich zwar die nächsten sechs, sieben Jahre ziemlich einschränken, da ihm alles, was über einen bestimmten Level hinausgehe, weggepfändet würde, aber danach sei er seine Schulden für immer los. – Privatinsolvenz, sagte Andreas, das wäre allerdings ein sehr saurer Apfel, in den er da beißen müsse, aber er wolle diese Möglichkeit mal mit seinem Anwalt besprechen.

Ich war erleichtert, dass er diese Option, die er bislang immer weit von sich gewiesen hatte, jetzt wenigstens nicht mehr ausschloss.

Wir kamen überein, in Zukunft öfter miteinander zu telefonieren oder zu mailen. »Du kannst mich auch hier in der Klinik jederzeit anrufen«, sagte ich. Andreas bedankte sich für das lange Gespräch, leider könne er mit seinen Kumpels über solche persönlichen Dinge kaum reden.

Ersatzväter

Ich machte mir einen Tee und setzte mich, eine Decke über den Knien, auf den Balkon. Eine leichte Brise bewegte die fast kahlen Zweige der Blutbuche, die ein rostroter Laubteppich umgab. Ein paar Meter entfernt, just unter der Doppelpyramide, hüpfte eine Taube herum und pickte nach Körnern, als wolle auch sie ihr Haltbarkeitsdatum verlängern.

Ich fragte mich, warum es mir Sonja von Anfang an leicht gemacht und mich als ihren neuen Vater angenommen hatte, während der zwei Jahre jüngere Andreas immer eine gewisse Distanz zu mir bewahrt hatte. Oder bildete ich mir das nur ein?

Als ich in die Familie kam, war Andreas acht Jahre alt. Ich mochte den hübschen und aufgeweckten Jungen, der einen so frechen Mutterwitz hatte und mich gern neckte. Und er mochte mich auch, zumal er sah, dass seine Mama, die er über alles liebte, mit mir glücklich war. Als ich in den Sommerferien das erste Mal nach Mar Azul kam, fiel er mir vor Freude über die neue Angel, die ich ihm aus Deutschland mitgebracht hatte, um den Hals. Nur tat ich nicht auch den zweiten Schritt, der notwendig gewesen wäre, um ihn für mich zu gewinnen: nämlich, mit ihm angeln zu gehen. Enttäuscht kam er anderntags vom Fluss zurück, weil er keinen Fisch gefangen hatte. Und ich hatte ihm nicht dabei geholfen, weil ich selbst keine Ahnung vom Angeln hatte und weil es mir einfach nicht wichtig gewesen war. Wie sollte Andreas den »neuen Vater« auch ernst nehmen, wenn der fast den ganzen Tag am Schreibtisch hockte und auf seiner Schreibmaschine herumhämmerte, aber keinen Fisch fangen konnte und nicht wusste, wo man, wenn die Autobatterie lahmte, das Überbrückungskabel ansetzen musste? Um sein Herz zu gewinnen, hätte ich einfach mehr mit ihm unternehmen, mehr mit ihm teilen müssen, statt mit einer gewissen Geringschätzung auf seine Computerspiele und Fantasyromane herabzublicken.

Natürlich war Andreas auch ein Kind seiner Zeit, der vom neoliberalen Mainstream geprägten Achtziger- und Neunzigerjahre, in denen soziale Werte, Haltungen und Utopien, die im Leben seiner Mutter und seines Stiefvaters noch bestimmend waren, zugunsten eines extremen Individualismus und einer hemmungslosen Konsumideologie radikal entwertet worden waren. Und gegen den Einfluss der Peergroups, in denen Andreas verkehrte und die seine Yuppieträume nährten, fühlten sich seine Eltern ziemlich machtlos. Aber dieser Einfluss wäre vielleicht nicht so dominant gewesen, wenn nicht auch in seiner Erziehung einiges falschgelaufen wäre.

Im Unterschied zu Sonja, die in ihrer Mutter eine starke Identifikationsfigur hatte, fehlte Andreas nach der Scheidung seiner Eltern das väterliche Vorbild. Als sich seine Eltern trennten, war er gerade fünf Jahre alt gewesen, und da er oftmals Zeuge war, wie seine geliebte Mama von seinem Vater gedemütigt wurde, war sein Verhältnis zu ihm lange Zeit von Ablehnung und Feindseligkeit geprägt. Dorothea musste nun gleichsam beide Elternrollen für ihn verkörpern und die doppelte Verantwortung tragen. Dadurch entstand ein sehr enges Band zwischen Mutter und Sohn, der sie einerseits vergötterte, andererseits genau wusste, wie er sie, seinen Wünschen gemäß, lenken und manipulieren konnte. Und Dorothea verwöhnte ihren Sohn umso mehr, als sie stets das Gefühl hatte, ihn für die frühe Trennung von seinem Vater entschädigen zu müssen.

Da ich selbst ab meinem achten Lebensjahr in der Obhut einer strengen Stiefmutter aufgewachsen war, wollte ich deren Muster keinesfalls übernehmen. Daher begnügte ich mich gegenüber meinen beiden Stiefkindern, die ich mit meinen Zauberkunststückchen gern in Erstaunen setzte, mit der Rolle des guten Kumpels und älteren Freundes.

Und so begann Andreas mit beginnender Pubertät, sich an Ersatzvätern zu orientieren. Und suchte die Autorität, die er weder bei seinem leiblichen noch bei seinem Stiefvater fand, in sich selbst zu verkörpern – und zwar im buchstäblichen Sinne, indem er sich durch eisernes Training im Fitnessstudio und durch eine entsprechende Ernährung einen imposanten Körper zulegte. Und da er sich zum Ziel gesetzt hatte, mit zwanzig Jahren Landesmeister im Bodybuilding zu werden, stapelten sich in der Küche die Plastikeimer mit muskelaufbauender Proteinnahrung.

Auch sorgte er dafür, dass der bis dahin recht durchmischte Speiseplan der Familie auf kalorien- und fettarme Kost umgestellt wurde. Wenn ich beim Anbraten eines Koteletts oder Steaks auch nur einen halben Teelöffel Öl zu viel verwendete, gab es sofort Geschrei, denn im manichäischen Weltbild eines Bodybuilders spielt Fett die Rolle des absolut Bösen. Ganz anders hatte ich es in meiner Herkunftsfamilie erlebt – in den noch von Mangel geprägten Fünfzigerjahren, da dem Fett, der teuren Butter zumal, die nur selten auf den Tisch kam, noch die Aura gesunder und hochwertiger Ernährung anhaftete. Sich ordentlich Fett oder Butter aufs Brot zu schmieren, galt als Zeichen beginnenden Wohlstands.

Nicht nur ärgerte es mich, dass die habituelle Esskultur der Familie sich fortan der rigiden Ernährungstabelle, die an der Küchenwand hing, unterzuordnen hatte. Ich bedauerte es auch, dass der so hübsche und schlanke Junge, der nun fast täglich im Fitnessstudio trainierte, sich allmählich in einen Schwarzenegger-ähnlichen Muskelprotz verwandelte und mit seiner überbetonten Männlichkeitsfassade ein falsches Signal aussandte. Denn eigentlich war Andreas ja sehr sensibel und weichherzig und konnte keiner Fliege etwas zuleide tun. Nie hatte ich es erlebt, dass er sich mit seinen Schulkameraden oder Kumpels prügelte – es sei denn, um sich zu verteidigen. Überhaupt war er bei seinen Kumpels ausgesprochen beliebt. Gerade weil er das friedfertige und gutmütige Wesen seiner Mutter hatte, musste er sich vielleicht einen solch muskelbewehrten Body antrainieren, der der Welt signalisierte, dass er kein »Muttersöhnchen«, sondern ein »richtiger Mann« war.

Eine Zeit lang hatte ich zwar versucht, ihn von seiner einseitigen Fixierung auf die Optimierung seines Körpers abzubringen und seine Interessen auf andere Gebiete zu lenken. Doch um hierin Erfolg zu haben, hätte ich mich mehr um ihn kümmern, mehr mit ihm teilen müssen; und dies hatte ich versäumt. Im Nachhinein tat es mir sehr leid.

Auch spürte Andreas wohl die latente Geringschätzung, die ich dem Bodybuildermilieu entgegenbrachte. Vielleicht hatte auch meine Intellektualität und rhetorische Dominanz den Jungen so eingeschüchtert, dass er, da er auf diesem Gebiet mit mir nicht konkurrieren konnte, sich ein anderes Terrain suchen musste, auf dem er »der King« war. Erst in späteren Jahren dämmerte mir, dass er in gewisser Weise mein spiegelverkehrtes Abbild war: So zäh und diszipliniert, wie er im Fitnessstudio trainierte und seinen Körper zu optimieren suchte, so zäh und diszipliniert arbeitete und feilte ich an meinen Texten. Mein Fehler war, dass ich ihn für seine Leistungen auf der sportlichen Ebene und für sein Geschick im Umgang mit den neuen Medien zu wenig anerkannte. Und er zahlte es mir heim, indem er kein Interesse an meiner Arbeit und meinen Büchern zeigte. So entfernten wir uns mit den Jahren voneinander.

Warum aber – das war mir noch immer ein Rätsel – hatte Dorothea, die erfahrene Pädagogin, ihren Sohn so verwöhnt? Und seinen oft völlig überzogenen Wünschen fast immer nachgegeben, ihm diesbezüglich keine Grenzen gesetzt? Wenn er einen neuen Gameboy, neue Boxen, neue Accessoires für seine PC-Ausstattung oder fürs Bodybuilding haben wollte, bedrängte er seine – anfangs noch widerstrebende – Mutter so lange und mit einer solchen Penetranz, bis sie schließlich nachgab und er bekam, was er wollte. Vergeblich beschwerte sich Sonja, dass ihr Bruder doppelt so viel Taschengeld bekomme wie sie und dass er nicht ebenso wie sie angehalten werde, sich am wöchentlichen Hausputz zu beteiligen. Wenn ich aber seine übermäßige Fixierung auf Konsum, Statussymbole und Bodybuilding, seine Yuppieträume und Größenfantasien kritisierte, stellte sich Dorothea meist schützend vor ihren Sohn. Gegen das Bündnis von Mutter und Sohn aber hatte ich als Stiefvater letztlich keine Chance. Und so mischte ich mich, um des lieben Ehefriedens willen, immer weniger in die Erziehung ein, ich hielt mich heraus – auch, weil es für mich bequemer war.

Nun aber, da Dorothea tot war – hatten wir da nicht die Chance, einander wieder näherzukommen?

Donnerstag, 4. November
Sprach gestern mit Frau Klier über unser heikles Beziehungsdreieck: Stiefvater – Mutter – Sohn.
Sie sagte: Eben weil du schon als Kind zu viel Verantwortung übernehmen musstest, hast du früh gelernt, dass deine Ressourcen das Geben und Sich-um-andere-Kümmern seien. Darüber hast du vor allem dein Selbstwertgefühl aufgebaut; darum hast du auch alles für den Sohn gemanagt, der, in der wohlig behaglichen Atmosphäre einer over-protecting mother aufgewachsen, eine übermäßige Bindung an dich entwickeln musste – was mir als Stiefvater wenig Raum ließ, eine eigene Beziehung zu ihm aufzubauen.

Sie fragte mich sodann, ob ich manchmal nicht vielleicht auch eifersüchtig auf Andreas und eure innige Beziehung gewesen sei. Zumal ich

in meiner Jugend selbst unter der Bevorzugung meines älteren Bruders durch die Stiefmutter gelitten habe.
Ich dachte darüber nach. Und mir fiel eine Szene im Spanienurlaub ein: Andreas posiert in Badeshorts vor dem Spiegel im Flur und befühlt seinen enormen Bizeps. Ich komme gerade vom Baden zurück und zur Tür herein. Da ergreift er meinen Arm, hält ihn wie zum Vergleich vor den seinen und sagt halb spöttisch, halb triumphierend: ›Na, das ist doch wohl ein ziemlicher Unterschied.‹
Eigentlich hätte ich diesen albernen Vergleich achselzuckend übergehen können. Aber ich ärgerte mich darüber und hatte ein unangenehmes Gefühl dabei. Warum? Weil es mich an meinen Bruder Christian erinnerte, der auch gerne mit seinen Muskeln und seiner Männlichkeit prahlte. Überhaupt war das Verhältnis zwischen uns Brüdern lange Zeit von Rivalität und Konkurrenz geprägt.
Habe ich meine damaligen Gefühle von Zurücksetzung und Eifersucht auf den älteren Bruder später unbewusst auf Andreas übertragen und ihn mehr als Konkurrenten um die Liebe der Mutter-Geliebten denn als bedürftigen Sohn wahrgenommen, dem das väterliche Vorbild fehlte?

Ein übermäßig verwöhnendes Verhalten dem Kind gegenüber, sagte Frau Klier, habe nicht selten seinen Grund in unverarbeiteten Schuldgefühlen, die sich durchaus auch auf eine andere wichtige Person der eigenen Biografie beziehen könnten.
Da fiel mir, liebe Doro, dein Vater Arnold ein – und die traurigen Umstände seines Todes …

Nach mehreren Gefängnisaufenthalten und fehlgeschlagenen Versuchen, in den Fünfzigerjahren als Vertreter einer Textilfirma wieder Fuß zu fassen, tauchte Arnold eines Tages in Kiel auf und bat seine – inzwischen verheiratete – Tochter, eine Zeit lang bei ihr wohnen zu dürfen. Dorothea wollte ihrem Vater unbedingt helfen und ihn aufnehmen, zumal er inzwischen alkohol- und zuckerkrank war. Ihr Mann aber war strikt dagegen. Sie hatten gerade geheiratet, er stand am Anfang seiner Karriere, und Dorothea war mit Sonja schwanger. In dieser Situation ihren kranken und pflegebedürftigen Vater aufzunehmen, wäre – so ihr Mann – eine zu große Belastung. Dorothea gab schließlich nach und schickte ihren Vater zu seiner Schwester Elsa, die am Stadtrand Kiels ein Häuschen mit Garten hatte, das sie mit ihrer Freundin Ines bewohnte.

Es war ein eiskalter Januartag, und die Prile, die an den Garten grenzten, waren zugefroren. Als Arnold mit seinem Koffer vor dem Haus seiner Schwester stand, es war schon dunkel, pochte er vergeblich an die Tür. Wie sich später herausstellte, hatte Elsa an diesem Tag gerade Nachtdienst im Krankenhaus, nur Ines war zu Hause. Sie aber machte dem zerlumpten Mann, der da vor ihrer Tür stand, nicht auf, sei es, dass sie ihn in der Dunkelheit nicht erkannte, sei es, dass sie Angst davor hatte, ihn ins Haus zu lassen. – Am nächsten Morgen fand man ihn erfroren an der Gartenmauer liegen.

Als du mir das erste Mal diese traurige Geschichte erzähltest – ich weiß noch, es war am Strand von Haarlem, während unseres ersten Trips nach Holland –, standen dir die Tränen in den Augen. Auch wenn du es nie direkt ausgesprochen hast, ich spürte, dass du es dir nie verziehen hattest, deinen kranken Vater damals nicht bei euch aufgenommen zu haben. Und öfter, wenn wir über Andreas sprachen, der auch äußerlich seinem Großvater recht ähnlich ist und schon früh ebenso originelle wie verrückte Geschäftsideen entwickelte, durch die er eines Tages reich zu werden hoffte, sagtest du: »Er ist ein Träumer wie mein Vater!«

Hast du ihn so verwöhnt und warst du ihm gegenüber so willfährig – aus dem unbewussten Bedürfnis, an ihm etwas wiedergutzumachen, was du deinem Vater glaubtest schuldig geblieben zu sein?

Von der Tücke der Aquarien

Einmal die Woche, gewöhnlich am Freitagnachmittag, gab es zum Nachmittagskaffee eine üppige Kuchenplatte. Die Gelegenheit zu dieser »sündhaften« Ausnahme von der klinischen Ernährungsregel wurde gern ergriffen, wie man den zufriedenen, geradezu glücklichen Mienen der Patienten ansehen konnte, die in der Cafeteria an den runden Marmortischchen sitzend die delikaten Tortenstücke mit den üppigen Schlagsahnehäubchen, wahre Kalorienbomben, mit einem Heißhunger verzehrten, als kämen sie geradewegs aus einem Dschungelcamp und hätten sich tagelang nur von Maiskörnern und Heuschrecken ernährt.

Ich stand, mit dem Tablett in der Hand, hinter Roswita. Wir waren die Letzten in der Warteschlange, die sich vor der Kuchentheke gebildet hatte. Roswita war gerade vor dem Aquarium, das auf dem langen Sideboard stand, in die Hocke gegangen und beobachtete die farbenprächtig gemusterten Zierfische mit ihren zart wedelnden Kämmen, die zwischen den Wasserpflanzen und dem korallenähnlichen Gestein hin und her flitzten.

»Solch ein Aquarium«, sagte sie mit einem Anflug von Wehmut, »habe ich auch mal gehabt. Mein erster Freund hat es mir zu meinem achtzehnten Geburtstag geschenkt ... Es war ein Aquarium mit fünf wundervollen Zierfischen – ähnlich wie diese hier.« Roswita richtete sich wieder auf. »Aber dann verreiste Alex. Und ich musste die Fische allein versorgen. Dabei kannte ich mich doch gar nicht aus mit der Temperaturregelung, der Sauerstoffzufuhr und so weiter ... Nach drei Tagen war der erste Fisch tot. Aufgeregt rannte ich zur Zoohandlung und kaufte einen neuen, der dem toten einigermaßen ähnlich sah. Zwei Tage später waren wieder zwei Fische gestorben. Lag es am Futter? Lag's am mangelnden Sauerstoff? Oder war die Wassertemperatur zu hoch? Wieder lief ich zur Zoohandlung und kaufte zwei neue Zierfische. Ich ließ mich beraten, las die entsprechenden Anleitungen, erkundigte mich bei meinen Freunden, die mit Aquarien Erfahrung hatten. Den ganzen Tag dachte ich nur noch daran, wie ich diese verdammten Fische daran hindern konnte, einfach zu krepieren.«

Inzwischen hatten wir die Kuchentheke erreicht. Ich wählte ein Stück Käsekuchen, während sich Roswita das letzte Stück Sachertorte sicherte. Dann gingen wir mit unseren Kuchentellern und vollen Kaffeebechern zu einem der noch freien Tische.

»Einige Tage später«, fuhr Roswita fort, »trieben fünf Fischleichen im Aquarium umher. Ich heulte, ich war verzweifelt. Alex wollte mich doch heiraten und mit mir Kinder haben. Wenn er zurückkäme und feststellte, dass ich nicht einmal in der Lage wäre, fünf kleine Fische zu versorgen, wird er mich verlassen und sich eine andere suchen, dachte ich. Wieder lief ich zur Zoohandlung und kaufte für mein letztes Geld fünf neue Fische ... Zum Glück kam Alex am nächsten Tag zurück. Und zu meiner großen Erleichterung bemerkte er gar nicht, dass die fünf Zierfische, die vor seinen Augen munter durchs Aquarium schwammen, nicht dieselben waren, die er mir geschenkt hatte.«

»Und? Habt ihr dann geheiratet?«

Roswita schüttelte den Kopf. »Nach einem Jahr waren wir auseinander. Ich gab ihm sein Aquarium mit den Worten zurück: ›Schenke deiner Freundin nie ein Aquarium!‹.«

Auch ich verband mit Aquarien nicht eben die besten Erinnerungen. Ich erzählte Roswita, wie ich – damals Anfang dreißig – mit einer Schauspielerin liiert gewesen war. Sie hieß Karla und hatte sehr unter der Erziehung ihres autoritären Vaters, eines ehemaligen SS-Offiziers, gelitten. Als eingefleischte Feministin war sie der Meinung, dass alle Männer, auch wenn sie noch so sensibel und soft daherkämen, Machos und Unterdrücker seien. Und dass das unterdrückte Geschlecht jedes Recht auf Gegenwehr habe.

Wenn ich Streit mit ihr hatte, begnügte sich Karla nicht mit Verbalinjurien; sie ließ ihren Anklagen und Verwünschungen regelmäßig auch Tassen, Teller und – mit Vorliebe – halb leer getrunkene Bier- und Rotweingläser folgen, die dann an der Küchenwand oder der gerade neu geweißten Tapete im Flur zerschellten, wo sie imposante tropfsteinähnliche Gemälde hinterließen. Manchmal aber trafen sie auch meinen Arm oder meine Brust. Da ich aber – als »anständiger Linker« und Sympathisant der feministischen Bewegung – glaubte, ich müsse Karla bei ihrer Emanzipation unbedingt unterstützen, nahm ich diese Attacken mehr oder weniger klaglos hin. Allerdings kaufte ich, nachdem auch die schönen Kristallgläser, Erbstücke meiner Großmutter, sämtlich zu Bruch gegangen waren, hinfort nur noch Billiggläser von Aldi.

Eines Abends nun, auf dem Höhepunkt einer heftigen Auseinandersetzung, schleuderte Karla die halb volle Weinflasche, aus der sie sich eben eingeschenkt hatte, in meine Richtung. Ich, gerade vor dem Aquarium stehend, trat einen Schritt beiseite, und die Flasche traf den Glasbehälter mit den japanischen Zierfischen, den Karla aus der Konkursmasse ihrer vorangegangenen Beziehung gerettet und mit in die neue eingebracht hatte. Das Aquarium zerbarst – und fünfzig Liter Wasser liefen aus, ergossen sich über den Teppich und den Parkettfußboden. In wenigen Sekunden stand das ganze Wohnzimmer unter Wasser, und das Wasser drohte durch die Ritzen des Parketts und das Mauerwerk in die untere Etage zu sickern. Nach einer Schrecksekunde, während deren wir fassungslos auf die Sintflut starrten, rannte Karla in die Küche, holte Putzeimer und Wischlappen, während ich zum Wäscheschrank eilte und sämtliche Handtücher, deren ich habhaft wurde, selbst Bettlaken, Bett- und Sofadecken ergriff, um die Wassermassen daran zu hindern, auch noch den Flur zu überschwemmen.

Die halbe Nacht rutschten wir auf den Knien, gossen Eimer für Eimer ins Klo, wrangen die nassen Tücher, Laken und Decken über der Badewanne aus, damit sie wieder einsatzfähig würden. Karla vergoss Tränen über die toten Fischlein, die im Müll zu entsorgen sie sich hartnäckig weigerte – sie waren ja auch nicht männlichen Geschlechts. Gegen Morgen, als die Havarie endlich überstanden, der Boden wieder halbwegs trocken und die Scherben des Aquariums zusammengekehrt waren, sanken wir völlig ermattet aufs Bett.

»Ich schätze«, resümierte Roswita trocken, »das war der Anfang vom Ende eurer Beziehung.«

»Du sagst es!«

»Und was lernen wir daraus? Aquarien sind die reinsten Beziehungskiller.«

Ein halbes Jahr später lernte ich Dorothea kennen, die sich – zum Glück für mich – nicht als Opfer der Männer begriff. Ihr Respekt vor der Kreatur, ob männlich oder weiblich, war so groß, dass sie sogar die Fliegen zum Fenster hinausgeleitete. Da wir beide unter den aggressiven Ausbrüchen unserer vorigen Partner gelitten hatten, gingen wir sehr behutsam miteinander um und waren ziemlich harmoniesüchtig; was dazu führte, dass wir auch solchen Konflikten gern aus dem Weg gingen, die wir besser ausgetragen hätten.

Und die Liebe höret nimmer auf

Am Samstag, kurz vor 20 Uhr, betrat ich den Gemeindesaal des Städtchens, in dem Leas Chansonabend stattfand. Die Reihenbestuhlung war durch kleine, mit burgunderroten Deckchen dekorierte Tische aufgehoben worden, die locker über den ganzen Raum verteilt waren. Unter den Besuchern waren etliche Gesichter, die ich aus der Klinik kannte. Ich setzte mich an einen der vorderen Tische zu Oswald und Marja.

Sie hoffe, sagte Marja, es werde Lea nicht deprimieren, heute vor einem halb leeren Haus zu spielen. Sie habe sich auf Youtube ein paar Musikvideos von ihr angeschaut: ob Opernarie, Musical, klassischer Chanson, Schlagerparodie, Rock oder Pop – Lea habe alles drauf und sei zudem eine begnadete Parodistin.

Kaum war der Vorhang aufgegangen, sah man eine heftig gestikulierende, anscheinend völlig entnervte Diva mit schwarzer Wallemähne im schulterfreien roten Kleid und roten Stiefeln über die Bühne stapfen und mit dem unsichtbaren Beleuchter hadern, weil er den Spot statt auf ihr Gesicht und ihr ansehnliches Dekolleté auf ihre Fußtreter gerichtet habe. Dann stellte sie sich hinter das Mikrofon, trällerte »Eins, zwei, drei« in die Muschel, brach sofort wieder ab, stampfte wütend mit dem Fuß auf und schrie in Richtung der hinteren Tische, wo der Tonmeister hinter dem Mischpult saß: »Und was ist mit dem Ton, verdammt noch mal? Klingt ja wie ein Überschallflugzeug!« Danach empfing sie den kleinen Pianisten mit dem schwarzen Wuschelkopf, der soeben auf die Bühne getrippelt und, nach einer flüchtigen Verbeugung, am Flügel Platz genommen und sich kurz eingespielt hatte, mit einer Kaskade von Beschimpfungen: Wieder sei das Klavier nicht richtig gestimmt, nicht einmal dazu sei er fähig, das klinge ja nach Katzenmusik, vielleicht solle er sich doch wieder mit seinem Schifferklavier auf die Straße begeben, von wo sie ihn seinerzeit aus purer Barmherzigkeit aufgelesen habe. Schließlich wandte sie sich an das Publikum:

»Es ist jedes Mal dasselbe: das Klavier nicht gestimmt, der Spot falsch gerichtet, der Ton nicht richtig ausgesteuert! Es ist zum Mäusemelken! Wenn Sie, meine Damen und Herren, in der Pause frustriert nach Hause gehen sollten« – sie stiefelte zum Flügel, packte den kleinen Pianisten am Ärmel, zog ihn von seinem Klavierschemel und schob ihn wie einen geprügelten Hund vor sich her an den Bühnenrand –, »dann bedanken Sie sich bei diesen Dilettanten und Nichtskönnern. So – und jetzt verbeug dich gefälligst, du verstimmter Pudel! ... Er heißt übrigens Wojtek, ist gebürtiger Pole und dilettiert auf dem Piano genauso wie auf dem Akkordeon. Aber ebendas macht ihm keiner nach.«

Sie fasste Wojtek an der Hand, und beide verbeugten sich tief – unter dem schallenden Gelächter des Publikums, das dieses freche Entree, die frivole Selbstparodie einer launischen Diva und Bühnendomina, mit Applaus bedachte.

Sodann stimmten die beiden einen leicht verschrägten, zweistimmigen gregorianischen Choral an, dessen Text gleichsam das Leitmotiv des Abends bildete: *Und die Liebe höret nimmer auf. Wo die Liebe aufhört, beginnt die Kunst. Die Liebe braucht keine Kunst. Wir brauchen Kunst, um die Liebe zu beschwören.*

Den Anfang machte Lea mit Friedrich Hollaenders Lied *Kinder, heut Abend, da such ich mir was aus!,* das einst Marlene Dietrich im *Blauen Engel* sang. Während Lea sich zwischen die Cafétische ins Publikum begab, machte sie den Männern schöne Augen, wuschelte diesem und jenem durch die Haare, und wer keine mehr hatte, dessen Glatze staubte sie mit ihrem roten Seidentüchlein ab. Frech stahl sie der Frau aus der zweiten Reihe den Schal, um ihn dann dem drei Plätze weiter sitzenden Mann um den Finger zu wickeln. Wieder zurück auf der Bühne – leider hatte sie »den Richtigen« doch nicht gefunden –, sang sie, das rollende R der Zarah Leander imitierend, einige der alten Evergreens und Ufa-Schlager aus den Zwanzigerjahren, von dem sie begleitenden Pianisten pfiffig arrangiert: *Hast du schon mal im Dunkeln geküsst? Kann denn Liebe Sünde sein?*

Der rote Faden dieser kleinen Zeitreise durch die Welt der Chansons war natürlich die Liebe, die Liebe in all ihren Facetten und Varianten. Was mich faszinierte, waren Leas enorme Bühnenpräsenz sowie ihre stimmliche Ausdruckskraft und Variationsbreite. Bald sang sie mit Schmelz und zärtlicher Tristesse, bald mit furiosem Pathos, dann mit quecksilbrigem Pep, und schließlich mit spöttischer Ironie und parodistischem Schalk. Sie sang nicht nur, sie gurrte, schnurrte, säuselte, berlinerte, skandierte und wütete – wobei sie mit jedem neuen Chanson, sei es durch ein hurtig aus einer Kiste gezaubertes Requisit oder Kleidungsstück (Federboa, Seidenfächer, Fliegermütze, Peitsche et cetera), sei es durch bloße mimische und gestische Demonstration, in eine andere Rolle schlüpfte: ob süßherziges Maderl, plappernde Tussi, puffmuttige Lola, männermordende Domina oder laszive Femme fatale – sie spielte sie alle, parodierte und persiflierte sie zugleich in feinen, fiesen Geschichten, die das Leben oder sonst wer schrieb. Oft komisch, war sie zugleich unglaublich sexy mit ihrem aufgeworfenen korallenroten Kussmund, ihren blitzenden Augen und ihren geschmeidigen Körperbewegungen.

Natürlich durfte bei dieser Blütenlese der Chansons aus den Zwanziger- und Dreißigerjahren Kurt Tucholsky nicht fehlen. In Tucholsky-Liedern, kommentierte Lea, kämen die Männer nicht gut weg, sie erschienen als wenig zärtliche Beamten der Liebe und als erotische Statisterie. Kein Wunder, dass die Frauen mehr klatschten als die Männer! – Gelächter bei den Frauen, Pfiffe bei den Männern!

Und dann sang sie, indem sie das Mikro herzte und küsste, als wäre es das beste Stück des Mannes, den von Hollaender komponierten Tucholsky-Klassiker: *Ich wär so gern ein Sexappeal.* / *Zur Hälfte Sex, zur Hälfte Appeal.* / *Ach was wäre das für ein Gefühl!* Bei der Strophe: *Nun habe ich erreicht das Ziel, am ganzen Körper sexappeal/und siebenappeal und achtappeal* ... brandete, mit Gelächter vermischt, spontaner Beifall auf – besonders seitens der männlichen Zuschauer, als wollten sie Tucholskys böses Bonmot von den »Beamten der Liebe« auf der Stelle widerlegen.

Es folgte ein Abstecher in die Welt des Wiener Schmäh mit dem furiosen Song von Georg Kreisler *Es wird alles wieder gut, Herr Professor* – ein spöttisches Trostlied für einen Prof, den gerade seine junge Frau hatte sitzen lassen. Wieder marschierte Lea mit frecher Distanzlosigkeit an den Cafétischen vorbei ins Publikum und suchte sich ein würdiges »Opfer« aus. Und zwar just Doktor Wallerstein, den Chef der Klinik, den sie, zum großen Plaisir der Zuhörer, förmlich ansang: *Es wird alles wieder fein, Herr Professor!* / *auch allein, Herr Professor!*, *renkt sich's ein, Herr Professor!* / *Legen Sie sich etwas hin, Herr Professor!*, *Aspirin, Herr Professor!*, *Disziplin, Herr Professor!* ... Doktor Wallerstein schien zunächst etwas peinlich berührt ob dieser direkten musikalischen Anmache, zumal seine Frau, sichtlich irritiert, neben ihm saß. Doch im Fortgang des mehrstrophigen Liedes, das Lea gleichsam dem Chef zu Ehren sang – wobei sie ihm hin und wieder tröstend über die grauen Haare und den Backenbart strich –, lösten sich seine Züge; mehr und mehr amüsiert, bald prustend vor Lachen, spielte er mit bei dem parodistischem Tête-à-tête, das einen Extraapplaus erhielt.

Im letzten Teil des Programms wandte sich Lea dem französischen Chanson zu. Lieder der zarten Tristesse, wie nur der französische Chanson sie hervorzubringen vermag, wechselten mit beschwingten Volksliedern und Evergreens wie *Sur le Pont d'Avignon* und *Sous les Étoiles de Paris,* die Lea mit Pep und Emphase vortrug, dabei das Publikum zum Mitsingen einladend.

Sie beschloss ihr Programm mit dem *Youkali*-Song von Kurt Weill. Seinerzeit zum Klassiker der französischen Résistance geworden, beschwört dieses Lied einen mythischen Ort, an dem die Sehnsüchte und Träume der Menschen nach einem Leben in Sorglosigkeit, Glück und Freude Wirklichkeit werden:

Youkali, c'est le pays de nos désirs, Youkali, c'est le bonheur, c'est le plaisir, Youkali, c'est la terre où l'on quitte tous les soucis, C'est dans notre nuit, Comme une éclaircie, L'étoile qu'on suit, C'est Youkali!

Das sehnsuchtsvolle tangoähnliche Lied sang sie mit einem solchen Schmelz, dass mir das Herz aufging. Es war ein ähnliches Gefühl wie vor drei Wochen, als ich sie das erste Mal in der Empfangshalle der Klinik das *Ave Maria* hatte singen hören.

Nach dem lang anhaltenden Schlussapplaus bestieg Doktor Wallerstein die Bühne, überreichte Lea und ihrem musikalischen Begleiter je einen Blumenstrauß und bedankte sich für den wunderbaren Chansonabend. Man sollte solche Darbietungen der leichten Muse, bei denen so viele Glückshormone ausgeschüttet würden, in die Therapiepläne der Kliniken aufnehmen und den Patienten anstelle von Antidepressiva verabreichen, zumal sie garantiert ohne Nebenwirkungen seien.

Sein Vorschlag wurde mit Gelächter und trommelndem Fußapplaus bedacht.

»Ist die Frau eine Wucht!«, sagte Oswald, als wir den Saal verließen. »Die hat ja eine Stimme wie Katie Melua ... Nur schade«, fügte er feixend hinzu, »dass zwischen Patienten und Therapeutinnen Fraternisierungsverbot besteht!«

»Dass eine Chansonette und Musikkabarettistin dieser Güte«, sagte Marja, »in einem kleinen Provinznest vor halb leerem Saal spielen muss, ist eigentlich nicht zu begreifen.«

So empfand ich es auch.

Künstlernamen

Nach dem Konzert traf man sich mit den beiden Künstlern zu einem Umtrunk in der »Alten Rebe«. Das Lokal war brechend voll. Ansgar hatte im hinteren Teil der Weinstube, in einer durch dicke Eichenbalken geschützten Nische, zwei Tische reservieren lassen. Ich sorgte dafür, dass ich neben Lea zu sitzen kam.

Nachdem der Kellner die Kerze auf den Tischen entzündet hatte, reckte sich Lea wie eine Katze nach dem Erwachen – wobei ihr eng sitzendes schwarzes Top, über das sie ein violettes Samtjäckchen trug, in merkliche Schwingung geriet – und ließ, begleitet von einem langen Seufzer, die Arme wieder sinken.

»'tschuldigung«, wandte sie sich an mich, »aber erst jetzt lässt meine Anspannung nach. Das geht mir immer so nach einem Konzert.«

Ich war ein wenig befangen – wie ein Fan, der plötzlich neben dem von ihm bewunderten Star sitzt. Darum war ich froh, als sich Marja sogleich an Lea und Wojtek wandte:

»Ihr beide wart wirklich spitze! Nur schade, dass der Saal halb leer war!«

»Halb leer oder halb voll – kommt drauf an, wie man es sieht«, sagte Oswald.

Ich erzählte, wie ich einmal am Sonntagvormittag eine Lesung in einer hessischen Kleinstadt hatte. In der Eingangshalle der Stadtbibliothek drängelten sich die Leute vor dem Kassenschalter. Na toll, dachte ich, der Saal wird ja voll werden. Ich wunderte mich nur, dass die Leute mit großen Sporttaschen gekommen waren. Bis mir die Bibliothekarin erklärte, dass der Publikumsandrang leider nicht mir, sondern dem städtischen Schwimmbad gelte, das sich genau über der Bibliothek befinde. Während von oben im Minutentakt die Trillerpfeife des Trainers und das Aufklatschen der ins Wasser hechtenden Schwimmer zu hören waren, hatte ich dann vor genau drei Leuten gelesen: der Bibliothekarin, dem Vertreter der örtlichen Presse und dem Hausmeister. Aber die drei waren wenigstens ganz Ohr gewesen. Und mit dem Signieren war ich in einer Minute fertig.

»Und was stand dann in der Zeitung?«, fragte Lea amüsiert.
»*Literatur auf Tauchstation*« war die Rezension betitelt. Und endete mit dem Vorschlag des Schreibers, man solle die städtische Bibliothek doch gleich ins Schwimmbad verlegen und die Bücher wasserfest machen, damit man sie auch im Whirlpool lesen könne, und den Bademeister in eine ABM-Maßnahme zwecks Fortbildung zum Bibliothekar schicken – so könne man auch Personal einsparen.«

Die ganze Runde lachte. Und ich freute mich, hatte ich doch diese »Rezension« aus dem Stegreif erfunden.

Ich wartete, bis der Kellner die Bestellung aufgenommen hatte. Dann sagte ich zu Lea: »Wie du diese alten Lieder und Chansons neu interpretierst und dadurch zum Blühen bringst, das hat einen enormen Charme und macht dir so schnell keiner nach.«

»Hach, das geht mir jetzt wie Honig die Kehle herunter.« Sie schenkte mir ein dankbares Lächeln. »Warum bist du nicht Musikkritiker bei der FAZ geworden? Dann bräuchte ich um meine Zukunft nicht mehr zu bangen.«

Der Kellner kam mit den Getränken.

Nachdem Lea einen großen Zug aus dem Bierkelch genommen hatte, sagte sie: Ich mache mir wahrscheinlich keine Vorstellung, wie schwer es im heutigen Musikbetrieb eine freie Künstlerin habe, die sich ihren musikalischen Geschmack nicht von den Charts der Hitparade und den großen Musikagenturen diktieren lasse. Die noch so altmodisch sei, dass sie lieber Lieder von Hollaender, Tucholsky, Weill und Brecht singe als die sogenannten Highlights aus den amerikanischen Soaps und all das gesampelte Zeugs aus den digitalen Tonfabriken von heute. Die sich noch dazu die Freiheit nehme, ihre Programme selbst zusammenzustellen.

»Das finde ich toll«, sagte ich, »dass du in diesen Zeiten dir noch so etwas wie ein künstlerisches Gewissen leistest.«

In Leas Augen blitzte es auf. »Endlich mal einer, der das zu würdigen weiß.« Nur koste sie ihr künstlerisches Gewissen einen ziemlich hohen Preis: Ihre Programme seien für den Musikbetrieb von heute viel zu anspruchsvoll. Folglich werde es für sie immer schwieriger, Konzerte und Engagements zu bekommen. Oft spiele und singe sie – wie auch heute Abend – vor halb leeren Stuhlreihen. Manchmal wisse sie nicht, von welchem Geld sie ihre Handygebühren, die hohen Spritkosten und die Reparaturen für ihr Auto – sie sei ja berufsbedingt viel unterwegs – bezahlen solle. Um über die Runden zu kommen, müsse sie mehreren Nebenjobs nachgehen: Gesang- und Tanztherapie in der hiesigen Klinik, Gesangsunterricht für verzogene Mittelschichtkinder und miserabel bezahlte Beiträge für Musikinternetforen schreiben.

Vielleicht müsse man, sagte ich, um ihrer Karriere neue Schubkraft zu geben, eine zugkräftige Legende für sie erfinden. Werbung und Marketing seien heutzutage schließlich alles. »*Und die Liebe höret nimmer auf. Eine Zeitreise durch die Hoch-Zeiten der Chansons* – das ist zwar ein guter Titel. Aber wer ist eigentlich diese Sängerin namens Lea Sander? Und ihr Pianist namens Wojtek? Beide Namen sagen dem Liebhaber der leichten Muse nicht viel.«

»Ja«, sagte Lea, und es klang fast resigniert, »vielleicht sollte ich mir doch einen passenden Künstlernamen zulegen.«

Plötzlich hatte ich eine Idee: »Man müsste den Anfangsbuchstaben von ›Sander‹ nur durch zwei Buchstaben ersetzen.«

»Und durch welche?«

»Durch ›Le‹.«

Lea sah mich ratlos an. Doch dann fiel bei ihr der Groschen: »›Leander‹ ... Dass ich da nicht selbst drauf gekommen bin!«

»Lea Leander – einen besseren, zugkräftigeren Künstlernamen für dich kann es gar nicht geben, das zweifache ›Lea‹ im Namen hat was Suggestives und Magisches; zumal wie von selbst die Assoziation entsteht, du seist eine Nachfahrin der berühmten Zarah Leander aus dem vorigen Jahrhundert.«

»Aber ist die nicht reichlich kompromittiert durch ihre Karriere in der NS-Zeit?«

»Wer weiß das denn noch? Die smarten Jungs aus dem heutigen Musikbetrieb bestimmt nicht. Das Dritte Reich ist für die doch längst graue Vorzeit.«

»Aber was machen wir mit Wojtek?«

Lea stupste ihren Pianisten, der sich gerade mit Ansgar und Marja unterhielt, mit dem Ellenbogen an und erklärte ihm, dass sie gerade dabei seien, Künstlernamen mit prominenter Abstammung für sie beide zu kreieren:

»Wojtek«, wandte ich mich an den Pianisten, »du bist doch Pole, nicht wahr?«

»In Polen geboren, in Deutschland aufgewachsen.«

»Wojtek‹ – das klingt irgendwie nach ›Wojtyla‹, findet ihr nicht auch?«, mischte sich nun Oswald ein. »Hieß so nicht mit bürgerlichem Namen der letzte Papst Johannes Paul II.?«

»Ich hab's«, rief ich. »Also: Die Chansonette Lea Leander, eine Enkelin der berühmten Zarah Leander, und ihr Pianist Wojtek, ein unehelicher Balg von Papst Johannes Paul II., alias: Josef Wojtyla, gehen zusammen auf Tournee. Stellt euch mal den Medienrummel vor! Die Konzertagenturen werden sich um euch reißen, der Vatikan wird mit einem Prozess drohen, und ihr werdet nur noch in ausverkauften Sälen spielen.«

»In Deutschland vielleicht, aber nicht in Polen«, rief Wojtek in das allgemeine Gelächter hinein.

Wie malten uns die verschiedensten komischen Verwicklungen und Skandale aus. Lea lachte ihr helles klirrendes Lachen, und ich wunderte mich selbst, wie ihre Gegenwart mich elektrisierte und mein Geist so übermütige Kapriolen schlug wie lange nicht mehr.

Als man gegen Mitternacht aufbrach und ich mich von Lea verabschiedete, ließ sie ihre Hand einen Augenblick länger als sonst üblich in der meinen liegen – oder bildete ich mir das nur ein? Mit einem kleinen Glitzern in den Augen sagte sie: »Man sieht sich!«

Zukunftsszenarien

»Wirklich schön hast du's hier.« Ich stand mit einem Glas Prosecco vor dem großen Panoramafenster und blickte auf den See, auf dessen schwarzer Oberfläche ein bleicher Schimmer lag, der für kurze Zeit verschwand, wenn sich wieder eine Wolke vor den Mond schob. Nur vereinzelt erleuchtete Fenster rund um den See und ein auf einer Anhöhe blinkender Sendemast ließen die Umrisse des Ufers erahnen.

»Ja«, sagte Ansgar, der in der Küchenzeile stand und einen Blick in den Backofen warf, »ich wohne hier mitten in der Landschaft. Für mich ein idealer Ort des Rückzugs und der Kontemplation. Am schönsten ist es natürlich in den warmen Jahreszeiten, wenn der See fast stündlich seine Farbe wechselt und du die Seevögel, die Enten und Kormorane, die Blesshühner und Haubentaucher beobachten kannst.«

Ansgar schloss die Klappe des Backofens und gesellte sich mit seinem Proseccoglas zu mir. »Weißt du übrigens, dass du viel besser aussiehst als vor drei Wochen?«

»Findest du?«

»Als du hier ankamst, warst du sehr in dich gekehrt, fast ein bisschen abwesend. Jetzt ist dein Blick wieder offen, du wirkst gelöster, nimmst wieder teil am Leben ... Und kannst sogar wieder flirten! Hast Lea ja ganz schön angebaggert – gestern in der Weinstube.«

»Na ja«, sagte ich ein wenig verlegen, »sie ist ja auch eine verdammt schöne Frau mit Gold in der Kehle.«

»Eine wahre Nightingale, ja. Und eine verkörperte Männerfantasie. Nur für meinen Geschmack inszeniert sie sich ein bisschen zu sehr als solche.«

»Das gehört zu ihrem Geschäft, sie ist eben Künstlerin. Kennst du sie schon länger?«

»Nur flüchtig, sie arbeitet erst seit Kurzem hier. Bei den Patienten kommt sie jedenfalls gut an. Falls sich da zwischen euch was anbahnen sollte« – Ansgar legte seinen Arm um mich, wie um mich zu beschützen –, »sei vorsichtig, mein Lieber!«

»Wieso?«

»Weiß nicht – ist nur so ein Gefühl.« Und nach einem Schluck aus dem Glas: »Auch wenn es dir schon besser geht – deine Seele ist noch wund und daher sehr verletzlich.«

Auch wenn Lea die erste Frau nach dem Tod der meinen war, die mich wieder berührt hatte – ich hatte nicht vor, mich da kopflos in etwas hineinzustürzen. Eine Affäre mit ihr zu haben – das könnte schon aufregend sein. Aber zu mehr fühlte ich mich noch gar nicht bereit.

»Übrigens tut es Maik, unserem Jungvogel, sehr gut, dass du ihn ein bisschen unter deine Fittiche nimmst. Dass ihr zusammen joggt und diskutiert. Er mag dich. Weil du dich ihm als Mensch zeigst – und nicht als Prof. Das ist für ihn, glaube ich, eine ganz wichtige Erfahrung.«

»Ich mag ihn auch. Als ich mit dem Studium anfing, war ich ähnlich wie er: voller Ehrgeiz, aber auch voller Ängste und Unsicherheiten. Wusste nicht, was ich mit meinem Studium eigentlich anfangen sollte ... Und doch hatten wir es besser als die Studenten heute, die ihre Professoren und Dozenten in der anonymen Lernfabrik Universität kaum mehr kennenlernen.«

»Mein Sohn ist Informatiker«, sagte Ansgar, »und entwickelt die Software für Lernprogramme verschiedener Bildungseinrichtungen. Er sagt: Die Zukunft des Lernens werde das E-learning sein, das den Lehrkörper weitgehend überflüssig mache. Der Dozent habe dann nur noch die Aufgabe, das entsprechende Menü zusammenzustellen und es über das Intranet der Uni an die Studis zu versenden.«

»Die kennen die Namen ihrer Dozenten dann nur noch aus der Adresszeile ihrer E-Mail-Accounts.«

»Vielleicht wird es ja auch bald Softwareprogramme geben, die uns Therapeuten ersetzen. Wo eine angenehme virtuelle Stimme den Patienten durch das Dickicht seiner Psyche führt und ihm nach der zehnten Sitzung verkündet: Glückwunsch! Sie sind geheilt – und zu hundert Prozent wieder fit!«

»Und zur Prophylaxe gegen Stress und Burn-out hier der kostenlose Download des Bestsellers ›Slow Living. Wie entschleunige ich mein Leben?‹ Von Doktor Ansgar Wieland.«

Ansgar lachte. »Natürlich wird der User vor dem Downloaden dann doch noch auf ein verstecktes Bezahlprogramm geführt. Von irgendwas muss der Autor schließlich leben.«

Die Zeituhr piepte. Ansgar ging zur Küchenzeile zurück und holte die Tonschale mit dem Lachs-Nudelauflauf aus dem Backofen.

Der Sendemast auf dem gegenüberliegenden Seeufer blinkte jetzt abwechselnd weiß und rot ... Warum hatte Ansgar gesagt, Lea sei eine »verkörperte Männerfantasie«? Weil sie – jedenfalls auf der Bühne – alles bedienen konnte, was Männeraugen und -ohren entzückte und worauf Männer instinktiv anspringen? Allerdings war mir noch nie eine Frau und Künstlerin begegnet, die so virtuos die Rollen wechseln konnte. Da konnte einem fast schwindlig werden. Wer aber war sie jenseits dieser Rollen?

»Apropos Ratgeber! Hast du mal in mein Büchlein reingeschaut?«, fragte Ansgar. Er war gerade dabei, den Auflauf auf die rhombischen, an den Spitzen leicht geschwungenen Teller zu füllen.

»Ja natürlich. Und habe es mit Gewinn gelesen. Nur dein wiederholter Appell an den Einzelnen, die eigene Lebensführung zu ändern, sich mehr Ruhe und Pausen zu gönnen, abzuspannen, onlinefreie Tage einzulegen, erscheint mir – wie soll ich sagen? – ein bisschen wohlfeil.«

»Warum wohlfeil?«

»Weil das Problem auf der individuellen Ebene nicht lösbar ist. Natürlich kann man für zwei Wochen in ein Kloster gehen, Yoga machen und meditieren, oder in einem schicken Hotel irgendwo in den Bergen ein ›Entschleunigungs-‹ oder ›Do nothing-Wochenende‹ buchen und sich ayurvedisch ertüchtigen. Doch wenn der Mensch dann wieder etwas Kraft getankt hat, kehrt er zurück ins Hamsterrad.«

Ansgar kam mit den vollen Tellern zum Tisch. »Und jetzt lass es dir schmecken.«

»Wir alle sind doch inzwischen wie gehetztes Wild. Ständig gilt es, noch mehr Aktivitäten in noch weniger Zeit zu pressen. Überall, in der Erziehung, in der Wissenschaft, in der Arbeitswelt, beim Sport, geht es um optimierte Prozesse, größere Effizienz, mehr Ertrag und Gewinn. Nicht mal mehr unsere Freizeit ist eine freie Zeit, sondern eine, die wir durchplanen, in der wir alle Tätigkeiten auf ihren Nutzwert hin abwägen. Wir haben eine Diktatur der Ökonomie, die sich in alle Lebensbereiche gefressen hat. Das ist das Problem.«

»Wem sagst du das?« Ansgar legte Messer und Gabel nieder, sein

Ton wurde ärgerlich. »Aber ich kann dieses System nicht ändern. Und du auch nicht. »Was hülfe es dem Patienten auch, wenn ich ihm sage: Letztlich ist der Turbokapitalismus schuld an deinem Burn-out und deinen psychischen Problemen. Es wäre ja auch allzu simpel ... Warum powern sich denn die Menschen aus, bis ihr Körper in den Streik tritt und ihre Beziehungen und Partnerschaften in die Brüche gehen? Es ist eben nicht nur der ›stumme Zwang der Verhältnisse‹, es sind auch ihre neurotischen Zwänge und verinnerlichten Leistungsimperative, ihre Konsum-, Status-, Erfolgs- und Aufstiegswünsche, ihre perfektionistischen Selbstbilder und destruktiven Ichideale, die sie in die Krankheit, die Sucht und die Selbstzerstörung treiben. Das sind die Fragen, mit denen ich als Therapeut ständig zu tun habe. Das ist mein täglich Brot.«

»Versteh mich nicht falsch, Ansgar. Natürlich musst du als Therapeut bei den individuellen Problemen und Symptomen der Patienten ansetzen. Ist doch klar.«

»Und ehrlich gesagt: Ich glaube nicht, dass man dieses System überhaupt noch ändern kann. Man muss mit ihm leben. Oder hoffst du auf Wunder?«

»Nein. Aber ich setze noch immer auf das Prinzip Hoffnung. Darauf, dass die Menschen vernunftbegabte Wesen sind und sich nicht alles gefallen lassen werden. Dass sie sich zur Wehr setzen werden gegen diese neue Form von Totalitarismus, der da schleichend über uns gekommen ist.«

Ansgar lehnte sich zurück und wischte sich mit der Serviette über den Mund.

»Deinen Optimismus möchte ich haben. Die Annahme, die Menschen würden sich von Prinzipien der Vernunft und ihren eigenen Interessen leiten lassen, gehört für mich zu den großen Illusionen der Aufklärung. Haben wir nicht immer wieder, gerade auch in der jüngsten deutschen Geschichte, das Gegenteil erlebt? Dass die Menschen gegen ihre eigenen Interessen votieren? Auch jetzt, nach dem größten Crash in der Geschichte der Weltfinanz, wählt die große Mehrheit dieselben Parteien und Politiker wieder, die mit den Finanzjongleuren und Heuschrecken paktiert und ihnen freie Bahn gegeben haben. Spricht das nicht eher für das Prinzip Hoffnungslosigkeit?«

»Natürlich ist das deprimierend. Trotzdem darf man von Wahlergebnissen nicht einfach auf allgemeine Bewusstseinslagen schließen. Erst recht nicht, wenn fast ein Drittel der Bevölkerung gar nicht mehr zur Wahl geht. Nach Umfragen halten zwei Drittel der Bundesbürger unsere Gesellschaftsordnung für ›nicht gerecht‹.«

»Und doch wird sie von einer großen Mehrheit akzeptiert. Wie erklärst du dir das?«

»Erklär du es mir.«

Ansgar füllte die Weingläser nach, dann sagte er: »Die hohe Akzeptanz dieses Systems beruht vor allem darauf, dass es in puncto Konsum, Mobilität, Reisen, Lebensstil, sexuelle Orientierung et cetera den Menschen die größtmögliche Freiheit verspricht und diese Bedürfnisse, soweit es der eigene Geldbeutel erlaubt, ja auch tatsächlich erfüllt. Solange es dem Kapitalismus gelingt, die Grundbedürfnisse der Menschen zu erfüllen und gleichzeitig ihre Wunschwelten zu okkupieren, ist gegen ihn kein Kraut gewachsen, ist er schlechterdings nicht zu überwinden.«

»Zu den Grundbedürfnissen, die für immer mehr Menschen unerfüllt bleiben, gehören ein sicherer Arbeitsplatz, bezahlbarer Wohnraum und die Teilhabe am gesellschaftlichen Leben. Ich glaube auch nicht, dass sich die Menschheit á la longue mit einem Wirtschaftssystem abfinden wird, das all die Probleme katastrophal verschärft, die es zu lösen vorgibt: die wachsende Ungleichheit, die immer tiefere Kluft zwischen Arm und Reich, die strukturell bedingte Massenarbeitslosigkeit, von der besonders die Jugend betroffen ist, den Welthunger, die neue Völkerwanderung der Flüchtlinge und Migranten, vor allem aber die fortschreitende Zerstörung der Lebenswelten, der Natur und der Biosphäre.«

»Aber die Krux ist doch«, erwiderte Ansgar, »dass nach der Auflösung der Sowjetunion und des realsozialistischen Blocks sich kaum einer mehr vorstellen kann, wie es denn anders gehen und welches System anstelle des bestehenden treten könnte!«

»Das TINA-Syndrom – *There Is No Alternative* – hat allerdings wie ein lähmendes Gift fast alle Poren des Gesellschaftskörpers durchdrungen. Und die Verleugnung der Fakten ist zum Modus der Politik geworden ... Aber wenn ich mich umschaue, bin ich immer wieder erstaunt, wie viele engagierte Menschen, Einzelkämpfer, Querdenker, kritische Gewerkschaftler und Wissenschaftler, wie viele Bürgerinitiativen, Netzwerke und Onlineforen es gibt, die Alternativen formulieren und auf die eine oder andere Weise versuchen, die verloren gegangenen öffentlichen Räume wieder zu besetzen. Nur finden ihre Tagungen und Kongresse, ihre alternativen Konzepte, Vorschläge und Kampagnen kaum Niederschlag in den Medien. Und was nicht in den Medien ist, existiert nicht. Darum sieht es für den Normalbürger so aus, als gäbe es keine Alternativen.«

Ansgar räumte die Teller ab, ging zur Küchenzeile und kam mit dem Dessert zurück. »Du magst doch Tiramisu?«

»Ja, sehr!«

»Ich bewundere dich für dein anhaltendes Engagement, Fabian. Dass du nicht resignierst. – Mir scheint allerdings, das allgemein verbreitete Gefühl der Alternativlosigkeit hat noch andere, tiefer liegende Gründe.«

»Nämlich?«

»Die nachlassende Fortschrittshoffnung der Menschen. Weil die großen Versprechen der Aufklärung, die die Entwicklung der Moderne begleiteten, sich nicht erfüllt haben. Zu diesem Versprechen gehörte, dass jede neue Generation gegenüber der vorangegangenen ein etwas besseres Leben haben, dass es den Kindern besser gehen wird als den Eltern. Über ein, zwei Jahrhunderte hat das leidlich funktioniert. Doch jetzt erleben wir das Gegenteil. Die junge Generation von heute – die Sprösslinge aus reichen Familien ausgenommen – wird die erste sein, der es in fast allen Belangen – was Arbeit, Einkommen, Wohlstand und soziale Sicherheit angeht – schlechter gehen wird als ihren Eltern.«

»So ist es ... Aber das desavouiert doch nicht die großen Leitideen und Utopien der Aufklärung, Ansgar. Es bedeutet lediglich, dass unter dem Regime des Neoliberalismus die Geschichte wieder im Rückwärtsgang geht. Weil es dem herrschenden Kartell aus

Politik, Wirtschaft, Wirtschaftswissenschaft und Medien gelungen ist, der arbeitenden Bevölkerung ein Dauerprogramm der sozialen Demontage – Lohnkürzung, Rentenkürzung, Kürzung von Sozialleistungen und prekäre Arbeitsverhältnisse – als ›notwendige Reformen‹ zu verkaufen, damit wir ›im globalen Wettbewerb bestehen können‹, wie es immer heißt.«

»Es geht ja nicht nur um die Demontage und den fortschreitenden Verlust des Sozialen. Hättest du dir vor zehn, zwanzig Jahren vorstellen können, dass die Religion, die ja der große Antipode der Aufklärung war, wieder so auf dem Vormarsch ist, wie dies heute der Fall ist? Dass im Namen der Religion, im Namen Allahs, wieder geköpft, gesteinigt und gekreuzigt wird?«

»Das ist ja eben das Problem der islamischen Kulturen, dass sie keine Epoche der Aufklärung durchgemacht haben und es nie zur Trennung von Staat und Religion gekommen ist ... Es sollte uns aber zu denken geben, dass der islamistische Terror aus den Zerfallsprodukten gerade jener arabischen Staaten hervorgeht, gegen die die USA, im Verein mit der NATO, jahrelang Krieg geführt haben.«

»Eine der wichtigsten Errungenschaften der Aufklärung war die Abschaffung der Folter. Jetzt kehrt sie wieder zurück – und wird im Geheimen gerade von jenem Staat vollstreckt, der sich dem ›Rest der Welt‹ als Vorbild für Demokratie und Freiheit empfiehlt. Was hat uns die ganze Aufklärung letztlich gebracht?«

Allmählich schwirrte mir der Kopf von all den Fragen, auf die es ja auch keine einfachen Antworten gab. »Das Projekt der Aufklärung«, sagte ich schließlich, »gehört – ebenso wie die ursprüngliche Idee und Utopie des Sozialismus, die ein Kind der Aufklärung und des Humanismus ist – zu dem ›Unabgegoltenem der Geschichte‹, wie Ernst Bloch sagen würde. ›Unabgegolten‹ heißt nicht: vom Lauf der Geschichte widerlegt und für immer erledigt, sondern: als Möglichkeit im Zukünftigen enthalten. Bis heute bricht sich die Forderung nach einem nachhaltigen und gerechten Wirtschaftssystem am Primat des Privateigentums. Die Zukunft der Menschheit – vielleicht muss man es so pathetisch sagen – hängt davon ab, ob sich genügend Menschen finden, die sich daranmachen, die Aufklärung zu vollenden.«

Mit leichtem Spott erwiderte Ansgar: »Das klingt mir doch sehr nach dem alten theologischen Dilemma: *Credo quia absurdum!* ... Angesichts des endlosen ›Krieges gegen den Terror‹, der immer neuen Terror gebiert, und der sich bereits abzeichnenden Umwelt- und Klimakatastrophen fällt es schwer, weiterhin an die Wirkmächtigkeit der großen Ideen und Utopien der Aufklärung zu glauben. *Freiheit, Gleichheit, Brüderlichkeit* – das Echo dieses schönen Dreiklangs, der die Menschheit, auch uns 68er, einst so beflügelte, wird ja doch immer schwächer. Ich halte es mit Voltaires *Candide,* der sich zuletzt damit bescheidet, seinen Garten zu bestellen. Und bin es zufrieden, wenn ich dem ein oder anderen Patienten helfen kann, sein Leben im Hamsterrad ein wenig erträglicher zu gestalten.«

Ansgar stand auf, räumte Geschirr und Besteck auf das Tablett und trug es zur Küche.

»Denke nur nicht«, sagte ich, »dass ich gegen Resignation gefeit wäre.«

Ansgar blickte erstaunt zu mir herüber.

»Kürzlich habe ich Huxleys *Brave New World* wiedergelesen – und war erschrocken, wie sehr wir schon mittendrin sind: Wissenschaftsgläubigkeit und Technokratie, Geschichtslosigkeit plus Hedonismus bestimmen das Lebensgefühl ihrer Bewohner. Ihre Identität wird vom Status als Konsument bestimmt. Der Hedonismus nagelt sie gnadenlos im Augenblick fest. Kaufe hier, konsumiere jetzt! Mache Schulden, damit du kaufen kannst! Wirf weg, was noch brauchbar ist! Und wenn du Kummer hast, schlucke Soma, die Pille des Vergessens ... Das Herzstück einer jeden Zivilisation ist die Erinnerung, das Bewusstsein ihres Gewordenseins. Wenn wir vergessen, mit viel Leid, Blut und Tränen unsere Vorfahren wichtige Rechte und Freiheiten erkämpft haben, werden uns diese Rechte und Freiheiten immer weniger bedeuten. Bis eines Tages auch die demokratische Wahlfreiheit auf der Stufe von Markenwahl im Konsumtempel angelangt ist ... In George Orwells *1984* mussten die Machthaber noch regelmäßig die Geschichte fälschen, damit die arbeitenden Massen keine Vergleichsmöglichkeit mehr hatten und sich nicht gegen die Zustände auflehnten. In Huxleys *Brave New World* sind Geschichtsfälschungen gar nicht mehr nötig, weil ihre Bewohner kein Geschichtsbewusstsein mehr haben. Es herrscht auch kein Zwang mehr wie in der Diktatur, sondern das größtmögliche Einverständnis mit dem scheinbar so libertären System, das die Fremdausbeutung durch die Selbstausbeutung ersetzt hat und das als ›alternativlos‹ gilt, weil seine ökonomischen Imperative längst verinnerlicht worden sind. Ich fürchte, Huxley hat das Script für das 21. Jahrhundert geschrieben.«

Ansgar griff sich mit beiden Händen an den Kopf, als ob ihm plötzlich schwindle.

»Ich glaube, ich brauche jetzt einen starken Drink«.

Er ging zum Buffetschrank und kam mit einer Whiskyflasche und zwei Gläsern zurück.

»Glaub mir, auch mich ficht manchmal der Zweifel am Sinn meines Berufs an: Wir geben uns alle Mühe, unsere Patienten aus dem schwarzen Loch der Depression wieder herauszuholen, wir entschleunigen sie, päppeln sie wieder auf – und dann kehren sie doch zurück, in dieselben Verhältnisse, die sie krank gemacht haben. Und nicht wenige kommen nach zwei oder drei Jahren mit den gleichen Symptomen wieder. Es ist wie bei Sisyphos: Du schiebst den Stein mühsam den Berg hoch, und wenn er oben ist, rollt er wieder zurück.«

»Vergiss nicht: Nach Camus war Sisyphos ein glücklicher Mensch!«

Ansgar hob sein Glas. »Trinken wir auf Sisyphos – und auf unsere Freundschaft!

Seit wann kennen wir uns jetzt?«

»Seit fast vierzig Jahren.«

»Dann können wir ja bald ›goldene Freundschaft‹ feiern!«

Wir ließen die Gläser klirren.

Sechstes Kapitel

Nicht alle sind tot, die begraben sind

Mitten in der Nacht erwachte ich von einem Alb: Ich betrete, in der einen Hand einen Topf mit weißen Margeriten, in der anderen eine kleine Schaufel, den Friedhof von Amorbach, um Dorotheas Grab zu besuchen. Es herrscht ein seltsames Zwielicht, ich komme mir wie in einem Schwarz-Weiß-Film vor. Doch als ich vor dem dritten Grab in der letzten Reihe haltmache, traue ich meinen Augen nicht: Wo sonst der blau schimmernde Findling mit den eingravierten Initialen meiner Frau stand, befindet sich eine dunkel geäderte, abweisende Marmorplatte, an deren Kopfende eine Vase mit verwelkten Blumen steht. Und auf der Platte ist mit seltsam verschnörkelten Lettern, die an Sütterlinschrift erinnern, ein Name eingeritzt, den ich nicht lesen kann. Ich kann nicht glauben, was ich da sehe, vielmehr nicht mehr sehe. Oder habe ich mich verzählt? Nein, es ist das dritte Grab in der Reihe, das meiner Frau gehört – und nun einer oder einem anderen gehört. Hat man ihr Grab etwa verlegt? Ich haste, in wachsender Panik, von Grabstein zu Grabstein, aber Dorotheas Grab ist spurlos verschwunden.

Schließlich wende ich mich an den Friedhofsgärtner, der gerade mit einer Schubkarre voll Erde den Kiesweg entlangkommt. Das kann doch nicht sein, schreie ich ihn an, dass ein Grab plötzlich verschwindet! Der Friedhofsgärtner stellt seine Karre ab, schiebt mit einer lässigen Handbewegung seine über die Stirn gestülpte Baskenmütze nach oben und sagt mit stoischer Miene: »Ist doch alles halb so schlimm.« – Ich starre ihn fassungslos an, dann drehe ich mich um, renne zurück zu den Gräbern, haste wieder von Kreuz zu Kreuz, bis ich, um dieser vergeblichen Suche ein Ende zu setzen, endlich erwache.

Mein Herz stockte sekundenlang, dann schlug es ganz schnell und setzte wieder für Sekunden aus. Ich wartete eine Weile, bis es den gewohnten Takt gefunden hatte. Dann knipste ich die kleine Nachttischlampe an und setzte mich aufrecht. Mit einem Zipfel des Betttuches wischte ich mir den Schweiß von der Stirn.

Die im Traum erlebte Szene kam mir bekannt vor. Mitte der Neunzigerjahre hatte ich zusammen mit Dorothea das Haus meiner Kindheit in Grainau bei Garmisch-Partenkirchen besucht, das in einem Talkessel am Fuße der Zugspitze liegt. Gemeinsam hatten wir auf dem alten Teil des Dorffriedhofes nach dem Grab meiner Mutter gesucht. Ich erinnerte mich noch genau an die wachsende Panik, die mich ergriff, als ich die Reihen mit den verwitterten, teils schräg stehenden, teils umgefallenen Grabsteinen und verrosteten Kruzifixen durchforstete, wie ich mich immer wieder durch Zuruf mit Dorothea verständigte, die einen anderen Teil des Friedhofs durchsuchte – und doch konnten wir nirgendwo den Namen Marlies Fohrbeck entdecken. Da ich nur wenige schemenhafte Erinnerungen an meine Mutter hatte und ihren Tod damals weder betrauern noch überhaupt als solchen begreifen konnte, hoffte ich wenigstens in Gestalt ihres Grabes einen Ort zu finden, wo ich ihrer, wenn auch mit jahrzehntelanger Verspätung, gedenken konnte.

Und der Friedhofsgärtner? Sein Gesicht sagte mir nichts, ich hatte den Mann noch nie gesehen, und doch war da etwas an ihm, das mir vertraut war ... Die Baskenmütze! Er trug eine Baskenmütze, wie mein Vater sie immer getragen hatte; war sie doch seine lebensrettende Tarnung gewesen, als er im Spätherbst 1945 aus dem französischen Gefangenenlager geflohen war. *Ist doch alles halb so schlimm* war einer seiner stereotypen Redensarten gewesen, wenn etwas Schlimmes passiert war oder bevorstand. Es war sozusagen das Mantra seines unverwüstlichen Optimismus, der ihn die Krisen und Katastrophen seines Lebens, den Krieg, den Zusammenbruch des »Dritten Reiches« und die Demütigungen der Gefangenschaft, hatte überstehen lassen.

Ich stand auf, schlüpfte in meinen Morgenmantel und ging zur Küchenzeile. Ich stellte den Wasserkocher an und platzierte zwei Beutel eines Ingwer-Minze-Tees in die Teekanne.

Nur dunkel erinnerte ich mich noch an jenen Sommerabend, als der Vater, vom Bahnhof kommend, in jeder Hand einen vollen Sirupeimer, das Wohnzimmer des mit Flüchtlingen vollgestopften Hauses in Grainau betreten hatte, wo wir Kinder und die Großmutter wie zu einer Feierstunde versammelt waren. Alle waren in großer Sorge um die Mutter, die, an Gelbsucht erkrankt, seit Wochen in einem Krankenhaus in Hannover lag, wo der Vater als Dirigent tätig war. »Meine Lieben«, sagte er in feierlich ernstem Tone, »Gott hat unsere liebe Mam zu sich gerufen. Habt keine Angst! Seid nicht traurig! Denn sie ist noch unter uns und wird immer bei uns sein, auch wenn sie jetzt im Himmel ist.«

Ich saß wie versteinert da, ebenso meine drei älteren Geschwister. Ich bekam keinen Ton heraus, kein Wort, keine Träne. Auch in den folgenden Tagen blieb ich sprachlos, klagte nicht, weinte nicht, schrie nicht. Ich hatte ja auch keinen Grund zur Trauer; denn, wie der Vater versichert hatte, war die Mutter nicht wirklich tot, sie war ja noch »unter uns«. In dieser Vorstellung wurde ich auch dadurch bestärkt, dass niemand in der Familie sichtbare Zeichen von Trauer und Schmerz bekundete. Und da ich am Begräbnis der Mutter nicht teilnahm, wohl nicht teilnehmen sollte, hatte ich auch keine Gelegenheit, von ihr Abschied zu nehmen.

Einige Wochen nach dem »Tod« der Mutter entwickelte ich ein sonderbares Ritual: Jeden Tag holte ich einen Spaten aus dem Geräteschuppen, der hinter dem Haus am Rand des angrenzenden Grundstücks stand, und brachte Stunden damit zu, die Schlaglöcher in der Straße vor dem Haus zuzuschaufeln. Wenn ich ein Loch mit

Sand und Steinen aufgefüllt hatte, klopfte und strich ich es an den Rändern liebevoll glatt.

Nicht lange und ich verfiel einem merkwürdigen Tic: Nach dem Essen, wenn die Großmutter und die Geschwister in die Küche gingen, um abzuwaschen, kroch ich, von niemandem beobachtet, unter einen Stuhl und fing, wie in einer Wiege, zu schaukeln an; den Kopf wälzte ich so lange zwischen den Stuhlbeinen hin und her, bis sich die Zimmerdecke über mir drehte. Das von mir selbst erzeugte Schwindelgefühl versetzte mich in eine Art Trance, bis ich so erschöpft und gerädert war, dass ich aufhören musste.

Bald zeigte ich eine andere sonderbare Gewohnheit: Jeden Morgen, kurz bevor die Erstklässler auf dem Weg zur Dorfschule die Alpspitzstraße hinunterliefen, baute ich vor dem Haus aus ein paar Feldsteinen und Holzplanken eine Art Barrikade auf und zwang alle Mädchen, die kleiner und schwächer waren als ich, vor dieser Barrikade anzuhalten. Ich ließ sie nur gegen ein »Lösegeld« durch, das heißt, wenn sie mir ihr Schulbrot oder ihren Apfel überließen. Wenn sie mir aber den in Naturalien geforderten Tribut verweigerten oder versuchten, an der Barrikade vorbeizuhuschen, verfolgte ich sie, bis ich sie geschnappt hatte, und verprügelte sie zur Strafe. Ich gefiel mir ungeheuer in dieser Rolle als »grausamer Ritter der Alpspitzstraße«. Das fand erst ein Ende, als sich die Eltern eines Mädchens, dem ich sein Schulbrot entrissen hatte, bei meiner Großmutter beschwerten. Daraufhin schlug sie mich so windelweich, dass ich es fortan nicht mehr wagte, das böse Spiel zu wiederholen.

Oft sah ich zu den Wolken hinauf, die über den von Alpenmassiven eingegrenzten Talkessel zogen, in dem das Dorf lag, und dachte: ›Irgendwo da oben ist jetzt die Mutter – und schaut zu mir herab.‹ Da ich keine Vorstellung hatte, was »Totsein« bedeutet, verband ich es mit der Vorstellung des Verreisens, die mir geläufig war; denn die Mutter war oft verreist gewesen. Und so dachte ich, sie sei auch jetzt eigentlich nur »verreist« und käme bestimmt irgendwann wieder.

Nachdem ich den Tee aufgegossen und ein wenig hatte ziehen lassen, setzte ich mich mit der vollen Tasse in den Lehnstuhl vor dem

Balkonfenster. Ich schob die Gardine ein Stück beiseite, um zu sehen, ob es schon dämmerte. Aber es war noch Nacht.

Seltsam, wie unwirklich mir noch heute der Tod, das plötzliche Verschwinden meiner Mutter, erschien. Und wie anhaltend die Hoffnung des Kindes gewesen war, dass sie irgendwann wiederkommt. Entstammte diesem traumatischen Urerlebnis vielleicht meine spätere Faszination für die Zauberei, für das plötzliche Verschwinden und Wiedererscheinen von Gegenständen aller Art?

Warum aber hatte der Vater aus dem Tod seiner Frau ein mystisches Rätsel gemacht? Oder war es für ihn gar kein Rätsel? Beide Eltern waren über die Beschäftigung mit den Schriften Rudolf Steiners zur Anthroposophie gelangt, und den Vater hatte die theosophische Idee der Reinkarnation zeitlebens fasziniert. Da der Tod in seinen Augen nur den Übergang in ein anderes Leben anbahnte, war dieser für ihn auch nicht mit dem Schrecken und Schmerz der Endgültigkeit behaftet.

Überhaupt gehörte der Tod – an der Front, in den Bombennächten und während der Flucht – so sehr zum gewohnten Alltag der Kriegsgeneration, dass er fast schon etwas »Normales« geworden war. Wo es ums pure Überleben ging, blieben auch keine Zeit und keine Kraft mehr für die Trauer. Ja, die Überlebenden dieses entsetzlichsten aller Kriege waren den Toten selbst so ähnlich geworden, dass einem die Toten dagegen vergleichsweise lebendig erscheinen konnten.

Das mit seinen Erkern und Balkonen eigentlich schmucke Holzhaus in der Alpspitzstraße, das dem Großvater mütterlicherseits gehörte und mit Kriegsinvaliden und Flüchtlingen vollgestopft war, erschien mir als ein regelrechtes Irrenhaus, ja Spukhaus: Da war die Frau Dorneich mit ihrer Hasenscharte. Ihr Mann, der ein Glasauge hatte, jagte sie, wenn er einen seiner cholerischen Anfälle bekam, aus dem Keller in den Hof und warf mit Steinen und Holzscheiten nach ihr. Oft musste die Großmutter den Arzt holen, wenn Frau Dorneich einen ihrer epileptischen Anfälle bekam und zuckend und stöhnend, von ihrem Mann an Armen und Beinen festgehalten, auf der Pritsche lag. Dann war da ein älterer Mann, ein Russland-Heimkehrer, der auch im Keller wohnte und mit seinem Holzbein immer über den Hof schlurfte; gebannt starrte ich, das Gesicht am Verandafenster, auf die geschlängelte Spur, die er im Kies hinterließ. Dieser Keller, über dem die Familie wohnte, war für mich der Inbegriff von Gewalt, Wahnsinn und Züchtigung. Wenn ich – oft vor Schreck – in die Hose gemacht hatte, schleppte mich die aus Ostpreußen mitgeflüchtete Kinderfrau in den Keller und stellte mich in eine Ecke mit dem Gesicht zur Wand – wie zu einer Hinrichtung.

Ihr Sohn, der zwei, drei Jahre älter als ich war, jagte mich oft durch den Garten, und wenn er mich erwischt hatte, nahm er mich in den Schwitzkasten und drückte so lange zu, bis mein Gesicht krebsrot angelaufen war. Fast alle Hausbewohner, mit denen ich als Kind zu tun hatte, benahmen sich so, als hätten auch sie ihre Mütter verloren, als rächten sie sich unter- und aneinander dafür, dass sie von ihren geliebten »Führern« im Stich gelassen worden waren. Vielleicht habe ich mich als Kind auch deswegen so an meine »tote« Mama geklammert, um nicht an den Lebenden beziehungsweise Überlebenden irrezuwerden.

Schon im ersten Schuljahr beschwerten sich meine Lehrer über die Unordnung in meinen Schulheften. Meine linierten Schönschreibhefte sahen tatsächlich so aus, als seien »die Hühner darübergelaufen«, wie die Großmutter zu sagen pflegte. Ich schrieb mutwillig über und unter die vorgezeichneten Linien, verschmierte die Ränder und kleckste wild mit Tinte herum, als fände ich eine geheime Lust daran, meine eigene Schrift bis zur Unkenntlichkeit zu entstellen.

Einmal zog mich der Klassenlehrer aus den hinteren Bänken an den Ohren heraus, zerrte mich vor die Tafel und blätterte mein Schönschreibheft, in dem mehr Tintenkleckse als Buchstaben zu sehen waren, vor der ganzen Klasse durch, schwang dann den Rohrstock, um mir eine »Tatze« zu verpassen, das heißt: auf die ausgestreckten Finger zu hauen. Zum Ergötzen meiner Mitschüler aber zog ich die Hand im letzten Augenblick immer zurück, bis der Lehrer mir schließlich mit dem wütendem Ausruf »Der ist nicht nur ein Schmierfink, der ist auch noch feige!« in die Kniekehlen und auf den

Hintern schlug und erst aufhörte, als meine Feigheit durch mein Heulen und Wimmern endgültig bewiesen schien. Am angesehensten waren nämlich die Schüler, die Haltung bewahrten, die Hand ausgestreckt hielten und die Hiebe einsteckten, ohne eine Miene zu verziehen.

In den ersten beiden Schuljahren der provisorischen Einheitsschule, in der etwa fünfzig Schüler verschiedener Jahrgänge in einer Klasse zusammengepfercht waren, habe ich so viele Hiebe und Strafarbeiten bekommen, dass ich mich, außer an diese, an nichts mehr erinnern konnte.

Meine Verstöße gegen die Form erregten den Zorn nicht nur meiner irdischen, sondern auch meiner himmlischen Erzieher. Am Nikolaustag erwartete ich mit bangem Herzen die Ankunft des St. Nikolaus und seines Knechts Ruprechts. Beim ersten Türklopfen verkroch ich mich in den Rockzipfeln der Großmutter. Als ich sie dann mitten im Zimmer stehen sah, St. Nikolaus übergroß, mit weißem Bart und roter Kapuze, und Knecht Ruprecht, mit Rute und einem Sack, wollte ich nur noch weglaufen. Was mich an diesem Nikolaus so ängstigte, war, dass er humpelte wie jener Russland-Heimkehrer, der im Keller des Hauses wohnte. Am meisten aber entsetzte mich Knecht Ruprecht, der einen so starren und glasigen Blick hatte wie Herr Dorneich. Nachdem die Großmutter mir gut zugeredet hatte, begann jenes Verhör, jene himmlische Inquisition, die mir noch heute Wort für Wort gegenwärtig ist: Der Nikolaus: ›Fabian, schau mir mal in die Augen! Gehorchst du auch immer deinen Eltern und Großeltern?‹ – Ich, ganz verstört: ›Ja, ja!‹ – Der Nikolaus: ›Und machst du auch immer deine Schulaufgaben?‹ – ›Ja, ja‹ – ›Dann‹, sagte der Nikolaus, während Knecht Ruprecht ein paarmal mit der Rute durch die Luft hieb, ›zeig mir doch mal deine Schulhefte.‹ Ich glaubte vor Angst in den Boden zu versinken, während der Nikolaus mein Schönschreibheft durchblätterte. ›Das sieht aber schlimm aus‹, sagte er mit grollender Stimme, während Knecht Ruprecht mit geöffnetem Sack auf mich zuging. »Wenn das nicht besser wird, steckt dich Knecht Ruprecht in den Sack«. Heulend verkroch ich mich hinter meiner Großmutter. Auch als Knecht Ruprecht den

Sack öffnete und, anstatt mich mitzunehmen, Äpfel, Apfelsinen, Schokolade und Kekse auspackte, stand ich noch immer heulend vor diesen ausgepackten Herrlichkeiten. Diese hinkenden Nikoläuse und glasäugigen Knecht Ruprechts, diese kostümierten Kriegskrüppel, die anscheinend nicht nur das Haus und den Keller, sondern auch den Himmel bevölkerten, erschienen mir als eine Art himmlischer Gestapo; hatte ich doch irgendwo einmal gehört, dass die Gestapo einen jederzeit abholen könne.

Asthma

Auf einmal fühlte ich einen Druck auf der Brust, als ob mich eine alte Beklemmung heimsuche. Ich schob die Fenstergardine beiseite und öffnete die Doppeltüren, die auf den Balkon führten. Draußen dämmerte es bereits, es war kühl. Ich tat einige tiefe Atemzüge, die frische Luft tat mir gut.

Wann ich meinen ersten Asthmaanfall bekommen hatte, daran konnte ich mich nicht mehr erinnern. Nur daran, dass die Anfälle mich ganz plötzlich, draußen im Garten, auf der Straße oder drinnen im Haus, überfielen. Und dass ich das Gefühl hatte, als drücke mir jemand die Kehle zu, als müsse ich gleich ersticken. Auch daran konnte ich mich erinnern, dass mir die Großmutter oft zu Hilfe kam, mir gut zuredete und über die Wangen streichelte, bis ich wieder ausatmen konnte.

Um die Orte, wo mich die Anfälle heimgesucht hatten, um den Schuppen hinterm Haus oder eine bestimmte Stelle am Gartenzaun, pflegte ich fortan einen großen Bogen zu machen, als seien sie vom Teufel besessen. Am schlimmsten war es nachts, wenn mich die Anfälle im Schlaf heimsuchten. Denn im Liegen bekam ich erst recht keine Luft. Bald hatte ich Angst vorm Einschlafen. In mein Nachtgebet, das ich mit der Großmutter sprach, schloss ich regelmäßig die Bitte ein, der liebe Gott möge mich von diesen »teuflischen« Heimsuchungen erlösen, die ich als Strafe auffasste für irgendetwas, das ich verbrochen hatte. Doch was das war oder sein könnte, wusste ich nicht.

Der Vater und die Großmutter hielten mein Asthma schlicht für angeboren, für vererbt; was umso plausibler klang, als der Vater auch Asthmatiker war. Asthma übertrug sich ihrer Meinung nach ebenso vom Vater auf den Sohn wie Musikalität – wofür unsere Familie ebenfalls ein Beweis schien. Im Nachhinein wunderte es mich allerdings nicht, dass ich in diesem von halbirren Kriegsinvaliden und Flüchtlingen bewohnten Haus und in der von ehemaligen NS-Lehrern kommandierten Nachkriegsschule »vor Schreck die Luft anhielt«.

Von meinem neunten Lebensjahr an ging mein Asthma allmählich zurück und hörte schließlich ganz auf. Der Vater hatte inzwischen wieder geheiratet, und die Familie war nach Freiburg umgezogen, wo der Vater eine feste Stelle als erster Dirigent am Stadttheater innehatte. Auch wenn meine Stiefmutter nicht eben eine Frau war, bei der ein verstörter und schüchterner Junge sich aufgehoben fühlen konnte – es gab wieder so etwas wie ein normales Familienleben, und das trug ebenso zu meiner seelischen Stabilisierung bei wie die Behandlung durch den homöopathischen Hausarzt Doktor Reps, dessen warmherzige Ausstrahlung die heilende Wirkung seiner Globuli wohl erst ermöglichte.

Im Zuge der Pubertät aber wurde ich öfter von Sprechhemmungen geplagt, die an mein früheres Asthma erinnerten. Bei bestimmten Wörtern, vor allem bei denen, die mit M (wie Mama) anfingen, oft auch bei den mit W beginnenden Fragepronomen stockte ich und geriet dann ins Stottern; und diese Hemmung übertrug sich mit der Zeit auch auf andere, ähnlich klingende Konsonanten und Wörter. Oft musste ich, um die phonetischen Hürden zu überwinden, einen angefangenen Satz mehrfach wiederholen. So gewöhnte ich mir ein viel zu schnelles Sprechen an, als könnte ich diese Hemmung, die mit schrecklicher Scham verbunden war, auf diese Weise überspielen und vertuschen. Dabei konnte ich, wenn ich mich wohl- und entspannt fühlte, völlig normal und flüssig sprechen und erwies mich in meinen Schulaufsätzen als ausdrucksstark.

Desgleichen wenn ich zauberte und meine Kunststücke kommentierte. Doch in bestimmten Situationen, etwa wenn der Lehrer mich vor der Klasse aufrief oder die Stiefmutter mich beim Vokabellernen abfragte, blieb mir die Antwort im Halse stecken. Und als Jüngster am Familientisch machte ich oft die Erfahrung, dass man mich nicht ausreden ließ, wenn auch ich etwas zum Gespräch beitragen wollte. In der Erwartung, dass man mich sowieso gleich unterbrechen und mir das Wort abschneiden würde, unterbrach ich mich beim Sprechen fortwährend selbst – ein Handicap, das mich auch später während des Studiums öfter heimsuchte. Ich hatte nicht nur eine höllische Angst vor mündlichen Prüfungen, sondern auch vor dem öffentlichen Sprechen. Darum suchte ich öffentliche Auftritte möglichst zu vermeiden.

Kindheitsmuster

In der Einzeltherapie am nächsten Vormittag erzählte ich Frau Klier von meinem Albtraum, dem frühen Tod meiner Mutter, um die ich als Kind nicht hatte trauern können, und von meinen Asthmaanfällen.

»Aha«, sagte Frau Klier, und es klang fast erleichtert, »da sind wir ja endlich beim Kern des Problems.«

Ich erzählte sodann von den Briefen der Mutter, die ich vor Jahren im Nachlass meines Vaters gefunden hatte. Und wie tief es mich berührt hatte, mit nunmehr sechzig Jahren die für mich unleserlichen, in Sütterlinschrift verfassten Briefe der Mutter in Händen zu halten, die teils auf karierten DIN-A4-Bogen, teils auf Durchschlags-, teils auf Einwickelpapier, oft auch nur mit Bleistift geschrieben waren. Und wie ich erst durch diese Briefe, nachdem sie in unser lateinisches Schriftsystem transferiert worden waren, ein halbwegs realistisches Bild der Mutter gewonnen hatte, das bis dahin nur bruchstückhaft gewesen war. »Himmelhoch jauchzend und zu Tode betrübt« – so hatte der Vater sie manchmal charakterisiert. Und dass sie eine leicht entzündliche Stichflamme gewesen sei. Er verschwieg denn auch nicht, dass sie bis zu ihrem Tod eine leidenschaftliche Liebesbeziehung zu seinem – damals – besten Freund, einem aufstrebenden Opernregisseur, gehabt hatte. Doch mehr Auskünfte erhielten wir nicht.

Erst aus ihren Briefen, die teils an den Vater, teils an den geliebten Freund gerichtet waren, ergab sich das Bild einer ungewöhnlichen Frau, die feinsinnige Gedichte schrieb. Sie hatte in Leipzig, wo sie auch den Vater kennenlernte, eine Zeit lang Musik und Klavier studiert. Sich mit ihrem Dasein als Hausfrau und Mutter nicht begnügend, hoffte sie, durch die Verbindung mit jenem Opernregisseur in ihren künstlerischen Neigungen gefördert und in seine Projekte als dramaturgische Beraterin oder aktive Mitarbeiterin einbezogen zu werden; was sich indes als trügerisch erweisen sollte. Vor allem zeichneten ihre Briefe das Bild einer Frau, die buchstäblich zerrissen war – zwischen der Liebe zu ihrem Mann und Vater ihrer Kinder und der verzehrenden Passion für jenen Opernregisseur, dem sie sich bis zur Selbstaufgabe auslieferte, eine Passion, die sie wie ein schützender Glutpanzer umgab, inmitten jener apokalyptischen Endzeit, da das »Dritte Reich« zusammenbrach und sie sich mit ihren vier Kindern von Königsberg aus auf die Flucht begeben musste.

Besonders eindrücklich für mich und meine Geschwister waren ihre Beschreibungen der sich über Monate hinziehenden Flucht von Ostpreußen über Oschatz, Radebeul, Bayreuth und Garmisch-Partenkirchen nach Grainau: wie sie für jedes der Kinder einen Rucksack genäht, in den sie, neben dem Reiseproviant, wärmende Pullis, Unterwäsche, Strümpfe et cetera gepackt hatte; wie genau sie sich, bei den ständigen Bombardements der Städte, Straßen und Eisenbahnlinien, über die noch möglichen Fluchtwege und Zugverbindungen informiert hatte; und wie sie mit äußerster Umsicht die verschiedenen Etappen der Flucht organisierte, indem sie nur nachts mit den Kindern die Züge bestieg, weil diese tagsüber oft von den alliierten Tieffliegern angegriffen wurden. Nach der Lektüre dieser Briefe kamen Christian und ich zu dem Schluss, dass wir unserer Mutter im Grunde zweimal das Leben verdankten.

Getrennt von ihrem Mann, der nach dem Krieg eine neue Anstellung als Dirigent in Hannover gefunden hatte, war sie in dem oberbayerischen Dorf mehr oder weniger auf sich allein gestellt und hatte die große Kinderschar durch Näharbeiten mühsam über Wasser zu halten versucht. Erschöpft von den Strapazen der Flucht und der Mühsal des täglichen Überlebenskampfes in den von Hunger und Mangel gekennzeichneten Nachkriegsjahren erkrankte sie oft und musste, manchmal für Wochen, ins Krankenhaus. Was ihr zuletzt völlig den Lebensmut und Lebenssinn raubte, war der endgültige Bruch mit ihrer großen Liebe, dem Opernregisseur, dem sie verfallen war. In München, wo dieser nach dem Krieg inszenierte, hatte sie sich noch ein paarmal mit ihm getroffen. Er aber hatte inzwischen eine andere Geliebte. Nach dem Bruch fiel die Mutter in eine tiefe Depression und Lebensmüdigkeit; wovon ihre letzten Briefe ein trauriges Zeugnis ablegten.

Nachdem ich geendigt hatte, fragte Frau Klier: »Wie alt war Ihre Mutter, als sie starb?«

»Einundvierzig!«

»Was für ein trauriges Schicksal! Und wie kommt es, dass Sie und Ihre Geschwister erst so spät auf diese Briefe gestoßen sind? Sie wussten doch wohl schon lange vorher von deren Existenz, oder nicht?«

»Schon. Aber keiner von uns wollte sich wirklich damit beschäftigen. Nach ihrem Tod wurde nicht mehr über die Mutter gesprochen. Das Thema war in der Familie tabu.«

Nach einer Weile fragte Frau Klier: »Was sind Ihre frühesten Erinnerungen an Ihre Mutter?«

An die Flucht hatte ich überhaupt keine Erinnerungen. Nur an die Zeit danach konnte ich mich erinnern – an das mit Flüchtlingen und Kriegsinvaliden vollgestopfte Grainauer Haus. Seltsamerweise waren mir diese viel gegenwärtiger als das nur noch schemenhafte Bild der Mutter. Ich erinnere mich noch an das Rattern der Nähmaschine und wie ich, während sie die Pedale trat, auf dem Boden im Wohnzimmer neben ihr hockte und mit meinen Bauklötzchen spielte. Wie sie ihre Arbeit dann und wann unterbrach, mich auf den Schoß nahm, drückte und herzte. Als Jüngster unter den Geschwistern war ich wohl der »Sonnenschein« für sie gewesen. Eine Stelle in diesen Briefen hatte mich besonders berührt:

Unser Jüngster ist ein unheimlich temperamentvolles kleines Luder mit immer guter Laune und voller Schelmereien. Er hat ein verflucht waches Köpfchen und gibt verblüffende Antworten. Manche Worte mit z und tz machen ihm noch Schwierigkeiten. Wenn man ihn auffordert, solche sperrigen Worte auszusprechen, begibt sich der Kleine keineswegs aufs Glatteis. ›*Das sage ich, wenn ich größer bin. Jetzt bin ich noch zu klein.*‹

Frau Klier lächelte. »Jedenfalls hat die Mutter an dem kleinen Fabian ihre Freude gehabt.«
»Ja«, sagte ich, »dies so spät zu lesen, hat mich sehr gerührt. Ich erinnere mich aber auch, wie ich oft traurig vor dem verschlossenen Schlafzimmer der Mutter hockte und vergebens nach ihr rief und wie verloren ich mich fühlte, wenn sie weg war. Und sie war oft weg oder verreist. Das Grundgefühl, das ich mit ihr verbinde: Sie war für mich da und zugleich nicht da gewesen.«
Frau Klier nahm ein Blatt Papier und einen Stift zur Hand. Dann zog sie eine Linie und setzte vier Querstriche: einen für jedes der vier Geschwister.
»Fehlt da vielleicht noch ein Geschwister?«
Ich verstand die Frage nicht.
»Gibt es dazwischen vielleicht noch ein totes Geschwister?«
Ich dachte nach. Aus den Briefen der Mutter ging hervor, dass sie ein Jahr vor ihrem Tod noch einmal schwanger war – und zwar allem Anschein nach nicht von ihrem Mann, sondern von ihrer großen Liebe, dem Opernregisseur.
»Wenn man«, sagte ich, »einen abgetriebenen Fötus so bezeichnen kann – dann ja.«
»Sie glauben gar nicht, welche Rolle die toten und abgetriebenen Kinder im Seelenleben der Mütter und der Hinterbliebenen spie-

len! ... Mit welchen Augen hat Ihre Mutter den damals vier- oder fünfjährigen Fabian wohl angeschaut? Was glauben Sie?«

Diese Frage hatte ich mir noch nie gestellt.

»Mit Augen voller Trauer und Sehnsucht. Die manchmal ganz innig und voller Erwartung auf dem Knaben ruhen – und dann wieder an ihm vorbeischauen, sich ins Weite verlieren. Er soll die Mutter trösten für den Verlust des toten Geschwisters, für jenes Kind der Liebe, das nicht leben durfte – das liest er in den Augen der Mutter. Das wird fortan sein unbewusster Auftrag sein.«

Mir kroch eine Gänsehaut den Rücken hinauf – bis zum Hals.

»Haben Sie nicht manchmal in Ihrem Leben das Gefühl gehabt, dass Sie für zwei arbeiten und leisten müssen? Sie haben doch zwei Berufe, Hochschullehrer *und* Schriftsteller!«

»Ja«, sagte ich nach einer Weile, »dieses Gefühl habe ich oft und immer wieder: Besonders viel leisten zu müssen. Aber ich habe das nie mit dem Tod der Mutter in Verbindung gebracht.«

»Warum war das Thema Mutter in Ihrer Familie so lange tabu? Und warum hat der kleine Fabian seine Asthmaanfälle als Bestrafung für irgendeine Schuld aufgefasst, die er glaubte auf sich geladen zu haben?«

In meinem Kopf begann sich etwas zu drehen. »Aber«, sagte ich mit gepresster Stimme, »es ist doch nicht meine Schuld, dass meine Mutter so früh starb!«

»Natürlich nicht, Sie waren ja ein Kind. Und ein Kind ist niemals schuldig. Trotzdem fühlt es sich schuldig, wenn die Mama, die ja sein erstes Liebesobjekt ist, plötzlich stirbt – zumal, wenn es das jüngste Kind einer Familie auf der Flucht ist.«

»Wieso? Was hat das mit dem Jüngsten zu tun?«

Sie habe sich, sagte Frau Klier, lange mit Flüchtlingsfamilien und deren Beziehungen während der Flucht befasst. Wenn eine Mutter mit ihren Kindern auf die Flucht geht, dann ist die Beziehung zwischen ihr und den Kindern in dieser Zeit durch den Fluchtmodus geprägt: Sei still! Halt den Mund! Hör sofort auf zu schreien! Rühr dich nicht von der Stelle! – das waren die überlebenswichtigen Kommandos, die die Mutter in vielen gefährlichen Situationen während der Flucht ihren Kindern mitgegeben hat. Zum Beispiel, wenn sie mit ihnen in einem überfüllten Luftschutzkeller saß und die Wände von den Detonationen vibrierten und plötzlich die Notbeleuchtung ausfiel. Oder wenn sie sich mit den Kindern einen Platz in den überfüllten Flüchtlingszügen erkämpfen musste. Der Jüngste aber, der noch nicht laufen kann, der noch getragen werden muss, sei besonders schutzbedürftig und liefere der Mutter in dieser chronischen Gefahrensituation das entscheidende Motiv, den entscheidenden Beweggrund, weiterzumachen, aus dem Graben wieder aufzustehen, wenn sie am Ende ihrer Kraft ist.»Und umgekehrt liest der Jüngste in den Augen der Mutter: Ich halte nur durch, weil es dich gibt, damit du leben kannst. Er erhält damit von der Mutter den unbewussten Auftrag, die Mutter am Leben zu halten.«

Frau Klier lehnte sich in ihrem Ohrensessel zurück und schloss die Augen, als benötigte sie eine kurze Bedenkzeit. »Was aber passiert«, fuhr sie fort, »wenn die Mutter plötzlich stirbt? Dann hat der Kleine seinen Auftrag vermasselt, dann hält er vor Schreck die Luft an und bekommt Asthma. Er glaubt, zu ersticken, er macht in diesen Anfällen buchstäblich Todesängste durch. Denn ohne die Mutter, für die er der Lebensgrund war, hat auch er kein Recht mehr zu leben. – So ›fühlt‹ und ›denkt‹ die Seele des Kindes, nicht die des Erwachsenen.«

Mir war im Wechsel heiß und kalt geworden; etwas in mir wehrte sich gegen diese Deutung meiner Therapeutin, gleichzeitig sagte mir mein Bauchgefühl, das sie vielleicht recht hatte.

Frau Klier fuhr fort: »So wie Sie damals Ihre Mutter nicht am Leben halten konnten, so konnten Sie jetzt auch Ihre Frau nicht retten. Für Ihr inneres Kind, das kein Vergehen der Zeit kennt und zwischen damals und heute nicht unterscheidet, kommt dies einer Art Wiederholung gleich. Darum sanken Sie im Sommer auch in eine Depression.«

Auf einmal spürte ich den Ansturm der Tränen hinter meinen Lidern. »Und wie komme ich da wieder heraus?«

»Indem der große Fabian den kleinen an die Brust nimmt und

ihm gut zuredet: dass ihn keine Schuld trifft. Das versuchen wir dann beim nächsten Mal!«

Ratlos sah ich Frau Klier an, ich konnte mir nicht vorstellen, wie das gehen sollte.

»Erst einmal ist es wichtig«, sagte sie, »das eigene Muster zu erkennen: Offenbar hat Ihre Rolle als Kind vor allem darin bestanden, die depressive Mutter zu trösten. So lernten Sie früh, sich den Stimmungen der Mutter anzupassen, bei ihr zu sein – und nicht bei sich. Andererseits bezogen Sie ihre häufigen Depressionen genauso auf sich, fühlten sich schlecht, wenn es ihr schlecht ging. Dieses Muster ist Ihnen wohl von Kindheit an vertraut, ein Stück emotionaler Heimat.«

»Ja«, sagte ich, »vielleicht rührt daher meine Neigung, mich in traumatisierte Frauen zu verlieben, die ich ›retten‹ kann – wie es bei einigen meiner vorehelichen Beziehungen der Fall war. Dorothea ist die große Ausnahme in meinem Leben gewesen. Ich habe sie nie als eine Frau empfunden, die ich ›retten‹ muss. Dazu war sie viel zu stark, in sich ruhend und ausgeglichen.«

»Ebendarum«, sagte Frau Klier, »haben Sie mit Dorothea eine sehr glückliche Wahl getroffen. Bei ihr fanden Sie all das, was Ihnen als Kind gefehlt und wonach Sie sich immer gesehnt haben. Es hat ja auch alles wunderbar zusammengepasst: ein bedürftiger Mann, der in der geliebten Frau zugleich die lang vermisste symbolische Mutter wiederfindet – und eine mütterliche Frau, die schon zwei Kinder hatte und nun noch ein drittes Kind dazubekam, das sie bemuttern konnte.«

Ich schluckte, starrte pikiert auf meine wippenden Stiefelspitzen. »Das«, sagte ich, »ist aber eine sehr simple Deutung.«

Frau Klier blickte mich erstaunt an: »Entschuldigen Sie, das war vielleicht eine etwas überspitzte Formulierung. Ich wollte Sie nicht kränken.«

Ein betretenes Schweigen trat ein.

Nach einer Weile sagte sie in betont konziliantem Ton: »War die nachholende Mutterliebe denn nicht ein entscheidendes Motiv Ihrer Wahl gewesen? Wäre dem nicht so, hätten Sie mit Dorothea gewiss auch eigene Kinder gehabt. Oder nicht?«

Ich überlegte, wollte etwas erwidern, doch auf einmal war mir nur noch zum Heulen zumute.

»Ich glaube, es ist besser, wenn ich jetzt gehe.«

Ich stand auf, nahm meine Wolljacke von der Stuhllehne und verließ grußlos das Zimmer. Mit verhaltener Wut hastete ich den langen Flur entlang und eilte in Richtung Ausgang.

Draußen empfing mich ein kalter Novembertag. Der Himmel war grau und die Luft feucht. Niedrig zogen die Wolken, als ob sie fast die Dachfirste berührten. Ich zog den Reißverschluss meiner Wolljacke bis oben zu, wickelte mir den Schal um den Hals und nahm den kürzesten Weg durch den Kurpark. Ich ging schnell, als müsse ich mir etwas von der Seele laufen.

Nach einer Viertelstunde erreichte ich die Lichtung mit den ringsum gestapelten Baumstämmen. Ich setzte mich auf einen der Stämme. Aus meiner Jackentasche holte ich die blaue Schachtel hervor und zündete mir eine an.

Nach der zweiten Zigarette wich das Gefühl des Gekränktseins allmählich einer nachdenklicheren Stimmung... Warum hatte mich Frau Kliers spitze Formulierung so getroffen? Warum hatte ich mit Dorothea keine eigenen Kinder gehabt?

Ein halbes Jahr nachdem wir uns kennengelernt hatten, war Dorothea von mir schwanger geworden. Ich sagte nicht, dass ich nicht Vater werden wollte, ich sagte nur, ich wolle es jetzt noch nicht. Es sei einfach zu früh dafür. Ein Kind zum jetzigen Zeitpunkt würde den Charakter unserer Beziehung sehr verändern. Wir könnten uns dann beide nicht mehr frei füreinander entscheiden, es bliebe uns gar nichts anderes übrig, als zusammenzuziehen und eine Familie zu gründen. Auch stehe ich als freier Autor und Publizist erst am Anfang meiner Laufbahn, mein zeitaufwendiger und risikoreicher Beruf ließe sich zurzeit nur schwer mit einer Familie vereinbaren.

Dorothea hatte Verständnis für meine Argumente, auch wenn sie den ganzen Abend immer wieder mit den Tränen kämpfte. Sie selbst müsse nicht unbedingt noch ein Kind haben, erklärte sie, sie habe ja schon zwei, aber sie habe gedacht, dass ich vielleicht ein

Kind mit ihr zusammen haben wolle. Doch wolle sie unser beider Glück nicht durch eine zu frühe Verpflichtung und Verantwortung gefährden, die ein Kind nun einmal bedeute, denn Liebe brauche Freiheit. Ich war sehr erleichtert, dass sie so viel Verständnis für meine Situation aufbrachte.

Nur noch dunkel erinnerte ich mich an jenen Montagmorgen, da ich sie in die Privatklinik des Doktor Bechthold begleitete ...

Aber auch Jahre später, als wir längst zusammenwohnten und meine berufliche Laufbahn auf gutem Wege war, verspürte ich nicht den Wunsch, Vater zu werden. Warum wollte ich keine eigenen Kinder haben? Ich hatte mir diese Frage nie wirklich gestellt oder sie leichthin damit beantwortet, dass mir die beiden angenommenen Kinder genügten.

Wenn ich jedoch ehrlich gegen mich selbst war, musste ich zugeben, dass ich auch den beiden Stiefkindern kein wirklicher Vater gewesen war – auch wenn Sonja mich so liebte und behandelte, als wäre ich ihr Vater. Zwar übernahm ich gewisse Pflichten in Haushalt und Küche, ich kochte dreimal die Woche für die Familie, teilte mir mit Dorothea den Hausputz und besorgte am Wochenende den Großeinkauf. Gern spielte ich mit Dorothea und den Kindern – Monopoly, Skat oder Schach. Aber um alle anderen Belange der Kinder kümmerte sich Dorothea. Sie half ihnen bei den Schulaufgaben, sie ging auf die Elternabende, sie kümmerte sich um die notwendigen Anschaffungen, um die Geburtstage und Geschenke für die Kinder; sie focht mit ihnen, vor allem während ihrer Pubertät, die notorischen Streitereien um die Haushaltspflichten, ums Taschengeld, ums Ausgehen et cetera aus. Auch wenn ich immer ein offenes Ohr für Dorotheas Probleme, auch für die mit den Kindern, hatte – die tägliche Last der Erziehungsarbeit hatte sie mehr oder weniger allein zu tragen gehabt.

Da es nicht meine eigenen Kinder waren, trug Dorothea beständig Sorge, sie könnte mich als Stiefvater überfordern. Mir wiederum saß die Angst im Nacken, womöglich ein ähnliches Schicksal wie mein Vater zu erleiden, der seinen Traum von einer großen Dirigenten-und-Komponistenlaufbahn mit Rücksicht auf die wachsende Kinderschar, die er zu ernähren hatte, mehr und mehr hatte zurückstecken müssen, um schließlich, mit Mitte vierzig als verbeamteter Musiklehrer in den Schuldienst zu wechseln.

Indes entstammte mein Ehrgeiz, mir als Publizist und Schriftsteller unbedingt einen Namen zu machen, noch einem anderen Antrieb: nämlich der Geschwisterkonkurrenz um die Anerkennung und Liebe der Eltern. Mein älterer Bruder Christian war hochmusikalisch und spielte schon mit dreizehn, vierzehn Jahren sehr anspruchsvolle Violinsonaten und -konzerte von Bach, Telemann und Vivaldi. Seit er bei einem Jugendmusikwettbewerb den ersten Preis gewonnen hatte, umgab ihn der Nimbus eines musikalischen Wunderknaben. Nicht nur der Vater ließ ihm hinfort jedwede musikalische Förderung angedeihen, auch Gabriele, die Stiefmutter, konnte ihr Entzücken über den jungen Virtuosen, der der Familie so viel Ehre machte, kaum verhehlen. Sie bevorzugte ihn denn auch auf alle mögliche Weise: Bei den Tischgesprächen war sie immer ganz Auge und Ohr, wenn Christian das Wort ergriff, während sie meine Einlassungen kaum beachtete. Ich bewunderte meinen Bruder für sein Talent und seine frühen Erfolge und litt doch auf dumpfe Weise unter der unausgesprochenen Zurücksetzung ihm gegenüber.

Als Anhängerin eines biologistischen Menschenbildes, wie es in der deutschen Kriegsgeneration weit verbreitet war, glaubte Gabriele, dass das Schicksal des Menschen, auch seine besonderen Begabungen und Fähigkeiten, »in den Genen liege« – was sie auf die saloppe Formel zu bringen pflegte: »Der eine hat's, und der andere hat's eben nicht.« Und dass Christian »es hatte«, daran konnte bei seiner offenkundigen Begabung, die sich mit Eloquenz und einem grandiosen Selbstbild paarte, kaum ein Zweifel bestehen. Ich dagegen, ein – bis zur Pubertät – eher schüchterner und verschlossener Junge, der leicht ins Stottern geriet und dessen schulische Leistungen bis zur Mittelstufe eher mäßig waren, schien von der genetischen Lotterie nicht gerade bevorzugt worden zu sein, gehörte also, in den Augen der Stiefmutter, eher zu jenen, die »es nicht hatten«, es aber durch Fleiß und Ausdauer auch zu etwas bringen konnten. Und da sie die intellektuell dominante Figur der Familie war, die auch die soziale Münze verteilte, blieb diese ihre Bewertung unwidersprochen – auch von meiner Seite. Das sollte sich erst ändern, als ich im Zuge meines Biologiestudiums zu der Erkenntnis gelangte, dass der so populäre genetische Determinismus, der von der »Allmacht der Gene« ausgeht und die Menschen in (diskriminierende) Begabungsklassen einteilt, aus wissenschaftlicher Sicht völlig unhaltbar, ja Humbug ist. Bekanntlich determiniert ein Gen oder eine Genkombination den Aufbau bestimmter Proteine, aus denen sich der Organismus zusammensetzt. Es markiert darüber hinaus ein Spektrum von Möglichkeiten, ein Potenzial. Welche Eigenschaft(en) aus diesem Potenzial dann verwirklicht werden, hängt vom jeweiligen Umfeld, von den Einflüssen der Umwelt, der Familie, der Erziehung und des kulturellen Milieus ab, in dem der Mensch aufwächst. Dass keiner genetisch zum »Loser« oder »Gewinner«, zum »Verbrecher« oder »Genie« vorherbestimmt ist, dass – wie Marx sagt – der Mensch sich vor allem durch Arbeit selbst erschaffen und verwirklichen muss (wobei er natürlich der Unterstützung und Förderung durch andere Menschen bedarf) – diese Erkenntnis änderte grundlegend mein (bis dahin recht defizitäres) Selbstbild und mein Leben. Fortan suchte ich mir selbst und den anderen, den Eltern vor allem, zu beweisen, dass auch ich »es hatte«, dass auch der »kleine Bruder« – wenngleich auf einem anderen Feld als der »große« – imstande war, etwas Außerordentliches zu leisten. Und ich hatte es bewiesen – durch Arbeit, Arbeit, Arbeit.

Um einen geschützten Raum für meine Arbeit zu haben, hatte ich, als ich mit Dorothea zusammenzog, im Dachstuhl des Hauses, in dem wir zur Miete wohnten, noch eine Mansarde dazugemietet; diese pflegte ich zwischen Nachmittag und Abend, da die Kinder zu Hause waren, zu nutzen. Dorothea wiederum hatte einen solchen Respekt vor meiner Arbeit, dass sie stets bestrebt war, mir den Rücken für diese freizuhalten, wofür ich ihr sehr dankbar war. Aber hätte ich mir nicht wenigstens einen Tag die Woche Zeit für die Kinder nehmen können? Oft arbeitete ich noch an den Wochenenden. Vor allem in den Achtzigerjahren, da ich als freiberuflicher Autor viele Aufträge bekam und neben meinen Essays und wissenschaftlichen Publikationen auch Novellen und Theaterstücke verfasste, hatte ich zeitweise wie ein Verrückter gearbeitet und ständig mit meiner Zeit gegeizt. War ich denn nicht ein wahrer Workaholic gewesen? Und hatte ich meiner Frau nicht zu viel überlassen – besonders in den für uns beide so stressvollen Jahren, die ihrem ersten Aneurysma vorausgingen? Hatte Frau Klier denn nicht recht mit ihrer spitzen Bemerkung von mir als »drittem Kind«? Hatte ich deshalb keine eigenen Kinder gewollt, weil ich keine Verantwortung, außer für mich selbst und meine »geheiligte« Arbeit übernehmen wollte?

Den ganzen Tag war in mir eine schmerzvolle Unruhe, die ich auch beim nachmittäglichen Yogakurs nicht loswurde. Gegen Abend ging ich in den Musikraum. Als ich gerade meine Flöte auspackte, rief Sonja an.

Sie merkte sofort, dass ich in einem seelischen Tief steckte. Ich erzählte ihr von der letzten Therapiestunde und meinen plötzlich aufgebrochenen Selbstvorwürfen. Sonja suchte mich zu beruhigen. Gewiss habe ich damals wenig Zeit für die Familie gehabt, weil ich so viel gearbeitet habe und oft – berufsbedingt – verreist war. Und natürlich wäre es für Andreas besser gewesen, wenn ich mich an der Erziehung mehr beteiligt hätte, denn dem habe der Vater sichtlich gefehlt. Aber die Mama habe die Übernahme der Vaterrolle auch nicht von mir eingefordert, sei es, weil sie dies gar nicht wollte, sei es, weil sie die damit verbundenen Auseinandersetzungen und unvermeidlichen Konflikte habe vermeiden wollen. Wir seien eben beide auch »sehr harmoniesüchtig« gewesen ... Andererseits sei ich nun mal nicht der leibliche Vater. Und dessen Platz habe ich auch nicht einfach einnehmen können, zumal jener, wenn auch aus der Entfernung, noch immer einen gewissen Einfluss auf seine Kinder, vor allem auf Andreas, ausgeübt habe. Auch sei es eine andere Zeit gewesen. Damals war es noch nicht so üblich wie heute, dass sich die Väter die Erziehungsarbeit mit den Müttern teilen. Trotzdem

habe sie, Sonja, mich immer als ihren Vater empfunden, sich von mir verstanden und geliebt gefühlt, da beiße die Maus keinen Faden ab. Und schließlich solle ich nicht vergessen, dass auch die Mama mich sehr geliebt habe und mit mir glücklich gewesen sei – bis zuletzt, ja!
   Ich war sehr gerührt von Sonjas Bekenntnis.
   Nach unserem Telefonat legte ich »La Folia« in den CD-Player, ein teils melancholisches, teils beschwingtes Flötenstück von Corelli, das Dorothea sehr gemocht hatte. Ich spielte es für sie.

Eklat

Marja im Zwiespalt: Sie liebt H., ihren zweiten Mann, der verwitwet ist, er sei ein Mann mit viel Herz und Charme und behandle sie gut, sagt sie; trotzdem komme sie sich zuweilen wie seine Ersatzfrau vor. Sie fragt sich, ob sie nicht zu früh bei ihm eingezogen ist (ein Jahr nach dem Tod ihrer Vorgängerin, deren Präsenz im Haus noch überall zu spüren sei). Aber jetzt wieder auszuziehen und sich erst mal eine eigene Wohnung zu nehmen, wagt Marja auch nicht, dies würde ihren Mann so kränken, fürchtet sie, dass die Ehe darüber zu Bruch ginge.
   Wie würde ich in vergleichbarer Situation reagieren? Mit einer neuen Frau in dem Haus zu wohnen, in dem ich so viele Jahre mit Dorothea gelebt hatte? Ich kann's mir nicht vorstellen!
   Die Gruppe war ziemlich ratlos – mit Ausnahme Frau Aschmoneits. Ins Haus der Vorgängerin einzuziehen, meinte sie, sei jedenfalls die falsche Lösung, auch wenn dies für Marjas Mann sehr bequem sei. Warum er denn nicht sein Haus verkaufe und mit ihr, Marja, in ein neues ziehe? – Das sage sich so leicht!, erwiderte Marja, sei aber mit einem riesigen zeitlichen und finanziellen Aufwand verbunden. Schließlich habe man ja auch noch einen anstrengenden Beruf. – Sie habe auch einen anstrengenden Beruf, sagte Frau Aschmoneit, das habe sie aber nicht davon abgehalten, sich gleich nach der Trennung von ihrem Mann ein neues Domizil zu

suchen. Worauf es in solchen Situationen vor allem ankomme: sich als Frau die Handlungsfreiheit zu bewahren. Und wenn man einfach ins Haus der Vorgängerin einziehe, begebe man sich aus dieser Handlungsfreiheit!

Das klang sehr selbstbewusst, war aber im Grunde eine Ohrfeige für Marja – und wurde auch so empfunden. Ihre Überheblichkeit und ewige Besserwisserei gehe ihr auf die Nerven, sagte sie zu Frau Aschmoneit. Worauf diese mit einem heftigen Statement reagierte: Wenn eine entschiedene Haltung ihr gleich den Vorwurf der Überheblichkeit und Besserwisserei eintrage und man keine abweichende oder konträre Meinung äußern könne, ohne die Aggression der Gruppe auf sich zu ziehen, dann sei sie hier wohl fehl am Platz. Man habe sich offenbar Seidenschleifchen um die Zunge gebunden und fasse sich wechselseitig mit Samthandschuhen an. Sie habe es satt – dieses risikolose Mitschwimmen in der Konsens-Soße! Sprach's und verließ mit hochrotem Kopf den Raum.

Eines muss man der Aschmoneit lassen: Sie hat den Mut, sich unbeliebt zu machen!

Rückführung

Zu Beginn der nächsten Therapiestunde nahm Frau Klier eine Grafik zur Hand, auf der die linke und rechte Gehirnhälfte und die Verbindung zwischen beiden dargestellt waren. Anhand dieser Grafik erklärte sie mir, wie der plötzliche Tod meiner Mutter, um die ich als Kind nicht trauern konnte, sich in meinem Gehirn ausgewirkt hatte. Es sei wie ein Blitzschlag gewesen, der mich damals traf, wodurch gewisse Nervenverbindungen und Synapsen zwischen linker und rechter Gehirnhälfte durchschnitten und gekappt worden seien – eine seelische Schutzreaktion, weil der Schmerz sonst unerträglich gewesen wäre. Durch das Abspalten der Emotion, des Schmerzes, von dem katastrophalen Ereignis schütze sich die Seele.

»Sie können sich das so vorstellen, dass der Schmerz gleichsam in einem eigenen Speicher, einer eigenen Datei Ihres Gehirns, abgelegt wurde, mit eigenem Passwort versehen, das Sie im Laufe der Zeit vergessen haben. Aber die alte Datei ist noch da, wenn auch Ihrem Bewusstsein nicht mehr zugänglich. Sie ist sozusagen ›schreibgeschützt‹. Doch gibt es heute Therapien, wodurch diese abgeschnittene Verbindung zwischen beiden Gehirnhälften allmählich wiederhergestellt werden kann. Unter anderem durch die Methode REM, das heißt Rapid Eye Movement, schnelle Augenbewegung, wodurch linke und rechte Gehirnhälfte wieder in besseren Austausch geraten. Wollen wir den Versuch einmal zusammen wagen?«

Ich konnte mir unter dieser Methode zwar gar nichts vorstellen, doch da ich neugierig auf diese Erfahrung war, sagte ich Ja.

Frau Klier rückte ihren großen Ohrensessel etwas an meinen Stuhl heran und begann nun ihren senkrecht gehaltenen Bleistift in ziemlich schnellem Takt zwischen meinen Augen hin- und herzubewegen, während ich dem Stift in ihrer Hand folgen sollte. Nach einer Weile spürte ich, wie ich dabei in eine leichte Trance geriet.

Irgendwann hielt sie in der Bewegung inne und forderte mich auf, die Augen zu schließen, die Füße auf den Boden zu stellen und die Handflächen ganz entspannt auf die Knie zu legen.

»Suchen Sie sich jetzt in Ihrer Fantasie einen Ort, den Sie früher gerne aufgesucht haben, an dem Sie sich beschützt und geborgen fühlten.«

Ich lasse meine Fantasie nach Mar Azul schweifen, jenen malerischen Küstenstrich in der Nähe Valencias, wo ich mit Dorothea und den Kindern über viele Jahre meinen Urlaub verbracht habe. Doch dann denke ich: Das ist zu weit weg vom Ort meiner Kindheit, auch zu weit weg von der Mam! Und so wandere ich im Geiste in der Zeit weiter zurück – über die Alpen hinweg zum Haus in Grainau, das etwas erhöht hinter dem schräg ansteigenden Garten an der Alpspitzstraße liegt. Ich sehe es wieder vor mir mit seinem dunkelbraunen Balkon, den in die Balkonbretter geschnitzten Herzen, dem Erker parterre, den kleinen Fenstern mit den weißen Rahmen und dem überdachten Treppenaufgang linker Hand, der in die Veranda führt. Und ich erinnere mich, wie ich im Sommer oft eine bestimmte Stelle des Gartens zwischen der Mauer und einer Hecke aufsuchte, um den angsteinflößenden Bewohnern des Hauses, der strengen Kinderfrau und den Nachstellungen ihres jähzornigen Sohnes zu entgehen; eine Stelle, wo ich mich geschützt, weil ungesehen fühlte und die mich wie ein kleiner Kokon aus Gras und Buschwerk umgab.

Im nächsten Schritt dieser geführten Fantasiereise sehe ich den kleinen Fabian in Seppelhose und kurzärmeligen weißen Hemd mit einer Schaufel auf der Alpspitzstraße stehen und unermüdlich Sand in die Löcher der nicht geschotterten Straße schaufeln ... Dann sehe ich ihn plötzlich auf einem Tennisplatz stehen und mit Fleiß vom roten Sandboden die Bälle aufsammeln, die Herr Halbeisen mit seiner jungen Frau, die Frau Fröhlich heißt, gewechselt und über das Netz geschlagen hat, beide wohnen im Dachstuhl des Hauses; und zur Belohnung darf der Kleine nach dem Spiel der Frau Fröhlich, die ihr weißes Tennishöschen ein Stück weit herunterlässt, auf den nackten Popo klatschen, was ihm große Lust bereitet, während Herr Halbeisen sich über das Popoklatschen des Kleinen schier totlacht ... Im nächsten Bild sehe ich den kleinen Fabian barfuß über die gelbbraunen Stoppelfelder laufen, es tut ihm nicht weh, denn er hat Hornhaut an den Fußsohlen; ab und zu bleibt er stehen und wirft den Kopf zurück, während seine Augen den Himmel absuchen, ob da nicht vielleicht irgendwo zwischen den vorbeiziehenden Wolken das Gesicht der Mam auftaucht. Dann läuft er weiter, bleibt wieder stehen, während sich sein suchender Blick auf eine abschüssige Geröllhalde zwischen zwei Bergspitzen richtet; hat er doch immer wieder gehört, dass dieser und jener Bergsteiger aus dem Dorf abgestürzt sei. Dass Menschen einfach so abstürzen und nicht mehr wiederkommen, erschien ihm ganz unfassbar ... Plötzlich aber sieht er mitten im Feld einen großen Mann stehen, der ihm freundlich zuwinkt, ihn herbeiwinkt. Lange zögert der Kleine, er weiß nicht so recht, was der Große von ihm will, soll er oder soll er nicht? Der Große breitet die Arme aus, da überwindet der Kleine seine Scheu und geht langsam auf ihn zu, schließlich beginnt er zu laufen und läuft in die Arme des Großen. Der drückt ihn an seine

Brust, hält ihn lange und sagt: »Du musst nicht länger nach der Mam suchen, sie ist seit Langem tot, dafür aber hast du jetzt mich. Du hast es gut gemacht, mein Kleiner.« Und der Kleine schaut zu ihm hoch, verwundert und ein wenig ungläubig, aber auch mit einem Gefühl der Erleichterung – und legt schließlich seine kleinen Hände um den Bund des Großen. »Du hast es gut gemacht«, sagt der Große noch einmal.

Als ich aus der Trance erwachte und wieder zu mir kam, stand mir das Wasser in den Augen.

»Jetzt«, sagte Frau Klier, »haben wir ein klein wenig die Tür geöffnet, die Sie so lange zugehalten haben. Was glauben Sie, wie viel Kraft Sie das gekostet hat. Lassen Sie den Fuß in der Tür.«

Als ich den Therapieraum verließ, fühlte ich mich noch ziemlich benommen. Erst nach einem längeren Spaziergang durch den Park und den angrenzenden Wald war ich wieder im Hier und Jetzt angekommen.

Ein Traum und eine Verabredung

Als ich gegen Mittag den Speisesaal betrat, schaute ich vergebens zum Achtertisch vor dem Fenster: Lea war nicht da. Dabei war es Mittwoch – der Tag, an dem sie normalerweise ihre Musik- und Tanzgruppe betreute. Ich hatte ein leises Gefühl des Vermissens. Ich verließ den Speisesaal und nahm den Aufzug in den dritten Stock, wo das Musikzimmer lag. Der Aushang mit dem Wochenplan hing neben der Tür. Unter der Rubrik *Gesang und Tanztherapie* stand: *fällt diese Woche aus.* War Lea vielleicht krank? Neben dem Wochenplan hing ein mit Vignetten verziertes Blatt mit einem Gedicht:

Arbeite, als bräuchtest du kein Geld.
Liebe, als habe dir nie jemand was zuleide getan.
Tanze, als ob niemand dich beobachte.
Singe, als ob niemand dir zuhöre.
Lebe, als sei's das Paradies auf Erden!

Das Gedicht gefiel mir – ein schönes Motto nicht nur für die Tanztherapie!

Ich zog mein Handy aus der Jackentasche und speicherte Leas Mobilfunknummer, die in der Kopfzeile der Teilnehmerliste stand. Dann stieg ich die drei Treppen hinab und ging durch die Gartenanlage hinüber zum *Haus Oase*. In meinem Zimmer angekommen, legte ich mich angezogen aufs Bett und sank in einen dösenden Halbschlaf.

Als ich erwachte, konnte ich mich gerade noch an das letzte Bild einer längeren Traumsequenz erinnern: Ich bin wieder ein Kind und hocke, den Kopf in den Armen vergraben, in einem leeren dämmrigen Zimmer und weine still vor mich hin. Da öffnet sich langsam die Tür, ich hebe den Kopf: Durch den Spalt dringt rötliches Licht, der Lichtkegel wird größer und größer, bis er meine Fußspitzen berührt. In der Ferne des sich öffnenden Raums sehe ich die Silhouette einer Frau mit langen wehenden Haaren, ihr Gesicht ist jedoch nicht zu erkennen. Da erfasst mich eine solch brennende Sehnsucht, dass ich vom Schmerz dieses Gefühls erwache.

Wie benommen blieb ich noch eine Weile liegen. Dann stand ich auf, holte mein Handy aus der Jackentasche und scrollte die Kontaktliste bis zum Buchstaben L hinunter. Schon wollte ich den Daumen auf den Namen Lea legen; doch dann hielt ich inne. Was sollte ich sagen, wenn sie jetzt abnahm? Diese Frau war es gewohnt, dass die Männer ihr nachliefen, und sie war kokett genug, um die Komplimente, die ich ihr am Abend nach dem Konzert gemacht hatte, nicht unerwidert zu lassen. Aber das hieß noch lange nicht, dass sie sich für mich interessierte. Außerdem war ich bestimmt zwanzig Jahre älter als sie, eine andere Generation, ich hätte ihr Vater sein können ... Ich drückte die Aus-Taste.

Ich ging zur Küchenzeile, machte mir einen Espresso und versuchte zu lesen, aber ich konnte mich auf nichts konzentrieren. Wieder sah ich jenes Traumbild vor mir. Und wieder überkam mich dieses Gefühl von Verlorenheit, Schmerz und Sehnsucht, alles in einem. Ich wusste, ich würde in diesem Gefühl versinken, es würde mich vollkommen wehrlos machen, wenn ich jetzt nicht sofort etwas tat und eine Entscheidung herbeiführte, so oder so!

Wieder griff ich nach meinem Handy und wählte Leas Nummer. Nach dem fünften Freizeichen endlich ihre Stimme:
»Hallo!«
»Ich bin's, Fabian. Da du heute nicht im Haus bist, dachte ich: Ich rufe mal an.«
»Das ist aber nett.«
»Störe ich dich gerade?«
»Nein, überhaupt nicht.«
»Weißt du, dein *Youkali*-Lied ging mir besonders nahe, weil ... Vor acht Monaten ist meine Frau gestorben.«
»Ich weiß. Marja hat es mir erzählt. Es tut mir sehr leid.«
Leas Stimme hatte plötzlich den Ton verloren. Nach einer Weile fragte sie:
»Wie ist es passiert? Oder willst du nicht darüber sprechen?«
In knappen, bruchstückhaften Sätzen erzählte ich ihr von jenem schlimmsten Tag meines Lebens. Doch sprach ich mehr in Andeutungen, denn etwas in mir sträubte sich, gleich so viel von mir preiszugeben. Schließlich kannte ich Lea noch kaum; und vielleicht wollte sie sich ja gar nicht auf die nähere Bekanntschaft mit einem Mann einlassen, der so nah vom Tod berührt worden war.

Zu meinem Erstaunen jedoch beantwortete sie meine Offenheit ihrerseits mit Offenheit ... Auch sie habe »ihre Liebe verloren« – wenn auch nicht an den Tod. Doch vielleicht sei es nicht weniger schmerzlich, einen Menschen, den man einmal sehr geliebt habe, an das Leben zu verlieren. Seit Längerem stecke sie in der Ehe mit einem Mann fest, der ihr fast vollständig fremd geworden sei – und mit dem sie eigentlich nur noch die Tatsache verbinde, dass er der Vater ihrer Tochter sei.

Ihre Offenheit ermutigte mich.
»Weißt du, dass du die erste Frau nach Dorotheas Tod bist, die mich wieder berührt hat? Ich würde dich gerne wiedersehen.«
»Auch ich würde dich gerne wiedersehen.«
»Aber bitte nicht nur aus Mitleid!«
»Bestimmt nicht. Nur würde ich dich lieber nicht in Bad Rodau treffen. Ich möchte Gerede vermeiden.«

Da Lea am Wochenende ein Konzert hatte, verabredeten wir uns für den übernächsten Sonntag zum Abendessen in G., einem Städtchen in der Pfalz, wo Lea wohnte.

Als Lea aufgelegt hatte, hielt ich das Handy noch eine Weile in der Hand, ungläubig staunend wie ein Kind, das eben durch die Muschel die Stimme der guten Fee vernommen hat. Wie weggeblasen war mein Gefühl von Verlorenheit, stattdessen durchströmte mich plötzlich eine Hoffnung und Euphorie wie lange nicht mehr.

Fantasia erotica

Als ich später den kleinen Pavillon hinter dem *Haus Kristall* betrat, begrüßte mich Winfried, der Klangtherapeut, wieder mit einem Handschlag, der sich wie eine Daumenschraube um meine Finger legte. Ich war nicht allein hier. Viktor saß in seinem grauen Trainingsanzug schon auf der Matte.

»Hi!«, rief er grinsend. »Gleich werden wir die Posaunen von Jericho hören.«

»Posaunen zwar nicht«, sagte Winfried, »dafür aber andere Klänge, die euch durch Mark und Bein gehen werden.«

Nach einer gemeinsamen Atem- und Entspannungsübung bat er uns, uns aufrecht und barfüßig in die vor uns liegenden kupfernen Klangschalen zu stellen. Diese waren in etwa so groß wie eine Badewanne, nur schmaler und dünnwandiger.

Dann begann er mit einem großen Klöppel im Wechsel gegen die beiden Klangschalen zu schlagen.

Ich schloss die Augen. Spürte sogleich die Vibrationen im ganzen Körper. Assoziationen von Glockengeläut und Orgelkonzerten kamen mir in den Sinn. Zugleich war mir dieses gewaltige Vibrieren, das mich von den Fußzehen bis zum Kopf durchdrang, auch ein wenig unheimlich. Ich hatte das Gefühl, den Kontakt mit dem Boden zu verlieren und von einer Art Auftrieb erfasst zu werden, ja als schwinge mein Körper wie eine Domglocke mit. Bald sah ich mich, von leichtem Schwindel erfasst, in einem dämmrigen Kirchenschiff, das nach oben offen war; über mir der nächtliche Sternenhimmel, der sich wie in einem Planetarium um mich zu drehen begann. Ich glaubte, das anschwellende Brausen einer Orgel zu hören – und den langen Nachhall dieses Brausens. Ich schaute hoch zur Empore, wo die immer kürzer werdenden Silberpfeifen der Orgel hingen. Und auf der Orgelbank erblickte ich die Silhouette einer Frau mit langen Haaren, die mächtig in die Tasten griff und gleichzeitig die Pedale trat. Was sie da spielte, kam mir irgendwie bekannt vor. Vielleicht war es eine Toccata und Fuge von Bach; mir brauste der Kopf von den gewaltigen Klängen, und es zog mich unwiderstehlich hinauf zu der unbekannten Schattenfrau, deren Rücken sich im Rhythmus ihres Spiels bewegte. Doch plötzlich brach das Orgelspiel ab, und als ich die Augen öffnete, waren Dom und Orgel samt der Organistin wieder verschwunden.

»Das war die Ouvertüre«, hörte ich Winfried sagen, der die beiden großen Klöppel beiseitelegte.

Schade, dachte ich, gern hätte ich den schönen Klangtraum weiter geträumt.

»Jetzt kommt der sinfonische Teil.« Mit zwei kleineren Klöppeln näherte sich Winfried der Klangliege, an deren Unterseite Klangschalen verschiedener Größe sowie Zimbeln, Kastagnetten und Rasseln aufgehängt waren. An der Bank mit dem Xylofon lehnte eine dünne, metallisch glänzende Scheibe, die wohl zur Erzeugung von Wind- und Sturmgeräuschen diente.

Auf Winfrieds Anweisung hin legte ich mich rücklings auf die Matte, eine Gummirolle unter den Knien.

Die folgende Klangmeditation begann wieder mit tiefen, lange nachhallenden Tönen, diese wechselten bald mit sehr hohen und dünnen Tönen, die wohl von den Zimbeln herrührten. Unwillkürlich fühlte ich mich an die Ritualgesänge der altaischen Kehlkopfsänger erinnert, die stets mit einem lang anhaltenden, dem Gebrumm von Bären ähnlichen Basston begannen, um sich dann, vermittels Kopfstimme, zu den höchsten Flageolettönen aufzuschwingen. Und plötzlich befand ich mich in der südsibirischen Landschaft des Altai mit seinen blühenden Wiesen und den lassoschwingenden Reitern auf ihren kleinen Pferden; den Rindern und Kuhherden, die gemütlich über die Autostraße trotteten; den mit allerlei Nippes, kleinen Opfergaben behängten Sträuchern neben den Wasserstellen ... Dann vernahm ich ein Rauschen und Rieseln wie von einem Gebirgsbach – und sah mich mit Dorothea an den Ufern des Katun sitzen, dessen bläulich aufschäumende Wasser an uns vorbei ins Tal strömten, während der untersetzte und muskulöse Mann neben uns, der mich an Winfried erinnerte, ein Glas Milchschnaps in alle vier Himmelsrichtungen versprengte und sich dabei jedes Mal verbeugte, um den Fluss zu ehren ... Auf einmal fing es zu donnern an; ein Gewitter kam auf, deutlich hörte man das Heulen des Windes und den prasselnden Regen. Ich flüchtete mich mit Dorothea erst unter einen Baum, dann in eine große Jurte, die am Ufer des Flusses stand und mit Tierfellen und Teppichen ausgelegt war. Und rund um die Feuerstelle war die ganze altaische Großfamilie versammelt: die Männer in bunt bestickten Westen und ledernen Reithosen, die Frauen in farbenprächtigen Gewändern und Kopftüchern; und die Größte und Schönste unter ihnen, die Züge von Lea hatte, trat hervor und überreichte mir eine Schale mit Brot und ein Salzfässchen ... Dann setzte ein leises, sich langsam steigerndes Rauschen ein wie von aufkommendem Wind, und wieder änderte sich die Szenerie: Ich befand mich mit der Frau, die mir die Schale mit dem Brot überreicht hatte, inmitten einer blühenden Wiese mit hohen Gräsern. Und auf einmal löste sie ihr Kopftuch, aus dem ein Schwall schwarz glänzender Haare fiel, dann ließ sie ihr langes rotes Gewand fallen, nahm meinen Kopf zwischen ihre Hände und küsste mich auf den Mund. Ihre Haare kitzelten mein Gesicht, während ich sie umfasst hielt, und langsam glitt meine Zunge an ihrem wunderschön modellierten Körper hinab ...

Ein lautes Rasseln riss mich aus meiner Fantasie. Als ich die Augen öffnete und langsam gewahr wurde, wo ich mich befand, spürte ich, dass mein Schwanz steif geworden war.

»Na, wo seid ihr gewesen?« Winfried stand, in der Hand eine Kinderrassel, vor seiner Klangapparatur.

»Ein fantastischer Trip!« sagte Viktor und rieb sich die Augen. Er habe fliegende Kühe auf Ufos gesehen, die auf ein schwarzes Loch zurasten. Da habe er rasch den Film gewechselt und sei plötzlich auf dem Markusplatz in Venedig gestanden, mit den Füßen im ansteigenden Wasser. Als es ihm bis zur Hüfte gestiegen war, habe er wieder den Film gewechselt – und sich plötzlich mitten im Oktoberfest befunden, die Oktoberwiesen hätten sich über ihm gedreht, der Himmel unter ihm, und das Bierzelt, in dem er saß, habe nach unten gehangen.

»Du siehst«, sagte Winfried, »man kann auch, ohne drei Maß Bier intus zu haben, auf den Trip kommen! ... Und«, wandte er sich an mich, »wie war's bei dir?«

»Ich geriet, mitten im sibirischen Altai, auf einen erotischen Trip der Extraklasse.«

»Erzähl!« Viktor sah mich mit großen Augen an.

Ich schüttelte den Kopf: »Staatsgeheimnis.«

Während ich meine Strümpfe und Schuhe anzog, beschlich mich plötzlich ein Anflug von Scham: dass acht Monate nach Dortheas Tod mein Begehren sich wieder so mächtig regte und auf eine andere Frau richtete – durfte das denn sein? Und dass ich just das Altai, die schönste unserer gemeinsamen Reisen, als Setting für meine erotischen Fantasien benutzte – war das nicht eine Art »Verrat« an der geliebten Toten? Der Gedanke erschreckte mich und ließ die Bilder meiner ausschweifenden Fantasie in einer Art Lochblende, wie ich sie von alten Stummfilmen kannte, fürs Erste wieder verschwinden.

Die langen Schatten des Krieges

Es war später Abend, und aus den Boxen des CD-Players kam leise Klaviermusik. Ich saß in meinem Zimmer, um einen Vortrag nachzulesen, den Frau Klier am vorigen Abend im großen Plenarsaal gehalten hatte: *Wie Kriegstraumata an die nächsten Generationen weitergegeben werden.* Ihr Vortrag hatte mich sehr beeindruckt, zumal ich in der Einzeltherapie selbst gerade mit diesem Thema konfrontiert wurde. Bei der anschließenden Aussprache gab es viele Nachfragen seitens der älteren Patienten, die zur Generation der Kriegs- und Nachkriegskinder gehörten. Nach der Veranstaltung hatte ich Frau Klier gefragt, ob sie mir ihren Vortrag zur Verfügung stellen könne.

Das große Schweigen

Zwischen den traumatisierten Angehörigen der Kriegsgeneration und ihren Kindern ist meistens kein Gespräch zustande gekommen, sei es, weil die Eltern bereits mit Blicken und Gesten jede Frage nach ihrer Vergangenheit während der Nazizeit abschnitten, sei es, weil – wie zur Zeit der Studentenrevolte – der selbstgerechte moralische Rigorismus der Kinder den Eltern den Mund verschloss. Sie erzählten ihren Kindern vielleicht von dem einen oder anderen »Kriegsabenteuer«, doch zumeist brach ihre Erzählung an der entscheidenden Stelle ab, wenn es um das eigene Erleben ging: um den Schrecken, den Schmerz, die Scham, die eigene Not und Todesangst. Sie sprachen nicht darüber, wie es war, wenn man das erste Mal auf einen Menschen schießen musste oder wenn man Zeuge eines Abtransportes jüdischer Mitbürger wurde. Sie sprachen auch nicht über den Schrecken, die Erniedrigungen und Demütigungen, denen sie selbst auf der Flucht oder in der Gefangenschaft ausgesetzt waren. Der Schrecken hat keine Worte – oft, weil der Schmerz zu groß war ...

Ich hielt im Lesen inne und dachte an das Tagebuch meines Vaters aus dem letzten Kriegsjahr, das ich in seinem Nachlass entdeckt hatte.

Zum Glück für den Vater und unsere Familie wurde er erst im Herbst 1944 zum Kriegsdienst eingezogen, da er als Dirigent und Orchesterleiter der Königsberger Oper lange Zeit »u. k.« (»unabkömmlich«) gestellt war. Nach einer Kurzausbildung als Funker wurde er in eine Festung nahe Wien verlegt. Abgesehen von ein, zwei Fliegerangriffen im Frühjahr 45 hatte er hier kaum lebensbedrohliche Situationen zu gewärtigen, wie seinem Tagebuch zu entnehmen war. Er war auch nie genötigt gewesen, auf Menschen zu schießen.

Mit nüchternem Blick registrierte er die verschiedenen Überlebensstrategien seiner Kameraden angesichts des sich abzeichnenden Endes des »Dritten Reiches«. Seine hauptsächliche Sorge galt seiner aus Königsberg mit den vier Kindern geflüchteten Frau, mit der er bis zur Kapitulation in regelmäßigem Briefverkehr stand, und der Frage, wie er es am besten schaffen könnte, in die amerikanische Besatzungszone und von dort zu seiner Familie zu gelangen, die inzwischen in dem oberbayerischen Dorf Grainau angelangt war … Eine Briefstelle des Vaters hatte mich besonders berührt: *In diesen mörderischen Zeiten tun die Frauen das einzig Richtige und Menschliche, indem sie Leben zu erhalten suchen.* Er war und blieb denn auch bis an sein Lebensende ein überzeugter Pazifist.

Zuletzt geriert er doch in französische Kriegsgefangenschaft. Hier brach sein Tagebuch ab. Es endete mit der Überschrift: *In der Hölle.* Was er *in der Hölle* erlebt und erlitten hatte, hatte er nicht mehr aufgezeichnet und seinen Kindern nie erzählt. Dafür aber kannten wir alle Details seiner abenteuerlichen und legendären Fluchtgeschichte: wie er sich im Kriegsgefangenenlager in Perpignon die spärliche Zigarettenration vom Munde abgespart und seinen gesammelten Vorrat an Zigaretten schließlich gegen eine Baskenmütze und eine Decke getauscht hatte, die es ihm am 1. November bei Nacht ermöglichte, den Stacheldrahtzaun zu überwinden. Wie er auf dem nächsten Provinzbahnhof eine Fahrkarte erster Klasse nach Lyon gelöst hatte und, die Baskenmütze als Tarnkappe auf dem Kopf, vor dem Schaffner, der nur seinen Fahrschein kontrollierte, als Franzose durchgegangen war. Wie er, der Musiker aus Leidenschaft, gar noch das tollkühne Wagnis auf sich genommen hatten, nachmittags in Lyon ein Konzert zu besuchen, indem er sich an dem Türsteher vorbei in den Konzertsaal schmuggelte, sich unter die Stehplatzbesucher mischte und sich, immer mit dem Rücken zur Wand, in der Nähe der Einlasstür aufhielt, damit niemand das von seiner Joppe zwar entfernte, aber als Aussparung noch immer kenntliche POW (prisoner of war) entdecken konnte. Wie er noch am selben Abend den Zug nach Straßburg bestiegen hatte und auf dem dortigen Bahnhof der französischen Militärpolizei, die auf ihn aufmerksam geworden war, mit knapper Not hatte entkommen können, da er, der geborene Sprinter, schneller war als seine Verfolger. Wie ihn ein junger Elsässer in einer Seitenstraße in den Hauseingang gezogen und ihn mit ziviler Kleidung versorgt hatte. Wie er am nächsten Tag auf der Ladefläche eines Lastwagens, den dieser Helfer fuhr, unter Planen und Kisten versteckt, über die einzige noch intakte Brücke über den Rhein nach Kehl gebracht worden war. Und wie er sich von dort nach Grainau durchgeschlagen und den Weihnachtsabend 1945 wieder mit seiner Frau und seinen Kindern hatte verbringen können.

Diese gloriose Fluchtgeschichte, die bei späteren Erzählungen noch um manche Details ausgeschmückt wurde, ließ bei uns Kindern das Bild eines Vaters entstehen, der die Schrecken des Krieges und der Gefangenschaft nicht nur heil überstanden, sondern dem Schicksal auch noch mit Courage und Effronterie getrotzt hatte.

Nie aber hatte er uns erzählt, dass er, wiewohl nie Mitglied der NSDAP, zusammen mit seiner Mutter, unserer Großmutter, 1935 auf dem Nürnberger Reichsparteitag gewesen und eine Zeit lang eine Spielschar der Hitlerjugend geleitet hatte. Nie auch hatte er darüber gesprochen, wie er sich als Dirigent in Königsberg verhalten hatte, als die jüdischen Musiker aus seinem Orchester entfernt wurden.

Die Sogwirkung des Tabus

Das große Schweigen der Kriegsgeneration hat für die nachfolgende Generation gravierende Folgen gehabt: Wenn Kinder in dem dumpfen Gefühl aufwachsen, bei den Eltern fehlt etwas, bei ihnen gibt es ein Geheimnis, ein Tabu, das nicht greifbar ist und für das es keine Worte gibt, hat das eine tiefe Verunsicherung und Irritation zur Folge. Die Kinder erleben den fehlenden Teil der Elterngeschichte als Lücke in ihrem emotionalen Empfinden. Wenn sie – wie es in Deutschland nach dem Zweiten Weltkrieg die Regel war – keinen oder nur einen sehr begrenzten Zugang zur Vergangenheit ihrer Eltern haben, kommt es zu Leerstellen in ihrer eigenen Identität.

Das Schweigen und Verschweigen wirkt wie ein schwarzes Loch, das – wie in der Physik – alles ansaugt. Die Kinder, auch wenn sie längst erwachsen sind, beschäftigen sich mit dieser Leerstelle und verausgaben sich oft in ihrer Fantasie, um sie irgendwie zu füllen.

Das galt auch für mich und viele meiner Freunde und Mitstreiter aus der 68er-Bewegung. Wie Hamlet fühlten wir uns getrieben, der uns unheimlichen, weil vorenthaltenen Vergangenheit unserer Väter, Lehrer und Professoren nachzuspüren und stellvertretend das aufzuarbeiten, womit sich jene nach dem Krieg nicht mehr befassen wollten. Zumal viele der ehemaligen NS-Täter in der restaurierten Adenauer-Republik wieder führende Stellungen in Wirtschaft, Politik, Bundeswehr, Wissenschaft und Medien bekleideten. Wenn ich mein eigenes Werk aus dreieinhalb Jahrzehnten betrachtete, dann waren fast die Hälfte meiner Bücher und Theaterstücke sowie zahllose Artikel, Aufsätze, Streitschriften, Vorträge und Essays der Aufarbeitung des Nationalsozialismus und seiner monströsen Verbrechen gewidmet.

Nicht selten hatte die »Sogwirkung des Tabus« sogar tödliche Folgen gehabt. Nicht wenige 68er-Rebellen hatten den Hass auf ihre Naziväter als Selbsthass verinnerlicht und sogar Selbstmord verübt – wie der Verleger und Schriftsteller Bernward Vesper, mit dem ich eine Zeit lang befreundet war und in dessen Edition *Voltaire* meine ersten politischen Essays und Streitschriften publiziert wurden. Sein Buch *Die Reise,* eine Abrechnung mit seinem Vater, dem Nazischriftsteller Will Vesper, den er als Kind vergöttert hatte, war ein Bestseller meiner Generation gewesen. Für mich war das eigentlich Erschütternde an diesem autobiografischen Bericht: wie sehr der Sohn, der mit der späteren RAF-Terroristin Gudrun Ensslin verlobt war und mit ihr ein Kind zusammen hatte, das rassistische Denken seines Vaters – wenn auch nicht im ideologischen Sinn, so doch gefühlsmäßig – verinnerlicht hatte, indem er die angepassten Bürger und Staatsdiener, die »Bullen« zumal, als »vegetable«, als »Unkraut« denunzierte – was dem Nazibegriff vom

»lebensunwertem Leben« gefährlich nahekam. Ein Jahr nach Erscheinen seines Buches hatte sich Bernward Vesper unter den Gashahn gelegt.

Verluste ohne Trauer, Schmerzen ohne Trost

Das Leben der Kriegsgeneration war von schweren Verlusten geprägt. Viele hatten ihre Heimat, ihre Angehörigen und Freunde verloren, viele ihre Gesundheit eingebüßt. In der Nachkriegszeit aber waren sie vornehmlich mit dem Überleben und dem Wiederaufbau beschäftigt. Da blieb für das Trauern kein oder nur wenig Raum. Nicht trauern zu können, heißt den Schmerz nicht teilen zu können, heißt auch: nicht loslassen zu können. Was nicht betrauert wird, setzt sich fest – und kehrt wieder. Auch die kollektiven zumeist verdrängten oder verleugneten Schuldgefühle verhinderten das Trauern.

Das Nichttrauernkönnen aber teilte sich auch den Kindern der kriegstraumatisierten Eltern mit. Wenn das Vorbild zu trauern fehlt, wenn Trauern nicht gewünscht und abgewehrt, ja geradezu verboten oder bestraft wird (»Reiß dich zusammen, du Heulsuse«, »Ein Junge weint nicht«), dann tritt an die Stelle eines wichtigen, ja lebensnotwendigen Gefühls eine Leerstelle.

Die Haltung, dass Schmerz keines Trostes bedarf und dass man mit Problemen allein fertigwerden muss, galt meist auch den Kindern der traumatisierten Eltern als etwas Selbstverständliches. Leistung statt Trauern, Arbeiten statt Loslassen, mit Schmerzen allein klarkommen, ›Zähne zusammenbeißen und durch!‹ – das waren und sind die Leitmotive vieler Angehöriger der zweiten Generation, die oft zu Leid-Motiven wurden.

Auch in meiner Familie hatte das Vorbild, zu trauern, gefehlt; darum wurde der Tod der Mutter von uns Kindern kaum betrauert. Ihre Rolle übernahm dann für einige Jahre die Großmutter väterlicherseits, die sich in rührender Weise um ihre vier Enkel kümmerte – bis zur Wiederverheiratung des Vaters und dem Umzug der Familie nach Freiburg. Einmal im Jahr, meist in den Osterferien, besuchten Christian und ich die Großmutter im rheinischen Bad Kreuznach.

Als sie 1959 starb, hatte es der Vater jedoch nicht für nötig befunden, mich und meine Geschwister zur Trauerfeier nach Bad Kreuznach mitzunehmen. So hatte ich weder von meiner Mutter noch von der Großmutter, die ich als eine herzliche und mütterliche Frau in Erinnerung habe, Abschied nehmen können.

Und hatte das früh eingeübte Vermeiden der Trauer und die unausgesprochene Losung, mit Schmerzen allein klarzukommen, nicht auch mein späteres Verhalten bei Abschieden und seelischen Krisen geprägt? Als ich mich mit einundzwanzig von meiner ersten und mit vierundzwanzig von meiner zweiten Freundin trennte, hatte ich meine Traurigkeit mit mir selbst ausgemacht. Auch wenn ich zu meinem Vater Vertrauen hatte, es wäre mir nie in den Sinn gekommen, Trost und Zuspruch bei ihm oder der Stiefmutter zu suchen; hatte ich doch zuweilen das Gefühl, dass meine Leiden in ihren Augen nicht wirklich zählten. Gemessen an den Katastrophen, die sie im Krieg, in der Gefangenschaft und auf der Flucht erlebt hatten und durchstehen mussten – und dabei ging es ja immer um Leben und Tod –, waren die schulischen Probleme, die Nöte der Pubertät und der Liebeskummer ihrer heranwachsenden Kinder im Grunde »kleine Probleme« – oder wie die stereotype Formel des Vaters lautete: »Alles halb so schlimm.«

Erst als der Vater starb – da war ich Mitte dreißig und schon ein paar Jahre mit Dorothea zusammen –, erfuhr ich in meinem Leben die Wohltat, meine Trauer mit einem vertrauten Menschen teilen zu können. Überhaupt hatte Dorotheas warmherziges und empathisches Wesen mit der Zeit eine (er)lösende Wirkung auf mein Gemüt gehabt. In einer sehr männlich geprägten Familie aufgewachsen, hatte ich erst in meiner zweiten, selbst gewählten Familie mit den Jahren gelernt, was Männern oft so schwerfällt: meine Gefühle zu zeigen und auszudrücken ...

Leistung, Leistung, Leistung!

Wir beobachten häufig bei Kindern aus traumatisierten Familien, dass sie sehr leistungsorientiert sind und dass vor allem die schulischen und später die beruflichen Leistungen der Ersatz sind für das, was fehlt.

Leistungsorientierung und Leistungsbereitschaft sind, wenn sie einem Menschen angemessen sind, ja durchaus erwünschte Qualitäten und für sich genommen kein Problem. Zum Problem werden sie, wenn Menschen immer unter dem Gefühl leiden, niemals fertig, niemals mit sich zufrieden zu sein und sich kaum Ruhe gönnen zu können, wenn also Arbeit, Leistung und Erfolg Suchtcharakter annehmen.

Viele Väter und Mütter hatten im Krieg ihre Jugend verloren und ihre beruflichen Karrieren abbrechen müssen; in ihren Kindern holten sie dann etwas nach, was ihnen selbst verwehrt worden war – ein verständlicher Wunsch, der aber für die Kinder oftmals einen enormen inneren Druck bedeutete.

Dieser Leistungsimperativ saß auch uns Brüdern von Jugend auf im Nacken. »An die Spitze! An die Spitze!«, pflegte der Vater uns anzuspornen, wenn wir mit guten Zeugnissen nach Hause kamen, erste Erfolge im Studium vorweisen konnten und von unseren weiteren Berufsplänen die Rede war. Er selbst hatte während des »Dritten Reiches« als Komponist eine gewisse Karriere gemacht, zwei seiner Ballette waren en suite an vielen Bühnen des Reiches gespielt worden. Und nie werde ich seine eindrückliche Schilderung vergessen, wie er im Herbst 1943 aus Königsberg zur Premiere seines zweiten Balletts in der Berliner Staatsoper anreiste, der Zug aber kurz vor Berlin zum Stehen kam, weil just an diesem Tag, in dieser Nacht die angloamerikanischen Bomberflotten die Reichshauptstadt heimsuchten. Der durch den Krieg verursachte Karriereknick aber setzte sich nach dem Krieg fort, da der Vater – wie so viele seiner Generation – beruflich wieder ganz neu starten musste. Und nachdem ihm seine zweite Frau noch zwei Söhne geboren hatte, musste er, mit Rücksicht auf die immer größer werdende Familie, die er zu ernähren hatte, seinen Traum von einer großen Komponisten-und-Dirigentenlaufbahn begraben. Umso mehr lebte und wucherte der Ehrgeiz des Vaters in uns, seinen Söhnen, weiter.

Allerdings hatte ich, nicht zuletzt durch Dorotheas Einfluss, den

»ererbten« väterlichen Auftrag im Laufe der Jahre dahin gehend modifiziert: dass es nicht darauf ankommt, »an die Spitze zu gelangen«, vielmehr darum, seine Sache gut zu machen, zumal der sogenannte Erfolg immer mehr von Faktoren abhing, die gar nichts mit Qualität zu tun hatten. In der Markt- und Mediengesellschaft war Erfolg vor allem eine Marketingkategorie, das heißt eine Frage der medialen Inszenierung und »Performance«.

Frau Klier schloss ihren Vortrag mit einer bemerkenswerten Überlegung zur schwindenden Empathie in der deutschen Gesellschaft:

> Da und solange die Angehörigen der Kriegsgeneration ihre Mitschuld leugneten, wurden sie verständlicherweise und zu Recht angeklagt. Darüber aber wurde lange Zeit übersehen, dass sie zugleich auch traumatisierte Opfer waren – Opfer von Bombenterror, Gefangenschaft, Vertreibung, Flucht, Verwundung, Vergewaltigung, Elend und Hunger. Und da sie über diese traumatisierenden Erlebnisse in der Regel nicht sprachen, nicht sprechen konnten, wurde ihnen von ihren eigenen Kindern auch kaum Empathie entgegengebracht. Und darin liegt eine gewisse Tragik. Auch Empathie will nämlich gelernt sein. Wenn die Kinder keine Empathie mit den unausgesprochenen Leiden der Elterngeneration entwickeln können, geben sie dieses Defizit an die nächste Generation weiter.
> Nicht von ungefähr beklagen Philosophen, Soziologen und Psychologen, Kirchen und Wohlfahrtsverbände heute den Egokult und die zunehmende Narzissisierung der Gesellschaft, die mit Gleichgültigkeit, Kälte und Entsolidarisierung in den sozialen Beziehungen einhergeht. Der Verlust von Empathie – über Generationen hinweg – gehört wohl zu den schlimmsten Langzeitfolgen des Krieges!

Rena hatte dann noch für einen denkwürdigen Abschluss der Veranstaltung gesorgt. Während sie ihre Papierkraniche unter die Anwesenden verteilte, erzählte sie, was es mit diesen auf sich habe: Einem japanischen Märchen zufolge würde sich dem, der aus Papier tausend Kraniche falte, der entscheidende Wunsch seines Lebens erfüllen. Ein Mädchen, das nach dem Abwurf der Atombombe auf Hiroshima infolge der radioaktiven Strahlung schwer erkrankte, erinnerte sich an dieses Märchen und begann auf dem Krankenbett, aus Papier Kraniche zu falten. Als sie den 660. Kranich gefaltet hatte, starb sie. Seither pflegen die Japaner am jährlichen Hiroshima-Gedenktag am Grab des Mädchens zusammenzukommen, aus Papier gefaltete Kraniche mitzubringen und gemeinsam das Lied von den ziehenden Kranichen anzustimmen. In der V-Formation ihres Fluges fliegen die Starken vorn und die Schwachen hinten, aber nach einer gewissen Zeit wechseln sie die Plätze, damit sich die erschöpften Kraniche von vorn in der hinteren Reihe erholen und die ausgeruhten hinten zeitweilig die Führung übernehmen können. Wenn wir, schloss Rena ihre Erzählung, die Gesellschaft nach dem Rotationsprinzip der Kraniche organisieren würden, dann wäre sie auch gegen Erschöpfung und Burn-out gefeit.

»Also«, resümierte Frau Klier: »Lernen wir von den Kranichen.«

Ich legte den Vortrag beiseite, zog meine Laufschuhe an, schlüpfte in meine wattierte Jacke und verließ das Zimmer, um ein paar Runden in der frischen Luft zu drehen.

Ich trabte über die spärliche beleuchtete Ahornallee, die zum See führte, machte jedoch auf halbem Weg wieder kehrt, weil mir ein scharfer Wind ins Gesicht schnitt.

Wieder in meinem Zimmer, legte ich eine neue CD in den Player, das *Wohltemperierte Klavier* von Johann Sebastian Bach, ein Stück, das mein Vater oft gespielt hatte. Dann setzte ich mich mit einem Glas Rotwein in den Lesesessel und dimmte das Licht der Stehlampe herunter.

Der selbstlose Vater

Im Geiste sah ich den Vater wieder am Bechstein-Flügel im Wohnzimmer sitzen, sein schönes Profil mit der markanten Nase, den buschigen Augenbrauen und dem dichten rötlich braunen Haar, das bis in sein Alter frei von grauen Strähnen geblieben war; wie sich sein Oberkörper im Rhythmus des Spielens vor- und zurückbewegte, während seine feingliedrigen Hände über die Tasten glitten.

Mit einem Gefühl der Dankbarkeit dachte ich an meinen Vater – und welches Glück wir doch alles in allem mit ihm gehabt hatten! Trotz Krieg, Gefangenschaft und des frühen Todes seiner Frau hatte er sich sein warmherziges Wesen, sein Grundvertrauen in das Leben und seinen Optimismus bewahrt. Und wenn ich, trotz einer vom frühen Verlust der Mutter überschatteten Kindheit, eine psychische Stabilität und Identität gewonnen hatte, dann hatte ich dies ganz wesentlich dem Vater zu verdanken, der in allen Krisen und Wechselfällen des Familienlebens immer für Ausgleich und Beständigkeit gesorgt hatte.

Da er sich selbst ein kindlich naives Gemüt bewahrt hatte, konnte er auch mit Kindern gut umgehen und wurde von ihnen gemocht und geliebt, nicht nur von den eigenen. Er konnte staunen wie ein Kind, wenn er bei einem Spaziergang oder Ausflug ein Pfauenauge, einen Eichelhäher oder sonst ein seltenes Tier erblickte; er verweilte lange beim Anblick einer mit Mohnblumen übersäten Wiese, eines Wasserfalls, eines Regenbogens oder einer bizarren Landschaft, die ihn faszinierte. Und nie werde ich den staunenden Ausruf des Vaters vergessen, mit dem er mich auf die Schönheiten und bizarren Phänomene der Natur wie zwei sich im Fluge paarende Libellen oder auf den Funkenflug der Glühwürmchen in einer warmen Sommernacht aufmerksam machte: »Ist doch doll, was!« Und wie ansteckend war seine Begeisterung, wenn er mich, anhand einer bachschen Partitur, in die Geheimnisse der polyfonen Musik, des Kontrapunkts und der ›Kunst der Fuge‹ einweihte! »Ist doch doll, was!«

Auch war er sehr unternehmenslustig und stets bereit, sich auf ein Abenteuer einzulassen, auch wenn dies mit einer Regelverletzung verbunden war; sei es, dass er beim »Fallobstsammeln« auf den bäuerlichen Obstplantagen selbst den Baum bestieg, um die reifen Äpfel, Birnen oder Pflaumen herunterzuschütteln; sei es, dass er einen für den Autoverkehr gesperrten Feldweg benutzte, um mit seinen Kindern in einem See zu baden, in dem Baden ausdrücklich verboten war. Und noch bis in die Sechzigerjahre behielt er seine Gewohnheit aus Kriegs- und Nachkriegszeiten bei, einen Bahnsteig erst in letzter Minute zu betreten und auf das Trittbrett des schon angefahrenen Zuges aufzuspringen.

Seine Lust aufs Abenteuer hatte er denn auch seinen Kindern vererbt. Mit neunzehn Jahren war ich, zusammen mit meiner ersten Freundin, in den großen Sommerferien über die Schweiz nach Italien bis nach Ancona getrampt; von dort setzten wir mit dem Schiff nach Brindisi über, wo wir weiter per Autostopp durch Griechenland reisten. Da ich nicht glaubte, hierfür die Zustimmung der Eltern zu erhalten, hatte ich zu einer Notlüge gegriffen und ihnen erzählt, ich mache mit einem Freund eine Fahrradtour nach Holland. Als ich braun gebrannt und mit leuchtenden Augen aus Griechenland zurückkam und den Eltern dann doch erzählte, wo und mit wem ich dort gewesen und was ich auf dieser Reise alles erlebt hatte, gab es nicht das befürchtete Donnerwetter; der Vater nahm mich und meine dreiste Lüge sogar gegen den strengen Tadel der Stiefmutter in Schutz: »Ist doch toll, was der Junge alles erlebt hat!«

Auch war er ein sehr geselliger Mensch und als Orchesterleiter mit der Freiburger Musik- und Kunstwelt aufs Engste verbunden. Viele Musiker, Sänger, Schauspieler und Literaten, unter ihnen recht originelle und schräge Vögel, verkehrten in unserem Haus, die für Abwechslung und anregende Diskussionen sorgten. Und da die Stadt eine Hochburg der Anthroposophen, Theosophen und Esoteriker aller Couleur war, die dem Hang des Vaters zum Spirituellen und Übersinnlichen entgegenkamen, fand ich, der Zauberer der Familie, auch immer ein dankbares Publikum. Oft amüsierte es mich, wenn die kleinen Wunder, die ich mithilfe meiner Fingerfertigkeit und trickreicher Requisiten vollbrachte, zum Auslöser der wildesten

Spekulationen über okkulte und übersinnliche Phänomene wurden. Vielleicht war in diesem vor den anderen verheimlichten Wissen um die Machbarkeit jener Phänomene – denn ich durfte ja meine Tricks nicht verraten – schon der Keim zu dem Doppelcharakter meines späteren Werks, meiner sowohl wissenschaftlich-aufklärerischen wie belletristischen Produktion, gelegt. »Aufklärer und Illusionist in einer Person« hatte ein Kritiker mich einmal treffend charakterisiert.

Wo es um die Ausbildung und das Fortkommen seiner Söhne ging, war der Vater immer bereit, hierbei auftretende Hindernisse aus dem Weg zu räumen; zuweilen auch mit List. Als ich im ersten Semester meines Biologiestudiums durch die Zoologieprüfung fiel – was meine Aufnahme in die Studienstiftung des Deutschen Volkes, für die ich vorgeschlagen war, zu vereiteln drohte –, lud der Vater kurzerhand den Zoologieprofessor zu einem unserer beliebten Hausmusikabende ein, was diesem schmeichelte und mir Gelegenheit bot, nicht nur meine musikalischen, sondern auch meine magischen Talente unter Beweis zu stellen. Womit ich bei ihm besonders punktete, war das Kunststück mit der Affenschaukel: Ein kleiner, an einem Seil hängender Plastikaffe wechselte auf mysteriöse Weise ständig seine Position an der Schaukel, indem er mal am linken, mal am rechten, mal am mittleren Seil baumelte. In der anschließenden Diskussion um Darwins Abstammungslehre erklärte der Vater, zur Erheiterung des Professors: Nichts gegen Affen, aber er könne sich einfach nicht vorstellen, dass ein so sublimes Wesen wie der Mensch, geschweige denn ein so gottbegnadetes Musikgenie wie W. A. Mozart, vom Affen abstamme; der habe doch seine himmlischen Melodien und Harmonien »von oben abgeschrieben«.

Bei der Wiederholung der Zoologieprüfung, die um Darwins Abstammungslehre kreiste, erklärte der gut gelaunte Prof: »Wir wollen, Ihrem Vater zuliebe, Wolfgang Amadeus Mozart von Darwins These einmal ausnehmen.« Von Prüfungsangst befreit, machte ich meine Sache gut und erhielt eine glatte Eins. Meiner Aufnahme in die Studienstiftung des Deutschen Volkes stand nun nichts mehr im Wege.

In den Jahren der Studentenrevolte, bei der Christian und ich von Anfang an mit und vorneweg dabei waren, kam es zwar zu heftigen politischen Auseinandersetzungen mit dem Vater, doch diese nahmen nie den zerstörerischen Verlauf wie in anderen deutschen Familien, wo der Kontakt zwischen Eltern und Kindern oftmals für Jahre abriss. Auch wenn dem Vater unser radikales politisches Gedankengut ziemlich fremd und ihm unser – dem Marxismus und der Frankfurter Schule entlehntes – Vokabular oft unverständlich war, bemühte er sich gleichwohl auf rührende Weise, uns und unser Denken zu verstehen, und warnte uns in besorgten Briefen davor, uns vor den Karren einer Ideologie spannen zu lassen.

Der Vater kümmerte sich aber nicht nur um seine eigene Familie, sondern auch um die recht zahlreiche, teils in Bayern und im Rheinland, teils in der DDR lebende Verwandtschaft. Wieder und wieder schickte er Päckchen »in die Zone« und sorgte dafür, dass der Kontakt zu dem durch die deutsche Teilung abgeschnittenen Teil der Verwandtschaft auch in den Jahren nach dem Mauerbau nicht abriss. Auch unterstützte er, so gut er konnte, in Not geratene oder in dürftigen Verhältnissen lebende Freunde. »Füreinander und für andere da sein. Denn man ist nicht allein auf der Welt« – dies war sein Credo, dass er in all seinen menschlichen Beziehungen zu bewähren suchte.

Selbstlos war das Attribut, das mir zuerst einfiel, wenn ich an den Vater dachte. *Selbst-los* im doppelten Sinne des Wortes: dass er – wie der sprichwörtliche brave Mann – zuletzt an sich selbst dachte, aber auch: dass er, im steten Sichkümmern um andere, Gefahr lief, sein eigenes Selbst, vor allem sein künstlerisches Selbst, aus den Augen zu verlieren. Dass der Vater im Laufe der Jahre nicht mehr zum Komponieren kam, lag eben nicht nur an seinen vielfältigen Verpflichtungen; es lag auch daran, dass er bei seiner unaufhörlichen Betriebsamkeit – er war eigentlich immer in Trab und pflegte noch im Alter zwei Treppenstufen auf einmal zu nehmen – sich selbst keine Zeit mehr dafür nahm und bei dem Dauerlärm der vielen ihn umgebenden Stimmen und Ansprüchen mehr und mehr die eigene (Musik-)Stimme verlor. Seine Fürsorglichkeit – war sie nicht auch ein Ersatz und Ersatzhandeln für seine nicht mehr gelebte künstlerische Kreativität? Einmal – da war er schon pensioniert und hatte eigentlich Zeit genug – fragte ich ihn, ob er wieder am Komponieren sei. Da hatte er traurig den Kopf geschüttelt: »Wenn es nicht kommt – man kann's nicht erzwingen.«

Er war immer für andere da gewesen, und alle, die ihn kannten – auch meine Freunde und Freundinnen, insbesondere Dorothea –, mochten ihn, seine Zugewandtheit, sein freundliches Wesen. Aber wie glücklich war er eigentlich selbst gewesen?

Während ich mir ein Glas Rotwein nachschenkte, fiel mir ein, dass der Vater, von seltenen Gelegenheiten abgesehen, keinen Alkohol trank, auch keinen Sekt, höchstens mal eine Weinschorle. Ich konnte mich auch nicht erinnern, ihn je beschwipst oder angeheitert erlebt zu haben. Er behauptete, dass ihm alkoholische Getränke einfach nicht schmeckten. Aber war dies der eigentliche Grund seiner Abstinenz? Oder fürchtete er den Kontrollverlust? Dass im alkoholisierten Zustand Dinge hochkommen könnten, die er lieber unter Verschluss hielt?

Seine erste Ehe war – wie aus dem Briefwechsel der Eltern hervorging – ein ziemlich schwieriger Balanceakt gewesen. Marlies, seine vier Jahre ältere Frau, stammte aus einer Familie des gehobenen Bürgertums. Ihr Vater, gut situierter Rechtsanwalt und Reichstagsabgeordneter, war über die – in seinen Augen – unstandesgemäße Heirat seiner ältesten Tochter mit einem »kleinen Musikus« ohne feste Stellung und gesichertes Einkommen so erzürnt, dass er sie enterbte. Ich hatte nur eine vage Erinnerung an den großen und gestrengen Herrn in Knickerbockern, der seine Tochter und seine Enkel einmal in Grainau besucht hatte. Auch wenn es nach Zeugnis des Vaters eine »Liebesheirat« gewesen war, ganz freiwillig war die 1934 in Leipzig geschlossene Ehe nicht zustande gekommen; denn die Braut war im dritten Monat schwanger. Der Bruch mit ihrem Vater, der fortan jede Unterstützung verweigerte, hatte zur Folge, dass die junge Familie zunächst in eher dürftigen Verhältnissen lebte und

Marlies durch Näharbeiten das bescheidene Einkommen ihres Mannes, der als Organist und Repetitor in wechselnden Stellungen nur wenig verdiente, etwas aufzubessern suchte. Dies änderte sich erst, als er mit seinen Ballettkompositionen Erfolg hatte und schließlich als Dirigent an die Lübecker Oper berufen wurde.

Indes fühlte sich Marlies von ihrem Mann, der als aufstrebender Komponist und Dirigent nun oft an den Bühnen des Reichs unterwegs war, wo seine beiden Ballette gespielt wurden, zu oft alleingelassen. Nach der Geburt des zweiten Kindes schlug sie ihm ein einjähriges Moratorium für die Ehe vor, damit er sich ganz auf seine künstlerische Laufbahn konzentrieren könne. Im selben Jahr begann sie eine Affäre mit einem Rundfunkjournalisten. Als der Vater dann zu Beginn der Vierzigerjahre Dirigent und Orchesterleiter in Königsberg wurde, verliebte sie sich in seinen besten Freund, jenen Opernregisseur, der im selben Haus wie die Familie wohnte. Auch wenn Marlies diese Liebe ihrem Mann nicht verheimlichte und beide Freunde darüber eine Art Einverständnis erzielten, eine Ménage-à-trois konnte man diese Dreiecksbeziehung gleichwohl nicht nennen. Denn wie aus den Liebesbriefen der Mutter hervorging, kam es in den folgenden Jahren bis in die Grainauer Zeit nur zu ganz seltenen und sporadischen Begegnungen zwischen ihr und dem geliebten Freund, der, von ihren grenzenlosen Liebeswünschen offenbar überfordert, immer wieder auf Distanz zu ihr ging. Auch wenn seine wenigen Briefe an sie durchaus von Respekt und Bewunderung für ihre künstlerische Intuition und subtile Geistigkeit zeugten, einen anderen Status als den einer ewig hingehaltenen Nebengeliebten in der Agenda eines viel beschäftigten Opernregisseurs, der im Nachkriegsdeutschland eine steile Karriere machen sollte, vermochte sie nie einzunehmen.

Als ich die Liebesbriefe meiner Mutter las, in der sie sich und ihr ganzes Wesen dem geliebten Freund unterstellte, ja förmlich auslieferte, war mir so manches Mal der Schweiß ausgebrochen; fragte ich mich doch bangen Herzens, wie wohl der Vater diese Amour fou seiner Frau, die seinem besten Freunde galt, seelisch verkraftet hatte. Da er all ihre Briefe nach ihrem Tod aufbewahrt hatte, kannte er sie wohl auch. Hatte ihn denn nie die Eifersucht geplagt? Hatte er ihr keine Szenen gemacht? Hatte er sie nie vor die Wahl gestellt: entweder er oder ich? Weder in den Briefen der Mutter an ihn noch in seinen Briefen an sie gab es diesbezügliche Hinweise. Offenbar hatte der Vater die unglückliche Passion seiner Frau wie auch ihre zahlreichen Affären, die sie ihm nicht verschwieg, in all den Jahren bis zu ihrem Tod toleriert.

Dies erschien mir umso rätselhafter, als die Ehe in den Augen des Vaters etwas Unantastbares und der Ehebruch ein schwerer Verstoß gegen die moralische Ordnung mit zerstörerischen Folgen für die Familie war, wie er selbst es in jungen Jahren erfahren hatte: Sein Vater, ein sehr musisch veranlagter protestantischer Pfarrer und Lebemann, hatte während seiner Amtszeit im sächsischen T. seine junge Frau ständig mit den Dorfschönen betrogen, und, nachdem sie sich von ihm hatte scheiden lassen, auch sein Amt und seine Approbation als Pfarrer verloren. Der Vater, damals knapp dreizehnjährig, hatte sich sehr mit dem Leid seiner Mutter identifiziert; sein Verhältnis zu seinem »ehebrecherischen« Erzeuger war denn auch bis an sein Lebensende von kaum verhohlener Verachtung geprägt gewesen; er sprach von ihm nie als von seinem Vater, er nannte ihn, mit sarkastischer Ironie, immer nur »Hochwürden«.

Umso erstaunlicher, dass er den mehrfachen Ehebruch seiner eigenen Frau toleriert hatte. Wie war das möglich gewesen? Fühlte er sich gleichwohl von ihr geliebt – als dem Vater ihrer vier Kinder, an denen sie mit allen Fasern ihres Herzens hing, wie sie ihm in etlichen Briefen versicherte? Oder sah er sie – worauf einige Briefe hindeuteten, die an seine Mutter gerichtet waren – als eine seelisch höchst gefährdete Frau, die man, so gut es eben ging, stützen musste, damit sie unter der alltäglichen Mühsal und Last in diesen schwierigen Kriegs- und Nachkriegsjahren nicht zusammenbrach? Denn was wäre dann aus den Kindern geworden? »Ach, das Marlieschen!«, pflegte der Vater später manchmal in einem leicht herablassenden Ton zu sagen, als spreche er eher von einem schwierigen Kinde als von der Mutter seiner Kinder. – Auch mir drängte sich, nach wiederholter Lektüre ihrer Briefe und Gedichte, in denen

Sehnsucht und *Verzicht* immer wiederkehrende Hauptmotive bildeten, das Bild einer ruhelosen und getriebenen Frau auf, die in keiner ihrer Liebesbeziehungen Erfüllung gefunden hatte.

War es letztlich die Verantwortung für seine Kinder und die Sorge um den Zusammenhalt der großen Familie gewesen, die den Vater die Passion seiner Frau wie ihre zahlreichen anderen Affären tolerieren ließen? Aber mit wie viel Selbstverleugnung und Selbstlosigkeit war solche Toleranz erkauft? Und mit welchen Einbußen seines Selbstwertgefühls als Mann? Und wie war ihm wohl in der französischen Gefangenschaft zumute gewesen, wenn er nachts in der Baracke neben seinen Kameraden lag, die von ihren Frauen zu Hause erzählten, deren Fotos über ihren Feldbetten hingen, wohl wissend, dass die seinige vielleicht gerade wieder einen ihrer herzzerreißenden Liebes- und Bittbriefe an den geliebten Freund schrieb? – Dies alles blieb sein Geheimnis; er nahm es mit ins Grab.

Und doch gab es, rückblickend betrachtet, ein untrügliches Indiz dafür, dass der Vater seine Toleranz gegenüber den außerehelichen Beziehungen seiner Frau seelisch kaum verkraftet hatte. Ich erinnere mich an schreckliche Szenen, die ich als Zehn- oder Elfjähriger, hinter der angelehnten Tür des Schlafzimmers stehend, mit angehaltenem Atem belauscht hatte: wie meine Schwester Astrid, als sie mit sechzehn Jahren ihren ersten Freund hatte und manchmal später nach Hause kam, vom Vater im Flur mit dem Teppichklopfer empfangen und, unter heftigsten Beschimpfungen, so verprügelt wurde, wie ihre Brüder nie von ihm gezüchtigt worden waren. So vollkommen außer sich, so rasend vor Zorn wie bei diesen nächtlichen Strafgerichten, die er da an seiner Tochter vollstreckte, hatte ich den Vater nie erlebt. Er beschimpfte sie als »Flittchen«, wenn sie es nur wagte, sich zu schminken oder den Rock ein wenig kürzer zu tragen, als es in jenen prüden Jahren der Adenauer-Ära sein durfte. Und als er eines Tages die Liebesbriefe entdeckte, die sich Astrid und ihr Freund schrieben, nahm er das ganze Bündel Briefe und warf es vor ihren Augen in den brennenden Kaminofen – ein regelrechtes Autodafé. Es war, als ob der Vater stellvertretend an seiner Tochter die jahrelang zurückgestaute Eifersucht und Wut ausließ, die er, in seiner selbstlosen Toleranz gegenüber seiner ehebrecherischen Frau, im Zaum gehalten hatte. Für Astrid aber war es, als habe sie nach dem frühen Tod der Mutter nun auch den Vater, den sie doch liebte, verloren. Mit zwanzig Jahren wanderte sie nach Australien aus; sie musste sozusagen zwei Ozeane zwischen sich und die Eltern legen, von denen sie sich derart zurückgestoßen fühlte. Und es dauerte Jahrzehnte, bis es zu einer Versöhnung zwischen ihr und dem mit den Jahren milder und einsichtiger gewordenen Vater kam.

Gegenüber seinen Kindern hatte der Vater oft bekundet, er habe sowohl mit seiner ersten als auch mit seiner zweiten Frau eine gute Wahl getroffen. Dass er wenige Wochen nach dem Tod unserer Mutter in Hannover Gabriele kennengelernt und ein Jahr später geheiratet hatte, pflegte er als »glückliche Fügung des Schicksals« zu bezeichnen. Aber entsprang diese rasche Wiederverheiratung nicht primär der Notwendigkeit, in diesen schwierigen, von Mangel und Not geprägten Nachkriegsjahren für seine vier mutterlosen Kinder eine Versorgerin zu finden?

Gabriele, eine große und gut aussehende Frau, die vierzehn Jahre jünger als der Vater war, hatte selbst eine traumatische Fluchtgeschichte hinter sich. Im Januar 1945 war sie mit zwei Koffern – der eine enthielt ihre eigenen Sachen, der andere die Sachen für ihren Vater und ihren Bruder, von beiden wusste sie nicht, ob sie noch am Leben oder in Gefangenschaft waren – aus ihrer ostpreußischen Heimatstadt aufgebrochen und hatte sich nach Danzig durchgeschlagen. Sie bestieg eines der letzten Flüchtlingsschiffe in dem apokalyptischen Gefühl, dass diesem womöglich ein gleiches Schicksal bevorstehe wie der gerade zuvor ausgelaufenen »Gustloff«, die bei der Überfahrt von russischen Torpedos abgeschossen und mit neuntausend Flüchtlingen an Bord untergegangen war. Von Stralsund aus war sie dann, teils mit Armeelastwagen, teils mit dem Zug, bis zum Stadtrand Berlins gefahren; ein Wehrmachtssoldat, den sie unterwegs kennenlernte, lotste sie in zwei abenteuerlichen Nachtmärschen durch das zerbombte und brennende Berlin, bis sie schließlich nach Potsdam gelangte, wo ein Onkel von ihr wohnte. Ende April, kurz bevor die Rote Armee den Kessel um Berlin schloss, gelang es ihr, mit einem der letzten Rotkreuzkonvois die Stadt zu verlassen und sich in die britische Zone nach Hamburg durchzuschlagen. Nach einer Kurzausbildung an der Pädagogischen Hochschule trat sie in Hannover ihre erste Stelle als Volksschullehrerin an, wo sie den Vater kennenlernte.

Gabriele, völlig auf sich allein gestellt, suchte ihrerseits einen Versorger und väterlichen Mann, der ihr in diesen chaotischen Zeiten, in denen gesunde Männer Mangelware waren, Schutz und Sicherheit bot. Im Tausch dafür für war sie bereit, die Verantwortung für vier Kinder zu übernehmen, die nicht ihre eigenen waren. Es war gewiss nicht ihr Lebenstraum gewesen, als junge, intelligente, literarisch wie naturwissenschaftlich gebildete Frau, die gern Physik studiert hätte, fortan das Leben einer Hausfrau und Ersatzmutter zu führen. Aber wer hatte schon die Wahl in diesen Jahren! So war auch diese Eheschließung primär ein wechselseitiges Zweckbündnis gewesen, wohl eher »der Not gehorchend als dem eigenen Triebe« – was ja nicht heißt, dass nicht auch wechselseitige Zuneigung, Respekt, Dankbarkeit und Liebe darin ihren Platz gefunden hätten.

Indes zeigte sich bald, dass die damals fünfundzwanzigjährige Gabriele mit der Aufgabe, fortan die Ziehmutter für vier Kinder zu spielen, völlig überfordert war – und dies nicht nur wegen des täglichen Aufwands an Haushalts- und Versorgungsarbeit zu einer Zeit, da es noch keine Wasch- und Geschirrspülautomaten gab. Es gelang ihr einfach nicht, die Sympathien, geschweige denn das Herz dieser vier Kinder zu gewinnen. Gabriele war zwar sehr tüchtig und hatte einen scharfen Verstand, doch mütterliche Wärme, wie wir sie, nach Mutters Tod, unter der Obhut unserer Großmutter erfahren hatten, suchten wir bei unserer Stiefmutter vergebens.

Auch konnte sie nicht ahnen, dass diese Kinder, die sie jetzt zu erziehen hatte, noch immer an ihre verstorbene Mutter gebunden waren, zumal diese nie wirklich betrauert worden war, es keinen Abschied von ihr gegeben hatte. Vor allem zwischen Gabriele und meiner Schwester Astrid herrschte von Anfang an eine Art Kalter

Krieg. Es war denn auch Astrid, die den stummen Boykott ihrer Geschwister gegen die »neue (illegitime) Mutter« anführte. Gabriele wiederum suchte diesem heimlichen Boykott durch Strenge und die Durchsetzung formaler Benimmregeln zu begegnen – besonders auf die Einhaltung der Tischsitten legte sie großen Wert –, manchmal auch durch Ohrfeigen, und indem sie freches Betragen und nicht befolgte Anweisungen, unterlassene oder vergessene Pflichten sofort dem Vater anzeigte. Natürlich erreichte sie auf diese Weise erst recht nicht, was sie sich eigentlich wünschte: nämlich von den angenommenen Kindern ihrerseits angenommen und geliebt zu werden. Auf all das reagierte sie bald mit psychosomatischen Krankheiten, mit Rückenschmerzen und ständigen Blasenentzündungen sowie durch häufige Übellaunigkeit. Diese bewirkte bei mir, dass ich in ihrer Gegenwart oft schwieg und mich gleichsam wegduckte.

Was mir in den Jahren der Pubertät und beginnenden Adoleszenz, da man der eigenen Rolle gegenüber dem anderen Geschlecht noch unsicher ist, besonders zu schaffen machte, war die Schwäche und Willfährigkeit des Vaters gegenüber seiner Frau. Wie sehr hätte ich mir gewünscht, dass er auch mal Kante zeigte, wenn sie ihrer üblen Laune oder ihrem intellektuellen Hochmut die Zügel schießen ließ! Doch darauf wartete ich vergebens. Der Vater war ihr intellektuell und rhetorisch einfach nicht gewachsen. Hinzu kam – aber dies begriff ich erst sehr viel später –, dass er eigentlich ständig darum bemüht sein musste, sie bei Laune zu halten; hatte er doch bei ihren häufigen Erkrankungen und Klagen über ihre hohe Belastung Grund zu der Befürchtung, sie würde ihm vielleicht bald »den ganzen Krempel vor die Füße werfen« und gehen.

Indes gab es noch einen anderen, sozusagen intrinsischen Grund, warum der Vater sich stets, auch in durchaus zwiespältigen Konfliktsituationen, auf Gabrieles Seite stellte: Er gehörte zu jener Sorte Mann, der es der Frau immer recht machen will; was vermutlich daran lag, dass er nach der Scheidung seiner Eltern eine übermäßige Bindung an seine Mutter entwickelt und mangels eines positiven Vaterbildes der Rolle des gehorsamen Muttersohnes zeitlebens verhaftet blieb.

Ich erinnere mich an das Fragment einer Erzählung, die ich mit sechzehn oder siebzehn Jahren in mein Tagebuch gekritzelt hatte. Sie handelt von einem jungen Mann namens Manuel, der seinen Vater zwar liebt, aber unter dessen notorischer Schwäche und Nachgiebigkeit seiner jüngeren Frau gegenüber leidet, die – nicht nur im Haus – die Hosen anhat. Der Vater ist ihm in vieler Hinsicht ein Vorbild; doch sein Verhalten der eigenen Frau gegenüber empfindet der Sohn als unmännlich, ja feige. Darin will er ihm niemals ähnlich werden ...

Auf einmal stockte der Strom meiner Erinnerungen. Ich dachte an das Gespräch mit Ansgar. An seine Beobachtung, dass ich mich im Privaten manchmal feige verhielte. Wie im Fall Rena, da ich es vorgezogen hatte, meine Meinung für mich zu behalten, um nicht den Zorn der versammelten Weiblichkeit auf mich zu ziehen ... Aber galt dies bis zu einem gewissen Grad nicht auch für mein Verhalten gegenüber Dorothea? Hatte ich nicht oft und zu schnell vor ihrer »sanften Dominanz« – jedenfalls in allen Fragen, die die Familie und die Erziehung der Kinder betrafen – die Waffen gestreckt? Hatte ich diese »Feigheit vor dem Weibe«, wie Nietzsche es nennen würde, nicht von meinem selbstlosen Vater übernommen, obwohl ich als Jugendlicher unter ihr gelitten und ihn deswegen manchmal verachtet hatte? ... Und wenn ich für meinen Stiefsohn Andreas kein männliches Rollenvorbild verkörperte – hatte dies nicht auch mit dieser Schwäche zu tun? Jenes Feld aber, auf dem er mich wirklich als stark und souverän hätte erleben können, nämlich in meinem Beruf und meiner Arbeit, wollte er nicht betreten, vielleicht auch, weil ich ihn nicht dazu eingeladen hatte.

Auch das unerfüllt Gebliebene eines Lebens strebt nach Ausdruck. Es kann sich auf verschiedenste Weise manifestieren, sei es als plötzliche Erkrankung oder Melancholie, als charakterliche Marotte oder Spleen, als religiöse oder mystische Heilserwartung.

In den letzten Jahren vor seinem Tod wurde dem Vater die mystische Idee der Reinkarnation zu einer regelrechten Obsession. Er las Bücher und besuchte Vorträge, die dieses Thema behandelten. Er schickte mir entsprechende Zeitungsartikel und Broschüren, um auch mich davon zu überzeugen. Einmal, spätabends, rief er mich an und erzählte mir aufgeregt von einer Fernsehsendung, die er gerade gesehen hatte: wie eine sechzigjährige Frau, nach dem Erwachen aus der hypnotischen Trance, völlig glaubhaft von ihren früheren Leben als ägyptische Tempeltänzerin und als Maitresse am Hofe Ludwig des XIV. berichtet habe. »Ist doch doll, was!«

Mein Einwand, dass es sich hierbei wohl um Selbstsuggestionen von Leuten handle, die ihrem eher banalen Leben nachträglich eine Bedeutung zu geben versuchten, indem sie sich in glanzvolle Rollen früherer Epochen zurückprojizierten, wies der Vater entschieden zurück. Nein, sagte er, solche Phänomene seien einfach nicht zu leugnen.

Es besorgte mich, dass Vater sich immer mehr in diese fixe Idee verstieg. Wozu brauchte er sie? Was hatte seinem Leben, das er selbst als »erfüllt« zu bezeichnen pflegte, gefehlt, dass er, je älter er wurde, umso fanatischer an der Vorstellung der Wiedergeburt festhalten musste? War sie ihm eine Gewähr dafür, dass er in diesem Leben Versäumtes und nicht Aufgegangenes in einem nächsten Leben nachholen könne? Dass er nach seinem »Tod« eine zweite Chance bekam?

An einem regnerischen Herbsttag des Jahres 1979 radelte er durch die Freiburger City – zum St.-Ursula-Gymnasium, wo er nach seiner Pensionierung gelegentlich noch Musikunterricht gab. Die Straße war glatt, und er fühlte sich, im Rücken eine sich nähernde Straßenbahn, gehetzt, zumal er Mühe hatte, auf dem sich verengenden Fahrstreifen zwischen den Straßenbahngleisen und den am Rand entlanglaufenden Kanälen die Spur zu halten. Außer Atem kam er schließlich im Gymnasium an, wo die Mädchenklasse schon auf ihn wartete. Erschöpft setzte er sich auf einen Stuhl und bat seine Lieblingsschülerin, die besonders schön Geige spielte, ihm doch etwas vorzuspielen. Während diese den Bogen strich, erhob sich der Vater von seinem Stuhl und begann, wie in Trance, erst mit langsamen, dann mit immer schnelleren Schritten um sie herumzutanzen. Mehrmals drehte er sich dabei im Kreise – bis er umfiel. Er war auf der Stelle tot.

Der Vater, durch und durch ein Musikus, hätte für seinen Abgang keine passendere Kulisse »wählen« können.

Am Abend desselben Tages kam ich als Erster von den Geschwistern in Freiburg an. Nachdem ich die halbe Nacht am Bett meiner Stiefmutter gesessen, mit ihr geweint und sie, so gut ich es vermochte, zu trösten versucht hatte, betrat ich das Arbeitszimmer des Vaters. Die Schublade seines Sekretärs war ein Stück weit herausgezogen – und obenauf lagen zwei auf bräunlich vergilbtem Papier ausgedruckte Gedichte seiner ersten Frau und ein Brief in ihrer Handschrift an den geliebten Freund.

Siebtes Kapitel

Katharsis

»Kennen Sie das Tarot?«, fragte mich Frau Klier, als ich am Montagvormittag wieder vor dem Keramiktisch Platz genommen hatte, auf dem ein Schälchen mit Konfekt stand.
Ich bejahte. Auf dem Tisch lagen vier Tarotkarten: Auf der ersten war ein König im Purpurmantel abgebildet, er trug eine goldene Krone und hielt ein Zepter in der Hand; auf der zweiten ein Ritter in eiserner Rüstung, der Schwert und Lanze führte; auf der dritten ein Zauberer mit Spitzhut und schwarzer Pelerine, über dessen Hand eine goldene Kugel schwebte; auf der vierten ein Troubadour mit gewinnendem Lächeln im Pierrot-Kostüm, der eine Mandoline zupfte.
»Das«, sagte Frau Klier, »sind die vier männlichen Archetypen: der Liebende, der Kämpfer, der Zauberer und der König. Welchen davon glauben Sie bisher am meisten gelebt und ausgefüllt zu haben?«
Ich brauchte nicht lange zu überlegen. »Den Liebenden und den Zauberer. Auch den Kämpfer.«
»Und wie ist es mit dem König?«
»Was meine Arbeit und mein Werk betrifft, da lasse ich mir von niemandem dreinreden, da fühle ich mich durchaus als Regent und König.«

»Und in der Familie?«

»Da war ich eher der Prinz, den die Königin zu ihrem Liebhaber und Gemahl erkor. Ich lebte sozusagen in einem weichen Matriarchat, das ich durchaus genoss.«

»Der König steht ja nicht nur für Macht und Regentschaft, sondern auch für Väterlichkeit.«

»Nun, diese Seite habe ich wohl am wenigsten gelebt.«

»Weil Sie keine eigenen Kinder mit Ihrer Frau hatten?«

Ich dachte wieder an den Traum der letzten Nacht: Dorothea – ich glaube jedenfalls, dass sie es ist – liegt, den Rücken mir zugewandt, unbekleidet auf einer Liege. Kerzenlicht taucht den Raum in ein dämmriges Licht. Ich nähere mich ihr, beuge mich über sie, und sie sagt leise: »Komm.« Doch als sie sich zu mir umdreht und ich sie küssen will, taucht plötzlich neben der Liege ein weiß bandagierter Kopf auf, der mich aus hohlen Augen anstarrt ... Vor Schreck wache ich auf.

»Da ist etwas«, sagte ich zögernd, »das mich seit Dorotheas Tod immer wieder bedrückt: das Gefühl, ihr etwas schuldig geblieben zu sein. Und dies gerade zu einer Zeit, da sie meiner Unterstützung in besonderem Maße bedurft hätte – in den Jahren vor ihrem ersten Aneurysma, als sie mit so vielen, vor allem familiären Dingen belastet war.«

»Wie alt war sie damals?«

»Ende vierzig«.

»Vielleicht tut es Ihnen gut, da noch mal einzutauchen.«

»Mit ihren Ohrgeräuschen hatte es angefangen, diesem unaufhörlichen Puff-Puff-Puff im rechten Ohr. Es hörte einfach nicht auf, obwohl sie fünf verschiedene Ärzte aufgesucht hatte. Da man keine organische Ursache fand, es sich auch nicht um einen Hörsturz handelte, denn sie hörte ja nach wie vor gut, blieb nur der Schluss übrig, dass sie unter einem stressbedingten psychosomatischen Symptom litt, wie Dorothea selbst irgendwann folgerte.

Ihre Belastung wollte aber auch gar nicht mehr aufhören: Erst die schwere Erkrankung von Paul, dem zweiten Mann ihrer Mutter, die daraufhin prompt selbst erkrankte, als wolle sie damit signalisieren, dass sie ihren Mann nicht pflegen könne, sodass Dorothea es nun gleich mit zwei Pflegefällen zu tun hatte. Kaum war Paul gestorben und ihre Mutter wieder genesen, erkrankte ihre in Kiel lebende Tante Elsa, die sie mit großgezogen hatte, an Krebs. Jedes dritte Wochenende fuhr Dorothea nun siebenhundert Kilometer hin und zurück. Dabei hätte sie bei ihrem anstrengenden Lehrerberuf die Wochenenden dringend für ihre eigene Erholung gebraucht.

Nachdem sie auf der Intensivstation Zeuge des Sterbens ihrer Tante geworden war, kam sie völlig erschüttert aus Kiel zurück: ›Warum bist du denn nicht mitgefahren? Warum lässt du mich mit solchen Erlebnissen allein? Offenbar empfindest du Ereignisse wie Krankheit und Tod als unliebsame Störung deiner Arbeit, ebenso meine Erkrankung, meine anhaltenden Ohrgeräusche. Bei dir muss ich immer auf dem Damm und gesund sein. Doch wenn ich mal Hilfe brauche, bist du nicht da!‹ Ein anderes Mal sagte sie: »Ich weiß, warum ich nicht mehr zur Ruhe komme: weil ich mich, zusätzlich zu meinen Dingen, auch noch an all deinen Projekten beteilige. Und was tust du umgekehrt für mich?«

Die Erinnerung an diese Sätze, die ich lange in das Hinterstübchen meines Bewusstseins verbannt hatte und die plötzlich wieder in ätzender Deutlichkeit vor mir standen, trieb mir das Wasser in die Augen.

»Und was haben Sie ihr geantwortet?«, fragte Frau Klier.

»Ich weiß es nicht mehr ... Auch ich hatte damals sehr unter Druck gestanden. Ich war ja noch freiberuflicher Autor und Publizist ohne festes Einkommen. 1988 bot mir mein Verlag ein ganz außergewöhnliches Projekt an: zusammen mit einem russischen Autor die Sowjetunion zu bereisen, in der Gorbatschow eine neue Reformära eingeleitet hatte, dann mit dem sowjetischen Kollegen durch die Bundesrepublik zu reisen und unsere Erfahrungen in einem gemeinsamen Buch zu beschreiben. Dorothea begleitete mich auf diese Reise, die uns durch fünf Sowjetrepubliken führte, zuletzt in das sagenumwobene Altai im südlichen Sibirien, das für uns beide ein einzigartiges Erlebnis wurde. Auch brachte uns unser russischer Freund und Reisegefährte mit vielen Vertretern der sowjetischen Kriegsgeneration zusammen. Zum ersten Mal hörten und erfuhren wir, wie die Russen den deutschen Überfall und den Krieg erlebt hatten. Kurz darauf begann die Zeit der großen Umwälzungen im Sowjetreich und der osteuropäischen Kettenrevolutionen. Die Mauer fiel, und die Welt änderte sich schneller als unsere Weltbilder. Und ich arbeitete wie ein Verrückter, um ein weiteres Buch über die ostdeutschen Bürgerbewegungen, das Ende der DDR und die rasende Fahrt in die deutsche Einheit termingerecht abliefern zu können ... Dazu kam die wochenlange Renovierung unseres Fachwerkhauses, das wir gerade gekauft hatten. Angesichts meines Termindrucks lastete das ganze Management der Umbauarbeiten und des Umzugs auf Dorotheas Schultern. Statt innezuhalten, diesen oder jenen Abgabetermin, diese oder jene Reise zu verschieben oder abzusagen, um meine Frau zu entlasten, die bereits am Rande ihrer Kräfte lavierte, gab ich meinen eigenen Stress noch an sie weiter. Ihre damaligen Hilferufe hatte ich zwar gehört, doch meine Prioritäten nicht geändert. Dies geschah erst nach ihrem Zusammenbruch. Aber warum musste es erst so weit kommen?«

Frau Klier nahm ein Stück Konfekt aus der Schale und reichte es mir wortlos. Mit einem traurigen Gefühl steckte ich es mir in den Mund.

»Ich finde«, sagte sie nach einer Weile, »Sie sollten ein bisschen nachsichtiger mit sich selbst sein. Wenn Sie Ihrer Frau in puncto Fürsorge und Übernahme von Verantwortung auch einiges schuldig geblieben sind – man kann eben selbst nur so viel geben, wie man als Kind bekommen hat. Ihnen hat die Mutterliebe gefehlt, und Ihr eigenes Nachholbedürfnis war wohl so groß, dass Sie die Bedürftigkeit Ihrer Frau damals nur unzureichend wahrgenommen haben. Doch was ihren Stress betrifft: Gestresst hat sie sich vor allem selbst durch ihren hohen Anspruch an sich selbst, all ihren weiblichen Rollen – als Gattin, Mutter und Erzieherin, als Tochter und als Nichte – gerecht zu werden. Dieser perfektionistische Anspruch gehörte offenbar zu ihrer Identität. Doch daran müssen und dürfen Sie sich nicht messen. Sie sind eben anders gestrickt und haben von Anfang an andere Prioritäten in Ihrem Leben gesetzt. Sie sind ein Mensch, der gerne dicke Bretter bohrt, der sein jeweiliges Thema gründlich recherchiert und durcharbeitet, um es zu erschließen. Und das kostet natürlich Zeit.«

»Im Grunde war es ein Dauerkonflikt: Wie viel Zeit widme ich meiner Arbeit, meinem Werk? Und wie viel Zeit meiner Frau und der Familie …«

»Aber deswegen müssen Sie sich nicht schuldig fühlen! Sich ganz auf ein Thema zu konzentrieren, ist ja auch eine Gabe – und eine Lust, es ist die sublimierte Libido des Künstlers und Intellektuellen, die freilich in gewissen Situationen mit dem Wertekanon und dem Helfersyndrom Ihrer Frau kollidieren musste. Diesem wohnt übrigens auch eine Lust, eine sublimierte Art der Libido, inne. Der Dienst am Nächsten, dies erkannte schon Nietzsche, ist immer auch Dienst am eigenen Selbst. Darum sollte man nicht das eine höher als das andere stellen und es moralisch bewerten. Es ist übrigens ein typisches Merkmal symbiotischer Beziehungen, dass der Partner im Laufe der Zeit die Maßstäbe des anderen übernimmt, auch wenn er ihnen gar nicht gerecht werden kann.«

Frau Kliers Worte taten mir gut. So hatte ich die Dinge noch nicht betrachtet.

»Vielleicht ist es ja hilfreich für Sie«, fuhr sie nach einer Weile fort, »Ihre Ehe auch einmal unter dem Aspekt der Sucht zu betrachten. Ihre Frau litt nicht nur unter der Nikotinsucht, sondern offenbar auch unter einer nicht stofflichen Sucht, die typisch für viele Frauen ist: der Sucht, gebraucht zu werden. So betrachtet, waren Sie, der so gern ihre mütterliche Fürsorge und Unterstützung in Anspruch nahm, für sie der ideale Koabhängige. Und indem sie Ihnen den Rücken für Ihre Arbeit freihielt, konnten Sie Ihrem Ehrgeiz und Ihrem schöpferischen Workaholismus frönen. Im Grunde habt ihr euch doch ideal ergänzt – und nicht zuletzt darum eine so harmonische Ehe geführt.«

Die feine Ironie dieser Diagnose war nicht zu überhören. Zwar wehrte sich etwas in mir, meine Ehe in diesem nüchternen Licht zu betrachten, doch wenn dies das Geheimnis unserer im Ganzen doch sehr glückhaften Symbiose war – na gut. Dann war es eben so. Pflegte doch Dorothea mit heiterer Miene zu sagen: »Hauptsache, glücklich.«

»Und wie erging es Ihnen damals, als Ihre Frau ihren ersten Blutsturz erlitt?«

Wie in Sequenzen eines Stummfilms, seltsam unwirklich und farblos, sah ich diesen schrecklichen Tag wieder vor mir: wie sie morgens, in jeder Hand einen vollen Kaffeepott, die schmale Stiege zum Dachstuhl heraufkam – plötzlich vor meinen Augen zusammenbrach und ins Koma fiel. Wie ich in meinem Pkw dem Notarztwagen in die städtischen Kliniken folgte, auf der überfüllten Notfallstation stundenlang hin und her lief, bis ich endlich die Auskunft erhielt, dass meine Frau, wie die CT ergeben habe, eine schwere Gehirnblutung erlitten und dass man sie noch heute per Hubschrauber ins Gießener Klinikum in die dortige Gehirnchirurgie transferiere. Wie ich nachts über die Autobahn raste, dabei zweimal geblitzt wurde, und nach zwei Stunden endlich auf dem dunklen und weitläufigen Gelände des Gießener Klinikums ankam, wo ich von Gebäude zu Gebäude, von Station zu Station hastete, bis ich endlich den richtigen Eingang gefunden hatte. Wie mich die Ärztin, die den Nachtdienst versah, vor den Röntgenschirm führte und mir die Bilder von Dorotheas Gehirn zeigte, das von weißen Strömen – weiß stand für Blut – überschwemmt war. Und mir erklärte, dass ein Drittel der Patienten die OP nicht überstehe, ein Drittel mit schweren und ein Drittel mit leichteren Behinderungen davonkäme.

»Die ganze Nacht saß ich am Bett meiner Frau, hielt und streichelte ihre Hand, sprach mit ihr, auch wenn ich wusste, dass sie mich nicht hören konnte. Ihr Kopf war bandagiert, man hatte eine Trepanation vornehmen und eine Drainage setzen müssen, damit der Druck im Gehirn nachließ. Ich erinnere mich noch, dass ich in dieser Nacht an meinen Vater dachte, der damals in Hannover wohl ebenso verzweifelt am Bett seiner sterbenden Frau gesessen hatte wie ich jetzt am Bett der meinen. Am nächsten Morgen hatte mich der Chirurg Doktor Rosen in sein Sprechzimmer bestellt und mich sehr persönliche Dinge gefragt: wie lange Dorothea und ich schon zusammen seien, wie viel Kinder wir hätten und was sie mir bedeute. Es sei für ihn wichtig, zu wissen, mit was für einem Menschen er es zu tun habe und was für die Angehörigen auf dem Spiel stehe. Denn es sei eine Operation auf Leben und Tod. Und dann erklärte mir der Chirurg das Prozedere der OP: Er werde, nachdem die Schädeldecke geöffnet, mit einer ganz feinen gebogenen Schere an den Gehirnlappen entlanggleiten bis zu jener geplatzten Aorta Carotis, um sie dann mit einem Clip zu verschließen. Die Schwierigkeit dieser OP bestehe darin, dass er dabei jede Berührung der frei liegenden Gehirnlappen möglichst vermeiden müsse, denn sonst käme es zu irreversiblen Beschädigungen und Ausfallerscheinungen, je nachdem, welche Gehirnareale betroffen seien. – Während Doktor Rosen mir dies in ruhigem Tone darlegte, starrte ich auf seine schmalen Hände, von deren Geschicklichkeit in den nächsten Stunden das Leben meiner Frau abhing.«

»Mein Gott! Was für eine Verantwortung!«, Frau Klier war ganz blass geworden. »Gab es denn damals noch keine endoskopischen Verfahren?«
»Nein! Es musste noch per Hand am offenen Gehirn operiert werden.«
»Und wie haben Sie diese Stunden überstanden?«

»Ich weiß nur noch, dass die Krankenschwester mir auf einem Tablett das Mittagessen servierte, das eigentlich für meine Frau gedacht war: ein Stück Kasseler Braten mit Kartoffelpüree und Rotkraut. Ich aß es an ihrer statt, als wär's meine Henkersmahlzeit. Und wie ich, zwischen Verzweiflung und Hoffnung hin- und hergerissen, in der Halle vor dem OP auf und ab ging – und plötzlich Sonja mit ihrem Baby im Arm auftauchte, sie war gerade aus Berlin gekommen.

Unbeschreiblich aber war unsre Erleichterung, als sich gegen 16 Uhr die Tür des OP-Saales öffnete und Doktor Rosen uns mitteilte, dass die OP relativ gut verlaufen und es gelungen sei, das geplatzte Blutgefäß zu verschließen! Dorothea hatte also überlebt, sie durfte leben – und ich mit ihr! Doch warnte Doktor Rosen vor verfrühten Hoffnungen, denn in den ersten zehn bis vierzehn Tagen nach einer solchen OP würde sie wegen der unvermeidlichen Spasmenbildung immer mal wieder ins Koma fallen, und erst danach könne man sagen, ob und welche Schäden sie zurückbehalten würde. Aber sie lebte, lebte, lebte – egal wie! Ich fiel ihrem Lebensretter spontan um den Hals.

Es ist schon verrückt, wie rasch die Psyche sich umstellt und gleich wieder Ansprüche an das Leben stellt. Meine Freude, meine Dankbarkeit, dass Dorothea mit dem Leben davongekommen war, wich bald einer neuen Angst: ob und mit welchem Grad von Behinderung ich sie zurückbekommen würde? Ich hatte das Bild einer Nachbarin vor Augen, einer noch jungen Frau, die einen Gehirnschlag erlitten hatte und seither im Rollstuhl von ihrem Mann über die Dorfstraße geschoben wurde. Wie würde unser Leben aussehen, wenn Dorothea künftig als halbseitig Gelähmte im Rollstuhl saß? Wenn sie, die sich so wunderbar ausdrücken konnte, ihre Sprache und ihr Gedächtnis verloren hatte? In den folgenden Tagen und Wochen machte ich alle Stadien zwischen Hoffnung und Hoffnungslosigkeit durch, je nachdem, in welcher Verfassung ich meine Frau bei meinen Besuchen in der Klinik antraf.

Unvergesslich ist mir der erste Besuch mit Andreas, da wir beide, in Mundschutz und grüner Schutzkleidung, die Intensivstation betraten. Die Stationsschwester hatte uns mitgeteilt, dass Dorothea gerade aus dem Koma erwacht war. Vor der großen Glaswand stehend, sahen wir, wie sie, mit dem Ellenbogen auf ihre Liege gestützt, der andere Arm hing an diversen Schläuchen, sich zum Bett ihrer weinenden Nachbarin hinüberbeugte und diese zu trösten suchte. ›Typisch Mutter‹, flüsterte mir Andreas zu: ›Kaum ist sie dem Tod von der Schippe gesprungen, hilft sie schon wieder anderen.‹«

Frau Klier lachte leise – und wischte sich dabei über die Augen. »Entschuldigen Sie, aber es ist so rührend – und auch wieder so komisch ...«

»Ja«, sagte ich, »so war sie eben: Selbstmitleid lag ihr nicht, umso mehr Mitgefühl hatte sie mit anderen.«

»Ich würde sagen: Sie hat sich zu viel um andere und zu wenig um sich selbst gekümmert. Erzählen Sie weiter.«

»In den ersten zwei Wochen, da sie auf der Intensivstation lag, litt sie häufig an Spasmen, wodurch sie vorübergehend wieder ins Koma fiel. Oft verwirrte sich ihre Sprache und verließ sie ihr Kurzzeitgedächtnis. Nie aber werde ich jenen Montagmorgen vergessen, da ich den Vorraum zur Intensivstation betrat, um mich für den Besuch anzumelden. Die Stationsschwester teilte mir mit, dass meine Frau verlegt worden sei.

›Verlegt? Ist sie etwa ... ?‹

›Nein, nein!‹, beruhigte mich die Schwester, ›sie ist gestern auf die Privatstation Doktor Rosens verlegt worden.‹

›Das heißt, *sie ist außer Lebensgefahr?*‹

›Sonst hätten wir sie nicht verlegt‹, sagte die Schwester. ›Gestern wurde ihr die Drainage gezogen. Gehen Sie einen Stock tiefer, direkt unter der Intensiv befindet sich die Privatstation des Chefs! Zimmer Nummer acht.‹

Welch ein Tag – dieser 7. Januar, der dreizehnte Tag nach der OP! Tag der Auferstehung von den Toten, Tag der Gnade und der Vergebung. Mir, der niemals gläubig gewesen war, fielen nur noch religiös besetzte Worte und Wendungen ein.

Ich flog die Treppen hinab. An der Tür Nummer acht war noch kein Namensschild angebracht. Als ich auf Zehenspitzen das schmale Einbettzimmer betrat, saß Dorothea aufrecht, mit hochgestellter Kopfstütze im Bett, und versuchte gerade, einen Joghurt aus dem Becher zu löffeln. Doch die zittrige Hand, die den Plastiklöffel führte, landete nicht zwischen ihren Lippen, sondern zwei Zentimeter links neben dem Mund. Infolge des kleinen Aufpralls kippte der Löffel, und der Joghurt kleckste auf das Kopfkissen. Mit einem

Ausdruck der Verwunderung war ihr Blick der ungewohnten Bewegung des Löffels gefolgt, der sein Ziel verfehlt hatte. Jetzt sah sie Hilfe suchend zu mir auf. Es schien sie gar nicht zu erstaunen, dass ich plötzlich da war, als sei ich schon die ganze Zeit da, wohl darum begrüßte sie mich auch nicht. Ich trat an ihr Bett und küsste sie behutsam auf die Wange, auf den Mund. Ihre Lippen waren ganz trocken und schmeckten nach Medizin. Aber kein Pflaster klebte mehr an ihrer Nasenmuschel, keine Schläuche liefen mehr durch Nase und Mund wie noch auf der Intensivstation, wo sie per Infusion ernährt worden war. Von dem zentralen Herzkatheter hatte man sie ebenso befreit wie vom Blasenkatheter. Nur mit dem linken Unterarm hing sie noch am Venenkatheter, durch den ihr alle nötigen Medikamente zugeführt wurden.

›Ich bin ja so glücklich!‹, rief ich. ›Du bist außer Lebensgefahr, mein Schatz!‹

Sie blickte mich fragend an, offenbar verstand sie den Sinn meiner Worte nicht.

›Außer Lebensgefahr, verstehst du? Das Schlimmste ist überstanden!‹

›Warum ... warum‹, fragte sie mit schleppender Zunge, ›geht ... geht es nicht in den Mund?‹ Wieder versuchte sie den Löffel Richtung Mund zu führen, wieder landete er knapp neben dem Mundwinkel. Resigniert sah sie mich an.

Ich zog ein Papiertüchlein aus dem Halter, der auf ihrem Nachttisch stand, und wischte die Joghurtreste von ihrer Wange und vom Kopfkissen. Dann nahm ich ihr den Löffel aus der Hand und begann sie behutsam zu füttern.

Sie schüttelte heftig den Kopf und sagte wie ein trotziges Kind: ›Leine ... leine!‹

Ich brauchte einen Moment, bis ich verstanden hatte: ›Du willst alleine? Bald wirst du es wieder alleine können!‹ Und schob ihr den vollen Löffel in den Mund. Jetzt ließ sie es zu.

Mir war gleichzeitig zum Weinen und zum Lachen zumute. Zum Weinen vor Glück, dass sie außer Lebensgefahr war, und zum Lachen, weil sie dieses überwältigende Geschenk ihres Überlebens noch gar nicht zu begreifen vermochte und sich stattdessen über eine vergleichsweise Lappalie bekümmerte: dass sie den Joghurtlöffel nicht in den Mund bekam!

Der Joghurt schien ihr zu schmecken, denn als der Becher leer war, wollte sie noch mehr davon haben. ›Die haben mich hier hungern lassen‹, maulte sie. Dass sie fast zwei Wochen lang per Infusion ernährt worden war, ohne dass die Flüssignahrung den gewohnten Weg durch Mund und Gaumen nahm, hatte bei ihr offenbar den Eindruck hinterlassen, man habe ihr die ganze Zeit nichts zu essen gegeben.

Ich packte den mitgebrachten Königskuchen, den sie selbst zwei Tage vor ihrem Blutsturz noch gebacken hatte, aus der Silberfolie und legte ihr ein Stück davon auf den Handteller. Langsam, mit zittriger Bewegung führte sie die Hand mit dem Kuchenstück in Richtung Mund – und diesmal klappte es: Das Stück landete auf ihrer Zunge. Ein Lächeln huschte über ihr Gesicht.

›Siehst du, es geht doch.‹

Sie kaute langsam und mit Bedacht. ›Lecker. Besonders die Rosen.‹

›Du meinst die Rosinen.‹

›Die Rosen‹, beharrte sie und sah mich mit leichtem Vorwurf an. Ich verzichtete darauf, sie zu korrigieren. Wollte sie ja nicht unnötig irritieren.

›Hast du den Kuchen ..?‹, fragte sie schließlich.

›Nein, du hast ihn gebacken.‹

›Ich?‹ Sie sah mich ungläubig an. ›Wann?‹

›Zwei Tage vor Weihnachten, vor deinem Zusammenbruch, deinem Blutsturz?‹

›Sturz? Was für ein Sturz?‹

Ich erzählte ihr, was am Morgen des ersten Weihnachtsfeiertages mit ihr geschehen war, von ihrer OP am darauffolgenden Tag und wie glücklich ich und die ganze Familie sei, dass sie mit dem Leben davongekommen ... Verwundert und mit einer Teilnahmslosigkeit in Miene und Blick, die mich besorgte, hörte sie mir zu, als spreche ich nicht von ihr, sondern von einer anderen Person. Schließlich nahm ich ihren Zeigefinger und führte ihn ganz sachte über die wulstigen Ränder der Narbe oberhalb der linken Schläfe, wo man ihr den Schädel geöffnet hatte. Die Fäden hatte man schon gezogen. Verdutzt befühlte ihr Finger die Narbe, dann konstatierte sie trocken: ›Da hab ich jetzt also ein Loch im Kopf. Hat man mir auch mein Gedächtnis geklaut? Ich muss alles so mühsam hervorholen – wie aus einem dunklen Schlund.‹

Plötzlich fasste sie mich am Arm und rief aufgeregt: ›Du musst sie finden!‹

›Wen?‹

›Die Diebe! Sie müssen mir alles zurückgeben, hörst du!‹

Niemand habe sie bestohlen, suchte ich sie zu beruhigen, sie sei nur ein wenig verwirrt, aber das werde sich schon bald geben. Dabei fasste mich selbst der Zweifel an. Was, wenn sie diese Verstörung beibehielt, wenn meine so kluge und geistvolle Frau, die mit ihrem wunderbaren Humor mich, die Kinder, die Freunde so oft zum Lachen gebracht, künftig nur noch so verwirrt würde denken und reden können wie jetzt? Aber das Sprachzentrum, hatte mir Doktor Rosen versichert, sei nicht beschädigt worden, auch wenn das Kurzzeitgedächtnis infolge des operativen Eingriffs und der posttraumatischen Belastungsstörung erst einmal versage.

Mit einer gewissen Gravität, als habe sie gerade ein philosophisches Kolleg hinter sich, erklärte sie plötzlich: ›Ich muss dir sagen, die Welt wird immer ungemütlicher.‹

›Was für ein gottvoller Satz! Ach, mein Schatz‹, sagte ich, ›Ernst Bloch hätte seine Freude an diesem Satz.‹ Gerührt drückte ich meine Lippen auf ihre Hand und wollte sie gar nicht mehr loslassen.

›Wer ist Ernst Bloch?‹

›Dein Lieblingsphilosoph?‹

›Ah – und warum besucht er mich nicht?‹ – Ein unüberhörbarer Tadel lag in ihrer Frage.

›Er ist doch schon lange tot.‹

›Hat man ihm auch in den Kopf geschossen?‹

In den Kopf geschossen. Besser konnte man es kaum ausdrücken – nur, dass der Schuss *von innen* gekommen war.

Auf einmal sagte sie in forderndem Ton: ›Wo sind meine Zigaretten?‹ Ich erklärte ihr, dass sie hier nicht rauchen dürfe, sie sei doch in einer Klinik.
›Und du hast mir keine Zigaretten mitgebracht?‹
›Das darf ich doch nicht. Die Ärzte haben dir das Rauchen strengstens verboten!‹
›Die haben mich doch geschossen, die haben mir gar nichts zu verbieten!‹, gab sie empört zurück. ›Auf welcher Seite stehst du? Auf meiner Seite oder auf der anderen?‹
›Natürlich stehe ich auf deiner Seite, Liebes. Aber du darfst hier nicht rauchen. Rauchen ist Gift für deine Gefäße.‹

Nun fing sie an, mich zu beschimpfen: dass ich feige sei, dass ich nicht zu ihr stehe, sondern mich mit den anderen gegen sie verbünde. Ich staunte nicht schlecht, wie der Zorn über den ihr aufgezwungenen Entzug auf einmal ihre Zunge belebte: Feigling ... Kleinbürger ... Verräter! Nein, ihr Sprachzentrum hatte wirklich keinen Schaden genommen.

Ich erzählte ihr von den Kindern und streichelte dabei ihre Hand. Zwischendurch nickte sie immer mal wieder ein. Wenn sie dann wieder zu sich kam, lächelte sie mich müde an und redete ein bisschen verwirrt. Doch je länger ich mit ihr sprach, umso klarer wurden ihre Gedanken und Sätze.

Bald meldete sich auch das weibliche Schönheitsbedürfnis wieder zu Wort. Bei meinem nächsten Besuch fielen ihr noch der Handspiegel und der Lippenstift aus der Hand, nachdem sie das Rouge weit über den Mundwinkel gezogen hatte, sodass sie wie ein trauriger Clown aussah. Doch schon ein paar Tage später konnte sie den kleinen Spiegel halten und gleichzeitig das Rouge auflegen. Als ihr das geglückt war, nahm sie den Kajalstift, um den Lidstrich nachzuziehen. Verwunderung und Stolz malten sich in ihren Zügen, als sie den gerade gezogenen Lidstrich im Spiegel betrachtete. Doch als sie die Augenbrauen hochzog, verfinsterte sich ihre Miene: Die linke Braue hing ein ganzes Stück tiefer als die hochgezogene rechte. Der linke Stirnmuskelnerv war bei der OP, beim Abfräsen eines Schädelknochenrandes, wohl berührt und leicht verletzt worden, wie

Doktor Rosen mir erklärt hatte – ein reizender Schönheitsfehler, wie ich fand, eine Art Vignette beim Übertreten der Schwelle vom Totenreich zurück ins Leben.

›Das sieht aus wie ein Ei, dessen eine Hälfte runzlig ist von der Sonne, während die andere Hälfte glatt ist.‹ Und nach einer Weile intensiven Betrachtens fügte sie hinzu: Es störe sie nicht, nur ein bisschen schief sei jetzt ihr Gesicht. Sie werde sich bemühen, weniger zu denken und die Stirn zu runzeln und stattdessen das Gesicht eines Buddhas anzunehmen.

Es freute mich, dass sie die Sache mit der hängenden linken Braue und der glatten Stirnseite mit einer gewissen Gelassenheit nahm. War es nicht überhaupt fantastisch, dass sie, kaum dem Tod von der Schippe gesprungen, gleich ihren Humor wiederfand?

So gut wie den Lippen- und den Kajalstift werde sie bestimmt auch den Kugelschreiber führen können, sagte ich und drückte ihr einen Tintenkuli in die Hand, während ich den mitgebrachten Vordruck der Bank auf das Tablett schob, der mich bevollmächtigte, in der Zeit ihrer Erkrankung ihr Konto zu verwalten.

Zögernd und mit einer gewissen Bangigkeit im Blick setzte sie den Kuli auf die zur Unterschrift bezeichnete Stelle. Langsam, aber sicher malte sie die Buchstaben auf das Blatt. Auch schreiben konnte sie also noch!

Als ich sie zum Abschied umarmte, schien ein Gedanke sie so sehr zu erregen, dass ihr rechtes Augenlid zu flattern begann.

›Was ist? … Was hast du?‹

›Die Zunge!‹

›Welche Zunge?‹

›Die Zunge im Keller.‹

Ich brauchte eine Weile, bis ich verstanden hatte. Sie meinte die Kalbszunge, die sie drei Tage vor Weihnachten in einen Steinguttopf mit Buttermilch eingelegt und im Keller kalt gestellt hatte, sie war – wie jedes Jahr – als Festschmaus für den zweiten Weihnachtsfeiertag gedacht. In der Aufregung nach ihrem Zusammenbruch hatte ich sie einfach vergessen. Aber dass sie sich jetzt an sie erinnerte, war ein gutes Zeichen: Ihr Kurzzeitgedächtnis kam allmählich zurück.

Bevor ich ging, musste ich ihr versprechen, gleich nach meiner Ankunft im Häuschen nach der Kalbszunge zu sehen. Und ihr beim nächsten Besuch Zigaretten und Kaffee mitzubringen, denn das war ein unverzichtbares Ritual nach dem Aufstehen.«

Frau Klier sah mich mit glänzenden Augen an. »Wissen Sie, dass mir Ihre Frau auf einmal ganz gegenwärtig ist! Als ob gerade in diesem versehrten Zustand sich ihr Wesen, der Kern ihrer Persönlichkeit, zeigt.«

»Ja«, sagte ich, »genauso so habe ich es in diesen Wochen auch empfunden.«

Ihr Zustand besserte sich von Tag zu Tag, von Woche zu Woche: Bald konnte sie aufstehen und von der Krankenschwester gestützt an Krücken laufen. Nach vier Wochen wurde sie in eine Rehaklinik überführt, deren Chefarzt ein alter Bekannter und Freund meiner Familie war und der sich persönlich um sie kümmerte.

Als sie das erste Mal die Rehaklinik verlassen durfte und für das Wochenende nach Hause kam, war sie noch so schwach, dass sie ihre Enkelin kaum im Arm halten konnte, die gerade zwei Monate alt war. Doch schon drei Wochen später wagte sie sich an meiner Seite über den verschneiten Amorbacher Kopf. Und es ging, auch wenn sie viele Pausen einlegen musste!

Nie aber werde ich jenen Abend vergessen, da wir uns, das erste Mal wieder, zusammen aufs Bett legten, einander zärtlich berührten, uns mit einer gewissen Bangigkeit in die altvertrauten Stellungen brachten. Ging es denn bei ihr noch? Oder hatte der Blutsturz auch jene Gehirnareale beeinträchtigt, die für die Lust verantwortlich sind? An ihrem Blick sah ich, dass sie sich die gleiche Frage stellte. Scheu wie zwei unsichere Teenager begannen wir mit dem Liebesspiel. Das Wunder, das keiner für möglich gehalten hatte, auch nicht die Klinikärzte, war geschehen: Dorothea konnte bald wieder gehen, laufen und sprechen. Weder ihr Gedächtnis noch ihre Sprachfähigkeit noch ihre Empfindungsfähigkeit hatten gelitten. Unsagbar war meine Freude, die sie jedoch lange nicht teilen konnte, denn während der Reha und noch einige Wochen danach litt sie unter einer posttraumatischen Depression, wie sie nach Gehirnoperationen aufzutreten pflegen. Vor allem bekümmerten sie die Beeinträchtigungen ihrer Schönheit: das hängende Augenlid und die hängende Unterlippe. Es bedurfte wochenlanger Übung mit einem Set flacher Holzstäbchen, die sie sich, in Millimeter um Millimeter wachsender Höhe, in den Mund steckte, bis sie diesen wieder so weit öffnen konnte, dass sie in einen Apfel beißen konnte. Wenn sie auch manchmal an diesen und anderen Übungen fast verzagte, ich bestärkte sie immer wieder darin, nicht aufzugeben und weiterzumachen. Denn die Ärzte hatten mir gesagt: was man im ersten halben Jahr nach solch einer OP nicht zurückholen kann, das ist für immer verloren.

Manchmal fragte sie mich mit bänglicher Miene, ob ich sie auch mit hängendem Augenlid und hängender Unterlippe noch lieben würde. Da Letztere aber sofort wieder verschwand, wenn sie lachte, beschloss sie, von nun an nur noch zu lachen. Nach vier, fünf Monaten waren auch diese Störungen verschwunden; das Einzige, was ihr von der OP geblieben war, war ein leicht irritierbarer Schlaf – und dass sie körperlich nicht mehr so belastbar war wie früher.

Ihre wunderbare Heilung empfand ich wie eine Gnade des Himmels, die mich mit einer unaussprechlichen Dankbarkeit erfüllte. War ihr doch buchstäblich ein zweites Leben – und uns beiden wieder eine Zukunft als Paar und als Familie – geschenkt worden! Diese Erfahrung veränderte grundlegend die Wertigkeiten und Prioritäten meines Lebens. In jenen Wochen, da ich um das Leben meiner Frau bangen musste und nicht wusste, in welchem Zustand ich sie zurückbekommen würde, hatte ich in existenzieller Weise erfahren, was sie mir wirklich bedeutete, wie tief ich mit ihr und ihrem ganzen Dasein verbunden war. Und für sie war es, nach zeitweiligen Zweifeln an meiner Liebe, ein großer Liebesbeweis, dass ich sie in diesem hilflosen und kläglichen Zustand, da sie sich mit kahl rasiertem Schädel, hängendem Augenlid, hängender Unterlippe und verminderter Sprachfähigkeit selbst als Krüppel vorkam, mit aller Liebe umsorgte. *Entkleidet all meiner Zier, kam ich zu dir,* sagte sie später einmal zu mir – mit einem Shakespeare-Zitat. Meine Fürsorge habe ganz wesentlich dazu beigetragen, dass sie während und nach der Reha nicht resigniert habe, sondern den Mut und die Kraft zum Weiterleben fand. Bereits im Herbst nahm sie ihre Arbeit als Grundschullehrerin wieder auf und reduzierte sie auf eine Zweidrittelstelle.

Fortan legte ich jede Nacht, vor dem Einschlafen, zwei Finger in die kleine Delle ihrer linken Stirnseite und streichelte sanft die Narbe, die ihr von der Trepanation geblieben. Es war eine zärtliche Art des Vergegenwärtigens unserer Sterblichkeit – mein ganz persönliches Memento mori.«

Dieses Bild vor Augen, stürzten mir auf einmal die Tränen aus den Augen. Ich konnte nicht mehr weitersprechen, ich weinte, verbarg dabei aus alter Scham das Gesicht in meinen Händen und weinte leise weiter. Bis ich Frau Kliers Hand auf meiner Schulter spürte.

»Welch ein Glück im Unglück«, sagte sie. »Und welch ein Glück für euch beide, solch eine Liebe erlebt zu haben!«

»Es geschah noch ein Wunder«, sagte ich, nachdem ich mich wieder gefasst hatte.

»Noch während ihrer Rehazeit, da nicht klar war, ob Dorothea in ihren alten Beruf zurückkehren konnte, beschloss ich, meine prekäre Selbstständigkeit als freier Autor aufzugeben und mich um eine feste Stelle oder Anstellung zu bemühen. Eine Bekannte wies mich auf eine Annonce hin, wo gerade eine Professur im Fachbereich Kulturwissenschaften an der Universität M. ausgeschrieben war. Ich bewarb mich, ohne mir viel Hoffnung zu machen, ich wusste ja, wie begehrt eine solche Stelle war, um die sich gewiss viele qualifizierte Anwärter bemühen würden.

Immerhin: Ich wurde zu einer »Probevorlesung« nach M. eingeladen. Bei der Vorstellung allerdings, demnächst vor einem gewiss sehr kritischen Professorengremium eine Vorlesung halten zu müssen, trat mir der kalte Schweiß auf die Stirn. Was, wenn mich just dabei meine alte Angst vor dem öffentlichen Sprechen überfiele und mir das Wort im Halse stecken bliebe?

Um meiner Versagensangst zu begegnen, sagte ich mir noch auf dem Weg in den Vorlesungssaal: Du bist in den letzten Wochen durch die Hölle gegangen, was kann dir jetzt noch passieren? Und solltest du dich auch vor der Berufungskommission unsterblich blamieren, was kann es dir anhaben, da dir doch dein größter Wunsch erfüllt wurde: dass deine Frau lebt!

Als ich das Rednerpult betrat, war denn auch alle Angst verflogen. Mit einer Ruhe und Gelassenheit, die mich selbst am meisten erstaunte, hielt ich meinen Vortrag, als hätte ich nie etwas anderes im Leben gemacht. Ja, ich fühlte mich bald so sicher, dass ich vom anfänglichen Ablesen des vorbereiteten Textes mehr und mehr zur freien Rede überging und diese mit spontanen Einfällen anreicherte; was die Damen und Herren der Kommission offenbar umso mehr beeindruckte, als sich die meisten anderen Bewerber (wie ich später erfuhr) akribisch an ihr Manuskript gehalten hatten. Auch bei der anschließenden Aussprache und den gezielten Fragen nach meinem Konzept für den ausgeschriebenen Lehrstuhl hatte ich überhaupt nicht das Empfinden, mich in einer Prüfungssituation zu befinden. Ich antwortete locker und unprätentiös, ohne Ehrgeiz, meine Eignung für diesen Lehrstuhl besonders herauszustellen.

Dass just ich unter fünfzig Mitbewerbern den Lehrstuhl bekam, war gewiss nicht nur meiner ansehnlichen Publikationsliste und meiner guten Präsentation geschuldet. Später sagte mir die Rektoratssekretärin, ich habe während der Anhörung einen so gelösten Eindruck gemacht, als schwebe ich in einer anderen Sphäre und als gäbe es für mich weit Wichtigeres im Leben, als auf diesen Lehrstuhl berufen zu werden. Sie traf den Nagel auf den Kopf.

Ein zweites Wunder war geschehen: Ich war fortan von meiner Sprachphobie geheilt. Es war für mich eine unsagbare Erleichterung, hinfort vor fünfhundert Studenten und Studentinnen sprechen zu können, ohne wie früher Angst haben zu müssen, bei gewissen Wörtern ins Stottern zu geraten oder einen angefangenen Satz nicht mehr zu Ende zu bringen. Meine Gedanken, meine Sätze frei fließen zu lassen, ohne dass ein böser Dämon dazwischenfuhr und mir die Zunge lähmte, das war eine ungeheure Befreiung für mich; es hob mein Selbstgefühl und trug wesentlich dazu bei, dass ich meine neue Lehrtätigkeit mit Schwung und Enthusiasmus betrieb.«

»Was für Wunder doch unsere Psyche vollbringt«, sagte Frau Klier, die mir gebannt zugehört hatte. »Und wie erklären Sie sich das Wunder Ihrer Selbstheilung?«

»Erklären Sie's mir.«

Sie schaute mich nachdenklich an, während ihre Fingerspitzen langsam über ihre Augenbraue strichen. »Anders als damals, da der fünfjährige Knabe vergebens den Himmel nach seiner verstorbenen Mama absuchte, kehrte die entschwundene Mutter-Geliebte jetzt aus dem Totenreich wieder zurück – eine geradezu mythische Apotheose. Und so groß war Ihre Erleichterung und Ihre Dankbarkeit, dass sich auch der seelische Knoten endlich löste, der Ihnen so oft beim Sprechen die Kehle verschloss.«

Fasziniert, auch ein wenig beschämt, starrte ich meine Therapeutin an. Da hatte ich so lange studiert und so viele Bücher geschrieben, wusste so viel über die Welt – und doch so wenig über mich selbst.

»Hat denn Ihre Frau in den Jahren nach der OP noch irgendeine Art von Prophylaxe betrieben, etwa eine Angiografie, einen Scan der Blutgefäße?«

»Nein, sie hat das nicht gewollt. Sie wollte nicht in der Angst vor einem neuen Aneurysma leben. Und auch mich, die Kinder und ihre Mutter nicht mit einer solchen Angst belasten. Auch wenn sie in den Jahren danach nicht mehr so belastbar wie früher war und schneller ermüdete – sie war so heiter und gelassen, wie vielleicht nur jemand sein kann, der schon einmal auf der anderen Seite gewesen ist. Diese Jahre gehörten zu den schönsten unserer Ehe.«

»Aber warum plagen Sie dann noch Schuldgefühle?« Frau Klier

spreizte die Arme und schaute mich an wie eine Mutter ihr unverständiges Kind. »Sie sagten vorhin, die wunderbare Heilung Ihrer Frau hätten Sie damals wie eine Vergebung empfunden. Und als sie starb, war es Ihnen, als würde die Vergebung zurückgenommen – war es nicht so?«

»Eine befreundete Ärztin sagte mir nach dem Tod meiner Frau: Wer einmal an einem Aneurysma erkrankt sei, trage ein hohes Risiko für ein zweites in sich; und dieses sei meistens tödlich.«

»Und da Sie sich für das erste Aneurysma Ihrer Frau mit verantwortlich fühlen, glauben Sie auch für ihr zweites ... ?« Frau Klier schüttelte vehement den Kopf. Dann erklärte sie mit Nachdruck, ja Strenge: »Lieber Herr Fohrbeck, niemand ist für den Tod eines anderen Menschen verantwortlich, es sei denn, er hat ihn mit Vorsatz umgebracht. Und nun zum Medizinischen: Aneurysmen entstehen aufgrund von angeborenen oder im Laufe des Lebens entstandenen Schwächen der Blutgefäßwände. Diese können auch eine Folge von Mangelernährung und der vielen Kinderkrankheiten sein, die Ihre Frau nach der Flucht durchmachen musste. Auch pflegen die Gefäßwände durch Arteriosklerose, die vor allem eine Folge der Nikotinsucht ist, mit den Jahren ihre Elastizität zu verlieren. Nun war Ihre Frau eine starke Raucherin. Dass sie nach dem ersten Blutsturz, entgegen dem Rat der Ärzte, nicht damit aufgehört hat – dafür ist sie selbst verantwortlich. Auch chronischer Bluthochdruck, an dem ein Stressfaktor mitwirken kann, erhöht das Risiko für ein Aneurysma. Aber wie Sie selbst sagten, stand Ihre Frau, seit Sie auf eine Zweidrittelstelle gegangen, erst recht seit ihrer Frühpensionierung gar nicht mehr unter Stress, es waren im Gegenteil sehr entspannte Jahre ...«

Auf einmal kam ich mir vor wie ein Angeklagter im Gerichtssaal, der mit ungläubigem Staunen dem Plädoyer seiner Anwältin folgt, die auf Freispruch plädiert.

»Der springende Punkt«, beschloss Frau Klier ihre Rede, »ist denn auch ein ganz anderer: Durch den plötzlichen Tod Ihrer Frau, der mütterlichen Geliebten, wurde Ihr Kindheitstrauma reaktiviert – samt den alten damit verbundenen Schuldgefühlen. Doch diese entbehren jeder realen Grundlage oder haben längst ihren Grund verloren. Sie sind unnütz wie alte Klamotten! Werfen Sie sie weg oder tragen Sie sie, mitsamt den Kleidern Ihrer verstorbenen Frau, in die Kleidersammlung des Roten Kreuzes!«

Als ich Frau Kliers Sprechzimmer verließ, war ich noch wie betäubt. Wie ein Schlafwandler ging ich den langen Korridor entlang und querte die Empfangshalle, ohne die mir entgegenkommenden Menschen wahrzunehmen. Ich lief in den Kurpark hinein, lief und lief und spürte, je schneller ich lief, kaum noch den Boden unter den Füßen. Fast war mir, als schwebte ich über dem Waldboden und als würden die Sträucher und Bäume vor mir zurückweichen, als öffnete sich vor mir ein lichter Raum. Noch klangen die Sätze und Argumente Frau Kliers mir ein wenig fremd in den Ohren, vielleicht waren es ja auch nur geschickte psychologische Konstruktionen einer sehr erfahrenen Therapeutin, die mich von altem Seelenballast zu befreien suchte; aber je länger ich lief und mir im Geiste wiederholte, was sie alles gesagt hatte – Zusammenhänge, die mir selbst gar nicht bewusst gewesen waren –, umso leichter war mir zumute: als falle eine alte Last endlich von mir ab. »Vielleicht«, hatte sie zuletzt gesagt, »muss der große Fabian den kleinen immer mal wieder an die Brust nehmen und ihm gut zureden, dass ihn keine Schuld trifft – weder am Tod seiner Mutter noch an dem seiner Frau.«

Diesmal sagte ich zu, als Maik mich beim Mittagessen fragte, ob ich nicht Lust habe, mit ihm zum Trampolinspringen zu gehen.
  Wir trafen uns gegen 14 Uhr im Sportraum des *Hauses Kristall*. Maik machte es mir vor und erklärte mir, worauf ich achten und wie ich die Arme halten müsse, um beim Trampolinspringen nicht die Balance zu verlieren und mich nicht an den runden Metallkanten zu stoßen. Dann stieg auch ich aufs Trampolin. Anfangs wagte ich nur kleine Hüpfer und zaghafte Sprünge, doch je sicherer ich mich fühlte, umso kräftiger stieß ich mich von der federnden Unterlage ab und umso höher gelangte ich. Ich genoss das Gefühl des Auftriebs, das mich – wenn auch nur für einen kurzen Moment – in

die Lüfte erhob, als sei ich ein lebender Jo-Jo-Ball, genoss auch den leichten Schwindel, der mich auf dem Scheitelpunkt der Bewegung erfasste. Es war wie ein Sog, mit jedem Sprung ein wenig höher zu gelangen, um dieses einzigartige Gefühl des Hochfliegens und der Schwerelosigkeit noch um ein paar Sekunden zu verlängern. Mir war, als ob mein Körper alles Gewicht verlöre und ich ihn gar nicht mehr spürte.

Achtes Kapitel

Die nächsten Tage regnete es fast ununterbrochen – dank eines Tiefs namens Barbara, das vom Atlantik über Mitteleuropa gen Osten zog. Was die Frauen am Mittagstisch zu der etwas gereizten Frage veranlasste, warum die Tiefdruckgebiete eigentlich immer weibliche, während die Hochs fast immer männliche Vornamen trugen. Wegen des Regens fiel das morgendliche Jogging mit Maik, an das wir uns beide gewöhnt hatten, vorerst aus. Da an Fahrradfahren auch nicht zu denken war, ging ich in den Fitnessraum – und danach in die Sauna. Das Schwitzen, Abkühlen und anschließende Liegen im Ruheraum tat mir gut, es entspannte nicht nur meinen Körper, sondern auch meine Seele.

Frankenstein reloaded!

Zu den regelmäßigen Besuchern der Sauna gehörte auch Viktor. Einmal, als wir nebeneinander unter der Dusche standen, fiel mein Blick auf das sonderbare Tattoo an seinem Oberarm. Es zeigte einen verdrahteten Monsterkopf, dessen Gehirn an das Innere eines Computers erinnerte, mit Dioden statt Augen und Stahlstiften statt Zähnen – ein gespenstisch grinsender Roboterkopf.

Ich fragte Viktor, was dieses Tattoo bedeutete.

»Das ist ein Frankenstein-Logo. Hat mir ein japanischer Tattoomeister für viel Geld verpasst. Schau!«

Viktor spannte seinen enormen Bizeps und entspannte ihn wieder; dadurch gerieten die wulstigen Lippen des Monsterkopfes scheinbar in Bewegung – ein ebenso ulkiger wie gruseliger Effekt.
»Wieso gerade Frankenstein?«, fragte ich.
»Weil er der unsichtbare Herrscher der Welt geworden ist.«
»Das klingt sehr nach Science-Fiction.«
»Die Fiktion ist längst Realität geworden.«
Nach dem ersten Saunagang – ich ging in die finnische Sauna und Viktor in die römische Dampfsauna – trafen wir uns im Ruheraum wieder. Diesmal waren wir hier allein. Viktor lag in seinem weißen Bademantel auf der Liege und las in einem Magazin. Ich belegte einen Liegestuhl in der gegenüberliegenden Reihe und döste ein wenig vor mich hin. Ich dachte an den kommenden Sonntag, da ich mich mit Lea treffen würde. Diese Vorstellung löste in mir Gefühle aus wie in der Zeit vor meiner Ehe, wenn ein Rendezvous mit einer unbekannten Schönen anstand. Dass sich die Zeit bis dahin quälend in die Länge zog, auch diese Erfahrung machte ich jetzt wieder.
»So ein Schmarrn, die haben doch keine Ahnung!«, rief Viktor plötzlich empört.
Ich schaute zu ihm hinüber. Sein schwerer Kopf wippte auf seinem Nacken, als säße er auf einer muskelumspannten Stahlfeder. Mit halb grämlicher, halb spöttischer Miene zitierte er das Magazin in seiner Rechten: *Das EU-Parlament diskutiert über die Einführung einer Finanztransaktionssteuer, die von Experten und dem globalisierungskritischen Netzwerk ATTAC schon lange gefordert wird.* Und für diesen Blödsinn geht mein Sohn auf die Straße – nur, um dem Papa den Stinkefinger zu zeigen!«
»Wieso? Ist er Mitglied bei ATTAC?«
»Ja. Seit Neuestem – und bombardiert mich mit entsprechenden Flyern und Broschüren, deren Slogan lautet: *Die Welt ist keine Ware.* Und: *Eine andere Welt ist möglich* ... Dass ich nicht lache.« Mit einem Zipfel des Handtuchs, das er sich um den Hals gelegt hatte, wischte sich Viktor über die Stirn.
Plötzlich hatte ich Lust, diesen Berufszocker zu provozieren: »Sei

doch froh, dass dein Sohn sich für eine bessere Welt engagiert! Sie hat's ja auch bitter nötig. Ich bin übrigens auch Mitglied von ATTAC.«

Viktor schaute mich ungläubig an. »Was? Mein Sohn und du – im selben Verein? ... Na, ich gratuliere.«

Er lachte auf, nahm einen Schluck aus der Wasserflasche und las weiter in seinem Magazin. Die nächsten zehn Minuten würdigte er mich keines Blickes.

Plötzlich hob er den Kopf und schaute zu mir herüber: »Und was erwartet ihr euch von einer Finaaanz-traaans-aaaktions-steuer?«

»Sie würde die kurzfristige Spekulation, vor allem die mit Devisen, unrentabel machen. Und mit den Einnahmen aus einer solchen Steuer ließen sich sinnvolle soziale und ökologische Projekte finanzieren.«

»Ja, ja, träumt nur weiter!«, rief Viktor. »Mit einer solchen Steuer trefft ihr höchstens kleine Trader wie mich. Die großen Anleger wechseln einfach den Finanzplatz – von der Frankfurter Börse zur Londoner City oder nach Shanghai. Man müsste eine solche Steuer dann schon global einführen. Und das ist eine völlige Illusion.«

»Weiches Wasser bricht den Stein. Vor neun Jahren hat man uns den Vogel gezeigt, als wir die Einführung einer Finanztransaktionssteuer forderten. Jetzt wird sie bereits vom EU-Parlament diskutiert.«

Viktor machte eine wegwerfende Handbewegung. »Das tun die doch nur, um die Bürger in der Illusion zu wiegen, die Finanzmärkte ließen sich noch irgendwie unter Kontrolle bringen.«

»Man kann vieles tun«, sagte ich, »um die Finanzmärkte wieder an die kurze Leine der Politik zu nehmen: indem man Zockerbanken und solchen, die mit Steueroasen Geschäfte machen, die Lizenz entzieht. Indem man den aufgeblähten Bankensektor verkleinert, die großen Investmentbanken schließt oder vergesellschaftet. Indem man Hedgefonds und den ruinösen Derivatehandel verbietet und so weiter. Es ist nur eine Frage des politischen Willens.«

Viktor lachte wieder sein gellendes Lachen. »Was seid ihr nur für

weltfremde Träumer. Als ob sich das System nicht längst verselbstständigt hätte! Das heißt: Es braucht den Menschen gar nicht mehr – da kann und mag er noch so viel politischen Willen aufbringen.«
»Das musst du mir erklären.«
»Beim nächsten Saunagang.«
Viktor las weiter. Nach einer Weile stand er auf, nahm seine Wasserflasche und verließ den Ruheraum. Ich folgte ihm in den Vorraum, wo wir uns beide unserer Bademäntel entledigten. Dann betraten wir die finnische Sauna und breiteten unsere Badetücher über die Holzbänke. Nachdem Viktor die Sanduhr an der Wand umgedreht hatte, nahm er auf der Bank neben mir Platz.
»Du kennst die Börse wohl nur aus dem Fernsehen.«
»Stimmt.«
»Da reden die netten Mäuschen von der Börsenküche und die sogenannten Experten jeden Abend über Anlegerverhalten und geben ihre Empfehlungen ab. Das reinste Kasperletheater zur Verdummung des Publikums! Weißt du, wie oft eine Aktie heute den Besitzer wechselt? Im Schnitt tausendmal pro Sekunde! Pro Sekunde – verstehst du? Und da soll der Anleger noch selbst entscheiden? Da lacht ja selbst« – er ließ wieder seinen Bizeps spielen – »Doktor Frankenstein.«
Der nochmalige Blick auf sein Monstertattoo berührte mich unangenehm.
»Vor zehn Jahren«, erklärte Viktor nun im Ton des alten Hasen, der ein Greenhorn belehrt, »hat an den Börsen noch der Parketthandel dominiert. Da haben sich die Trader in Hemdsärmeln gegenseitig die Preise zugeschrien wie damals Michael Douglas in *Wallstreet*. Diese Szenerie ist längst passé. Heute hat der Computer übernommen. Weil der Mensch einfach nicht schnell genug ist. Nimm das menschliche Auge als Beispiel. Es kann Veränderungen auf dem Bildschirm erst ab einer Drittelsekunde erkennen. Alles, was schneller ist, erkennt es nicht. Wenn eine Aktie aber tausendmal in der Sekunde hin und her gehandelt wird, kann der Händler unmöglich alle Preisänderungen auf dem Monitor erkennen. Man kann aber von jeder profitieren, und sei sie noch so winzig ...

Bekanntlich liegen auf dem Grund der Ozeane Glasfaserkabel, die alle Kontinente miteinander verbinden. Finanztransaktionen erfolgen inzwischen mit einem Drittel der Lichtgeschwindigkeit, das heißt mit hunderttausend Kilometern pro Sekunde. Trader installieren ihre Server direkt neben den Computern der New Yorker Börse, um wichtige geschäftsentscheidende Informationen um Millisekunden schneller zu bekommen als die Konkurrenz. Hedgefonds, die nur eine Mikrosekunde – das ist eine Millionstel Sekunde – schneller sind, verdienen im Schnitt hundert Millionen Dollar mehr pro anno.«

»Das ist ja unfassbar.«

»Da staunst du, was?« Viktor schaute mich grinsend an. Er genoss meine Fassungslosigkeit. »Du hast noch nicht mal geschluckt – und schon haben die wieder zwei Milliarden Gewinn gemacht. Über neunzig Prozent ihrer Geschäfte wickeln die Investmentbanken inzwischen per automatischem Computerhandel ab, dem Blackbox- oder algorithmischem Handel – ganz ohne menschlichen Eingriff. Der Mensch ist bei diesem Hochfrequenzhandel vollkommen überflüssig geworden, ja er ist eigentlich nur hinderlich.«

Diese Vorstellung machte mich schaudern.

»Ich hatte mal Gelegenheit«, fuhr Viktor fort, »anlässlich einer Führung durch die Deutsche Bank in Frankfurt einen Blick in deren Kellergewölbe zu werfen. Da stehen ganze Armeen von Computern, die in Mikrosekunden – bald werden es Nanosekunden sein – Milliarden Geldströme um den Erdball schicken, und ihre Offensiven oder Attacken werden in Mikrosekunden von anderen automatisierten ökonomischen Agenten anderer Bankhäuser beantwortet. Das heißt, die Börse und das internationale Finanzsystem sind zum 24-Stunden-Schlachtfeld eines globalisierten Krieges geworden, den automatisierte Computerheere gegeneinander führen.«

Ich fasste mir an den Kopf. »Kann die Menschheit eigentlich noch etwas Irrsinnigeres erfinden?«

»Das Geschöpf«, sagte Viktor mit sarkastischer Genugtuung, »triumphiert über seine Schöpfer. Frankenstein reloaded! Und ihr glaubt, ihr könnt dieses längst auf Autopilot gestellte System noch stoppen und das Monster wieder unter Kontrolle bringen? Vergiss es!«

Seine schwere Hand fuhr herrisch durch die Luft und streifte fast meine Wange. Die Hitze wurde mir fast unerträglich. Es war Zeit, die Sauna zu verlassen.

Unter der Brause stehend, sagte ich: »Es war die Politik, die den Finanzmärkten alle Freiheiten und Mittel gegeben hat. Diese kann ihnen die Politik auch wieder nehmen. Computer und ökonomische Agenten lassen sich auch wieder abschalten.« Aber so recht mochte ich daran selbst nicht mehr glauben.

»Vergiss es!« Viktor spannte noch mal seinen Bizeps mit dem grimassierenden Monsterkopf: »Der da hat gesiegt.«

Geständnis

Novembertristesse mit Nebel, heftigen Winden und Kältegraden um und unter null. Viele Patienten waren erkältet, schnieften, hüstelten und erschienen in dicken Pullovern, mit mehrfach um den Hals gewickelten Schals im Speisesaal und zur Gruppentherapie. Auch ich litt an einem Katarrh mit Schnupfen und hatte die Nacht drei Päckchen Taschentücher aufgebraucht.

Frau Aschmoneit kam wieder in die Gruppe zurück und nahm schweigend ihren gewohnten Platz zwischen Marja und Oswald ein. Sie hatte tiefe Schatten unter den Augen und wirkte sehr in sich gekehrt. Ansgar hieß sie willkommen. Ihr Konflikt mit der Gruppe, sagte er, habe vor allem mit der undankbaren Rolle zu tun, die sie hier einnehme: nämlich immer die unangenehmen Wahrheiten auszusprechen. Dazu gehöre schließlich Mut – das wolle er hier einmal ganz deutlich sagen! –, auch wenn es nicht gerade von Stärke zeuge, die Gruppe aus Wut zu verlassen. Doch freue er sich, dass sie nun wieder dabei sei. Ob sie denn ihrerseits ein bestimmtes Anliegen habe oder der Gruppe etwas sagen möchte?

Als ob sie sich auf einmal beengt fühle, lockerte Frau Aschmoneit ihren zweifach um den Hals gewickelten Wollschal, dann ließ sie ihre Hände auf den Schoß sinken und starrte schweigend vor sich hin. Alle Augen waren auf sie gerichtet, doch keiner sagte etwas. Plötzlich ging ein Beben durch ihren Körper, begleitet von einem leisen, fast tonlosen Weinen, das immer heftiger wurde. Frau Aschmoneit weinte und schluchzte und wollte gar nicht mehr aufhören, es war, als sei bei ihr plötzlich ein Damm gebrochen.

Alle waren total überrascht. Keiner in der Gruppe hatte dieser stets kontrollierten Frau, die so durchgreifende Lösungen parat hatte, wo es um die Probleme der anderen ging, einen solchen Gefühlsausbruch zugetraut. Erst als Marja ihre Hand fasste, fand sie allmählich ihre Fassung und ihre Sprache wieder.

Sie habe, sagte sie, die Gruppe belogen und entschuldige sich dafür. Ja, ihre Ehe sei in die Brüche gegangen, aber nicht sie habe ihren Mann, vielmehr habe dieser sie verlassen. Weil ihr Job sie auffresse und ihr kaum mehr Zeit für die Familie lasse. Sie habe ihre Arbeit die letzten Monate auch nur noch mithilfe von Modafinil bewältigen können. Und wenn sie dann endlich vom Airport oder Bahnhof nach Hause komme, sei sie so ausgelaugt, dass sie sich nur noch hinlegen und schlafen wolle. Nein, ihre Familie habe in den letzten Jahren wahrlich nicht viel von ihr gehabt.

Ob sie denn ihre Arbeitszeit nicht reduzieren könne?, fragte ich. – Wenn sie das tue, gerate sie ganz schnell in die Abwärtsspirale. Mit Leistungsdruck würden die Unternehmensberater auf Trab gehalten. Alle vier bis sechs Monate würden die Leistungen jedes Einzelnen evaluiert. Es herrsche Karrierezwang. *Up or out* heiße die Devise. Wer die nächste Stufe, das nächste Steigerungsziel nicht schaffe, der komme auf die Negativliste und müsse früher oder später die Firma verlassen.

Und um als Frau in einer traditionell männerdominierten Branche bestehen zu können, müsse sie eben auch besonders gut und in jeder Hinsicht besser vorbereitet sein als ihre Kollegen. Und das koste viel Zeit und Energie.

Schon als Mädchen habe sie den Ehrgeiz gehabt, es den Jungen im Klettern, Rennen und Raufen gleichzutun. Dass Mädchen immer gleich heulten, wenn sie geärgert oder gepiesackt wurden, fand sie verächtlich. Sie habe sich nichts bieten lassen und wenn sie geboxt wurde, zurückgeboxt. Gerade Fächer wie Mathe und Physik, in denen die Mädchen meistens schwach sind, hätten sie besonders gereizt. Im Kopfrechnen sei sie immer die Schnellste gewesen – und nicht bloß dort. Auch habe sie, im Gegensatz zu ihren älteren Schwestern, nie mit Barbiepuppen, dafür mit den Spielzeugautos und -eisenbahnen ihres damaligen Schulfreundes gespielt. Sie habe ganze Flughäfen und Fliegerstaffeln aus Lego zusammengebaut. Im Grunde habe sie immer wie ein Junge sein wollen – ihrem Papa zuliebe, der sich nach den zwei Töchtern vergeblich einen männlichen Stammhalter wünschte. Und es sei wohl gerade diese wehrhafte Seite an ihr, mit der ihr Mann nicht zurechtkomme und die ihn verunsichere, weil sie ihm ständig das Gefühl von Unterlegenheit vermittle. Kämpferische Frauen fänden eben keine Entsprechung beim Mann.

Es war erstaunlich und sehr berührend, was da plötzlich alles aus dieser Powerfrau herausbrach. Und dass gerade sie sich auch mal in ihrer Verletzlichkeit zeigte.

Am späten Nachmittag versammelte man sich wieder im Kaminzimmer. Einige Patienten saßen um einen langen Tisch und spielten Uno. Andere beugten die Köpfe über einen Schachtisch und verfolgten mit Spannung eine Partie zwischen Oswald und Viktor. Auf der dem Fenster abgewandten Seite des Kamins hatte sich Frau Aschmoneit niedergelassen; sie trug noch immer ihren dicken Halswickel und blätterte in einem Album. Nach kurzem Zögern ging ich zu ihr.

»Störe ich?«

»Aber nein.«

Ich rückte einen der Segeltuchstühle an den ihren heran und setzte mich.

»Bin gerade auf einem kleinen Erinnerungstrip«, sagte sie mit melancholischem Lächeln. »Das hier sind Bilder unsrer früheren Bergtouren und Alpenwanderungen – lang ist's her.«

Ich warf einen Blick in das aufgeschlagene Album. Das Foto auf der rechten Seite zeigte eine um bestimmt fünfzehn Jahre jüngere, braun gebrannte Frau Aschmoneit mit Stirnband und Rucksack, in Hotpants und Wanderstiefeln vor einem sonnenbeschienenen Alpenpanorama. Ihre Lippen sind zum Kuss gespitzt, der offenbar dem Fotografen gilt. Das Foto gegenüber zeigte sie in einer weniger entspannten Situation: Mit durchgedrückten Knien und beiden Händen an den Halteseilen steht sie auf einer Hängebrücke, die über eine Bergschlucht führt, dicht gefolgt von einem schwarzhaarigen gut aussehenden Mann in Bergsteigerkluft, der gleichfalls Mühe hat, die Balance auf dieser schwankenden Brücke zu halten.

»Dieses Foto von mir und meinem Mann hat einer aus unserer Wandergruppe geschossen. Ist es nicht sensationell?«

»Ja – wirklich.«

»Was haben wir damals für fantastische Bergtouren gemacht – allein und mit dem Alpenverein! Hat man sich beim Aufstieg auf die Dreitausender erst mal an die dünnere Luft gewöhnt, ist es danach wie ein Rausch, ein langer Höhenrausch.«

Frau Aschmoneits Blick ging an mir vorbei und verlor sich in der Ferne, als ob sie tagträume. Dann aber, nach einem Seufzer, dem ein heftiges Schniefen folgte, sagte sie: »Damals war ich Freelancer und noch nicht bei Mc Kinsey. Da hatten wir noch Zeit für solche Sachen – und füreinander. Aber ich will Sie nicht langweilen mit diesen alten Geschichten.«

»Das tun Sie nicht ... Ich wollte Ihnen übrigens sagen: Ihr Verhalten gegenüber der Gruppe ... Sie sind wirklich sehr mutig.«

»So, finden Sie?« Erstaunen und Zweifel malten sich in ihrer Miene, als ob sie gerade von mir solch ein Kompliment am wenigsten erwartet hätte. »Ich bin es allerdings gewohnt, anzuecken. Das bringt schon mein Beruf mit sich. Übrigens lässt es mich durchaus nicht kalt, wenn meine Beratungen am Ende dazu führen, dass Personal abgebaut wird. Es gibt Tage, da hasse ich meinen Beruf. Das können Sie mir glauben ... Wer weiß, vielleicht fange ich noch mal was anderes an.«

Dieses Bekenntnis aus dem Mund derselben Frau zu hören, die

noch vor wenigen Wochen von ihrer Arbeit wie von einer »höheren Mission« gesprochen hatte, erstaunte wiederum mich. Ich hatte mir wohl ein zu einfaches Bild von ihr gemacht.

Privare

Später wechselte ich auf die andere Seite des Kaminofens, wo Roswita die Bilder, die sie in der Ergotherapie gemacht hatte, von Hand zu Hand gehen ließ; Maik, Marja und Rena betrachteten sie. Es waren Buntstiftzeichnungen von Tieren in einem großen Gehege und von allerlei seltsamen, den Himmel bevölkernden Fabeltieren. Auch Aquarelle, farblich fein abgestuft, von wald- und seenreichen Landschaften waren dabei, in denen ein Motiv immer wieder vorkam: das Haus am See.

Als Rena sie darauf ansprach, sagte Roswita: »Es vergeht kein Tag, da ich nicht an unsere Datsche in Brandenburg denke. Mein Mann, die Kinder und ich – wir lieben dieses Häuschen am See, das meine Eltern gebaut haben. Es gehört zu meiner Kindheit und Jugend. Wie oft bin ich nicht durch den Garten gelaufen, vorbei an den Obstbäumen über die Feuchtwiese hinüber zum Stichkanal, der unser Grundstück mit dem See verbindet. Im Sommer kauerte ich oft stundenlang auf dem Steg und schaute dreistacheligen Stichlingen beim Nestbau zu.«

»Und warum sprichst du in der Vergangenheit?«, fragte ich.

»Weil wir nicht wissen, ob wir hier bleiben können – seit der See verkauft wurde.«

»Wie kann man denn einen See verkaufen?«, wunderte sich Maik. »Der gehört doch allen, das heißt: der Gemeinde.«

»Das dachten wir auch. Bis eines Tages ein Audi vor unserem Haus hielt, dem ein käseköpfiger Herr mit Aktentasche entstieg, ein Rechtsanwalt aus Hamburg. Er erklärte uns, er sei jetzt Eigentümer des Sees. Und wenn wir weiter den Zugang zum Seeufer und den Steg, wo unsere beiden Boote liegen, nutzen wollten, müssten wir ihm den betreffenden Uferstreifen abkaufen. Für zwanzigtausend Euro!«

»Das ist ja nicht zu fassen!«, riefen Maik und Rena wie aus einem Munde. »Wie ist denn so was möglich?«

Roswita nahm einen schwarzen Stift und markierte um das Haus am See eine rechteckige Fläche: »Das hier ist unser Grundstück.« Dann nahm sie einen roten Stift zur Hand und zeichnete zwischen der Grundstücksgrenze und dem Blau des Sees eine rot schraffierte Fläche. »Und was dazwischenliegt, ist Land. Seit der letzten amtlichen Vermessung ist der See – wie die meisten stehenden Gewässer in Brandenburg – stark verlandet. Und das ist fast am gesamten Ufer so. Es ist eine No-go-Area für die Anlieger und eine Goldgrube für den neuen Besitzer des Sees. Da er die Seefläche nach dem letzten Grundbucheintrag von 1906 erworben hat, gehört ihm jetzt auch der verlandete Uferstreifen. Und wer weiterhin von seinem Grundstück ans Wasser will, muss ihm das jeweilige Stück Ufer für teures Geld abkaufen. Wir aber können das nicht. Wir haben keine zwanzigtausend Euro übrig.«

»Habt ihr euch denn nicht dagegen gewehrt, dass euer See verkauft wurde?«, fragte Marja.

»Und ob!«

Schon vor Jahren, erzählte Roswita, als bekannt wurde, dass der Wolziger-See versteigert wurde – den Zuschlag erhielt für hundertsiebenundsechzigtausend Euro ein Privatmann, der, nachdem er die Fischereirechte umgehend verdreifacht hatte, den See weiterverkaufte –, gründeten sie und ihr Mann zusammen mit den anderen Anliegern eine Bürgerinitiative. Mit wenig Geld und viel Einsatz legten sie Wanderpfade an, bastelten Schautafeln und suchten nach Wegen, die Wasserqualität zu verbessern. Sie schrieben Dutzende von Briefen an Landes- und Bundesministerien mit der Bitte, den Ausverkauf der Seen zu stoppen. Die Antworten lauteten sinngemäß meist so: Auch nach einer Privatisierung könnten die Bürger einen See ungehindert nutzen. Abgesehen vom Eigentümerwechsel bleibe alles beim Alten.

»Aber das war eine Lüge! Das Strandbad musste geschlossen werden, weil die Gemeinde ihr knappes Geld nicht dafür ausgeben wollte, den Uferstreifen des Strandbades und den aufs Wasser führenden Steg dem neuen Besitzer abzukaufen. Und als der örtliche Segelklub sich weigerte, an ihn zu zahlen, zwang er den Verein per einstweiliger Verfügung, Bootssteg und Slipanlage, mit der die Boote ins Wasser gelassen werden, abzubauen. Nun müssen die Mitglieder bis zu den Hüften durchs Wasser waten, bevor sie mit ihren Booten auf den See hinausfahren können.«

Während sie sprach, löcherte Roswita mit ihren Bundstiften die Luft, als ob sie einen imaginären Gegner aufspießen wolle.

»Gibt es denn«, fragte ich, »für die Privatisierung von Seen überhaupt eine Rechtsgrundlage?«

»Das Treuhandgesetz beziehungsweise die aus der Treuhand ausgegliederte Bodenverwertungs- und -verwaltungs-GmbH, kurz BVVG genannt. Der Staatsbetrieb privatisiert ehemals volkseigene Äcker, Wälder und Seen in den neuen Bundesländern. Zwar haben die Kommunen ein Vorkaufsrecht, doch da sie kein Geld haben und es auch nicht einsehen, dass sie für mehr als zweihunderttausend Euro einen See zurückkaufen sollen, der ihnen schon mal gehörte, werden die Seen an betuchte Privatleute und private Investoren verkauft.«

»Unglaublich!«, empörte sich Maik. »Aus dem Verkauf der Seen, die doch allen gehören, noch Profit zu schlagen.«

»Man hat in dieser Zeit der frenetischen Privatisierungen öffentlicher Güter vollkommen vergessen«, sagte ich, »woher das geheiligte Wort ›privat‹ eigentlich kommt.«

»Nämlich?«

»Von lateinisch: *privare*.«

»Und das heißt?«

»Berauben.«

»So what.« Maik schnipste mit den Fingern. »Wenn ich das in der BWL-Prüfung sage, falle ich durch.«

»Zu DDR-Zeiten«, sagte Roswita, »hieß es: Privat geht vor Katastrophe! Heut sagen wir: Auf privat folgt Katastrophe.«

Ja – aber

Als der Gong zum Abendessen ertönte, leerte sich das Kaminzimmer. Nur Marja und ich blieben noch eine Weile vor dem Ofen sitzen. Ich spürte, sie hatte etwas auf dem Herzen.

»Und all diese Schweinereien«, sagte sie mit bekümmerter Miene, »ob es um Hartz IV oder um die Privatisierung von Seen, Wasserwerken oder des sozialen Wohnungsbaus geht, wurden und werden unter der Regierungsverantwortung oder -mitverantwortung meiner Partei vollstreckt. Ich habe schon manchmal daran gedacht, mein Parteibuch zurückzugeben.«

»Und warum tust du es nicht?«

»Weißt du, wie lange ich schon Mitglied dieser Partei bin?« In Marjas Miene malten sich Stolz und Resignation zugleich. »Seit ich volljährig wurde. Will heißen: mehr als ein halbes Leben. Mein Vater war Sozialdemokrat, mein Großvater war Sozialdemokrat, mein Austritt käme einem Verrat an der Familientradition, ja einer Nestbeschmutzung gleich.«

»Ein stinkend gewordenes Nest zu verlassen, ist kein Verrat, Marja!«

»Du hast ja recht. Aber« – ein Seufzer entrang sich ihrer Brust – »du weißt ja nicht, was ein Parteiaustritt konkret bedeutet: Nicht, dass mich der Verlust meines Amtes schmerzen würde. Das ist mir längst zuwider. Doch würde ich damit auch einen Großteil meiner sozialen Kontakte verlieren. Meine Parteifreunde und ihre Familien würden mich schneiden. Ich geriete womöglich sehr schnell in eine soziale Isolation, wie ich es bei einer Kollegin erlebe, die vor Jahren, aus Protest gegen die Hartz-IV-Reformen, ihr Parteibuch zurückgegeben hat … Ich bin nicht mehr die Jüngste, Fabian, in meinem Alter findet man nicht mehr so schnell neue Freunde und neue soziale Bezüge. Und leider ist das Leben zu kurz, um noch mal von vorne anzufangen und eine neue Heimat zu finden.«

»Liebe Marja«, sagte ich, indem ich den Arm um sie legte, »auch wenn es in unserem Alter nicht mehr so leicht ist, neue Freunde zu finden – du bist mir in diesen Wochen sehr vertraut, ja eine echte Freundin geworden.«

In Marjas braune Augen kam ein kleines Leuchten. »Das freut mich. Ich empfinde es umgekehrt genauso.«

»Und unter Freunden darf man einander auch Dinge sagen, die einem selbst vielleicht gar nicht so bewusst sind.«

»Nur zu.« Marja sah mich gespannt an.

»Eigentlich willst und müsstest du aus der Partei austreten, die von ›sozialer Gerechtigkeit‹ spricht und doch das Gegenteil davon praktiziert. Aber ... Eigentlich willst und müsstest du aus dem Haus deines zweiten Mannes, der sich von den Kleidern seiner verstorbenen Frau noch immer nicht trennen kann, wieder ausziehen. Aber ...«

Marja seufzte bekümmert. »Du vergisst, Fabian: Für eine Frau kommt das Alter früher als für euch Männer. Ich bin jetzt neunundfünfzig – und möchte nicht allein bleiben.«

»Das verstehe ich ja. Aber merkst du denn nicht, wie dieses ›Ja – aber‹ dich lähmt und innerlich fesselt? Ich möchte darauf wetten, dass deine Kopfschmerzen und Schlafstörungen verschwinden werden, wenn du endlich einmal sagst: ›Ja – und kein Aber.‹«

Marja hob resigniert die Arme. »Ja, das sagt sich so leicht. Aber ...«

Wir sahen uns an – und mussten lachen.

24. November
Las heute wieder in Erich Fromms »Die Kunst zu lieben«, das wir schon im ersten Jahr unseres Kennenlernens zusammen gelesen haben. Es ist dein Exemplar, wie ich an deinen Unterstreichungen und Ankreuzungen sehe:
»Unsere ganze Kultur basiert auf der Kauflust, auf der Vorstellung eines für beide Seiten günstigen Austausches. ›Was du mir gibst, das gebe ich dir‹ lautet die vorherrschende Maxime sowohl für Waren als auch für Liebesbeziehungen ... Der moderne Mensch hat sich in eine Ware verwandelt. Er erlebt seine Lebenskraft als eine Investition, mit der er – entsprechend seiner Stellung und seiner Position auf dem Persönlichkeitsmarkt – einen möglichst hohen Gewinn erzielen will.«

Im Verständnis Erich Fromms dagegen hieß »lieben« – von dir dick unterstrichen –: »sich selbst zu geben, ohne eine ›Sicherheit‹ der Gegenliebe zu haben, aber im Glauben, dass die eigene Liebe in dem geliebten Menschen Liebe hervorrufen wird ... Die Grundlage dieses Glaubens ist unsere eigene Produktivität, die Erfahrung des Werdens, Wachsens und Lebendigseins.«

Ich erinnere mich an ein Gespräch, das wir einmal mit einer Freundin führten. Warum, fragte sie, finden wir Erwachsenen eigentlich so selten die »wahre Liebe«? – Weil wir, sagtest du, gewohnt seien, die Liebe als ein primär konsumtives Verhältnis zu betrachten, als etwas, das wir »haben«, »genießen«, uns »einverleiben« wollen, statt sie als einen Prozess des Werdens und Wachsens zu begreifen, als einen gemeinsamen work in progress, bei dem beide Partner erst ihre volle Menschlichkeit entfalten können. Auch neigten wir dazu, zu viele Bedingungen an unsere Liebe zu knüpfen – nach dem Motto: Ich liebe dich nur, wenn du so und so bist und dich dahin gehend änderst. Zur Liebe gehöre aber auch, den anderen so sein zu lassen und anzunehmen, wie er ist.
Eben weil ich mich in meinem So-Sein, auch mit meinen Fehlern und Schwächen, Defiziten und Ängsten, von dir angenommen und geliebt fühlte, konnte ich mich mit dir zusammen weiterentwickeln und von alten Ängsten geheilt werden. Unsere Lebenspartnerschaft war eben nicht bloß eine Beziehung zum Wohlfühlen, sondern auch eine zum Heilwerden ... Sie war auch nicht nur der übliche »Egoismus zu zweit«, wie Erich Fromm die bürgerliche Ehe oder Zweisamkeit charakterisiert. Sie ging darüber hinaus und umfasste ein Größeres. Unsere Liebe war die Kraftquelle, die es uns beiden ermöglichte, uns auch für gesellschaftliche und politische Dinge zu engagieren und uns in die großen Fragen und Themen der Zeit zu einzumischen.

Was ist ein Kuss?

Bis zum Frühstück war ich noch unentschlossen, ob ich den Patientenausflug, der anstelle des diese Woche ausgefallenen Galli-Theaters angesetzt war, mitmachen sollte oder nicht. Doch dann las Marja einige Zitate aus dem Prospekt der Kunstausstellung in F. vor, die man heute besuchen wollte. Sie trug den Titel »Der Kuss« und thematisierte die vielfältige Symbolik dieser Geste in den verschiedenen Kulturepochen der Menschheit. »Am Ende wissen wir«, so versprach der Ausstellungsflyer, »der tödliche Kuss eines Vampirs und der zärtliche Kuss der Liebe haben doch eines gemeinsam: Danach ist man nicht mehr derselbe.« Dieses Zitat hatte im Speisesaal spontane Reaktionen der Neugier und Erwartung ausgelöst und eine Aufbruchsstimmung erzeugt, von der auch ich schließlich angesteckt wurde.

Nach dem Frühstück versammelte man sich vor dem *Haus Sonne*, wo schon der Shuttlebus bereitstand. Als alle ihre Sitzplätze eingenommen hatten, kam Oswald über den Park geschlendert. Mit Rucksack und Wasserflasche, der verkehrt aufgesetzten Schirmmütze und der taschenreichen Cargohose, an deren Gurt seine Kamera hing, sah er aus wie ein Tourist auf Treckingtour.

Es tue ihm leid, dass er sich verspätet habe, entschuldigte er sich bei Herrn Wiesner, der den Motor bereits angelassen hatte. Nachdem er registriert hatte, dass den Platz neben Roswita schon Maik besetzt hatte, setzte er sich leicht schnaufend neben mich.

»Tja«, sagte ich, »wer zu spät kommt, den bestraft das Leben.«

»Wer zu früh kommt, den bestraft das Leben aber auch. Davon kann ich als ehemaliger DDR-Bürger ein Lied singen.« Oswald hievte seinen Rucksack auf die Ablage und legte sich die Gurte um.

Während sich der Bus auf der verengten Autobahntrasse an langen Baustellen vorbeiquälte, erzählte er, wie er im Herbst 89 in Jena für sich und seine Familie einen Ausreiseantrag gestellt hatte. Ein Verwandter aus Stuttgart hatte ihm angeboten, die erste Zeit bei ihm wohnen zu können. Und als Ingenieur für Elektrotechnik und Elektronik – er hatte bei Robotron gearbeitet – würde er bestimmt gleich Arbeit finden, es sei schließlich eine boomende Branche. Schweren Herzens unterschrieb Oswald am Tag vor seiner Abreise die Abtretungserklärung für das Häuschen, das er mit seiner Frau zusammen gebaut hatte. Schon als sie im Zug nach Bebra saßen, wo DDR-Grenzer ihre Papiere und ihr Gepäck noch ordnungsgemäß kontrollierten, wurde gemunkelt, die Grenzen seien offen. Doch Oswald und seine Frau hielten das für bloße Fantastereien irgendwelcher Scherzkekse. Hatte nicht Honecker vor Kurzem behauptet, die Mauer würde noch in hundert Jahren stehen? Als sie dann in Stuttgart bei ihren Freunden ankamen und im Fernsehen die Bilder von jubelnden Menschenmassen sahen, die auf der Berliner Mauer saßen und in ihren Trabis durch die offenen Grenzübergänge fuhren, glaubten sie erst, einen amerikanischen Science-Fiction-Film zu sehen. Bis der »Wahnsinn« dieser Bilder nicht mehr zu bezweifeln war.

»Sosehr wir uns auch gefreut haben, dass die Mauer endlich gefallen war – hätte sie nicht wenigstens zwei Tage früher fallen können? Dann hätten wir unser Häuschen behalten.«

Schon manches Mal hatte ich mich gefragt, was Oswald, der am Tisch und in der Gruppe gern den Entertainer und Witzbold spielte, eigentlich in einer Rehaklinik zu suchen hatte. So lebhaft er sich auch an den gruppentherapeutischen Gesprächen beteiligte, über sich selbst und seine Probleme sprach er so gut wie nie, so als habe er eigentlich gar keine. Umso neugieriger war ich jetzt auf seine Geschichte.

Ein halbes Jahr, erzählte Oswald, wohnte er mit seiner Familie im Keller seines Verwandten, die Wiege mit dem Baby stand gleich neben dem Heizungsrohr. Es war eine harte Zeit. Doch fand er schnell eine Anstellung und verdiente gut. Da er unbedingt weiterkommen wollte, nahm er alle Möglichkeiten der Fortbildung wahr. Im Jahr 2000 machte er sich selbstständig und wurde Geschäftsführer einer Firma, die Schaltwerke für Dieselmotoren herstellte. Infolge der steigenden Exporte waren die Auftragsbücher der Firma voll, der Umsatz stieg von Jahr zu Jahr, und nach einer feindlichen Übernahme expandierte die Firma so sehr, dass sie bald auf allen wichtigen EU-Märkten präsent war.

»Als ich mit meiner Familie noch in der DDR lebte, waren wir schon froh, wenn wir im Sommer zwei Wochen in Ungarn am Plattensee zelten konnten. Jetzt jettete ich in der Businessclass zwischen Frankfurt, Paris, London, Rom und Barcelona hin und her. Bei den Stewardessen der Lufthansa oder der Air France war ich bald so bekannt, dass sie mich mit dem Vornamen anredeten: ›Hey, Oswald! Are you well?‹ Wenn ich in ein Hotel kam, brauchte ich nur meine Brieftasche mit den Topkarten der wichtigen Airlines auf den Tresen zu legen – und schon dienerte alles vor King Oswald.«

Im Gegensatz zu vielen seiner ostdeutschen Landsleute, die abgewickelt worden waren oder sich, nach einem bald wieder scheiterndem Start-up-Versuch, auf der Verliererseite wiederfanden, sah sich Oswald auf der Erfolgsstraße nach oben. In der Lokalpresse wurde seine Laufbahn als Beispiel dafür gepriesen, dass auch ein Ostdeutscher ein erfolgreiches mittelständisches Unternehmen aufbauen könne, wenn er nur tüchtig genug sei und die Möglichkeiten der freien Marktwirtschaft zu nutzen verstehe.

»Du glaubst gar nicht, wie stolz ich war, dass ich, als einer der wenigen aus dem Osten, es endlich geschafft hatte! Penthousewohnung in bester Citylage, Mitglied im Yachtklub und bei den Rotariern, wo ich, der Arbeitersohn aus der DDR, mit hoch bezahlten Anwälten, Ärzten, Bankern und Unternehmern verkehrte. Dass mein Leben vollständig durchgetaktet war durch Zeitvorgaben von Meetings, Chefs und Fliegern, daran hatte ich mich im Lauf der Jahre so gewöhnt, dass ich es mir gar nicht mehr anders vorstellen konnte. Umsonst beschwerte sich meine Frau: Mein Blackberry würde mehr Streicheleinheiten bekommen als sie.«

Die Fotos seiner beiden Töchter zeigte Oswald zwar gern den Stewardessen, mit denen er während des Fluges schäkerte, aber ihren Papa sahen die Mädchen immer seltener. Als seine Frau schließlich dahinterkam, dass er ein Verhältnis mit seiner Dolmetscherin hatte, reichte sie die Scheidung ein.

»Heute frage ich mich, warum ich die Auslandsgeschäfte der

Firma eigentlich nicht einem anderen qualifizierten Mitarbeiter übertragen habe? Dann hätte ich weniger Stress gehabt, und meine Ehe wäre nicht kaputtgegangen. Aber nein! Ich hatte diesen verdammten Ehrgeiz, alles alleine managen zu müssen. Der Proletariersohn aus dem Osten – er wollte es allen zeigen.«

Inzwischen war der Shuttlebus in der City von F. angekommen und hielt auf dem Parkplatz vor dem Kunsthistorischen Museum. Dieses war ein lang gestreckter dreistöckiger Backsteinbau, dessen renovierte, sandstrahlgereinigte Fassade in einem leicht verwaschenen Ziegelrot gehalten war. Man versammelte sich in der Empfangshalle vor dem Stand, an dem die Audioguides zu mieten waren. Ich verzichtete auf den Audioguide. Ich hasste es, während einer Kunstausstellung ständig mit Kopfhörer und dem Terminal in der Hand herumzulaufen, von einem Track zum nächsten schalten zu müssen und dabei von einer fremden Stimme belehrt zu werden.

Im ersten Ausstellungsraum waren liebende Paare auf antiken Amphoren, Tempelfriesen, Sarkophagen und Wandmalereien zu sehen. Anrührend und drollig zugleich war die kleine Terrakottaskulptur eines sich küssenden Paares aus dem 1. Jahrhundert v. Chr. Ihre halb sitzenden, halb liegenden Körper gingen fast ununterscheidbar ineinander über, während ihre stilisierten Köpfe so aneinandergeschmiegt waren, dass es so aussah, als ob ihre Nasen sich küssten. Unter der Skulptur war ein kleines verglastes Schild angebracht mit einem Zitat von Casanova: *Was ist ein Kuss? Ist es nicht der brennende Wunsch, einen Teil des Geliebten einzuatmen?*

In den nächsten Ausstellungsräumen waren Miniaturmalereien aus dem Spätmittelalter zu sehen. Eine Miniatur trug den Titel *Die Versuchungen der irdischen Genüsse* von Christine de Pizan. Es zeigte ein höfisches Paar in manierlich-verhaltener Umarmung; und doch drückte die Art, wie die gespreizte Hand des Edelmannes auf dem mit einem golddurchwirkten Gewand bedeckten Hintern der Edelfrau lag, während ihre Hände in seinem blauem Überhang verschwanden, das heimliche Begehren der beiden aus. Dazu ein Zitat von Goethe: *Wer nicht mehr liebt und nicht mehr irrt, der lasse sich begraben* ... Unwillkürlich erschien vor meinem Auge Lea im roten schulterfreien Kleid, während ihr Mezzosopran wie ein verbotenes Liquid in mein Herz drang. War es nicht besser, dachte ich, *liebend in die Irre zu gehen*, als auf die Liebe zu verzichten?

Der nächste Saal präsentierte einige Gemälde aus der italienischen Renaissance. Lange betrachtete ich ein Gemälde von Correggio: *Jupiter und Ich*. Es zeigte eine nackte Frau mit blondem Lockenkopf in halb sitzender Pose vor einem dunklen Waldhintergrund. Während sie, den Kopf nach hinten gelegt, mit verzückter Miene und geöffneten Lippen den Kuss des Gottes empfängt, dessen umwölktes Gesicht nur ahnbar ist, umfasst ihr linker Arm – offenbar nichts ahnend – ein scheußliches graues Wesen, dessen Kopf an eine Echse erinnert. Ein sehr hintergründiges Bild, ebenso auf die Blindheit wie auf die Gefährlichkeit der liebenden Hingabe verweisend. Sehr ironisch wirkte das dazu montierte Zitat von Jimi Hendrix: *Excuse me, while I kiss the sky.*

Ich flanierte weiter durch die nächsten Säle, in denen niederländische, italienische, französische und deutsche Meister des 17. und 18. Jahrhunderts zu besichtigen waren. Die erotischen und Kussszenen wurden nun zusehends freizügiger und die Körper in ihrer Sinnlichkeit und Fleischlichkeit mit all ihren Muskeln, Sehnen und durch die Haut schimmernden Adern minutiös, oft mit fast fotorealistischer Genauigkeit dargestellt. Die weiblichen Akte verloren mehr und mehr ihre Schamhaftigkeit, nur die männlichen Schamteile versteckten sich nach wie vor hinter einem faltigen Lendentuch, einem angehobenen Knie oder hinter dem Lockenkopf eines kleinen Puttenengels, der sich gerade zwischen das liebende Paar drängen möchte. Es war kurios, mit welchen malerischen Finessen und Tricks das »beste Stück des Mannes« dem Blick des Betrachters oder vielmehr der Betrachterin entzogen wurde. Der Voyerismus durfte sich wohl am nackten Körper der Frau laben, während er spätestens an der Gürtellinie des männlichen Körpers ausgebremst wurde. Als habe dieser der Welt noch immer etwas zu verbergen. Andererseits: Lag in diesem Nicht-bis-zur-Gänze-Zeigen, in diesem partiellen Verhülltsein der Körper, nicht auch das künstlerische Geheimnis ihrer erotischen Wirkung?

Länger verweilte ich vor einem Bildnis von Francois Boucher, *Herkules und Omphale*: beide nackt unter einem samtroten Baldachin sich umarmend und küssend. Die Erotik der Szene verdankte sich jedoch nicht nur dem Unverhüllten, sondern auch und gerade dem Verhüllten: Die üppige Omphale hat ihr linkes Bein samt dem gebauschten Hüfttuch derart über Herkules Beine gelegt, dass ihr Schoß ebenso wie sein Geschlecht vor dem zudringlichem Blick geschützt bleiben. Ja, das gesamte Setting trug zur erotischen Wirkung des Bildes bei: der über dem Paar unordentlich herabhängende, geradezu flatternde Baldachin ebenso wie das zerwühlte Betttuch, das Omphale wie eine weiße Woge umspült. Als ob die Hitze und Leidenschaft des Paares auf alle Accessoires des Raumes abgefärbt und sie in Bewegung gesetzt hätte. Das Gemälde war garniert mit einem Zitat von Christian Hoffmann von Hoffmannswaldau: *Die Wollust bleibet doch der Zucker dieser Zeit, was kann noch mehr denn sie den Lebenslauf versüßen?*

Die Wollust – *Zucker dieser Zeit* oder Palliativ gegen den Schmerz und die Einsamkeit? In den ersten Wochen nach Dorotheas Tod hatte ich manchmal noch heftige Anwandlungen von Lust und Sehnsucht verspürt, die mit ihrem Bilde verknüpft waren und doch immer in Trauer und Melancholie mündeten. Es folgte eine längere Zeit der Entwöhnung, da meine Lust, weil ohne Objekt, gleichsam erloschen war wie eine versiegte Quelle. Doch in letzter Zeit war sie plötzlich wieder erwacht – wie ein anschwellender Strom nach längerem Tauwetter. Es war, als ob der Schmerz auch meine Lust revitalisiert habe.

Die surrealistischen Maler im letzten Ausstellungsraum schienen den Akzent eher auf die skurrilen, verstörenden und schockierenden Aspekte der Liebe zu legen. Wie in René Magrittes *Liebespaar*: Die durch ein graues Tuch verhüllten Köpfe von Mann und Frau drücken ihre Lippen durch das Tuch aufeinander. *Und er erkannte sein Weib* lautete der dazugehörige sarkastische Kommentar.

Es tat mir fast weh, dem schönen alten Bibelspruch, den ich ganz stark mit Dorothea verband, in dieser ironischen Konnotation wiederzubegegnen. Was wir beide an diesem Wort so mochten und schön fanden, war gerade sein altertümlicher Doppelsinn: *erkennen* stand sowohl für *einander beiwohnen* als auch für das Einander-Erkennen und Vom-anderen-Ergriffensein.

Gegen 15 Uhr traf man sich wieder in der Cafeteria. Wir saßen vor appetitlichen Tortenstückchen und erzählten einander, welche Bilder uns am meisten beeindruckt hatten. Es herrschte eine angeregte, ja geradezu ausgelassene Stimmung. Die vielen Bilder sich küssender Paare und die dazu montierten Zitate hatten die Fantasien mächtig angeregt.

»Erinnert ihr euch«, sagte Marja, »an das Bild der nackten Venus, die auf dem Kanapee liegt und mit verzückter, ein wenig blöder Miene auf den Kuss des sich über sie beugenden Adonis wartet. Dazu das Zitat irgendeines klugen Philosophen: *Das Küssen ist eine geniale Erfindung, um Liebespaare davon abzuhalten, zu viele Dummheiten zu sagen* ... Genauso war es bei meinem Ex: Hätte er mich in den ersten Jahren nicht bei jeder passenden und unpassenden Gelegenheit geküsst, hätte ich viel früher gerafft, was für ein Hohlkopf er war.«

Victor und Oswald prusteten vor Lachen. »Mir gefiel am besten«, sagte Victor, »das spanisches Sprichwort: *Ein Kuss ohne Schnurrbart ist wie ein Ei ohne Salz.* Ich trug nämlich mal einen Schnurrbart, doch seit ich ihn mir abnehmen ließ, ging's mit der Liebe bergab.«

»Dann solltest du dir dringend wieder einen wachsen lassen«, riet ihm Marja. »Und was hat dir am besten gefallen?«, fragte sie Rena.

Rena überlegte eine Weile, dann sagte sie mit verträumter Miene: »Das Bild von Klimt: *Der Kuss.*«

»Mir gefiel am besten«, sagte Frau Aschmoneit, »das Zitat von Tschechow: *Die Verliebtheit zeigt dem Menschen, wie er immer sein müsste.*«

Alle blickten sie erstaunt an. Seit ihrem Coming-out in der Gruppe zeigte sie sich von einer völlig neuen Seite.

»Über den vielen romantischen Kussszenen«, sagte ich, »vergisst man leicht, dass der Kuss eigentlich ein zivilisierter Biss ist.«

»Nu, meine Ex«, sagte Oswald, »hat mich oft genug daran erinnert.«

Eine ganze Weile noch sprach man über die Ausstellung. Bis Herr Wiesner in der Tür der Cafeteria erschien und mit stummer Geste auf seine Armbanduhr deutete – das Zeichen zum Aufbruch.

»Weißt du, welches Bild mich am meisten angetickt hat?«, wandte sich Oswald an mich, nachdem sich der Bus wieder in Bewegung gesetzt hatte. »*Der Vampir* von Edvard Munch.«

Ich erinnerte mich an das Bild: Der Kopf eines schwarz gewandeten Mannes liegt in der Armbeuge einer Frau, die ihn in den Nacken küsst oder beißt, während ihre langen feuerroten Haare ihn wie Flammen umzüngeln.

»Hätte Ines mich nicht geküsst«, nahm Oswald den Faden seiner Erzählung vom Vormittag wieder auf, »wäre mein Leben wohl anders verlaufen. Sie war unglaublich sexy, blitzgescheit und sprach drei Sprachen fließend. Was war ich dagegen mit meinem dürftigen Businessenglisch! Kurz: Sie war *die* Trophäe eines erfolgreichen Selfmademan. Ich musste sie einfach haben. Und der Sex mit ihr war so umwerfend, dass ich sie in mein Vorzimmer holte und zu meiner Chefsekretärin machte.«

Oswald nahm einen Schluck aus der Wasserflasche und leckte sich die Lippen. »Willst du auch mal?« Er reichte mir die Flasche.

Ich wunderte mich über das brandige Gefühl in der Kehle. Bis ich begriff: Das vermeintlich stille Wasser war ein erstklassiger Grappa.

»Nonino Grappa, direkt aus Friaul.« Oswald lächelte verschwörerisch. Wie geschickt dieser Filou das Alkoholverbot in der Klinik umging.

»Mit ihrem Auftreten und ihrer Dreisprachigkeit«, fuhr er fort, »konnte Ines zwar vorzüglich repräsentieren und Kundengespräche führen, aber von Organisation, Timing und Buchführung hatte sie nicht die geringste Ahnung. Ständig verwechselte oder vergaß sie wichtige Termine, verlegte wichtige Papiere oder vergaß, Anfragen von Kunden rechtzeitig zu beantworten. Aber sie nahm sich ungefragt zwei Stunden frei, wenn sie einen angeblich unaufschiebbaren

Termin im Beautysalon hatte. Den sie natürlich nie vergaß. Wenn ich ihre Schlamperei und ihr schlechtes Zeitmanagement kritisierte, bestrafte sie mich durch Liebesentzug: vier, fünf Tage lang keinen Sex! Das war wirklich hart für mich, wo ich doch so verrückt nach ihr war!«

»Wie sagte schon Boccaccio?«, sprach ich Oswald Trost zu: »*Es ist besser, Genossenes zu bereuen, als zu bereuen, dass man nichts genossen hat.*«

»Auch wieder wahr. Der Weisheit vorletzter Schluss: Hole nie eine Frau, die du begehrst, in dein Vorzimmer. Ines war nämlich extrem eifersüchtig. Obwohl selbst ausnehmend hübsch, sah sie in allen hübschen Frauen dieser Welt Rivalinnen. Wenn ich nach einem Einstellungsgespräch etwas Vorteilhaftes über eine Bewerberin sagte, die nicht gerade wie ein Aschenputtel aussah, unterstellte Ines mir prompt, ich sei ja bloß scharf auf sie. Wenn wir vom Einkaufen kamen und die Ampel gerade auf Rot stand, brauchte ich nur eine Sekunde zu lang einer hübschen Passantin nachzuschauen, die gerade über den Zebrastreifen ging – und schon hatte ich eine Ladung Joghurt im Gesicht. Jedenfalls wurde das Zusammenleben mit Ines so anstrengend, dass ich immer mehr aus dem Lot geriet und immer reizbarer wurde – was auch meine Mitarbeiter zu spüren bekamen. In der Firma kursierten bald böse Witze und Verschwörungstheorien: Die Konkurrenz habe mir in Gestalt von Ines einen ›Trojaner‹ ins Vorzimmer gesetzt, um die Firma zugrunde zu richten.«

»Wäre doch ein toller Plot für einen Wirtschaftskrimi – mit Jessica Schwarz in der weiblichen Hauptrolle. Titel: ›Die Trojanerin‹.«

»Ein Supertitel. Mensch, warum bist du nicht Produzent geworden? Trotz der ›Trojanerin‹ war die Firma aber weiterhin auf Erfolgskurs, auch aus Asien bekamen wir inzwischen Großaufträge. Und so konnten wir, ja mussten wir expandieren – durch eine weitere feindliche Übernahme. Allerdings musste ich einen erheblichen Kredit aufnehmen, um die Kaufsumme hinterlegen zu können. Das alles war betriebswirtschaftlich genau durchkalkuliert.«

Oswald nahm wieder einen Schluck aus der Wasserflasche, dann fuhr er fort: »Nur, womit keiner, nicht mal die sogenannten Wirtschaftsweisen, gerechnet hatten, war der Ausbruch der Weltfinanzkrise. Und der plötzliche Konjunktureinbruch, den sie zur Folge hatte. Binnen weniger Wochen gingen unsere Aufträge zurück, viele Kunden konnten plötzlich nicht mehr bezahlen, die Einnahmen sanken, die Außenstände dagegen wuchsen. Und es war fast unmöglich geworden, von den Banken einen neuen Kredit zu bekommen. Da sie selbst nicht wussten, wie viel Schrottpapiere sie in ihren Portfolios hatten und wie viele Milliarden sie demnächst würden abschreiben müssen, hockten sie auf ihrem Geld wie Onkel Dagobert auf seinem Geldsack.«

Wie zur Illustration wippte Oswald ein paarmal auf und ab, während er seinen Rucksack demonstrativ mit den Armen umkrallte.

»Um vorerst keine Entlassungen vornehmen zu müssen, gingen wir auf Kurzarbeit. Nur für mich gab's keine Kurzarbeit. Im Gegenteil: Nachdem ein leitender Mitarbeiter wegen einer schweren Erkrankung ausgefallen und ein anderer von der Konkurrenz abgeworben worden war, schuftete ich für drei. Powerte mich dabei immer mehr aus. Dazu kamen die ständigen Streitereien mit Ines, die mir den letzten Nerv raubten. Irgendwann reichte es mir – und ich kündigte ihr, nachdem eine Blumenvase knapp meinen Kopf verfehlt hatte. Sie verlangte eine unverschämt hohe Abfindung, die ich ihr verweigerte. Jetzt liegen wir vor Gericht – ein würdiges Ende unserer Beziehung.«

Oswald lachte, aber es war ein trauriges Lachen, das eher an ein Weinen erinnerte. Wieder nahm er einen Schluck aus der Flasche und reichte sie dann an mich weiter.

»Ich, bis dahin ein Ausbund an Gesundheit, hatte auf einmal ständig mit Krankheiten zu tun: schwere Erkältung und Husten, vereiterte Nebenhöhlen. Nachts wachte ich oft grundlos auf, mein Puls auf zweihundert, hatte Panikattacken. Die kleinsten Dinge, die ich mir für den nächsten Tag vorgenommen hatte, den Kühlschrank abtauen, eine defekte Glühbirne auswechseln, meine Anzüge in die Reinigung bringen, erschienen mir plötzlich wie riesige, schier unlösbare Aufgaben. Auch fühlte ich mich in meinem Körper nicht mehr zu Hause. Meine Sinne, meine Empfindungen – alles war abgestumpft. Manchmal saß ich in meinem Büro und starrte nur noch die Wand an. Bis mich eines Tages ein Mitarbeiter ansprach und auf Burn-out tippte. Ich suchte im Internet den Selbsttest für Burn-out – und das Ergebnis war: Von zwölf Kriterien erfüllte ich neun. Noch am selben Tag übertrug ich meinem Stellvertreter die Geschäftsführung. Und packte meinen Koffer für die Klinik.«

Draußen war es inzwischen dunkel geworden, nur die Scheinwerfer der auf der anderen Fahrbahn entgegenkommenden Autos streiften hin und wieder die Fenster des Busses.

»Und wie lange bist du jetzt hier?«, fragte ich.

»Acht Wochen. Inzwischen bin ich schon so verlangsamt wie eine Transuse. Habe direkt Angst, wenn ich wieder in meinen Beruf zurückmuss: dass ich für jeden Handgriff und jede anstehende Entscheidung dreimal so viel Zeit brauche wie vorher. ... Als ich noch Werksstudent in der DDR war, habe ich mal einen Sommer lang den Pförtner in dem volkseigenen Betrieb vertreten, der mich ausbildete. In diesen Wochen habe ich alle großen Romane von Dostojewski gelesen. *Schuld und Sühne, Die Gebrüder Karamasow, Der Idiot*. Ich habe nie mehr so viel Zeit zum Lesen gehabt wie damals in der Pförtnerloge. Auch wenn ich gerade mal eine Ostmark pro Stunde verdiente – eigentlich war es der schönste Job, den ich je hatte. Wenn uns für ein gutes Leben auch mancherlei fehlte, ein Gut, das im Westen Mangelware ist, war im Osten reichlich vorhanden: nämlich *Zeit*.«

Für den Rest der Fahrt versank Oswald in Schweigen und klimperte mit seinen Fingern auf der – mittlerweile – leeren Wasserflasche herum. Seine Geschichte, dachte ich, hätte – ein etwas anderes Zeitkolorit vorausgesetzt – aus einem Roman von Balzac stammen können, der ja mit Vorliebe Aufstieg und Fall, Glanz und Elend ehrgeiziger Aufsteiger in der Epoche der Restauration und der Herrschaft des großen Geldes beschrieben hat.

Wie hatte doch Marx gesagt: *Das Geld ist zum Henker aller Dinge geworden.*

Neuntes Kapitel

Wo die Liebe hinfällt

Am nächsten Morgen, gleich nach dem Frühstück, packte ich meine Tasche und fuhr nach Hause. Gegen Mittag kam ich in Amorbach an. Diesmal empfand ich die Ankunft im leeren Haus anders als sonst. Als ich die Esszimmerdiele betrat, an deren Eichenbalken die Spinnweben hingen, dann die kleine angrenzende Küche, deren Arbeitsplatte eine Staubschicht bedeckte, schließlich die Wohnstube mit der niedrigen Wannendecke und den blindgewordenen Glastischchen, hatte ich zum ersten Mal die Empfindung, Räume der Erinnerung zu betreten, ein früheres Leben, das mir ein wenig ferngerückt war.

Als Erstes setzte ich die Heizung und den Kaminofen in Gang, denn es war lausig kalt im Haus.

Dann ging ich zu Schmidts, meinen Nachbarn, hinüber und hielt mit ihnen einen Plausch. Sie tischten mir gleich den neuesten Dorfklatsch auf: Gerlinde, die seit zwei Jahren verwitwete Dorfärztin, hatte sich mit Herbert zusammengetan, der die einzige Schenke im Dorf unterhielt und selbst verwitwet war. Herbert, so erzählte Hannes, sei wegen eines verstauchten Fußes zu ihr in die Praxis gekommen, sie habe sich über seine Füße gebeugt und zu ihm gesagt: ›Herbert, du hast so schöne Füße.‹ Und da habe sich Herbert, der immer großen Respekt vor der studierten Allgemeinmedizinerin hatte, gedacht, wenn ihr meine Füße gefallen, gefällt ihr vielleicht auch noch Anderes an mir – und jetzt seien die beiden ein Paar.

Ich kannte die schmächtige und etwas wuselige Gerlinde recht gut. Ein Jahr nach dem Tod ihres Mannes, der Chefarzt einer Klinik war, hatte sie mir unter Tränen gestanden, dass sie in ihrer langjährigen Ehe nie wirklich glücklich gewesen sei. Zwar habe sie immer zu ihrem Mann aufgeschaut, der ständig auf internationalen Fachkongressen unterwegs war, aber sie sei ihm nie wirklich nahegekommen, habe wohl überhaupt Bewunderung mit Liebe verwechselt. Erstaunlich – und auch wieder nicht –, dass sie sich jetzt mit dem Dorfwirt zusammengetan hatte. Wahrscheinlich hatte der warmherzige und immer hilfsbereite Herbert, der das Weinfest im Dorf auszurichten pflegte, ihr viel mehr zu geben als ihr Mann mit dem doppelten Doktortitel, auch wenn er vom Status her unter ihr stand und er sie gewiss nicht in die Oper und auf Empfänge begleiten würde. Dafür – so Hannes – kutschiere Herbert jetzt seine neue Partnerin auf dem Traktor durchs Dorf. Und sie stehe fast jeden Abend in seiner Dorfkneipe, leicht beschwipst, hinter dem Tresen.

»Wo die Liebe so hinfallt«, sagte Loni, die gerade wieder an einem neuen Paar Fußwärmer strickte, »manchmal fängt's ebe bei de Füß an.«

»Oder sie fällt einem auf de Füß«, sagte Hannes.

Anschließend widmete ich mich dem Garten, der winterfest gemacht werden musste. Auf der ausgezogenen Aluminiumleiter stehend, schnitt ich die meterlangen wilden Triebe des alten Rebstocks zurück, dessen Blattwerk die Frontseite des Hauses umrankte und sich mit den wuchernden Spitzen der Glyzine verzweigte. Mit der Heckenschere stutzte ich die Thujahecke, die den Gartenzaun säumte und durch ihn hindurchgewachsen war, sodass man den Gehweg kaum noch passieren konnte. Auf den Knien hockend, hackte ich das Franzosenkraut aus den überwucherten Beeten und den Ritzen der mit Natursteinen gepflasterten Terrasse unter dem Holunderbaum. Zuletzt verteilte ich den Kompost auf die Beete und Rosensträucher, die Dorothea gepflanzt hatte.

Die Erlaubnis

Nachmittags fuhr ich nach Erbenheim, wo Gisela im fünfzehnten Stockwerk eines Hochhauses in einer Neubausiedlung wohnte.

Sie empfing mich mit verweinten Augen und einem ganz dünnen Stimmchen. Da die Hausverwaltung wieder mal bei der Heizung sparte, hatte sie zwei Wolljacken über die Bluse gezogen. Wir setzten uns in die Küche, wo ein Radiator für Wärme sorgte. Kaum hatte ich ihr meine kleinen Mitbringsel, ein Heizkissen, eine Papaya und zwei Tafeln Nussschokade, überreicht, überfiel sie mich mit einem langen Klagemonolog: Sie fühle sich so allein, Andreas besuche sie gar nicht, Sonja sei weit weg in Berlin und ich seit Wochen in der Klinik. Überhaupt habe ihr Leben keinen Sinn mehr, es sei zu nichts mehr nütze, es sei ja auch gegen die Natur, dass die Mutter die eigene Tochter überlebe. Ihre Kraft lasse nach, alles strenge sie an, jeder Tag stelle für sie ein kleines Martyrium dar. Sie glaube, bald zu sterben, im Grunde warte sie darauf, sie wolle ja auch uns nicht zur Last fallen. Und wenn es so weit sei, sollten wir nicht traurig sein. Sie zeigte mir sodann, wo ihre Patientenverfügung lag, denn sie wolle, falls sie ins Koma falle, nicht reanimiert werden.

Ich erinnerte sie daran, dass sie schon oft ihr letztes Stündlein angekündigt und dieses doch immer überlebt habe. Offenbar gebe es, trotz ihres hohen Alters, noch immer Dinge, die ihr das Leben lebenswert machten: etwa wenn sie für den Altenklub der Gemeinde Klavier spiele, wenn sie uns aus ihrem langen Leben erzähle – und sie habe ja so viel zu erzählen – oder wenn sie mit mir einen Ausflug mache, der in einem Café vor einem Stück Kirschtorte mit Schlagsahne endige. Und genau das sollten wir jetzt auch tun.

Ein Lächeln huschte über Giselas dünne Lippen. Und so fuhr ich denn mit ihr in die Wiesbadener City. Wir gingen zum Maldaner, einem traditionsreichen Café im Wiener-Kaffeehaus-Stil. Lange stand sie vor der Kuchentheke und ließ sich von der Bedienung die verschiedenen Tortenfüllungen und -beschichtungen erklären, denn da kannte sich Gisela aus. Diesmal war es die Orangen-Aprikosen-Torte mit Sahne, die ihr den Geschmack des Lebens zurückbrachte.

Nicht lange und sie erzählte, während ihre Augen sich zusehends belebten, von ihrer Kindheit im rheinischen Grefrath, wie behütet sie sich in der großen Familie fühlte, sie sei ja auch »Vaters Augapfel« gewesen. Überhaupt denke sie in letzter Zeit oft an ihren Vater, der als gelernter Weber und Textilkaufmann binnen weniger Jahre zum Prokuristen und Mitinhaber der Textilfirma aufgestiegen sei, die der wichtigste Arbeitgeber der Stadt gewesen. Und wie stolz sie, die heranwachsende Tochter, war, wenn der Vater sie auf seine Geschäftsreisen mitnahm, wobei die Bedienungen in den Hotels manchmal hinter vorgehaltener Hand zu tuscheln begannen, weil sie die blutjunge Schönheit und Begleiterin des Herrn Direktors offenbar für seine Geliebte hielten ... Gisela, den Sahneschaum noch an der Lippe, kicherte auf einmal wie ein Teenie. Ja, sie sei wirklich ein sehr hübsches Mädchen gewesen – in ihrem weißen Rüschenkleid mit Puffärmeln und dem Federhut auf dem Lockenkopf. Sie könne es selbst kaum mehr glauben, wenn sie sich heute im Spiegel betrachte ... »Ach«, seufzte sie, »da mögen uns die Pfarrer und Ratgeberbücher noch so viel von der ›Weisheit des Alters‹ erzählen – das Altwerden ist doch letztlich eine Gemeinheit.«

Gegen diese Gemeinheit half nur ein zweites Stück Sahnetorte, das Gisela denn auch mit sichtlichem Appetit verzehrte. Dann kam sie wieder auf Dorothea zu sprechen, die das Beste in ihrem Leben gewesen sei; dabei verdanke sich die Entstehung ihrer Tochter eigentlich einem Zufall. Sie, Gisela, sei doch stockkatholisch erzogen und von ihren Eltern nie aufgeklärt worden; selbst nach der Heirat mit Arnold habe sie noch nicht gewusst, was Sex eigentlich ist. Sie sei buchstäblich wie die Jungfrau zu ihrem Kinde gekommen. Ihr Mann habe sie, weiß der Himmel, warum, auch nach der Hochzeit nicht angerührt. Sie hatten ja auch getrennte Schlafzimmer. Bis einmal ein befreundetes Paar bei ihnen nächtigte, das eines der beiden Betten belegte. Da habe sie dann mit ihrem Mann in dem anderen Bett geschlafen. Und sei prompt schwanger geworden.

»Das kann man sich doch heute, wo einem an jedem Kiosk die Sexmagazine ins Auge springen, gar nicht mehr vorstellen. Und eigentlich müsste man die katholische Kirche vor einem internationalen Gerichtshof dafür verklagen, was sie mit ihren hirnrissigen Dogmen und sexuellen Tabus uns Frauen jahrhundertelang angetan hat.«

Ich musste lachen – weniger über diese Geschichte, die ich schon kannte, vielmehr über Giselas anhaltenden Zorn auf die katholische Kirche, der auch in ihrem hohen Alter nichts an Vehemenz eingebüßt hatte.

Wie so oft landeten ihre Gedankenschleifen wieder beim Zweiten Weltkrieg, der ihre Familie zerstört hatte: ihr älterer Bruder in Stalingrad gefallen, der jüngere, Chemiker bei der IG-Farben, starb kurz nach seiner Entnazifizierung an Krebs. Die Mutter, die den Verlust ihrer beiden Söhne nie verschmerzte, wurde schwer depressiv und erkrankte an Schwindsucht. Als sie starb, sei der Vater fast in demselben Alter gewesen wie jetzt ich. Und obwohl noch sehr rüstig, habe er sich nicht wieder verheiratet und sei auch keine neue Beziehung mehr eingegangen. So sehr habe er an seiner Frau gehangen.

»Dir aber« – Gisela sah mich mit Wärme aus ihren großen wässrig blauen Augen an – »wünsche ich solch ein Schicksal nicht. Du bist noch zu jung, du darfst und wirst nicht allein bleiben ... Dorothea und du – ihr wart so gut zueinander, so liebevoll und lustig. Ich habe mich immer an eurem Glück gefreut.«

Ihr Geständnis rührte mich. Dies umso mehr, als ich mir keineswegs sicher war, ob ich jetzt schon berechtigt sei, mich wieder auf die Suche zu begeben. Nun gab meine Schwiegermutter mir sozusagen die Erlaubnis. Ich sagte ihr, dass ich mich als Schwiegersohn von ihr immer angenommen gefühlt habe und dass ich ihr dafür sehr dankbar sei.

Als die Bedienung mit der Rechnung kam und ich nach dem Portemonnaie griff, sagte Gisela mit humorigem Trotz: »Das übernehme ich. Schließlich bin ich die alte Kuchenmamsell.«

Mehr als eine Affäre

Mögliche Staus auf der Autobahn einberechnend, war ich eine halbe Stunde zu früh am Bahnhof in G., wo ich mich um 18 Uhr mit Lea verabredet hatte. Als ich meinen Wagen im Souterrain des Parkhauses abgestellt und den Zündschlüssel gezogen hatte, fing mein Herz plötzlich zu pochen an. ... War es denn nicht verrückt, sich auf dieses Abenteuer einzulassen? Noch dazu mit einer verheirateten Frau? Auch wusste ich nach so vielen Ehejahren gar nicht mehr, wie man um eine Frau wirbt, noch dazu um eine so viel jüngere und schöne Frau wie Lea, die in puncto Verführung und Sex wahrscheinlich sehr erfahren war.

Ich rückte den Innenspiegel ein wenig nach unten und begutachtete mein Gesicht und meinen Haarschnitt. Noch in Bad Rodau hatte ich ein Haarstudio aufgesucht und mir die Haare ein wenig kürzen lassen, das machte mein Gesicht markanter. Ich hatte ja auch noch keine grauen Haare wie so viele meiner Altersgenossen – von den silbrigen Strähnen meiner Koteletten abgesehen, die, wie die Friseuse schmeichlerisch gesagt hatte, »das Gütesiegel einer gewissen Männlichkeit« sei. Dann nahm ich das pinkfarbene Geschenktütchen vom Beifahrersitz und stieg aus.

Lange hatte ich nach einem passendes Geschenk für Lea gesucht. Hatte erst in einem Geschenkartikelshop gestöbert und danach einen Blumenladen betreten, der, entsprechend der winterlichen Jahreszeit, schön gebundene Astern- und Chrysantemensträuße und ein breites Angebot von Gewächshausrosen in allen Farben und Größen anbot. Aber Lea mit einem Strauß gelber oder roter Rosen zu begrüßen, sah mir denn doch zu sehr nach »alter Kavaliersschule« aus. Schließlich hatte ich im Schaufenster eines Musikgeschäfts ein Metronom aus durchsichtigem Acryl erblickt, das die Form einer kleinen Pyramide hatte; an den drei Seiten der Pyramide waren Notenlinien mit zierlichen Notenschlüsseln und den gängigen Taktzeichen eingeritzt. Das gefiel mir auf Anhieb, und ich kaufte es.

Es war ein windiger Novembertag, und schnell war es dunkel geworden, während ich mit hochgeschlagenem Mantelkragen am Bahnhofsvorplatz wartete. Angespannt musterte ich die aus der Fußgängerunterführung aufsteigenden, mit Kopftüchern, Wolloder Fellmützen vermummten Frauengestalten, viele türkisch und arabisch aussehende Gesichter kamen darunter zum Vorschein. Ich wartete und wartete, bald war es Viertel nach sechs, und noch immer war Lea nicht gekommen. Hatte sie mich versetzt? Vielleicht, dachte ich in einer Anwandlung von Resignation und Erleichterung zugleich, wäre es besser, wenn sie nicht käme. Ich könnte dann wieder mit gutem Gewissen an das Grab meiner Frau treten.

Als ich erneut den Kopf zur Bahnhofsuhr wandte, berührte eine Hand meine Schulter:

»Hi! Da bin ich.«

Ich drehte mich um: Lächelnd stand Lea vor mir, im weißen Anorak, ihre schwarzlockige Haarpracht unter der Kapuze verbergend, in knallengen Jeans und Nike, in der Hand eine Adidas-Sporttasche. Sie entschuldigte sich, dass sie mich habe warten lassen, aber das Studio und die Schwimmhalle seien just heute Abend überfüllt gewesen, sie habe zehn Minuten warten müssen, bis sie ihre Haare föhnen konnte. Sie habe einen Tisch im »Poseidon« bestellt, das Restaurant liege gleich um die Ecke.

Es erstaunte und irritierte mich ein wenig, dass sie in ihren gewöhnlichen Sportsachen zum Rendezvous erschien. War dies Ausdruck jener Coolness, die auf gesellschaftliche Etikette keinen Wert legte und alles buchstäblich »sportlich« nahm? Oder war sie sich ihrer Wirkung als Frau so sicher, dass sie es nicht nötig hatte, sich beim ersten Date mit einem Mann besonders in Schale zu werfen? Hatte ich selbst doch lange überlegt, was ich anziehen sollte – den anthrazitfarbenen Salt-&-Pepper-Anzug mit der Wendeweste, die ich bei meinen Vorlesungen und bei offiziellen Anlässen zu tragen pflegte, oder die schwarze Jeans und den steingrauen Blazer mit rostrotem Seidenhemd, das so schön knisterte, wenn man darüber strich. Schließlich hatte ich mich für Letzteres entschieden.

So leger und absichtslos, wie es schien, war ihre Kleidung denn doch nicht. Als wir im Hotel ankamen und sie ihren Anorak an die Garderobe hängte, kam darunter ein weißer, mit zartrosa Volants besetzter Kaschmirpullover zum Vorschein. Und ihre Nikes hatte sie jedenfalls nicht bei Woolworth gekauft.

Wir betraten den voll besetzten Speisesaal, der durch marmorne Treppchen und niedrige Balustraden in verschiedene Areale unterteilt war. Auf den Konsolen standen appetitliche griechische Nymphen in Gips, und die Wände zierten malerische Mittelmeerbuchten, die dem Besucher wohl die Illusion verschaffen sollten, unmittelbar an Hellas Küsten zu dinieren. Man hatte uns einen Tisch am Fenster reserviert mit Blick auf den Domplatz, der mit seinen rund um die alten Platanen und ihr knotiges Astwerk geschlungenen Lichterketten schon im vorweihnachtlichen Glanz erstrahlte.

Der Kellner kam, in der einen Hand die Speisekarte, in der anderen das Tablett mit den Proseccogläsern. Nachdem ich mit Lea angestoßen hatte, überreichte ich ihr das Geschenktütchen.

»O!, das macht mich jetzt ganz verlegen, denn ich habe dir nichts mitgebracht.«

»Du hast dich mitgebracht, das ist mehr als genug.«

Als sie das durchsichtige Metronom ausgepackt hatte, stieß sie vor Überraschung einen kleinen Schrei aus: »Das ist ja wunder... wunderschön! So ein Metronom habe ich noch nie gesehen!«

»Damit du immer intakt, ich meine ... im Takt bleibst.«

»Danke, danke!«

Sie umarmte mich mit einem Glitzern in den Augen und drückte mir einen gehauchten Kuss auf die Wange. Dann löste sie den Edelstahlzeiger aus seiner Arretierung, der im ruhigen Ticktack zu pendeln begann. Erst verschob sie das kleine Gewicht am Zeiger nach oben, dann nach unten, wodurch dieser erst schneller, dann langsamer wurde. Dazu summte sie eine Melodie, die mir sehr bekannt vorkam, doch erst als ihr Summen in ein leises Singen überging, erkannte ich, was sie da aus dem Stegreif zum Besten gab: die Arie der »Königin der Nacht«.

Während ich ihr die Menüs auf der Speisekarte vorlas, erklärte sie mir, dass sie heute leider kaum Appetit habe – höchstens auf einen gemischten Salat mit Putenstreifen.

»Wie, auf mehr nicht? Aber ein Dessert wirst du doch nehmen.«

Sie schüttelte den Kopf.

Nachdem ich die Bestellung aufgegeben hatte, erzählte sie von ihrer letzten Gala beim Kongress der Schönheitschirurgen in Duisburg. Als Zugabe habe sie die Arie der »Königin der Nacht« gesungen. Einer der Chirurgen habe ihr daraufhin das Angebot gemacht, sie auf ewig in ihrem Jetztzustand zu erhalten, sie müsse ihn nur heiraten. Da habe sie dann doch, auch mit Rücksicht auf seinen stark alkoholisierten Zustand, abgelehnt.

»Ich bin heilfroh«, sagte ich mit gespielter Erleichterung, »dass du das Angebot dieses Schnipplers abgelehnt hast. Ich wäre ganz bestimmt nicht zur Hochzeit gekommen.«

Sie lachte und wendete das Metronom wieder in ihren Händen. Es sei wirklich ein ganz reizendes Geschenk, betonte sie nochmals.

Der Kellner kam mit der Vorspeise. Während ich die Spargelcremesuppe mit Steinpilzen löffelte, dachte ich an Iris Sachse, den Schwarm meiner Waldorfschulzeit in Freiburg. Fast alle Jungens waren in Iris verliebt, die mit ihren schwarzen Locken, den schwarzen Glutaugen und der olivfarbenen Haut wie eine südländische Prinzessin aussah. Sie hatte ihre vielen Verehrer nach einer Rankingliste gestaffelt, die von eins bis zehn reichte. Und erteilte bei Bedarf wie eine hochmütige Diva darüber Auskunft, welchen Platz dieser und jener Kandidat bei ihr gerade einnehme. Immerhin hatte ich es geschafft, mich innerhalb eines Schuljahres, indem ich ihr öfter bei den Schulaufgaben half, von Platz neun auf Platz zwei vorzuarbeiten – was mir das exquisite Vorrecht eintrug, sie bei ihrem vierzehnten Geburtstag einmal auf die Wange küssen zu dürfen. Den ersten Platz in ihrer Rangliste, der in meiner Vorstellung mit dem

Recht verbunden wäre, auch ihren Mund und vielleicht noch mehr küssen zu dürfen, vermochte ich jedoch nie zu erringen.

Warum sie eigentlich nie ins festes Engagement gegangen sei?, fragte ich Lea, nachdem ich die Vorspeise gegessen hatte. Mit ihrem Supertalent und ihrem Gold in der Kehle sei sie doch geradezu prädestiniert für die große Bühne.

Im festen Engagement, entgegnete sie, hätte sie sich nicht nur den antiquierten Regeln und Hierarchien unserer Opernhäuser, sondern sich auch deren immer gleichem Repertoire anpassen müssen. Außerdem inszeniere sie sich lieber selbst, als sich auf Gnade und Ungnade einem Regisseur auszuliefern. Nach ihren ersten Konzerterfolgen – da war sie siebenundzwanzig – habe ein bekannter Opernregisseur sie unbedingt engagieren wollen. Für ein großes Haus und gleich für große Partien. Der Vertrag für zwei Spielzeiten habe schon unterschriftsreif vor ihr gelegen, da habe der Herr Regisseur ihr erst in den Ausschnitt und dann tief in die Augen geschaut: Es gäbe da noch einen Punkt, über den sie sich einigen müssten, sie verstehe schon. Sie tat so, als verstehe sie nicht. Der Vertrag, habe er ihr schließlich erklärt, gelte nur, wenn sie einwillige, seine Geliebte zu werden. »Um diesen Preis wollte ich keine Karriere machen.«

»Ja, Schönheit kann auch ein Fluch sein«, sagte ich mit einem elegischen Seufzer, der allerdings eher mir selbst galt; sah ich mich doch im Geiste in eine Schlange von Verehrern eingereiht, die von der Kantine bis zu ihrem Künstlerzimmer reichte.

»Aber ich empfinde mich gar nicht als schön ... Wenn du wüsstest, wie sehr ich schon als Mädchen unter meinen zu groben Gliedmaßen gelitten habe. Ich wollte immer schmaler und zierlicher sein. Ja, noch heute beneide ich die Mädels und Models mit den schmalen Gelenken und Fesseln. Soll ich dir mal meine Füße zeigen?«

Lea streckte das linke Bein, sodass ihr Nike-bewehrter Fuß unter der burgunderroten Tischdecke erschien. »Das sind richtige Fußtreter wie bei einer Bauernmagd oder Gänseliesel. Ich habe Schuhgröße dreiundvierzig. Darum würde ich niemals auf der Bühne barfuß auftreten.«

»Ich werde demnächst ein Libretto für dich schreiben mit dem Titel *Die Barfüßlerin*. Dann musst du.«

»Ich würde bei der Premiere vor Scham in den Boden sinken beziehungsweise in den Orchestergraben fallen.«

»Ich würde unten stehen, dich in meinen Armen auffangen und, unter tosendem Applaus, wieder zurück auf die Bühne tragen. Trinken wir also auf deine nächste Premiere: *Die Barfüßlein*.«

Wir sahen uns an – und lachten. Dann ließen wir die Gläser klirren.

Als ich mein Glas wieder abgestellt hatte, strich Lea mit zwei Fingern über meinen Handrücken und sah mir lange in die Augen:

»Weißt du, dass du der galanteste und geistreichste Mann bist, der mir seit Langem begegnet ist.«

Wow! Was für ein Kompliment. Meinte sie das ernst oder gehörte das zu ihrem Repertoire von Lockmitteln?

»Danke. Aber vielleicht bin ich ja nur ein männliches Auslaufmodell, gilt doch den heutigen Powerfrauen Galanterie als lächerliches Relikt aus der Mottenkiste des Paternalismus und des Machismo.«

»Ich denke nicht so. Aber ich bin ja auch keine Powerfrau.«

»Und ob. Auf der Bühne bist du geradezu eine Domina – so gut hast du dein Publikum im Griff.«

»Nun, das gehört zu meinem Job. Wenn du dein Publikum nicht beherrschst, springt es dir an die Kehle.«

Ich neigte den Kopf zu ihr und küsste sie auf den Nacken, sie ließ es zu. Als ich den Blick wieder hob, sah sie mich mit leicht geröteten Wangen und einem träumerischen Blick an. Dass diese Bühnendomina mit der fetzigen Stimme noch wie ein Mädchen erröten konnte, fand ich hinreißend.

Vom Prosecco waren wir längst zum Wein übergegangen, sie zum weißen Grauburgunder, ich zum roten Bardolino.

Noch einmal fragte ich sie, ob sie nicht doch Appetit auf ein Dessert habe. Sie verneinte.

»Auch keine Crème brulée?«

»Ich muss mindestens zwei Kilo wieder abnehmen.« In ihre

Miene war plötzlich ein Ernst gekommen, als spreche sie von einer drohenden Katastrophe.

»Du hast hoffentlich nicht den Ehrgeiz, wie jene magersüchtigen Models zu werden, welche die Schönheitsmagazine bevölkern?«

»Das nicht, nein ... Aber« – Sie stockte und sah mich unsicher an – »ich leide an einer Essstörung. Bulimie. Deshalb bin ich auch in ambulanter Behandlung.«

»In der *Phönix*-Klinik?«

»Wo denkst du hin? Eine Patientin als Gesangs- und Tanztherapeutin – wie sähe das denn aus?«

Ich war überrascht, ja bestürzt. Dass diese Frau, die aussah wie das blühende Leben, an einer Essstörung litt, hätte ich niemals gedacht. Mir fiel wieder jene Szene im Speisesaal der Klinik ein, da ich beobachtet hatte, mit welcher Hast sie ihr Essen in sich hineinschlang. Ich fragte sie, wie sich diese Essstörung in ihrem Alltag auswirke.

Sogleich lieferte sie mir eine solch bühnenreife Karikatur einer Bulimikerin, dass ich mich vor Lachen fast an den Speckbohnen verschluckte: wie – in den kritischen Phasen, da die Sucht von ihr Besitz ergreife –, ihr Tag nur noch aus Essen, Erbrechen und Fasten bestehe, wie ihre Gedanken dann ständig ums Essen, Nichtessen, Abnehmen und Schlanksein kreisten; wie sie bei einer Gewichtszunahme von zwei Kilo fast an Selbstmord denke, während eine Gewichtsabnahme von zwei Kilo ihr ein orgasmusähnliches Hochgefühl bereite. Die ironisch-parodistische Theatralik, mit der Lea ihre Krankheit darstellte und kommentierte, ließ mich fast vergessen, welch seelisches Leid mit ihr verbunden war.

Nach dem Essen wandte sich unser Gespräch anderen Themen zu. Ich erzählte von meiner Familie, von Sonja und Andreas. Und Lea erzählte von ihrer achtjährigen Tochter Nele, die sie über alles liebe und die in ihrem Leben die erste Stelle einnehme. Schon die Schwangerschaft, erst recht die Mutterschaft habe sie als großes Glück empfunden. Allerdings bedürfe Nele einer besonderen Förderung, da sie beim Lernen sehr verlangsamt sei und deshalb große Schwierigkeiten in der Schule habe.

Wie sich diese Verlangsamung denn bei ihr auswirke?, fragte ich. Beim Betrachten eines Landschaftsbildes zum Beispiel könne sich Nele fünf Minuten oder länger in einem Detail wie einem Käfer oder einer Blume verlieren. Der Schulpsychologe spreche von einer »autistischen Störung«. Dabei sei dieses Verweilenkönnen doch eine besondere Fähigkeit, selbst wenn sie beim Lernen hinderlich sei. Auch sei ihre Tochter hochmusikalisch, sie habe sogar das absolute Gehör. Aber natürlich nütze ihr das nicht bei den Klassenarbeiten. Überhaupt finde sie es schlimm, dass heutzutage Kindern, deren Verhalten nicht ins »normale« Leistungsschema passten, immer gleich irgendeine »Störung« unterstellt werde, die man behandeln müsse. Sie habe Nele jetzt auf eine Montessorischule gegeben, wo die Lehrer mehr Rücksicht auf ihre Eigenarten nähmen. »Ich denke, wenn man ihr die Zeit lässt, die sie braucht, und sie auf behutsame Weise fördert, wird sie sich gut entwickeln.«

Es imponierte mir, wie sehr sich Lea für ihre Tochter einsetzte und sich dem heute üblichen Trend widersetzte, Verhaltensabweichungen bei Kindern und Jugendlichen sofort als »Verhaltensstörung« zu bewerten. – Auch ich war in der Volksschule recht verlangsamt gewesen. Weshalb meine Eltern mich auf die Waldorfschule schickten, wo nicht so ein Leistungsdruck herrschte wie auf den staatlichen Schulen und wo vor allem die musischen Fähigkeiten der Kinder gefördert wurden. Und das war mir damals sehr gut bekommen.

Lea sprach sodann von den Schwierigkeiten, Beruf und Mutterrolle zusammenzubringen, zumal sie viel unterwegs sei. Ohne ihre Schwiegermutter, die sich um Nele kümmere, wenn sie in der Klinik arbeite und ihre Auftritte habe, wäre sie ziemlich aufgeschmissen.

»Und was ist mit dem Vater?«

Leas Miene verhärtete sich, ihr Ton wurde bitter. »In den ersten Jahren, als unsere Ehe noch gut ging, war er ein Vater. Doch je mehr es mit unserer Ehe bergab ging, desto weniger kümmerte er sich um seine Tochter.«

»Und warum ging es bergab?«

»Die übliche Geschichte.« – Es sei so lange gut mit ihnen gegangen, als sie sich mit der Rolle der Hausfrau und Mutter begnügt habe und nach Neles Geburt zu Hause geblieben sei. Und Georg, ihr Mann, habe ihr wirklich ein schönes Zuhause geboten, er, von Beruf Architekt, habe das Haus selbst gebaut und nach ihren Wünschen eingerichtet. Doch als Nele in die Kita kam und sie den halben Tag allein in ihren vier Wänden verbrachte, habe sie sich allmählich wie eine Singdrossel in einem goldenen Käfig gefühlt; schließlich habe sie nicht fünf Jahre Musik und Gesang studiert und etliche erfolgreiche Konzerte gegeben, um den Rest ihres Lebens zwischen Küche, Kinder- und Schlafzimmer zu verbringen. Und so habe sie sich, teils über Agenturen, teils über eigene Kontakte, wieder um Engagements, Auftritte und Konzerte bemüht. All dies habe ihrem Mann nicht gefallen, schon gar nicht, dass sie jetzt ihr eigenes Geld verdiene und damit auch finanziell von ihm unabhängig sei. Sie vernachlässige Kind und Familie, sei sein beständiger Vorwurf. Ihre künstlerische Arbeit halte er für bloße Liebhaberei. Und er sei so eifersüchtig auf ihre Erfolge, dass er seit Langem nicht mehr zu ihren Premieren und Konzerten komme. Stattdessen saufe er sich lieber mit seinen Kollegen im Klubhaus zu. Gnädigerweise habe er ihr jetzt die Erdgeschosswohnung überlassen, während er in der zweiten Etage wohne, sodass sie sich meist nur noch im Hausflur und auf der Treppe begegneten.

»Aber ist es denn für euch beide nicht sehr bedrückend, unter diesen Umständen im selben Haus zu wohnen?«

»Was soll ich machen? Eine eigene Wohnung kann ich mir nicht leisten. Außerdem wohnt ja auch meine Schwiegermutter im Haus, auf deren Unterstützung ich angewiesen bin.«

»Und wie haltet ihr beide diesen Zustand aus?«

Lea zögerte, ein testender Blick, dann sagte sie achselzuckend: »Nun, man hat halt so seine Affären.«

»Und was verstehst du unter einer ›Affäre‹?«

»Jedenfalls keine Staatsaffäre. Vor allem gute Gespräche und guten Sex – ohne weiter gehende Ansprüche.«

»Sozusagen der Mindeststandard.« Und was wollte sie von mir? Hoffentlich nicht bloß gute Gespräche.

»Wieso Mindeststandard?«, widersprach sie. »Gute Gespräche und guter Sex – das ist doch sehr viel. Viele Ehen und langjährige Partnerschaften, die ich kenne, haben weder das eine noch das andere.«

»Stimmt.« ... Und doch missfiel mir an dieser Formel die implizite Leistungsforderung: Wenn du das nicht bringst, kannst du es gleich vergessen.

Wohl um sich nicht dem Verdacht der Oberflächlichkeit auszusetzen, was ihr Verständnis einer Affäre betraf, fügte Lea hinzu: »Einen One-Night-Stand nach einem anstrengenden Konzert mit einem Fan, der in der Hotelloggia auf dich wartet und dich zu einem Longdrink einlädt, würde ich noch nicht als Affäre bezeichnen. So ein Gefühl von Verliebtheit muss schon dazukommen, denke ich ... Aber auch da kann man sich täuschen. Ich hatte mal eine Affäre mit unserem Landrat. Ich bildete mir tatsächlich ein, dass er mir gefalle und dass ich ein bisschen in ihn verliebt sei. Aber eigentlich wollte ich ihm nur einen Gefallen tun, weil er eine Konzerttournee von mir sponserte.«

Plötzlich hatte ich ein mulmiges Gefühl im Bauch. War Lea eine Frau, die mit Männern nur spielte und sie für ihre Interessen instrumentalisierte? Jedenfalls schien sie einen ziemlichen Männerverbrauch zu haben. Ich dachte an Ansgars Warnung, ich solle vorsichtig sein, mein Herz sei noch wund. Andererseits frappierte mich ihre Offenheit; war ich doch noch nie einer Frau begegnet, die gleich beim ersten Date ihre Karten auf den Tisch legte, auch ihre Probleme und Blößen zeigte: dass sie an Bulimie litt, dass sie in einer unglücklichen Ehe feststeckte und ihre Affären hatte – eine solche Visitenkarte war ja nicht gerade einladend für einen verliebten Mann.

Kurz vor Mitternacht gab Lea das Zeichen zum Aufbruch, sie habe morgen früh um neun eine Gesangsstunde, darum dürfe es heute nicht zu spät werden. Ich winkte dem Kellner.

Als wir das Hotel verließen, empfing uns dichter Nebel. Lea hakte sich bei mir unter, während wir den Bahnhofsplatz überquerten. Sie wartete an der Ausfahrt des Parkhauses, während ich im Souterrain die Parkgebühren entrichtete. Doch als ich die Ausfahrt hochfuhr, wollte sich die Schranke einfach nicht öffnen. Immer wieder spuckte der Automat den Parkschein aus, sooft ich ihn auch in den Schlitz schob. Bis Lea sich den »Parkschein« genauer ansah und feststellte, dass ich diesen mit ihrer Visitenkarte verwechselt, die genau das gleiche Format hatte. Sie lachte schallend, dann sagte sie:

»Du bist Professor, also darfst du auch ein bisschen zerstreut sein.«

An einer Bushaltestelle hielt ich an. Das letzte Stück nach Hause, in ihr »Paradiso«, wie sie ironisch sagte, wolle sie lieber zu Fuß gehen. Wir stiegen aus. Sie bedankte sich noch einmal für das »wunderschöne Geschenk« und den »schönen Abend«. Eine Weile standen wir uns, im fahl gelben Widerschein einer Straßenlaterne, ich einen Arm auf das Wagendach legend, sie mit beiden Händen den Tragriemen ihrer Sporttasche umfassend, gegenüber und sahen uns an.

»Und was wird jetzt aus uns?«, brach ich endlich das Schweigen.

Eindringlich musterte sie mich mit ihren großen dunkelbraunen Augen. Plötzlich ließ sie die Tasche fallen, packte mich mit beiden Händen an den Schultern und drückte mich gegen den Wagen. »Mit dem Fabian Fohrbeck«, sagte sie – es klang fast gebieterisch –, »will ich keine Affäre. Den will ich haben.« Und presste ihre Lippen auf meinen Mund. Ich war vollkommen überrascht – nicht nur über diesen überfallartigen Kuss, aus dem ein langer Zungenkuss wurde, sondern auch über diese seltsame Liebeserklärung, die, indem sie mich beim Vor- und Zunamen nannte, etwas halb Offizielles, fast den Charakter einer Presseerklärung erhielt.

»Und woher weißt du das so genau?«, fragte ich, nachdem wir uns voneinander gelöst hatten.

»Das weiß man im Grunde sofort. Schon am Abend nach meinem Konzert wusste ich es.«

Sie nahm ihre Tasche auf und küsste mich noch mal kurz auf den Mund. »Gute Nacht, Liebster. Und träum was Schönes. Natürlich von mir.«

Dann ging sie in ihrem wiegenden Schritt die Straße hinunter. Bevor sie um die Ecke bog, drehte sie sich noch einmal um und winkte mir zu.

Noch während ich mit Nebelscheinwerfern über die nächtliche Autobahn rauschte, hatte ich das Gefühl einer Realitätsverschiebung: War es denn wahr, war es tatsächlich wahr, was Lea mir soeben versprochen hatte? Und dass sie mich »Liebster« genannt hatte? Oder träumte ich mit offenen Augen?

Zehntes Kapitel

Ein Winternachtstraum

Als ich am Montag nach einer zweieinhalbstündigen Autofahrt wieder die Empfangshalle der Klinik betrat, war mir, als sei ich in einen falschen Film geraten. Die schwäbelnde Rezeptionistin hinter dem Tresen begrüßte mich mit dem immer gleichen »Gute Morge, Herr Profeschor!«, als sei ich längst Stammgast in dieser Klinik. Und die mir auf dem Flur entgegenkommende Frau Müller fragte mich mit gewohnheitsmäßig fürsorglicher Miene: »Hallo, Herr Fohrbeck, geht's gut?«, als sei ich noch immer Patient und ihrer »heilenden Hände« bedürftig. Dabei empfand ich mich gar nicht mehr als Patient, im Gegenteil! Ich fühlte mich so gesund, lebendig und hoffnungsfroh wie lange nicht mehr. Wozu war ich überhaupt noch hier? Nun, es war die sechste und letzte Woche meiner Reha. Und danach würde für mich ein neues Leben beginnen; war es mir doch, als habe sich mir durch die Begegnung mit Lea ein neuer Horizont eröffnet.

Als ich den Speisesaal betrat, war niemand von meiner Tischgruppe zu sehen, es war ja auch schon halb zwei. Wie ich dem Therapiewochenplan entnahm, der wie gewöhnlich auf dem Tisch vor meinem Platz lag, fiel der Mittwochstermin bei Frau Klier aus, da sie sich auf Vortragsreise befand. Das war mir nur recht, denn ich war

nicht in der Stimmung, mich nochmals auf eine melancholische
Zeitreise in die Vergangenheit zu begeben.

Ich ging zur Theke, goss mir eine Tasse Früchtetee ein und begnügte mich mit zwei Knäckebrotscheiben, die ich dünn mit Butter bestrich. Ich hatte fast keinen Appetit. Noch immer waren meine Sinne vom Erlebnis des gestrigen Abends erfüllt.

Nachdem ich nachmittags eine halbe Stunde tagträumend auf Winfrieds Klangliege verbracht hatte, ging ich mit meiner Flöte in den Musiksaal. Und versuchte mich mit Play-back an einem meiner Lieblingsstücke: dem *Boogaloo Cat*, einem hinreißenden Latino-Soul-Jazz-Stück, das ich wegen seiner synkopischen Rhythmik und seiner schnellen Achtelläufe bislang nur sehr unvollkommen beherrschte, nun aber von Mal zu Mal besser und schwungvoller spielte, wobei ich, die Flöte am Mund, vor dem Notenpult hin und her wippte und tänzelte wie ein trunkener Kobold.

Während des Abendessens im Speisesaal gab ich mir keine Mühe, den Gesprächen meiner Tischnachbarn zu folgen, weil ich im Geiste ganz woanders war. Vergebens suchte Viktor mich in eine Diskussion über die neuesten Enthüllungen bezüglich der Pleitebank Hypo Real Estate zu verwickeln, die jetzt mit mehr als 100 Milliarden öffentlichen Geldes gerettet werden sollte. Doch was ging mich dieser ganze Finanzmarktkram an, wo doch meine Fantasie jetzt mit ganz anderen Bildern erfüllt war? Unter dem Vorwand, noch an diesem Abend eine dringende Korrespondenz mit meiner Fachschaft an der Uni erledigen zu müssen, zog ich mich bald nach dem Abendessen auf mein Zimmer zurück.

Die Fachschaft hätte sich wohl sehr gewundert, wenn sie die folgende Mail ihres Professors erhalten hätte:

Liebste Lea,
das war ein so zauberhafter Abend mit dir. Bin jetzt wieder in der Klinik – und doch komme ich mir hier ziemlich fehl am Platze vor. Winfried, unser Klangtherapeut, fragte mich heute mit besorgter Miene, ob es mir nicht gut gehe, ich wirke irgendwie abwesend. Und ob es mir gut geht, korrigierte ich ihn, so gut wie schon lange

nicht mehr. Er musterte mich mit zusammengekniffenen Augen, dann fragte er mich streng, ob ich etwa unter Drogen stehe. Lieber Winfried, antwortete ich, man kann auch ohne Drogen auf den Trip kommen, wusstest du das denn nicht?
Bin noch ganz trunken von dir und wünsche dir eine gute Nacht.
Dein Fabian

Stunden später hörte ich, während ich mit einem Glas Rotwein auf dem Bett lag und Leas CD hörte, das bekannte »Plim«. Sofort eilte ich an meinen Laptop und klickte auf die Adresszeile meines E-Mail-Accounts:

Liebster Fabian,
ich habe heute einen 5-stündigen Arbeitsmarathon hingelegt, um meinen »Deutsch für Ausländer«-Kurs vorzubereiten.
Normalerweise bin ich dabei recht einfallsreich, doch mein Interesse, möglichst originell und witzig zu sein, geht gegen null. Was machst du mit mir? Wie lange habe ich dieses Gefühl nicht mehr gehabt! Es hat die »Bühnendomina« in eine sehnsuchtsvolle Elfe namens Caroline verwandelt, wie mein zweiter Vorname lautet.
Gleich werde ich mich noch ein Stündchen den wilden Koloraturen der Rejoice-Arie aus dem »Messias« von Händel widmen, den der hiesige Bach-Chor am 1.Weihnachtsfeiertag aufführen wird: Frohlock, frohlock und jauchze, denn ein König kommt zu dir. Du weißt gar nicht, was mir bei diesen Zeilen alles einfällt ...
Ich küss dich. Deine Lea

Ich schwebte wie auf Wolken, während ich ihre Mail wieder und wieder las. Dass sie mein Gefühl erwiderte! Fast hätte ich einen Jubelschrei ausgestoßen, wenn nicht die Rücksicht auf meinen Zimmernachbarn mich daran gehindert hätte.

Betreff: Erotische ABM-Maßnahme

Liebste Lea,
obschon als linker Publizist bekannt, wäre ich bereit, wieder der Kirche beizutreten, nur um die Rejoice-Arie aus deiner jauchzenden Kehle zu hören. Aber das Geld für die Kirchensteuer würde ich lieber in eine CD »The Best of Lea Leander« investieren. Ist sie doch nicht nur eine Elfenkönigin im Zauberreich der Chansons und der leichten Muse, sondern auch ungemein tüchtig, da sie selbst die schlecht bezahlten VHS- und »Deutsch für Ausländer«-Kurse nicht scheut, um ihre schwierige Existenz als freie Künstlerin zu sichern und die Kosten für die Schule ihrer Tochter zu berappen. Ich bin wirklich voller Bewunderung für sie und könnte mir im Augenblick keine schönere Beschäftigung vorstellen, als ihr vor ihren Auftritten beim Umkleiden die Reißverschlüsse auf- und zuziehen und ihr das transportable Mikro unter die Strumpfhose klemmen zu dürfen. Und würde solch eine erotische ABM-Maßnahme nicht nur für einen Euro pro Abend tun, ich würde sogar noch draufzahlen, um sie verrichten zu dürfen.
Ich küsse dich auf alle deine weichen Stellen. Und freue mich auf Mittwoch, wenn du wieder hier bist.

Re: Erotische ABM-Maßnahme

Liebster,
mein Fa, so bist du jetzt in meinem Handy eingespeichert, damit ich mit einem Fingerdruck deine Stimme hören kann. Heute antwortete mir leider nur eine etwas magere, verschnupfte Mailbox-Stimme, die doch nichts gemein hat mit deinem sonoren, wohltuenden, ungemein erotischen Bariton. Und die nach dem Piepton wieder abbrach. Dabei hoffte ich doch, du würdest mir kleine Liebenswürdigkeiten ins Ohr raunen, nach denen mein armes krankes Herz verlangt. Denn, Fabian, ich bin ganz furchtbar krank, habe weder Hunger noch Durst, nahm heute nur Magerjoghurt, Erdnüsse und irgendwelche Salate zu mir, meine Hände

sind eiskalt, die Gänseliesel-Füße übrigens auch, mein Herz rast. Du gehst mir nicht aus dem Sinn ...

Ich fühlte mich wie verwandelt und entrückt in einen Sommernachts-, vielmehr Winternachtstraum – es war ja Ende November und die Temperaturen sanken unter null –, der meine Gefühle gleichsam umpolte: Einsamkeit, Melancholie und das schmerzliche Gefühl des Verlustes, die während der letzten Monate meine steten Begleiter gewesen waren – all dies war plötzlich einem Hochgefühl gewichen, wie ich es lange nicht mehr empfunden hatte. Statt der melancholischen Briefe an meine verstorbene Frau schrieb ich nun, meist morgens vor dem Qigong oder in den Nachtstunden, euphorische Liebesmails an Lea, Rhapsodien einer Amour fou, die sie mit leichter Hand und gleichem Überschwang erwiderte. Ich war entzückt über ihre exaltierten Liebesbekenntnisse, die zugleich sich selbst parodierten. Und wie gewitzt sie mir dabei die Bälle zurückspielte! Jede freie Stunde, die mir der Klinikalltag ließ, rannte ich nun in mein Zimmer und fuhr meinen Laptop hoch, um zu schauen, ob nicht wieder eine Mail von ihr gekommen war.

Längst war mir auch jenes mulmige Gefühl verflogen, das mich an jenem Abend, da sie von ihren »Affären« sprach, leise gewarnt hatte. Wer mit Männern nur spielte, der geriet doch nicht in solch einen Taumel der Gefühle, wie es auch ihre Mails bekundeten:

Betreff: Fa-Erreger

Liebster Fabian,
du weißt, ich schreibe auf einem iMac und habe ihn
wahrscheinlich nur gekauft, weil die Werbung ihn mir als schnellen
und starken Begleiter meines Lebens empfahl. Leider kann er nur
scrollen, aber nicht küssen, und seine Streicheleinheiten lassen
auch zu wünschen übrig. Nicht selten streikt er oder stürzt gerade
dann ab, wenn ich ihn am meisten brauche. Aber ich liebe ihn
trotzdem, weil er mir mit einem leisen Palimpalim so schöne

Mails präsentiert und ich schon ohne hinzuschauen weiß, wer sich da wieder wortreich gemeldet hat. Mein Herz beginnt schon beim Palimpalim zu rasen, und ich spreche ihm gut zu, bevor ich zu lesen beginne: allegro – man non troppo. Es hört nicht. Im Gegenteil, es steigert sein Pochen zu einem furioso – in welchem Zustand ich heute zu meinen »Deutsch für Ausländer«-Kurs ging. Meine ausländischen Freunde mussten über mich schmunzeln, weil ich falsche Texte austeilte und mir ganz ernsthaft darüber Gedanken machte, wie man »Kuss« und küssen nach der neuen Rechtschreibung schreibt: mit Doppel-s oder mit ß?
Ich werde noch arbeitsunfähig, und dann musst du mich aushalten. Deine Schuld!
Findest du wirklich, dass du das Recht hast, eine mit Halsschmerzen behaftete, mit Gänseliesel-Füßen geschlagene, ihren Kummer in Unmengen von Weißwein ertränkende, die Rejoice-Arie nur noch heisernde, vor Lust nach ihrem Oberon keuchende Titania so zu behandeln?
Keine Antwort? Kein Mitleid? Dann eile ich jetzt zu meinem Hausarzt. Denn ich fürchte, ich habe mir einen Virus aus der seltenen Gruppe der Fa-Erreger eingefangen.
Tausend Küsse. Deine Lea

Nur einmal erlitt mein Hochgefühl einen Dämpfer, als Sonja mich abends anrief und fragte, wie es mir gehe. Ich wollte ihr eigentlich nichts von Lea erzählen, da ich mir nicht sicher war, wie Sonja darauf reagieren würde. Aber sie merkte sofort an meinem Ton, dass ich »high« war – und so sagte ich schließlich, dass und in wen ich mich verliebt hatte. Sonja verstummte, schließlich sagte sie mit trauriger Stimme:

»Jetzt lässt du uns mit unserer Trauer allein.«

Ich widersprach, sagte, ich denke oft an Dorothea und werde sie gewiss nicht vergessen, niemals! Aber ich habe mich eben verliebt, ich hätte es ja selbst nicht für möglich gehalten und sei vollkommen überrascht, doch könne ich dieses Gefühl jetzt nicht einfach wieder abschalten.

Darauf hatte Sonja nichts mehr erwidert. Im Hintergrund war gerade Kindergeschrei zu hören, sie müsse sich um die Kleinen kümmern, sagte sie und wünschte mir noch »Viel Glück!«.

Sonjas Satz ging mir den ganzen Abend nach, zumal – wie mir schien – auch ein unterschwelliger Vorwurf darin lag: dass ich mich so schnell, acht Monate nach Dorotheas Tod, wieder hatte verlieben können. Es war mir selbst ein Rätsel – und etwas unheimlich, wie rasend schnell sich unsere »Affäre« entwickelte, indem wir die üblichen Zwischenschritte des Einander-Annäherns und Sich-Kennenlernens einfach übersprangen. Doch dieses unverhoffte Geschenk und Hochgefühl des Verliebtseins wollte ich mir jetzt nicht durch grüblerische Bedenklichkeiten verderben. War denn die Liebe nicht unsere einzige Wehr gegen den Tod? Und war es nicht besser, *liebend in die Irre zu gehen, als auf die Liebe zu verzichten?*

Re: Fa-Erreger

Liebste Lea,
ich fühle mich ganz schuldig wegen des Fa-Erregers, der dir den Katarrh verursachte. Zu meiner Entschuldigung weiß ich nichts anderes vorzubringen als ein Zitat von Casanova: »Was ist ein Kuss? Ist es nicht der brennende Wunsch, einen Teil des Geliebten einzuatmen?«
Gegen den Katarrh und entzündeten Hals empfehle ich dir ein altes Hausmittel, das bei mir immer gewirkt hat: Halswickel mit Heilerde.
Bis zum kommenden Samstagabend aber musst du wieder gesund sein. Das ist ein Befehl! Denn da geben wir – Marja, Roswita, Oswald und ich – hier unseren Abschied. Mit einem kleinen musikalisch magischen Rahmenprogramm als Dankeschön an unsere Therapeuten, also auch an dich.
Dein Fabian
PS: Wusstet du übrigens, dass »Fa« der Name einer Haushaltsseife ist? Sie riecht gut, ich habe sie oft benutzt.

Re: Re: Fa-Erreger

Gerne werde ich dich, liebster Fa, auch als Seife benutzen, aber nicht, damit du mich »einseifst«, sondern um mich ganz in deinen Geruch zu hüllen. Ich würde dich unter tausend anderen herausschnüffeln, dass kannst du mir glauben. Denn ich habe einen untrüglichen Geruchssinn ...

Re: Re: Re: Fa-Erreger

Bin sehr froh, dass du mich riechen kannst. Leider hat ja der Homo sapiens, seit er den aufrechten Gang erlernte, sich peu à peu vom Erdboden und Erdreich entfernt und damit seinen Geruchssinn weitgehend eingebüßt. Umso erstaunlicher, dass du solch ein Riech-und-Rüssel-Tier geblieben bist, das ihren Eber am Geruch erkennt. Jedenfalls hat dieser jetzt, weit nach Mitternacht, nur eine Sehnsucht: sich mit seiner schönen Eberin im Sündenpfuhl zu suhlen. Na, ist das jetzt noch Poesie oder schon Pornografie (in zoologischer Verkleidung), unter Alkoholeinfluss entstanden?
Dein liebeshungriger Eber

Betreff: Eber

Liebster Eber,
ja, nicht nur, dass ich gut riechen kann, ich verfüge auch über eine ungewöhnliche Sehschärfe. Und alles, was ich sehe, gefällt mir besonders gut. Ich liebe »dünne Hemden«, bei denen man die Rippen zählen kann, mit hohen Wangenknochen und erregendem Augenaufschlag. Davon abgesehen bin ich so blind, dass ich ohne Brille (5 Dioptrien) nicht Auto fahren kann. Wenn ich auf der Bühne stehe, sehe ich fast gar nichts, und das liegt nicht nur daran, dass mich die Scheinwerfer blenden. Es ist mir auch schon passiert, dass ich eine Frau, natürlich nur musikalischerweise, angebaggert habe, weil ich sie für einen Mann hielt.
So, geliebter Eber, das mit dem »Sündenpfuhl« versuche ich jetzt

erst mal in die hinterste Eckes meines Gedankenstübchens zu
verstauen, denn ich muss ein VHS-Seminar für müde Hausfrauen
vorbereiten, die ich davon überzeugen muss, dass sie gar nicht so
müde sind, sondern an jeder von ihnen eine Diseuse, Sängerin,
Schauspielerin verloren gegangen ist.
Wenn deine Medizin wirkt und meine heisere Stimme bis Samstag
nicht völlig versiegt ist, komme ich zu eurer Abschiedsparty.
Kuss, Kuss, Kuss!

Re: Eber

Guten Morgen, Liebste,
wenn meine gestrige Eber-Mail zu einem etwas anrüchigen
pornografischen Text entglitten ist, bist natürlich du schuld – wie
überhaupt an allen weiteren Entgleisungen dieser und anderer Art.
Du kennst gewiss den griechischen Mythos von der Göttin Circe,
die die ihr nachstellenden Männer in Schweine verwandelte.
Du bist auch schuld, dass ich heute beim Yoga einen kleinen Eklat
verursachte: Frau Müller exerzierte mit uns gerade die sieben
Übungen des klassischen Hatma-Yoga. Als sie mich nach einer
Weile fragte, warum ich eine dieser Übungen nicht mitmachen
wolle, sagte ich: weil ich ihre Nebenwirkungen fürchte. – Was für
Nebenwirkungen? – Diese spezielle Übung sei – wie ich kürzlich im
Internet gelesen – eigens von buddhistischen Mönchen erfunden
worden, um den Sexualtrieb zu dämpfen beziehungsweise
stillzulegen. – Die eben noch meditierenden Männer lachten
schallend, während die Damen verschämt kicherten.
Ich bin übrigens sehr froh, dass du »dünne Hemden« magst
und nicht etwa auf bodygestylte Knackärsche und tätowierte
Muskelpakete stehst.
Dass du mit fünf Dioptrien eine halbe Blinde bist, finde ich nicht
nur sehr anrührend, sondern auch ausgesprochen beruhigend. So
wirst du meiner Lackschäden wenigstens nicht so schnell gewahr –
und nicht so rasch aus unserem Winternachtstraum erwachen.
Wärst du weniger liebesblind, hättest du nämlich längst erkannt,

dass du dich wie Titania in einen professoralen Esel verliebt hast. Setze also bitte nie deine Klarsichtbrille auf, wenn du mit mir redest oder im Bett liegst.

Re: Re: Eber

O ja, lass mich an deinen anrüchigen Texten schuld sein und höre nur ja nicht mit dem Schreiben derselben auf. Das steigert nur meine Lust, wer weiß, wohin noch, und lässt mich meinen Halsschmerz völlig vergessen.
Aber bitte, wenn ich am Samstag komme, keine verräterische Geste – Blick oder gar Kuss – in Gegenwart der anderen. Auch kein Wort über uns zu Ansgar. Sonst verliere ich den Job. Versprochen?

Re: Re: Re: Eber

Versprochen! Ich werde mich verhalten wie Adam vor dem Sündenfall, da er noch nicht wusste, dass er ein Mann war.

Eine Simulantin?

Als ich am Freitagnachmittag von einem längeren Spaziergang in die Klinik zurückkam und den Speisesaal betrat, herrschte dort große Aufregung. Von allen Tischen waren Ausrufe der Entrüstung, vermischt mit Gelächter, zu hören. Auch redete alles so durcheinander, dass man kaum etwas verstehen konnte.

»Was ist denn los?«, wandte ich mich an meine Tischgenossen.

Marja sah mich erstaunt an: »Weißt du's noch nicht?«

»Was denn?«

Vor etwa zwei Stunden, so erfuhr ich im Wechsel von Marja, Roswita und Oswald, sei die Polizei hier aufgetaucht und habe Rena, die gerade aus der Yogagruppe kam, angehalten, mit ins Präsidium zu kommen.

»Und weswegen?«

»Das haben wir uns auch gefragt!«, sagte Roswita. »Wir dachten, es müsse sich um einen Irrtum, um eine Namensverwechslung, handeln.«

»Unsere stille und scheue Rena«, griente Oswald, »die kein Wässerchen trüben kann und immer so leidend aussieht wie die Pietá – was konnte die schon verbrochen haben – außer höchstens mal aus Versehen einen neuen Nagellack aus dem Kaufhaus mitgehen zu lassen?!«

»Wir alle waren davon überzeugt«, sagte Marja, »es müsse sich um einen Irrtum handeln. Bis eine Stunde später der Chef zu uns kam und uns mit betretener Miene erklärte, Rena sei – wie die polizeiliche Ermittlung ergeben habe – eine notorische Simulantin, die sich das dritte Mal in Folge, unter Vortäuschung eines jeweils anderen psychischen Leidens, von einem jeweils anderem Arzt zur Kur in eine psychosomatische Klinik habe überweisen lassen.«

Die schüchterne Rena – eine Simulantin? Ich mochte es kaum glauben. »Und die Geschichte mit ihrem Ehemann, der sie verlassen hat?«

»Sie war früher mal verheiratet, lebt aber seit Langem getrennt von ihrem Mann«, sagte Roswita.

»Man hat auf ihrem Zimmer«, sagte Marja, »ein Manual entdeckt, in dem die Symptome verschiedener psychischer Erkrankungen genau beschrieben sind: von Depression, Angststörungen und Panikattacken bis zu Borderline-Erkrankungen.«

Ich war verblüfft. Renas leidender Blick, das Zittern ihrer schmalen Hände, ihr dünnes, fast versiegendes Stimmchen – all das sollte sie simuliert haben?

»Eines muss man ihr lassen«, sagte Oswald. »Als Schauspielerin war sie spitze. Die Rolle der verlassenen Ehefrau hat sie absolut überzeugend gegeben. Ihre Story hat uns doch fast zu Tränen gerührt.«

»Also ich finde das gar nicht zum Lachen«, empörte sich Roswita. »Wie oft habe ich sie nicht zu trösten versucht, wenn sie abends allein in der Empfangshalle saß, weil sie angeblich nicht schlafen konnte und sich vor dem Alleinsein fürchtete! Ich komme mir richtig düpiert vor.«

»Auch wenn ihre Story getürkt war«, sagte ich, »ihre Einsamkeit, ihre Angst vor dem Alleinsein, war es nicht. Überhaupt: Wer vermag schon zu sagen, was an ihrem Verhalten simuliert und was echt war? Und wo die Grenze zwischen Gesundheit und Krankheit verläuft?«

Die Frauen sahen mich verständnislos an. »Aber es ist doch«, erklärte Marja mit Nachdruck, »ein schamloser Missbrauch unserer Sozialsysteme, die wir schließlich alle mit unseren Steuergeldern finanzieren. Ganz zu schweigen von dem politischen Flurschaden. Was glaubst du, wie die Presse diesen Fall wieder ausschlachten wird! *Gewiefte Sozialbetrügerin erschleicht sich drei Mal Kur in Rehaklinik.* Das wird wieder Wasser auf die Mühlen all derer sein, die unsere Sozialsysteme noch weiter schleifen wollen.«

»Ich finde es viel schlimmer«, sagte Roswita, »wie sie unser Mitgefühl ausgenutzt hat. Die muss sich ja ins Fäustchen gelacht haben während der Gruppentherapie.«

»Woher weißt du das denn?«, widersprach ich. »Auch wenn sie voller Selbstmitleid war, ich denke, sie war nicht zu Unrecht in dieser Klinik. Und hat sie uns nicht mit ihrem japanischen Märchen von den Kranichen ein schönes Geschenk gemacht?«

»Auch wieder wahr«, sagte Oswald und stimmte mit priesterlicher Gebärde und Kantorstimme ein »Te absolvo, Rena!« an.

Während weiter über den Fall Rena diskutiert wurde – ob sie nun eine Simulantin sei oder nicht –, fragte eine leise Stimme in mir: Wie ist denn das mit Lea? Ihre verliebten und gewitzten Mails beglückten mich zwar. Aber kamen sie wirklich von Herzen, entsprangen sie einem echten Gefühl? Oder eher einer spielerischen Selbstinszenierung als verführerische und leidenschaftliche Frau, die ja auch Bestandteil ihrer Bühnenrolle als Chansonette war?

Geld ist Zeit

Tags darauf, gegen 19 Uhr, betrat ich den Empfangsraum der Klinik, der für die Abschiedsparty bereits vorbereitet worden war. Ich trug mein magisches Kostüm: steingrauer Blazer, aus dessen Revers eine Rosenblüte lugte, schwarze Stretchhose und schwarzes Hemd mit roten Brustaufschlägen und rotem Kragen. Zwischen den Glasvitrinen und vor der kleinen Bühne, auf der zwischen Klavier und Schlagzeugbatterie mein Zaubertisch stand, waren in lockerer Anordnung Stühle und Sessel gruppiert. Schon etliche Patienten und Mitglieder des Hauses hatten hier Platz genommen, unter ihnen auch Lea, die einen dicken Wollschal um den Hals trug. Ich begrüßte sie mit förmlichem Handschlag und einem konspirativen Lächeln, das sie mit einem kleinen Augenzwinkern beantwortete.

Nachdem alle Platz genommen hatten, betrat Roswita mit ihrer roten E-Gitarre, die genau zum Ton ihrer langen Haare passte, die kleine Bühne – und zwar im Punklook: schwarzes Schnürkorsett mit kreuzweise um den Hals gelegten Lederbändern, Rock mit zwei ineinander verschlungenen Kettenringen, rautengemusterte Leggings und schwarze Lady Boots. Schon dieses Outfit, das so ziemlich das vorstellbar krasseste Gegenstück zur Dienstkleidung einer Altenpflegerin war, sorgte für Applaus und Gelächter. Hinter dem Kontrabass nahm Oswald Aufstellung; er trug zur schwarzen Lackhose ein T-Shirt mit dem berühmten Batman-Logo. Auch sein Auftritt löste Hallo und Gelächter aus. Winfried hinter der Schlagzeugbatterie hatte sich gleichfalls in Lack und Leder gehüllt.

Mit leicht zittriger Stimme, die einen komischen Kontrast zu ihrem punkigen Outfit bildete, sagte Roswita: »Entschuldigt, aber ich bin furchtbar aufgeregt, denn es ist das erste Mal seit Jahren, dass ich wieder vor Publikum spiele. Und wenn es in euren Ohren nicht gerade wie Katzenmusik klingt, dann ist dies vor allem unserem Coach Winfried zu danken, der in wenigen Wochen aus uns dreien eine kleine Punkband gezaubert hat. Auch Lea habe ich zu danken: Sie hat mir den Mut zum Singen wiedergegeben. Wir haben unser

Trio auf den Namen ›Phönix out of the ashes Band‹ getauft. Eigentlich hätten wir noch einen zweiten E-Gitarristen gebraucht. Aber wir haben ja den musikalischen Tausendsassa Winfried, der im Nu das E-Piano mit der E-Gitarre und diese mit dem Schlagzeug vertauschen und dabei auch noch singen kann. Wir beginnen mit *Should I stay or should I go* – von *The Clash*.«

Es war ein ziemlich schräger, kreischender, anrempelnder Rock, der an Rummelplatz und besoffene proletarische Jugendliche erinnerte – mit einem fetzigen Rhythmus und einem Refrain, der das Potenzial zum Ohrwurm hatte. Ich staunte, wie gut die drei zusammenspielten. Vor allem staunte ich über Roswita: wie dieselbe Frau, die noch vor Wochen den schweren Schaukelgang einer von Familie und Beruf überlasteten Enddreißigern hatte, jetzt, gleich einer jugendlichen rothaarigen Punkhexe, während sie wütend in die Saiten ihrer E-Gitarre griff, über die Bühne fegte, dass es eine Lust war, ihr dabei zuzusehen; zwischendurch trat sie wieder vors Standmikro und stimmte in den Refrain ein: *Should I stay or should I go*, als ob sie selbst vor einer solchen Entscheidung stünde. Besonders legte sie sich ins Zeug beim zweiten Stück *Rock the Casbah*, dessen Refrain jedes Mal wie ein Peitschenhieb knallte. Es folgte *Once in a lifetime* – von den *Talking Heads*, ein ganz leicht verrocktes, eher lyrisches Stück mit Anklängen an die *Beatles*, das Roswita mit so viel Hingabe und Zartgefühl sang, dass selbst Lea ihr ganz ergriffen zuhörte.

Mit hochrotem Kopf und feuchten Augen nahm Roswita den Applaus entgegen; sie schien es selbst kaum fassen zu können, dass sie nach so vielen Jahren endlich wieder mal auf der Bühne stand und ein Publikum begeistern konnte.

Nach diesem musikalischen Entree betrat ich die kleine Bühne und fabulierte, während ich wie beiläufig meinen phosphoreszierenden Zauberstab vor, unter und über meiner Hand schweben ließ, über das wunderbare Gefühl des Auftriebs und der Quasischwerelosigkeit, das ich neuerdings beim Trampolinspringen erlebte. Nach einigen, visuell wirksamen Kunststücken mit Seilen und Tüchern stellte ich sodann die »philosophische Gretchenfrage«:

»Wie hältst du's mit der Zeit? Ja, was ist überhaupt Zeit? ... Ganze Akademien haben sich mit dieser Frage befasst, zahllose Philosophen darüber gelehrte Abhandlungen geschrieben. Die treffendste Antwort – zutreffend für unsere westliche Zivilisation – hat der englische Philosoph und Wissenschaftler Francis Bacon gegeben: ZEIT IST GELD! ... Und tatsächlich: Einer verrückten Alchemie zufolge scheint sich Zeit ständig in Geld zu verwandeln. Je mehr Geld wir haben und verdienen, desto weniger Zeit haben wir – und umgekehrt: Je weniger Geld wir haben und verausgaben können, desto mehr Zeit haben wir – gezwungenermaßen oder auch nicht. Geld ist eben nicht nur Zahlungsmittel, sondern auch Zeit, geronnene und verdinglichte Zeit. Es verkörpert unsere verausgabte Arbeits- und Lebenszeit. Ist mal jemand so freundlich, mir einen Fünfzig-Euro-Schein auszuleihen?«

Viktor zog aus seinem Portemonnaie einen Fünfzig-Euro-Schein. Ich reichte ihm einen Kuli und bat ihn, den Schein mit den Initialen seines Namens zu signieren. Nachdem er das getan hatte, steckte ich den Schein für alle sichtbar in einen leeren Briefumschlag. Dann entzündete ich eine Kerze, die auf dem Zaubertisch stand.

»Geld regiert die Welt. Noch nie war diese Binse so wahr wie heute. Dabei ist es doch eigentlich nur bedrucktes Papier. Ist es nicht absurd: dass wir alle diesen lächerlichen Scheinen hinterherlaufen, die für sich genommen gar keinen Wert haben? Und dass die freien Völker ihre Souveränität an bedrucktes Papier abgegeben haben, das so leicht entzündlich ist wie Stroh?«

Ich hielt das Kuvert mit dem Schein in die Kerzenflamme.

»He, bist du verrückt!« Viktor sprang auf und machte einen Satz in Richtung Bühne, um mich an meinem frevlerischen Werk zu hindern.

»Nur die Ruhe, Viktor. Was hier zu Asche verbrennt, ist bloß der Schein.«

Das Gelächter brachte Viktor zur Besinnung; er nahm wieder auf seinem Stuhl Platz. Ich präsentierte ihm nun einen durchsichtigen Beutel mit einem Dutzend Zitronen darin:

»Kennst du das Land, wo die Zitronen blühen?« Viktor sah mich verständnislos an. »Deinen Fünfzig-Euro-Schein kann ich dir leider nicht ersetzen. Aber als Trost biete ich dir eine von diesen Zitronen an, frisch aus Italien. Jetzt machst du eine ziemlich saure Miene. Denkst wohl: eine Zitrone für fünfzig Euro – so ein Betrug. Du siehst eben nur ihren Preis, ihren Marktwert. Doch schau sie dir einmal an – diese Zitrone. Wie schön geformt sie ist. Das satte Gelb, die feste, leicht körnige Haut – und wie sie duftet. Steht sie nicht für Lebensfrische und Lebensfreude, für Sonne und südlichen Himmel? Und bedenke, Viktor, was du aus einer Zitrone alles gewinnen kannst: Zitronensaft, Zitronenlimo, Zitronenschnaps, Zitronenkuchen. Du kannst sie auch als Deodorant oder Duftauffrischer für dein WC benutzen. Und nun such dir bitte eine aus.«

Viktor griff in den Beutel und holte eine Zitrone hervor.

»Viktor, du hast das große Los gezogen. Denn diese Zitrone« – ich nahm sie ihm aus der Hand und schnitt sie auf – »ist nicht nur biologisch-aktiv, sondern auch finanz-aktiv.«

Viktor zog das braune Röllchen, das in der Zitrone steckte, heraus und entblätterte mit fassungsloser Miene seinen restaurierten Geldschein.

»Erkennst du deine Signatur?«

»I glaub's net!«

»Wenn du eine von diesen finanzaktiven Zitronen in deinen Garten pflanzt, wird schon bald daraus ein Zitronenbäumchen wachsen – und du wirst keine Geldprobleme mehr haben, kannst deinen Fonds und die Börse getrost vergessen.«

Aus dem Revers meines Blazers zog ich nun den Stiel einer Rose, die ihren roten Blütenkopf, synchron mit meinen Verbeugungen, zum Publikum hin neigte und wieder hob, neigte und wieder hob – und schließlich, durch eine leichte Drehung meiner Hand, in Richtung Leas zeigte, die etwas seitlich in der zweiten Reihe saß und diese versteckte Huldigung mit einem leisen Kichern beantwortete.

Danach rockte noch einmal die »Phönix out of the ashes Band«, dass die Vitrinen wackelten.

Marja beschloss das Programm mit einer kleinen Dank-und-

Lob-Rede auf die Phönix-Klinik: Sie biete wahrlich ein einzigartiges Rundumprogramm für Körper, Seele und Geist, Slow Food in jeglicher Hinsicht! »Eine Rehaklinik, in der nicht nur therapiert und meditiert, sondern auch diskutiert, gelacht, gesungen, getanzt, gezaubert und sogar gerockt wird. Wo gibt's denn das sonst in Deutschland.«

Dann wurde das Buffet eröffnet. Oswald betätigte sich als Mundschenk, indem er mit zwei großen Wasserflaschen von Tisch zu Tisch ging und die Gläser füllte. Dabei behauptete er, für den Inhalt der Flaschen sei er nicht verantwortlich, die habe er vom Zauberer Fabian erhalten, der ihn beauftragt habe, als Zugabe zu seiner magischen Performance nunmehr das biblische »Wunder von Kanaan« zu präsentieren: die Verwandlung von stillem Wasser in einen vorzüglichen Riesling-Silvaner.

Sogar der Chef musste lachen ob dieser listig-charmanten Außerkraftsetzung des Alkoholverbots in der Klinik. Er hob denn auch als Erster sein Glas und rief: »Auf euer aller Wohl!«

Nachdem ich meinen Zaubertisch abgeräumt hatte, ging ich ans Buffet, wo Lea mit ihrem Teller stand.

»Der Fünfzig-Euro-Schein in der Zitrone«, sagte sie mit heiserer Stimme, »war ja der Hammer! Wie machst du das bloß? Nein, ich will es gar nicht wissen. Will mir lieber die Illusion bewahren.«

»Wir könnten ja mal zusammen auftreten.«

»Warum nicht? Du zauberst schließlich wie ein Profi.«

»Während ich dich auf der Bühne schweben lasse, schmetterst du die Arie der *Königin der Nacht*.«

»Geht es nicht auch 'ne Nummer kleiner?« Lea biss in ein mit Lachs belegtes Baguettescheibchen.

»Du assistierst mir beim Münzenfang. Ich greife immer neue Zwei-Euro-Münzen aus der Luft, ziehe dir die Münzen aus Nase, Ohren und Dekolleté, während du singst: *Kann denn Habgier Sünde sein?*«

Lea verschluckte sich fast vor Lachen, das sogleich in trockenen Husten überging.

»Du siehst«, sagte sie mit krächzender Stimme, »der Fa-Virus hat mich noch immer im Griff. Ich muss mich mal kurz zurückziehen.«

Sie stellte ihren Teller auf dem Buffet ab und eilte in Richtung WC.

Während ich mich am Buffet bediente, kam Ansgar auf mich zu.
»Kannst du uns, ich meine der Klinik, nicht auch einen Sack finanzaktiver Zitronen überlassen?«
»Hat die Klinik das nötig?«
»Allerdings.«
Wir gingen mit unseren vollen Tellern an einen Tisch, der ein wenig abseits von den anderen stand. Unter dem Siegel der Verschwiegenheit teilte Ansgar mir mit, dass es leider nicht so gut um die Klinik bestellt sei, wie es in Marjas Dankesrede eben angeklungen. Sie befinde sich seit Monaten in den roten Zahlen – was ihn und besonders den Chef sehr besorge. Im Grunde könne man sich die Gleichbehandlung von Privat- und Kassenpatienten nicht länger leisten, da die Betriebskosten der Klinik enorm gestiegen seien. Und Kredite seien zurzeit nur schwer zu bekommen. Auch würden gewisse – von den Patienten sehr geschätzte – Therapien von den Kassen nicht mehr übernommen. Und da die Klinik kein Absatzmarkt für Psychopharmaka sei, werde sie seit einiger Zeit von den Pharmakonzernen und ihrer Lobby befehdet und in deren Onlinepublikationen regelrecht gemobbt.
»Kann man denn dagegen nicht klagen?«
»Schon. Aber solche Prozesse kosten Geld, viel Geld. Und die andere Seite kann sich die besten Anwälte leisten. Wir nicht.«
Erst kürzlich, fuhr Ansgar fort, habe ein großer Klinikkonzern ein Angebot zur Übernahme gemacht. Natürlich wolle das niemand hier im Haus. Denn dann ginge es nach den Renditeerwartungen der Shareholder – und das wäre das Ende der Phönix-Klinik und ihres ziemlich einmaligen Konzepts. »Es ist jedenfalls sehr fraglich, ob wir das nächste Jahr überstehen.«
»Ach je!«, seufzte ich. »Bei euch steht die Klinik auf der Kippe,

bei uns die Fakultät. Was sich nicht rechnet und sich der Logik des Marktes verweigert, wird früher oder später plattgemacht.«

Plötzlich kam mir eine Idee. »Wäre das nicht ein Thema für ›Monitor‹?«

Ansgar sah mich zweifelnd an. »Wen interessiert schon das Schicksal einer kleinen Rehaklinik?«

»Sag das nicht. Es hat was Exemplarisches: Die Phönix-Klinik gegen die Pharmaindustrie, David gegen Goliath. Ich kenne jemand aus der ›Monitor‹-Redaktion.«

Im Laufe des Abends wurden oftmals die Tische und Plätze gewechselt und viele Adressen und Visitenkarten getauscht. Man sprach über die zurückliegenden Erfahrungen in der Klinik, was man aus diesen für sich selbst gelernt und welche Vorsätze man für das weitere Leben gefasst habe.

»Wo steht denn geschrieben, dass eine Firma nur einen Chef hat?«, sagte Oswald, während er Frau Aschmoneits Glas nachfüllte. »Ich werde mir einen Kompagnon suchen und nach dem Rotationsprinzip der Kraniche vorgehen: Ein halbes Jahr mache ich den Leitvogel, dann trete ich ins hintere Glied zurück, während das nächste Halbjahr mein Kompagnon die Flugschar anführt ... Natürlich verdiene ich dann weniger als früher, aber dafür habe ich endlich wieder Zeit. Oder wie das schöne alte deutsche Wort lautet: Muße.«

»Hast du keine Kinder zu versorgen?«, fragte Frau Aschmoneit.

»Doch. Aber vielleicht lernen die ja auch, dass man, um glücklich zu sein, nicht jedes Jahr ein neues Smartphone braucht. Und dass man auch in Deutschland gut Urlaub machen kann.« Er hob sein Glas. »Trinken wir auf die Muße!« Und fügte mit einem Augenzwinkern hinzu: »Wer Muße hat, den küssen auch die Musen.«

»Und was hast du für Pläne?«, wandte ich mich an Maik.

»Für mich steht fest: Nach dem Bachelor werde ich mich an einer Filmhochschule bewerben, egal was mein alter Herr dazu sagt.«

»Das freut mich, Maik! Verfolge deinen eigenen Weg – auch wenn du dafür Risiken in Kauf nehmen musst. Und ich bin sicher: Mit die-

ser Klarheit, die du jetzt hast, wirst du ganz entspannt in die kommenden Prüfungen gehen.«
»Rassle ich aber durch, bist du schuld.«
»Wieso ich?«
»Weil du mir mit deinen ketzerischen Ansichten den Glauben an die Unfehlbarkeit der Marktwirtschaft genommen hast.«
»Oje! Muss ich akademischer Jugendverderber jetzt wie Sokrates den Giftbecher schlucken?«
»Der Giftbecher wird dir erspart, wenn du mir verrätst, wie der Fünfzig-Euro-Schein in die Zitrone gekommen ist.«
»Wenn du deinen Bachelor hast, verrate ich dir's.«

Später kam Marja zu mir, fasste mich vertraulich am Arm und nahm mich beiseite. Vor ein paar Tagen, erzählte sie, habe ihr Mann sie hier in der Klinik besucht. Und sie habe sich einmal so richtig mit ihm ausgesprochen. »Ich sagte zu ihm: ›Du hast nicht nur eine längst verblichene, sondern auch eine lebende Frau, nämlich mich. Du musst dich entscheiden, mit welcher du leben willst.‹ Und stell dir vor, Fabian, gestern rief er mich an und sagte, er habe die Schränke leer geräumt und alle Kleider seiner verstorbenen Frau zur Caritas gegeben. Wenn ich jetzt heimkehre, wohne ich wirklich bei ihm.«

Ein Leuchten war in Marjas Augen. Nach einer Weile fügte sie hinzu: »Ohne die Gruppe, die mich ermutigt hat, und ohne deinen freundschaftlichen Rat hätte ich gewiss nicht den Mut zu dieser Aussprache gehabt.«

Es freute mich, dass mein kleiner Anstupser ihr mit auf die Sprünge geholfen, ich hatte schon befürchtet, ich hätte sie gekränkt.
»Und was ist mit der Stadtkämmerin? Wirst du noch mal für das Amt kandidieren oder lieber deinem Mann in der Konditorei helfen?«
»Ich weiß es noch nicht. Die Zeit wird es lehren. Ich wünsche dir alles Gute, Fabian. Und wenn du mit deinem neuen Buch in unsere Gegend kommst, sag Bescheid. Du bist herzlich bei uns eingeladen.«
Wir umarmten uns.

Als sich die Party gegen 22 Uhr langsam auflöste, ging ich zu Frau Klier, die gerade ihren Mantel von der Garderobe nahm, und bedankte mich bei ihr: Sie habe mir zu wichtigen Einsichten verholfen und mir wie ein guter Lotse geholfen, mein arg gebeuteltes Lebensschifflein, an den gefährlichen Klippen und Untiefen vorbei, wieder in ruhigere Gewässer zu steuern.

Vielleicht, sagte Frau Klier mit feinem Lächeln, sei sie nur ein aufmerksamer Passagier gewesen, der, da der Steuermann gerade schlief und von schweren Träumen geplagt wurde, an die Reling lief und rief: »Ahoi, Land in Sicht!«

»Für mich war es jedenfalls Neuland.«

»Falls Sie beim Betreten des Neulands meine Hilfe noch einmal benötigen sollten – ich unterhalte eine Privatpraxis in Frankfurt. Das ist ja nicht weit von Ihnen.«

Sie überreichte mir ihre Visitenkarte und gab mir die Hand. »Ich wünsche Ihnen alles Gute. Und lassen auch Sie sich Zeit. Auf Wiedersehen.«

»Auf Wiedersehen.« Ein wenig irritiert schaute ich ihr nach, bis sie in der Drehtür der Empfangshalle verschwand.

Elftes Kapitel

Die Vermessung der Alma Mater

Am Montagvormittag, nach sechswöchiger Abwesenheit, betrat ich wieder das weitläufige Gelände des Campus. Es war ein kalter Dezembertag, eine Wolkendecke hing über den Dächern, der leichte Nieselregen hatte eben aufgehört.

So angenehm es mir war, jetzt wieder an meinen normalen beruflichen Alltag anknüpfen zu können, den der Tod meiner Frau so jäh unterbrochen hatte, es war auch ein trügerisches Gefühl. Hier war das Leben einfach weitergegangen. Man lernte, besuchte die fälligen Vorlesungen und Seminare, büffelte für die Klausuren und schrieb seine Hausarbeiten. Mein Leben dagegen hatte sich grundlegend verändert. Und wenn ich jetzt, auf dem Weg zum Hauptgebäude, von dieser Studentin und jenem Kollegen wie ein alter Bekannter freundlich begrüßt wurde – ich war nicht mehr derselbe wie früher.

Als ich mich dem Hauptgebäude aus rotem Sandstein näherte, auf dessen Frontispiz das berühmte kantsche »Sapere aude« in Stein gemeißelt war, überkam mich für einen Moment ein fast heimatliches Gefühl. Hatte doch dieser Weckruf der Aufklärung weitgehend auch mein Leben und Denken, meine Laufbahn als Publizist und Hochschullehrer geprägt, ebenso die Art, wie ich meine

Lehrtätigkeit verstand. Und doch erschien mir dieser kantsche Imperativ wie aus der Zeit gefallen, war doch der Wissensbegriff der heutigen »Infotainment-Gesellschaft« von dem der klassischen Aufklärung ebenso weit entfernt wie der jetzige, in Regelstudiengänge gepresste universitäre Alltag der Studierenden vom humboldtschen Bildungsideal, das meine eigene Studentenzeit noch geprägt hatte.

Ich durchquerte die von Marmorsäulen getragene Haupthalle und bog dann ab in den rechten Gebäudeflügel, in dem die philosophische und kulturwissenschaftliche Fakultät untergebracht war. Um 10 Uhr begann meine Sprechstunde. Während ich den langen Korridor entlangging, bot sich mir ein kurioser Anblick: Überall waren die Mitarbeiter damit beschäftigt, das Mobiliar zu zählen und zu vermessen: Stühle, Schreibpulte, Schränke, Rollschränke, Tafeln, Spinde, CD-Player, Beamer und so weiter. Während der eine mit dem Maßband das jeweilige Objekt vermaß, trug der andere die Messwerte in eine Liste ein. War dieser Vorgang beendet, wurde das gemessene Objekt mit einem roten Punkt beklebt – und weiter ging es zum nächsten.

»Was ist denn hier los?«, fragte ich meinen Assistenten Alfons Weirich, nachdem wir einander begrüßt hatten. Alfons, der mit seinen Geheimratsecken, der runden Nickelbrille und dem Ziegenbärtchen von fern an den jungen Trotzki erinnerte, war gerade dabei, die Schreibpulte im Seminarraum mit roten Punkten zu bekleben. »Hat sich die Alma Mater während meiner Abwesenheit in einen Flohmarkt verwandelt? Oder soll unsere Fakultät samt totem und lebendigem Inventar bei eBay versteigert werden?«

»Du kannst von Glück sagen, dass du – wenn auch aus traurigem Anlass – beurlaubt warst«, sagte Alfons mit genervter Miene. »Seit Wochen machen wir hier Inventur.«

»Wozu denn das?«

»Zwecks genauer Ermittlung unseres Anlagevermögens.«

»Unseres Anlagevermögens?«

»Na, für die Eröffnungsbilanz am 1. April kommenden Jahres.« Alfons genoss mein verdutztes Gesicht.

Ich drückte demonstrativ meine flache Hand gegen das Schreibpult, das er gerade mit einem roten Punkt beklebt hatte. Es neigte sich knarrend nach rechts, weil das Scharnier, das die Platte mit dem Fußteil verband, kaputt war.

»Gehören diese Sperrmüllpulte etwa auch zu unserem Anlagevermögen?« Ich gab dem »unserem« einen derart ironisch hohlen Klang, dass Alfons kichern musste.

»Gewiss doch.«

»Und wie bemisst man dieses?«

»Mithilfe des Systems HIS-FSV-FIBU. Es handelt sich« – Alfons Stimme ging in ein gespielt pathetisches Tremolo über – »um ein geniales Softwarepaket, das der altehrwürdigen Alma Mater endlich die kaufmännische Rechnungslegung beibiegen soll. Und dazu gehört die ökonomische Vermessung und Verpunktung all der zigtausend Objekte in Hörsälen und Büros, einschließlich der Getränkeautomaten und Mülleimer.«

»Und was nützt es uns und unserer Fakultät, wenn wir wissen, was unsere Pulte und Mülleimer wert sind?«

»Das musst du unseren Rektor fragen.« Alfons, mit dem Rücken gegen die Wandtafel lehnend, auf der ebenfalls schon ein roter Punkt klebte, wedelte mit den Händen: »Wochenlang haben wir jedes elende Objekt hier vermessen, geschätzt und mit einem roten Punkt beklebt. Als seien wir die Kulis einer Umzugsfirma. Aber denke nur nicht, nach der Inventarisierung habe es damit ein Ende. Dann geht es nämlich erst richtig los. All die erhobenen Daten wollen nämlich verwaltet, mit anderen Daten verlinkt und jedes Jahr aktualisiert werden. Schließlich hat ja der Rollkasten oder der Beamer am Jahresende nicht mehr denselben Wert wie am Jahresbeginn. Und so werden wir auch weiterhin klaglos die unbezahlten Überstunden erbringen müssen, die das System HIS-FSV-FIBU uns abfordert, das von PriceWaterhouseCoopers zertifiziert ist.«

»Und wozu der ganze Irrsinn?«

»Weil unsere Hochschule« – Alfons sprach im näselnden Tonfall des Rektors – »jetzt und künftig wie ein Unternehmen wirtschaften soll: effizient, kostengünstig und profitabel. Und weil sie sich darüber hinaus um den Exzellenz-Status bewirbt.«

Exzellenz und Effizienz, Evaluation und Messbarkeit – das waren die neuen Fahnenwörter der nach betriebswirtschaftlichen Kriterien umstrukturierten Universität. Evaluiert wurden jetzt nicht nur jeder einzelne Fachbereich und jede Fakultät, ja die ganze Universität, die sich »im globalen Wettbewerb ganz neuen Herausforderungen stellen müsse«, wie der neue Rektor nicht müde wurde, bei jedem öffentlichen Auftritt zu betonen. Evaluiert wurde jede einzelne Vorlesung und jedes einzelne Seminar, sowohl intern von den Studenten, die entsprechende Fragebogen auszufüllen hatten, als auch extern durch Akkreditierungsagenturen, in denen Leute saßen, die von der Forschung und Lehre so viel Ahnung hatten wie ein Buchhalter von Goethes Farbenlehre und sich ihre »Dienstleistung« auch noch teuer bezahlen ließen. Alles und jedes musste sich jetzt dem strengen Regime der Zahlen und Kennziffern unterziehen, denn für die Evaluierung der »unternehmerischen Universität«, ihrer Effizienz und ihres messbaren Erfolges konnte alles eine Rolle spielen: die fiktive Bilanzsumme ihres Inventars, inklusive ihrer Sperrmüllpulte und zerkratzten Wandtafeln, ebenso wie die eingeworbenen Drittmittel, das Image ihrer Professoren, die Zahl der Promotionen und der Absolventen und der Verbleib der Absolventen auf dem Arbeitsmarkt. In seinem vorauseilenden Reformeifer hatte sich Rektor Söder sogar zu dem denkwürdigen Satz verstiegen: »Eine Universität, die sich nicht rechnet, muss man notfalls auch in Konkurs gehen lassen.«

Die ständigen Evaluierungen hatten zur Folge, dass peu à peu ein Klima der Angst in die Universität eingezogen war: Nicht nur schauten die Kollegen jetzt ängstlich auf die Teilnehmerzahlen ihrer eigenen Vorlesungen und Seminare und verglichen sie mit denen ihrer Kollegen, sie begannen auch, um die begehrte »studentische Kundschaft« mit allen Mitteln zu werben und zu buhlen. Das erfolgreichste Mittel dafür war noch immer die Notengebung. Denn natürlich besuchte man lieber das Seminar eines Dozenten, von dem man wusste, dass er im Schnitt gute Noten gab, das heißt geringere Anforderungen an die Teilnehmer stellte als der Kollege XY. Bis auch dieser aus Angst vor rückläufigen Teilnehmerzahlen und der drohenden Streichung seiner Veranstaltung aus dem nächsten Modulverzeichnis seine Ansprüche senkte und die Arbeiten seiner Studenten besser bewertete, als er es früher getan hatte. Auch ich pflegte inzwischen als schlechteste Note eine Drei zu geben. Die groteske Folge dieses internen Wettbewerbs um die begehrte »Kundschaft Student/-in« war ein mit den Jahren spürbarer Niveauabfall der Hausarbeiten.

»Und was ist mit dem Inventar meines Büros? Hast du das auch schon vermessen?«

»Musste ja sein«, sagte Alfons, der mir gefolgt war.

Auch in meinem Büro war alles, Schreibtisch, Drehstuhl, Wandschrank, Regale, Drucker, selbst meine geliebte blau-rot-weiß gemusterte, nach Motiven Mirós designte Couch, die ich auf eigene Rechnung angeschafft hatte, mit einem roten Punkt beklebt.

»Warum«, fragte ich kopfschüttelnd, »kleben wir uns nicht gleich selbst einen roten Punkt auf die Stirn mit der dazugehörigen Punktzahl?«

»Dann könnten wir mit unseren verpunkteten Köpfen gegeneinander Uno spielen.«

Diese Vorstellung brachte uns beide zum Lachen. Ich mochte den Witz und widerständigen Geist meines Assistenten, der eine Zeit lang an einer Universität in Bolivien unterrichtet hatte und aktiv an der – von dem ersten indigenen Präsidenten Morales angeführten – Volksbewegung von Cochabamba gegen die Privatisierung des Wassers teilgenommen und darüber sein erstes Buch veröffentlicht hatte.

»Weißt du schon«, sagte Alfons mit einer Miene, die zwischen Verachtung und Spott schwankte, »dass Söder jetzt eine neue *Stabstelle Strategie und Controlling* eingerichtet hat?« Da ich ungläubig den Kopf schüttelte: »Ja, *so* heißt sie wirklich!«

Diese Stabstelle sei zurzeit sehr busy. Auch sie müsse nämlich verpunkten und verdaten. Schließlich seien Zahlen das einzig Objektive, das einzig Messbare in der Welt der Unternehmen. Doch sie messe und schätze keine Wandtafeln, Schreibpulte und Spinde. Sie zähle die Publikationen der Hochschulangehörigen und wie oft sie von anderen Wissenschaftlern zitiert werden. Am besten schnitten die Forscher und Wissenschafter ab, deren Namen und Thesen häufig in Zeitschriften mit einem hohen *Impact*-Faktor zitiert werden, Zeitschriften wie *Science* oder *Nature*. Dieser Faktor errechne sich daraus, wie oft die Zeitschrift ihrerseits von anderen Zeitschriften zitiert werde.

Ich hatte mich schon manches Mal darüber gewundert, dass die Namensreihen unter den Artikeln der Fachzeitschriften immer länger wurden. Jetzt verstand ich endlich, warum.

Aus diesen Zahlen, diesem Zitationsindex, fuhr Alfons fort, errechne sich dann die Rankingliste der angeblich besten, weil am häufigsten zitierten Wissenschaftler. Die hiesigen Profs der Wirtschafts- und Ingenieurswissenschaften hätten sich bereits zu Zitierkartellen zusammengeschlossen, das heißt, sie zitierten sich ständig wechselseitig, um ihr Ranking zu steigern.

»O vanitas mundi! Nach dieser Logik müsste ein Wissenschaftler, der zum Beispiel die These vertritt und publiziert, dass der Kohlendioxidausstoß überhaupt keinen Einfluss auf das Weltklima hat, einen hohen *Impact*-Faktor und hohen Zitationsindex erreichen. Denn natürlich werden sich sofort zahllose Wissenschafter und Publizisten zu Wort melden, um diese These zu widerlegen, und dabei nicht umhinkommen, ihren Urheber zu zitieren.«

»Das neue Messverfahren« – Alfons beklebte wie zum Hohn auch den Tacker auf meinem Schreibtisch mit einem roten Punkt – »trägt übrigens den hochwissenschaftlichen Namen Biobibliometrie.«

»Dabei misst es doch nur die öffentliche Aufmerksamkeit.«

»Nichts anderes!«

»Wie sagte doch sinngemäß Alfred Sohn-Rethel: Wo immer das Geld, der abstrakte Tauschwert, regiert, der jedem Ding auf der Welt seinen Preis aufdrückt, wird Qualität durch Quantität ersetzt.«

»Die Zahlen«, sagte Alfons, »werden aber gebraucht, um Mittelzuteilungen und Mittelstreichungen zu rechtfertigen. Deshalb wird der bibliometrische Check einer jeden Hochschule fortan zur Exzellenz-Bewerbung gehören wie die Urinprobe bei der ärztlichen Untersuchung.«

»Und wie viele Mitarbeiter hat diese Stabstelle?«
»Zwei oder drei!«
»Für diesen Schwachsinn gibt Söder das Geld aus. Aber bei uns werden Mittel und Stellen gekürzt. Gibt es diesbezüglich schon neue Infos oder gar Pläne?«
»Offiziell ist noch nichts. Alle – auch die Leute in der Verwaltung – sind seit Wochen nur mit dem Vermessen und Verpunkten beschäftigt. Aber die Lehrbeauftragtenverträge für das nächste Semester sind noch nicht unterzeichnet, und das bedeutet nichts Gutes.«
»Wir müssen uns dringend etwas einfallen lassen, Alfons.«
»Was denn noch?« Alfons hob resigniert die Hände. »Wir haben doch schon Gutachten über Gutachten von den kulturwissenschaftlichen Fakultäten anderer Unis eingeholt, Meetings über Meetings organisiert – und was hat es uns genützt?«
Es klopfte. Ich drehte meinen Stuhl in Richtung Tür. Eine Studentin im Parka steckte den Kopf durch die angelehnte Tür. Meine Sprechstunde begann.

Cats

Ich befinde mich in einer Großgärtnerei, die mit Blumenrabatten, allerlei Sträuchern, Büschen und jungen Bäumen bepflanzt ist und sich über einen sanft ansteigenden Hügel erstreckt. Sie wird von einer weißen Mauer umgrenzt, wie ich sie von den spanischen Friedhöfen kenne. Von unten, vom Fuße des Hügels her, nähert sich mir eine Gestalt in weißem Gewand und blondem Haar. Zwei Frauen, die am anderen, oberen Ende des Hügels stehen, winken ihr zu und rufen: Hallo Dorothea! Als sie schon nahe bei mir ist und ich sie in die Arme schließen will, wendet sie ihr Gesicht von mir ab und geht stumm an mir vorüber – in Richtung der beiden Freundinnen, die ihr noch immer zuwinken. Ich gehe ihr nach und umfasse sie von hinten. Da sehe ich, dass ich eine Tote im Arm halte. Vor Schreck wache ich auf.

Den ganzen Morgen über war ich so traurig, dass ich nahe daran war, Lea anzurufen und den für heute geplanten Trip mit ihr abzusagen. Sie hatte mich eingeladen, übers Wochenende mit ihr zu einem Familienfest nach Recklinghausen zu fahren, wo ihre Mutter lebte. Doch als dann mein Handy klingelte und sie mir mitteilte, dass sie in Heidelberg, wo sie gestern einen Auftritt hatte, gerade losgefahren sei und in etwa einer Stunde bei mir sein werde, wich meine Traurigkeit freudiger Erwartung. Auch hatte sie in Recklinghausen schon ein Hotelzimmer für uns beide gebucht.

Nachdem ich meine Reisetasche gepackt, legte ich die CD mit Leas Chansons auf und stellte mein Lieblingslied »Youkali« auf Replay. Wie ihr weicher Mezzosopran auf dem Refrain verharrte und ihn zum Blühen brachte – ich konnte mich gar nicht daran satthören.

»Im fremden Haus von der eigenen Stimme empfangen zu werden, das hat was!« Lächelnd stand Lea in Schal und Mantel vor mir. Ich war so in ihr Chanson vertieft, dass ich ihr Kommen gar nicht bemerkt hatte, zumal die Haustür nur angelehnt war.

Kaum war die letzte Liedzeile verklungen, klatschte sie zweimal in die Hände und sagte energisch: »Wir müssen los.«

»Eigentlich wollte ich dir noch mein Haus zeigen.«

»Ein anderes Mal. Wir sind schon spät dran.«

Es war ein trüber Dezembertag. Ein grauer Wolkenteppich bedeckte den Himmel, und die aufgeblähten Windsäcke vor den Autobahn-Talbrücken zeigten starke Böen an. Alle Viertelstunde wechselte Lea die Scheiben im CD-Player und wippte im Rhythmus der Musik auf dem Fahrersitz hin und her. Wir sprachen wenig während der Fahrt. Ab und zu kommentierte sie das eine oder andere Stück oder fragte mich, ob ich es kenne und wie ich es finde. Doch meistens musste ich passen. Welche Musik gerade angesagt oder »hip« war, wusste ich nicht. In musikalischer Hinsicht, bemerkte Lea, während sie gerade in einer Baustellen-Engführung zu einem halsbrecherischen Überholmanöver ansetzte, sei ich ein Oldie. Doch schwächte sie die Spitze sogleich ab, indem sie mir kurz darauf einen versöhnlichen Kussmund zuwarf.

Indes herrschte während der dreistündigen Fahrt eine merkwürdige Befangenheit zwischen uns. Es fand auch kaum eine Berührung statt. Einmal, als ich ihre linke Hand ergreifen wollte, die gerade entspannt auf ihrem Oberschenkel lag, zog sie diese weg und umfasste den Steuerknüppel, als ob sie zurückschalten wolle, was sie dann aber gar nicht tat. Woher diese plötzliche Distanz zwischen uns? Hatte uns beide auf einmal der Mut verlassen? Waren wir mit unseren Gefühlen vielleicht zu schnell gewesen und zu weit vorgeprescht? Auch wenn wir ein Dutzend überschwänglicher Mails ausgetauscht hatten – was wussten wir denn wirklich voneinander?

Gegen 20 Uhr kamen wir in Recklinghausen an. Leas Mutter Gertrude war eine gepflegte Dame mit Krähenfüßen um die freundlich blickenden Augen. Auf dem Esstisch des offenen Küchentrakts, der mit dem Wohnzimmer verbunden war, stand ein Abendessen bereit, ungarischer Gulasch mit Sauerkraut und Klößen. Offenbar war Gertrude daran gewöhnt, dass ihre verheiratete Tochter hin und wieder männlichen Besuch mitbrachte. Denn sie sprach ganz ungezwungen mit mir, wie mit einem Hausfreund. Sie schien auch keineswegs darüber verwundert, dass ihre Tochter diesmal nicht bei ihr übernachten wollte, sondern bereits ein Hotelzimmer mit Doppelbett gebucht hatte.

Nach dem Abendessen führte mich Lea durch das Haus. Sie zeigte mir das ehemalige Kinderzimmer, das jetzt als Gästezimmer fungierte, in dem noch ihre Puppenstube und ihr hölzernes Schaukelpferd standen. Zeigte mir auch das Arbeitszimmer ihres verstorbenen Vaters, der als Prokurist in einer Pharmafirma gearbeitet hatte. Ein mit kostbaren Mahagonimöbeln bestückter Raum – die Regale waren bis unter die getäfelte Decke mit Büchern gefüllt –, halb Lesekabinett, halb Musikzimmer. Unweit des Kamins stand ein glänzend polierter Büchner-Flügel.

»Mein Vater, dieser alte Wehrmachtstiefel«, sagte Lea mit leichtem Spott, »war zwar nur wenig für uns Kinder da. Und wenn er mal da war, mussten wir uns förmlich vor Seiner Herrlichkeit verneigen. Aber er war sehr gebildet und hat mein Interesse früh auf Musik und Literatur gelenkt. Und dafür bin ich ihm dankbar – auch wenn er mich und meine künstlerische Laufbahn nie wirklich anerkannt hat. Dass ich ihm den gebotenen Gehorsam schuldig blieb, indem ich gegen seinen Willen aufs Konservatorium ging und Gesang und Musik studierte, statt Sport- und Musiklehrerin zu werden, das hat er mir wohl nie verziehen. Es war eine Ironie des Schicksals, dass er just in jener Nacht starb, als ich gerade Premiere hatte – mit meiner ersten großen Rolle in einer Neuinszenierung des Erfolgsmusicals ›Cats‹«.

Wir gingen zurück ins Wohnzimmer. Lea nahm auf dem Ledersofa neben ihrer Mutter Platz, ich im Ledersessel ihnen gegenüber. Gertrude hatte schon die Sherrygläser gefüllt und dem Gast zu Ehren, einen Chateauneuf-du-Pape aufgemacht, »das Beste, was unser Weinkeller zu bieten hat«.

Das Gespräch wandte sich zunächst Familiendingen zu. Gertrude erzählte von den aufwendigen Vorbereitungen für die morgige Familien- und Geburtstagsfeier ihrer neunzigjährigen Mutter und erkundigte sich sodann eingehend nach ihrer Enkelin, wie Nele sich in der Schule mache. Schließlich befragte sie Lea nach den anstehenden Konzerten und ihren nächsten musikalischen Projekten. Offenbar nahm sie großes Interesse an der Musikkarriere ihrer einzigen Tochter. Mit leuchtenden Augen erzählte sie mir von Leas bisher größtem Erfolg als Katzendame »Demeter« in dem Musical »Cats«. Bei der Premiere auf einer riesigen Freilichtbühne in Hannover habe sie vor siebentausend Menschen gesungen, und das Publikum sei so begeistert gewesen, dass sie mehrmals Zwischenapplaus bekommen habe. Ob Lea mir diese Aufzeichnung schon vorgespielt habe? Nein? Dann müsse ich sie unbedingt hören. Meine Einwilligung voraussetzend, stand Gertrude auf, suchte die entsprechende DVD aus dem Musikregal und legte sie in den Player.

Hatte ich geglaubt, nur eine musikalisch szenische Kostprobe zu hören und zu sehen bekommen, so hatte ich mich getäuscht. Da Gertrude offenbar der größte Fan ihrer stimmgewaltigen Tochter war, sprang sie mit der Fernbedienung von Track zu Track, bis nach einer halben Stunde endlich Lea auf die Pause-Taste drückte.

»Ist das nicht fabelhaft, wie mein Leachen singt und tanzt?«, wandte sich Gertrude an mich.

Auch wenn ich wieder einmal die große Modulationsfähigkeit ihrer Stimme, auch die Leichtigkeit und Gewandtheit bewundern musste, mit der Lea im Ballett der Katzen mittanzte, ich fühlte mich auf einmal unwohl. Die überlange Performance, der verzückte Gesichtsausdruck der Mutter, deren Augen immer wieder ihre Tochter suchten, während diese, ihr eigenes Spiel auf dem Bildschirm verfolgend, ganz in sich versunken schien und meine Blicke kaum erwiderte, gaben mir das Gefühl, »draußen« zu stehen, zumal die aufwendige Perücke, die Lea als Katzendame »Demeter« trug, und ihr mit Sprühfarbe und grellen Pinselstrichen bemaltes Gesicht ganz fern von der Frau waren, die ich neuerdings »Liebste« nannte und mit der ich heute die erste Nacht verbringen würde.

»Und du hattest so tolle Kritiken«, wandte Gertrude sich wieder an ihre Tochter.

»Nur leider kam nichts mehr nach«, konstatierte Lea trocken. Und zu mir gewandt: »Im Grunde war ich schon damals zu alt. Mit dreißig bist du in dieser Branche bereits out. Schau dir die Castings an: Die gekürten Kandidaten werden immer jünger.«

Ob sie, wandte sich Lea wieder an ihre Mutter, Nele nicht zwischen Weihnachten und Neujahr zu sich nehmen könne? Gerade diese Woche sei bei ihr Hochbetrieb. Und indem sie ihr Notebook zu Hilfe nahm und ihren Terminkalender durchging, zählte sie auf, welche Auftritte und Termine bis zum Jahresende noch auf ihrer Agenda standen: die Termine in der Phönix-Klinik, die Aufnahmen im Tonstudio für die neue CD, die Proben für das Weihnachtskonzert, der zweitägige Dreh – darunter ein Nachtdreh – für ein TV-Melodram, in dem sie mitspielen sollte, und schließlich an Silvester ihr Auftritt beim Kongress der Schönheitschirurgen in Prag.

»Manchmal«, wandte sie sich mit einem Seufzer an mich, »weiß ich gar nicht, wie ich das alles schaffen soll.«

Sie stand auf und ging Richtung Bad.

Und zwischen all den Terminen, dachte ich, hat sie auch noch einen Extratermin für die Nacht mit mir eingeschoben. Hat sie denn überhaupt Zeit für eine Beziehung, die den Namen verdient, oder passen in ihren übervollen Terminkalender nur gelegentliche Affären? Sie scheint sich zwischen ihren diversen Jobs, Konzertterminen und familiären Pflichten ja förmlich zu zerreißen. Oder ist es vor allem die ungelöste Situation ihrer Ehe, die sie so unter Stress setzt?

Als Lea von der Toilette zurückkam, hatte sie bereits Stola und Mantel angelegt. Blass sah sie aus, hatte sie sich vielleicht erbrochen? Es war schon spät geworden, weit nach 23 Uhr. Jedenfalls hatte ich nicht damit gerechnet, den ganzen Abend en famille zu verbringen. Als ich vom Sessel aufstand, fühlte ich mich leicht benebelt und müde, hatte ich doch kaum bemerkt, wie oft Gertrude mir nachgeschenkt hatte.

Draußen empfing uns dichter Schneefall und eine vom dunklen Gold der Straßenlaternen angestrahlte und verzauberte Winterlandschaft, es musste die letzten Stunden ununterbrochen geschneit haben. Die weißen Flocken tanzten uns vor den Augen, während wir Hand in Hand hoch zum Hotel stapften. Wieder wunderte ich mich, wie weich Leas Händedruck war, so weich wie Kinderknete.

Die Hotelbar war noch offen. Wir setzten uns an die Theke. Lea bestellte sich einen Martini, ich einen kleinen Amaretto.

»Tut mir leid, dass der Abend bei Mutter sich so lange hingezogen hat. Sie ist halt viel allein und freut sich immer, wenn ich komme. Ich hoffe, du hast dich nicht gelangweilt.«

»Aber nein. Es war sehr nett«, log ich. Ich dachte an das, was kommen würde, wenn wir die Tür des Hotelzimmers hinter uns schließen würden. Es war ein banges Gefühl, vergleichbar dem Lampenfieber, das mich in früheren Jahren vor Prüfungen überkam.

Der Barkeeper wischte bereits die Theke, wir waren die letzten Gäste. Nachdem ich bezahlt hatte, gingen wir zum Lift. Lea lächelte mich an, als wir im Fahrstuhl eng beieinanderstanden, doch es war ein irgendwie bemühtes Lächeln. Es verschwand auch gleich wieder, als ihr Blick an mir vorbei auf die spiegelnde Liftwand fiel.

Es war ein Zimmer der gehobenen Klasse, das Lea geordert hatte: weiträumig und geschmackvoll möbliert, mit Stuckverzierungen an Decke und Wänden, Panoramafenster, Balkon, Luxusbad und einem klassischen Kingsizebett mit honiggelbem Bettbezug.

Lea öffnete die Balkontür, um frische Luft hereinzulassen. Eine Weile standen wir aneinandergeschmiegt auf dem Balkon und sahen dem nächtlichen Tanz der Schneeflocken zu, die im Fallen kleine Wirbel bildeten und zierliche Pirouetten drehten, bevor sie auf den weißen Dächern und Fenstersimsen landeten. Als Lea zu frösteln begann, gingen wir wieder hinein.

Während sie mit ihrem Kulturbeutel im Bad verschwand, schnürte ich meine Stiefel auf und begann mich langsam auszuziehen. Dabei fing ich unwillkürlich zu summen an; erst nach einer Weile erkannte ich, dass es ein Lied aus dem »Zupfgeigenhansel« war, das ich als Kind oft, zusammen mit den Geschwistern und der Großmutter, gesungen hatte, wenn wir durch die bayerischen Alpen wanderten. Mit besonderer Inbrunst sang ich immer dann, wenn ich Angst hatte, etwa beim Überqueren einer wackeligen Holzbrücke über einer Klamm, oder wenn wir einen schmalen Trampelpfad an einem abschüssigen Berghang entlanggingen.

Als Lea aus dem Bad kam, trug sie nur noch ihr rotes Spitzenunterhemd. Da ich das grelle Licht der Nachttischlampe bemängelte, zog sie flugs ihr Hemd aus und drapierte es um den Lampenschirm.

Dann legte sie sich auf den Rücken, die Schenkel leicht gespreizt, die Arme über dem Kopf, mit ihrer schwarzlockigen Haarpracht das Kissen bedeckend, und begann mit geschlossenen Augen tief ein- und auszuatmen; es war, wie beim autogenen Training, ein bewusstes und hörbares Ein- und Ausatmen, um zur Ruhe zu kommen.

Vielleicht aber wollte sie mir auch nur Gelegenheit geben, ihren Körper, dem der rötliche Widerschein der Lampe fast etwas Sakrales verlieh, in aller Ruhe zu betrachten, ohne ihrem Blick dabei zu begegnen. Wie benommen war ich vom Anblick ihrer Nacktheit: die makellose weiße Haut, die langen Beine mit den schmalen Fesseln, die schöne Rundung ihrer Oberschenkel, der sanft ansteigende Rippenbogen, die vollen Brüste mit den zierlichen Nippeln ... Und doch war mir eher zumute wie einem Voyeur, der einen wunderschönen weiblichen Akt betrachtet, denn wie einem in Leidenschaft entbranntem Mann und Liebhaber. Unterhalb des Bauchnabels regte sich bei mir nichts. Auch nicht, als ich mich über sie beugte, ihre Brustspitzen küsste und mit der Zunge abwärts über ihren Bauch und zwischen ihre Schenkel glitt, indes sie leise zu stöhnen begann. Vergebens wartete ich auf das Pulsieren des Blutes, auf das Anschwellen meines Schwanzes, auf das drängende Gefühl der Lust. Stattdessen spürte ich nur, wie die Angst in mir hochkroch, herrisch und unabweisbar – die Versagensangst, die mich schon den ganzen Abend untergründig begleitet hatte.

Ob Lea dies spürte oder nicht, jedenfalls tat sie in diesem Moment genau das Falsche: Sich plötzlich aufrichtend, fasste sie mich mit beiden Händen an den Schultern und drückte mich mit der gleichen Heftigkeit wie bei unserem ersten Rendezvous, da sie mich gegen die Autowand geklatscht und überfallartig geküsst hatte, ins Kissen zurück, sodass nun ich auf den Rücken zu liegen kam; dann schwang sie sich über mich. In dieser hockenden Stellung nahm sie meinen Penis in ihre Hände, massierte ihn ein bisschen und suchte ihn, bei sich einzuführen. Aber dies wirkte viel zu gewollt, als dass es geeignet gewesen wäre, meiner Lust Auftrieb zu geben. Und da mein Penis, kaum dass er steif geworden, gleich wieder schlappmachte, gab sie es nach mehreren vergeblichen Versuchen schließlich auf.

»Tut mir leid«, sagte ich matt, »aber ich kann heute nicht.«

Lea verzog sich wieder auf ihre Betthälfte und starrte, in ihre Daunendecke gehüllt, gegen die Decke. Ein quälendes Schweigen spannte sich zwischen uns, nur ab und zu war das Knacken der Heizung und von draußen das Pfeifen des Windes zu hören. Ich hätte vor Scham in den Boden sinken wollen. Musste ich nachgerade in ihren Augen nicht als Maulheld, als emotionaler Hochstapler erscheinen? Erst die große Trommel für meine Leidenschaft und mein

Begehren rühren – und dann, als es endlich so weit ist, straft mein schlappes Geschlecht mich Lügen.

Mir war so elend zumute, dass ich nach Gründen und Erklärungen für das Fiasko suchte.

»Ich weiß nicht, dieser Abend bei deiner Mutter ... ich fühlte mich irgendwie außen vor.«

»Wieso außen vor?«

»Den ganzen Abend ging es immer nur um dich, um deine Karriere als Sängerin, deine vielen Termine, aber es ging nie um uns.«

Sie drehte mir den Rücken zu. Nach einer Weile fing sie an zu weinen. Ich rückte an sie heran und streichelte ihre Schulter.

»Immer«, schluchzte sie auf, »mache ich es falsch!«

»Nein, nein«, suchte ich sie zu beruhigen, »es war nur nicht unser Tag heute.«

Sie streckte die Hand nach dem Nachttisch aus, zog ein Taschentuch aus dem Halter und wischte sich die Tränen ab. Nach einer Weile sagte sie in ebenso spöttischem wie trotzigem Ton:

»Wenn der Mann nicht kann, ist natürlich immer die Frau schuld.«

Sie drehte sich zu mir und küsste mich kurz auf den Mund. »Schlaf gut.«

»Du auch.«

Dann löschte sie das Licht.

Als wir am nächsten Morgen im Frühstücksraum der verglasten Dachterrasse saßen, durch die das fahle Licht der Dezembersonne fiel, sagte Lea, während sie ihren Croissant mit Honig beträufelte:

»Mir scheint, Dorothea hat dir noch nicht die Erlaubnis gegeben.«

Was wollte sie denn damit sagen: dass ich noch immer unterm Pantoffel meiner verstorbenen Frau stand?

»Nein, das ist es nicht.«

»Was dann?«

»Ich fühlte mich nicht von dir gemeint.«

Sie sah mich halb pikiert und halb erschrocken an, indes der Honig über den Rand ihres Croissants auf die Tischdecke tropfte.

Die drei Musketiere der Fachschaft

Einige Tage später, an einem Donnerstagnachmittag, saß ich mit Alfons und Monika Lanza, Dozentin für Kulturgeschichte, mit der ich mir die Professur teilte und die mich während meiner Abwesenheit vertreten hatte, in meinem Fachschaftsbüro. Sie war eine schlanke, zierliche Frau von Mitte fünfzig, mit dunkelbraunen Augen und leicht gekräuseltem brünettem Haar, das ihr seitlich in die Stirn fiel und ihr rechtes Ohr verdeckte, doch mittig und nach der linken Seite hin aus der Stirn ragte und diese wie ein Schild umkränzte. So zeigte auch ihr Profil, je nachdem, von welcher Seite man es betrachtete, zwei ganz verschiedene Ansichten: weich und anmutig von der einen, stolz und wehrhaft von der anderen Seite.

Monika saß neben mir auf der Miró-Couch, während Alfons auf dem Drehstuhl uns gegenüber Platz genommen hatte. Wir knabberten an Salzstangen, Cashewkernen und Trockenfrüchten, die in kleinen Schälchen auf dem runden Glastisch standen.

»Gut schaust du aus«, sagte Monika zu mir, »als ob du gerade aus dem Urlaub kommst.«

»Das Wort ›Urlaub‹ kommt von mitteldochheutsch ›urloub‹, das ist die Erlaubnis, bei der Arbeit zu fehlen. Bin jedenfalls heilfroh, dass ich bei der Vermessung der Alma Mater gefehlt habe. Ich glaube, ich hätte vor Ärger jeden Zollstock zerbrochen. Und wie geht es dir?«

Monika stieß einen kleinen Seufzer aus. »Wie soll's einem schon gehen, wenn du Punkt acht im Seminarraum vor Leinwand und Tafel stehst und bangst, ob der Beamer nicht wieder den Geist aufgibt – und vor dir sitzt ein Häuflein unausgeschlafener Studenten. Die nächsten fünf trudeln im Laufe der nächsten Viertelstunde ein, die restlichen drei haben sich, wie du nach dem Seminar feststellst, per E-Mail unter fadenscheinigen Begründungen entschuldigt. Wenn die PowerPoint-Präsentation zum Thema ›Zur Kulturgeschichte des Glücksbegriffs‹, das ich von dir übernahm, gut läuft und du ihnen ein paar scharfe Bilder von Hieronymus Bosch oder einen ›geilen‹ Videoausschnitt aus Fellinis ›Roma‹ präsentierst, dann hast du sie für ein paar Minuten. Wenn du mit ihnen dann aber einen Diskurs führen willst – warum und aufgrund welcher historischer Entwicklungen der Glücksbegriff der Antike, die *eudämonia*, die auf das Wohlsein der Menschen zielte, mit der beginnenden Neuzeit und der Entwicklung des Kapitalismus radikal säkularisiert, individualisiert und im Sinne des Hedonismus umgedeutet worden ist und warum der in der amerikanischen Verfassung festgeschriebene ›pursuit of happiness‹, das ›Recht auf Glück‹, zum ›pursuit oft fortune‹, zum Streben nach Vermögen und Profit, das heißt von einem Modus des Wohlseins zu einem Modus des Habens verkümmerte –, dann blicken sie dich ratlos an, nuckeln ersatzweise an ihren Wasserflaschen oder klicken verstohlen auf ihren iPhones herum ... Zwar lesen sie brav die von mir angegebenen Seiten der Bücher, die ich vor einer Klausur empfehle. Wenn ich die Seiten elf bis fünfundzwanzig von Erich Fromms *Haben und Sein* nenne, kann ich sicher sein, dass niemand die Seiten davor und danach auch nur anschauen wird. Gelernt wird nur, was prüfungsrelevant ist.«

Während sie sprach, wedelte Monika mit dem Zipfel ihrer dunkelrot gemusterten Stola hin und her, als könne sie so ihre Frustration aus sich herausventilieren. Sie kam aus Ostdeutschland, hatte in der DDR jedoch nicht studieren dürfen, weil ihr Vater dem SED-Regime kritisch gegenüberstand. Monika hatte sich aktiv an den oppositionellen Bürgerbewegungen der späten Achtzigerjahre beteiligt, hatte dann nach der Wende in Leipzig ihr Studium aufgenommen und über Erich Fromm promoviert. Wie Alfons gehörte sie zu den wenigen im Fachbereich, die noch nicht ihren Frieden mit der Lernfabrik Universität geschlossen hatten. Gemeinsam hatten wir im letzten Jahr das Konzeptwerk »*Zeitwohlstand vs. Wachstum. Warum wir Zeit, Wohlstand und Arbeit neu denken müssen*« aufgebaut, was inneruniversitär für einigen Wirbel gesorgt hatte, besonders bei den Professoren der Wirtschaftswissenschaften, die uns für »weltfremde Spinner« hielten und sich darüber entrüsteten, dass wir als Nicht-Ökonomen uns anmaßten, eine solche Debatte zu führen.

Doch seit in der Fakultät das Gespenst ihres drohenden Abbaus umging, hatte sich ein Schatten auf das bisher ungetrübte kollegiale Verhältnis zwischen mir und Monika gelegt. Mussten wir doch damit rechnen, dass von den Kürzungen nicht nur einige Stellen unserer Mitarbeiter und der Lehrbeauftragten betroffen sein würden, sondern auch die Planstelle, die wir uns teilten. Es kursierten Gerüchte, sie solle halbiert und in eine halbe Professur umgewandelt werden. Das aber hätte im Ernstfall bedeutet, dass einer von uns beiden würde gehen müssen. Und aller Wahrscheinlichkeit nach würde ich derjenige sein, da ich der Ältere war und schon bald das Rentenalter erreicht hatte. Zwar hatte mir Monika bislang keinen Anlass gegeben, an ihrer kollegialen Loyalität zu zweifeln, aber die Kürzungspläne hatten uns zu Konkurrenten gemacht. Und wer weiß, ob sie nicht meine sechswöchige Abwesenheit dazu genutzt hatte, ihre Position in der Fachschaft weiter auszubauen und bei Rektor Söder zu punkten?

»Was mich am meisten nervt«, fuhr Monika fort, während sie einen Cashewkern aus der Schale pulte, »ist diese mangelnde Neugier und Diskutierunlust der Studenten. Du musst ihnen alles vorkauen, sie fragen nicht nach, höchstens, wie groß der Zeilenabstand bei der Hausarbeit sein soll. Was die vortragstechnische Raffinesse und den Einsatz der Medien betrifft, sind sie höchst anspruchsvoll, aber sie sind anspruchslos bis zum Abwinken, was die Inhalte betrifft. Nachfragen zum Inhalt des Referates ihres Kommilitonen haben sie kaum. Diskussionen stehen bei ihnen allemal im Verdacht, etwas Veraltetes oder gar ideologisch Anrüchiges aus den Sechziger- und Siebzigerjahren zu sein.«

Er habe, sagte Alfons, kürzlich per Zufall einen Blick in die Evaluationsbogen seiner Kursteilnehmer werfen können. Ihr Tenor: ›Wozu die ganze Laberei? Das hilft uns ja doch nicht bei den Klausuren.‹ Wahrscheinlich habe die Disziplin Statistik in den Geistes- und Sozialwissenschaften deshalb eine solche Karriere gemacht, weil sie gleichsam das Gegenstück zur ›Laberei‹ sei.

»Und dann diese ständige Gefühligkeit und dieser Betroffenheits-Kitsch«, fuhr Monika fort, die jetzt von den Cashewkernen zu den Trockenfrüchten übergegangen war. »Jeder Text muss sich heute da-

nach befragen lassen, wie er sich ›anfühlt‹, ob er mich ›anmacht‹ oder ›kaltlässt‹. Es ist wie beim Onlinewetterbericht, wo es neuerdings immer heißt: 22 Grad – gefühlte 24 Grad ... Wenn ein Text Langeweile, Irritation oder Unverständnis auslöst, wird das dem Text und seinem Autor angekreidet – und nicht etwa dem eigenen Mangel an Bemühung und Neugier. ›Erst kommt das Wissen und dann die Betroffenheit‹, sagte ich kürzlich zu einem Studenten, der einem Text von Ernst Bloch übel nahm, dass er ihm ›schlechte Gefühle‹ bereite. Die nächste Woche meldete er sich natürlich krank. Wie aber soll man diesen Ichlingen ... Warum lachst du?«
»Ich lache über das Wort ›Ichlinge‹«, sagte ich.
»Wie soll man ihnen wissenschaftliches Denken und Argumentieren beibringen, wenn ihr gefühliges Ich dem ›sapere aude‹ ständig im Wege steht?«

Er habe gerade eine neue Methode ausprobiert, sagte Alfons, die recht gut bei den Studenten ankomme: Da sie es gewohnt seien, alles abzufotografieren, inklusive ihrer Mahlzeiten, Schuhe und Tattoos, schreibe er bei der Textanalyse die wichtigen Begriffe jetzt auf Kärtchen, hefte diese an einen Flipchart und lasse sie dann von den Studis abfotografieren. Die abfotografierten Begriffe behielten sie viel besser im Gedächtnis, als wenn sie diese einfach von der Tafel abschrieben – wie ja auch ein Stück Torte, das sie vor dem Verzehr fotografiert und in der Fotogalerie abgespeichert haben, ihnen offenbar einen größeren Genuss bereite als ohne diese ganze Prozedur.

Monika verdrehte die Augen. »Sollen sie mich in Gottes Namen abfotografieren. Wenn sie mir dann besser zuhören, bin ich zufrieden.«

Wir mussten lachen.

»Was ich allerdings nicht begreife«, sagte Alfons, »sie quälen sich, ohne zu murren, durch diesen Dschungel von Modulen hindurch – allein die Optionenvielfalt der Module, zwischen denen sie sich entscheiden müssen, würde mich um den Schlaf bringen –, sie ertragen feuchte und überfüllte Hörsäle, miserable Betreuungsverhältnisse und lange Wartefristen für die begehrten, NC-bewehrten Masterstudiengänge, leere Versprechungen und Prüfungsstress ohne Ende. Eigentlich haben sie so viele Gründe, zu rebellieren, und doch mucken sie nicht auf.«

»Was glaubt ihr, wie oft ich mir diese Frage auch schon gestellt habe«, sagte ich. »Aber wir sollten nicht in den Fehler verfallen, für all das, was wir beklagen, die Studierenden verantwortlich zu machen. Die Krux liegt am System. Seit Bologna ...«

»Dein Verständnis für sie in Ehren«, unterbrach mich Monika. »Aber ich sehe sie nicht nur als ›Opfer des Systems‹. Sie tun brav das, was wir Dozenten von ihnen erwarten. Kauen in den Klausuren genau das wider, was sie zuvor von uns gehört haben. Sie wissen genau, wie oft sie in einem Seminar fehlen dürfen, ohne ihre Creditpoints zu verlieren. Bei aller Gefühligkeit sind sie auch sehr berechnend. Vor allem erwarten sie, dass Wissen sofort verwertbar ist. Das Nützliche halten sie fest, das scheinbar Unnütze fällt bei ihnen gleich durchs Raster. Dass Wissenschaft eben auch das Ringen um einen eigenen Standpunkt bedeutet, dass auch Erkenntnis ein Lustgewinn sein kann, scheint der – sonst so lustbetonten – Generation Playmobil fremd zu sein.«

»Man darf nicht vergessen«, sagte ich, »dass man früher mit einem universitären Abschluss, selbst wenn er nur mittelmäßig war, Aussicht auf einen sicheren Arbeitsplatz hatte. Dem ist heute bekanntlich nicht mehr so. Die Studentin, die kürzlich in meine Sprechstunde kam, bat mich, ihre recht dürftige Hausarbeit, die ich wohlwollend noch mit befriedigend bewertet hatte, lieber nicht zu werten, weil das ihren Notenschnitt beim Bachelor drücken würde. Das ist doch typisch. Die jungen Leute haben Angst, mit einem Abschluss, der nicht deutlich über zwei liegt, keine Chance mehr auf dem Arbeitsmarkt zu haben.«

»Trotzdem frage ich mich« – Alfons wippte unruhig auf seinem Drehstuhl hin und her –, »warum sie sich in der Regel nur für sich selbst und ihr eigenes Fortkommen interessieren, warum sie so angepasst sind.«

»Wenn wir ihre Angepasstheit beklagen, dann sollten wir ehrlicherweise konstatieren, dass auch wir, die Lehrenden, ein maßgeblicher Teil dieses Anpassungsprozesses waren – und sind. Haben sich doch die meisten Professoren und Dozenten jener marktförmigen Logik gebeugt, die den Geist kritischer Wissenschaft aus der Alma Mater sukzessive vertrieben hat.«

»Ja, leider. Aber das hat auch damit zu tun«, sagte Alfons nicht ohne Bitterkeit, »dass heute gut zwei Drittel der Lehrveranstaltungen von unterbezahlten Lehrbeauftragten getätigt werden. Wer von Semester zu Semester um die Verlängerung seines Lehrvertrages bangen muss, wird nicht gerade einen Kurs über das marxsche *Kapital* anbieten.«

»Gewiss ... Aber vielleicht«, gab ich zu bedenken, »sind unsere Lehrangebote auch zu weit weg von der heutigen Realität der Studenten. Und vielleicht sind sie gar nicht so unpolitisch, wie es scheint. Sie haben nur einen anderen Politikbegriff als wir Älteren und engagieren sich eher in Bürgerinitiativen und sozialen Netzwerken als in traditionellen Parteien und Gewerkschaften.«

»Vielleicht«, sagte Monika, »sind sie ja von der behaupteten Alternativlosigkeit unseres Systems genauso frustriert wie wir. Ich habe gerade eine neuere Studie zur politischen Einstellung junger Erwachsener in Deutschland gelesen. Demnach verbinden über neunzig Prozent der Befragten mit dem Begriff ›Freiheit‹ etwas durchaus Positives und Gutes. Aber die ›Freiheit‹ im Sinne der unüberschaubaren Optionenvielfalt, die das Studium und das tägliche Leben ihnen bietet, mache ihnen auch immer mehr Stress, bekundet die Hälfte der Befragten; sie haben das Gefühl, mit der heutigen Schnelllebigkeit nicht Schritt halten zu können.«

»Dieser Befund«, sagte ich, »deckt sich mit meinen Erfahrungen in der Klinik, wo ich Patienten unterschiedlicher Altersgruppen und aus den verschiedensten Berufsfeldern kennengelernt habe. Und dies brachte mich auf eine Idee.«

Alfons und Monika sahen mich gespannt an.

»Wir haben in den vergangenen Monaten alles Mögliche gegen den drohenden Abbau unserer Fakultät zu unternehmen versucht: Meetings über Meetings organisiert, Gutachten hier, Gutachten da eingeholt, Solidaritätsadressen gesammelt, Protest- und Bittbriefe an das Ministerium verfasst und so weiter und so fort. Das alles waren jedoch Defensivkämpfe. Ich denke, es ist an der Zeit, dass wir endlich in die Offensive gehen.«

»Das klingt«, sagte Alfons, »wie die Ansprache eines Generals auf dem Feldherrenhügel, der seine – leider viel zu kleine Truppe – in die Schlacht führen will.«

»Auch mit einer kleinen Truppe, wenn sie klug agiert, kann man eine Schlacht gewinnen. Zumal wenn es sich um eine Schlacht handelt, bei der nicht die Stärke der Kanonen, sondern die Kraft der Argumente entscheidet. Eines haben wir nämlich bislang nicht versucht: die Attraktivität unserer Fakultät zu erhöhen, indem wir ihre Bedeutung für die Gesellschaft und die öffentliche Debatte unter Beweis stellen.«

»Und wie soll das gehen?«, fragte Alfons mit skeptischer Miene.

»Indem wir ein öffentliches Symposium zu einem Thema veranstalten, das nicht nur unsere Studenten, sondern uns alle, ja die ganze Gesellschaft angeht.«

»Und welchen Titel soll dieses Symposium – bitte schön – haben?«

»Globalisierung und Beschleunigung. Warum wir immer mehr Zeit sparen und doch keine mehr haben.«

Monika kräuselte die Stirn und hielt im Kauen inne. Nach einer Weile konzentrierten Nachdenkens sagte sie: »Ein gutes Thema. Und so neutral formuliert, ist der Titel auch gar nicht ideologieverdächtig.«

»Unter diesem Label«, sagte ich, »könnten wir alles unterbringen, was uns seit längerer Zeit unter den Nägeln brennt.«

»Und«, ergänzte Monika lächelnd »warum wir Zeit, Wohlstand und Arbeit neu denken müssen.«

»Aber wie sollen wir als kleine Fakultät mit unserem bescheidenen Personal und unserem noch bescheideneren Etat solch ein Symposium stemmen – einmal vorausgesetzt, unser Rektor gäbe dafür grünes Licht, was ich sehr bezweifle?«

»Ich rede, lieber Alfons, von einem Symposium, an dem auch die Profs und Dozenten der anderen Fakultäten mitwirken sollen.«

»Und du glaubst, die wollen?« Alfons schüttelte den Kopf. »Die haben doch alle genug zu tun. Die nächste Prüfung wartet schon.«

»Aber sie sind ehrgeizig genug, um sich von uns nicht die Show stehlen zu lassen. Der Charme dieses Konzepts liegt gerade im interfakultativen Dialog, dessen Fehlen selbst unser Rektor beklagt. Und im Wiederbeleben der – in diesen heiligen Hallen – fast erloschenen Streitkultur. Auch hätten wir endlich einmal Gelegenheit, die Profs der Wirtschaftswissenschaften, die uns irgendwo zwischen bildungsbürgerlichen Nostalgikern und linkem Querulantentum verorten, öffentlich herauszufordern und ihren neoliberalen Kanon mit den harten Realitäten zu konfrontieren. Das wäre doch mal eine wirklich interessante Lektion für unsere Studenten.«

»Ich gebe zu: eine reizvolle Vorstellung.« Monikas Augen funkelten kampfeslustig. »Aber wie willst du unseren Rektor vom Sinn und Zweck eines solchen Symposiums überzeugen?«

»Das scheint mir in der Tat das Hauptproblem zu sein«, pflichtete Alfons ihr bei. »Er will schließlich Exzellenz-Uni werden, und ein öffentliches Symposium zu solch einem Thema, bei dem aller Voraussicht nach die Fetzen fliegen, ist nicht gerade die beste Empfehlung für das begehrte Prädikat.«

»Es kommt darauf an, wie man ihm diese Idee beibringt. Wenn ich von unserem Mann, der sich so gerne in den Medien tummelt, eines sicher weiß: Er ist geil auf Öffentlichkeit. Und wenn er vor dem Wissenschaftsminister damit punkten kann, ›seine‹ Uni werde mit diesem Symposium eine wissenschaftliche Debatte anstoßen, die von großer Bedeutung für die Gesellschaft ist und auch in den Medien Aufmerksamkeit erregen wird, dann wird er vielleicht anbeißen. Vielleicht täusche ich mich auch. Wir werden sehen.«

»Falls er grünes Licht gibt, bin ich dabei«, sagte Monika. Und als ob sie meinen Zweifel bezüglich ihrer Kollegialität gespürt habe, fügte sie mit Wärme hinzu: »Ich bin auf deiner Seite, Fabian.«

Ich war sehr erleichtert und drückte ihr wortlos die Hand.

»Ich bin auch dabei«, sagte Alfons, »selbst wenn ich dann erst recht um die Verlängerung meines Vertrages bangen muss.«

»Ich danke euch. Auf dieser Miró-Couch wurden schon öfter pfif-

fige Ideen ausgeheckt und subversive Bündnisse geschlossen. Sind wir nicht die drei Musketiere der Fachschaft?«
Wir sahen uns an – und lachten.

Das Heideröslein

An diesem Sonntag – es war der zweite Advent – hatte Lea versprochen, mich in Amorbach zu besuchen. Tags zuvor hatte ich ihr gesimst:

> Sei bitte nicht zu quirlig, wenn du kommst. Allegro – ma non troppo. Sonst komme ich mit meinen Gefühlen nicht hinterher, die zurzeit eher auf den langsamen Rhythmus eines Cantilene oder Largo eingestellt sind.
> Dein Fa

Sie simste zurück:

> Heute werde ich meiner Quirligkeit noch freien Lauf lassen, 13 Saltos rückwärts schlagen, ein wenig Heavy Metal hören, 10 Kilometer joggen, danach 15 Kniebeugen, auf einem Bein versteht sich, absolvieren, die Rejoice-Arie rückwärts singen, dabei gleichzeitig ein Sahnebaiser kreieren ... .und dann komme ich morgen gaaaaaaaaaaaaaaaaaaaaaaaaanz langsam, gaaaaaaaaaaaaaaaaaaaaanz langsam und laaaaaaaaaaaaaaaaaaaaaaaaaange werde ich dich küssen.
> Bis dann und in gewohnter Eile: deine Lea

»Lässt du deine Haustür immer offen, wenn du Besuch erwartest?«
Lea stand plötzlich in der Tür, während ich gerade in der Küche das Essen vorbereitete.
Wir umarmten und küssten uns gaaaaaaaaaaaaaaaaanz laaaaaaaaaaaaaange. Dann trat ich, sie an beiden Händen haltend, ei-

nen Schritt zurück, um sie anzuschauen. Ihre Haare hatte sie hochgesteckt, so ihr Gesicht mit der weichen Nackenlinie und den fein ziselierten Ohren ganz frei gebend. Über den grauen Leggins trug sie ein knielanges taubengraues Strickkleid, das ihre Figur in jeder Rundung und Senkung gleichsam nachmodellierte, mit einer über dem Herzen aufgestickten Rosenblüte aus tiefrotem Samt. Diese hätte für sich genommen wohl kitschig gewirkt, doch in Kombination mit dem breiten roten Gürtel, der ihre Taille umspannte, und den roten Hirschleder-Stilettos erschien sie wie ein bewusst gesetztes Zitat aus einer anderen Modeepoche, in der sich Sentiment und Sentimentalität noch in Blumenmustern ausdrücken durften.

»Du siehst wunderschön aus«, sagte ich und fuhr mit den Fingern erst über ihren Lippenbogen, dann über die Samtrose über ihrer linken Brust.

»Leider duftet sie nicht«, sagte sie.

»Und sticht auch nicht.«

»Da sei dir mal nicht so sicher.«

Ich holte den Prosecco aus dem Kühlschrank, wir prosteten einander zu. Lea war gerührt, wie liebevoll ich den Tisch in der Esszimmerdiele gedeckt und alles für das kleine Diner vorbereitet hatte: Die Teller mit dem Hors d'œuvre standen schon bereit, die Lammfilets lagen, fertig mariniert und gewürzt, auf dem Küchenbrett, ebenso die beiden Schüsseln mit dem Endivien- und dem Obstsalat. Im Kamin knisterte das Feuer, und die Kerzen auf den Konsolen und Fenstersimsen hüllten den Raum in ein lauschiges Licht.

»Übrigens – weißt du schon das Neuste?« Lea zog einen ausgeschnittenen Zeitungsartikel aus ihrer Schultertasche. »Lies mal.«

Die Münchner Staatsanwalt ermittelt gegen den Geldfondsmanager Viktor F. wegen des Verdachts auf Untreue, Betrug und Steuerhinterziehung. Bei einer Hausdurchsuchung in seiner Münchner Vorortvilla wurden PCs und Festplatten sichergestellt. Viktor F. soll Millionenbeträge am Fiskus vorbei in diverse Steueroasen transferiert haben.

»Und dieser Kerl«, rief Lea, »war bis vor Kurzem noch in meiner Tanzgruppe. Hat sogar versucht, mich anzubaggern.«

»Und mir gegenüber gab er sich als ›Opfer der Banken‹ aus. Dabei hat er mit denen offenbar bestens kollaboriert, um seine Millionen nach Liechtenstein oder Luxemburg zu schaffen.«

»Unglaublich. Kann man denn nicht dagegen vorgehen?«

»Natürlich könnte man. Zum Beispiel, indem man den Banken, die solche Geschäfte machen, die Banklizenz entzieht.«

»Und warum tut man das nicht?«

»Weil zu viele vermögende und einflussreiche Leute von den Steueroasen profitieren. Und weil die Politik es nicht wagt, sich mit den Banken anzulegen.«

»Dann leben wir also in einer Bankokratie«, konstatierte Lea trocken.

»Ein bemerkenswerter Schluss für eine Frau, die Musik und nicht Ökonomie studiert hat.«

Sie lachte.

»Komm. Jetzt will ich dir endlich mein Haus zeigen.«

Ich wies auf den braunen Querbalken über dem Durchgang zur zweiten Diele, in den in schnörkeligen Ziffern 1693 eingeritzt war. Von dort betraten wir die alte Bauernstube mit der niedrigen Wannendecke und den durchhängenden Deckenbalken.

»Offenbar wurde hier so viel gelogen, dass sich die Balken biegen«, sagte Lea.

»In diesem Falle trügt die Metapher. Die durchgebogenen Balken rühren daher, dass der Dachboden früher der Speicher gewesen ist, auf dem die Bauern ihre Vorräte gestapelt haben. Und das Gewicht dieser Säcke machte im Lauf der Jahrhunderte auch die Balken biegen. Wie du siehst, ist in diesem Haus alles ein wenig krumm und schief.«

»Stimmt«, sagte Lea, »ich finde, das Schiefe und Schräge hat sowieso mehr Reiz als das Geradlinige und allzu Symmetrische. Das gilt übrigens auch für die Musik. Am aufregendsten finde ich die ›Kunst der Fuge‹ gerade dort, wo die strenge mathematisch symmetrische Form durchbrochen wird. An diesen Bruchstellen taucht plötzlich die unerwartete Melodie, die abweichende Tonfolge, die leicht schräge Dissonanz auf. Dieses Haus gleicht einem alten,

streng symmetrisch gebauten Barockstück, das von einem wilden Geiger wie Nigel Kennedy ein wenig verjazzt wurde.«
»Das hast du wunderbar gesagt.«
Ich führte sie die Stiege hinauf in den kleinen Flur des ersten Stockwerks, von dem es links ins Badezimmer und rechts über eine kleine Rotunde in Dorotheas Zimmer ging. Ich zögerte. Sollte ich dieses Zimmer, in dem meine Frau ihren letzten Atemzug getan, nicht lieber verschlossen halten? Seit ihrem Tod hatte ich nichts darin verändert. Und ich selbst betrat es nur selten. In letzter Zeit eigentlich nur, wenn Sonja mit den Kindern kam und ich die Liege und die Ausziehcouch mit neuer Bettwäsche bestücken musste. Andererseits wäre ich mir irgendwie feige vorgekommen, wenn ich jetzt so täte, als gäbe es dieses Zimmer nicht, das in gewissem Sinne mein »grünes Zimmer« war.
Mit einem bänglichen Gefühl drückte ich die Klinke der niedrigen Tür, die ein wenig schief in den Angeln hing. Um die Maserung dieser uralten originalen Eichenholztür richtig herauszuarbeiten, hatte Dorothea sie noch in den letzten Wochen vor ihrem Tod mühevoll abgeschliffen, mit diversen Holzölen bearbeitet, dann frisch gestrichen und lackiert.
»Das hier ist – war – Dorotheas Zimmer.«
Als scheue sie sich, es zu betreten, blieb Lea mit eingezogenem Kopf auf der Türschwelle stehen. Schweigend glitt ihr Blick über das Bett mit der braun gemusterten Fransendecke, über das Bücherregal, den großen Wandrahmen mit den Familienfotos und blieb schließlich an dem alten Jugendstiltischchen hängen, der jetzt den Charakter einer kleinen Gedenkstätte hatte. Neben einer halb abgebrannten roten Kerze stand ein gerahmtes Porträtfoto von Dorothea nebst einigen ihrer Utensilien: ihr roter Lippenstift, ihre kleine goldene Armbanduhr, eine angebrochene Schachtel Marlboro nebst Feuerzeug, ihre Halskette mit den vielen, in kleine Medaillons eingefassten Silberherzen und zwei schon leicht bräunlich und welk gewordenen Früchte vom Mandelbaum – Erinnerungsstücke an ein besonderes Erlebnis während einer gemeinsamen Fahrt durchs spanische Hochgebirge.

Lea trat an das kleine Tischchen heran, um das Porträtbild genauer zu betrachten. Den Kopf mit der Pony-umkränzten Stirn leicht auf den Ellenbogen gestützt, schaut Dorothea nachdenklich den Betrachter an, zugleich liegt etwas ganz Warmes und Offenes in ihrem Blick. Ich hatte eigentlich nie empfunden, dass sie gealtert war, auch nicht, als sie die sechzig überschritten hatte, zumal sie *immer* viel jünger aussah, als sie war.

»Von wann stammt dieses Foto?«, fragte Lea.

»Ich weiß nicht genau. Ich schätze mal, da war sie so Anfang vierzig.«

Lea zog die Schultern ein, als ob ihr plötzlich fröstele.

»Komm. Jetzt zeige ich dir mein Allerheiligstes: den Dachstuhl.«

Wir gingen zurück in den Flur, von wo eine kleine Rundtreppe in den Dachstuhl hinaufführte, dessen durchbrochenes Eichenholzgebälk in der Mitte wie ein Raumteiler wirkte. Die Wandschrägen an den Längsseiten waren rundum mit Fichtenholz verschalt, deren heller, goldfarbener Ton genau dem des Dielenbodens entsprach. Linker Hand stand das niedrige französische Doppelbett; rechter Hand zwischen dem weiß gestrichenen Kaminabzug und der gegenüberliegenden Fachwerkwand war mein Arbeitsbereich.

»Ein wunderschöner Raum«, sagte Lea. »Und was bedeutet diese Inschrift auf dem Kaminschacht?« Da stand in schwarzen Lettern: *Karl Möbus 1942.* Dahinter war ein schwarzes Kreuz gemalt.

»Das war der Sohn des Vorvorbesitzers dieses Hauses. Er ist in Stalingrad gefallen. Ich habe beim Streichen des Kaminschachtes diese Inschrift mit Absicht ausgespart. Man soll die Geschichte nicht überpinseln.«

Nach einer Weile sagte Lea: »Jetzt kann ich mir endlich vorstellen, wo du bist, wenn du deine Mails an mich schreibst. Aber fällt dir nicht manchmal die Decke auf den Kopf?!«

»Du glaubst gar nicht, wie viele Beulen ich mir hier schon geholt habe. Du gehst, ganz in Gedanken versunken, hin und her – und peng, klebst du mit der Stirn an einem Balken. Hast buchstäblich ein Brett vorm Kopf.«

Lea lachte. »Und wo führt diese Treppe hin?«

Sie wies auf die steile Treppe aus massiven Eichenholzbrettern, die hinter dem Kaminabzugsschacht weiter nach oben führte. »Auf den Spitzboden. Da habe ich mein Archiv. Früher war das der Speicher. An diesem Hanfseil über der Treppe hat sich der Bauer festgehalten und hochgezogen, wenn er einen schweren Sack schulternd hinaufstieg. Siehst du die eingebrannten rußigen Stellen hier an den Unterseiten der Bohlen? Das kommt von den brennenden Kerzen, die man hier aufstellte, damit man nicht von der Treppe fiel, denn natürlich war es hier oben stockdunkel.«

»Wow! Man spürt sie förmlich – die vielen Generationen von Menschen, die dieses Haus einmal bewohnt haben.«

»Ja. Darum fühlten wir uns auch gar nicht als Eigentümer, sondern nur als Gäste auf Zeit.«

»Die wahren Eigentümer hier scheinen die Weberknechte zu sein.« Lea wies auf die zahlreichen Spinnweben an den Deckenbalken und in den Ecken der kleinen Gaubenfenster.

»Dieses Haus lebt eben. Ich habe solche Hochachtung vor den gewirkten Netzen der Weberknechte ...«

» ... dass du niemals den Besen in die Hand nehmen würdest«, führte Lea meinen Satz amüsiert zu Ende.

»Schau doch nur.« Ich deutete auf eines der kleinen Gaubenfenster, dessen oberer Teil bis zum Fenstergriff von einer Spinnwebe überspannt wurde. »Solch ein filigranes polygonales Netz, fast so komplex wie eine bachsche Partitur, kann und darf man doch nicht einfach zerstören, nur weil die deutsche Reinlichkeits- und Sauberkeitserziehung, die, weiß Gott, genug Unheil angerichtet hat, uns dies suggeriert.«

»Du bist wirklich süß.« Lachend schlang Lea die Arme um meinen Hals und küsste mich.

Plötzlich schnupperte sie. »Es riecht hier nach dem ›Gewürz der Seligen‹.«

»Die Kartoffeln.« Ich sprang auf und stürzte die beiden Stiegen hinunter in die Küche, aus der mir eine Dampfwolke entgegenkam. Sofort nahm ich den Topf mit den Kartoffeln, in dem das Wasser vollständig verkocht war, von der Ceranplatte, stellte ihn in die

Spüle und drehte den Hahn auf. Dann riss ich die beiden Küchenfenster und die Fenster der Diele auf, damit der Dampf abziehen konnte.

»Und?«, fragte Lea, die mir gefolgt war. »Sind die Kartoffeln angebrannt?«

»Na ja, ein bisschen. Aber sie sind noch genießbar, denke ich.«

»Mein zerstreuter Professor.« Sie lächelte mich an.

Während ich das Menü servierte, erzählte Lea von ihrem zweitägigen Dreh. Vor allem der nächtliche Außendreh, bei dem sie sich bei Minusgraden die Beine in den Bauch gestanden habe, sei die reinste Zumutung, der blanke Irrsinn gewesen. Zigmal musste jede Szene wiederholt werden, weil mal die Beleuchtung nicht klappte, mal der Hauptdarsteller durchdrehte, mal die Komparsen falsch platziert waren. In dem albernen Melodram, das im Hochmittelalter spielte, hatte sie eine Edelkurtisane zu geben, die im Wald auf »ihren Ritter« wartet, den sie mit einem Liebeslied empfangen sollte. Doch da sie vor Kälte schlotterte und dieses Schlottern ihrer Stimme ein übertriebenes und unfreiwillig komisches Vibrato verlieh, da überdies der Rappen, auf dem sie saß, dauernd mit den Hufen scharrte und wieherte, wurde aus dem elegisch klingen sollenden »Liebeslied« die reinste Lachnummer. Bis der Regisseur entschied, ihr Lied im Studio aufzunehmen und es später über die Tonspur einzuspielen. »Folglich musste ich beim Dreh das Singen bloß simulieren, theatralisch das Maul aufreißen und Grimassen schneiden, die Ergriffenheit demonstrieren sollten. Und dann mein Partner, der Ritter! Ich fand diesen Kerl widerlich, dabei sah er gar nicht so übel aus, trotzdem war er mir widerlich, ich musste den ja umarmen und auch noch küssen. Und das – ich weiß nicht, wie oft.«

Hastig griff Lea nach dem Weinglas und nahm einen Schluck, als müsse sie eine üble Erinnerung herunterspülen. »Jedenfalls war ich danach zwei Tage krank, und was ich zu mir nahm, gab ich wieder von mir.«

Ich dachte an ihre Bulimie. »Verträgt dein empfindlicher Magen überhaupt Lammfleisch und Speckbohnen?«

»Keine Angst! Dein so liebevoll zubereitetes Essen werde ich genießen.«

Sie aß denn auch mit sichtlichem Appetit, und es schien mir, dass sie sich dabei mehr Zeit ließ als sonst, dass ihr Gaumen nicht nur das Lammfleisch und die mit Weißwein abgelöschte Soße, sondern auch die Gemüsebeilagen würdigte.

Nach dem Dessert, einer Mousse au Chocolat, kam ich nochmals auf ihren Dreh zu sprechen. »Warum tust du dir das eigentlich an, Lea? Frierst dir die Beine in den Leib und machst dich zum Affen für so einen Schmarrn. Warum? Nur damit du in deine Vita schreiben kannst: In dem RTL-Zweiteiler XY die Rolle der Edelkurtisane Z gespielt?«

»Du vergisst: Ein TV-Auftritt vor einem Millionenpublikum, und ist es auch ein doofer Trivialschinken, bringt mir mehr Engagements als zehn Konzerte in halb leeren Kur- oder Gemeindesälen. Pervers, aber es ist so.«

»Aber du verkaufst dich weit unter deinem Niveau.«

»Du hast gut reden. Du hast einen gut bezahlten und sicheren Job an einer Hochschule.«

»Na, so sicher ist er nicht mehr, wie du weißt.«

»Ich dagegen bewege mich als freie Künstlerin im Dschungel eines hart umkämpften Musikmarktes. Ich habe keine gesicherten Einnahmen wie du, lebe quasi von der Hand in den Mund – wie so viele meiner Kollegen und Kolleginnen aus dem künstlerischen Prekariat. Und ich trage Verantwortung für meine Tochter, die aufgrund ihres Andersseins einer besonderen Förderung bedarf. Allein für ihre Schule muss ich im Monat sechshundert Euro abdrücken. Von meinem Mann bekomme ich einen kleinen Zuschuss zum Haushaltsgeld. Und der Job in der Klinik bringt mir gerade so viel ein, dass ich davon meine Kranken- und Rentenversicherung bezahlen kann. Da kann ich es mir nicht leisten, naserümpfend eine kleine Rolle in einem miesen RTL-Zweiteiler abzulehnen, denn ich brauche das Geld.«

Das verstand ich. Wir sprachen noch eine Weile über dieses Thema. Dann zog Lea ein Notenbuch aus ihrer Schultertasche. Sie habe sich in letzter Zeit wieder mal mit den Liedern der Romantik beschäftigt, es gebe so wunderschöne Stücke von Schubert, Schumann und Mendelssohn-Bartholdy.

»Soll ich dir daraus etwas singen?« Sie wies auf das Notenbuch.

»Aber gern, zumal ich dich bislang nur als Chanson-Sängerin erlebt habe.«

Wir begaben uns mit unseren Weingläsern in die Wohnstube, wo ein wenig benutztes Klavier stand. Lea spielte sich ein wenig ein, dann sang sie mit leiser Stimme das »Lied ohne Worte« von Mendelssohn-Bartholdy und danach »An die Musik« von Franz Schubert. *Du holde Kunst, in wie viel grauen Stunden, wo mich des Lebens wilder Kreis umstrickt, hast du mein Herz zu warmer Lieb entzunden, hast mich in eine bessre Welt entrückt.*

Seit dem Tod meiner Frau hatte ich viele graue Stunden gehabt, in denen die Musik mich getröstet hatte – durch die sanfte Droge Melancholie. Während Lea sang und spielte, fühlte ich mich an die früheren Hausmusikabende meiner Familie erinnert. Da wurde nicht nur viel musiziert, gesungen und rezitiert, es waren auch Höhepunkte der Geselligkeit. Das Essen war, den noch frugalen späten Fünfzigerjahren gemäß, bescheiden, meist gab es Kartoffelsalat und Würstchen oder »Kalten Hund«, den die Stiefmutter zuzubereiten pflegte. Wir Kinder liebten es besonders, wenn der Vater, sich selbst am Klavier begleitend, Löwe-Balladen zum Besten gab. Zwar hatte er keine tragende Stimme – sie klang, wohl infolge seines Asthmas, ein wenig hohl, besonders die Höhenlagen fielen ihm schwer –, doch was ihm an Stimmkraft fehlte, wusste er durch Expressivität des Ausdrucks und durch sein gekonntes Klavierspiel zu ersetzen. Überhaupt war es mir, seit ich Lea kennengelernt, als betrete ich mit ihr wieder das musikalische Reich meines Vaters.

Lea stimmte nun Goethes »Heideröslein« an – in der Vertonung von Schubert. *Sah ein Knab ein Röslein stehen / Röslein auf der Heiden / War so jung und morgenschön / Lief schnell hin, es nah zu sehen, Röslein auf der Heiden.*

Unwillkürlich fiel ich, mit den Knien wippend, in den Takt der trügerisch unschuldig klingenden Melodie. Ein verhalten aggressi-

ver Unterton lag in Leas Gesang. Der letzten Strophe aber verlieh sie eine fast schrille Expressivität, sie zerhackte förmlich die lyrische Tonfolge, während sie auf die Tasten hämmerte, als schlüge sie die Pauke: *Und der wilde Knabe brach's Röslein auf der Heiden / Röslein wehrte sich und stach / Half ihm doch kein Weh und Ach, / Musst es eben leiden / Röslein, Röslein, Röslein rot / Röslein auf der Heiden.*
Mit einem dissonanten Schlussakkord brach sie ab. Ihre Wangen glühten, als sie sich umdrehte.
Ich war beeindruckt: »So expressiv wie du hat noch keine dieses Lied gegeben. Toll!«
»Ist ja auch nicht gerad 'ne lustige Geschichte.« Lea griff nach dem Weinglas, das sie auf dem Klavier deponiert hatte, und nahm einen Schluck. Dann schaute sie mich an. Ein langer, prüfender Blick. Plötzlich sagte sie: »Wenn du willst, bleibe ich heute Nacht bei dir.«
Ich war überrascht, mit diesem Angebot hatte ich nicht gerechnet, zumal sie schon am Telefon betont hatte, dass sie am nächsten Vormittag einen wichtigen Termin habe und diese Nacht noch nach Hause fahren müsse. Doch zugleich mit der Freude war auch die Angst wieder da.
Es war das erste Mal nach Dorotheas Tod, dass ich in diesem Haus, das noch immer auch das *ihre* war, die Nacht mit einer anderen Frau verbrachte. Während Lea mit ihrer Tochter telefonierte und dann mit ihrem Kulturbeutel im Badezimmer verschwand, rollte ich den Futon im Gästezimmer aus, das an Dorotheas Zimmer grenzte. Dann ging ich hinunter in die Diele, schob den Regler am Kaminofen nach links, um die Luftzufuhr zu drosseln, und legte noch ein dickes Holzscheit auf die glühende Eierkohlen, sodass der Ofen auf kleinster Stufe weiterschmoren und am nächsten Morgen gleich wieder hochgefahren werden konnte. Dann löschte ich überall die Lichter. Und doch war mir während dieser Verrichtungen, die ich immer vor dem Schlafengehen zu tätigen pflegte und an die ich seit vielen Wintern gewöhnt war, auf einmal recht melancholisch zumute. Denn etwas war ganz anders als früher: Aus dem Badezimmer, in dem sonst Dorothea sich für die Nacht bereitete, während

ich mich um den Kamin kümmerte, würde gleich eine andere Frau treten und sich zu mir legen, eine Frau von berückender Schönheit und Musikalität, die mir jedoch noch ziemlich fremd war.

Shakespeare rechnet sich nicht

Am Montagvormittag betrat ich mit hochgeschlagenem Mantelkragen wieder das Universitätgelände. Eine dünne Schneeschicht bedeckte den Rasen, den zugefrorenen Teich und die verwaisten Bänke. An den Zweigen hatten sich kleine Eiskristalle gebildet, die im Sonnenlicht funkelten – ein zauberhafter Anblick! Ich blieb vor einer alten Platane mit ihren dünnen Zweigen stehen und betrachtete die sie bedeckenden Kristalle, die wie winzige Perlen glitzerten. Unwillkürlich dachte ich an Stendhals *cristallisation* – aus seinem berühmten Essay »De l'amour«. Um die Veränderungen und feinen »Verästelungen« der Liebe zu charakterisieren, benutzt Stendhal das Bild eines Zweiges ohne Blätter, den man in eine Salzmine legt. Nach zwei, drei Monaten haben sich an dem nackten Holz Kristalle gebildet, eine Unendlichkeit an Diamanten. Ebenso verhalte es sich mit der Person, an der ein Verliebter immer neue Facetten entdecke. Stendhal sah die Liebe als einen dynamischen Prozess. Vor allem sei sie ein Akt des Geistes und der Imagination. Die *cristallisation* des Gegenübers liege im Auge des Betrachters und müsse nicht der Realität entsprechen.

Ich dachte an die letzte Nacht mit Lea. Wir lagen beide nackt unter der Daunendecke und schauten uns an. In ihren schimmernden Augen sah ich, wenn auch nur schwach, den Widerschein des Lichts, das von dem dreiarmigen Leuchter auf dem Fensterbrett ausging. Wir sprachen nicht miteinander, während wir uns anblickten und einander zärtlich berührten, den Körper des anderen, seine Rundungen, Bogen und Linien erkundeten. Was sah ich in ihr? Ich hatte keine Worte dafür, suchte auch keine. Ich schaute sie nur an und genoss diese Nähe, ihren weichen Blick, die Schönheit ihres Körpers und den Geruch ihrer Haut, genoss die leichte und ruhige

Spannung, die zwischen uns war, ganz frei von jenem Erwartungsdruck, der mir die erste Nacht mit ihr verdorben hatte.

»Hallo, Herr Fohrbeck.«

Ich wandte mich um. Vor mir stand, die Hände in den Taschen ihrer wattierten Jacke vergraben, eine junge Studentin mit Rucksack und Pudelmütze. Ich brauchte einen Moment, um wieder im Hier und Jetzt anzukommen.

»Hallo.«

»Wie geht's Ihnen?«

»Danke, gut. Und selbst?«

»Bin wieder mal voll im Prüfungsstress. Heute Klausur in Statistik, morgen in Medienkommunikation. Ich denke noch oft an Ihr Shakespeare-Seminar. *Zettels Traum* – das hat so viel Spaß gemacht. Und keine Klausur am Ende. Machen Sie dieses Seminar nächstes Semester wieder?«

»Leider nein.«

»Schade. Erinnern Sie sich noch an meine Kurzgeschichte *Ich war verliebt in einen Esel*?«

Erst jetzt fiel mir der Name der Studentin wieder ein. »Ja, natürlich. Sie war wundervoll, Miriam.«

»Wie gerne würde ich so was wieder mal schreiben. Aber diese verdammten Klausuren. Na ja, Sie wissen ja, wie es hier läuft. Muss leider weiter. Tschüüüüs.«

Eiligen Schrittes ging sie in Richtung Haupteingang.

Das Shakespeare-Seminar ... Die Erinnerung daran ließ bei mir wieder ein bitteres Gefühl gegen den Rektor aufkommen, bei dem ich um zehn Uhr einen Termin hatte. Ich warf einen Blick auf die Uhr: Es war zwanzig vor zehn. Gemächlich ging ich den breiten, schon ein wenig matschigen Kiesweg entlang, der zum Hauptgebäude führte.

Mehrere Jahre lang hatte ich das Seminar »Shakespeare und die Renaissance« gehalten. Und die Studenten hatten es sehr gemocht. Anstatt auswendig gelerntes Wissen über die Königsdramen und die Renaissance per Klausur oder Multiple-Choice-Test abzufragen, der bei den Kollegen sehr in Mode gekommen war, weil er dem Bedürfnis nach Eindeutigkeit entgegenkam und die Bewertung so sehr erleichterte, hatte ich ihnen verschiedene Motive aus Shakespeares Dramen zur Auswahl gestellt, über die sie eine Kurzgeschichte, eine kleine Erzählung, einen Dialog oder sonst etwas schreiben sollten. Beispielsweise über Titanias reuige Klage nach dem Erwachen aus ihrem »Sommernachtstraum«: *Ich war verliebt in einen Esel.* Dabei waren sehr originelle und witzige, oft auch sehr persönliche Texte entstanden, die allen Teilnehmern viel Vergnügen bereiteten. Denn wer hatte sich nicht schon mal in einen Esel oder eine Eselin verliebt? In den ersten Jahren war das Shakespeare-Seminar immer gut besucht gewesen, ja es galt bei den Studenten als »Highlight«. Aber dann bröckelten die Teilnehmerzahlen, es kamen immer weniger – sei es, dass sie die Mühe scheuten, die langen und komplexen Dramentexte vorher zu lesen, sei es, dass sie es als bildungsbürgerlichen und letztlich unnützen Luxus betrachteten, sich mit »Othello« und »Macbeth« zu beschäftigen.

In den Augen des neuen Rektors war mein Shakespeare-Seminar denn auch eine »allzu exklusive Veranstaltung, die leider auf zu wenig Interesse seitens der Kundschaft stoße«, wie er wörtlich sagte. Der Kostenaufwand sei für die geringe Teilnehmerzahl einfach zu hoch. Kurz: »Es rechne sich nicht!« – Von wie vielen »Kunden«, hatte ich mit verhaltener Wut gefragt, müsse denn eine Vorlesung oder ein Seminar künftig besucht werden, *damit es sich rechne.* – Das hänge vom jeweiligen Etat der Fakultät ab, gab Söder zur Antwort. Die Wirtschafts- und Naturwissenschaften etwa, die relativ viele Drittmittel einwürben, hätten naturgemäß einen höheren Etat als die drittmittelabstinenten Geistes- und Kulturwissenschaften. Das müsse bei der Evaluation eben auch berücksichtigt werden. – Mein Shakespeare-Seminar, hatte ich gesagt, werde aber auch von BWLern und VWLern besucht. Gerade für Letztere sei es vielleicht interessant zu erfahren, wie die aufkommende Geldwirtschaft im 16. Jahrhundert die Sozialcharaktere tief greifend verändert habe, wie sich etwa an der sehr modernen Figur von Shakespeares Jago zeigen ließe, der alle Loyalitäten und ethischen Normen abgeworfen habe und nur noch an den eigenen Vorteil und Gewinn glaube, gewissermaßen ein Vorläufer des heutigen »homo öconomicus«. – Darum gehe es doch gar nicht, fiel mir Söder mit frostiger Miene ins Wort. Wir befänden uns hier nicht in Platons Akademie, sondern in einer technischen Hochschule. Und nach den neuen Regularien sei jede Hochschule verpflichtet, möglichst effizient und kostengünstig zu wirtschaften. – Damit war das Gespräch beendet.

Dr. Dr. h. c. Söder war promovierter Volkswirt, hatte sich auf Bildungsökonomie spezialisiert und sich als Bildungsreformer einen Namen gemacht; einige Jahre saß er im Vorstand der Bertelsmann Stiftung, von der in den Neunzigerjahren die entscheidenden Initiativen zur »Reform« der alten Humboldt'schen Universität ausgegangen war. In einer groß angelegten, sich über viele Jahre erstreckenden Kampagne hatte die Bertelsmann Stiftung den Bildungsministern der Länder, dem Wissenschaftsrat und den Rektorenkonferenzen beigebracht, dass sich die universitäre Bildung mehr als bisher an den Bedürfnissen des Arbeitsmarktes zu orientieren habe, auch wenn der eine oder andere Professor dafür ein Stück seiner alteingesessenen Pfründe und seiner bildungsbürgerlichen Exklusivität preisgeben müsse. Das war das Zerrbild, das die Reformer der »verkrusteten Ordinarien-Universität«, zu denen Söder gehörte, von den Professoren malten: dass sie, auf ihren Pfründen und Standesprivilegien sitzend, einer zeitgemäßen, an den Bedürfnissen der Wirtschaft und des Arbeitsmarktes orientierten universitären Ausbildung ebenso im Wege stünden wie ihrer internationalen Wettbewerbsfähigkeit. Mit diesem Standardargument hatten sie die alte Humboldt'sche Universität sturmreif geschossen.

Freilich, aus Sicht der »unternehmerischen Hochschule« war es nur konsequent gewesen, das Shakespeare-Seminar zu canceln. Warum sollten künftige Betriebswirte, Ingenieure und Manager auch *Hamlet* lesen? Das brächte sie ja womöglich nur auf dumme Gedanken: was alles faul ist im Staate Dänemark, respektive in der Deutschland-AG!

Der bittern Erfahrung eingedenk, die ich vor zwei Jahren mit dem neuen Rektor gemacht hatte, rechnete ich mir keine allzu großen Chancen aus, mit meinem neuen Vorhaben jetzt bei ihm durchzukommen. Aber versuchen musste ich es. Zumal ich inzwischen ziemlich genau wusste, wie Söder tickte und welche Reizwörter ich unbedingt vermeiden musste, die seinen Argwohn erregen könnten. Und mehr als eine Absage konnte ich mir schließlich nicht einhandeln.

Ich betrat das Vestibül des Hauptgebäudes, querte die Haupthalle und bog dann in den linken Gebäudeflügel ab, wo sich das Rektorat befand.

Ich könne gleich zum Chef gehen, sagte mit honigsüßem Lächeln die junge Rektoratssekretärin. Mit ihrem langen aschblonden Zopf, der fast den Boden streifte, sah sie vor dem Hintergrund der die gesamte Rückwand bedeckenden Tapete, die einen lichten Mischwald darstellte, wie eine moderne Schwester Rapunzels aus.

Hartmut Söder im mauvefarbenen Anzug erhob sich aus seinem schwarzen Schalensessel und begrüßte mich mit Handschlag. Wie immer hing der Krawattenknoten lässig unter seinem zwei Knöpfe offenen Hemdkragen. Mit seinen dreiundsechzig Jahren war Söder, wenngleich von fülliger Statur, noch immer ein gut aussehender Mann, der um einiges jünger wirkte. Was seinem betont lässigen Auftreten und seinem federnden Schritt, vor allem aber der wundersamen Tatsache geschuldet war, dass sich sein robustes dunkelbraunes Haupthaar noch an keiner Stelle des Kopfes gelichtet hatte, noch auch nur den Ansatz eines Silberstreifens erkennen ließ, nicht einmal an den Schläfen. Was natürlich auf dem Campus Anlass zu einigen Spekulationen bot. Hartnäckig hielt sich das Gerücht, dass Söder sich die Haare und die Koteletten regelmäßig färben lasse. Einige Studenten wollten ihn in einem Friseursalon für Promis erkannt haben. Doch selbst bei seinen gelegentlichen Auftritten in Fernsehtalkshows, da Söders Kopf im unbarmherzigen Close-up der Kameras erschien und bis auf die Nasenhöhlen ausgeleuchtet wurde, war keine Spur von Fremdeinwirkung, keine Farbnuance zu erkennen, die vom natürlichen Braunton seines Haupthaares abgewichen wäre. Entweder stand ihm ein genialer Haarstylist zu Diensten, oder er verfügte über ein geheimes Elixier, das ihn einfach nicht altern ließ.

Ich nahm in dem Schalensessel gegenüber Söders monumentalem Schreibtisch Platz.

»Wie geht's Ihnen? Erholt schauen Sie aus.«

»Ja«, sagte ich, »die sechswöchige Auszeit in der Klinik hat mir gutgetan.«

Söder legte den Kopf leicht schräg und musterte mich mit prüfendem Blick. »Geht's Ihnen wirklich gut?«

Was sollte die Nachfrage? Ob ich für meinen Job noch tauglich und für die Universität noch tragbar sei, lautete wohl ihr Subtext.

Der Aufenthalt in der Klinik, sagte ich, sei eine sehr wichtige persönliche und eine sehr erhellende Erfahrung für mich als Kulturwissenschaftler gewesen. Durch die Begegnung und die vielen Gespräche mit den Mitpatienten hätte ich vieles gelernt – auch über die neuen Zivilisationskrankheiten Burn-out und Depression.

»Ja«, sagte Söder, indem er sich in seinem Schalensessel zurücklehnte, »das kann ich mir vorstellen. Fast jeder klagt heutzutage über Stress. Das Wort ›Stress‹ ist wohl das am häufigsten gebrauchte Wort des Jahres. Selbst die Vorbereitungen auf das Weihnachtsfest kommt hierzulande einem kollektiven Stresstest gleich. Aber vielleicht ist diese Klage ja auch eine Folge der deutschen Einheit, der zunehmenden Veröstlichung unserer Republik, der ›Jammer-Ossi‹ färbt eben auch auf den Wessi ab.«

Söder lachte breit, als sei ihm gerade ein besonders pfiffiges Bonmot gelungen.

Oje, dachte ich, das Thema fällt bestimmt bei ihm durch.

»Doch Spaß beiseite.« Söder setzte wieder seine joviale Businessmiene auf. Stress sei in der Tat ein großes Thema in der Gesellschaft geworden, auch in den Medien. Und natürlich besorge es ihn, dass immer mehr Studenten die psychologischen Beratungsstellen der Universität aufsuchten, auch wenn gewiss etliche Simulanten und Drückeberger darunter seien.

»Im Grunde ist es ja paradox«, hakte ich sogleich ein: »Wir sparen mittels neuer Technologien immer mehr Zeit. Folglich müssten wir Zeit im Überfluss haben. Aber das Gegenteil ist der Fall.«

»Eigentlich verrückt, nicht?« Söder kreuzte die Arme hinter dem Kopf und schaute mich sinnend an. »Und wie erklären Sie sich dieses Paradox?«

»Dank moderner, vor allem digitaler Technologie nimmt die Zeit, die wir für die Erledigung bestimmter Aufgaben benötigen, dramatisch ab – vorausgesetzt, ihre Quantität bleibt konstant. Aber ebendas ist nicht der Fall. Das Schreiben einer E-Mail beispielsweise dauert höchstens halb so lang wie früher das Schreiben eines Briefs. Nehmen wir an, dass Sie vor zwanzig Jahren im Schnitt zehn Briefe pro Arbeitstag geschrieben haben, für die Sie insgesamt zwei Arbeitsstunden benötigten. Heute würden Sie nur noch eine Stunde für Ihre tägliche Mailingkorrespondenz benötigen, wenn die Zahl der gesendeten und erhaltenen Nachrichten konstant bliebe. Dann hätten Sie eine Stunde an freier Zeit gewonnen, die Sie Ihrer Familie, Ihren Freunden oder Ihren Lieblingsbeschäftigungen widmen könnten. Aber ist das wirklich Ihre Situation?«

»Nie im Leben.« Söder winkte ab. »Was glauben Sie, wie viele E-Mails ich pro Tag meiner Sekretärin diktiere! Fünfzig, sechzig, manchmal sogar achtzig.«

»Sehen Sie! Darum benötigen wir heute weitaus mehr Zeit für Kommunikation als vor der Einführung des Internets. Und haben, trotz technischer Beschleunigung, weniger freie Zeit als zuvor.«

Söder kniff die buschigen Brauen zusammen; Erstaunen und Ratlosigkeit malten sich in seiner Miene. Während er die Arme wieder auf den Schreibtisch legte, warf er einen Blick auf die drehbare Digitaluhr, die, in einer kleinen Weltkugel aus Acryl steckend, neben der Sprechanlage stand. Ein kleiner Seufzer, dann sagte er: »Ich arbeite im Schnitt sechzig Wochenstunden. Früher war mein Arbeitstag um 17 Uhr beendet.«

Top! Er hatte angebissen. Sofort hakte ich nach: »Das Thema geht uns wirklich alle an. Darum wäre es sehr lohnend, es einmal zum Gegenstand eines wissenschaftlichen Symposiums zu machen.«

»Aha.« Söder sah mich interessiert an, während er sich langsam in seinem elastischen Sessel hin- und herzudrehen begann. »Und wie stellen Sie sich das vor?«

Ich skizzierte kurz meine Idee betreffs eines interfakultativen Symposiums.

»Hmmm! Globalisierung und Beschleunigung!« Söder hielt in seiner Drehbewegung inne und musterte mich aus seinen wässrig blaugrauen Augen, ein prüfender, zugleich misstrauischer Blick. »Und welche Fakultäten sollten Ihrer Meinung nach dabei mitwirken?«

»Außer der kulturwissenschaftlichen, auch die philosophische, die soziologische, die medizinische und – selbstredend – die wirtschaftswissenschaftliche Fakultät. Das Thema berührt ja ganz stark auch die Ökonomie. Zumal«, setzte ich rasch hinzu, »die Fehlzeiten der Arbeitnehmer infolge psychischer Erkrankungen signifikant zugenommen haben – was inzwischen auch die Unternehmensführungen besorgt.«

»Gewiss, gewiss.« Söder ergriff den kleinen silbernen Brieföffner, der vor ihm auf dem Schreibtisch lag und die Form eines türkischen Krummsäbels hatte. Allerdings, sagte er, während er den Brieföffner zwischen seinen Fingern hin- und herwandern ließ, herrsche zwischen den Profs der Kultur- und Geisteswissenschaften und denen der Wirtschaftswissenschaften nicht gerade ein sympathetisches Verhältnis. Er erinnere nur an die endlosen Streitereien anlässlich der Einführung der Studiengebühren.

Dieses Thema, erwiderte ich, sei doch längst Vergangenheit. Was aber das Symposium angehe: Nur ein niveauvoller interfakultativer Dialog könne solch einem komplexen Thema wirklich gerecht werden und für die nötige Ausgewogenheit sorgen – womit der Gefahr allzu einseitiger Deutungen vorgebeugt werde, die meist aus fachlicher Betriebsblindheit resultierten. Auch bei der Besetzung der Podien müsste selbstredend die Ausgewogenheit gewahrt werden.

Söders misstrauischer Blick erhellte sich wieder. »Ausgewogenheit« war nämlich seine Lieblingsvokabel, mit der er jede scharfe Konfrontation abzuwiegeln und alles in Watte zu packen suchte.

»Es wäre auch«, sagte ich, »eine schöne Gelegenheit, den eingeschlafenen Dialog zwischen den Fakultäten wiederzubeleben. Denn – wie Sie selbst so richtig bemerkten – ist jede Fakultät sehr mit sich selbst beschäftigt.«

»Ja«, sagte Söder – er hatte den silbernen Brieföffner inzwischen mit einem goldenen Kugelschreiber vertauscht, auf dem sein Auge wohlgefällig ruhte –, »ein wenig mehr Austausch mit den Nachbarfakultäten wäre schon wünschenswert – auch im Interesse der Studierenden. Wir wollen schließlich nicht nur Lernfabrik sein, wie uns zuweilen vorgeworfen wird, sondern auch eine Stätte des geistigen Austausches, um unserem öffentlichen Bildungsauftrag und unserer Verantwortung für den Bildungsstandort Deutschland gerecht zu werden.«

Das pathetische Lippenbekenntnis zum öffentlichen Bildungsauftrag der Universität gehörte zu Söders rhetorischen Floskeln, die in keiner seiner Reden fehlen durfte.

»Im Übrigen« – jetzt legte ich meinen stärksten Köder aus – »würden wir mit solch einem wissenschaftlichen Symposium einmal mehr dem Prädikat der Exzellenz entsprechen – zumal wir die erste Universität in Deutschland wären, die dieses gewichtige Thema zum Gegenstand eines öffentlichen Diskurses macht. Schon deshalb würde es mit einer hohen Aufmerksamkeit, ja mit einer nationalen Berichterstattung rechnen können.«

Bei dem Wort »nationale Berichterstattung« kam in Söders trübgrauen Blick ein Leuchten. Es war ihm förmlich anzusehen, wie seine grauen Zellen zu arbeiten begannen: welchen Imagegewinn »seine« Universität, die sich um den Exzellenz-Status bewarb, aus solch einem Symposium ziehen könnte, wie hoch andererseits die Risiken waren, dass es dabei womöglich zu einem Skandal käme.

»Natürlich müsste gewährleistet sein«, schob ich sogleich nach, »dass die Podien hochkarätig besetzt sind. Ein paar prominente Namen sollten unbedingt dabei sein. Ich denke da etwa an Prof Drehwitz und Prof Lux.«

Söder sah mich erstaunt an. Schließlich war ihm bekannt, dass zwischen der kulturwissenschaftlichen Fakultät und den beiden

Starprofessoren von den Wirtschafts- und Technologiewissenschaften seit Jahren eine Art Kalter Krieg herrschte. Andererseits würden schon diese beiden Namen (deshalb brachte ich sie ja ins Spiel) bei der Besetzung der Panels für die nötige »Ausgewogenheit« sorgen.

Söder schob den gelben Zettelblock, der auf dem Schreibtisch lag, zu sich heran. Während er sich mit dem goldenen Kugelschreiber ein paar Stichworte notierte, sagte er:

»Wir sollten die Idee mit dem Symposium bei der nächsten Sitzung des Akademischen Senats im Januar einmal zur Diskussion stellen. Mal sehen, was unsere Professoren dazu sagen. Sie sind ja alle sehr busy. Dann sehen wir weiter.«

Söder erhob sich von seinem Schalensessel und geleitete mich zur Tür. »Was macht Ihr neues Buch?«

»Kommt Anfang des Jahres heraus.«

»Wie war noch gleich der Titel?«

»*Geiz ist geil. Zur Geschichte der Habgier.*«

»Na, liegt doch voll im Trend nach der Weltfinanzkrise. Ich bin gespannt.«

Er verabschiedete mich, indem er mit seiner ausgestreckten Rechten kurz meine Schulter streifte.

Ich nahm es als gutes Zeichen, dass er hinsichtlich der Vorstellung der Symposiumsidee im Akademischen Senat im »Wir«-Modus gesprochen hatte. Und verließ das Rektorat in dem ermutigenden Gefühl, die erste Hürde genommen zu haben. Als Nächstes würde ich versuchen, die Kollegen der Philosophischen und Soziologischen Fakultät für meinen Plan zu gewinnen, damit die einflussreichen Professoren der Fakultät »Wirtschaft, Technologie und Management« ihn nicht einfach abschmettern konnten.

Rittersporn und Rosen

Während ich im Morgenmantel vor dem Küchenfenster stand und meinen ersten Kaffee trank, beobachtete ich, wie die Kohl- und Blaumeisen im Wechsel die Meisenknödel anflogen, die ich erst kürzlich an die schneebedeckten Zweigen der Eibe gehängt hatte, wie es Dorothea winters immer zu tun pflegte. Wenn eine Meise sich von oben pickend auf dem umschnürten Knödel niedergelassen hatte, krallte sich eine andere, gleich einem geschickten Artisten, an dessen Unterseite fest und pickte sich hängend die begehrten Körner und Fettstückchen heraus. Flog aber eine fette Amsel oder ein Star die Futterstelle an – wutsch! –, sausten die kleinen Meisen davon und suchten das Weite, um gleich darauf, hatten jene sich satt gepickt, wieder zurückzukommen. Es war überhaupt spannend, zu sehen, wer wem jeweils den Vortritt ließ: Kam nämlich ein Eichelhäher oder gar eine Elster angeflogen, dann ergriffen auch die – zuvor so selbstgefälligen – Amseln und Stare sofort die Flucht. Was den Futterneid und die Hackordnung betrifft, hatte Dorothea einmal lachend dieses ewig gleiche Schauspiel kommentiert, seien wir Menschen den Tieren doch sehr verwandt.

Ich verließ die Küche und stapfte die schmale Stiege hoch ins Bad. Noch immer standen zwei Zahnputzbecher auf der Ablage. Aber in dem gelben Becher, den Dorothea immer benutzt hatte, steckte jetzt eine andere, eine blaue Zahnbürste. Es war Leas, sie hatte sie hier vergessen – oder auch nicht.

Einem Reflex folgend, wollte ich sie schon aus dem gelben Becher nehmen, denn da gehörte sie nicht hin; doch dann hielt ich in der Bewegung inne. »Nein, liebe Doro«, sprach ich im Geiste zu ihr, »eben weil keine Frau dich ersetzen kann, darf Leas Zahnbürste ruhig in deinem Becher bleiben.«

Nachdem ich mich rasiert hatte, ging ich hoch in den Dachstuhl und setzte mich an den Schreibtisch. Wie jeden Morgen fuhr ich noch vor dem Frühstück meinen Laptop hoch, um nachzuschauen, ob wieder eine Mail von Lea gekommen war. Aber dies war heute nicht der Fall.

Wir telefonierten jetzt fast täglich miteinander, meist am späten Abend. Mal waren es verspielte und lustige, mal ernste und nachdenkliche Gespräche. Kürzlich hatte mir Lea von ihrer heiklen Situation als freie Künstlerin in der pfälzischen Kleinstadt erzählt, von dem Tratsch und Klatsch, dem sie hier ausgesetzt war. Vor allem seit Alfred Mangold, Leiter des hiesigen Festspielhauses, ihr die Organisation des jährlich stattfindenden Musikfestivals übertragen hatte. Anfangs habe sie sehr gut und einvernehmlich mit ihm zusammengearbeitet, doch dann habe er sich in sie verliebt und wollte sie, obschon verheiratet und Vater von drei Kindern, unbedingt heiraten. Sie sei dadurch in eine sehr missliche Lage geraten. Er bewache sie und ihr Privatleben wie ein eifersüchtiger Patriarch und rufe sie oft mehrmals täglich an, um zu erfahren, wo sie sei und was sie gerade mache. – Warum sie sich das denn nicht verbitte oder einfach nicht abnehme, wenn seine Nummer auf dem Display erscheine, hatte ich gefragt. – Sie könne ihn nicht so brüskieren, hatte Lea gesagt, denn er sei auch Chef der Konzertagentur, bei der sie unter Vertrag stehe. Das verstand ich – und auch wieder nicht. Ob sie mit Alfred auch mal eine Affäre gehabt habe? – Ja, sagte sie, aber das sei lange her.

Da war es wieder – dieses mulmige Gefühl, das sich mit einem Anflug von Eifersucht mischte. Spielte bei Leas Affären nicht auch das Kalkül eine Rolle?

Sosehr wir beide Gefallen an unseren langen nächtlichen Telefonaten fanden, die oft zu witzigen Sketchen führten – etwas begann ich bald zu vermissen. Sei es aus Scheu, sei es aus mangelndem Interesse, vermied Lea jegliche Nachfrage mein bisheriges Leben mit Dorothea betreffend. Als ich sie einmal darauf ansprach, sagte sie nach längerem Zögern: Mein bisheriges Leben interessiere sie, trotz der für mich mangelnden Nachfrage, sehr. Allerdings sei sie mit einer ziemlichen Befangenheit behaftet, was meine verstorbene Frau und mein Leben mit ihr anbelange. Sie habe das Gefühl, da in etwas einzudringen, was sie nichts angehe.»Du hast, wie du selbst sagst, ein schönes Leben mit deiner Frau gehabt. Ganz leise fragt etwas in meinem Inneren: und ich? Was bedeute ich dir im Vergleich zu ihr? Was ist mein Wert?«

Ich hatte ihr darauf versichert, ich vergleiche sie nicht mit Dorothea, so wenig ich in meinem Garten Rittersporn und Rosen vergleiche. Beide seien einzig in ihrer Art und besonderen Schönheit. Sie, Lea, inspiriere mich auf eine ganz andere Weise, als Dorothea dies früher getan habe. – Das sei zwar sehr klug argumentiert, hatte Lea geantwortet, aber ihre Unsicherheit bleibe bestehen, das Argument verfange noch nicht bei ihr.

Wenn ich mich an ihre Stelle versetzte, konnte ich ihre Unsicherheit nachvollziehen. Schließlich hatte ich mich ja nicht von Dorothea getrennt; wäre sie nicht gestorben, wäre ich noch immer mit ihr zusammen.

In letzter Zeit vermisste ich manchmal den zärtlichen und beschwingten Ton, den Lea in ihren Mails anzuschlagen pflegte. Am Telefon klang ihre Stimme oft so sachlich-forsch und geschäftig. Sie erzählte mir dann, was sie alles hatte erledigen müssen und was am nächsten Tag noch auf dem Programm stand, ging gleichsam ihre ganze To-do-Liste durch. Es konnte eine Viertel- oder halbe Stunde vergehen, bis sie wieder in einen persönlichen Ton fand und ich mich von ihr als derjenige angesprochen fühlte, den sie in ihren Mails ihren »Schatz« und »Liebsten« nannte.

Guten Morgen, Liebste!
Täglich grüßt das Murmeltier und möchte dir auch diesen Morgen durch einen Gruß versüßen.
Gestern Abend war ich mit meinem libanesischen Freund Achmed und seiner deutschen Frau Hildegard in der Oper. Gegeben wurde eine Cross-over-Produktion von Tankred Dorst: »Purcels Traum von König Arthur« – ein ironisches Singspiel mit Motiven des »Sommernachtstraums«, das auf den durchkommerzialisierten Musikbetrieb unserer Tage gemünzt ist. Der Plot: Ein paar Investoren wollen eine alte Opernbühne wieder auffrischen und begegnen dabei den versunkenen Gestalten der alten Opernwelt. Einer der Investoren verspricht der Mezzosopranistin: »Wenn Sie die Stimme einer Callas haben, gehe ich mit Ihnen sofort an die Börse.«

Über diesen Satz musste ich sehr lachen, ich habe dabei natürlich an dich gedacht und mir vorgestellt, du mit deiner Sirenenstimme und deinem Sex-, Sieben-, Acht-Appeal trittst eines Tages in der Frankfurter Börse auf. Und die Broker werden so liebestoll von deinem Gesang, dass sie zu stöhnen, zu lallen, zu weinen und zu schreien beginnen und alles stehen und liegen lassen. DAX und NASDAC rutschen in den Keller, und am nächsten Tag ist der nächste Börsencrash da! – Das wäre doch mal eine hübsche Idee für ein zeitgemäßes Opernlibretto, nicht?
Nach der Aufführung luden mich die beiden Freunde noch zu einem Glas Wein zu sich ein. Als kleines Präsent überreichte ich ihnen eine Kopie deiner CD »Und die Liebe höret nimmer auf«. Natürlich waren beide sehr gespannt, die Stimme der ›deutschen Edith Piaf‹ zu hören. Doch o weh, als ich das Cover öffnete, war keine CD drin. Die steckte noch vom Kopieren in meinem Laptop. Hildegard entschuldigte mich sogleich mit mütterlichem Verständnis: der verliebt-zerstreute Fabian. Achmed aber lachte schallend und fragte mich, ob ich mich vielleicht in ein Cover verliebt habe.
Nun, Liebste, was sagst du dazu? Habe ich mich in ein schönes Cover und du dich in einen imposanten Buchdeckel verliebt? Eines weiß ich freilich gewiss: Ohne Hülle bist du noch schöner als mit. Zumal, wenn du keine Rolle mehr spielst und ganz du selbst sein kannst – wie in jener zauberhaften »stillen Nacht«, als du bei mir lagst. Am Telefon allerdings meldet sich oft die toughe und viel beschäftigte Lea zu Wort. Es pflegt ein ganzes Weilchen zu dauern (und erhöht dann natürlich die Handyrechnung), bis aus der umtriebig-energischen Prinzipalin wieder die zarte und sehnsüchtige Caroline spricht. Falls zwei Seelen in deiner Brust wohnen, wüsste ich gerne, in welcher du mich versteckt hältst ...

Mein lieber Schatz,
ganz schön frech, dein arabischer Freund! Sag ihm: Es ist durchaus nicht ehrenrührig, sich in ein schönes Cover zu verlieben, wenn man ahnt, welch ein Schatz undercover darin verborgen ist. Auch

hatte ich keineswegs das Gefühl, während unserer »stillen Nacht« neben einem »imposanten Buchdeckel« zu liegen, lag ich doch neben einem ganz weichen und zärtlichen Mann, der mein Gesicht zu lesen versteht, mich mit seinen Händen ertastet und all das – hoffentlich! – erspürt, was ich für ihn empfinde.

Deshalb sollte er auch längst erkannt haben, dass er es mit einer Frau zu tun hat, in deren Brust nicht nur zwei, sondern – ihren vielfältigen Aufgaben, Verpflichtungen und Interessen entsprechend – viele (überaus tätige) Seelen wohnen. In welcher sie ihn versteckt hält? Nun, es ist wie beim Hütchenspiel – er muss halt genau hinschauen.

Die Idee mit dem Libretto ist hübsch. Und mir fiel dazu auch gleich die passende Schlussszene ein: Wenn nach dem »bösen Erwachen« die Broker fassungslos und sich die Haare raufend vor der Anzeigetafel mit der abstürzenden DAX-Kurve stehen, thront die Sirene im schwarzen Cocktailkleid über dem Chaos und singt:
Kann denn Habgier Sünde sein?
Anleger umschwirrn mich wie Motten das Licht
Und wenn sie verbrennen, was kümmert es mich?

Muss leider Schluss machen wegen der vielen Dinge, die ich heute noch zu erledigen habe, inklusive Weihnachtsgeschenkebesorgen.
Deine (wie so oft) gehetzte Lea
PS: Gestern Abend traf ich meine beste Freundin Lisa und habe ihr natürlich von dir erzählt. Sie kannte zwei deiner »imposanten Buchdeckel« – aber ich kenne den Autor, sagte ich, und der hat mich ganz schön signiert.

Liebste Lea,
würde ja zu gerne wissen, wie du mich deiner besten Freundin beschrieben hast. Mein Porträt aus deinem parodierenden Munde – da bricht mir richtig der Schweiß aus, wenn ich daran denke: zerstreuter Professor Unrat, der den Parkschein mit der Visitenkarte verwechselt? Armer Witwer, der Herzenstrost und Vergessen in den Armen einer verrückten Singdrossel sucht?

Liebesgeiler Esel, der seine pornografischen Entgleisungen mit Liebeslyrik verwechselt? Väterlicher Freund mit erotisierendem Bariton, der seine Tochter-Geliebte ordentlich verwöhnt und verzärtelt und sie von ihrem Stress zu therapieren sucht? Und natürlich wüsste ich auch gern, was deine Freundin dir im Umgang mit mir geraten hat: zur klug abwägenden Vorsicht, einen Schritt vor, einen halben zurück, wieder einen Schritt vor – wie bei Wagners chromatischen Tonfolgen? Zum Abbruch oder zur Fortsetzung deines – für eine bekennende Christin – moralisch höchst anrüchigen Doppellebens? Oder gar zur brutalen Offenbarung im Angesicht der Hl. Familie unterm Weihnachtsbaum? Oder zu was auch immer ...

Liebster Frechling,
wie schön, dass dir der Schweiß ausbricht bei dem Gedanken, wie ich dich meiner Busenfreundin schildere. Das zeigt mir, dass ich doch einen nicht zu verachtenden Stellenwert in deinem Leben einnehme. Habe sehr lachen müssen über deine karikaturistischen Selbstporträts. Aber keine Bange! Du kommst bei dieser Schilderung schon sehr gut weg. Lisa bemerkte sofort ein Blitzen in meinen Augen, als die Rede auf dich kam.
Was mein »anrüchiges Doppelleben« betrifft, das wurde leider gerade enttarnt. Gestern platzte Alfred unangemeldet bei mir herein, um mit mir die nächsten Konzerttermine zu besprechen. Dummerweise fiel sein Blick auf deine letzte Mail, die gerade ausgedruckt auf meinem Schreibtisch lag. »Du hast also einen neuen Lover«, fauchte er und führte sich auf wie ein eifersüchtiger Ehemann. Wenn ich auf seine Agentur und die Engagements, die er für mich managt, nicht so angewiesen wäre, ich hätte ihn hochkant hinausgeworfen.
Ich muss Schluss machen, denn um 17 Uhr beginnt die Generalprobe unseres Weihnachtskonzerts in der St. Marienkirche.
Küsse dich auf deine schönen Augen und deinen weichen Mund.

Liebste Lea,
vielleicht sollten wir uns hinfort lieber nicht mehr in G. treffen,
um dir und mir mögliche Kollisionen mit Alfred und anderen
eifersüchtigen Exlovern zu ersparen. Du kannst schließlich auch
nicht wollen, dass sich ein ehrbarer deutscher Professor zuletzt in
einen othelloartigen Wüterich verwandelt, der zum Serienkiller
an all seinen Vorgängern wird, oder? (Das wäre doch mal eine
originelle thrillergemäße Fortschreibung des Othello-Dramas:
Statt seine Desdemona bringt der Mohr von Venedig all seine
Vorgänger bei ihr um – bis er zuletzt erkennen muss, dass diese
nur Ausgeburten seiner wahnhaften Eifersucht waren.)
Derweil du als Dompfäffin im weißen Chorgewand die
Ankunft des Heilands besangst, stapfte ich mit Gisela, meiner
Schwiegermutter, über den Wiesbadener Christkindlmarkt. Sie
freute sich sehr, das alte, zwei Etagen hohe Charming-Karussell
ihrer Kindheit wiederzusehen, aber sich in die von weißen
Rösslein gezogene Kutsche zu setzen, traute sie sich bei ihrem
hohen Alter denn doch nicht. Dafür spielte ich dann ein wenig
Weihnachtsmann, verwöhnte sie mit Anisplätzchen und Glühwein
und kaufte ihr ein paar schöne Wollhandschuhe. Für dich erstand
ich auch eine hübsche Kleinigkeit, die ich dir nach Prag mitbringe.
Morgen früh fahre ich nach Berlin, wo ich die Weihnachstage
bei Sonja und family verbringen werde. Auch Andreas mit seiner
kleinen Tochter wird da sein. Ein Familientreffen also.
Ich freu mich riesig, dass wir zusammen Silvester in der Goldenen
Stadt verbringen werden.

Mein lieber Schatz,
für deine grundlose Eifersucht müsste ich dir eigentlich ein Ohr
abbeißen. Aber da deine Ohren dich so hübsch zieren, lasse ich es
für diesmal sein. Du kennst meine Eifersucht noch nicht. Ich bin,
was das betrifft, die reinste Othella.
Am gestrigen Weihnachtsabend haben mein Mann und ich noch
mal Hl. Familie gespielt – unserer Tochter zuliebe. Das »O du
fröhliche« kam allerdings recht gepresst aus unseren Kehlen. Dafür

habe ich beim Weihnachtskonzert in der Kirche die »Rejoice«-Arie im Gedanken an dich gesungen – und so erwartungsfroh, als ob »mein König« noch diese Nacht zu mir käme.
Nun sei herzlich umarmt, gedrückt und geküsst. Erst digital – und demnächst analog in der Goldenen Stadt. Ich hole dich am Bahnhof Prag-Holesovice ab. Simse mir noch, wann du ankommst.
Deine Lea

Zwölftes Kapitel

Andreas

Zum Glück hatte ich einen Fensterplatz im Großraumabteil des Intercitys gebucht, der von Berlin über Dresden nach Prag fuhr. Lange ging es am Elbufer entlang mit den urtümlichen kragenförmigen Sandsteinformationen der Sächsischen Schweiz und später Nordböhmens. Nach den turbulenten Weihnachtstagen genoss ich es, die vorüberziehende Landschaft und die wechselnden, sich im Elbwasser spiegelnden Lichtstimmungen auf mich wirken zu lassen und den zurückliegenden Eindrücken nachzuhängen.

Was mich besonders freute: dass dieses Familientreffen Andreas und mir Gelegenheit zur Fortsetzung unserer Gespräche geboten hatte. Und dass es darüber zu einer weiteren Annäherung zwischen uns gekommen war. Ich war erstaunt, dass er, ungeachtet seines Ressentiments gegen den »ganzen Psychokram«, mit seiner Frau jetzt eine Paartherapie begonnen hatte. Auch habe er nach reiflicher Abwägung beschlossen, in die Privatinsolvenz zu gehen, um endlich aus der Schuldenfalle herauszukommen. Er habe lange genug für die Banken geblutet. Leider, fügte er humorig hinzu, habe er den Religionsunterricht immer geschwänzt. Sonst hätte er früher begriffen, was schon in der Bibel stehe: »Nach den sieben fetten kommen die sieben mageren Jahre«. Nur wisse er nicht, wie er die Anwaltskosten für das Insolvenzverfahren berappen solle. – Die übernimmt der Weihnachtsmann, sagte ich. – Er schaute mich unsicher an. Gibt's den wirklich? – Na klar. – Er errötete, wie es früher der Junge getan, wenn er sich über etwas freute oder ihm etwas peinlich war.

Was mich am meisten überraschte: Andreas hat seine Prioritäten geändert! Dickes Gehalt, dicke Autos, Status, Karriere – das alles interessiert ihn nicht mehr. Woran sein Herz wirklich hängt, sieht man sofort, wenn man ihn zusammen mit seiner Tochter erlebt. Wie seine Augen leuchten, wenn die vierjährige Sabrina juchzend auf ihn zu rennt, er sie auffängt und durch die Luft wirbelt oder sie auf seine Schultern setzt, während sie mit ihren Patschhändchen auf seinem glatt rasierten Kopf herumtrommelt. Mit Vorliebe benutzt sie ihren ein Meter fünfundachtzig großen, muskelbewehrten Papa als Kletterbaum, als habe darin der eigentliche Zweck seines jahrelangen Trainings im Fitnessstudio gelegen. In der geduldigen und liebevollen Art, wie Andreas mit seiner Tochter umgeht, erkenne ich das Herz seiner Mutter wieder.

Überhaupt war er sehr offen. Unter anderem erzählte er, dass er als Jugendlicher mit Drogen herumexperimentiert habe – wovon Dorothea und ich nie etwas mitbekommen hatten – und wie er damals zum Bodybuilding gekommen sei: Als Junge sei er so oft von seinen Mitschülern gehänselt und gedemütigt und von den Rowdys der höheren Klassen verprügelt worden, dass er sich geschworen habe, sich einen starken Körper zuzulegen. Und als er das erreicht hatte, habe sich keiner von diesen Schlägertypen mehr an ihn herangewagt.

Es tue mir im Nachhinein leid, sagte ich, dass ich gerade in diesen Jahren nicht mehr für ihn da gewesen sei. – Na ja, sagte er, den Traum vom schnellen Reichtum hätte ich ihm damals auch nicht ausreden können. Fast all seine Kumpels seien während des Dotcom-Rausches so drauf gewesen: »Mit dreißig Millionär und dann nur noch tun, was einem Spaß macht.« Heute bedaure er, dass er nach dem Abitur eine Banklehre angefangen habe, statt Astrophysik zu studieren – was immer sein Traum gewesen war. Aber etwas von mir habe doch auf ihn abgefärbt: die Lust am Schreiben und Geschichtenerzählen. – Du schreibst? Ich war perplex. Er habe doch schon mit vierzehn, fünfzehn alle wichtigen Science-Fiction-Romane gelesen, Ray Bradbury, Stanislaw Lem, Isaac Asimov, Tad Williams – und wie sie alle heißen. Seit einigen Jahren beschäftige er sich wissenschaftlich mit Zukunftsforschung – und jetzt bastle er gerade an einem Zukunftsroman, der 2050 nach der Klimakatastrophe spiele. Wenn er weiter mit dem Manuskript sei, würde er es mir gern mal zeigen, es habe wohl einen recht guten Plot und interessante Charaktere, aber die Komposition mache ihm noch Kopfzerbrechen, vielleicht könne ich ihm da weiterhelfen.

Er hat also doch etwas von mir angenommen, auch wenn er sich in den prägenden Jahren an Vorbildern orientiert hatte, die einer ganz anderen Welt angehörten. Dies berührte mich sehr. Kam ich mir doch vor wie jemand, der erst nach dem Tod seiner Frau entdeckt, dass er einen Sohn hat, dem er etwas geben kann.

Silvester in Prag

Als ich kurz nach 17 Uhr in Prag ankam, stand ich eine Weile ratlos auf dem Bahnsteig herum; vergebens spähte ich bald in die eine, bald in die andere Richtung: Lea war nicht zu sehen. Dabei hatte sie doch versprochen, mich abzuholen. Oder wartete sie vielleicht unten in der Bahnhofshalle auf mich?

Ich ging mit meinem Rollkoffer Richtung Ausgang. Kaum hatte ich die Rolltreppe betreten, legten sich von hinten zwei weiche Hände über meine Augen. »Ich seh etwas, was du nicht siehst!« Ich drehte mich um, Lea beugte sich über mich und küsste mich. Es war eine so überfallartige Umarmung, dass ich mich mit der freien Hand am Geländer der Rolltreppe festhalten musste, um nicht zu stürzen.

»Du liebst wohl halsbrecherische Begrüßungen«, sagte ich, noch ein wenig benommen.

»Na klar. Das nächste Mal werde ich dich umarmen, wenn wir mitten im Kreisverkehr stehen. Willkommen in der Goldenen Stadt!«

Lea strahlte mich an, und ich war von ihrem Anblick sofort wieder verzaubert. Wunderschön sah sie aus in ihrer gelben Pudelmütze, unter der ihre schwarze Lockenpracht hervorquoll. Ihre Wangen waren leicht gerötet von der Dezemberkälte. Sie trug eine sandfarbene Pelerine mit Pelzkragen um die Schultern, die genau zum Ton ihres knielangen wollenen Wickelrocks und ihrer rautengemusterten Leggins passten.

Während wir mit dem Taxi in die Altstadt fuhren, erzählte sie mir von ihrer Probe. Die sei nicht gut gelaufen, die Akustik im Saal ließe zu wünschen übrig, der Beleuchter sei ein Dilettant, und das Klavier müsse dringend nachgestimmt werden. »Aber finde mal einen Tag vor dem Konzert noch einen Stimmmeister.«

Das Viersternehotel, in dem wir logierten, lag zwischen der Karlsbrücke und dem Betlemské-námésty, in dessen Kappelle einst Jan Hus seine Predigten gehalten hatte. Das Appartement mit Wohnküche, Bad und Schlafzimmer war großzügig geschnitten und in warmen Farben gehalten. Über dem Kopfende des französischen Doppelbetts hing eine Collage von Kohlestiftzeichnungen, Karikaturen verschiedener Prager Berühmtheiten, unter ihnen Bedrich Smetana, Jaroslav Hásek, Franz Kafka und Egon Erwin Kisch, die sich auf der Karlsbrücke ein Stelldichein geben. Nur einen Nachteil habe das Appartement, sagte Lea: dass das Schlafzimmer direkt über der Husowa liege, einer der meistfrequentierten Gassen der Altstadt, wo noch bis morgens um vier besoffene Touristen ihr Unwesen trieben.

Für den Abend hatte sie Tickets für das Schwarze Theater am Narodni besorgt. Unter den vielen touristischen Black-&-Light-Theatern, die es in Prag gibt, war ihr dieses empfohlen worden, weil es noch nach den originalen Vorstellungen seiner Erfinder arbeite. Bis dahin hatten wir noch Zeit, knappe zwei Stunden.

Wir beschlossen, einen Bummel an die Moldau zu machen. Auf

den alten Gassen, die zur Karlsbrücke führten, der Husova und der Karlova, herrschte ein unglaubliches Gewimmel. Von den Touristenströmen, die manchmal zu regelrechten Staus führten, ließen wir uns einfach mitziehen. Aus den Boxen der Shops, Bars und den mit russischen Steckpuppen, Plastikmarionetten und sonstigem Kitsch vollgestopften Souvenirläden dröhnte Rap, Hip-Hop oder Hardrock. Man hörte mehr Englisch, Spanisch, Deutsch und Französisch als Tschechisch.

Am Platz vor der Karlsbrücke, hinter dem Denkmals Karls IV., prangte auf einer Leinwand, mit der das Baugerüst verkleidet war, ein riesiges Werbeplakat für Pilsner Urquell. Der Flaschenhals mit dem Kronkorken überragte beträchtlich das Haupt des einstigen böhmischen Königs und Kaisers des Heiligen Römischen Reiches Deutscher Nation, der die berühmten Bauwerke der Moldaustadt erbauen ließ. Auf der Karlsbrücke war ein solcher Andrang wie im Sommer auf der Rialto-Brücke in Venedig.

Der Blick über die Moldau, auf die gegenüberliegende Kleinseite und den Hradschin, der bereits im Licht gelber Scheinwerfer erstrahlte, das Kreischen der Möwen, die auf den Sockeln der Brückenpfeiler saßen, die Liebespaare, die sich unter den Skulpturen der Brückenheiligen abfotografieren ließen, die Händler und Straßenmusiker – dies alles ergab ein faszinierendes Bild und Ambiente. So viele lachende, staunende, neugierige Gesichter, in die man im Vorübergehen blickte. So viele Stimmen und Sprachen. Ich fühlte mich umbraust von dieser fröhlichen Kakophonie des Lebens.

Als ich, den Arm um Lea gelegt, in einer kleinen Ausbuchtung der Brücke verharrte und die auf dem Brückensockel nistenden Möwenkolonien betrachtete, holte mich die Erinnerung ein: Schon einmal, vor mehr als zwanzig Jahren, hatte ich hier auf der Karlsbrücke mit Dorothea gestanden; und wir hatten die Brotreste unseres realsozialistischen Frühstücks an die Möwen verfüttert. Es war ein regnerischer Novembertag gewesen, damals gab es nur wenige Touristen und Händler dort. Von einem, der aus schwarz gefärbtem Stroh und rotem Stoff wunderschöne Figuren herstellte, erwarben wir, für ein paar Kronen, zwei Hexen mit Besenstiel, eine große und eine kleine. Beide hingen noch immer in der Diele unseres Fachwerkhauses.

War es nicht seltsam, dass ich jetzt am selben Ort mit Lea stand, wo ich einst mit meiner Frau gewesen, die damals fast im selben Alter war wie Lea heute? *Damals* und *heute* – sind dies nicht trügerische Konstruktionen unseres Bewusstseins, um das Kontinuum der Zeit zu markieren, wo doch – jedenfalls im Traum und in der Erinnerung – alles *gleichzeitig* ablief? Hätte es denn nicht auch umgekehrt sein können: dass ich jetzt Dorothea im Arm hielt und mich gleichzeitig daran erinnerte, wie ich vor zwei Jahrzehnten mit Lea hier an diesem Pfeiler der Karlsbrücke stand und die Möwen fütterte?

»Hey!« – Lea stupste mich an. »Wo bist du mit deinen Gedanken?«

»Auf dem Grunde der Moldau.«

Das Schwarze Theater lag im Souterrain des »Café Louvre«. Das kleine, mit roten Plüschsesseln ausgestattete Kellertheater war bis auf den letzten Platz besetzt.

Unsere Erwartungen sollten nicht enttäuscht werden. Was wir hier zu sehen bekamen, war »Schwarzes Theater« in seiner unverfälschten Form, wie es schon in den Zwanziger- und Dreißigerjahren zum Wahrzeichen der Prager Kleinkunstszene geworden war. Besonders faszinierte mich die Solonummer einer jungen Fee, die Zauberstäbe, Reifen, Bälle und Hüte mit einer Leichtigkeit schweben und um ihren Körper tanzen ließ, als hielte sie diese an unsichtbaren Fäden. Dabei wanderten die Requisiten auf unmerkliche Weise von ihren Händen in die ihrer unsichtbaren, weil ganz in Schwarz gehüllten Helfer, die mit dem Hintergrund der rundum schwarz verkleideten Guckkastenbühne gleichsam verschmolzen. Dieser Wechsel wurde durch das Black-&-Light-Prinzip so perfekt verhüllt, dass man ihn auch auf kürzeste Distanz nicht bemerkte. Es war immer wieder verblüffend, zu sehen, wie die Schauspieler auf der Bühne von den sie umgebenden Dingen mit ihrem magischen Eigenleben ständig herausgefordert, gefoppt und aufs Glatteis geführt wurden.

Nur manchmal waren die schattenhaften Helfer für Augenblicke zu erahnen, die um die sichtbaren Darsteller herumhuschten. Waren sie, dachte ich, nicht auch eine Metapher für die uns umgebenden Schatten der Toten?

Nach der Vorstellung gingen wir die zwei Stockwerke hoch ins überfüllte »Café Louvre«, das mit seinen getäfelten Decken, den hohen Bogenfenstern und den alten gepolsterten Stühlen und Bänken dem Stil der Wiener Kaffeehäuser nachempfunden war. Eine Weile mussten wir warten, bis ein Tisch frei geworden war und unter den vielen Kellnern sich endlich einer unserer erbarmte, der die Bestellung aufnahm und kurz darauf die Getränke brachte.

»Wäre doch schön«, sagte Lea, »wenn das Prinzip des Schwarzen Theaters auch hier gelten würde. Stell dir vor, unser Tisch wird von unsichtbaren Händen gedeckt, plötzlich macht es ›Plopp!‹, der Korken springt von der Weinflasche, und die Flasche schwebt, wie von Geisterhand gelenkt, über unseren Gläsern und schenkt uns ein.«

»Auf unsere unsichtbaren Helfer!« Wir hoben die Gläser und stießen an.

»Hey, du musst mich dabei anschauen«, protestierte Lea, »sonst haben wir vier Wochen lang keinen guten Sex.«

Ich beugte mich mit erhobenem Weinglas vor und stierte sie nun förmlich an.

Lea lachte. »Jetzt blickst du mich an wie die Schlange das Kaninchen. Ich will aber nicht gefressen werden.«

»Auch nicht aus Liebe?«

»Was hättest du schon davon. *Eine* leckere Mahlzeit – und das war's.«

Das Schwarze Theater, sagte ich, beruhe auf einem uralten Motiv, das in vielen Märchen und Sagen eine zentrale Rolle spiele: dem Motiv der Tarnkappe. Sich selbst unsichtbar zu machen und aus dem Verborgenen Macht auszuüben – diese Vorstellung hatte auch mich schon früh fasziniert. Und ich erzählte Lea, wie sehr mich, den damals dreizehnjährigen Knaben, ein Jugendroman beeindruckt hatte, der den Titel trug: »Das Rote U«. So nannte sich der Chef einer

Jugendbande, der all ihre Aktionen steuerte, ohne selbst jemals in Erscheinung zu treten. Keines der Bandenmitglieder bekam den Anführer je zu Gesicht, und doch oder gerade deshalb gehorchten ihm alle und erfüllten punktgenau seine – auf kleinen Zetteln abgefassten – Befehle, die stets mit »Das Rote U« unterzeichnet waren.

Als ich diesen Roman las, war ich gerade frisch in die Waldorfschule aufgenommen worden, in eine gemischte Klasse mit einem Überhang an Jungen. Doch zu meinem Leidwesen waren die Klassenschönheiten entweder bereits vergeben, oder sie zeigten sich meinen schüchternen Werbungen gegenüber spröde bis abweisend. So auch die blondlockige Almut mit ihrer unnachahmlich trägen bis somnambulen Art, sich zu bewegen. Ich war bis über beide Ohren in Almut verknallt und litt schrecklich unter ihrer Nichtbeachtung. Dabei gab ich mir solche Mühe, indem ich ihr meine Malstifte lieh oder schenkte, ihr bei den Französischarbeiten heimlich Zettel mit den fehlenden Vokabeln zusteckte und sie fast täglich, ihren Schulranzen tragend, zum Bahnhof begleitete, denn sie wohnte in einem Dorf außerhalb Freiburgs.

Trotz all meiner Bemühungen dachte Almut nicht daran, mir auch nur das geringste Zeichen ihrer Gunst zu schenken. Ja schlimmer noch, sie bändelte just mit meinem ärgsten Widersacher an, dem zwei Jahre älteren Holger, der mich während der großen Pause, um mich vor den Mädchen zu demütigen, mit Vorliebe in den Schwitzkasten nahm.

Irgendwann beschloss ich, meine erfolglose Werbung aufzugeben und mich auf die Methode »Rotes U« zu verlegen. In der Folge entdeckte Almut, wenn sie nach dem Schwimm- oder Turnunterricht in die Mädchenumkleide ging, in ihrem Schuh oder ihrer Mantelasche mehrfach gefaltete Zettel mit furchteinflößenden Befehlssätzen:

Von jetzt an, Almut, stehst du unter dem Schutz des Roten U, das dich auf all deinen Wegen begleiten wird. Versuche nicht, herauszufinden, wer sich dahinter verbirgt! Denn es handelt sich um eine unsichtbare Macht. Du tust also gut daran,

ihr zu gehorchen – oder du wirst Schaden an Leib und Seele nehmen.
Das Rote U

Zunächst hüllte ich meine Befehle in den Mantel der Fürsorge:

Wenn du in den Schwimmunterricht gehst, vergiss nicht, deine wollene Mütze mitzunehmen, damit du dich nicht erkältest. Und meide auf dem Weg zum Bahnhof die Kreuzung Martinsallee/Bundesallee, hier gab es schon viele Verkehrsunfälle! Das Rote U beschützt dich, wo du auch gehst.

Tatsächlich zog Almut nach dem Schwimmen jetzt immer ihre Mütze auf und mied auf dem Weg zum Bahnhof die gefährliche Kreuzung.

Lea musste so lachen, dass sie sich am Wein fast verschluckte. »Nein, das ist ja eine gottvolle Idee.«

Gehe nach dem Turnunterricht nicht mehr zum Eisessen beim Rigoletto, sondern sofort zum Bahnhof! Wenn du den 14-Uhr-Zug wieder verpasst, gibt es ein Unglück.
Das Rote U

Das Eisessen mit Holger ließ sich Almut leider nicht verbieten. Nun wurde das Rote U deutlicher:

Meide den Umgang mit Holger, denn er ist ein gemeiner Kerl und hat es nur auf dein Taschengeld abgesehen!

Als auch diese Warnung nicht fruchtete und ich sie und Holger zu meinem Leidwesen weiter beim Italiener Eis essen sah, kündigte ihr das Rote U schwere Sanktionen an:

Wenn du dich weiter mit dem Holger triffst, wird das Rote U dich strafen!!!

Doch just in dem Moment, da ich diesen Zettel in ihrem Schuh platziert hatte und die Mädchenumkleide gerade verlassen wollte, kam Almut zusammen mit zwei ihrer Freundinnen zur Tür herein: ›Du bist das also!‹, rief sie, rot vor Zorn, und schlug mir ihr nasses Handtuch um die Ohren. Ich konnte von Glück sagen, dass sie mich nicht beim Schuldirektor anzeigte. Das Rote U, in flagranti ertappt, hatte sich unsterblich blamiert – und erntete noch lange danach den Spott von Almut und ihren Freundinnen.

»Armer Fabian«, sagte Lea, »ich an Almuts Stelle hätte dich für deine originelle Tarnkappeninszenierung geküsst und zu meinem persönlichen Bodyguard ernannt.«

»Und dich doch weiter mit Holger zum Eisessen getroffen.«

Lachend schüttelte Lea den Kopf. Dann sagte sie: »Auch in der Nibelungensage spielt die Tarnkappe eine wichtige, wenn auch sehr unrühmliche Rolle.«

»Unrühmlich – wieso?«

»Na denk doch nur an Brünhildes beschämende Hochzeitsnacht. Da Gunter, ihr Mann in spe, versagt, muss ihm Siegfried beistehen, indem er sich eine Tarnkappe überzieht und in der folgenden Nacht, in Gunters Gestalt, Brünhilde nimmt … Kann es einen fieseren Verrat geben als diesen: Ein Weichei und ein professioneller Vergewaltiger tun sich zusammen, um eine unabhängige und starke Frau zu täuschen und zu bezwingen.«

Der locker-ironische Ton, in dem Lea begonnen hatte, war unmerklich in den Ton einer fast wütenden Anklage übergegangen.

»Das ist aber«, entgegnete ich, »eine sehr heutige, eine sehr feministische Auslegung der alten Sage. In diesem Deutungshorizont ließe sich auch Gunter als Opfer eines frühzeitlichen Feminismus begreifen.«

»Wieso?«

»Brünhildes auftrumpfende Stärke hat ihn derart verunsichert, dass er in der Hochzeitsnacht bei ihr versagte. En revanche hat sie ihn dann, wenn ich die Sage richtig erinnere, wie einen nassen Lappen an die Wand ihres Schlafzimmers gehängt, wo er die ganze Nacht bis zum Morgen jämmerlich ausharren musste – eine schwere Demütigung für ihn und seine Männlichkeit. Kein Wunder, dass er auf Rache sann.«

»Ja, ja«, versetzte Lea mit plötzlicher Schärfe, »wo es um Sex geht, tickt ihr Männer alle gleich.«

»Diese Verallgemeinerung finde ich jetzt aber nicht fair.«

Lea sah mich frostig an, dann griff sie nach ihrem Glas und trank es in einem Zug aus.

Auf dem Weg ins Hotel trotteten wir nebeneinanderher und sprachen nur das Nötigste. Kaum waren wir in unserem Zimmer angekommen, verschwand Lea sogleich im Bad, um sich bettfertig zu machen. Es tue ihr leid, sagte sie, als sie wenig später abgeschminkt in ihrem Seidenpyjama aus dem Bad kam und sich sogleich aufs Bett fallen ließ, aber sie habe einen sehr anstrengenden Tag gehabt und sei schrecklich müde. Vor einem Konzert, fügte sie entschuldigend hinzu, sei sie meist etwas unpässlich.

Nachdem ich von ihr einen förmlichen Gutenachtkuss erhalten hatte, schlief sie sofort ein.

Eine ganze Weile lag ich, ihr den Rücken zugewandt, auf meiner Betthälfte, halb erregt und halb frustriert, denn so hatte ich mir die erste Nacht mit Lea in Prag nicht vorgestellt. Von der Gasse unten drang immer wieder das Gegröle betrunkener Touristen und das Geklapper von aneinandergeschlagenen Bierflaschen herauf. Schließlich stand ich auf, um das angelehnte Fenster zu schließen. Danach sank ich in einen unruhigen Schlaf.

Als ich am nächsten Morgen erwachte, war die Betthälfte neben mir leer. Aus dem Bad drang, unterlegt durch das monotone Geräusch eines Föhns, Leas Stimme. Offenbar probte sie schon für das abendliche Konzert. Ich richtete mich auf und spitzte die Ohren: *Und ein Schiff mit acht Segeln.* Jennys Lied aus der *Drei Groschen Oper.*

Mit welchem Schmiss sie das hinlegte. *Und wenn dann der Kopf fällt, macht es hoppla.*

Mit wuscheligen Haaren und im schwarzen Body kam sie aus dem Bad, hüpfte kurz zu mir ins Bett und küsste mich auf den Mund.

»Guten Morgen, Liebster, hast du gut geschlafen? Wir müssen uns ein wenig beeilen. Frühstück gibt es nur bis 10 Uhr, und um 11 beginnt meine Probe, der letzte Durchlauf vor der Gala heute Abend.«

»Hast du Lampenfieber?«

»Na klar. Aber in dem Augenblick, da ich die Bühne betrete, hört es schlagartig auf. Dann bin ich nur noch die Domina.«

Sie lachte wieder ihr übermütiges Lachen, das ich so an ihr mochte. Ihre gestrige Verstimmung und Müdigkeit waren wie weggeblasen. Sie sprühte vor Energie.

Nach dem Frühstück trennten sich unsere Wege. Lea bestieg ein Taxi, und ich beschloss, einen Bummel Richtung Wenzelsplatz und Altstädter Ring zu machen.

Ich hatte gutes Wetter mitgebracht, für Ende Dezember war es erstaunlich milde. Doch war es mir, als ob ich Prag zum ersten Mal sehe. So sehr hatte sich das Erscheinungsbild der Stadt seit damals verändert, da ich sie mit Dorothea besucht hatte. Auf den Prachtboulevards 28Rijna und Na Prikopé, dem teuersten Pflaster Prags, überspannten statt der früheren Wandplakate mit den sozialistischen Durchhalteparolen und Produktionsrekorden nun die heiligen Ikonen der Konsumgesellschaft, die neuesten Topmodelle von Mercedes Benz und Skoda, die Häuserfassaden. Im Schaufenster eines – wohl gerade neu eröffneten – Adidas-Ladens schwangen vier Jugendliche mit Schirmmützen und Sportkostümen die Beine zu einem dröhnenden Rap. Dergleichen lebende Schaufensterpuppen hatte ich bislang nur in New York gesehen. Direkt aus New York schienen auch die aufheulenden Sirenen der Notfall- und Rettungsfahrzeuge importiert worden zu sein, die noch in fünf Kilometer Entfernung zu hören waren.

Auf dem Námesti Republiky war gerade ein Filmdreh im Gange. In der von Schaulustigen umgebenen Absperrung rund um den alten Pulverturm stand ein Armeewagen mit dem Sowjetstern auf der Karosserie, davor ein paar uniformierte Rotarmisten. Riesige Bühnenlampen auf fahrbaren Gestellen leuchteten den Turm aus. Auf Kommando querten immer wieder Statisten in schwarzen Mänteln und steifen Hüten den Platz. Das historische Nachkriegsambiente wurde komplettiert durch Litfaßsäulen mit Plakaten aus der kommunistischen Ära: Auf einem Plakat ragte Stalin in weißer Feldherrenuniform über die Häuserdächer – wie ein furchterregender Golem, der die Stadt heimsucht. Ein bizarrer Anblick: als ob sich mitten auf dem Platz der Republik plötzlich eine Falltür in die Vergangenheit öffnete.

Doch ein Rundumblick auf die glanzvoll restaurierten Hotelfassaden und Bankhäuser sowie auf die Logos der Weltkonzerne, welche das »Goldene Kreuz«, das Geschäftsviertel rund um den Wenzelsplatz, beherrschen, genügte, um solcherlei Befürchtungen zu zerstreuen. Prag war wirklich in Europa, im Westen, angekommen. Was auch hieß: Konsum und Cash sind hier alles.

Ich ging die Celetná, die alte Zeltnergasse, entlang und bestaunte die prächtigen, oft mit Sgrafitti geschmückten Bürgerhäuser mit ihren stilvoll renovierten Renaissance-, Barock- und Jugendstilfassaden. Welch ein erfreulicher Gegensatz zu realsozialistischen Zeiten, in denen die Altstädte meist dem Verfall überlassen wurden. Überhaupt wehte einen hier, am Altstädter Ring, der architektonische Geist so vieler Epochen an, dass man schauend ganz andächtig wurde.

Nach einem kurzen Imbiss flanierte ich zurück zum Platz der Republik, wo ein riesiger postmoderner Glaspalast meinen Blick gefangen nahm: das Palladium, ein gerade erst fertiggestelltes Shoppingcenter mit zweihundert Geschäften. Ich betrat es durch die lautlos sich bewegende Drehtür – und hielt den Atem an: Der fünf Stockwerke und Galerien umfassende Glaspalast war so gestaltet, dass man von jeder Ebene aus alle anderen Ebenen und Galerien komplett einsehen konnte, denn es gab keine die Sicht verhüllenden Zwischenetagen. Selbst die berühmten Arkaden am Potsdamer Platz in Berlin Mitte oder das Kaufhaus Bloomingdale in New York verblassten gegen diesen hypermodernen, geradezu futuristischen Konsumtempel, der, auch was Design und Lichtregie anging, von einer märchenhaften Perfektion und Extravaganz war. Selbstredend waren alle Weltkonzerne und Marken im Bereich Mode, Textilien, Parfümerie, Juwelen, Sport, Tourismus et cetera hier vertreten. Ich schritt über marmorglatte Bodenfliesen, die kein Stäubchen trübte, glitt über lautlose Rolltreppen von einer Etage in die nächste, wobei die letzte durch einen Schacht aus mattem Acrylglas führte, der im Sekundenwechsel alle Farbtöne von Rosa bis Blau annahm. Auf der obersten Ebene empfing mich ein Élysée aus Bars, Cafés, Imbissstuben und Restaurants.

Ich verließ das Palladium durch einen seitlichen Ausgang, neben dem gleich der Eingang zur U-Bahn lag. Als ich die Rolltreppe betrat, erblickte ich, zwei Stufen unter mir, einen alten Mann, der aussah wie ein tschechisches Rumpelstilzchen. Sein eisgrauer struppiger Bart reichte ihm bis zum Bauchnabel, er trug eine grünstichige völlig verdreckte Jacke und Plastiksandalen ohne Strümpfe. Mit der einen Hand hielt er seinen auf der Rolltreppe abgestellten verschnürten Pappkarton fest, der sein ganzer Besitz zu sein schien. Mit welchen Gefühlen, fragte ich mich, wird so einer wohl durch das Palladium gehen, vorausgesetzt, er wird von den Security-Guards, die die Eingänge bewachen, nicht daran gehindert?

Ich stieg am Kafka-Namesty aus und ging die Kafkowa entlang, an Schaufenstern' vorbei, in denen Kafka-Plakate hingen, die auf das Kafka-Museum und die neueste Kafka-Ausstellung hinwiesen. Überhaupt konnte man in Prag kaum einen Souvenirladen betreten, ohne das einem, oft schon unterm Türsturz, Kafka-Postkarten, Kafka-T-Shirts, Kafka-Trinkbecher, Kafka-Schlüssel-Anhänger et cetera ins Auge sprangen. Ich fragte mich, wie der arme Franz K., der völlig unfähig zur Selbstreklame war, wohl auf die exorbitante posthume Vermarktung seiner Person und seines Wirkens in Prag reagiert hätte? Und stellte mir vor, wie der Autor des »Hungerkünstlers« mit befremdlichem Blick und einem Gefühl der Taubheit durch die Einkaufsparadiese der heutigen Boomtown Prag wanderte, wie er die lautlosen Rolltreppen des Palladiums hinauf- und hinunterglitt, vorbei an den perfekt ausgeleuchteten Ikonen der modernen Warenwelt ... Der Hungerkünstler hungert ja nicht deshalb, von den Menschen unbeachtet und vergessen, in seinem Käfig vor sich hin, weil es nichts zu essen gäbe – im Gegenteil, es ist alles überreichlich vorhanden –, sondern weil er *die richtige, die für ihn bestimmte Speise nicht finden kann.*

Für vierzehn Uhr hatte ich mich mit Lea zum Mittagessen in einem Café der Luzerner Passage verabredet, die in einer Seitenstraße des Wenzelsplatzes liegt. In der großen Halle zog ein ungewöhnliches Reiterstandbild meine Aufmerksamkeit auf sich: Es hing von der Decke, genauer gesagt: das Pferd hing von der Decke, Kopf und Beine nach unten, und der Reiter, der Krieger, saß auf dem Bauch des toten Pferdes – eine treffliche Parodie auf den Militarismus und seine stupide Heldenvergötzung.

Während ich eine halbe Stunde auf Lea wartete, schrieb ich Postkarten an die Kinder, an Ansgar, Maik und Marja.

Lea kam verspätet und wirkte angespannt. Sie war unzufrieden mit ihrem Pianisten, der bei der Probe ziemlich fahrig gewesen sei. Sie hoffe aber sehr, dass er am Abend topfit sei.

Ich erzählte ihr von den Eindrücken meiner Tour durch die Altstadt. Doch Lea hörte mir kaum zu, sie war die ganze Zeit mehr mit ihrem Outfit beschäftigt. Alle fünf Minuten zückte sie ihren Taschenspiegel, um ihr Gesicht zu begutachten, ihre Augenbrauen zu zupfen und mit dem Kajalstift den Lidstrich nachzuziehen.

Nach dem Mittagessen, Gulasch mit Sauerkraut und Knödel, brachen wir auf und gingen zurück ins Hotel. Sie brauche vor dem Konzert dringend Ruhe, sagte Lea und legte sich hin ...

Gegen 18 Uhr fuhren wir mit dem Taxi zum Kongresszentrum. Am Stand des Kongressbüros empfing uns eine elegant gekleidete Dame mittleren Alters, die als host für Lea zuständig war. Ihr Namensschild war genau mittig am Ausschnitt ihrer Spitzenbluse platziert, sodass man, um ihren Namen lesen zu können, einen Blick in ihr Dekolleté werfen musste.

Bevor Lea zur Künstlergarderobe ging, drückte ich sie noch einmal an mich. »Bist du sehr aufgeregt?«

»In solch einem riesigen Saal und vor so großem Publikum habe ich lange nicht mehr gesungen.«

»Du packst das. Ich weiß es.«

»Ich werde mir vorstellen, dass irgendwo da unten in diesem anonymen Publikum ein gewisser Jemand sitzt, der an mich glaubt.«

»Toi, toi, toi!«

Bis zum Beginn der Gala war noch reichlich Zeit. Ich schlenderte durch die im Rund verlaufende Eingangshalle, in der es eine Ausstellung zur Schönheitschirurgie mit langen Fotostrecken, zahlreichen Bildtafeln und Videoinstallationen zu sehen gab. Ich blieb vor einer Fotogalerie stehen, auf denen die Gesichter und Körper von Frauen und Männern jeglichen Alters *davor* und *danach* dargestellt waren. Die beiliegende Werbebroschüre listete die Preise für den jeweiligen Eingriff auf: 120 bis 1000 Euro für ein scheinbar faltenfreies Gesicht, 2000 bis 10 000 Euro für einen um Fettwülste bereinigten Bauch, 5000 bis 8000 Euro für einen Busen der Körbchengröße C oder D. Eine Grafik zeigte die seit der Jahrtausendwende steil ansteigende Kurve von Schönheits-OPs in Deutschland, Botoxspritzen nicht mitgerechnet – ein riesiger Wachstumsmarkt, der inzwischen immer jüngere Zielgruppen erfasste. Wenn eine Branche wirklich krisenfest war, dann die Kosmetik- und Schönheitsindustrie. Ihre Umsätze waren selbst während der jetzigen Finanz- und Weltwirtschaftskrise stabil geblieben.

Ich fragte mich, warum immer Menschen sich das antaten: Fett absaugen, Botox in die Gesichtsfalten spritzen, Titten mit Silikon aufpolstern? Dass einer nicht sein Leben lang mit einer Hasenscharte im Gesicht herumlaufen wollte, dass eine, die an Brustkrebs litt, sich nach der OP eine neue Brust aufbauen ließ, das war ja verständlich und nachvollziehbar. Aber warum konnte man sich nicht einfach wohlfühlen in dem Körper, in den man hineingewachsen war? Warum durfte niemand mehr bleiben, wie er ist? Höcker- und Stupsnasen, Silberblicke, Muttermale und Segelohren galten nicht mehr als charaktervolle Attribute, sondern als Makel, zu kleine und zu große Brüste, die die normierten Körbchengrößen verfehlten, als peinlich. Noch peinlicher Fettpolster an Bauch und Oberschenkeln, die rücksichtslos abgesaugt werden mussten. Dabei hatten in früheren Epochen gerade die molligen und üppigen Frauen, wie sie etwa auf den Gemälden von Rubens zu sehen waren, das weibliche Schönheitsideal verkörpert.

Ich dachte an das Seminar »Schönheitswahn und Schönheitsindustrie«, das meine Kollegin Monika im letzten Semester an der Uni gehalten hatte; sie hatte mir ihr Manuskript zu lesen gegeben. Einer vergleichenden Studie zufolge gab es in keinem anderen Land der Welt so viele normalgewichtige Teenager, die sich für zu dick hielten, wie in Deutschland. Selbst elf-, zwölf-, dreizehnjährige Mädchen unterwarfen sich inzwischen rigorosen Diätplänen, um sich schön zu hungern, koste es, was es wolle – hieß doch der Traumberuf der meisten deutschen Mädchen: Model. Entsprechend nahmen die Essstörungen unter Heranwachsenden zu. Dank der Omnipräsenz der digital gestreckten »Alice«-Models und Astralleiber, die uns von allen Plakatwänden und Werbeflächen off- und online entgegenstrahlen und ganze Häuserfronten bedecken, waren – wie Monika es formulierte – »der Porno zum Kult und der pubertäre Körper zum Idol geworden«.

Ich betrat eine in violettes Licht getauchte Kabine, die die neuesten Errungenschaften der Schönheitschirurgie in dezenten kleinformatigen Bildern des *Vorher* und *Danach* demonstrierten: die Optimierung des Intimbereichs via Schamlippenverkleinerung. Immer mehr Frauen, informierte der dazugehörige Flyer, seien »unzufrieden mit ihrem äußeren Genital«. Gewünscht werde von den meisten ein »juveniler Look«. Kein Problem! Dank der ästhetischen Intimchirurgie werde die Kundin »untenherum wie ein frisches Brötchen aussehen: ästhetisch glatte äußere Schamlippen, welche die frisierten inneren fest umschließen. Ein Schlitz mit sanfter Wölbung.«

Mir fiel das böses Bonmot von Nick Nolte ein: *Frauen tun für ihr Äußeres Dinge, für die jeder Gebrauchtwagenhändler ins Gefängnis käme.*

Ein Gong ertönte. Ich holte mir an der Theke ein Glas Wein, dann begab ich mich in den mit bunten Girlanden und Lampions geschmückten Festsaal. Dieser war nicht nach Sitzreihen bestuhlt, vielmehr saßen die Kongressteilnehmer an kleineren und größeren Tischen, die locker über den ganzen Saal verstreut waren. Jeder Tisch war mit weißen Kerzen geschmückt und aufwendig gedeckt. Ich setzte mich an einen noch freien Tisch im hinteren Teil des Saals, von wo ich einen guten Blick auf die Bühne hatte.

Das Entree des Abends bestritten zwei Kabarettisten, die in einem brachialen Sketch die übliche Rollenverteilung zwischen dem Schönheitschirurgen und seiner Klientin einmal umdrehten: Vergeblich versuchte dieser jene davon zu überzeugen, dass weder ihre wohlgeformte Büste noch ihr glatter Bauch noch ihre klassische Römer-Nase einer Korrektur bedürfe. Doch die Klientin widersprach ihm heftig, in dem sie, sich peu à peu vor ihm entblößend, mit immer schamloserer Pedanterie demonstrierte, wo und an welchen Stellen ihres Körpers noch immer zu viele Gramm Fett lokalisiert seien, wo sich eine bedenkliche Hautfalte gebildet habe und warum vor allem ihr Intimbereich, ihre Vulva, einer Korrektur bedürfe. Die Szene mündete in dem pointierten Ratschlag des Chirurgen: »Bevor Sie viertausend Euro dafür ausgeben, dass Sie mit Ihren einundvierzig Jahren wieder aussehen wie ein vierzehnjähriger Teenie, sollten Sie Ihren Mann oder Lover fragen. Sex mit Minderjährigen ist schließlich strafbar.«

Der Saal wieherte vor Vergnügen. Ich staunte, mit welch genüsslicher Perfidie die hier versammelten Schönheitschirurgen samt Anhang ihre eigene Klientel verspotteten, an der sie sich doch eine goldene Nase verdienten.

Danach trat eine sechsköpfige männliche Vokalgruppe auf, alle in Smoking und Zylinder, die Chansons und Lieder im Stile der *Comedian Harmonists* zum Besten gaben. Sie sangen auch bekannte Instrumentalstücke und Orchesterouvertüren, wobei sie die jeweiligen

Instrumente stimmlich wie gestisch imitierten und zugleich parodierten. Sie erhielten viel Applaus.

Dann servierten die Kellner das Hors d'œuvre: Ciabatta mit geräucherten Lachsscheiben in Senf-Dill-Soße und Leberpastete mit Kaviar. Als die Messer und Gabeln wieder ruhten, betrat die Moderatorin im Glitzerkleid die Bühne und kündigte die Sängerin und Chansonette *Lea Leander* an. Vielleicht, sagte sie, sei es nur ein Silvesterscherz, vielleicht aber auch wahr, wer weiß, dass »wir heute Abend das Vergnügen mit der singenden Urenkelin der berühmten Zarah Leander haben. Der Apfel fällt ja nicht weit vom Stamm.«

Ich musste schmunzeln, dass Lea tatsächlich mit dem neuen Künstlernamen hier auftrat, den ich an jenem Abend in der Weinstube aus Übermut für sie erfunden hatte. Sie trug dasselbe schulterfreie rote Abendkleid wie bei ihrem Konzert im Gemeindesaal von Bad Rodau. Und begann natürlich mit zwei der berühmten Evergreens ihrer Namensgeberin: *Waldemar* und *Kann denn Liebe Sünde sein*. Es folgten Lieder von Hollaender und Kurt Weill. Danach einige Lieder des schwarzen Humors, unter ihnen das im bayerischen Dialekt gehaltene von Wedekind *I hob meine Tante geschlachtet*, und das bekannte Stück von Kreisler *Gehen wir Tauben vergiften im Park* ... Lea beschloss ihre halbstündige Gala mit *Stroganoff*, dem wohl rasantestem Klassiker unter den alten Chansons, der ihr Gelegenheit bot, noch einmal ihr ganzes stimmliches und schauspielerisch-parodistisches Können, diesmal mit russischem Akzent und Temperament unterlegt, auszuspielen: *So wurde Glanzstück von Souper, wurde grösstes Frikassee, wurde Stroganoff-Filet geboooren, oley!* – Für dieses Bravourstück erhielt sie frenetischen Applaus.

Danach wurde das Hauptgericht serviert: ein Filet Stroganoff in Rotwein-Soße mit Rosmarinkartoffeln und Steinpilzen.

Nach dem Hauptgang trat Lea noch einmal auf und präsentierte – passend zu dem nachfolgenden Dessert, einer dekorativ mit Weintrauben, Erdbeeren, Kiwi- und Ananasscheiben bestückten Käseplatte – einen zehnminütigen Sketch: *Mama, wo kommen die Lö-*

cher im Käse her? – eine der köstlichsten Satiren von Kurt Tucholsky. Wobei sie beide Rollen, die des fragenden Kindes und die der antwortenden Mutter, im fliegenden sowohl mimischen wie stimmlichen Wechsel mit einer Rasanz hinlegte, dass ich Tränen lachte und das Publikum danach vor Begeisterung mit den Füßen trommelte. Sie war wirklich eine Königin der leichten Muse und hatte die Standing Ovations verdient.

Nachdem der offizielle Teil des Programms beendet war, wartete ich in der Vorhalle auf sie. Endlich sah ich Lea in ihrer sandfarbenen Pelerine aus dem Bühneneingang kommen. Indes kam sie nur stockend vorwärts, weil sie immer wieder von begeisterten Zuschauern angesprochen wurde, die ihr die Hände drückten oder ein Autogramm von ihr wollten. Als sie endlich bei mir angekommen war, fiel sie mir mit glücklich erhitztem Gesicht um den Hals.

»Endlich geschafft!«

In diesem Augenblick spürte ich förmlich die vielen Männerblicke, die auf uns ruhten und die zu sagen schienen: Ah, das ist also der Glückliche, der diese schöne Frau und hinreißende Sängerin umarmen und mit ihr die Nacht verbringen darf – und ich genoss dieses Gefühl.

»Du warst umwerfend«, raunte ich ihr ins Ohr. »Ich bin so was von stolz auf dich.«

»Weißt du, was ich jetzt möchte? Mit 'ner Flasche Wein auf die Karlsbrücke gehen und dort mit dir den Jahreswechsel feiern. Auf die Silvesterparty hier hab ich keinen Bock.«

Wir nahmen ein Taxi und fuhren zur Karlsbrücke. Hier war natürlich Hochbetrieb. Karawanen von Touristen, in dicke Jacken und Mäntel verpackt, zogen in beiden Richtungen über die Brücke. Vor den Straßenmusikanten, die in den kleinen Ausbuchtungen ihre Instrumente, Boxen und Verstärker aufgebaut hatten, bildeten sich regelrechte Staus. Zwei Akkordeonspieler, die Pelzmützen auf- und Fingerhandschuhe anhatten, zogen uns sofort in ihren Bann: Sie spielten nicht etwa Lieder, Schlager oder Folkmusicstücke, sondern bekannte klassische Stücke wie Bachs *Orgel-Toccata und Fuge in C-Dur* und Vivaldis *Vier Jahreszeiten*, die auf dem Akkordeon seltsam verfremdet, manchmal auch wie eine Mischung aus Orgel und Balalaika klangen. Auch die schnellen Sätze spielten die beiden Virtuosen, die wohl Russen oder Ukrainer waren, absolut perfekt. Zu ihrem Repertoire gehörten auch bekannte Opernarien und Ouvertüren, so die schwungvolle Ouvertüre von Rossinis *Der Barbier von Sevilla*. Wie gebannt hörten wir ihnen zu; schienen sie doch mit ihrer klassischen Ausbildung und Virtuosität die gewohnten Grenzen ihres Instruments, das man eigentlich immer nur mit Volksmusik verband, zu sprengen.

Als sie schließlich die ersten Takte der *Habanera* aus Bizets *Carmen* anstimmten, gab es für Lea kein Halten mehr. Sie übergab mir kurzerhand ihre Schultertasche, stellte sich neben die beiden Musiker und schmetterte ihre Lieblingsarie über die Moldaubücke, dass selbst die Tauben, die auf den steinernen Sockeln der Brückenpfeiler saßen, vor Schreck aufflogen. Die beiden Akkordeonisten schauten verwundert, dann mit anerkennenden Mienen zu der unbekannten Sängerin hoch; intuitiv verlangsamten sie ihr Spiel, damit ihr Gesang noch besser zur Geltung käme.

Die Passanten waren stehen geblieben und lauschten mit ungläubigen Mienen. Nachdem Lea geendigt hatte, gab es Bravorufe von allen Seiten.

»Das war meine Zugabe an die Goldene Stadt.« Lea verbeugte sich mit glühendem Gesicht.

Ich fühlte mich wie auf dem Trip. Glaubte, vor Begehren schier den Verstand zu verlieren. Und wusste: Diesmal würde mir mein Gewissen keinen Streich mehr spielen, diese Nacht würde sie mir ganz gehören.

Kurz darauf stiegen die ersten Silvesterraketen rauschend in den Himmel. Es war wenige Minuten vor Mitternacht. Rasch packte ich die Sektflasche und die Plastikbecher aus meinem Rucksack und ließ den Korken springen. Füllte die Becher und schenkte auch den beiden Akkordeonisten ein. Als von beiden Seiten der Moldau die Domglocken läuteten, begann unter ungeheurem Getöse das Feuerwerk. »Prost Neujahr!«, erklang es in allen Sprachen um uns herum. Ich stieß mit Lea an – leider ergaben die Becher keinen Klang: »Auf uns!« – »Auf ein ganz tolles Jahr für uns beide!«, rief sie mit glänzenden Augen und küsste mich. Aneinandergeschmiegt standen wir inmitten der jubelnden Menge auf der Brücke und schauten bald auf die Altstadt, bald auf die gegenüberliegende Kleinseite und die angestrahlte Prager Burg, über der sich immer neue Kaskaden von bengalischen Leuchtfeuern ergossen. Nicht lange und das Zentrum des Feuerwerks verschob sich zur Moldau und zur Karlsbrücke hin; auf einmal standen wir unter einer phosphoreszierenden Sternenkuppel, deren feurige, sich immer wieder erneuernde Blütenkelche hoch oben über unseren Köpfen explodierten, um dann als Sprühregen von tausend funkelnden Teilchen langsam niederzugehen und zu beiden Seiten der Brücke in den schwarzen Wassern des Stroms zu versinken. Ein fantastisches Schauspiel! ... Ich dachte daran, dass dies das erste Silvester ohne Dorothea war, hatte einen Moment gar die kindliche Vorstellung, dass sie irgendwo von da oben jetzt auf mich und die neue Frau in meinen Armen herabschaue, doch schob ich diese Vorstellung rasch wieder beiseite.

Als der Höhepunkt des Feuerwerks überschritten war, verließen wir die Karlsbrücke und gingen über die *Karlowa* und *Hussowa* zurück zum *Betlemské-námésty*. Hier spielte unter einer violett beleuchteten Muschel, die als Bühne diente, eine tschechische Rockband auf, während die Menschen in ihren dicken Mänteln, Schals und Kapuzen auf dem Platz tanzten. Die Stimmung war so ansteckend, dass wir uns unter die Tanzenden mischten und dabei immer ausgelassener wurden. Natürlich kam es bei dem Gedränge zu häufigen Karambolagen mit den tanzenden Nachbarn, die jedoch meist mit einem fröhlichen »Happy New Year!« quittiert wurden.

Gegen halb zwei Uhr morgens gingen wir Arm in Arm beschwingt zurück ins Hotel. Kaum hatte ich Licht im Zimmer gemacht, fielen wir einander wieder in die Arme. Hastig entkleideten wir uns und sanken aufs Bett. Unsere Küsse waren wie züngelnde Flammen. Ich begehrte Lea so sehr, dass auch nicht die Spur von

Angst mehr in mir aufkam. Ja, ich konnte gar nicht genug von ihr kriegen. Es war eine fast wütende Lust, als wolle, als müsse ich sie und mich selbst für mein Versagen in der ersten Nacht nun doppelt und dreifach entschädigen. Irgendwann in den frühen Morgenstunden schliefen wir ein in seliger Erschöpfung.

Dreizehntes Kapitel

Es war Mitte Januar. Ich saß im Großraumabteil eines ICE nach Hamburg. Nur flüchtig nahm ich die eintönige Landschaft mit den schneebedeckten Äckern und sich drehenden Windrädern wahr, die an mir vorüberzogen. In Gedanken war ich noch bei der gestrigen Sitzung des Akademischen Senats. Mein Vorschlag betreffs des Symposiums hatte bei den Professoren zunächst ein geteiltes Echo ausgelöst: die der soziologischen und philosophischen Fakultät unterstützten ihn, während die BWL- und VWL-Professoren eher ablehnend reagierten. Sie beriefen sich auf die vollen Studienpläne ihrer Fakultäten, in denen für solch eine »zeitaufwendige Extraveranstaltung« kaum Platz sei. Prof Drehwitz verstieg sich gar zu der süffisanten Bemerkung, solch ein Symposium sei eher etwas für den »akademischen Elfenbeinturm« und für »philosophische Generalisten«, doch nicht für angehende Volkswirte, Manager und Ingenieure, die sich auf den Erwerb sehr spezifischer Fachkenntnisse konzentrieren müssten, um später in ihren hochkomplexen Berufsfeldern bestehen und Führungsrollen erfolgreich ausfüllen zu können. Und was die Globalisierung angehe – sie sei ein Prozess, über den man wohl geistvoll lamentieren, den man aber nicht mehr zurückdrehen könne. – Gerade der zurückliegende Crash der Finanzmärkte mit seinen weltweiten Verwerfungen, konterte ich, habe doch wohl gezeigt, dass man die wichtigen Fragen der Gesellschaft nicht den Ökonomen und sogenannten Spezialisten überlassen dürfe. Und da das Thema »Globalisierung und Beschleunigung« keineswegs nur die Ökonomie und die Arbeitswelt, sondern nahezu alle Bereiche und Aspekte des modernen Lebens betreffe, sei es gerade nicht im akademischen Elfenbeinturm, sondern nur in einem weit gespannten interfakultativen Dialog verhandelbar. Prof Körner von der soziologischen und Prof Lobowitz von der philosophischen Fakultät gaben mir Schützenhilfe. Und so hatte sich bei der nachfolgenden Abstimmung eine knappe Mehrheit der anwesenden Professoren *für* das Symposium ausgesprochen. Eine – von mir und Monika zu koordinierende – Vorbereitungsgruppe, in die jede der mitwirkenden Fakultäten einen Vertreter entsendet, sollte bis zum Semesterende ein Konzept für das Symposium erarbeiten, das – wie Rektor Söder mit Stentorstimme betonte – in jeder Hinsicht »ausgewogen« zu sein habe.

Dass man meinen Vorschlag angenommen hatte, war nicht nur ein persönlicher Imagegewinn für mich selbst, das Symposium bot mir und meinen Mitarbeitern nun auch die Chance, nach längerer Zeit erstmals wieder in die Öffentlichkeit zu wirken und den drohenden Abbau unserer Fakultät vielleicht aufhalten zu können.

Von der Habgier

Ich zog mein neuestes Buch aus dem Gepäcknetz: *Geiz ist geil. Zur Geschichte der Habgier.* Es war soeben in einem kleinen Wissenschaftsverlag als gebundene Ausgabe erschienen. Meine Lesereise – zwei Lesungen im Süden der Republik hatte ich bereits hinter mir – führte mich nun nach Norden. Heute Abend würde ich in Süderstapel, einem Städtchen an der Eider, lesen.

Ich betrachtete das Bildmotiv auf dem gelben Cover: Es war ein alter mittelalterlicher Stich, der den *Tanz ums Goldene Kalb* als *Totentanz* darstellte. Unter den farbenfrohen Federhüten der Tanzenden waren Gesichter mit leeren Augenhöhlen zu sehen, und unter ihren prächtigen Gewändern lugten Gerippe und bleiche Knochen hervor, die einen schaurigen Kontrast zu dem gleißenden Gold des umtanzten *Goldenen Kalbs* bildeten.

Es war das erste meiner Bücher seit fast dreißig Jahren, das Dorothea nicht mehr lektoriert hatte, denn als ich etwa in der Mitte des Manuskriptes angekommen war, starb sie. Erst sechs Wochen später war ich imstande, die Arbeit an dem Buch wieder aufzunehmen. Dass ich es nach diesem Schock überhaupt hatte vollenden können, setzte mich nachgerade selbst in Erstaunen. Die Arbeit hatte mich abgelenkt, sie war zugleich der Versuch, dem Tod etwas entgegenzusetzen, ein neues Werk – so wie Sonja dem Verlust ihrer Mutter ein neues Leben entgegensetzte. In gewissem Sinn hatte mich Dorothea während der weiteren Niederschrift auch begleitet. Wenn mir eine besonders pointierte oder gewitzte Formulierung gelungen war, hörte ich sie im Geiste manchmal lachen, und dann war es gut.

»Ein schaurig-schöner Stich«, sagte, mit Blick auf das Cover, die neben mir sitzende Frau. »Darf ich mal ...?«

Ich reichte ihr das Buch. Meine Sitznachbarin, die die ganze Zeit auf ihrem Laptop herumgetippt hatte, war eine schwarzhaarige Mittvierzigerin mit strengem Pagenschnitt, randloser Brille und Ohrclips mit ovalen Silberringen, je drei an der Zahl, die ihr bis zum Kinn reichten.

»Könnte von Albrecht Dürer sein«, sagte sie in fachkundigem Ton.

»Nein, es stammt von einem unbekannten Meister.«

»Ist das Buch von Ihnen?«

»Ja.«

Sie sei auch Autorin, sagte die Frau, deren voluminöse Ohrringe bei jeder Kopfbewegung aneinanderstießen und einen klirrenden Ton erzeugten. Sie schreibe historische Kriminalromane, die im Hochmittelalter spielten, und sei bei einem großen Verlagshaus unter Vertrag. Allerdings, fügte sie mit einem Seufzer hinzu, sei es wirklich »Knochenarbeit«. Sie müsse, da vertraglich gebunden, ein, zwei Romane pro Jahr schreiben. »Und jedes Buch muss sich rechnen.«

Ja, sagte ich, das sei inzwischen die Devise der meisten Verlagshäuser. Da müsse man sich nicht wundern, wenn ehemals hoch angesehene literarische Gattungen wie die Lyrik und die Essayistik zur bloßen Nischenexistenz verdammt seien, während gleichzeitig die Büchertische in den großen Buchhandelshäusern und -ketten unter der aufgetürmten Meterware von dickbäuchigen Trivialromanen schier zusammenbrächen. So viel gebündelte Trivialität in Bestsellerformaten, so viel geistiger Schrott in Hochglanzverpackung ...

»Vorsicht«, unterbrach mich, sichtlich pikiert, die Frau neben mir, »Sie sprechen mit einer Bestsellerautorin. Oder kennen Sie Ines Klinke etwa nicht?«

»Tut mir leid! Aber vermutlich kennen Sie mich auch nicht.« Sie schaute auf das Cover. »Fabian Fohrbeck? Nein, nie gehört.«

»Nun – dann haben wir uns ja beide nichts vorzuwerfen.«

Frau Klinke lachte bemüht, indes die Ringe an ihren Ohren wieder »klingeling« machten. Und gab mir mein Buch zurück.

Sie schreibe nun mal nicht für das elitäre Bildungsbürgertum, sagte sie, während sie die Textdatei auf ihrem Bildschirm weiterscrollte, sondern für den großen Markt, für die Masse der gewöhnlichen Leser. Dafür blicke der Literaturbetrieb voller Verachtung auf sie und ihresgleichen herab, und sie käme mit ihren Büchern natürlich auch nicht ins Feuilleton. Obwohl sie fünfstellige Auflagen habe.

Wie sie denn in diese Laufbahn hineingeraten sei, fragte ich in möglichst neutralem Ton.

Frau Klinke nahm die Finger vom Laptop und lehnte sich zurück. Sie stamme aus Leipzig, habe dort Germanistik studiert und nach der Trennung von ihrem Mann lange Zeit als alleinerziehende Mutter mit zwei Kindern gelebt und nebenbei geschrieben. Dann sei sie von der Cheflektorin eines großen deutschen Verlages, der sie ihren ersten Roman vorgelegt hatte, entdeckt und regelrecht gecoacht worden. O-Ton Chef-Lektorin: »Also schreiben können Sie. Aber das genügt nicht. Wenn Sie wirklich Bestseller produzieren wollen, dann gilt Regel Nummer eins: Spannung, Spannung und noch mal Spannung. Am besten verkaufen sich Thriller, Krimis, Sex-and-Crime-Geschichten. Regel Nummer zwei: Spätestens alle fünfzig Seiten muss es in den Lenden knirschen.«

»Wird das denn für den Leser nicht langweilig, wenn er alle fünfzig Seiten gewärtigen muss: Ach je, jetzt knirscht es schon wieder?« Frau Klinke lachte, wieder machte es »klingeling« ... Habgier, sagte sie mit Blick auf das Cover meines Buches, sei doch ein hochaktuelles Thema. Warum ich es denn nicht, statt darüber einen Essay zu schreiben, den nur ein paar Akademiker läsen, in Form einer saftigen Familiensaga verarbeite, die beispielsweise im Haus der Fugger und Welser spiele?

»Wo es dann alle fünfzig Seiten in den Lenden knirscht ...«

»Na klar. Warum denn nicht?«

Wie sie denn, fragte ich Frau Klinke, das Schreiben nach den Vorgaben und Regeln des Kommerzes mit ihrer Identität als Autorin vereinbaren könne?

»Identität?« Frau Klinke zuckte mit den Achseln. Sie identifiziere sich doch nicht mit dem, was sie schreibe. Ihr Agent habe gerade mit ihrem Verlag einen Vertrag über vier historische Kriminalromane abgeschlossen. Allein für den Vorschuss könne sie sich jetzt eine komfortable Eigentumswohnung in der Hamburger City kaufen. »Das ist meine Identität.«

»Würde meine Identität am Vorschuss und an der verkauften Auflage hängen«, sagte ich, einen Anflug von Neid durch Selbstironie kaschierend, »müsste es ziemlich schlecht um sie bestellt sein. Für dieses Buch habe ich nicht mal einen Vorschuss bekommen. Und würde ich den Stundenlohn für die viele Arbeit berechnen, die es mich, inklusive Recherche, gekostet hat, käme ich vielleicht auf Centbeträge. Aber wenigstens kann ich sagen: Es ist *mein* Buch. Darin erkenne ich mich wieder.«

»Das ist doch schön«, sagte Frau Klinke mit einer leisen Melancholie: »Und wie lange schreiben Sie im Schnitt an einem Buch?«

»Hängt vom Sujet ab: Sachbücher gehen in der Regel schneller. Für einen Roman nehme ich mir schon mal vier, fünf Jahre Zeit.«

»Fünf Jahre. Das ist ja traumhaft.« Frau Klinkes Augen weiteten sich, dann aber konstatierte sie trocken: »Inzwischen wäre ich allerdings verhungert. Nach fünf Jahren hat der Markt einen doch längst wieder vergessen.«

»So ist es. Aber Hauptsache«, kam mir ein häufiger Ausspruch Dorotheas in den Sinn, »man vergisst und verliert sich selber nicht.« Frau Klinke sah mich an, als sei ich nicht von dieser Welt. Die Lautsprecherstimme kündigte den nächsten Halt Hamburg Hauptbahnhof an. Frau Klinke klappte ihren Laptop zu.

»Falls ich mal meinen Job verliere«, sagte ich humorig, nachdem wir beide ausgestiegen waren, »würden Sie mich dann coachen?«

»Wenn Sie das nötige Kleingeld mitbringen.« Sie reichte mir ihre Visitenkarte.

Während ich, noch in Gedanken an diese Begegnung, meinen Rollkoffer hinter mir her durch die Bahnhofshalle zog, kreuzte ein Typ mit blonder Igelfrisur und löchrigen Jeans meinen Weg. »Hast mal 'nen Euro für mich?« Ich schüttelte den Kopf und zog weiter. Bei Starbucks trank ich noch schnell einen Cappuccino. Doch als ich zahlen und meinen Geldbeutel aus der Manteltasche ziehen wollte, griff ich ins Leere. Panisch knöpfte ich meinen Mantel auf und durchforstete alle Taschen meiner Jacke und Hose: nichts! Mein Portemonnaie war weg – mit circa tausend Euro, den Honoraren meiner letzten Lesungen, mit all meinen Kreditkarten, inklusive Bahncard und Reiseticket!

Ich rief dem Kellner zu, er möge bitte für einen Moment auf meinen Koffer aufpassen. Dann rannte ich kreuz und quer durch die Bahnhofshalle in der Hoffnung, irgendwo vielleicht den blondhaarigen Halunken zu finden, der mich angesprochen, im Vorübergehen gerempelt und mir dabei den Geldbeutel aus der Manteltasche gefischt hatte. Dass just mir, einem Zauberprofi, der die Tricks der Langfinger genau kannte, so etwas passieren musste ... Wohl zehn Minuten suchte ich die Bahnhofshalle ab – umsonst! Der Junkie war natürlich längst über alle Berge mit meinem Geld und all meinen Kreditkarten.

Ich ging sofort zum Büro der Bahnpolizei, um den Diebstahl zu melden und unverzüglich meine Kreditkarten sperren zu lassen. Aber lass mal deine Kreditkarten sperren, wenn du weder die Kreditkartennummern noch deine Kontonummern im Kopf hast. Es dauerte mindestens eine halbe Stunde, bis der zuständige Beamte, der zudem von einer quälenden Umständlichkeit und Betulichkeit war, sich durch die verschiedenen Servicenummern durchtelefoniert und den Meldebogen für den Diebstahl schließlich ausgefüllt hatte. Im Geiste malte ich mir aus, wie der Dieb und seine Kumpanen inzwischen meine Konten plünderten, die dazugehörigen PIN-Nummern, so hatte ich jüngst in der Zeitung gelesen, konnten die cleveren Diebesbanden von heute sehr schnell mithilfe spezieller Softwareprogramme ermitteln. Vielleicht, so dachte ich, in einem Anflug apokalyptischer Verzweiflung, verlor ich in diesen Augenblicken gerade Tausende von Euros.

Natürlich war mein Anschlusszug inzwischen abgefahren. Wie sollte ich auch ohne Fahrschein weiterreisen? Ich konnte mir nicht mal mehr einen Espresso leisten, geschweige denn die fünfzig Cents für den Bon berappen, den man ziehen muss, damit sich die Sperre zur Bahnhofstoilette öffnet. Die Vorstellung, mit wachsendem Druck auf der Blase vor dem Drehkreuz zu stehen und doch nicht durchzukommen, sodass mir nichts anderes übrig blieb, als wie ein Penner jemanden anzuhauen »Hast du mal 'nen Euro für mich?«, verstärkte noch meinen Harndrang und meine ohnmächtige Wut.

Ich marschierte zum DB-Service-Center, wo ich mir eine Ersatz-Bahncard ausstellen ließ. Mit dieser provisorischen Bahncard und der Bescheinigung der Bahnpolizei betreffs des Diebstahl, dessen Opfer ich geworden war, so versicherte mir die zuständige Servicedame, würde ich ohne Probleme weiterfahren können. Ich war ihr sehr dankbar für das Wort »Opfer« – denn noch nie hatte ich mich so sehr als Opfer gefühlt wie in diesen Stunden, da man mir nicht nur mein Geld und meine Kreditkarten, sondern auch sämtliche anderen Karten – Bahncard, AOK-Karte, Gothaer-Versicherungskarte, diverse Mitgliedskarten et cetera pp. –, mir also gleichsam die Identität geraubt hatte.

Erst als ich im ICE Richtung Flensburg saß, beruhigte sich mein Herzschlag und gewann ich allmählich meine Fassung zurück. Wie gern hätte ich mir jetzt einen Cappuccino genehmigt, und doch musste ich den Zugkellner mit seiner fahrbaren Theke an mir vorbeiziehen lassen. Auf der Rückseite seines dunkelblauen T-Shirts waren die Getränke und ihre Preise in weißen Lettern und Zahlen aufgedruckt. Vielleicht, dachte ich mit grimmem Sarkasmus, sollte ich mir auch ein T-Shirt mit den aufgedruckten Titeln meiner Bücher nebst Preisliste zulegen.

»Fahrscheinkontrolle!« Der herbe Befehlston ließ mich zusammenfahren. Ich erklärte der Kontrolleurin, welche die Statur einer Weltmeisterin im Kugelstoßen hatte, dass man mir soeben im Hamburger Bahnhof das Portemonnaie gestohlen habe, in dem sich auch meine Bahncard und das Onlineticket befanden. Mit zusammengekniffenen Augen überflog die Schaffnerin erst die Bescheinigung der Bahnpolizei, dann die Ersatz-Bahncard.

»Tut mir leid. Aber da auf der Ersatz-Bahncard Ihre Identifizierungsnummer nicht angegeben ist, kann ich auch nicht überprüfen, ob Sie einen Fahrschein online gebucht haben.«

»Und was jetzt?«

»Sie müssen einen neuen Fahrschein buchen.«

»Verstehen Sie denn nicht?! Ich bin bestohlen worden und habe im Augenblick nicht einen Cent. Wie soll ich da ein neues Ticket buchen?«

»Tja, dann müssen Sie beim nächsten Halt aussteigen.«

»Hören Sie! Ich bin Autor und habe heute Abend eine Lesung in Süderstapel. Wenn Sie mich jetzt beim nächsten Halt zum Aussteigen zwingen, werde ich die Bahn um das Honorar verklagen, das mir entgeht, weil ich meinen Zielort, dank Ihrer Schikane, nicht erreichen konnte.«

»Mit Schikane hat das gar nichts zu tun«, parierte die uniformierte Walküre mit frostiger Miene. »Sie reisen ohne Fahrkarte, ohne gültige Bahncard und ohne Geld. Das heißt, im juristischen Sinne sind Sie überhaupt kein Fahrgast, sondern ...«

»Sondern was?«

»Sie können froh sein, dass ich Ihnen nicht auch noch ein Bußgeld wegen Schwarzfahrens aufbrumme.«

Alle Kraftausdrücke meiner in einem bayerischen Dorf verbrachten Kindheit wollten mir gleichzeitig aus der Kehle fahren, doch in Anbetracht der ungleichen Machtverteilung zwischen dieser eisernen DB-Lady und mir, einem halb kriminellen Schwarzfahrer ohne Ausweis, Fahrkarte und Geld, schluckte ich sie hinunter.

»Können Sie sich sonst irgendwie ausweisen?«

»Wie denn?«, schrie ich in einem so überfallartigen Ton, dass die Passagiere in den Sitzen vor mir unwillkürlich die Köpfe wendeten.

»All meine Ausweise und Karten waren in dem Portemonnaie, das mir gestohlen wurde!«

Wo die Not am größten, wächst das Rettende auch. Plötzlich hatte ich eine Inspiration. Ich hievte meinen Koffer von der Ablage und holte mein Buch hervor. Das hielt ich der Kontrolleurin unter die Nase, gleichzeitig deutete ich auf den Autorennamen über dem Titel.

»Was steht hier? ... Fabian Fohrbeck. Claro?« Dann schlug ich den hinteren Buchdeckel auf und deutete auf den Schutzumschlag.

»Und der Mann hier auf dem Foto – bin ich das oder bin ich das nicht?«

Verblüfft starrte die Zugschaffnerin auf das Autorenfoto. Nach einer Weile sagte sie mit einem Anflug von Respekt:

»Also so hat sich noch nie ein Fahrgast bei mir ausgewiesen.« Und in versöhnlichem, fast schon kumpelhaftem Ton fügte sie hinzu: »Wenn ich Ihnen einen guten Rat geben darf: Bevor Sie die Rückreise antreten, sollten Sie Ihre Bahncardnummer auf der provisorischen Karte eintragen lassen. Gute Fahrt!«

Jetzt sage noch einer, Bücher haben keinerlei praktischen Nutzen.

Fünf Minuten vor Beginn der Lesung kam ich in Süderstapel an. Ich nahm ein Taxi, das mich zum Veranstaltungsort brachte. Dieser war eine ehemalige, nunmehr bestuhlte und gut ausgeleuchtete Scheune, an deren Wänden noch die alten Gerätschaften wie Mistgabeln, Rechen, Dreschflegel, Wagenräder und -deichseln hingen. Rasch baute ich, im Angesicht des wartenden Publikums, meine Requisiten auf. Währenddessen gab der Veranstalter einen kurzen Überblick über meine Vita und mein Werk und stellte mich als den »seltenen Fall eines Schriftstellers und Kulturwissenschaftlers« vor, »der auch zaubern kann«.

Ich eröffnete die Lesung mit einem magischen Feuereffekt: schlug mein Buch auf und Simsalabim! loderten aus seinem Inneren Flammen hervor. Mein Kommentar: »Wenn Sie dieses Buch lesen, das von der Habgier handelt, besteht die Gefahr, dass Sie vor Zorn entbrannt sein werden. Es empfiehlt sich daher, bei der Lektüre stets einen Feuerlöscher mit sich zu führen.«

Dann begann ich zu lesen:

Eine der größten ideologischen Leistungen des Kapitalismus besteht darin, dass es ihm im Lauf der Jahrhunderte gelungen ist, eine ehemals christliche Todsünde, nämlich die Habgier, zu rehabilitieren und in ein moralisch unanfechtbares (Menschen-)Recht, das Recht auf Bereicherung und Übervorteilung des Mitmenschen, zu verwandeln ...

Nach der Definition Alkuins von York, Theologe am Hofe Karls des Großen, ist die avaritia, die Todsünde der Habgier »die Begierde, zu viel Reichtümer zu erlangen, zu haben und zu behalten, was ein unersättliches Verderben ist. Wie der Wassersüchtige, der, je mehr er trinkt, umso mehr nach Wasser verlangt, so will die avaritia umso mehr erlangen, je mehr sie schon erlangt hat.«

Bemerkenswert an Alkuins Definition ist, dass sie mit einer psychologischen Diagnose daherkommt: Die Gier, die Habgier nimmt mit zunehmendem Reichtum nicht ab, sondern zu. Das heißt, sie hat Suchtcharakter.

Und sie galt den Theologen und Menschen des Mittelalters mit gutem Grund als Todsünde. Darum war auch der Wucher, also das Zinsnehmen, streng verboten: »Wucher liegt dort vor, wo mehr zurückgefordert als gegeben wird.« Der Gehalt der mittelalterlichen Wucherlehre bestand darin, dass man nur Gleiches gegen

Gleiches tauschen dürfe, um den Nächsten nicht zu übervorteilen. Im Zweiten Laterankonzil von 1139 heißt es: »Ferner verurteilen wir die Raffgier der Geldverleiher, die vom göttlichen und menschlichen Gesetz zutiefst verabscheut und durch die Schrift im Alten und Neuen Testament verworfen ist. Diese unersättliche Raffgier verurteilen wir und schließen die Geldverleiher von allem christlichen Trost aus [...] Die Zinsnehmer gelten ihr ganzes Leben als ehrlos und erhalten kein christliches Begräbnis, wenn sie nicht Vernunft annehmen.«

Dem Denken des Mittelalters zufolge wären also die heutigen Banker, Broker und Börsianer, all die großen und kleinen Spekulanten, die sich auf den Finanzmärkten tummeln, nicht nur als chronisch Suchtkranke, sondern auch als ehrlose Kreaturen anzusehen, die kein christliches Begräbnis erhalten dürften.

Damals konnte man das Gebaren der Wucherer und der großen Handelshäuser, etwa der Fugger und Welser, noch mit dem Vorwurf der Gier und der Habgier konfrontieren, wie es etwa Martin Luther mit Verve getan hat, denn das Verleih- und Kreditgeschäft war noch sehr begrenzt, und der aufkommende Handelskapitalismus bildete nur ein kleines Segment der Gesellschaft. Heute hingegen, da die ganze Gesellschaft »durchkapitalisiert« ist, ist die Klage über die »Gier der Manager«, die neuerdings wieder Schlagzeilen macht, Magazine und Fernsehsendungen beschäftigt, nicht nur weltfremd, sie geht auch am Kern des Problems vorbei; ist doch die Habgier keineswegs eine individuelle Sucht, die individuell zu kurieren, geschweige denn durch moralische Appelle einzudämmen wäre, vielmehr eine systemimmanente, ja systemnotwendige Sucht, die den Motor unserer Ökonomie bildet und darum auch als normal, legitim und rechtens gilt. In der Folge verschwand denn auch die Habgier endgültig aus den wirtschaftstheoretischen Überlegungen. Seitdem spricht man in den Wirtschaftswissenschaften vom Eigennutz, den jeder Mensch natürlich verfolge und der deswegen legitimer und logischer Ausgangspunkt des Wirtschaftsdenkens und -handelns sei ...

Bekanntlich gehört es zum Wesen von Junkies, dass sie alles tun – stehlen, lügen, einander wechselseitig betrügen etc., um an ihr

Suchtmittel zu gelangen. Genauso, nur auf ungleich höherer Stufe und mit ungleich fataleren Auswirkungen für die Allgemeinheit, verhalten sich die Junkies der heutigen Finanzwelt. Um ihrer Spiel- und Gewinnsucht zu frönen, gehen sie nicht nur ungeheure Risiken auf Kosten der Gesellschaft ein, sie arbeiten auch mit allen Mitteln des Betruges: Sie manövrieren die Einlagen ihrer betuchten Klienten am Fiskus vorbei in sogenannte Steueroasen, sie deklarieren Schulden und faule Kredite zu »Wertpapieren« um, die sie »verbriefen« und weltweit verkaufen; sie fälschen ihre Bilanzen und schieben ihre »Schrott-Papiere« in »außerbilanzliche Zweckgesellschaften« und »Schattenbanken«. Und wenn sie sich verzockt haben und vor der Insolvenz stehen, erpressen sie den Staat und die Politik mit der Drohung: Wenn ihr uns nicht rettet, bricht alles zusammen!

Im Vergleich zu den Zockern und Dealern im heutigen Kasino-Kapitalismus sind unsere gewöhnlichen Alkohol-, Drogen- und Nikotinsüchtige weiß Gott harmlose Gesellen. Sie schaden mit ihrer Sucht nur sich selbst, ruinieren höchstens ihre eigene Gesundheit und ihr eigenes Leben. Jene aber ruinieren mit ihrer grenzenlosen, gleichwohl legalisierten Habgier und Gewinnsucht ganze Länder und Volkswirtschaften, zerstören den Zusammenhalt der Gesellschaft und unterminieren die Grundlagen der Demokratie.

Warum werden sie eigentlich nicht als gemeingefährliche Suchtkranke betrachtet und auf »Entzug gesetzt«? Weil sie inzwischen so reich und so mächtig sind, dass sie selbst die Spielregeln des ökonomischen Systems bestimmen, die Politik vor sich hertreiben und über ihre Thinktanks, Stiftungen, gekauften Institute und Fernsehkanäle auch die öffentliche Meinung manipulieren können.

Wie sagte doch der bedeutende Ökonom John Maynard Keynes: »Wir werden uns von vielen der scheinsittlichen Grundsätze lossagen müssen, die uns seit 200 Jahren wie ein Albdruck verfolgt haben, wobei wir einige der abstoßendsten menschlichen Eigenschaften in die Stellung höchster Tugenden emporgehoben haben: Die Liebe zum Geld als Besitz wird als eine jener halb verbrecherischen, halb krankhaften Neigungen erkannt werden, die man mit Schaudern an die Fachleute für geistige Erkrankungen verweist.«

Nun nahm ich den Sektkübel, der auf dem Zaubertisch stand, und zeigte ihn leer vor: »Dieser Sektkübel, meine Damen und Herren, ist ein Geschenk der Firma Henkel an die Bundesregierung. Es ist ein ganz besonderer Sektkübel, denn er hat magische Eigenschaften und dient der Rettung unserer Not leidenden Banken. Um diesen Kübel, oder besser gesagt: diesen Rettungsfonds, zu füllen, müssen wir freilich alle unser Scherflein beitragen.«

In meiner Linken den Sektkübel haltend, ging ich nun durch die Reihen des Publikums, zog hier einem Herrn eine Zwei-Euro-Münze aus der Nase – und warf sie in den Kübel, pulte dort einem anderen eine Münze aus den Ohren, zog dieser Dame eine Münze aus dem Dekolleté und jener eine Münze aus dem Dutt und warf die einzelnen Münzen sichtbar und hörbar in den Sektkübel. Zwischendurch griff ich, bei vorher leer gezeigten Händen, immer neue Zwei-Euro-Münzen aus der Luft, ganze Kaskaden von Münzen, die ebenfalls klirrend in dem Kübel landeten. Irgendwann stoppte ich die Münzenproduktion: »Na, da haben wir doch ein schönes Sümmchen beisammen – zur Rettung unserer armen Banken.«

Ich beugte mich über den Sektkübel. Schaute konsterniert ins Publikum, dann wieder in den Kübel: »Nein! Das kann nicht sein ... Es ist ... war ... doch schließlich *unser* Geld!«

Ich drehte den Sektkübel um: Er war leer. Die Münzen waren auf mysteriöse Weise verschwunden. Ich klopfte gegen den Boden des Kübels und stimmte mit blöder Miene den Refrain eines alten Volksliedes an: »Wenn der Topf aber nun ein Loch hat, liebe Liese, liebe Liese ...?«

Gelächter, Applaus.

Zu den Geschenken, mit denen der Autor nach einer Lesung beehrt zu werden pflegt, gehören üblicherweise Blumensträuße, erlesene Weine oder Liköre, Pralinenschachteln oder Kugelschreiber aus Edelstahl. Noch nie aber hatte ich erlebt, dass ein Veranstalter seine persönliche Wertschätzung des Autors durch drei Lagen frischer Matjesheringe ausdrückte, eine Spezialität der Region, inklusive des idealen Rezepts für die Zubereitung.

Als ich im Hotelzimmer ankam, kam mir die Gemeinheit des Diebstahls, dessen Opfer ich geworden, wieder zu Bewusstsein. Wie viel Zeit, Lauferei und Geld es mich kosten würde, all die verlorenen Karten wiederzubeschaffen, ohne die der Bürger des elektronischen Zeitalters kaum existieren kann, ja kaum ein Existenzrecht zu haben scheint!

Zweimal suchte ich Lea anzurufen, doch bekam ich nur ihren AB mit ihrer etwas schnoddrigen Mailboxstimme. Schließlich sank ich todmüde aufs Bett.

Ich hatte einen unruhigen Schlaf mit wirren Träumen: Auf der Suche nach meinen verlorenen Kredit- und Plastikkarten hetze ich durch endlose Korridore, an Trauben wildfremder Menschen vorbei. Verfolge eine Gestalt, die ich für den Dieb halte, durch dunkle Gassen, Seitenstraßen und Kanäle. Sehe mich sogar im Gerichtssaal stehen, wo ich wie zum Beweis meiner Unschuld erst mein Buch, dann die drei Lagen Matjes beschwörend in die Höhe halte, bis der Richter mich wegen Beleidigung des Gerichtes des Saales verweist. Dann laufe ich auf steinigen Wegen, auf die der schwache Schein des Mondes fällt, durch eine düstere Gebirgslandschaft; unter mir die blinkende Silhouette einer Stadt. Ich weiß nicht mehr, wo ich bin, habe mich verirrt. Plötzlich stehe ich vor einer schroffen Felswand. Ich weiß, das ist das Ende des Weges. Ich kehre um, laufe den abschüssigen Weg zurück – in dem bedrückenden Gefühl, meine Frau betrogen zu haben. Ich nähere mich mit klopfendem Herzen der Stadt, kämpfe mich durch das Menschengedränge in den Gassen. Ich suche Dorothea, kann sie aber nicht finden. Meine Unruhe nimmt einen so schmerzhaften Grad an, dass ich erwache und erleichtert feststelle: Es war nur ein Traum. Ich habe meine Frau gar nicht betrogen, sie ist ja tot.

Eros und Agape

Es war Sonntagabend, Ende Januar. Während es draußen ununterbrochen schneite, saß ich im Esszimmer vor meinem Laptop. Der Kaminofen bullerte, und aus der kleinen Musikmaschine, die auf dem Fensterbrett stand, kam leise Klaviermusik. Ich bereitete mein Seminar für nächste Woche vor, doch schweiften meine Gedanken immer wieder ab – hin zu Lea, die mich gestern Nachmittag besucht hatte.

Sie war verspätet und ganz verfroren angekommen. Und ich empfing, wie ich launig sagte, den »Kuss einer Eisprinzessin«. Während sie ihre Hände am Kaminofen wärmte, bereitete ich ihr einen heißen Tee mit Rum und servierte dann im Esszimmer den mit Sahnejoghurt, Dill, Zwiebeln und Gurken angemachten Matjeshering aus Süderstapel und die aufgewärmten Petersilienkartoffeln.

Schon während des Essens spürte ich Leas Distanz. Zwar schien ihr der Matjes zu munden, doch sie konnte kaum lachen, als ich ihr von den skurrilen Erfahrungen meiner Lesereise erzählte. Irgendwann hatte ich sie gefragt, was mit ihr los sei, sie wirke so abwesend, und ob es ihr nicht gut gehe?

Sie hatte mich schweigend, wie aus weiter Ferne angeschaut, dann kam allmählich Bewegung in ihr Gesicht. Nein, es gehe ihr zurzeit nicht gut. Sie habe wieder eine schlimme Auseinandersetzung mit ihrem Mann gehabt und die halbe Nacht erbrochen. Sie habe das Gefühl, ihn gar nicht richtig gekannt und jahrelang das falsche Leben geführt zu haben. Und wie viel Anstrengung es sie koste, täglich vor ihrer Schwiegermutter und ihrer Tochter die Fassade der »heilen Familie« aufrechtzuerhalten, das könne ich mir gar nicht vorstellen. Und wenn sie sich dann heimlich mit mir treffe und in meine ganz andere Welt eintauche, könne sie eben nicht gleich »umschalten«.

Das verstand ich. Aber vielleicht, sagte ich, sei es für sie an der Zeit, die längst brüchig gewordene Fassade der »heilen Familie« gegenüber den Beteiligten fallen zu lassen. Das werde sie, auch wenn es die Krise erst einmal verschärfe, gewiss erleichtern und einen Teil des Drucks von ihr nehmen.

Das sage sich so leicht, hatte Lea mit resignierter Miene entgegnet. Aber wie solle sie es ihrer Schwiegermutter beibringen, auf deren tägliche Unterstützung sie angewiesen sei? Und wie erst ihrer Tochter, die sich noch immer in der Illusion wiege, Mama und Papa hätten sich lieb und blieben zusammen? Schließlich wohnten sie auch noch unter demselben Dach, wenn auch auf verschiedenen Etagen.

Ich suchte Lea zu raten, so gut ich konnte, und fühlte mich doch im Fortlauf dieses Gesprächs immer unwohler. War ich etwa ihr Eheberater und ihre seelische Mülldeponie? Seit Längerem ahnte ich, dass sie die tiefe Enttäuschung über ihre neunjährige Ehe noch längst nicht verarbeitet hatte, die sich jetzt wie ein Schatten über unsere noch junge Beziehung legte. Erst durch die Begegnung mit mir, hatte sie gesagt, sei ihr so richtig bewusst geworden, was sie in ihrer Ehe alles vermisse. Bislang hatte ich geglaubt, sie befände sich bereits auf dem Absprung. Indes schien ihr Ablösungsprozess gerade erst begonnen zu haben. Und der war natürlich mit Angst verbunden ... Sie wolle sich, hatte sie beteuert, von ihrem Mann so bald als möglich trennen und sich eine eigene Wohnung suchen; nur wisse sie nicht, wie sie dies als alleinerziehende Mutter mit ihren diversen Jobs und unsicheren Einnahmen hinkriegen solle. Sie habe noch nie allein gelebt. – Ich könne ihr bei der Wohnungssuche helfen, hatte ich gesagt, und ihr für den Übergang auch finanziell ein bisschen unter die Arme greifen, schließlich sei ich diesbezüglich bessergestellt als sie. – Da hatte sie abwehrend die Arme erhoben: Nein, das wolle sie auf gar keinen Fall! Sie sei froh und auch ein bisschen stolz darauf, dass sie, nach Jahren der Abhängigkeit von ihrem Mann, es endlich geschafft habe, auf eigenen Füßen zu stehen und ihr eigenes Geld zu verdienen.»Und was würdest du wohl für ein Gesicht machen, wenn ich eines Tages plötzlich mit zwei Koffern und meiner Tochter vor deiner Haustür stünde?!« Und indem sie auf das Foto von Dorothea zeigte, das auf dem Jugendstilregal stand: »Das Bild da würde wohl aus dem Rahmen springen.«

Ich wandte den Kopf zum Regal. Jäh wurde mir bewusst, dass dort, wo Lea gesessen hatte, ihr Blick notgedrungen auf den Silberrahmen mit dem Porträt meiner verstorbenen Frau fallen musste. Wieso hatte ich nicht daran gedacht, es wegzustellen? Wie sollte sie sich auch wohlfühlen in einem Haus, in dem sie vom Bild ihrer Vorgängerin angeschaut wurde.

Damit wir auf andere Gedanken kämen, hatten wir uns schließlich vor den Laptop gesetzt und zusammen die Fotos unserer Pragreise angeschaut. Da endlich entspannten sich Leas Züge, und sie konnte wieder lachen. Am meisten amüsierten wir uns über die schrägen Selfies, die wir auf der Karlsbrücke und auf dem *Bethlehem namesty* inmitten der tanzenden Menge geschossen hatten, Bilder unserer Ausgelassenheit in der Silvesternacht.

Doch als ich beginnen wollte, mit ihr zärtlich zu werden, schaute sie plötzlich auf ihre Uhr. »Oh, schon halb acht!« Sie drückte mich von sich weg und stand abrupt auf. Es tue ihr leid, sagte sie, aber sie könne die Nacht nicht bei mir bleiben, Nele kränkele, und sie habe ihr versprochen, vor dem Einschlafen wieder zurück zu sein. – Ob sich denn nicht die Schwiegermutter um Nele kümmere, hatte ich gefragt. – Ja, schon, aber die wolle sie auch nicht immer belasten. Außerdem wolle sie dem ständigen Vorwurf ihres Mannes, sie würde Nele vernachlässigen, nicht neue Nahrung geben. Nach hastigen Dankesworten für die »schöne Mahlzeit« und einem flüchtigen Kuss brach Lea auf. Und ich räumte die Teller und Schüsseln in die Geschirrspülmaschine und suchte meine Enttäuschung mit den Resten des Weißburgunders herunterzuspülen.

Am Wochenende davor war es ähnlich gewesen. Lea hatte versprochen, die Nacht bei mir zu bleiben, und war dann doch gegen 19 Uhr hastig aufgebrochen. Warum versprach sie mir Dinge, die sie nicht hielt? Und wozu brauchte sie mich eigentlich? Ich musste an die Geschichte eines befreundeten Kollegen denken. Der hatte auch ein Verhältnis mit einer verheirateten und sehr viel jüngeren Frau gehabt. Sie hatte ihn gebraucht, um sich aus ihrer Ehe zu lösen, und als dies bewerkstelligt war, war auch das Verhältnis mit dem Liebhaber zu Ende. Der Mohr hatte seine Schuldigkeit getan, er konnte gehen.

Ich rief Ansgar an. Und erzählte dem Freund, was mich gerade umtrieb. »Überhaupt frage ich mich, warum ich mich in eine so viel jüngere Frau verliebt habe, die unter fast allen Aspekten den Gegentypus zu Dorothea verkörpert.«

»Umgekehrt wird ein Schuh draus«, sagte Ansgar, der mir aufmerksam zugehört hatte. »Gerade weil Lea dich *nicht* an Dorothea erinnert, konntest du dich in sie verlieben. Und dass sich ein Witwer zu einer viel jüngeren Frau hingezogen fühlt, ist ja geradezu ein Klassiker.«

»Wieso ein Klassiker?«

»Wer durch den plötzlichen Verlust seiner Frau so nah vom Tod berührt worden ist – und das heißt ja auch, die eigene Vergänglichkeit und Sterblichkeit vor Augen zu haben –, der sucht sich unwillkürlich des eigenen Lebens und der eigenen Lebendigkeit zu versichern. Und wo erlebt er dies intensiver als in der Liebesbeziehung mit einer jüngeren Frau? Zumal wenn sie noch in gebärfähigem Alter ist. Deine Wahl ist eine sehr vitale, geradezu biologische Reaktion auf den Tod.«

Ich war überrascht, unter diesem Aspekt hatte ich meine Beziehung zu Lea noch nicht gesehen.

»Und vielleicht«, fuhr Ansgar fort, »willst du dich auch als Mann in einer neuen Weise und Rolle erleben. Erinnerst du dich an die beiden konträren Formen der Liebe, welche die alten Griechen unterschieden? *Eros und Agape!* Agape die innige, verlässliche, auf Vertrauen und Sicherheit gegründete Liebe, und Eros die leidenschaftliche, wilde, unsichere und gefährliche Liebe. Offenbar willst du, nach der langen Agape-Erfahrung mit Dorothea, mit Lea jetzt das erotische Prinzip leben, das, wie so oft bei langjährigen Paaren, peu à peu dem Bedürfnis nach Sicherheit und Verlässlichkeit weicht. Dann tu dies aber auch und versuche nicht, mit Lea gleich wieder eine Agape-ähnliche Beziehung anzustreben.«

Auf einmal hatte ich das Gefühl, dass Ansgar hier nicht nur zu mir als Freund, sondern auch in eigener Sache sprach.

Als ich ihn darauf ansprach, druckste er herum und verlor sich in nebelhaften Andeutungen, wie ich es sonst von ihm nicht gewohnt war. Schließlich fragte ich ihn direkt:

»Du und Amelie – habt ihr eine Krise?«

»Nein, das kann man so nicht sagen, aber seit einiger Zeit trifft sich Amelie hin und wieder mit ihrem Jugendfreund. Und das irritiert mich mehr, als es sein dürfte. Nicht dass ich ihr im Geringsten misstraue. Schließlich hat unsere zwanzigjährige Partnerschaft eine so tiefe Verbundenheit zwischen uns geschaffen, die wir beide als etwas Unverlierbares empfinden. Trotzdem komme ich von der Vorstellung nicht los, dass sie bei ihrem Jugendfreund vielleicht etwas sucht, was sie bei mir nicht – oder nicht mehr – findet.«

»Aber warum sprichst du nicht mit ihr darüber?«

»Weil ... Vielleicht bilde ich mir das auch alles nur ein! Ich warte lieber ab. Schließlich soll man keine schlafenden Hunde wecken.«

Ich riet dem Freund, seine Ängste nicht vor seiner Frau zu verbergen, diese könnten sonst eine gefährliche Eigendynamik entwickeln, wie er als Therapeut selbst am besten wisse. Er wiederum riet mir, mich nicht gleich hundertprozentig in die Beziehung mit einer verheirateten Frau hineinzubegeben, denn da könnten noch einige Überraschungen auf mich zukommen. »Halte lieber einen Fuß draußen.«

Ich trat in den Garten hinaus. Es hatte zu schneien aufgehört. Die Luft war kalt und rein. Ein sternenklarer Himmel stand über den Bäumen und den Dächern der Nachbarhäuser. Die steinerne Bank unter dem Rebstock, auf der ich so oft mit Dorothea gesessen hatte, war mit Schnee bedeckt. Ringsum war alles still. Nur das silbrige Flimmern der Bildschirme, das durch die Ritzen der heruntergelassenen Jalousien der Nachbarhäuser drang, deutete auf die Präsenz nächtlicher TV-Unterhaltung.

Ansgars Rat war ja sehr vernünftig. Nur kam er leider zu spät. Allen Mahnungen meiner Vernunft zum Trotz malte ich mir bereits eine gemeinsame Zukunft mit Lea aus: dass ich vielleicht schon bald mit ihr und ihrer Tochter, sei's in Köln, sei's in Berlin, zusammenziehen und ein neues Leben beginnen würde, ein Leben voller Musik, Gesang, Erotik und Geselligkeit. Dass solche Fantasien reichlich verfrüht waren und kaum eine reale Grundlage hatten, hinderte mich indes nicht daran, sie weiter auszuspinnen. Ihre Wirkung war der einer Droge ähnlich, um das ungewohnte Alleinsein besser auszuhalten. Aber waren sie nicht auch ein Indiz dafür, dass meinem Leben mit Dorothea zuletzt doch etwas gefehlt hatte? Zwar war uns in all den Jahren der Gesprächsstoff nie ausgegangen, zumal wir so viele Interessen miteinander teilten, Langeweile kannten wir nicht. Doch hatten wir mangels anderer kultureller Angebote in dieser ländlichen Provinz und weil die Entfernungen zu den Freunden recht groß waren, die langen Herbst- und Winterabende viel zu oft am heimischen Fernseher verbracht. Im Unterschied zu Dorothea, die mit der Zurückgezogenheit des Landlebens gut zurechtkam, bereitete mir die Vorstellung Unbehagen, aus Amorbach nicht mehr wegzukommen und dass sich, auch mit Rücksicht auf ihre greise Mutter, an unserem so fest gefügten Lebensrahmen nichts mehr ändern würde, nichts mehr ändern ließe. Jedes Paar hat und pflegt seine Rituale und »lieben Gewohnheiten«, die einen Teil seiner Identität ausmachen. Doch wenn sie zu sehr überhandnehmen und der Lebensrahmen unabänderlich scheint, dann verflüchtigen sich die Wirbel und Stromschnellen der Lust im gleichförmig dahinfließenden Alltag. Das eben ist die Falle der *Agape*.

Und ja! Ansgar hatte recht: Nach den vielen Jahren an der Seite der mütterlichen Geliebten, bei der ich mich aufgehoben fühlte, wollte ich mich als Mann noch einmal neu, in einer anderen Rolle, erfahren. Hätte ich mich sonst in eine Frau wie Lea verliebt, die gleichsam das Kontrastprogramm zu Dorothea verkörperte? ... Plötzlich hatte ich wieder die schwarzlockige Literaturstudentin mit dem freimütigen Lachen vor Augen. Sie hatte im letzten Herbst, als ich an der Uni L. eine Gastprofessur wahrnahm, an meinem Seminar teilgenommen. Den ganzen Nachmittag hatte ich mit ihr, unter alten Platanen in einem Café der Altstadt sitzend, über ihre Texte gesprochen, und darüber hatte sich zwischen uns ein unterschwelliger Flirt entwickelt. Nicht, dass ich daran gedacht hatte, mit ihr etwas anzufangen. Nie hätte ich Dorothea, der ich so viel verdankte und die mit mir durch dick und dünn gegangen war, so etwas angetan. Ich wollte wohl vor allem meine eigene Attraktivität als Mann testen. Wie soll man nach so vielen Ehejahren denn wissen, ob man für das andere Geschlecht noch anziehend ist?

Mich fröstelte, ich ging zurück ins Haus. Nahm ein großes Scheit von dem Holzstapel an der Wand und schob es in den Kaminofen. Mit einem Glas Wein setzte ich mich davor und beobachtete, wie aus der Glut eine kleine Flamme züngelte, die an dem neuen Holz Nahrung fand.

Wann hatte Dorothea eigentlich ihren Briefwechsel mit Ronald begonnen? War das nicht just während der Zeit meiner Gastprofessur? Unter den acht Häftlingen der Vollzugsanstalt D., die sie nach ihrer Frühpensionierung als ehrenamtliche Vollzugshelferin betreute, war Ronaldo, wie er sich gern nannte, erklärtermaßen ihr Lieblingshäftling gewesen. Er war zweiunddreißig Jahre alt, sehr intelligent, eloquent und gewitzt, wie seine Briefe bezeugten, ein – wie Dorothea ihn einmal charakterisierte – »fantasievolles Schlitzohr, Lebemann und sympathischer Betrüger«, der in gewisser Hinsicht das Kontrastprogramm zu mir verkörperte.

Ronald hatte sich mit international preisgekrönten Pferdejockeys ins Benehmen gesetzt, gut betuchte Geschäftsfreunde und Wettkampfveranstalter gesucht und gefunden, die das Spiel »Top Secret. Der Sieger wird vorab bestimmt« undercover durchzusetzen verstanden. Jahrelang war er zwischen Los Angelos, Hongkong und Buenos Aires hin und her gejettet und hatte bei diesem Spiel zig Millionen verdient – bis durch eine Anzeige von Wettkunden, die sich betrogen fühlten, der ganze Schwindel aufflog. Ronald musste für Jahre in den Knast und hatte, als Dorothea ihn kennenlernte und betreute, bereits drei Jahre abgesessen. Zwar hatte er an jedem Finger eine Geliebte oder eine Geliebte in spe, mit denen er eifrig korrespondierte und die ihn alle zwei, drei Monate mal besuchten, aber Dorothea, die zweimal die Woche in die Haftanstalt ging, war seine »beste Freundin« geworden, der er sich rückhaltlos anvertraute.

Dorothea war sich durchaus bewusst, dass ihr Engagement und spezielles Interesse an diesem Häftling, dessen Briefe und Bekenntnisse sie ausführlich und mit dem ganzen ihr zur Verfügung stehenden Repertoire an Einfühlung, Anteilnahme, philosophischem Esprit und aufmunterndem Witz beantwortete, keineswegs nur altruistischen Motiven entsprang. Ronald erinnerte sie in mancherlei Hinsicht an ihren geliebten »Vati«, den sie als Elfjährige oft im Gefängnis besucht hatte in dem traurig-ohnmächtigen Gefühl, nichts für ihn tun zu können. Nun aber, ein halbes Jahrhundert später, vermochte sie diese traumatische Situation ihrer Jugend gleichsam aufzuheben, indem sie als ehrenamtliche Vollzugshelferin wirklich etwas für die Häftlinge bewirken konnte.

Nach langen Verhandlungen und zähem Ringen mit der Anstaltsleitung hatte sie schließlich durchgesetzt, dass Ronald vom geschlossenen in den freien Vollzug kam. Eines Tages brachte sie ihn sogar mit ins Haus nach Amorbach, wo wir den ganzen Nachmittag bei Kaffee und Kuchen miteinander verplauderten. Ich fand den jungen Mann, der so freimütig von sich und seinem Leben erzählte, sehr sympathisch und interessant und ermunterte ihn, die restliche Haftzeit doch zu nutzen und seine außergewöhnliche Story zu Papier zu bringen, ich könne ihm vielleicht sogar helfen, einen Verlag zu finden.

Manchmal las mir Dorothea die Briefe vor, die sie an Ronald schrieb; es waren wundervolle Briefe, die sie mit Smileys, Fotokarikaturen und witzigen Cartoons zu garnieren pflegte. Nicht selten widersprach sie ihm und seinen allzu lockeren Ansichten bezüglich des Umgangs mit dem anderen Geschlecht, jedoch nie in belehrender Weise, sondern immer mit einem lachenden Auge. Beide hatten viel Spaß an dieser Korrespondenz, die das zuwege brachte, worauf es Dorothea in all ihren menschlichen Beziehungen vorrangig ankam: Nähe und Vertrauen herzustellen.

Auch wenn ihre Briefe an Ronald mir keinen Anlass zur Eifersucht boten – suchte sie darin nicht doch eine Seite ihres Wesens auszuleben, die sie mit mir nicht leben konnte? Gerade in jenen Monaten war ich öfter abwesend und sehr auf die Probleme mit der Fakultät und auf meine Arbeit am neuen Buch fixiert gewesen. Und da war nun einer, der, in der Einsamkeit seiner Zelle, ihrer Empathie ebenso bedürftig war wie ihrer aufmunternden Fürsorge – ein Geschenk, das Ronald dankbar annahm, indem er sich ihr mit all seinen Gedanken, Ängsten, Selbstzweifeln, Größenfantasien und Depressionen anvertraute. »Wer Sie zum Freund hat, der braucht keinen Feind mehr«, schrieb er ihr einmal.

Erst nach Dorotheas Tod hatte ich diesen Briefwechsel zur Gänze gelesen – und eine Stelle darin hatte mir einen Stich versetzt:

Du willst schließlich in erster Linie leben und nicht schreiben. Bei meinem Mann ist das zuweilen umgekehrt, er kann, wenn ihn ein Projekt so richtig erfasst hat, über dem Schreiben und Arbeiten das Leben vergessen. Doch keine Sorge: Mich vergisst er darüber nicht.

Auch wenn der Nachsatz dies verneinte, klang darin nicht doch ein leises Bedauern? Hatte sie sich gerade in den Monaten vor ihrem Tod von mir vergessen gefühlt?

Es war schon früher Morgen, als ich an Lea schrieb:

Es ist für mich noch immer eine Gratwanderung, meine Trauer um die entschwundene Geliebte mit meiner Liebe zu dir in Einklang zu bringen. Sie hat mich ja auch so beschwingt, dass ich darüber meinen Schmerz zeitweise vergessen konnte.
In dem ersten Rausch der Verliebtheit haben wir wohl manche Hemmnisse zu überspringen versucht. Auch du befindest dich in einem Ablösungsprozess, der noch einige Zeit dauern kann. Wir sind uns eben in einer für beide schwierigen Lebenssituation begegnet.
Darum sollten wir nicht gleich zu viel voneinander erwarten und vorerst lieber einen Gang zurückschalten. Das uns jetzt noch Hemmende und Einschränkende – auch deine, unsere gemeinsamen Stunden sehr begrenzende Rücksicht auf deine Familie bildet ja ein Hemmnis, wie deine letzthin hastigen Aufbrüche zeigen – wird sich mit der Zeit schon von selber lösen, vorausgesetzt, unsere Gefühle füreinander trügen uns nicht und wir gehen behutsam mit ihnen um.
Auch wenn man den plötzlichen Tod eines geliebten Menschen

als unersetzlichen Verlust empfindet, er schafft auch neue Freiräume für die eigene Entwicklung. Du bringst Saiten in mir zum Klingen, die vielleicht schon immer in mir waren, und lässt mich einen Zauber erleben, den nur du und dein besonderer Eros hervorzubringen vermag, als seist du Pucks große Schwester. Und nun schließe ich dich in meine Arme, küsse dich – und freue mich, dich am Wochenende wiederzusehen.

Immer dein Fabian

Am nächsten Morgen antwortete sie:

Mein Liebster,
sitze bereits abfahrfertig für den Trip mit Alfred zur Kleinkunstmesse nach Freiburg und sehne mich schrecklich nach dir. Nein, Erwartungen werden nicht geschürt, aber was soll ich denn machen, wenn mich heute Morgen, da ich noch im Bett lag, ein heißes Verlangen überkam und ich jetzt statt nach Freiburg lieber zu dir fahren würde? Ich weiß, meine »hastigen Aufbrüche« sind eine Zumutung für dich, darum ist es sicher besser, dass wir einen Gang zurückschalten. Es gibt mir eine solche Gelassenheit, dass du mir Zeit lässt, mein Leben zu ordnen. Unter Druck zu stehen, deine Erwartungen nicht zu erfüllen, verbunden mit dem Gedanken, dich zu verlieren, würde mich ganz panisch machen. Aber nun bin ich, zumindest heute, obwohl du nicht bei mir bist, sehr glücklich und freue mich jeden Tag mehr, dich zu sehen, zu riechen, zu fühlen und, und, und ...
Sei geküsst und umarmt von deiner verzauberten Lea.

Frohgemut und beschwingt ging ich in den Tag.

Der Renegat

Es war Donnerstagnachmittag. Seit Tagen war ich erkältet. Einen heißen Tee mit Zitrone trinkend, saß ich in der spärlich besuchten Unikantine. In Gedanken war ich noch bei meinem Seminar *Zur Geschichte des Glücksbegriffs,* das gerade zu Ende gegangen war. Da trat plötzlich Dietmar Drehwitz mit seinem Tablett an meinen Tisch.

»Auch erkältet?«, fragte er mit Blick auf den dicken Wollschal, den ich mir um den Hals gewickelt hatte.

»Ja, der Grippevirus geht wieder um.«

Drehwitz nahm mir gegenüber Platz. »Hat wenigstens den Vorteil«, sagte er mit heiserer Stimme, »dass der Hörsaal nicht mehr so überfüllt ist.«

Er nahm die Schale Bouillon vom Tablett. Ich fragte mich, warum er sich gerade zu mir gesetzt hatte; schließlich hatten wir seit Langem ein gespanntes Verhältnis und mieden uns, so gut wir konnten. Erst vor ein paar Tagen hatte ich ihn wieder in einer Fernsehtalkshow erlebt, die mich, je länger sie dauerte, zunehmend empört hatte. Zwei bekannte Ökonomieprofessoren – einer von ihnen war Drehwitz –, der Direktor eines führenden Instituts für Wirtschaftsforschung und der Wirtschaftsjournalist einer großen überregionalen Zeitung diskutierten mit dem deutschen Finanzminister über die Weltfinanzkrise und die Notwendigkeit einer neuen Finanzarchitektur.

»Guten Appetit«, sagte ich, als Drehwitz begann, seine heiße Bouillon zu löffeln.

»Danke.«

»Man sieht dich ja derzeit öfter im Fernsehen.«

»Hätte nicht gedacht, dass du dir so was anschaust.«

»Wieso nicht?«

»Für euch Kulturwissenschaftler ist das Fernsehen doch eine reine Manipulationsmaschine – oder nicht?«

»Darum schaue ich mir so was ja auch gelegentlich an … Es ist doch immer wieder interessant, zu sehen, was bei solchen TV-Talks gerade *nicht* gesagt und unter den Teppich gekehrt wird.«

Drehwitz hob seinen schweren Kopf vom Teller und schaute mich über den Rand seiner Brille herausfordernd an:»Was wurde denn da, deiner Meinung nach, unter den Teppich gekehrt?«
»Die wirklichen Ursachen der Finanzkrise. Als sei allein die maßlose Gier der Banker und Wall-Street-Broker schuld an diesem größten Crash in der Geschichte der Weltfinanz – wie es jetzt unisono aus Wirtschaft, Politik und Medien tönt. Man versucht die Krise zu personalisieren, um von der Krise des Systems und dem grandiosen Scheitern der neoliberalen Doktrin abzulenken.«
Drehwitz legte den Löffel beiseite und wischte sich mit der Serviette über den Mund.»Es erstaunt mich, just von einem Nichtökonomen über die Ursachen der Finanzkrise belehrt zu werden. Aber du hattest ja schon immer den großen Durchblick. Und Systemkritik ist ja, wie man weiß, dein Steckenpferd.«
Er nahm den Becher Kaffee und den Teller mit dem Käse-Sahne-Kuchen vom Tablett, teilte mit der Gabel ein Stück des Kuchens ab und schob es sich in den Mund.

Lass es!, dachte ich. Mit Drehwitz zu diskutieren, ist zwecklos – auch wenn wir früher mal sehr befreundet waren, den selben *Kapital*-Kurs an der FU Berlin besucht hatten und eine Zeit lang derselben kommunistischen Aufbauorganisation angehörten, deren Chefideologe Drehwitz gewesen war. Als ich mich schon bald wieder von dieser Organisation trennte, beschimpfte er mich als »Renegat« und »Verräter am Proletariat«. Umso erstaunter war ich, zu Beginn der Neunzigerjahre in Deutschlands größter Tageszeitung ein Interview mit dem frisch habilitierten Ökonomieprofessor Dietmar Drehwitz zu lesen. Darin behauptete er, dass der demokratische Kapitalismus »die höchste Zivilisationsstufe in der Geschichte der Menschheit« hervorgebracht habe. Er beklagte nur, dass »die Demokratie des Westens nicht wehrhaft genug« sei, und warf der deutschen Friedensbewegung vor, eine gefährliche Appeasement-Politik gegenüber dem »arabischen Hitler« namens Saddam Hussein zu betreiben. Just zu der Zeit, als Drehwitz dieses Interview führte, engagierte ich mich, zusammen mit Dorothea, in der Friedensbewegung und trat bei Demonstrationen gegen den amerikanischen

Bombenkrieg im Irak als Redner auf. Einige Jahre später schrieb ich eine Reportage über die amerikanischen Kriegsverbrechen am Golf und über die Auswirkungen des nachfolgenden Sanktionsregimes, denen – nach Schätzungen von UNICEF – eine Million irakischer Zivilisten, die Hälfte davon Kinder, zum Opfer fielen, weil sie von wichtigen Lebens- und Heilmitteln, Medizintechnik und sauberem Wasser abgeschnitten waren. Wie Sauerbier hatte ich diese Reportage den deutschen Tages- und Wochenzeitungen angeboten: Niemand wollte sie drucken. Überhaupt hatte ich immer größere Mühe, meine kritischen Artikel und Essays an den Mann zu bringen, während Drehwitz, seit seiner Bekehrung vom ehemaligen Kommunisten zum Bellizisten und zur besten aller kapitalistischen Welten, einen Karrieresprung nach dem anderen machte. Schon bald war er ein gefragter Gast bei den Talkshows der öffentlich-rechtlichen und privaten Sender, trat als prominenter Redner bei internationalen Wirtschaftsforen auf und beriet als Experte in Wirtschaftsfragen Politiker, Minister und Konzernvorstände. Mit Rektor Söder, seinem Duzfreund, teilte er sich das Privileg, seinen weißen Jaguar auf dem kleinen Privatparkplatz hinter dem Rektoratsgebäude abzustellen. Alle anderen Mitarbeiter mussten ihre Autos auf dem öffentlichen Parkplatz deponieren, der zehn Minuten vom Campus entfernt lag.

Ich wollte gerade gehen, aber dann stach mich der Hafer. So einfach wollte ich ihn denn doch nicht davonkommen lassen.

»Und mich erstaunt«, entgegnete ich, »dass von dir und deinen Fachkollegen, die jahrzehntelang den Neoliberalismus gepredigt haben, bislang kein einziges Wort der öffentlichen Selbstkritik zu hören war.«

Drehwitz ließ die Kuchengabel sinken, an der Oberlippe seines sichelförmigen Mundes klebte noch ein Tröpfchen Sahne. »Warum sollte ich? Habe ich etwa gelehrt, dass man amerikanischen Häuslebauern Kredite andreht, die sie nie zurückzahlen können? Dass man faule Hypothekenkredite zu Wertpapieren umdeklariert, sie verbrieft und dann an ahnungslose Kunden in aller Welt verkauft, bis die Blase schließlich platzt?«

»Aber du und fast die gesamte Riege der deutschen Wirtschaftswissenschaften – ihr habt den Neoliberalismus in den Rang einer nicht mehr hinterfragbaren Wirtschaftsreligion erhoben. Habt Politiker und Regierungen beraten. Und so wurden im Namen dieser Religion und ihrer vier großen Dogmen – Liberalisierung, Deregulierung, Flexibilisierung und Privatisierung – alle Bremsen und Fesseln beseitigt, die der Marktwirtschaft zuvor durch Gesetze, staatliche Regulierungen und Rahmenbedingungen noch auferlegt waren. Alles, was bremst, was Flexibilität einschränkt, Kapital-, Waren- und Investitionsströme verlangsamt, wurde weggeräumt. So hat man – habt ihr – ein System erzeugt, das ohne Bremsen fuhr. Und da ist es wie beim Auto: Fährt man mit hoher Geschwindigkeit und ohne Bremsen, rast man früher oder später gegen die Wand.«

Drehwitz linker Mundwinkel begann zu zucken, das Sahnetröpfchen löste sich von seiner Oberlippe und fiel auf sein Revers, was er aber nicht zu bemerken schien. Er rückte die Brille auf seinem breiten Nasenrücken ein wenig nach unten und fixierte mich mit seinem stechenden Blick.

»Du redest wie der Blinde von der Farbe! Weil du offenbar keine Ahnung hast von den irreversiblen Prozessen der Globalisierung und den damit verbundenen Sachzwängen. Hätten wir den Kapitalverkehr nicht liberalisiert und den Arbeitsmarkt nicht flexibilisiert, wären wir von der internationalen Konkurrenz gnadenlos abgehängt worden. Vor allem von den USA und Großbritannien, die schon viel früher als wir mit diesen Strukturanpassungsprozessen begonnen hatten. Der Wirtschaftsstandort Deutschland war in Gefahr.«

»Das war doch die reine Panikmache zur Einschüchterung der Gewerkschaften. Damit sie weiter Lohnzurückhaltung üben und der Demontage des Sozialstaates kampflos zusehen. Den deutschen Unternehmen ging es blendend. Schon damals war Deutschland Exportweltmeister – und ist es noch.«

»Eben weil es die nötigen Reformen, einschließlich der Hartz-IV-Reformen, zügig vollzogen hat.«

»Ja, um den Preis, dass wir, das reichste Land Europas, heute den größten Niedriglohnsektor innerhalb der EU haben, inklusive eines neuen Millionenheeres von Minijobbern, Zeit- und Leiharbeitern, die man früher schlicht ›Tagelöhner‹ genannt hätte. Ich war schon sehr erstaunt, und es tat mir ehrlich gesagt weh, den ehemaligen Freund und Streiter für die ›Rechte des Proletariats‹ plötzlich im Fernsehen, Seite an Seite und im besten Einvernehmen mit dem vormaligen Arbeitsminister und Erfinder der Hartz-IV-Reformen, auftreten zu sehen.«

Drehwitz' Blick wurde eisig. »Worüber reden wir hier? Über die Bewertung unserer persönlichen Biografien oder über die Ursachen der Weltfinanzkrise? In deinen Augen bin ich ein Renegat, weil ich von früheren Überzeugungen abgerückt bin. Dem Philosophen Karl Raimund Popper zufolge gibt es für Intellektuelle nur ein Verbrechen: nämlich erkannte Irrtümer nicht weiterzugeben. Zu diesen – von mir und anderen erkannten – Irrtümern gehört die Einsicht, dass sich das Proletariat eben nicht als die ›weltbürgerliche Klasse‹ erwiesen hat, die ihm Marx und Engels und fast alle sozialistisch-kommunistischen Theoretiker nach ihnen zugeschrieben haben. Die ›welthistorische Mission und Befreierrolle des Proletariats‹ war eine chiliastische Utopie, reines Wunschdenken! Zu diesen erkannten Irrtümern gehört ferner die bittere Einsicht, dass überall dort, wo der Kommunismus zur Herrschaft gelangte, eben kein ›Reich der Freiheit‹ anbrach, sondern nur eine neue Form der Despotie mit allgemeiner Staatssklaverei, Staatsterror, Zensur und der Missachtung der elementarsten Menschenrechte.«

»Das sehe ich ähnlich. Oft habe ich mich gefragt – und darüber wie du weißt, auch einiges publiziert –: Wie war es möglich, dass wir ein System der nachholenden Industrialisierung in rückständigen Ländern, dessen vorherrschende Charakteristika Zentralverwaltungswirtschaft, Einparteienherrschaft, Allmacht der Sicherheitsapparate und Zensur waren, überhaupt mit ›Sozialismus‹ verwechseln konnten? Die Geringschätzung der Demokratie und des Prinzips der Gewaltenteilung gehörte wohl zu den notorischen Defiziten der Achtundsechziger ...«

»Das waren nicht ihre einzigen!«
»Erkannte Irrtümer einzugestehen, ist das eine«, fuhr ich fort. »Etwas anderes ist es, einfach die Seite zu wechseln und zum Verfechter und Lobhudler jenes Systems zu werden, das du vorher verbissen bekämpft hast.«

Mit säuerlicher Miene entgegnete Drehwitz: »Was für ein alberner Vorwurf. Wie kann man die Seite wechseln, wenn es nur noch eine Seite gibt.«

Schon die ganze Zeit hatte er an der Plastikverpackung der Kaffeesahne herumgefingert, konnte aber die Lasche zum Aufziehen nicht richtig fassen. Schließlich gab er es auf und stieß mit dem Stiel des Kaffeelöffels ein Loch in die Abdeckung des Minibechers. Nachdem er die Sahne in seine Kaffeetasse gegossen hatte, fuhr er fort:

»Seit der Selbstimplosion des realsozialistischen Blocks leben wir, ob es uns gefällt oder nicht, innerhalb *eines* kapitalistischen Weltsystems. Eine Systemalternative gibt es nicht mehr. Also bleibt uns nichts anderes übrig, als dieses hochdynamische System für die Zukunft tauglich zu machen, das heißt, so auszugestalten, dass es a) weniger krisenanfällig, b) sozial abgefedert, c) Rücksicht auf Natur und Umwelt nimmt und ökologisch nachhaltig wirtschaftet ... Dies aber ist, aus meiner Sicht, nur durchsetzbar im Bündnis mit den intelligenten Fraktionen des Kapitals, um das ich mich seit Langem bemühe. Wenn dir das als Renegatentum erscheint – na schön.« Drehwitz machte eine wegwerfende Handbewegung.

»*Sozial, umweltverträglich, ökologisch nachhaltig* – alle Politiker, gleich welcher Partei, schmücken ihre Reden und Programme heute mit diesen wohlfeilen Floskeln, auch wenn sie das Gegenteil davon praktizieren. Reden wir lieber über das, worüber in der Öffentlichkeit nie geredet wird: über die systemische ›Logik des Kapitals‹, die wir beide seinerzeit gründlich studiert haben. Ist sie doch in der Weltfinanzkrise wieder einmal auf brutalste Weise offenbar geworden.«

Drehwitz, die Hände vor der Brust gekreuzt, schaute mich jetzt mit der ganzen Herablassung des Wirtschaftsexperten an, der den Erklärungen eines blutigen Laien schon zu lange zugehört hat. »Dein Begriff vom Kapital«, entgegnete er, »entstammt dem 19. Jahrhundert. Aber dieser Begriff, wie Marx ihn damals so brillant entwickelt hat, trifft schon lange nicht mehr die differenzierte Wirklichkeit der heutigen Ökonomie. Das *Kapital* – wer ist denn das eigentlich? Die großen Konzerne und Banken, wirst du antworten. Aber siebzig Prozent der deutschen Wirtschaft bestehen aus mittelständischen Unternehmen, die das Rückgrat unserer Ökonomie bilden und für die allermeisten Arbeits- und Ausbildungsplätze im Lande sorgen. Und für die war es eine Frage des Überlebens, dass die Lohnnebenkosten, aus denen bekanntlich der Sozialstaat finanziert wird, gesenkt werden, der Kündigungsschutz gelockert wird und so weiter – sonst hätten sie im globalen Wettbewerb nämlich nicht bestehen können.«

»Ja, so verkünden es Heerscharen von neoliberalen Aposteln seit Jahrzehnten. Aber was sie wohlweislich verschweigen: dass die permanente Umverteilung von unten nach oben via Lohn- und Sozialdumping einen gravierenden Nachfrageausfall zur Folge hatte. Der Massenkonsum und die Realinvestitionen gingen zurück und damit die Beschäftigung. Die Arbeitslosigkeit stieg, auch aufgrund unterlassener Arbeitszeitverkürzungen, die bei der steigenden Produktivität längst fällig gewesen wären. Die steigenden Gewinne aber führten nicht zu mehr realen Investitionen, sondern blähten die Finanzmärkte auf, wo sie spekulative Blasen verursachten, die zwangsläufig irgendwann platzen. Doch von diesen Zusammenhängen erfährt man in den öffentlichen Expertenrunden nichts. Null! Stattdessen führt ihr eine lächerliche Scheindebatte, ob der Markt Moral habe und ob es nicht geboten wäre, Hedgefondsmanager in Ethikseminare zu schicken.«

Jetzt war es mit Drehwitz' Beherrschung vorbei. Den Kaffeepott, den er eben zum Munde geführt, setzte er mit einer so heftigen Armbewegung ab, dass etwas von dem braunen Sud auf die Tischplatte schwappte.

»Du hast bei der besagten Fernsehdiskussion offenbar nicht richtig zugehört!«, herrschte er mich an. »Ich habe ausdrücklich betont: Die jetzige Krise hat auch damit zu tun, dass sich die Finanzmärkte immer mehr von der Realwirtschaft abgekoppelt haben. Dass nicht mehr in reale Güterproduktion, sondern in teilweise völlig fiktive Finanztitel investiert wird.«

Mit seiner weißen Papierserviette wischte Drehwitz die braune Lache auf der Tischplatte auf. Da dies nicht reichte, um das Malheur zu beseitigen, gab ich ihm meine Serviette.

»Wir haben heute«, fuhr er fort, »rasend schnelle Finanzmärkte. Aber keine entsprechende Realbeschleunigung der Produktion und des Konsums. Das Volumen der global umlaufenden Finanztitel übersteigt das Weltsozialprodukt heute schon um das Hundertzwanzigfache. Und diese Auseinanderentwicklung musste in den Kollaps führen.«

»Darin sind wir uns also einig. Wie schön ... Aber warum«, hakte ich nach, »wurden denn die Finanzmärkte von allen Regulierungen befreit? Doch nur, um den Reichen eine barrierefreie Möglichkeit einzuräumen, ihr durch Umverteilung von unten nach oben erbeutetes Finanzvermögen zur weiteren Anlage um den Globus zu schicken und sich noch hemmungsloser als vorher bereichern zu können.«

Drehwitz knüllte die beschmutzten Papierservietten zusammen und legte sie auf sein Tablett. »Du pflegst, scheint's, deine politischen Vorurteile wie ein Rentner die verstaubten Diasammlungen seiner Jugendzeit. Als ob alle Reichen skrupellose Ausbeuter und herzlose Egoisten wären. Bill Gates zum Beispiel investiert zwei Drittel seines Vermögens in gemeinnützige Stiftungen, unter anderem in eine Stiftung zur Erforschung und Bekämpfung von Aids.«

»Natürlich gibt es unter den Superreichen auch ein paar Philanthropen. Das ändert aber nichts am kannibalischen Charakter der heutigen Weltwirtschaftsordnung. Nichts an der Tatsache, dass die oberen zwanzig Prozent der Weltbevölkerung über fünfundneunzig Prozent des Gesamtvermögens verfügen und sechsundachtzig Multimilliardäre zusammen mehr Einkommen haben als die Hälfte der Menschheit in den armen Ländern. Nichts an der Tatsache, dass eine Milliarde Menschen chronisch unterernährt sind und dass – wie alle Berichte von UNO, OECD und Weltbank dokumentieren – ein unregulierter globaler Kapitalismus Armut und Elend auf Dauer stellt.«

Mit einem Seufzer, der seinen Widerwillen gegen die Fortsetzung dieser Diskussion bekundete, wandte Drehwitz den Blick zum Fenster. Als ob er nicht mehr mit mir, sondern nur noch mit den Spatzen spreche, die draußen auf der Fensterbank hin und her hüpften, murmelte er: »Dass unregulierte Märkte zerstörerisch wirken und speziell die Finanzmärkte der Regulierung bedürfen – auch dies habe ich in besagter TV-Diskussion mehrfach betont.«

»Ja, *nachdem* das Kind in den Brunnen gefallen war. Jahrzehntelang habt ihr den Staat als ineffizienten ›Kostgänger der Wirtschaft‹ verteufelt und jede staatliche Intervention in das Wirtschaftsgeschehen abgelehnt. Und jetzt, in der Krise, ruft ihr wieder nach ›Vater Staat‹ und bittet ihn kniefällig, nicht nur milliardenschwere Konjunkturprogramme zur Ankurbelung der Wirtschaft aufzulegen, sondern auch billionenschwere Rettungsschirme aufzuspannen, um die hoch verschuldeten Banken vor dem Konkurs zu retten.«

Mürrisch sagte Drehwitz in Richtung Fenster: »Es blieb den Regierungen doch gar nichts anderes übrig! Andernfalls wäre es zur Kernschmelze des ganzen Systems gekommen.«

»Aha! ... Also haben wir es doch mit einer systemischen Krise, einem Infarkt oder Burn-out des Systems, zu tun. Genauer: mit einer klassischen Überproduktionskrise, mit einer Überproduktion und Überakkumulation von Geldvermögen. Dieses aber wird nur noch zu einem geringen Teil in reale Produktion investiert, schafft also kaum noch Beschäftigung, sondern wird im globalen Spielkasino buchstäblich verwettet. Nicht zuletzt darum haben wir jetzt mehr als zwanzig Millionen Arbeitslose in der Europäischen Union.«

Drehwitz sagte nichts mehr, nur das Zucken seines Mundwinkels verriet seinen Ärger darüber, dass er mir in diesem Punkt nicht widersprechen konnte. Er sah auf die Kantinenuhr und begann, Geschirr und Besteck auf sein Tablett zu räumen. Bevor er ging, wollte ich ihm aber noch ein besonderes Bonbon mitgeben.

»Erinnerst du dich an Hegels ›Ironie der Geschichte‹, auf die auch Marx gerne Bezug nahm?«

Mit einem Seufzer setzte Drehwitz das Tablett, das er gerade aufgenommen, wieder ab.

»Sie besteht darin, dass die Finanz- und Bankenkrise jetzt zu einer Staatsschuldenkrise umgedeutet wird – mit der Folge, dass die superreiche Geldelite, die uns, im Verein mit den Neoliberalen, diese Krise eingebrockt hat, gleich zweimal kassiert: erst die riesigen Gewinne und Vermögenszuwächse, die sie in den Boom-Jahren erzielt hat. Und jetzt die Milliarden Zinsen, die ihnen, als Gläubiger der hoch verschuldeten Staaten, auf lange Sicht garantiert werden ... Wie hat doch Marx gesagt: *Alle weltgeschichtlichen Ereignisse ereignen sich zweimal: das eine Mal als Tragödie, das andere Mal als Farce.* Nach dem tragischen Untergang des sogenannten Realsozialismus erleben wir jetzt dessen kapitalistische Parodie beziehungsweise Farce: Die Gewinne werden privatisiert und die Schulden der Zockerbanken sozialisiert.«

Ein melancholisches Lächeln, vielleicht in Erinnerung an unsere frühere Freundschaft und mentale Genossenschaft, zeigte sich auf Drehwitz' Lippen. Doch rasch brach es ab, und kopfschüttelnd sagte er:

»Du hast dich wirklich keinen Deut verändert – seit damals.«

»Dafür du dich umso mehr.«

Er nahm sein Tablett – und eilte zur Theke.

Hasenherz

An meinem Martini nippend, saß ich in der Kantine des G...ner Festspielhauses, wo ich Lea erwartete und die allmählich eintrudelnden Künstler beobachtete. Das Benefizkonzert, dessen Einnahmen der Kinderhilfsorganisation UNICEF zugutekamen, war gerade zu Ende gegangen. Es war ein buntes Programm aus Opern- und Operettenarien, launigen Revue- und Kabaretteinlagen, Liedern und Chansons gewesen, durchmischt mit programmatischen Texten und kurzen Erfahrungsberichten aus den Hilfsprojekten der UNICEF in den Krisen- und Armutsregionen der Welt. Wie der Bürgermeister der Stadt zu Beginn erklärt hatte, waren etliche dieser Projekte in Not geraten, weil infolge der Weltfinanzkrise auch die entsprechenden Zuschüsse der Staaten an die UNO und ihre Kinderhilfsorganisation geschrumpft waren. Und er dankte den teilnehmenden Künstlern dafür, dass sie auf ihre Gage verzichtet hatten.

Auch Lea hatte zum Erfolg dieses Abends durch einige Songs aus Brecht/Weills Oper *Aufstieg und Fall der Stadt Mahagonny* und aus ihrem Musical *Happy-End* beigetragen. Ein Song, den sie ganz ohne ironisch persiflierenden Gestus vortrug, hatte mich besonders beeindruckt: der *Song vom Surabaya-Johnny*:

Du hast mich betrogen, Johnny, in der ersten Stund.
Ich hasse dich so, Johnny,
Wie du dastehst und grinst, Johnny,
Nimm die Pfeife aus dem Maul, Johnny, du Hund.
Surabaya-Johnny, warum bist du so roh?
Surabaya-Johnny, mein Gott, ich liebe dich so!

Mit welcher Wucht sie das herausschrie. Es war mir richtig unter die Haut gegangen.

Da trat sie auch schon, abgeschminkt und mit strahlender Miene, das violette Bolerojäckchen über dem schwarzen Top, durch die Schwingtür der Kantine. Sie war in Begleitung ihrer Tochter, die ein weißes Kleid mit Rüschenärmeln trug, und eines dicklichen Herrn mit lichtem Haupthaar. Sogleich wurde sie von einigen ihrer Kolleginnen und Kollegen begrüßt. Als sich der Kreis um sie wieder öffnete, erblickte sie mich; ich saß am äußeren Rand der Theke. Sie winkte mir zu und wandte sich dann wieder ihrem Begleiter zu. Dieser führte sie und ihre Tochter an einen runden Tisch im hinteren Teil der Kantine, der offenbar für die Freunde und Kollegen reserviert worden war. Warum, fragte ich mich, kommt sie denn nicht zu mir an die Theke, um mich zu begrüßen? Schließlich hatten wir uns über zwei Wochen lang nicht mehr gesehen. War der dickliche Mann, der neben ihr Platz genommen hatte, etwa ihr Ehemann? Aber der kam doch gar nicht zu ihren Premieren, wie sie gesagt hatte – oder etwa doch? Hatte sie Angst vor einer Konfrontation oder hatte sie mich im Rausch ihres Erfolges einfach vergessen?

Ich bestellte mir noch einen Martini. Während das Stimmengewirr der fröhlichen Tischrunde an mein Ohr drang, beschlich mich ein mulmiges Gefühl; kam ich mir doch vor wie ein Zaungast, der an Leas kleinem Hofstaat nicht erwünscht war.

Nach einer Weile stand sie plötzlich auf und kam zu mir an die Theke. »Warum setzt du dich denn nicht zu uns?«, fragte sie verwundert, nachdem sie mich flüchtig umarmt hatte.

»Ist der da dein Mann?«, fragte ich, den Kopf in Richtung ihres Tisches drehend.

»Aber nein! Das ist Alfred, der Leiter des Festspielhauses. Nun komm schon.«

Ich folgte ihr an den voll besetzten Tisch. Lea stellte mir ihre Tochter Nele vor – und dann Doktor Alfred Mangold, »Freund und Förderer aller Musen. Und das ist Fabian, ein sehr undeutscher Professor und letzter homme de lettres unter den Fachidioten.«

Alle lachten und musterten mich mit neugierigen Blicken.

»Ich habe«, wandte sich Mangold an mich, »zwar schon manches Mal Ihren Namen auf einem Buchdeckel gesehen, doch leider noch keines Ihrer Bücher gelesen.«

»Bücher«, quittierte ich die Spitze, »sind ja auch nicht dazu da, gelesen zu werden, sondern dienen heutzutage vornehmlich als Füllmaterial für die Billy- und Multi-Funktions-Regalsysteme. Es ist schon fast wie bei den alten Römern, die ihre Regale zwecks Dekoration und als Ausweis ihrer Bildung mit bloßen Buchattrappen füllten.«

»Ja, ja«, sagte Mangold, während er ostentativ einem Bekannten zuwinkte, der gerade die Kantine betrat, »wir sind eine dekadente Kultur. Doch solange es Leute wie Sie und Lea gibt, die das Niveau zu halten versuchen, kann man ja hoffen. Ihr entschuldigt mich.«

Er stand auf und ging auf den Bekannten zu, mit dem er offenbar etwas Wichtiges zu besprechen hatte.

Ich setzte mich zwischen Lea und Wojtek, der sich gerade mit Nele unterhielt. Nachdem sich Lea durch einen kurzen Blick über die Schulter vergewissert hatte, dass Mangold außer Hörweite war, sagte sie leise: »Komm ihm nur nicht zu nahe. Er ist furchtbar eifersüchtig auf dich. Und«, fügte sie mit konspirativem Lächeln hinzu, »er hat ja auch allen Grund dazu.«

Wir sprachen noch eine Weile über das Benefizkonzert, während Lea ihrer Tochter über die Haare wuschelte. Nele, die dieselben dunkelbraunen Augen, den gleichen anmutigen Augenaufschlag und dieselbe Oberlippenwölbung wie ihre Mutter hatte, schaute mich erwartungsvoll an.

»Ich habe ihr«, sagte Lea, »schon so oft von dem Zauberer Fabian erzählt. Du musst ihr unbedingt einen Trick zeigen – und verraten.«

»Ich kann zwar nicht«, wandte ich mich dem Mädchen zu, »wie Harry Potter auf dem Besenstiel durch die Luft fliegen, aber dafür mit einem einfachen Bierdeckel Wunder wirken.« Ich nahm den Bierdeckel, auf dem Leas Glas stand, knickte ihn in der Mitte und dann noch einmal um, sodass dieser auf ein Viertel seiner ursprünglichen Größe schrumpfte. Dann zupfte ich aus der Knickkante des zweifach gefalteten Bierdeckels – Simsalabim! – ein rötliches Etwas heraus, das sich beim Auffalten als ein tadelloser Zehn-Euro-Schein entpuppte. Nele machte große Augen, und alle am Tisch staunten und lachten.

»Ich denke«, rief Wojtek in die Runde, »wir werden unsere Zeche heute in Bierdeckeln zahlen!«

Ich nahm Nele beiseite und zeigte ihr, wie man den Bierdeckel als Deckung benutzt, um den zuvor gefalteten, zwischen Daumen und Zeigefinger geklemmten Geldschein unbemerkt in den Bierdeckel hineinzubugsieren. Als ich aufschaute, begegnete ich plötzlich dem eisigen Blick Mangolds, der sich mit seinem Bekannten an den Nebentisch gesetzt hatte. Rasch wandte ich mich wieder Nele zu, aber mir war auf einmal sehr unbehaglich zumute.

Im Fortgang des Abends wurde die Stimmung am runden Tisch, an dem etliche Sänger und Theaterleute saßen, immer ausgelassener. Man erzählte sich hübsche Histörchen, karikierte bekannte Stars der TV-Welt, man scherzte, alberte und lachte. Meine anfängliche Verstimmung war längst verflogen, ich fühlte mich wohl in dieser fröhlichen Runde, die mich an die Premierenfeiern von früher erinnerte, als ich selbst noch am Theater gewesen war.

Den Arm um Leas Taille legend, wollte ich ihr gerade eine Zärtlichkeit ins Ohr flüstern, da stand plötzlich Mangold hinter mir und bluffte mich an:

»Nimm sofort deine Hand da weg! Ich will nicht, dass du sie um die Taille fasst!«

Augenblicklich verstummte das Gelächter am Tisch. Alle Augen waren auf mich gerichtet. Nach einer Schrecksekunde erwiderte ich: »Was soll das? Das ist eine Sache zwischen mir und Lea und geht Sie gar nichts an!«

»Und ob mich das was angeht«, lallte der offenbar alkoholisierte Mann und ging einen Schritt auf mich zu. »Ich kenne solche Leute wie dich, solche pro... professoralen Abstauber.«

»Jetzt spielen Sie hier nicht den Macho«, gab ich gereizt zurück.

»Das ist ja lächerlich!«

»Wenn du Lea nicht sofort loslässt« – Mangold hob die Fäuste und ging in Boxerstellung –, »dann gehe ich mit dir vor die Tür!«

Ich blickte Lea an. Doch sie, kreideweiß im Gesicht, sagte nichts. Sie starrte Mangold an, wollte etwas sagen, blickte zu Boden, dann wieder zu mir, ein hilfloser Blick – und schwieg.

Einen Moment saß ich unschlüssig da. Dann stand ich auf und sagte Mangold ins Gesicht: »Ich schlage mich nicht mit einem alkoholisierten Provokateur.« Nahm meinen Mantel von der Stuhllehne und ging zur Tür.

»Hast wohl Schiss!«, rief Mangold mir höhnisch nach.

Draußen, auf dem Vorplatz des Festspielhauses, empfing mich heftiges Schneetreiben. Das von den wirbelnden Schneeflocken getrübte Licht der Bogenlampen reichte kaum aus, um die Umrisse der gegenüberliegenden Häuserzeile zu erkennen. Ich war so aufgewühlt, dass ich nicht mehr wusste, welche Richtung ich einschlagen musste, um zu meinem Wagen zu gelangen. Ich ging über den Platz, überquerte an der Ampel die vierspurige Fahrbahn, über die ich gekommen war, und bog aufs Geratewohl in die nächste Seitenstraße ein ... Was mir da eben *coram publico* an Respektlosigkeit und Demütigung widerfahren war und wie diese Provinzgröße namens Mangold sich aufgeführt hatte – ich konnte es noch immer nicht fassen. In welchen Sumpf war ich da geraten? Dieser Kerl war so in Lea verschossen, dass er bei manchen ihrer Auftritte sogar selbst den Scheinwerfer bediente, um sein Idol auf der Bühne gehörig auszuleuchten. Doch schlimmer als seine Eifersuchtsattacke war für mich Leas Nichtverhalten gewesen: dass sie unfähig war, die Situation zu klären und den alkoholisierten Kerl in seine Schranken zu weisen. Auf der Bühne eben noch die stimmgewaltige Domina, verhielt sie sich in dieser für mich wie für sie selbst kompromittierenden Situation wie eine Duckmäuserin. Ich war von ihr tief enttäuscht. Nie wieder, so schwor ich mir, würde ich mich in den Dunstkreis ihres zwielichtigen Hofstaates begeben. Wie anders, dachte ich in einer Mischung aus Wut und Wehmut, hätte in einer vergleichbaren Situation Dorothea reagiert. Gleichzeitig ärgerte ich mich über mich selbst: dass ich den Platz kampflos verlassen hatte. Vielleicht hätte es Lea ja imponiert, wenn ich die Herausforderung angenommen und mich mit Mangold geschlagen hätte. Aber ich war darin gänzlich unerfahren. Hatte mich eigentlich noch nie gegen männliche Rivalen zur Wehr gesetzt. Wohl mit spitzen Worten, doch nie mit den Fäusten. Ich konnte mit körperlicher Gewalt nicht umgehen.

Wohl eine Viertelstunde stapfte ich mit trübsinnigen Gedanken durch das Schneegestöber, bis ich, nach einigen Irrwegen, endlich die kleine Einbahnstraße wiederfand, in der ich meinen Wagen geparkt hatte.

Infolge des heftigen Schneefalls und der schlechten Sicht konnte ich nur langsam fahren und brauchte fast drei Stunden, bis ich gegen zwei Uhr morgens in Amorbach ankam.

Am nächsten Vormittag – ich hatte eine miserable Nacht gehabt –, als ich, den Kaffeebecher in der Hand, vorm Küchenfenster stand und den Kohlmeisen beim Picken zusah, klingelte mein Handy. Es war Lea.

Es tue ihr sehr leid, sagte sie mit gepresster Stimme, dass ich in diese demütigende Situation geraten sei. Nichts, gar nichts, rechtfertige Alfreds blinde Eifersuchtsattacke, die, in Verbindung mit Freund Alkohol, seine Gehirntätigkeit außer Kraft gesetzt habe. Sie finde sein Machogehabe einfach widerlich – und habe ihm dies auch gesagt. Aber er sei eben ihr Chef und Manager, auf dessen Unterstützung und Aufträge sie angewiesen sei. Sie könne es sich einfach nicht leisten, ihn öffentlich zu kompromittieren. Außerdem halte er sich, seit Jahren in einer verpfuschten Ehe lebend, an dem Strohhalm Lea fest. Sie verkörpere seine Vision von einem erfüllten Leben. Bis gestern sei sie sich wohl nicht im Klaren gewesen, wie stark diese Vision für ihn sei.

Mit Bitterkeit erwiderte ich, eben weil sie von Alfred abhängig sei, lasse sie seine Hoffnung, die er mit ihr verbinde, wohl auf kleiner Flamme köcheln. Und wenn er dann ausraste und mich auf die unflätigste Weise beschimpfe, sei es für sie natürlich opportun, sich möglichst herauszuhalten. »Jedenfalls darfst du für den hässlichen Ausklang des gestrigen Abends auch deinen Teil Verantwortung übernehmen.«

»Auch nicht ein Stück Verantwortung nehme ich auf meine Kappe«, gab sie in scharfem Ton zurück. »Und verbitte mir die Unterstellung, ich würde bei Alfred irgendwas auf kleiner Flamme köcheln lassen. Er ist nicht irgendein Vollidiot, den ich aus Jux und Dollerei an der Nase herumführe und mit vagen Erwartungen hinhalte, damit ich ein paar schlecht bezahlte Konzerte als Lohn bekomme, sondern ein alter Freund, den ich durchaus wertschätze und der mir sehr geholfen hat, aus meinem Hausfrauendasein heraus und wieder auf die Bühne zu kommen.«

»Mag ja alles sein. Aber klar ist auch: Dein machohafter Chef konnte nur so ausfallend werden, weil er sich noch immer Hoffnungen auf dich macht. Hättest du ihn diesbezüglich nicht im Unklaren gelassen, dann ...«

»Jetzt reicht's aber!«, unterbrach Lea mich schroff. »Wenn du mich so siehst ... Ich möchte nicht mit einem Mann zusammen sein, der solch ein Bild von mir hat!«

»Und ich«, gab ich mit gleicher Heftigkeit zurück, »habe keine Lust auf die Rolle des Professor Unrat. Aber die ist ja, gottlob, schon vergeben.«

Lea legte auf. Wie benommen schaute ich durchs Fenster auf die schneebedeckte Eibe und sah, wie eine auf dem Knödel sitzende Kohlmeise gerade vor einem heranfliegenden Star die Flucht ergriff.

Eine Stunde später schrieb mir Lea:

Lieber Fabian,
ich kann dir deine Frau nicht ersetzen, kann dir nicht geben, was du brauchst. Ich hab eben ein Hasenherz und kann in meiner angespannten privaten und beruflichen Situation nicht auch noch einen gekränkten Liebhaber gebrauchen.
Ich denke, es ist am besten für uns beide, wenn wir uns trennen.
Deine – sehr traurige – Lea

Ich mailte zurück:

Liebe Lea,
ja, ich bin enttäuscht. Auch weil ich mich des Eindrucks nicht erwehren kann, dass du die Männer instrumentalisierst. Es würde mich sehr traurig machen, wenn sich herausstellen sollte, dass du auch mich letztlich nur benutzt hast.
Fabian

Die nächsten Tage verbrachte ich in einem quälenden Wechsel der Gefühle zwischen Niedergeschlagenheit, gekränkter Wut, Liebeskummer und Sehnsucht. Ich war unfähig zu arbeiten, mochte nicht lesen, nicht fernsehen, nicht telefonieren. Ich mochte auch niemanden sehen. Das Einzige, wozu ich noch imstande war: die alltäglichen Dinge des Haushalts zu erledigen wie Staub saugen, Aufräumen, Kochen, Wäsche waschen, Bügeln, Zimmerpflanzen versorgen, Einkaufen, Post und E-Mails beantworten. Ich verrichtete sie mit der gleichgültigen Routine eines Automaten, während sich in mir eine lähmende Antriebslosigkeit und Leere auszubreiten begann.

Die Gewalt der Geschwindigkeit

Im Kleinen Konferenzsaal, in dem die Vorbereitungsgruppe für das Symposium tagte, herrschte eine gespannte Atmosphäre. Die Professoren, die rund um den ovalen Konferenztisch saßen, blickten mit gerunzelten Stirnen auf das vor ihnen liegende fünfseitige Konzeptpapier, das ich, zusammen mit Alfons und Monika, ausgearbeitet hatte. Es ging um die thematische Strukturierung des Symposiums und die Abfolge der verschiedenen Panels. Nur ab und zu waren ein Räuspern, ein trockenes Hüsteln und das Rascheln von Blättern zu hören.

Ich hatte lange überlegt, ob ich den für heute anberaumten Termin nicht lieber verschieben sollte. Seit Tagen litt ich an einer Nebenhöhlenentzündung, fühlte mich matt und war in Gedanken mit ganz anderen Dingen beschäftigt als mit den hier zur Debatte stehenden Fragen. Andererseits war es schwer genug gewesen, für die viel beschäftigten Professoren einen gemeinsamen Termin zu finden, und das Konzept das Symposiums musste stehen, bevor alle in die Semesterferien gingen.

Mir gegenüber saß Dietmar Drehwitz; mit dem rechten Arm hielt er das Konzeptpapier auf Augenhöhe, sodass ich von seinem Gesicht nur die gefurchte Stirn mit dem spärlichen Haaransatz sehen konnte. Nur einmal senkte sich kurz seine Hand mit dem Papier, und unsere Blicke begegneten sich. Doch verhieß der seine nichts Gutes. Vielleicht, dachte ich, war es ein Fehler gewesen, ihn neulich beim Gespräch in der Kantine herausgefordert zu haben. Jetzt sann er wohl auf Revanche.

Ich war denn auch kaum verwundert, dass er als Erster das Wort ergriff.

»Sind wir so weit?«, fragte er mit einem herrischen Blick in die Runde. »Angesichts der knappen Zeit möchte ich gleich in medias res gehen. Ich habe – ehrlich gesagt – große Bedenken gegen das, was unter dem Panel 3 als Synopsis dargeboten wird. Schon der Titel *Wettbewerbsdruck – Arbeitshetze – Burn-out* hat einen sehr demagogischen Klang. Er suggeriert, dass der Wettbewerb, auf dem unsere Wirtschaftsordnung basiert und dem sie ihre enorme Innovations- und Leistungsfähigkeit verdankt, etwas höchst Fragwürdiges, ja Destruktives ist, indem er die Menschen zwangsläufig unter Stress setzt und geradewegs ins Burn-out führt. Mit keinem Wort wird der Tatsache Rechnung getragen, dass der Wettbewerb die Menschen und Marktteilnehmer eben auch zu besonderen Leistungen stimuliert und sie anspornt, ihr Bestes zu geben. Wohin eine Gesellschaft ohne Wettbewerb führt, dass sie in Stagnation, Antriebslosigkeit und Apathie verfällt, das konnte man im Endstadium der Ostblockländer erleben.«

Während seiner Rede hatte sich Drehwitz mal dem einen, mal dem anderen Kollegen zugewandt, nur über mich und Monika war sein Blick hinweggegangen, als seien wir für ihn Luft. Wollte er, indem er unser Konzept unter »Ideologieverdacht« stellte, einen Keil in die Vorbereitungsgruppe treiben? Zwar hatte ich seinen Einwand erwartet und mir schon während der Fahrt eine Erwiderung grob zurechtgelegt. Doch jetzt war in meinem Kopf nur noch Nebel, meine Gedanken verknäulten sich, ich fand den Anfang des Fadens nicht mehr. Und irgendwie war es mir auch plötzlich egal. Ich hatte keine Lust mehr, mich mit Drehwitz in den Clinch zu begeben. Wozu auch, wenn es doch nichts daran änderte, dass der hochfliegende Traum, den ich mit Lea verband, zu Bruch gegangen war.

Inzwischen hatte Hartmut Körner, Professor für empirische Soziologie, zu reden begonnen.

»Keiner in dieser Runde«, wandte er sich an Drehwitz, »wird wohl die innovative Kraft des Wettbewerbs leugnen, geschweige denn in die stagnierende Monokultur einer Gesellschaft vom Typ des Staatssozialismus zurückkehren wollen. Aber es ist doch wohl kein Zufall, dass zu einer Zeit, da permanent der Wettbewerb beschworen wird, da fast alle Parteien mehr Wettbewerb unter Schulen und Universitäten, unter Strom-, Gas- und Mobilfunkanbietern, unter Krankenkassen und Versicherern fordern, die Menschen über zunehmende Zeitnot und zunehmenden Stress klagen, wie viele Umfragen belegen. Wer heute ›mehr Wettbewerb‹ sagt, meint: weniger Zeit, meint mehr Stress, meint Verschärfung der Beschleunigungslogik.«

Auf einmal war ich wieder hellwach. Toll, wie Körner die Sache auf den Punkt brachte. Er war ein noch ziemlich junger, schmächtiger Mann mit blondem Haar und Oberlippenbart, der wohl als Ersatz für seine fehlenden Augenbrauen diente, und trug zur immer gleichen braunen Kordhose die immer gleiche dunkelbraune Joppe mit Lederaufsätzen an den Ellenbogen. Eigentlich sah er eher wie ein alt gewordener Student denn wie ein Doktor habil aus, doch wenn er im Hörsaal stand oder im Akademischen Senat den Mund aufmachte, staunte jeder über seine druckreifen Sätze und glasklar formulierten Argumente.

»Der zunehmende Wettbewerbsdruck«, fuhr Körner fort, »hat auch die Arbeitswelt grundlegend verändert. Schnelligkeit, Effizienz, Perfektion, permanente Verfügbarkeit sind zur gesellschaftlichen Norm geworden. Die Arbeitgeber verlangen von ihren Mitarbeitern heute, jederzeit auch außerhalb der Arbeitszeit erreichbar zu sein. Auch das schafft enormen Stress.«

»Werter Kollege«, mit säuerlicher Miene setzte Drehwitz zu einer Erwiderung an. Körner hob seine Hand wie ein Stoppschild: »Ich bin noch nicht fertig.« Er nahm einen Schluck aus dem vor ihm stehenden Glas Wasser, dann fuhr er fort:

»Die moderne Arbeitswelt verlangt Leistungen in immer kürzeren Taktfrequenzen, die Arbeitsverdichtung ist enorm gestiegen. Man schaue sich nur an, was eine Kassiererin in einer Supermarktkette alles zu leisten hat: In einem Wahnsinnstempo, weil ja die Schlange der Kunden nicht enden will, muss sie die Waren über den Scanner legen und die Kunden abkassieren. Und in jeder freien Minute die angelieferten Paletten mit den Getränkeflaschen und Waren in die Regale räumen, die leeren Kartons und Kisten wieder wegschaffen und anderes mehr. Eine Lidl-Kassiererin gestand kürzlich der Bild-Zeitung, dass sie Windeln trage, weil sie oft keine Zeit mehr habe, auf die Toilette zu gehen.«

»Halten Sie«, warf Drehwitz ein, »die Bild-Zeitung für eine seriöse Quelle sozialwissenschaftlicher Erhebungen?«

»Der Fall«, entgegnete Körner ruhig, »ist im *Schwarzbuch Lidl* dokumentiert. Der zunehmende Wettbewerbsdruck ist es auch, der unsere Gesellschaft immer tiefer spaltet. Die einen werden zwangsentschleunigt, indem sie dauerhaft arbeitslos sind und auf niedrigstem Niveau von Hartz IV leben müssen; sie haben erzwungenermaßen sehr viel Zeit. Die anderen aber, die sogenannten Leistungsträger, häufen Überstunden auf Überstunden, auch immer mehr unbezahlte, und geraten an ihrem Arbeitsplatz unter immer größeren Zeitdruck. Nach dem letzten Stressreport der Bundesanstalt für Arbeitsschutz und Arbeitsmedizin ist die Anzahl der Krankschreibungen aufgrund eines Burn-outs in den letzten acht Jahren um siebenhundert Prozent und die Anzahl der durch einen Burn-out verursachten Fehltage um fast eintausendvierhundert Prozent gestiegen. Aus all diesen Gründen«, resümierte Körner, »halte ich das fragliche Panel 3 für unverzichtbar; es gehört zu den tragenden Säulen unseres Symposiums.«

Alle Blicke waren jetzt auf Drehwitz gerichtet, der, während Körner sprach, mit herabgezogenen Mundwinkeln und vor der Brust verschränkten Armen dasaß – eine Haltung, die er nur ab und zu aufgab, um einen Fussel von seinem Boss-Jackett zu stippen. Ich war gespannt, wie er auf Körner replizieren würde, dessen empirisch belegte Aussagen schwerlich zu widerlegen waren. Was tut ein geschickter Redner in solch einer Situation? Er geht scheinbar auf seinen Vorredner ein und weicht flugs auf ein benachbartes Thema aus.

»Natürlich«, entgegnete Drehwitz, »hat sich die moderne Arbeitswelt infolge der Globalisierung und der mikroelektronischen Revolution sehr verändert. Indes hat Letztere die Arbeit in vielen Bereichen der Industrie und Landwirtschaft auch ungemein erleichtert, indem ehemals körperlich schwere Arbeiten von intelligenten Maschinen übernommen wurden. Was aber die ›ständige Erreichbarkeit‹ betrifft: Es steht doch jedem Menschen frei, sein Handy auszuschalten. Und, werter Kollege Körner, es lässt sich doch nicht leugnen, dass die mit der Digitalisierung verbundene Mobilität, Flexibilität und Vernetzung – abgesehen von den enormen Effizienzgewinnen – auch mit großen persönlichen Zugewinnen verbunden ist: mit einem Mehr an Kommunikation und Welterfahrung, mit einer Optionenvielfalt in allen Bereichen des Lebens. Denken Sie nur an die sozialen Netzwerke, die es viel mehr Menschen als früher ermöglichen, sich mit ihrer Meinung im öffentlichen Raum einzubringen und demokratische Teilhabe zu praktizieren. Dies alles hat zu einem Mehr an persönlicher Freiheit und Lebensqualität geführt, von der frühere Generationen nur träumen konnten.«

»Also das bezweifle ich.« Prof Lobowitz, Philosoph und Religionswissenschaftler, schüttelte energisch den Kopf. Ich schätzte den kleinen pyknischen Mann mit dem silbrigen Kraushaar, der noch ein Gelehrter der alten Schule war und Humor besaß. Unter den Studierenden war er dafür berühmt, dass er nie ein Vorlesungsskript benutzte, sondern seine Gedanken frei assoziierend entwickelte, während er vor dem Podium auf und ab ging, oft auch den Mittelgang des Hörsaals vor- und zurückwanderte.

»Haben Sie mal«, wandte er sich an Drehwitz, »die Leute auf der Straße, im Warteraum beim Arzt, in der U-Bahn oder im Intercity beobachtet? Sie schauen einen nicht mehr an, glotzen nur noch auf ihre Smartphones, drücken und wischen auf ihnen herum. Sie schauen auch nicht mehr aus dem Fenster, nehmen die vorbeiziehende Landschaft gar nicht mehr wahr. Diese angeblich zeitsparenden digitalen Werkzeuge sind in Wahrheit gigantische Zeitfresser und Ablenkungsmaschinen. Facebook und Twitter haben die letzten Inseln der Aufmerksamkeit okkupiert. Die Zeit, die wir im Netz, im virtuellen Raum verbringen, die fehlt woanders, die fehlt uns gerade im sozialen Raum, für die reale zwischenmenschliche Kommunikation. Und das Gestammel von hundertvierzig Zeichen täuscht Kommunikation und Teilhabe nur vor. Noch nie ist so viel Unsinn in die Welt gesetzt worden wie im Zeitalter der gepriesenen *Social Media*. Was ist an denen eigentlich sozial? Verglichen mit der Form der Verunglimpfung und des Mobbings im Netz, die Millionen User lesen können, war der klassische Stammtisch noch ein Hort der Intimität.«

»Mobbing«, entgegnete Drehwitz, »hat es auch im analogen Zeitalter zur Genüge gegeben. Aber es ist doch wohl eine Tatsache, Herr Kollege, dass die Schnelligkeit, mit der, dank digitaler Medien, heute an jedem Ort der Welt Wissen verfügbar ist und von jedermann abgerufen werden kann, zu einem Quantensprung bezüglich allgemeiner Informiertheit geführt hat. Wissen und Bildung, früher nur privilegierten Schichten zugänglich, stehen heute allen Menschen, die einen Internetanschluss haben, kostenlos zur Verfügung. Das heißt: Wir sind auf dem Wege zu einer global vernetzten Wissensgesellschaft, wie es sie noch nie gegeben hat.«

»Mit Verlaub«, entgegnete Lobowitz. »Aber mir scheint, Sie verwechseln Information mit Wissen. Wissen ist etwas qualitativ anderes als Information. Wissen hat auch eine andere Zeitstruktur. Es spannt sich zwischen Vergangenheit und Zukunft. Die Zeitlichkeit der Information aber ist die Gegenwart, das Präsens ... Und mit Bildung im Sinne einer kontextbezogenen Wissensaneignung hat die heutige Überinformiertheit nichts zu tun. Zu viel Information und zu wenig Kontext, zu wenig Zusammenhang – das ist das Elend des digitalen Zeitalters. Um etwas ausfiltern zu können, braucht man einen Kontext. Der aber beruht auf vergangenen Erfahrungen und nicht bloß auf weiteren Daten. Auswerten heißt bewerten. Dazu braucht man einen Maßstab. Und was ist Tradition – wenn nicht ein überlieferter Maßstab. Ohne diesen schweben wir geschichtslos von einem Momentan-Eindruck zum nächsten. Die betonte Hier- und-Jetzt-Haltung aber wird fast ausschließlich von Medien übermittelt, die ihrem Wesen nach den Alltagsneuigkeiten verpflichtet sind. Wenn Neil Postman seinerzeit, mit Bezug auf das Fernsehen, sagte: ›Wir amüsieren uns zu Tode‹, dann dürfen wir heute sagen: Wir twittern, facebooken und googeln uns zu Tode.«

Es war, als ginge durch den Raum ein frischer Luftzug, der die teils angespannten, teils müden Mienen der Professoren plötzlich belebte. Lobowitz erntete erstaunte, amüsierte, auch spöttische Blicke, man ruckelte auf den Lehnstühlen hin und her und begann, mit dem jeweiligen Sitznachbarn zu tuscheln. »Endlich«, sagte Monika, die neben mir saß, »kommt Leben in die Bude.«

Nun ergriff Prof Heinrich Lux, Dekan der Fakultät »Betriebswirtschaftslehre, Technologie und Management«, das Wort. Der hagere Mittvierziger mit den stahlblauen Augen und dem markigen Gesicht hatte beste Beziehungen zum *Silicon Valley* und rühmte sich, ein Duzfreund Bill Gates' und Ray Kurzweils zu sein, der mithilfe von Google und der Weltraumbehörde NASA in Kalifornien die *Singularity University* gegründet hatte. Auch war Lux stolz darauf, als harter Hund zu gelten, weil er bei den Klausuren die Hälfte seiner Studenten durchfallen ließ.

»Verehrter Kollege«, wandte er sich Lobowitz zu, »ich kann ja verstehen, dass Ihnen, aufgewachsen im analogen Zeitalter mit seinem langsameren Lebensrhythmus und seiner gemütlichen Lesekultur, die neue Schnelligkeit und Vernetzung ein Graus sind. Aber wenn wir einen Blick in die Geschichte der Industriegesellschaft werfen, dann stellen wir fest: Es gibt kaum etwas Zeitloseres als die Beschleunigung und die Klage darüber. Im 18. Jahrhundert wurde die Uhrzeit bekanntlich zur Grundlage der Arbeitsorganisation und -synchronisation. ›Zeit ist Geld‹ war Ausdruck des neuen Betriebssystems der Gesellschaft. Schon zu Beginn des 19. Jahrhunderts wurden Waren, Dienstleistungen und Transportmittel angepriesen, indem sie mit dem Attribut ›schnell‹ oder ›Express‹ kombiniert wurden. Es entstanden ›Schnellbleiche‹, ›Schnellgerberei‹, Expresspost, Expresszeitungen und immer schnellere Fahrzeuge wie Eisenbahn und Dampfschiff. Zu Beginn des 20. Jahrhunderts kamen mit der Automobilisierung und dem Flugzeug noch ganz andere Schnelligkeiten hinzu. Die Empörung in der damaligen Fußgängergesellschaft war groß. Jede Beschwerde über die heutige Beschleunigung, die eine notwendige Folge der technologischen Entwicklung ist, ist eine verkopfte Klage über die Modernisierung selbst.«

»Es ist natürlich leicht«, ergriff nun Monika das Wort, »die Kritiker der Beschleunigung als Ewiggestrige und Antimodernisten hinzustellen. Überhaupt kommt es mir so vor, als führten wir mithilfe der digitalen Medien eine Art Kreuzzug gegen die Langeweile. Warum fürchten wir die Langeweile eigentlich so? Offenbar sehen wir in ihr eine Gefahr für die Leistungsgesellschaft, weil sie das Gegenteil von Effizienz ist. Dabei ist Langeweile im Sinne von Lange-bei-etwas-verweilen-Können etwas sehr Wichtiges, Kreatives und Lebensnotwendiges. Ohne dieses Lange-verweilen-Können würde die Welt wie ein unaufhörlicher Wirbel von MTV-Clips an uns vorüberrasen: Nichts, kein sinnlicher Eindruck, kein Bild, kein Kunstwerk, kein Musikstück, kein Gefühl würde wirklich haften, in uns wirken, an Dauer und Tiefe gewinnen können. Auch neue und schöpferische Ideen – das weiß man aus der Kreativitätsforschung – entstehen nur in Phasen des Innehaltens, oft in Phasen des Tagträumens.«

Die unaufgeregte und souveräne Art, in der Monika sprach und argumentierte – sie war die einzige Frau in dieser Professorenrunde –, nötigte selbst Lux und Drehwitz Respekt ab, wollte doch keiner der beiden ihr widersprechen. Die entstandene Pause nutzte Lobowitz, um einen neuen Gesichtspunkt in die Debatte zu werfen. Mit Blick auf Lux sagte er: »Mir erscheint es sehr problematisch, Beschleunigung einfach unter dem Label ›technischer Fortschritt‹ zu subsumieren. Es gibt nämlich auch eine *kulturelle Verheißung der Beschleunigung,* bei der Beschleunigung zum Religions- und Ewigkeitsersatz wird. Die westliche Gesellschaft ist überwiegend eine säkulare Gesellschaft. Das heißt, das Gewicht unserer Lebensführung liegt nicht mehr auf einem imaginären Leben nach dem Tod, wir leben jetzt und wissen, uns steht nur eine begrenzte Zeitspanne zur Verfügung. Da liegt es nahe, zu sagen: Wenn ich doppelt so schnell mache, kann ich zwei Leben in eines packen, ich kann das Erlebnispensum verdoppeln. Die Beschleunigung, die Steigerung der Erlebnisepisode, ist unsere Antwort auf das Todesproblem geworden. Wir wollen ein ewiges Leben *vor* dem Tod haben.

Schon Nietzsche hat prognostiziert, dass der Verlust der Transzendenz und der Kontemplation zu einer Kultur der Rastlosigkeit, des rastlosen Konsumierens, Sicheinverleibens und An-sich-Raffens führen wird – aus Angst vor der Endgültigkeit des Todes. Der ›Tanz ums

Goldene Kalb‹ entpuppt sich – so betrachtet – als Breakedance einer Erregungs-Event- und Spaßkultur, die ihre zunehmende Erschöpfung, ihr fortgeschrittenes Burn-out-Syndrom, nur noch durch Einnahme von Dopingmitteln aller Art kompensieren kann.«

Während Lobowitz redete, hatten Drehwitz und Lux einvernehmliche Blicke gewechselt, die ihren Überdruss ob des eben Gehörten kaum verhehlten. Jetzt kommt uns – so schienen ihre Mienen zu sagen – dieser analoge Greis schon wieder mit Nietzsche.

In scharfem Ton erwiderte Lux, während seine auf und nieder gehende Rechte die Luft wie ein Messer zerteilte: »Das, werter Kollege, ist eine sehr kulturpessimistische, um nicht zu sagen nihilistische Deutung der technologischen Modernisierungsprozesse. Diese sind aber – Sie mögen dies bedauern – nicht mehr rückgängig zu machen. Umso mehr stellt sich die Frage, wie wir unseren Körper in Zukunft für die hohen Geschwindigkeiten, die wir sozial und technisch erzeugt haben, fit halten können. An der nächsten Stufe der Optimierung wird in den Forschungslabors des Silicon Valley bereits mit Hochdruck gearbeitet: an der Fusion von Computer- und Biotechnologie. Schon bald wird man uns Mikrochips implantieren, die, mit Nerven- und Sinneszellen verbunden, auch unsere Gehirnleistung optimieren können. Wieso umständlich googeln oder jahrelang Fremdsprachenkurse besuchen, wenn sich mit Hirnimplantaten Fremdsprachen auf Knopfdruck hochladen und erlernen lassen und das Wissen der Welt jederzeit upgedatet werden kann? Warum sollen wir das Leben nicht weiter verbessern?«

Während Lux seine Vision vom per Hightech aufgerüsteten Menschen darlegte, war der harte Glanz seiner Augen einem Strahlen gewichen, das den emphatischen Jünger des *human enhancement* verriet, des wohl erfolgreichsten Exportartikels des Silicon Valley.

»Glauben Sie wirklich«, wandte Körner sich nun an Lux, »dass unsere Bestimmung als Menschen darin liegt, zu Cyborgs zu mutieren, zu jenen grausigen Hybriden aus Mensch und Maschine, wie sie die Zukunftsromane von Stanislaw Lem bevölkern?«

Lux seufzte auf: »Wieder so ein Vorurteil. Falls Sie, werter Kollege, eines Tages eine künstliche Hüfte oder einen Herzschrittmacher benötigen sollten, werden Sie dankbar für diese technologischen Segnungen sein, auch wenn Sie damit zu den Vorläufern jener von ihnen so verachteten Cyborgs gehören werden. Was spricht denn dagegen, technischen Fortschritt zur weiteren Verbesserung des Menschen zu nutzen, der nun mal kein vollkommenes Wesen ist? Wenn Implantate in Zukunft eine Hörschwäche verhindern können, wäre es dann nicht fahrlässig, dem Berufsmusiker ebenjene Implantate zur Optimierung seines Gehörs zu verweigern? Für einen kognitiv erweiterten Menschen mag Johann Sebastian Bach dann vielleicht klingen wie für uns heute Fahrstuhlmusik.«

»Kognitiv erweitert – und emotional verkrüppelt«, konterte Lobowitz. »Große Musik und große Kunst schöpft aus den Gefühlen, Leiden und Leidenschaften des Künstlers – und nicht aus dem Update eines implantierten Mikrochips.«

Enerviert schüttelte Lux den Kopf. Doch bevor er zu einer Erwiderung ansetzen konnte, erklärte ich rasch: »Mir scheint, werte Kollegen, diese Debatte gehört in unser Abschlusspanel, dem wir hier nicht vorgreifen sollten: *Was und wie viel Beschleunigung brauchen wir für ein gutes Leben?* Aber vielleicht gibt es ja noch Fragen zu den anderen Panels.«

Alle Köpfe beugten sich nun wieder über das Konzeptpapier. Man hörte länger nichts außer einem gelegentlichen Schniefen, Schnäuzen und dem Summen der Heizung. Ich wollte schon erleichtert aufatmen, glaubte ich doch, die heikelsten Punkte des Konzepts seien jetzt besprochen und abgehakt – da ergriff noch einmal Drehwitz das Wort: »Ich verstehe eigentlich nicht, was das Panel 6 *Gehetzte Politik – und die Aushöhlung der Demokratie* mit dem Thema des Symposiums zu tun hat. Dieser Titel klingt doch sehr alarmistisch und riecht förmlich nach Ideologie.«

Dieser verdammte Quertreiber! Mir kroch die Wut den Hals hoch. Nach einem kurzen Blickwechsel mit mir übernahm Monika die Replik.

In ruhigem Ton entgegnete sie: »Schon vor Jahren hat der französische Philosoph Paul Virilio die Geschwindigkeit als einen – ich zitiere – ›gewalttätigen Eingriff in die Menschenrechte‹ bezeichnet, als eine extreme Gewalt sogar, die jedoch kaum als solche erkannt und gewertet werde. Die von der modernen Technologie und *Just-in-time*-Produktion erreichte und erzwungene Bewegungsgeschwindigkeit übersteigt unendlich die Wahrnehmungsfähigkeit des Menschen. Die Zivilisation, die auf Beschleunigung beruht, zerstört daher tendenziell Demokratie und Diskussion, die Grundlagen des Politischen.«

»Ich kenne die Thesen Virilios«, erwiderte Drehwitz. »Sie beruhen auf einem Mix aus Technologiefeindlichkeit, Ahnungslosigkeit in Sachen Ökonomie und Nostalgie. Am liebsten möchte Virilio den TGV wieder mit der Postkutsche und den Airbus mit der Luftgondel der Gebrüder Montgolfier vertauschen.«

Man lachte über das Bonmot, während Drehwitz selbstgefällig in die Runde blickte.

Nun gab ich meine Zurückhaltung auf: »Einen Denker zu verspotten«, sagte ich, »heißt noch lange nicht, ihn zu widerlegen. Virilios Zivilisationskritik ist so aktuell wie nie. Man schaue sich nur den heutigen Finanzmarkt an, wo in Mikrosekunden ungeheure Geldmengen den Besitzer wechseln. In einer rasenden Geschwindigkeit erfanden die Banker vor der Krise neue, immer kreativere Finanzprodukte. Nicht einmal sie selber wussten, was sie da eigentlich verkauften. Wie aber soll Politik noch gestalten können, wenn sie den Entwicklungen auf den Märkten hoffnungslos hinterherrennt? Demokratische Entscheidungen brauchen bekanntlich Zeit und lassen sich nur schwer beschleunigen. Die Demokratie hat ein Tempolimit. Es besteht daher Grund zu der Annahme, dass die Politik gerade in den wichtigsten Feldern ihren gesellschaftlichen Gestaltungsauftrag nicht mehr wahrnehmen kann.«

»Das ist eine unzulässige Pauschalisierung!«, sagte Drehwitz mit Schärfe. »Gerade in der Krise hat die Politik ihre Handlungsfähigkeit demonstriert, indem sie schon im Oktober 2008, einen Monat nach dem schwarzen Freitag, zur Absicherung der Finanzmarktinstitute das Finanzmarktstabilisierungsgesetz verabschiedete.«

»Ebendieser Vorgang«, entgegnete Monika, »zeigt beispielhaft, wie recht Virilio hat. Während normalerweise zwischen Einbringung und Verabschiedung eines Gesetzes durchschnittlich zweihundertfünfundzwanzig Tage liegen, ist das besagte Gesetz innerhalb von nur vier Tagen durch Bundestag und Bundesrat gepeitscht worden. Weder die Parlamentarier noch die demokratische Öffentlichkeit konnten sich in dieser kurzen Zeit ein verständliches Bild von der Materie machen, da faktisch keine Zeit für Meinungs- und Willensbildung, geschweige denn für öffentliche Diskussion blieb.«

»Und aufgrund dieses Gesetzes«, setzte ich mit Nachdruck hinzu, »wurde kurz darauf der ›Sonderfonds Finanzmarktstabilisierung‹ mit einem Volumen von sage und schreibe vierhundertachtzig Milliarden Euro eingesetzt. Eine solch horrende Summe öffentlichen Geldes wird zur Rettung der Pleitebanken aufgeboten, ohne dass die Bürger dazu auch nur befragt werden. Überdies unterliegt dieser Fonds, fast um ein Drittel höher als der Bundeshaushalt, keinerlei parlamentarischen Kontrolle. Durch dieses Gesetz haben sich die Parlamente quasi selbst entmachtet.«

Drehwitz beugte sich vor und fixierte Monika und mich mit seinem stechenden Blick. »Es scheint euch völlig entgangen zu sein, dass die schwere Krise ein schnelles Handeln der Regierung erzwang. Die Wirtschaft drohte nämlich in eine Rezession zu stürzen. Da war höchste Eile geboten. Aber ökonomische Sachzwänge haben in eurer Vorstellungswelt ja keinen Platz. Dafür umso mehr linke Verschwörungstheorien.«

»Meine Herren«, suchte Körner den Streit zu beschwichtigen, »Ich muss doch sehr bitten.«

In diesem Moment stand Lux auf und packte seine Unterlagen. Nach einem wütenden Blick zu Monika und mir wandte er sich an die Runde: »Werte Kollegen. Ich habe den dringenden Verdacht, dass dieses Symposium nur als Vorwand benutzt werden soll, um a) über die technologischen Modernisierungsprozesse und b) über unsere freiheitlich-demokratische Grundordnung und die auf ihr beruhende Marktwirtschaft ein Tribunal zu halten. An einer solchen Veranstaltung kann ich nicht mitwirken. Tut mir leid.«

Sprach's und verließ mit eiligen Schritten den Raum.

Überraschte und bestürzte Mienen, wohin ich auch blickte. Da sagte ich in das betretene Schweigen hinein: »Gerade wollte ich dem Kollegen Lux erklären, dass wir zwei Geschwindigkeiten benötigen: Beschleunigung da, wo es Sinn macht und unser Leben erleichtert, und Entschleunigung dort, wo wir uns die gestohlene Zeit zurückholen müssen, um ein gutes Leben zu erhalten. Aber da war er schon weg. Er war wie der Luchs einfach zu schnell.«

Indes löste mein Wortspiel kein Lachen, nicht einmal ein Schmunzeln aus. Die einen starrten bedrückt vor sich hin, die anderen noch immer auf die Tür, durch die der Starprofessor und Dekan seiner Fakultät soeben verschwunden war. Was wird jetzt aus dem Symposium? schienen sich alle zu fragen.

»Wetten, dass Lux gleich zum Rektor rennt, um zu petzen«, sagte Monika, als wir nach der Versammlung in ein nahe gelegenes Restaurant gingen.

»Jedenfalls können wir das Symposium erst mal vergessen. Ach, es ist alles so verlogen und perfide geworden. Die Neoliberalen, die den Markt zur Gottheit erheben, nach dem sich der Demos und dessen gewählte Vertreter gefälligst zu richten haben, geben sich als feine ›Demokraten‹ aus, und wir, die wir für eine echte Demokratie streiten, in der nicht die Wirtschaft, sondern die Wähler, die Bürger, das Sagen haben, werden als ›Ideologen‹ und ›Demagogen‹ denunziert – wie früher die Republikaner zur Zeit der metternichschen Restauration.«

Monika hakte sich bei mir ein: »Dazu passt das neue Biedermeier, das uns umgibt: Rückzug ins Private und Schöner Wohnen, Wohlfühlliteratur, Thriller und Krimiserien ohne Ende – das heutige Pendant zur Gothic Novel, dem schaurig Schönen der Romantik ... Trotzdem: Nicht resignieren, Fabian. Wir können auch ohne Lux und notfalls auch ohne Drehwitz.«

»Aber nicht ohne den Rektor, der beider Duzfreund ist.«

»Immerhin haben wir unter den Professoren ein paar wichtige Verbündete.«

Wir betraten das nur mäßig besuchte Restaurant. Der Kellner grüßte uns freundlich und wies uns einen Platz am Fenster zu.

»Ich dachte immer«, sagte ich, während wir die Speisekarte studierten: »Renegaten sind die schlimmsten. Seit heute weiß ich: Noch schlimmer sind die Technokraten.«

Monika hob den Kopf aus der Karte, strich sich ihre brünette Lockenmähne aus der Stirn und sagte lächelnd: »Heute bist du mein Gast.«

Warum, ging es mir durch den Kopf, habe ich mich bloß in eine verheiratete Sängerin verliebt – und nicht in eine so beherzte und kluge Frau wie Monika, die sich vor zwei Jahren von ihrem Mann hatte scheiden lassen und eigentlich viel besser zu mir passen würde? Doch dieser Gedanke verflüchtigte sich wieder, als der Kellner kam, um die Bestellung aufzunehmen.

Tristan-Akkord

Tags darauf fuhr ich zum Supermarkt, um für die kommende Woche einzukaufen. Als ich gerade die gesammelten Wasserflaschen in den Getränkeautomaten schob, klingelte mein Handy. Lea war dran.

Ob sie mich am morgigen Samstag besuchen dürfe? Sie müsse unbedingt mit mir sprechen.

Ich war so überrascht, dass ich die leere Flasche mit dem Kopf zuerst in die Röhre schob. Knatternd drehte sie sich über dem Scanner und kam wieder zurück.

»Und wann kommst du?«

»Gegen 18 Uhr. Du brauchst auch gar nichts vorzubereiten – von wegen Essen und so. Also bis morgen. Tschüss!«

Wie ein Schlafwandler schob ich meinen Einkaufswagen an den Regalen vorbei. Erst an der Kasse merkte ich, dass ich vergessen hatte, den Bon für die Flaschen aus dem Schlitz des Automaten zu ziehen.

»Wo soll ich hin, wenn der Nordsturm brüllt?« Mit wehendem Haar, die Hände in den Taschen ihrer wattierten Jacke vergraben, stand Lea unter dem Türsturz und lächelte mich an.

»Du bringst mir den Sturm ins Haus«, sagte ich und schloss die Tür hinter ihr.

»Stell dir vor: Eben fuhr ich an einem Lkw mit Anhänger vorbei, den der Sturm umgeworfen und auf den Randstreifen gekippt hat.« Ich nahm ihr Jacke, Schal und Handschuhe ab. Sie trug wieder jenes eng anliegende taubengraue Strickkleid, das ich so an ihr mochte, mit der über dem Herzen aufgestickten Rosenblüte. In ihrer Miene war keine Spur von Vorwurf oder Kränkung mehr.

Sie überreichte mir ein kleines, in Geschenkpapier gewickeltes Päckchen. Es war die Wagner-&-Venezia-CD, die sie mir schon einmal während einer Autofahrt vorgespielt hatte. Ich war nie ein Fan von Wagner-Opern gewesen, die in meinen Ohren viel zu pathetisch klingen; aber diese kammermusikalische, nur von Streichinstrumenten gespielte Version des »Tristan-Akkords«, des »Walkürenritts« und anderer berühmter Lieder und Leitmotive aus dem *Ring*, live auf dem Markusplatz von Venedig aufgenommen, hatte mir sehr gefallen.

»Du bist wirklich eine verrückte Frau. Erst machst du mit mir Schluss und ein paar Tage später kommst du wieder mit einem Geschenk.«

»Ja, so bin ich eben!«, konstatierte sie mit einem elegischen Seufzer. Wie sie so im warmen Licht der Diele vor mir stand und mich mit diesem sehnsüchtigen Blick anschaute, war es fast wieder um mich geschehen.

Sie wandte sich dem Drehspiegel zu, der auf dem Kaminbord stand. »Ich sehe ja schrecklich aus.«

Während sie sich mit gespreizten Fingern durch ihre verstrubbelten Haare fuhr und ihre Stirnlocken zurechtzupfte, sagte sie: »Ich fühlte mich von dir unter Druck gesetzt – und außerdem falsch gesehen. Ich hatte das Gefühl, ich könne deinen Erwartungen nicht entsprechen. Darum hab ich die Notbremse gezogen.« Das Gesicht mit der gerichteten Frisur mir wieder zuwendend, sagte sie mit Schmelz:

»Aber ich möchte nicht auf dich verzichten.«
»Ich auch nicht.«
Wir umarmten uns und küssten uns lange.

Nach einem kleinen Imbiss in der Diele gingen wir mit unseren Weingläsern in die Wohnstube und setzten uns auf die Couch.
»Hast mich ja ganz schön leiden lassen«, sagte ich, während ich die Wagner-&-Venezia-CD in den Player legte.
»Nun ja, erst muss der Mann dafür bestraft werden, dass er ein Mann ist. Danach kann man ihn wieder küssen.«
Ich musste lachen. »Du hast wirklich Humor.«
»Du meinst: Galgenhumor. Ohne den wäre ich schon längst von der Brücke gesprungen.«
Ich setzte mich zu ihr auf die Couch. Sie trank ihr Glas mit einem Zug leer. Dann schaute sie mich an. Langer prüfender Blick. Schließlich strich sie mit zwei Fingern über den Rand des Weinglases. Nach mehrfacher Wiederholung dieser streichenden Kreisbewegung entstand ein ganz leiser, schleifender Ton.
»Das Geheimnis der Resonanz.« Sie lächelte versonnen. »Ich habe einmal einen Straßenkünstler gesehen, der mit Weingläsern verschiedener Größe ganz erstaunliche Harmonien erzeugte. Wenn das Glas aber einen Sprung hat, ist es mit der Resonanz vorbei.«
Ich schaute sie fragend an. Mit einem resoluten Griff nach der Weinflasche auf dem Glastisch beendete sie ihre kleine Präsentation und füllte wieder ihr Glas.
»Erinnerst du dich an jenen Abend hier, als ich dir das *Heideröslein* vorsang?«
»Ja, natürlich.«
»Der ›wilde Knabe‹ hieß Felix und war meine erste Liebe. Ein schöner Junge mit blonder Mähne, der drei Klassen über mir war. Wenn er mit seiner E-Gitarre und seiner Band auf Schulfesten spielte und mit seiner rauchigen Stimme Mick Jagger nachahmte, fingen wir zu kreischen an, er war der Schwarm aller Mädchen meiner Schule. Als er aus der Schar seiner weiblichen Fans just mich zu seiner Braut erwählte – kannst du dir vorstellen, wie glücklich und stolz ich war!

Mit Felix hatte ich meinen ersten Sex, auch wenn ich noch gar nicht viel damit anfangen konnte – ich war ja erst vierzehn. Und, obschon körperlich voll entwickelt, noch immer ziemlich verträumt; ich ging noch mit meinen Kuscheltieren zu Bett. Felix brachte häufig Pornovideos mit, die wir dann zusammen anschauten. Oft dienten sie als Vorlage für unsere Sexspielchen. Er brachte mir auf diesem Gebiet einiges bei und war überhaupt sehr erfinderisch, um den Kick noch zu steigern.«

Ich spürte, wie sich mein Zwerchfell plötzlich spannte. Etwas in mir wehrte sich, diese Geschichte zu hören.

»Eines Tages«, fuhr Lea fort, »meine Eltern waren gerade im Urlaub, brachte Felix einen älteren Freund mit, der als Fotograf für ein Modemagazin arbeitete. Er war ein großer bulliger Mann. Während er mich fotografierte, machte er mir die schmeichelhaftesten Komplimente; ich sei so schön und sexy, wie Cindy Crawford, mein Bild gehöre auf das Titelblatt der *Vogue* und so weiter ... Horch! Was für ein Sturm.«

Lea reckte den Hals und horchte. Der Wind heulte ums Haus.

»Während der Fotosession mixte Felix einen Cocktail nach dem anderen. Nicht lange und ich war so beschwipst, dass mir schwindlig wurde und ich mich hinlegen musste. Plötzlich warf sich der Fotograf auf mich und ... Na ja, den Rest kannst du dir denken.«

Lea nahm einen hastigen Schluck aus dem Glas.

»Und Felix?«

»Hat zugesehen und dabei gewichst.«

Mir kroch eine Gänsehaut den Rücken hoch bis in den Nacken. Zumal Lea diese Geschichte in einem fast gleichmütigen Ton erzählte, als spreche sie nicht von sich, sondern von einer dritten Person.

»Aber wieso lässt du so was mit dir machen? Mit Felix Pornos angucken, die er dann mit dir gleichsam nachinszeniert?«

»Ich dachte, die Pornos gehörten irgendwie dazu. Viele Jungs in meiner Klasse guckten Pornos und tauschten sie untereinander.«

»Und als der andere Typ dich nahm, hast du dich denn nicht gewehrt?«

»Erst Tage später, beim fünften oder sechsten Mal, wehrte ich mich und schrie. Da ließ der Typ endlich von mir ab.«
»Hast du ihn angezeigt?«
Sie schüttelte den Kopf. »Ich konnte nicht darüber sprechen. Mit niemandem. Außerdem wollte ich Felix nicht verraten.«
»Aber er war es doch, der dich verraten hat.«
»Damals empfand ich es nicht so. Ich nahm es eher wie ein Spiel, das ich ihm zuliebe mitspielte. Das Gefühl der Erniedrigung und des Verrats, der Ekel, die Scham – all das kam erst viel später.«
Ich nahm sie in die Arme und drückte sie an mich. Suchte mir die junge Lea vorzustellen. Gewiss ein wunderschönes Mädchen voller Erwartung. Und sich ihrer Reize noch kaum bewusst, obwohl alle Jungens ihr nachschauen, wenn sie mit ihrer schwarzlockigen Haarpracht und ihrer tollen Figur über den Schulhof schlendert. Und dann verliebt sie sich in diesen Gitarre spielenden Mick-Jagger-Verschnitt und pornosüchtigen Schönling. Und der erhöht seinen Kick, indem er zusieht, wie sein älterer Kumpel sein Mädchen vergewaltigt. Und das nicht nur einmal. So vergiftet er ihre erste sexuelle Erfahrung, verrät ihr erstes Gefühl der Liebe.
»Und wie bist du damit fertiggeworden? Hast du je darüber geweint?«
»Nicht, dass ich wüsste ... Vielleicht kommt das ja noch.« Lea lächelte scheu. »Aber wenn ich mich ernsthaft in einen Mann verliebe wie in dich, ist die alte Angst wieder da und lässt mich in bestimmten Situationen innerlich zu Eis erstarren.«
Sie nahm einen Schluck aus dem Weinglas. »Schon bald nach dieser Geschichte fing ich mit Drogen an. Und wahrscheinlich hätte ich eine richtige Drogenkarriere gemacht, wenn ich nicht die Musik gehabt hätte. Die Musik und die Entdeckung, dass ich singen konnte – das war meine Rettung.«
Lea nahm erneut einen Schluck Wein. »Aber die Musik ist eben auch eine große Verführerin. Weil sie so unmittelbar aufs Gefühl wirkt und den Verstand benebelt. Ich habe mich immer wieder in Musiker verliebt. Und das ist mir nicht gut bekommen. Mit einundzwanzig, da hatte ich gerade auf der Musikhochschule zu studie-

ren begonnen, verliebte ich mich in einen verheirateten Oboisten. Wenn der das Largo von Händel auf der Oboe blies, schmolz ich dahin. Bis ich merkte, dass er mich nur als Spielzeug benutzte und an mir als Person gar kein Interesse hatte.«

Warum erzählt sie mir das alles?, fragte ich mich. Ich wollte gar nicht so viel von ihren vertrackten Männergeschichten hören.

In fast belustigtem Ton fuhr Lea fort: »Da ich dazu neige, mich in Männer zu verlieben, die meine Lieblingsinstrumente spielen, musste der Nächste ein Pianist sein. Joe, fünfzehn Jahre älter als ich, war Jazzpianist, der alle Stile vom klassischen New Orleans über Duke Ellington bis zum Free Jazz beherrschte. Er nahm mich mit auf Tournee und auf Kreuzschifffahrten, bei denen er mit seiner Band ein Heidengeld verdiente. Doch so aufregend das Leben mit Joe anfangs auch war, bald merkte ich, wie abhängig er von Aufputsch- und Dopingmitteln war: Ohne Alkohol und Drogen kamen er und seine Jungs nicht auf den Trip. Irgendwann wurde mir klar, dass auch mein Körper für ihn nur ein Rauschmittel war. Als ich versuchte, mich wieder von ihm zu lösen, wurde er gewalttätig. Einmal hat er mich im alkoholisierten Zustand so übel zugerichtet, dass ich den Schiffsarzt aufsuchen musste und Anzeige gegen Joe wegen Körperverletzung erstattete.«

Plötzlich hatte ich ein klammes Gefühl in der Brust. Abrupt stand ich auf und lief in der Stube auf und ab.

»Was hast du? Ist dir nicht gut?«

Ich blieb vor Lea stehen und bemühte mich, keinen Vorwurf in die Frage zu legen: »Wie kommt eine schöne, intelligente und begabte Frau wie du bloß dazu, sich in solche Machos zu verlieben?«

Wieder strich sie mit dem Zeigefinger über den Rand des halb vollen Glases, doch diesmal gab es keinen Ton. »Keine Ahnung. Aber du brauchst mich nicht zu bemitleiden. Ich fühle mich nicht als Opfer der Männer. Ich habe den Spieß nämlich umgedreht.«

Lea straffte ihren Oberkörper, warf den Kopf zurück und schaute mich an. Da war er wieder: dieser metallische Glanz in ihren Augen, dieser Blick, der mich unwillkürlich auf Distanz setzte.

»Ich machte mit den Männern dasselbe, was sie mit mir gemacht hatten: Ich spielte mit ihnen. Inzwischen wusste ich genau, wie Männer ticken. Ob Student oder Hochschulprofessor, ob Freak in zerrissenen Jeans oder verbeamteter Schlips- und Würdenträger – Mann ist Mann. Seine sexuellen Instinkte und Gelüste sind so berechenbar wie eine Exceltabelle und so leicht zu bedienen wie meine Espressomaschine.«

Zwar musste ich lachen über diesen frivolen Vergleich, doch war mir nicht wohl dabei. Die Sexualität, diese Urkraft des Lebens, die alles verwandelte, wollte ich nicht auf bloße verhaltensbiologische Reflexe und testosterongesteuerte Automatismen reduziert wissen.

Sie habe gar nicht viel tun müssen, fuhr Lea fort: Wenn sie im schulterfreien Top, in ihren Hotpants und italienischen Stilettos durch die weiten Flure der Musikhochschule ging, hielten alle Männer, vom Hausmeister bis zum Professor, den Atem an. Wenn sie dann mit scheinbar gleichgültiger Miene den Seminarraum oder Hörsaal betrat, sich in die erste Reihe setzte und die Beine übereinanderschlug, war plötzlich eine Spannung im Raum, als ob mit ihrem Erscheinen ein Stromaggregat angesprungen wäre. »Wenn ich merkte, dass ein Mann sich so richtig in mich verknallt hatte, ließ ich ihn fallen und kräftig leiden, und ich genoss es. Genoss meine Revanche, auch wenn sie vielleicht den Falschen traf. Ich brauchte nicht erst den *Machiavelli für Frauen* zu lesen, ich hatte ihn sozusagen im Blut.«

»Na dann weiß ich ja, was mich erwartet.«

»Nein, nein!« Lea ergriff meine Hand und sagte in einem fast beschwörenden Ton: »Dieses Kapitel meiner Männerbeziehungen liegt lange hinter mir. Glaub mir, Fabian, das ist passé.«

»Bist du sicher?«

»Würde ich dir sonst so ehrlich davon erzählen?«

Das Argument beruhigte mich ein wenig. »Und wie lange hielt diese Phase an?«

»Bis ich Martin kennenlernte. Er war ein großer schlaksiger Kerl mit warmen Augen und studierte Literaturwissenschaften. Er schrieb Gedichte, war sehr sensibel und intelligent – vom Typ her ein bisschen wie du.«

»Du meinst: dünnes Hemd mit berückendem Augenaufschlag und erotisierendem Bariton.«

»Genau.« Sie lachte. »Aber Martin war ziemlich schüchtern und hatte kaum Erfahrungen mit Frauen. Es dauerte ein halbes Jahr, bis wir das erste Mal miteinander schliefen. Ihn liebte ich wirklich, er war meine glücklichste Beziehung. Wir waren sechs Jahre zusammen.«

»Und warum ging es auseinander?«

»Ich weiß es bis heute nicht so genau.« Lea senkte den Blick und starrte in ihr Glas, das sie mit beiden Händen umfasste. »Martin war so ein lieber Kerl, durch und durch integer, auch sehr moralisch in seinen Werten und Anschauungen. Er wollte mich unbedingt heiraten. Ich dagegen mit meiner wilden Vergangenheit habe nie gewagt, sie ihm zuzumuten. Ich fürchtete, es würde ihn so erschrecken, dass er vor mir die Flucht ergreifen würde. Und so verschwieg ich mich ihm. Ich weiß nicht, ich fühlte mich ...« Lea stockte, suchte nach Worten.

»... von ihm nicht wirklich erkannt.«

»Ja, vielleicht war es das. Jedenfalls war es für Martin ein schwerer Schock, als ich ihn von einem Tag auf den anderen verließ. Ohne Vorwarnung und ohne Erklärung. Ein halbes Jahr später lernte ich Georg kennen und wurde sofort von ihm schwanger. Er war damals noch ein gut verdienender Architekt und bot mir die Illusion eines schönen Zuhauses. Ansonsten hatten wir wenig gemein. Doch war die Mutterschaft für mich eine so beglückende Erfahrung, dass ich dafür einen Ehemann in Kauf nahm, der eigentlich gar nicht zu mir passte. Ich hatte ihn ja auch nicht wirklich gewählt. Gewählt hatte ich das Chaos. Oder das Chaos mich.«

Lea hielt inne, eine leichte Röte überzog ihr Gesicht. Sie sah mich unsicher an, als erwarte sie ein Urteil von mir und fürchte sich zugleich davor. Da ich schwieg, übernahm sie selbst das Resümee: »Wie du siehst, kennt mein Leben kaum gerade Wege, sondern eigentlich nur Um- und Irrwege. Es ähnelt der Verkehrsführung in der Frankfurter Innenstadt: Bei dem Versuch, der einen Einbahnstraße oder Sackgasse zu entrinnen, landest du prompt in der nächsten.«

Sie hatte wirklich Humor. Im Vergleich zu ihrem Leben kam mir das Leben, das ich mit Dorothea geführt hatte, fast wie eine Idylle vor, auch wenn es nicht frei von Konflikten und Erschütterungen gewesen war. War es vielleicht dieser Kontrast, der mich an Lea so faszinierte?

»Dabei«, sie seufzte tief auf, »wünsche ich mir nichts sehnlicher, als endlich einmal in die Lage zu kommen, dass ich sagen kann: Das ist mein Leben, das habe ich mir selbst eingerichtet wie meine Wohnung oder mein Haus. Und darin spielt meine Musik und werden meine Lieder gesungen. Und das ist mein Mann, den habe ich aus freien Stücken gewählt, mit dem möchte ich zusammen leben und alt werden. Ach, wäre ich nur erst in dieser komfortablen Situation, dann, glaub mir, Fabian, wärst du dieser Mann.«

Auch wenn ihr Bekenntnis im Konjunktiv stand – es beglückte mich.

»Aber leider bin ich noch nicht so weit.« Sie nahm wieder einen Schluck Wein, dann sagte sie: »Du hast mir in letzter Zeit manche Ratschläge gegeben, wie ich am besten aus meiner Ehe herauskomme. Aber so richtig diese Lösungen auch sein mögen, vielleicht sind es nicht meine Lösungen. Ich muss selbst den Weg finden, damit ich hinterher sagen kann: ›Dies ist mein eigener Weg gewesen und nicht wieder eine fremde Spur, der ich gefolgt bin‹.«

Das leuchtete mir ein.

»Außerdem hast du, aufgrund deiner langen Ehe, ganz bestimmte Vorstellungen, wie die Frau an deiner Seite zu sein hat, Vorstellungen, die ich als Einengung empfinde. Auch wenn ich dich liebe, ich will und kann mich nicht in deine Vorstellungen fügen. Ich hoffe, du kannst das verstehen.«

Das verstand ich, obwohl es mich kratzte, dass sie meinen verliebten Überschwang, den sie doch erwidert hatte, jetzt plötzlich als »einengend« empfand. In meiner Euphorie hatte ich wohl ihr starkes Bedürfnis nach Autonomie unterschätzt.

Wir sprachen noch eine Weile über dieses Thema. Dann stand sie auf, ging zum CD-Player und drückte auf »Play«. Wie von weit her erklang, im weichen Moll der Streichinstrumente, der »Tristan-Akkord«.

Sie kam zu mir auf die Couch, legte die Beine hoch und bettete ihren Kopf in meinen Schoß. Sie schloss die Augen, und ihr Atem wurde ganz ruhig. Ich streichelte ihre Wangen und ihren Nacken, während der »Tristan-Akkord«, langsam anschwellend, sich in auf- und absteigenden Halbtonschritten durch alle Tonarten hindurch modulierte. Noch nie hatte ich mich ihr so nahe gefühlt wie in diesem Moment.

Als sich Lea um Mitternacht von mir verabschiedete, fragte ich: »Und? Wie wollen wir es jetzt miteinander halten?«
»Versprechen kann und will ich nichts. Aber wenn du willst, komme ich dich nächste Woche wieder besuchen. Ich hab ja sonst keinen, der so gut zuhören kann und sich so viele Gedanken um mich macht wie du.«
»Wir verharren also im Tristan-Akkord.«
»Er lässt sich in allen Tonarten auflösen. Jede Auflösung ist richtig, doch zuletzt in Dur.« Mit entwaffnendem Lächeln setzte sie hinzu: »Und natürlich durch eine Frau.«
Sie umarmte und küsste mich. Ein heftiger Kuss, der sich fast wie ein Biss anfühlte. Noch als sie gegangen war, brannte mir die Lippe.
Tags darauf, als wir miteinander telefonierten, sagte sie: Es habe sie viel Mut gekostet, mir ihre Geschichte zu erzählen. Und sie sei sehr erleichtert, dass ich nicht schockiert auf Distanz zu ihr gegangen sei, dass sie sich mir auch von ihrer dunklen Seite habe zeigen können.
Ich sah darin einen großen Beweis ihres Vertrauens. Auch wenn unser Verhältnis jetzt in der Schwebe war, ich hatte gleichwohl das Gefühl, dass es mehr Realität hatte als zuvor.

Das Semester war zu Ende gegangen. Nach dem Eklat mit Lux und Drehwitz hatte der Rektor die Mitglieder der Vorbereitungsgruppe zu sich bestellt. Im Rektoratsbüro herrschte dicke Luft, und in der ersten halben Stunde sah es so aus, als wolle Söder das ganze Projekt des Symposiums wieder abblasen. Zum Glück war Lux bei dieser Besprechung nicht anwesend – er war gerade in Kalifornien –

und konnte sich nicht einmischen, als Körner, Lobowitz, Monika und ich seinen Unterstellungen bezüglich der Intention des Symposiums unmissverständlich widersprachen. Zu meinem Erstaunen stellte sich auch Drehwitz nicht, wie ich befürchtet hatte, auf die Seite von Lux; zwar mäkelte und krittelte er an dieser und jener Formulierung unseres Konzeptpapiers herum, doch ging er nicht weiter auf Konfrontationskurs. Nach langem Hin und Her endete die Besprechung mit einem Kompromiss: Titel und Thema der beiden Panels, die den Streit ausgelöst hatten, sollten noch einmal durchdacht und Formulierungen, die zu missverständlichen Deutungen Anlass geben könnten, vermieden werden. Natürlich endete auch diese Sitzung – wie das Amen in der Kirche – mit Söders Appell zur »Ausgewogenheit«.

Monika und ich waren jedenfalls sehr erleichtert, dass es Lux nicht gelungen war, das Symposium zu torpedieren, und dass Drehwitz wider Erwarten eingelenkt hatte.

Vierzehntes Kapitel

Im Wartestand

Inzwischen war es tiefer Winter geworden mit bis zu fünfzehn Minusgraden. Und ich war froh, während des Februars nicht mehr alle zwei Tage fünfzig Kilometer zur Uni fahren zu müssen, zumal das Radio von immer neuen Staus kündete. Unter der zehn Zentimeter hohen Schneeschicht beugten sich die Zweige der Eibe und der Kiefer im Garten, an den Fenstern hatten sich bizarre Muster von Eiskristallen gebildet. Der Holzstoß an der Schmalseite des Hauses schrumpfte von Tag zu Tag, von Woche zu Woche, da ich den Kaminofen im Esszimmer nicht nur mit Kohlen, sondern auch mit großen Buchen- und Ahornscheiten beheizte. Das Gemisch aus Holz und Kohle sorgte nicht nur für eine bullige Wärme, es knackte, knisterte und roch auch so schön nach Harz, Rinde und Wald.

Ich freute mich auf den kommenden Samstagnachmittag, da Lea mich wieder besuchen wollte. Ich war vormittags gerade dabei, die Lammfilets zu marinieren und das dazugehörige Gemüse zu schnippeln, da rief Lea an, es tue ihr leid, aber sie könne leider nicht kommen. Sie habe ganz kurzfristig noch einen Aufnahmetermin im Tonstudio bekommen für ihre neue CD, und den könne sie nicht verschieben. Sie wolle mich dafür am nächsten Donnerstag besuchen und versprach, auch die Nacht bei mir zu bleiben.

Ich war zwar enttäuscht, aber natürlich verstand ich, dass sie diesen wichtigen Termin nicht einfach absagen konnte.

Ich schob die Lammkoteletts in die Kühltruhe, holte meine Langlaufski aus dem Keller und machte eine längere Tour rund um den Amorbacher Kopf und von dort hinab ins Tal an dem Bach entlang, auf dem die Steine und Eisschollen dank ihrer Schneehauben die bizarrsten Figuren bildeten. Im Dahingleiten durch diese zauberhafte Winterlandschaft verlor sich allmählich meine Enttäuschung.

Als Lea am nächsten Donnerstag zu mir kam, sah ich sofort an ihrer verschlossenen Miene, dass es ihr nicht gut ging. Sie war schweigsam während des Essens und kaute lustlos an den Stückchen Lammkotelett herum. Plötzlich, mit einer jähen Armbewegung, strich sie die Haare, die ihr rechtes Ohr verdeckten, zurück und drehte mir ihr Profil zu: Ihr Ohrläppchen war geschwollen und bläulich angelaufen.

»Das war mein Mann«, sagte sie in bitterem Ton.

»Wie? Er schlägt dich?«

»Seit er von uns beiden weiß.«

Ich war bestürzt, hatte Lea doch so getan, als ob sie ihre »Affären« nicht vor ihrem Mann verheimlichte. »Und woher weiß er es?«

»Was weiß ich? Der Eklat mit Alfred nach dem Benefizkonzert – so was spricht sich in einer Kleinstadt eben herum.«

»Hast du dich denn nicht gewehrt?«

Sie streifte den Ärmel ihres weißen Angorapullovers zurück und entblößte ihren Unterarm: Hinter dem Handgelenk war eine fingerbreite bläulich angeschwollene Wunde zu sehen.

»Er hat mich sogar gebissen. Wie ein Tier. Kannst du das verstehen?« Sie sah mich an, als rufe sie mich zum Zeugen einer unfassbaren Demütigung auf. »Im Suff ist er zu allem fähig«, fügte sie hinzu und zog ihren Ärmel wieder über die wunde Stelle.

»Aber wieso lässt du dir das gefallen, Lea?«

»Was soll ich denn tun?«

»Die Polizei holen! Ihn wegen Körperverletzung anzeigen.«

Sie sah mich an, als sei dies ein ganz abseitiger Vorschlag. »Das kann ich doch meiner Tochter nicht antun.«

»Dann zieh für den Übergang mit Nele in ein Frauenhaus.«
»Gibt es in unserer Kleinstadt nicht. Und warum soll ich eigentlich ausziehen? Es ist auch mein Haus. Soll er doch gefälligst ausziehen!«
»Da kannst du lange warten.« Etwas zögerlich setzte ich hinzu: »Bis du eine Wohnung gefunden hast, könntest du mit Nele auch bei mir wohnen. Mein Haus ist groß genug.«
»Lieb von dir, dass du mir das anbietest. Aber ich möchte dir nicht zur Last fallen. Und bestimmt hängen noch Dorotheas Kleider hier in den Schränken.«
»Nur noch wenige. Die meisten habe ich in die Rotkreuz-Kleidersammlung gegeben.«
»Außerdem kann und will ich meinen Mann nicht in dem seelischen Zustand, in dem er sich jetzt befindet, zurücklassen. Er muss erst eine Entziehungskur machen.«
Ich war fassungslos. »Wieso sorgst du dich eigentlich noch um einen Mann, der dich dermaßen demütigt?«
Sie starrte verloren vor sich hin.
»Kann es sein, dass du die Brutalitäten deines Mannes einfach hinnimmst, weil du ihm gegenüber irgendwelche Schuldgefühle hast?«
Sie hob den Kopf und schaute mich wie aus weiter Ferne an. Plötzlich stand sie auf, drehte ihren Kopf im Wechsel nach links und rechts, als müsse sie sich von einer Nackenstarre befreien, reckte und streckte sich und schüttelte ihre schwarze Mähne, als sei sie soeben aus einer Betäubung erwacht. Dann trat sie vor den Drehspiegel auf dem Kamin und wuschelte sich durch die Haare. Während sie ihr Gesicht begutachtete, sagte sie in spöttischem Ton: »Spielst du jetzt etwa Doktor Freud?«
Ich sagte nichts. Sie wandte sich zum Stuhl, auf dem sie ihre Schultertasche abgelegt hatte, und zog eine CD-Hülle hervor.
»Die neue CD ist zwar noch nicht fertig, aber das Cover habe ich schon entworfen. Schau.«
Während sie mir die Idee für das Design erläuterte, erhellte sich schlagartig ihr Gesicht, ihre Stimme nahm einen munteren, fast werbemäßigen Ton an wie bei einer Präsentation. Das Cover zeigte

eine Fotomontage mit Bildern bekannter historischer Frauengestalten, den Pionierinnen ihres Geschlechts, in den jeweiligen Kostümen und Frisuren ihrer Epoche. Die Porträts der Damen waren, wie die Ziffern einer Uhr, um einen großen Schweinekopf mit Rüssel und rosigen Äuglein gruppiert. Auf dem Kopf des Schweines saß ein schnittiger Hut, wie ihn etwa Humphrey Bogart oder Eddie Constantin getragen hätte. Indes konnte ich über diese deftige Parodie auf das »schweinische« Patriarchat kaum lachen; zu sehr war ich noch in Gedanken mit dem Vorangegangenen beschäftigt.

Lea berichtete dann von den Komplikationen und zermürbenden Wiederholungen bei der Aufnahme im Tonstudio. Wie sie immer wieder neu ansetzen musste, bis der Tonmeister glaubte ihre Stimme endlich richtig ausgesteuert und »im Kasten« zu haben. »Im Grunde ist es fast schon egal, ob du die Stimme einer Callas oder einer verstopften Trompete hast. Denn heutzutage kreiert der Tonmeister die Stimme. Und wenn du Glück hast, erinnert sie dich von fern noch an deine eigene.«

Wir sprachen noch eine Weile über den heutigen Musikbetrieb, aber sie spürte wohl, dass ich ihrem raschen Tonartwechsel nicht hatte folgen können und dass meine bedrückte Stimmung anhielt.

Sie brach denn auch bald wieder auf. Und ich blieb mit trüben Gedanken zurück. Diese Frau war mir ein Rätsel: Erst vor Kurzem hatte sie sich mir in ihrer ganzen Verletztheit offenbart und ihren Wunsch nach Autonomie bekundet, und doch verteidigte sie den Mann, der sie derart misshandelte, und suchte geradezu nach Gründen, um ihn nicht verlassen zu müssen. Was für mich bedeutete, weiter in der undankbaren Rolle des »Liebhabers im Wartestand« auszuharren. Wollte ich mir das wirklich zumuten? Und brachte ich so viel Geduld auf? War ich doch selbst noch immer in einem seelisch labilen Zustand, leicht kränkbar und sehr liebesbedürftig.

In der Nacht schreckte mich ein Traum aus dem Schlaf: Ich komme spätabends mit Dorothea von irgendeiner Veranstaltung zurück. Ihr Gesicht kann ich nicht sehen, denn sie geht vor mir in ihrem sandgelben Kamelhaarmantel. Sie öffnet die Gartentür, ich folge ihr. Vor der Haustür bleibt sie stehen, zieht den Hausschlüssel aus ihrer Manteltasche und steckt ihn ins Schloss. Aber, denke ich in plötzlicher Panik, wenn sie jetzt das Haus betritt und Lea kommt ihr entgegen!

10. März
So euphorisch unsere Beziehung anfing, so quälend ist sie für mich geworden. Zwischen Liebesversprechen und -erfüllung klafft bei Lea eine riesige Lücke. Wir haben seit Prag nicht mehr miteinander geschlafen. Dieses verdammte Weib weiß so schön von der Liebe zu singen, aber nicht, sie wahr zu machen.
Manchmal will mir scheinen, ich habe mich in ein schönes Trugbild vergafft, das mir Eros nur vorgaukelt, um mir die Qualen des Tantalus zu bescheren. Was habe ich ihr getan, dass sie mich so leiden lässt?

18. März
Ich bin es leid, mit Rücksicht auf ihren vollen Terminkalender, auf ihre schlimme häusliche Situation, auf ihre Mutterpflichten immer zurückstecken zu müssen. Wo bleibe eigentlich ich? Wo bleiben meine Bedürfnisse dabei? Sie bleiben auf der Strecke.
Ihre hastigen Aufbrüche haben etwas von Flucht an sich. Flieht sie jetzt vor mir, weil ich zu viel von ihr weiß? Weil sie, gewohnt, die Fassade zu wahren und Rollen zu spielen, dies vor mir nicht mehr kann? Weil sie in meinen Augen auch die dunkle Seite ihres eigenen Bildes sieht?
Habe gestern beim Langlauf durch die neblige Landschaft in Gedanken schon den Abschied an sie formuliert. Dann aber ruft sie abends an, ich freue mich darüber, bin ihr fast wieder gut und schöpfe neue Hoffnung. Doch folgt jedem emotionalen Aufschwung der Zweifel auf den Fuß. So unbeständig und schwankend in meinen Gefühlen habe ich mich lange nicht mehr erlebt.
Dabei weiß ich kaum noch zu unterscheiden, ob diese periodischen Anfälle von Zweifel ihrem widersprüchlichen Verhalten geschuldet sind oder ob sie nicht primär aus mir selbst kommen. Manchmal ist mir, als ob eine innere Stimme mir zuruft: Über dem ständigen Auf und Ab deiner neuen Liebe hast du die tote Geliebte fast schon

vergessen, und das ist nicht recht! ... Und ist es denn überhaupt
›Liebe‹? Oder jagst du nur einem Phantom von Liebe nach in dem
verzweifelten Bemühen, dir irgendeinen Ersatz für die verstorbene
Geliebte zu schaffen?
Habe heute Dorotheas Grab mit neuen Winterblumen (Erika, Edelweiß
und Schneerosen) bepflanzt.

20. März
Gestern Nacht langes Telefonat mit Lea.
Wir hatten eine heftige Auseinandersetzung. Ich fragte sie, warum sie
mir immer Dinge verspreche, die sie dann doch nicht halte. – Wenn sie
spüre, antwortete sie, dass ein Mann unbedingt mit ihr schlafen will,
gehe bei ihr automatisch die Tür zu. Das sei so bei ihr, könne sie leider
nicht ändern.
»Aber«, fügte sie nach einer Weile hinzu, »es hat noch einen anderen
Grund, dass ich zurzeit nicht mit dir schlafen kann: Ich ertrage das
Doppelleben und die damit verbundene Heimlichtuerei nicht mehr. Ich
fühle mich schlecht dabei. Ich möchte vor meinem Mann und vor mir
selbst nicht als Betrügerin dastehen, ich will ›sauber‹ und ohne Schuldgefühle aus dieser Ehe herauskommen.«
»Das ist ja etwas ganz Neues«, gab ich zurück, meinen aufkommenden
Zorn nur mühsam beherrschend: »Jahrelang hast du deinen Mann
betrogen, so wie er dich – und jetzt kratzt dich plötzlich das Gewissen,
wirst du auf einmal moralisch und lässt mich, den du angeblich liebst,
am langen Arm verhungern. Oder schläfst du jetzt wieder mit dem
Mann, der dich im Suff schlägt?« – Sie legte auf.

22. März
Hatte eine miserable Nacht. Nachmittags schlitterte ich stundenlang
über die weißen Äcker und Hügel und hielt wütende Selbstgespräche:
Erst lockt sie dich mit ihrer Sirenenstimme, ihrem Sex-Appeal und
ihren sehnsuchtsvollen Blicken, bietet sich dir an: ›Mit dem Fabian
Fohrbeck will ich keine Affäre. Den will ich haben.‹ Was sie vom
Mann haben will, das weiß sie genau, was sie ihm geben kann und
möchte, das bleibt dahingestellt. Sex ist für sie kein Mittel, um
Nähe herzustellen, sondern eine Waffe. Darum auch kein Vorspiel.

Wozu hat sie dich eigentlich die ganze Zeit gebraucht? Als einfühlsamen Frauenversteher und seelischen Müllabladeplatz. Aber im Bett braucht sie eben doch den gehörnten Siegfried und Vergewaltiger ... Hie und da sprang ein Hase aus dem Gebüsch und rannte Haken schlagend übers Feld. Ich sah ihnen voller Bewunderung nach: wie sie, trotz ihres wilden Zickzacklaufes, stets eine klare Richtung hielten. Mir dagegen war es egal, wohin mich die Bretter an meinen Sohlen führten, die bekannten Feldwege hatte ich längst verlassen, und als sich der Nebel über die Landschaft senkte, nahm ich nur noch die geisterhaften Silhouetten von Büschen, Bäumen und Telefonmasten wahr, hie und da schälte sich aus dem Nebel der Umriss eines Gehöfts oder einer Scheune, die ich, wie mir beim Näherkommen schien, schon ein- oder zweimal passiert hatte. Offenbar wanderte ich im Kreis, was mich mit der Zeit beunruhigte, denn es dämmerte bereits, und die Schemen der Scheunen, an denen ich mich zu orientieren suchte, verschwammen bald im Grau der Einöde. Ich konnte von Glück sagen, dass mir, bevor es ganz dunkel wurde, die fahlen Lichter eines Dorfes die Richtung ins wieder bekannte Gelände wiesen.

24. März
Bin seit Tagen kaum noch in der Lage, mich auf meine Arbeit zu konzentrieren. Dabei drängt die Zeit: Der Reader für das Symposium muss bis Ende des Monats fertig werden. Ich sitze am Laptop und brüte über einem Text, doch es ist, als ob im Hintergrund immer ein Film läuft, der meine Gedanken und Gefühle okkupiert. Ich lehne mich zurück und schließe die Augen. Und dann kommen all die schönen Bilder wieder in mir hoch: die magische Begegnung mit Lea im Musikraum der Klinik, ich höre ihre Stimme, ihren weichen Mezzosopran ... ihr plötzliches Erröten, als ich im Hotel Poseidon das erste Mal ihren Nacken küsste ... Sehe uns umschlungen auf der Karlsbrücke stehen, unter den bengalischen Leuchtfeuern der Silvesternacht. Abrupt stehe ich auf, um die süßen Folterbilder abzuschütteln, stapfe unruhig auf dem Dachstuhl oder im Garten hin und her, leere den Briefkasten und halte ein bangloses Schwätzchen mit Loni, die mich daran erinnert, dass morgen die blaue und am Wochenende die gelbe Tonne abgeholt wird. Natürlich hat sie von ihrem Fensterplatz aus

längst mitbekommen, dass da hin und wieder eine schöne schwarzhaarige Frau mein Haus betritt, aber sie hält ihre Neugierde im Zaum und fragt nicht weiter. Ich gehe mit der Post zurück ins Haus, werfe einen Blick auf die grauen Umschläge, die von irgendwelchen Ämtern kommen, und lege sie gleich wieder beiseite. Was kümmern mich die Krankenkassen- und Bußgeldbescheide, die letzte Telekom-Abrechnung oder die Mahnung des Finanzamtes? Ich überfliege die Schlagzeilen der Tageszeitung, doch auch sie sind mir gleichgültig geworden. Ich quäle mich die zwei Treppen hoch in den Dachstuhl, setze mich wieder an den Laptop, checke zum – ich weiß nicht wievielten Mal – meine Mailbox, ob nicht vielleicht eine Nachricht von Lea gekommen ist. Aber es ist keine gekommen, und wieder überfällt mich dieses qualvolle Gemisch aus Begehren und Enttäuschung, Sehnsucht und Kränkung, bis ich so zermürbt bin, dass ich gleich zwei, drei Zigaretten hintereinander rauchen muss, um halbwegs wieder zur Besinnung zu kommen. Dann wende ich mich wieder meinem Text zu, dem Satz, bei dem ich hängen geblieben bin, doch kostet es mich unendlich viel Mühe, ihn zu vollenden. Und so brauche ich Stunden über Stunden, um einen lächerlichen Text von einer halben Seite, den ich sonst in zwanzig Minuten heruntergetippt hätte, zustande zu bringen.
Ich muss dringend etwas für mich tun.

Schließlich rief ich Ansgar an und schilderte ihm meine Not mit Lea.

»Ach, mein armer Freund, warum bist du gleich mit beiden Füßen hineingesprungen, statt einen Fuß draußen zu lassen?«

»Ich brauchte wohl nach Dorotheas plötzlichem Tod eine starke Droge, um nicht in Melancholie zu versinken.«

»Und nach dem Rausch kommt der Kater. Vielleicht ist ›Eros und Agape‹ ja gar nicht dein Thema.«

»Sondern?«

»›Eros und Thanatos‹. Kann die neue Liebe neben der geliebten Toten bestehen, die als inneres Objekt in dir weiterlebt? Kannst du beide in dir selbst in Einklang bringen? Ist es nicht eigentlich das, was dich umtreibt? Ich denke, es täte dir gut, wenn du nochmals Frau Klier aufsuchst.«

»Aber ich möchte Leas Job in der Klinik nicht gefährden.«
»Du musst ja ihren Namen nicht nennen. Sprich einfach von deiner ›neuen Freundin‹ und gib ihr einen anderen Beruf. Wenn es dir recht ist, werde ich gleich mit Margarete sprechen.«

Eine Stunde später rief mich Frau Klier an und gab mir für nächste Woche einen Termin in ihrer Frankfurter Privatpraxis.

Déjà vu

»Ich habe manchmal an Sie gedacht, nachdem Sie die Klinik verlassen hatten: wie es Ihnen jetzt wohl geht?«
»Nun, jetzt wissen Sie's.«
Frau Klier saß, die Beine übereinandergeschlagen, in ihrem schwarzen Drehstuhl mir gegenüber. Sie trug denselben taubengrauen Wickelrock und die gleiche hochgeschlossene Bluse mit den Margeritenmustern wie bei unserer ersten Begegnung vor fünf Monaten. Nur bauschten sich ihre Haare jetzt locker über der Stirn, wodurch der vormals strenge Mittelscheitel sich aufgelöst hatte. Ihr Praxisraum mit dem Panoramafenster, durch das man in der Ferne die Spitze des Frankfurter Messeturms sehen konnte, war größer als der in der Klinik und um einiges komfortabler eingerichtet: mit Designermöbeln, einer Couchgarnitur aus weißem Kunstleder, auf der ich Platz genommen hatte, einer kleinen Küchenzeile und etlichen Topfpflanzen und Vasen mit Orchideen, die auf Konsolen unter dem Fenster standen.

Ich hatte Frau Klier in groben Zügen von mir und Lea erzählt, ohne ihren Namen zu nennen. Ich gab ihr den Beruf einer Pianistin, die ich nach einem Konzert kennengelernt habe. Erzählte von unserem rauschhaften Beginn und den nachfolgenden Krisen, von meinen Albträumen und der heillosen familiären Situation meiner verheirateten Freundin, deutete auch, ohne Einzelheiten zu nennen, ihre frühe Missbrauchserfahrung an, sprach sodann mit Bitterkeit und Wut von dem ständigen Wechselbad der Gefühle, dem sie mich aussetze, wie sie meine Erwartungen immer wieder enttäusche und dass ich mich letztlich von ihr benutzt fühle.

Frau Klier hatte mir aufmerksam zugehört. Sie hatte keine Nachfragen gestellt, sondern mich einfach reden lassen. Fast kam ich mir vor wie ein Schauspieler beim Vorsprechen – und unten sitzt das Regieteam und hört sich den Klagemonolog des Probanten ohne Kommentar an.

Endlich sagte sie: »Ent-Täuschung hat ja, wie das Wort sagt, immer auch mit ›Täuschung‹ zu tun. Die Frage ist: Wer hat hier wen getäuscht? Ihre Freundin Sie oder Sie sich selbst – in ihren eigenen Gefühlen?«

Ich wusste nicht, was ich darauf antworten sollte.

»Warum haben Sie sich nach dem Tod Ihrer Frau auf eine Beziehung eingelassen, an der Sie jetzt so leiden? Ist das nicht die Frage, um die es geht und die Sie zu mir geführt hat?«

»Ja«.

»Und Sie selbst haben keine Antwort darauf?«

»Es ist mir ein Rätsel … Vor allem diese Frau ist mir ein Rätsel.«

»Was fasziniert Sie denn so an ihr?«

Ich dachte an die erste Begegnung mit Lea im Musikzimmer der Klinik. »Ihre Schönheit, ihr Sex-Appeal. Und ihre unglaubliche Musikalität.«

»Also etwas, das Ihnen von Kindheit an vertraut ist.«

»Manchmal hatte ich die Empfindung, mit ihr wieder das musische Reich meines Vaters zu betreten.«

»War nicht auch Ihre Mutter sehr musisch veranlagt?«

»Ja. Sie schrieb Gedichte und spielte Klavier – mit Vorliebe Chopin.«

»Also könnte man sagen, Sie betraten mit Ihrer Freundin auch wieder das musische Reich Ihrer Mutter.«

Seltsam, dass mir diese Vorstellung nie gekommen war. Dabei hatte ich eine schattenhafte Erinnerung an das Klavier, das im Wohnzimmer des Grainauer Hauses stand, und an den sich bewegenden Rücken meiner Klavier spielenden Mutter.

»Da ist noch etwas anderes, was mich sehr anzieht: die Art, wie sie mich manchmal anschaut. Dieser sehnsuchtsvolle Blick ...«

Frau Klier zog die Brauen hoch, als ob ihr plötzlich etwas einfiele.

»Erinnern Sie sich noch, als wir vor Monaten über Ihre früh verstorbene Mutter sprachen? Wie sie den kleinen Fabian damals wohl angeschaut hat.«

Plötzlich war mir ganz benommen zumute.

»Sie sagten damals, dass Sie mit Ihrer Mutter, die ja auch ihre Affären hatte, das Gefühl verbinden, sie sei für Sie da und zugleich nicht da gewesen. Und dass Sie als Kind oft vergebens auf sie gewartet haben.«

»Sie meinen ...?«

»Der kleine Fabian – war er nicht auch ein ›Liebhaber im Wartestand‹?«

Mein Zwerchfell spannte, ich hielt die Luft an.

»Mamas Liebling und Sonnenschein«, fuhr Frau Klier fort, »dem schon damals die Rolle zufiel, die depressive Mutter zu trösten und mit seinen netten Faxen zu bezaubern ... Haben Sie sich nicht wieder in eine Frau verliebt, die der Erlösung bedarf?«

Mir fiel jenes Zitat aus Leas E-Mail ein, bevor sie zur Probe der Rejoice-Arie aus dem Messias aufbrach: »*Frohlock, frohlock und jauchze! Denn ein König kommt zu dir!* Du weißt gar nicht, was mir bei diesen Zeilen alles einfällt!«

»Die Rolle wurde mir wohl in die Wiege gelegt. Dabei bin ich doch selbst erlösungsbedürftig!«

Frau Klier lachte, ein verhaltenes Lachen, das eher ein Kichern war. Gerade weil es nicht zur Situation zu passen schien, tat es mir gut und löste meine Anspannung.

»Von der prekären Rolle des Erlösers müssen Sie sich schon selbst erlösen. Das nimmt Ihnen keiner ab – erst recht keine Frau.«

Nun musste ich lachen.

Plötzlich waren von draußen die schrillen Sirenen von Polizeiautos und Notfallwagen zu hören. Frau Klier stand auf, ging zum Panoramafenster und schloss das leicht gekippte Seitenfenster.

»Wahrscheinlich wieder ein Unfall. Seit ein Teil der Stadtautobahn gesperrt ist und der Verkehr hier durchgeleitet wird, gibt es dauernd Unfälle.«

Sie nahm wieder auf ihrem Drehstuhl Platz.

»Sie sagten vorhin, Sie wollten mit dieser Frau zunächst nur eine Affäre, eine begrenzte Beziehung haben, zumal sie ja noch verheiratet ist. Und begannen doch sehr rasch von einem gemeinsamen Leben mit ihr zu träumen. Dabei kannten Sie sie doch kaum. Wie kam es zu dieser plötzlichen Aufladung Ihrer Gefühle und Fantasien?«

Ich dachte nach. »Schon in unseren ersten Mails schlugen wir einen Ton an, der über den einer Affäre hinausging. Das hatte etwas Suggestives und Frivoles, zugleich etwas von einem berauschenden Selbstlauf.«

»Ich verstehe ... Wie alt ist Ihre Freundin?«

»Vierzig.«

»Vierzig!« Frau Klier sah mich erstaunt an.

»Ist doch nichts Ungewöhnliches, dass ein Mann meines Alters sich in eine jüngere Frau verliebt.«

»Das nicht. Aber dass sie fast in demselben Alter ist wie Ihre Frau war, als Sie sie kennenlernten – glauben Sie, das ist purer Zufall?«

»Aber sie hat ...«, mein Atem wurde auf einmal klamm, »sie hat nicht die geringste Ähnlichkeit mit meiner Frau, im Gegenteil.«

»Das war ja geradezu die Bedingung dafür, dass Sie sich wieder verlieben konnten.«

Etwas Ähnliches hatte mir Ansgar vor Wochen auch schon gesagt. Mein Herz wummerte wie eine kleine Pauke.

Frau Klier sah mich forschend an, ihr lag etwas auf der Zunge, aber sie hielt inne und schloss für kurze Zeit die Augen, während sie mit den Fingerspitzen über ihre Brauen strich. Schließlich fragte sie:

»Wünschten Sie sich nicht eigentlich das Unmögliche?«

»Wieso? ... Was?«

»Die hochfliegende Fantasie, die Sie mit der neuen Frau verbinden – ist es nicht ... wie soll ich sagen ... eine Art Wiederherstellungsfantasie?«

»Was meinen Sie damit?«

»Die Fantasie, mit einer anderen Frau, die Sie nicht an die geliebte Tote erinnert, noch einmal dort beginnen zu können, wo Sie vor vielen Jahren mit jener begonnen hatten? Das würde vielleicht die plötzliche Aufladung Ihrer Gefühle erklären.«

Ich weiß nicht mehr, was in diesem Augenblick mit mir geschah. Weiß nur noch, dass ich plötzlich aufsprang, im Zimmer hin und her lief und schrie: »So ein Unsinn! So ein Unsinn!« Ich sehe noch Frau Kliers halb erschrockenes, halb beleidigtes Gesicht, wie sie ebenfalls aufstand, den Kopf schüttelte und sich mit einem Seufzer wieder setzte.

Es dauerte eine Weile, bis ich mich wieder beruhigt und auf der Couch Platz genommen hatte. Eine Zeit lang saßen wir uns schweigend gegenüber. Schließlich sagte ich: »Ich wäre Ihnen sehr dankbar, wenn Sie mich nicht zum Objekt voreiliger Deutungen machten – so plausibel diese auch klingen mögen.«

»Lieber Herr Fohrbeck« – Frau Kliers Miene wurde streng –, »ich verstehe unter einer Deutung niemals eine Behauptung, sondern ein Angebot an den Patienten. Darum habe ich sie auch als Frage formuliert. Es steht Ihnen natürlich frei, diese Frage mit Nein zu beantworten oder sie für ›unsinnig‹ zu halten.«

»Ich habe den Tod meiner Frau durchaus realisiert – mit all den damit verbundenen Schmerzen, Tränen, Melancholien und Verlassenheitsgefühlen. Dass ich mich danach wieder auf eine neue Beziehung einließ, heißt nicht, dass ich meine verstorbene Frau einfach gegen eine neue ausgetauscht hätte.«

»Das habe ich auch nicht behauptet.«

»Im Übrigen hat auch ein Witwer noch einen Trieb.«

»Aber Herr Fohrbeck! *Dafür* müssen Sie sich doch nicht rechtfertigen. Weder vor mir noch vor anderen. Ich spreche ja auch nicht von dem erwachsenen Mann, der natürlich den Tod seiner Frau unter Schmerzen realisiert hat. Ich spreche von Ihrem inneren Kind, das mit fünf Jahren die Mutter verlor und damals nicht um sie trauern durfte, ja ihren Tod nicht einmal als solchen realisieren konnte. Der plötzliche Tod Ihrer Frau war wie eine Falltür in die Vergangenheit, in die Verlassenheit Ihrer Kindheit. Und dieses Kind sagt: ›Der

Tod hat mir das Liebste genommen. Aber ich bin nicht allein, ich schaffe mir – Simsalabim! – eine neue Geliebte.«

Auf einmal fiel mir jener Traum aus der Klinik ein: wie ich, wieder ein Kind, in einem leeren dämmrigen Zimmer hocke und still vor mich hin weine. Wie sich langsam die Tür öffnet und durch den Spalt rötliches Licht in das Zimmer dringt, wie der Lichtkegel immer größer wird, bis er meine Fußspitzen berührt – und ich in der Ferne des sich öffnenden Raums die Silhouette einer Frau mit langen wehenden Haaren erblicke. Und wie mich eine solch brennende Sehnsucht erfasst, dass ich vom Schmerz dieses Gefühls erwache. – Kurz danach hatte ich Lea angerufen und mich das erste Mal mit ihr verabredet.

Plötzlich sah ich mich wieder mit den Buben der Nachbarschaft am Rande eines Bombenkraters stehen, den wir im Grainauer Forst entdeckt hatten, und schwindelnd in die Tiefe blicken.

Wie aus weiter Ferne hörte ich die Stimme Frau Kliers: »Haben Sie mal darüber nachgedacht, warum Sie sich in eine Frau verliebt haben, die noch gebunden ist?«

Ihre Frage holte mich aus der Absence zurück. Nein, darüber hatte ich noch nicht nachgedacht.

»Wäre sie frei und für Sie wirklich bereit gewesen, wären Sie wohl arg in Bedrängnis geraten.«

»Aber wieso? Ich habe mir doch nichts sehnlicher gewünscht.«

»Ja – in Ihren Fantasien und Tagträumen. Doch Ihre nächtlichen Träume, von denen Sie mir erzählten, sagen etwas ganz anderes.«

Frau Klier hatte recht. Und ich wusste es ja eigentlich längst: dass ich mich – oder ein Teil von mir – noch immer an die verstorbene Geliebte gebunden fühlte, denn sonst wäre ich nicht so oft vor Schreck aufgewacht, in dem peinigenden Gefühl, sie betrogen zu haben.

»Mit gutem Grund haben sich die Menschen von alters her im Umgang mit dem Tod einen besonderen Ritus gegeben: das Trauerjahr. Doch scheint es in unserer heutigen Welt und überdrehten Eventkultur kaum noch Platz zu haben … Vielleicht haben Sie sich ja auch deshalb so früh verliebt, um die Trauerzeit abzukürzen.«

»Muss ich mich jetzt dafür schuldig fühlen, dass ich die übliche Norm nicht einhielt?«

»Darum geht es nicht. Sondern darum, wie Sie selbst damit zurechtkommen. Ob Sie sich gut dabei fühlen oder nicht.«

Während der Rückfahrt über die Autobahn – es war schon dunkel und nieselte leicht – war ich noch so aufgewühlt, dass ich die Ausfahrt nach Amorbach verpasste. Ich fuhr weiter bis zur nächsten Ausfahrt, bog nach links ab in die Autobahnunterführung und nahm wieder die Auffahrt. Lange musste ich warten, bis ich in den vorbeirauschenden Lkw-Kolonnen endlich eine Lücke fand und mich einfädeln konnte.

Zu Hause angekommen, suchte ich als Erstes den erloschenen Kaminofen wieder in Gang zu bringen, es war kalt in Küche und Esszimmer. Das Feueranmachen und die dafür benötigen Vorarbeiten waren ein Ritual, das gerade in einsamen und melancholischen Stunden für mich etwas Tröstliches hatte. Wenn der Ofen dann endlich brannte, es so schön knisterte und die Flammen hinter dem Kaminfenster ihren Tanz begannen, verspürte ich in mir wieder neue Energie.

Nachdem ich mir in der Küche einen Tee mit Rum bereitet hatte, stieg ich die beiden Stiegen zum Dachstuhl hoch. Lange verweilte ich auf dem Treppenabsatz vor dem Wandteppich mit den Tierpaaren der Arche Noah. Während der letzten Wochen war ich achtlos daran vorbeigegangen, hatte auch Dorotheas Grab nur mehr selten besucht – so sehr war ich in Gedanken mit Lea und dem ständigen Auf und Ab unserer Beziehung beschäftigt gewesen. Diese plötzliche Verliebtheit, die mich wie ein Fieber überfallen hatte – war sie ein Mittel, eine List meines Unbewussten gewesen, um die geliebte Tote von mir fernzurücken? Aber entsprang sie nicht auch einem vitalen Bedürfnis, wieder den Pulsschlag des Lebens zu fühlen und mir, dem Zurückbleibenden, einen neuen Weg zu eröffnen?

Wut

Im Kopf war mir längst klar, dass es für mich besser wäre, die Beziehung zu Lea zu beenden und den quälenden Wartestand des Liebhabers zu veranlassen. Aber ich schaffte es nicht. Egal, was ich im Haus oder im Garten gerade tat – jede Stunde eilte ich an meinen Laptop, um zu schauen, ob nicht endlich eine E-Mail von ihr gekommen war. Wenn mein Telefon oder Handy klingelte, war mein erster Gedanke: Lea! – Doch sie rief nicht an, und es kam auch keine Mail von ihr. Zweimal in den folgenden Tagen schrieb ich eine Mail an sie, schickte sie aber nicht ab.

Überflüssig zu sagen, dass ich mich in diesem unruhigen Zustand nur schwer auf meine Arbeit konzentrieren konnte; dabei rückte das Symposium immer näher. Warum, fragte ich mich, warte ich denn noch immer auf sie? Warum komme ich nicht von ihr los? – Die Antwort war einfach, ich brauchte nur ehrlich in mich hineinzuhorchen. Da war vor allem *ein* Gefühl: Wut! Und dass Kränkung und Wut genauso zu binden vermögen wie Begehren und Liebe, das wusste ich aus meinen früheren Beziehungen.

Ich rief Frau Klier an und bat sie nochmals um einen Termin.

Als ich, Tage später, wieder auf der weißen Couch Platz genommen und über meine Wut gesprochen hatte, sagte Frau Klier:
»Ich verstehe Ihre Gefühle. Aber Sie tun Ihrer Freundin unrecht, wenn Sie denken, sie habe Sie absichtlich getäuscht oder mit Ihnen nur gespielt. Vielmehr ist ihr zwiespältiges Verhalten Ihnen gegenüber, die widersprüchlichen Signale, von denen Sie sprechen, ganz typisch für Frauen mit Missbrauchserfahrung.«

Frau Klier hielt einen Moment inne. Offenbar zögerte sie, ob sie das heikle Thema weiterverfolgen solle. Schließlich sagte sie: »Ich habe mehrere Patientinnen in Behandlung gehabt, die einen Missbrauch erlitten haben. Natürlich liegt jeder Fall anders, je nachdem, in welchem Alter und in welcher Lebenssituation der Missbrauch erfolgte – und durch wen. Und doch sind die psychischen Folgen für die betroffenen Frauen in den meisten Fällen ziemlich ähnlich.

Aber ich weiß nicht, ob es Ihnen weiterhilft, darauf jetzt einzugehen. Schließlich kenne ich Ihre Freundin ja auch nur aus Ihren Erzählungen.«

»Was mich an ihr schier verrückt macht: Ich weiß nicht, wer sie ist. Und was sie wirklich für mich empfindet. Noch vor einem Monat schrieb sie mir: *Du bist für mich Erotik pur. Ein Mann, mit dem ich ins Bett gehen will.* – Doch immer, wenn ich mit ihr intim werden wollte, brach sie eilig und unter fadenscheinigen Vorwänden wieder auf. Warum schreibt sie mir dann solch einen Schmus? Das ist doch hochgradig manipulativ.«

»Aus Ihrer Sicht zweifellos. Nicht aus Sicht der traumatisierten Frau: Sie begehrt Sie, doch gleichzeitig lässt ihr Begehren die alte Missbrauchssituation wiederaufleben. Und darum blockt sie ab, bevor es zum Vollzug kommt.«

»Aber ich habe sie doch nie bedrängt.«

Frau Klier nahm ihre randlose Brille ab und kaute eine Weile nachdenklich auf dem Ende des Bügels herum. Nachdem sie die Brille wieder aufgesetzt hatte, gab sie mir, ohne Namen zu nennen und auf Einzelheiten einzugehen, ein kurzes Resümee ihrer therapeutischen Erfahrungen:

»Das Schlimme ist, dass durch die Missbrauchssituation die sexuellen Gefühle von den Gefühlen der Liebe und dem Körpererleben abgespalten werden. Viele Frauen berichten, dass sie sich während des Missbrauchs quasi ›tot gestellt‹ haben, um nichts fühlen zu müssen, bis die Situation vorüber war. Nur so konnten sie es überstehen. Aber diese alte Überlebensstrategie erweist sich später als sehr hinderlich. Vor allem die Verbindung von Liebe und Sexualität bereitet ihnen große Angst, weil durch die starken Gefühle die Erinnerung an den Missbrauch wiederbelebt wird. Das läuft meistens unbewusst ab. Sexualität kann angstfrei eigentlich nur in Beziehungen gelebt werden, die keine emotionale Bindung beinhalten, wie es bei häufig wechselnde Beziehungen und bei der Prostitution der Fall ist ... Und da missbrauchte Frauen ihre Sexualität meist nur eingeschränkt empfinden können, neigen sie zur Dramatisierung ihrer Gefühle und inszenieren sich gerne als erotische Frauen. Dabei haben sie in Wirklichkeit ein unsicheres Selbstwertgefühl, sie fühlen sich unwert, weil eben nur benutzt, und unattraktiv, auch wenn sie schön und sehr attraktiv sind.«

Auch wenn diese Beschreibung in einigen Aspekten auf Lea zutreffen mochte, ich war nicht bereit, in ihr nur das »arme Opfer« eines früheren Missbrauchs zu sehen.

»Nicht selten«, fuhr Frau Klier fort, »benutzen sie – en revanche – die Männer, machten sie erst kirre, um sie dann abrupt fallen zu lassen.«

»Also weiblicher Donjuanismus.«

»Ich vermeide diesen Begriff, denn er verstellt die Sicht auf die innere Not dieser Frauen.«

»Aber es *ist* weiblicher Donjuanismus ... Erst spielt sie mir die große Gefühlsoper vor und macht mich heiß – und dann kehrt sie zu ihrem prügelnden Ehemann zurück. Missbrauch hin, Missbrauch her. Sie hat sich mir gegenüber wie ein Luder benommen.«

Frau Klier sah mich erstaunt an. Eine so heftige Reaktion hatte sie offenbar nicht erwartet. Dann fuhr sie fort: »Die innere Not missbrauchter Frauen zeigt sich vor allem dann, wenn sie sich ernsthaft verlieben. Dabei suchen sie, wie gesagt, unbewusst dem Mann oder Liebhaber die Erlöserrolle anzutragen. Doch in dieser Rolle kann der Liebhaber nur scheitern – zumal wenn er selbst noch gebunden ist.«

Frau Klier hielt inne und sah mich fragend an. Aber ich sagte nichts.

»Jedenfalls können Sie davon ausgehen, dass Ihre Freundin spürt, dass der Platz noch besetzt ist. Vielleicht findet sie auch deshalb nicht den Mut zum Absprung aus ihrer zerrütteten Ehe.«

So hatte ich es noch nicht betrachtet.

»Für gewöhnlich kehrt die traumatisierte Frau dann zu ihrem früheren Partner zurück, von dem sie doch loskommen wollte, auch wenn dieser sie schlecht behandelt und sogar schlägt. So bleibt sie mit ihm im Bannkreis ihres Traumas gefangen, zumal wenn ein früher Missbrauch ihre Libido auf den gewaltbereiten Typ Mann fixiert hat.«

Wieder sah ich die Szene am Tisch vor mir, da Lea mir die Bisswunde an ihrem bläulich geschwollenen Unterarm zeigte.

»Aber es muss doch möglich sein, diesen fatalen Zirkel zu durchbrechen.«

»Schon ... Doch es ist schwer für die betroffenen Frauen. Dazu bedarf es einer intensiven Arbeit an sich selbst, einer guten therapeutischen Begleitung und eines Partners, der viel Geduld und Verständnis für sie aufbringt.«

Ich dankte Frau Klier, dass sie mir über ein sehr heikles Thema so bereitwillig Auskunft gegeben hatte.

Als ich mich von ihr verabschiedete, sagte sie mit Wärme: »Sie sind jetzt neu auf dem Markt der Partnersuche, der immer auch ein Jahrmarkt der Eitelkeiten und der trügerischen Performance ist. Wenn ich Ihnen einen Rat geben darf: Vertrauen Sie nicht dem ersten Blick.«

Auch wenn sich durch die Gespräche mit Frau Klier mein Blick auf Lea verändert hatte und ich sie in ihrer inneren Not besser verstand, es sollte noch einige Zeit vergehen, bis mein gekränktes Herz wieder einem anderen, weicheren Gefühl für sie Raum geben konnte.

Einige Tage später kam eine Mail von ihr – die erste seit unserem abgebrochenen Telefonat vor drei Wochen:

> Lieber Fabian,
> ich bin zurzeit wirklich sehr belastet, habe auch einen Rückfall in die Krankheit erlitten. Befinde mich eben in einer seelischen Ausnahmesituation, und bin dann manchmal auch übellaunig und ungerecht, aber ich gestehe mir dieses Recht zu. Bitte gestehe du es dir auch zu. Am Samstag treffe ich mich in W. mit einem Musikverleger, das ist ja nicht weit von dir. Danach würde ich dich gerne besuchen – wenn es dir recht ist?
> Deine – noch etwas malade – Lea

Im ersten Moment war ich freudig überrascht: Sie wollte mich am Wochenende besuchen. Schon wollte ich antworten: »Ja, komm, ich freu mich«, doch dann zog ich die Hände von der Tastatur zurück ... Wollte ich denn wirklich, dass sie kommt? Womöglich die Nacht mit mir verbringt? Sosehr ich mir dies auch die ganze Zeit sehnlichst gewünscht hatte, plötzlich war mir, als ob dieser Wunsch seine Kraft – und seine Berechtigung – verloren habe. Nach allem, was ich in den Gesprächen mit Frau Klier erfahren hatte – auch über mich selbst –, brauchte ich erst mal eine Zeit der Besinnung. Und so verlockend die Vorstellung einer Versöhnung mit Lea auch war, was käme danach? Ich würde wieder in den quälenden Wartestand des Liebhabers geraten, weil sich an ihrer privaten und häuslichen Situation ja nichts wirklich geändert hatte. Ich würde weiter leiden ... Und noch immer hatte ich ja auch diese Träume, in denen ich mich als Betrüger meiner verstorbenen Frau imaginierte. Der Zwiespalt lag eben auch in mir selbst.

Zwar ist es gewiss kein guter Stil, eine Liebesbeziehung per Mail zu beenden, aber ich fürchtete, ich könnte wieder schwach werden, wenn Lea mir leibhaftig gegenüberstand und mich mit ihren sehnsüchtigen Augen anschaute.

Meine Mail endete mit den Worten:

Als wir uns im letzten Herbst begegneten, befanden wir uns beide in einer seelischen Ausnahmesituation, ohne die wir uns vielleicht gar nicht so heftig ineinander verliebt hätten. Wir wollten mit voller Kraft aufeinander zusegeln, ohne wahrhaben zu wollen, dass die Anker unserer beiden Schifflein noch nicht wirklich gelöst waren. Kein Wunder, dass sie, kaum hatten sie sich einander genähert, von einer unsichtbaren Macht wieder zurückgezogen wurden.

Trotz allem bist und bleibst du für mich die erste Frau, die nach Dorotheas Tod mein Herz wieder dem Zauber des Weiblichen, der Musik und dem Leben geöffnet hat. Und dafür bin und bleibe ich dir dankbar.
Adieu!
Fabian

Den Abend und die Nacht verbrachte ich, nachdem ich eine ganze Flasche Rotwein geleert, in einem halb betäubten, halb irrlichternden Zustand, in dem Abschiedswehmut, Schmerz und Erleichterung sich seltsam mischten; doch war da auch das Gefühl, wieder bei mir selbst anzukommen.
Am nächsten Tag schrieb Lea zurück: Zwar verstehe sie mich und meine Gründe. Und wahrscheinlich habe sie mich viel zu oft mit ihren Eheproblemen genervt. Trotzdem fühle sie sich von mir abserviert.

Meine Situation ist im Augenblick unglaublich belastend, ich versuche meinen Weg zu finden und zu gehen. Bin ungerecht, launisch, gedankenlos, auch dir gegenüber, und was bin ich für dich? Ein Bild, ein Vergleich, eine literarische Metapher: »Lea Leander«, »Bühnendomina«, »Sirene«, »Königin der leichten Muse«, »Pucks große Schwester« und so weiter Auf der anderen Seite: die »scheue, zarte, verletzliche Caroline« mit dem unbewältigten Trauma. Du sezierst mich, und in verschiedene Einzelteile zerlegt, werde ich dann in Schubladen verstaut, die schon gedanklich vorbereitet sind mit dem Wissen aus vielen Jahrzehnten über Frauen. Ich bin aber keins von deinen Bildern. Hast du mich je gesehen?

Und was bist du für mich? Zunächst mal einfach ein Mann. Den ich begehre, den ich bewundere und mit dem ich so tolle Gespräche führen kann wie noch mit keinem zuvor. Und der mir auf der anderen Seite Gewissensbisse beschert, weil ich wieder irgendetwas falsch mache, nicht halte, was ich verspreche, ihn nicht besuche, mein Leben nicht in den Griff bekomme – das ist, gelinde gesagt, zum Kotzen! Und trotz alledem Herzklopfen, wenn ich vor deiner Haustür stehe.
Selber Adieu!
Lea

Fünfzehntes Kapitel

Volk ohne Zeit

Ich hatte nicht damit gerechnet, dass das dreitägige Symposium zu Beginn des Sommersemesters so viele Besucher anziehen würde. Doch offenbar traf sein Titel *Rasender Stillstand. Warum wir immer mehr Zeit einsparen und doch keine mehr haben,* den Nerv der Zeit. Da während dieser Tage der laufende Universitätsbetrieb ruhte, waren viele Studenten gekommen, aber auch viele Bürger aus M. und Umgebung. Rektor Söder hatte kräftig die Werbetrommel gerührt und die PR-Abteilung der Universität ganze Arbeit geleistet. Jedenfalls zeigte sich schon eine Stunde vor Beginn der Veranstaltung, dass das neue Audi maximum, ein Arena-förmiger und technisch hochgerüsteter Rundbau aus Glas und Stahl nicht genügend Platz für die Besucherscharen bot. Indes war für diesen Fall vorgesorgt worden. Im Foyer und den benachbarten Hörsälen waren Großbildschirme aufgestellt worden, auf welche die einzelnen Panels und Reden übertragen wurden.

Besonders freute es mich, unter den Besuchern nicht nur Ansgar, Marja und Maik begrüßen zu dürfen, der gerade seinen Bachelor gemacht hatte, sondern auch Andreas. Es war das erste Mal überhaupt, dass er zu einer Veranstaltung von mir kam.

Nachdem Rektor Söder die Gäste, allen voran den Wissenschaftsminister des Landes und andere Prominente, begrüßt hatte, beschwor er wieder einmal den »Bildungsauftrag der Universität« und die Bedeutung des »Bildungsstandortes Deutschland«. Darüber hinaus aber müsse und solle die Universität auch wieder ein »Ort des geistigen Austausches und des kritischen Diskurses über die großen Themen der Zeit« sein; darum habe man für dieses Symposium ein Thema gewählt, das uns alle, ja die ganze Gesellschaft angehe.

Während ich neben Monika in der ersten Reihe saß, schweiften meine Gedanken ab, nur noch Bruchstücke aus Söders Ansprache drangen an mein Ohr ... Plötzlich fiel mir wieder jener Traum ein, der mich frühmorgens aus dem Schlaf gerissen hatte: Ich hetze, Zylinder auf dem Kopf und Zauberstab in der Hand, über die Hinterbühne eines Theaters – auf der verzweifelten Suche nach meinem Requisitenkoffer. Ich weiß: Das Publikum hinter dem Vorhang wartet auf meinen Auftritt. Aber wie soll ich ohne meine Requisiten auftreten? Ich renne von einer Ecke der Bühne zur anderen, gucke hinter Stellwände und Pappkulissen, durchwühle den liegen gebliebenen Mollton, aber ich kann meinen Zauberkoffer nirgendwo finden. Ich stolpere über ein Kabel, stürze und raffe mich wieder auf. Schließlich schreie ich die Frau von der Requisite an, die gerade die Hinterbühne betritt und mich irgendwie an Frau Klier erinnert: »Verdammte Schlamperei, ich habe meinen Zauberkoffer hier deponiert. Und jetzt ist er einfach verschwunden!« Die Requisiteurin lacht und sagt: »Dann treten Sie eben mal ohne Requisiten auf.«

Während mir der Schweiß auf die Stirn trat, spürte ich plötzlich Monikas Händedruck. Sie hatte wohl gemerkt, dass ich Lampenfieber hatte. Ich warf ihr einen dankbaren Blick zu.

Nachdem Söder geendigt hatte und der Applaus verebbt war, trat ich, in der Rechten mein Manuskript, in der Linken ein großes Stundenglas haltend, hinter das Rednerpult. Das Stundenglas stellte ich auf der waagrechten Hinterkante des Pultes ab.

»Liebe Studierende, liebe Kolleginnen und Kollegen, meine Damen und Herren,

wir alle, ob jung, ob alt, ob Männlein oder Weiblein, scheinen wie verhext zu sein, gefangen im unseligen Paradox unseres Zeitalters: Mittels neuer Technologien sparen wir immer mehr Zeit – und haben doch keine mehr. Dabei läuft das Stundenglas für uns alle unerbittlich weiter.
Ich nehme das Stundenglas auf und halte es in die Höhe. In seinem gläsernen, mittig sich verengenden Zylinder rinnt der Sand durch einen kleinen Spalt nach unten.
Ach könnten wir doch die kostbare Zeit, die uns zwischen den Fingern zerrinnt, einmal anhalten! – wie es der sehnlichste Wunsch des Doktor Faust war, Prototyp des modernen, rastlos getriebenen Menschen. *Ich lasse meine Hand über der Sanduhr kreisen.* Ach, Augenblick, verweile doch – du bist so schön! *Der Sandfluss in der Uhr hält plötzlich an ...* Seht nur, die Zeit ist stehen geblieben. Welch göttlicher Augenblick! *Ich schaue wie ein Träumender ins Publikum.* Wir vergessen die Zeit oder die Zeit vergisst uns. So ist es, wenn wir verliebt oder im Flow sind. Im Rausch des Glücks oder im Rausch des Schaffens. Wenn wir uns in ein Bild versenken oder wenn uns ein Musikstück begeistert. Wenn wir tagträumend oder meditierend ganz im Augenblick sind – wie aus der Zeit gefallen. Ein paradiesischer Zustand.
Plötzlich klingelt ein Handy. Ich schrecke zusammen, stelle das Stundenglas zurück auf das Pult, suche mit zunehmender Hektik in meinen Taschen, ziehe schließlich ein Handy aus der Innentasche meines Sakkos und ein zweites aus meiner Gesäßtasche, schaue im Wechsel auf die beiden Displays – und drücke kopfschüttelnd die Aus-Tasten.
Aus! Vorbei! Das war der Sündenfall. Wir können es einfach nicht mehr, haben es verlernt: das Im-Augenblick-Verweilen. Und deshalb – *ich deute auf das Stundenglas, durch das jetzt plötzlich wieder der Sand rinnt* – läuft uns die Zeit davon, wird das kostbarste Gut, das wir besitzen, immer knapper und weniger. Wären wir jedoch wirklich Herren und Damen über unsere Zeit, dann könnten wir sie jederzeit anhalten und im besten Sinne genießen, das heißt: vergessen. *Wieder lasse ich meine Hand über dem Stundenglas kreisen: Der Sandfluss hält an.* Doch da wir so gehetzt und gestresst sind und

möglichst vieles auf einmal erledigen wollen, entgleitet uns die Zeit und geht für immer verloren. *Ich simuliere einen Multitasker, der, das Handy am Ohr, mit einem unsichtbaren Partner spricht, während er gleichzeitig in die Tastatur seines Laptops hämmert: Der Sand im Glas läuft wieder weiter.* Ich halte inne und betrachte es melancholisch. Jetzt ist der Sand gleich durchgelaufen. Dann ist es vorbei ... Und wenn mich dafür der Teufel holt! *Ich ergreife das Stundenglas und drehe es um. Das obere Glas ist jetzt wieder voll Sand.*

Lieber Gott! Täglich Brot, Klamotten und Autos, iPhones, Apples und Apps haben wir mehr als genug. SCHENKE UNS ZEIT! Amen.«

Gelächter brandete auf, Applaus setzte ein. Ich aber fühlte mich ungemein erleichtert. Mit diesem magischen Entree, das auch für mich eine Premiere war, hatte ich das Publikum fürs Erste gewonnen.

Nun begann ich mit meinem Vortrag:

»Die Menschheit von heute«, schrieb Aldous Huxley schon vor einem Dreivierteljahrhundert, »hat nur ein einziges wirklich neues Laster erfunden: die Geschwindigkeit.«
Was Huxley ein »neues Laster« nannte, hat sich inzwischen zu einer epidemisch um sich greifenden Zivilisationskrankheit ausgewachsen: Immer mehr Menschen in westlichen Industriegesellschaften, allen voran die Deutschen, klagen über ZEITNOT. Laut Umfrage empfinden achtzig Prozent der Bundesbürger ihr Leben als stressig. Jeder Dritte klagt über Dauerstress im Beruf, in Haushalt, in der Schule oder im Studium. Über Leistungsdruck, Terminhetze und fehlende Wertschätzung in Beruf und Partnerschaft. Und jeder Zweite wünscht sich mehr Zeit für Freunde, Familie und für sich selbst. ZEIT ist offenbar zur knappsten Ressource geworden, über die wir verfügen.
Dabei müssten wir doch eigentlich Zeit im Überfluss, jedenfalls viel mehr Zeit als früher haben.

Vor allem der medizinische Fortschritt sorgt dafür, dass die Menschen in den westlichen Industrienationen immer älter werden.

Betrug die mittlere Lebenserwartung im Jahr 1800 gerade mal fünfunddreißig Jahre, im Jahre 1900 etwa fünfundvierzig Jahre, so liegt sie heute für Männer bei über fünfundsiebzig Jahren und für Frauen bei über einundachtzig Jahren. Auch hat unsere durchschnittliche Schlafdauer seit dem 19. Jahrhundert um etwa zwei Stunden und seit den Siebzigerjahren um dreißig Minuten abgenommen; was bedeutet, dass unsere wache, also gestaltbare Zeit zunimmt. Darüber hinaus verkürzt sich ständig die Zeit, die wir brauchen, um von einem Ort zu einem anderen zu gelangen. Mitte des 19. Jahrhunderts war die Eisenbahn ungefähr sechsmal so schnell wie die Postkutsche. Heute braust ein ICE der Deutschen Bahn mit 250 Stundenkilometern durch die Landschaft.

»Time ist money«, wie das berühmte Wort von Benjamin Franklin lautet. Und so ist denn unsere gesamte Ökonomie darauf programmiert, Zeit zu sparen und Effizienzgewinne einzufahren. Wir sparen Zeit bei der Arbeit, wo Controller und Unternehmensberater längst jeden Prozess, inklusive unserer Ess- und Pinkelpausen, durchrationalisiert haben. Wir sparen Zeit beim Eincheckautomaten auf dem Flughafen und an der Supermarktkasse, die wir immer häufiger selbst bedienen. Wir sparen Zeit durch Fast Food, indem wir, oft im Stehen oder Gehen, die Doppeldecker von Burger King oder Mc Donald's in uns hineinstopfen. Wir beschleunigen die Produktion unseres Essens durch die Verkürzung der Mastzyklen von Hühnern, Schweinen und Rindern. Wir sparen Zeit für die Bildung und Ausbildung unserer Kinder, indem wir ihnen den fürs Abitur nötigen Stoff in acht statt wie früher in neun Jahren eintrichtern und sie danach in Regelstudiengänge pressen, damit sie möglichst schnell auf den Arbeitsmarkt kommen. Wir sparen sogar Zeit in der Liebe, indem wir uns durch Speeddating und Partnerbörsen umständliche und zeitraubende Prozeduren des Kennenlernens und Verabredens ersparen.

Obwohl wir auf allen Ebenen unseres Lebens Zeit sparen, haben wir immer weniger, fühlen uns gehetzt und gestresst. Ist das nicht hochgradig paradox?

Und müsste bei stetig steigender Effizienz durch Automatisierung und Optimierung von Arbeitsprozessen die Zeit, die wir mit Arbeit verbringen, nicht eigentlich weiter ab- statt zunehmen?

Die Autoren des Buches *Zukunftsfähiges Deutschland in einer globalisierten Welt* haben das mal durchgerechnet: In den Achtzigerjahren hat die IG-Metall den Einstieg in die 35-Stundenwoche bei vollem Lohnausgleich erkämpft. Dank gestiegener Arbeitsproduktivität müsste jeder Beschäftigte heute nur noch weniger als dreißig Stunden in der Woche arbeiten. Tatsächlich arbeitet jeder Vollzeitbeschäftigte heute im Schnitt wieder einundvierzig bis zweiundvierzig Stunden die Woche. Das heißt: Von dem enormen Zuwachs an Produktivität haben die Arbeitnehmer so gut wie nichts gehabt. Er hat allein die Gewinne der Unternehmen vermehrt, ist also in die Taschen der Reichen geflossen.

Hinzu kommt die ständige Ausweitung prekärer, das heißt befristeter Beschäftigung. Davon weiß auch das akademische Prekariat, das sich von einem schlecht bezahlten Lehrauftrag zum anderen hangelt, ein traurig' Lied zu singen. Vor allem geistige Arbeit ist heute fast nichts mehr wert. Warum werden an Universitäten Forschungs- und Lehrstellen immer befristet ausgeschrieben? Warum konzentriert sich die fest angestellte Beschäftigung zunehmend auf reine Managementfunktionen? Nicht Content, nicht Inhalte werden bezahlt, sondern die Verwaltung von Inhalten, nicht Wissen, sondern Wissensmanagement.

Spontaner Beifall, mit Pfiffen vermischt, setzte ein.

Und wodurch rechtfertigt es sich eigentlich, dass heute ein Topmanager das Hundert- bis Hundertfünfzigfache eines Dozenten, einer Krankenschwester oder Altenpflegerin verdient? Ist deren Arbeit hundert- bis hundertfünfzigmal weniger wert als die des Managers? Man stelle sich nur einmal vor, was passieren würde, wenn von heute auf morgen alle Dozenten und Lehrer, alle Krankenschwestern, Altenpfleger, Müllwerker und Kfz-Mechaniker verschwänden. Die Folgen wären prompt und katastrophal. Es ist dagegen nicht ganz klar, worunter die Menschheit leiden würde, gäbe es plötzlich keine Chefs von Kapitalbeteiligungsgesellschaften mehr, keine Lobbyisten und keine PR-Strategen, keine Wertpapierberater und Gerichtsvollzieher mehr. Manche glauben gar, die Verhältnisse würden sich dadurch signifikant verbessern.

Gelächter

Ein weiteres Paradox, das den Stress in unseren modernen Gesellschaften enorm fördert: Einerseits genießen wir Freiheiten in bisher unbekanntem Ausmaß. Niemand schreibt uns mehr vor, woran wir zu glauben, wie wir zu leben, zu denken und zu lieben haben, wo und mit wem wir leben wollen. Andererseits sehen wir uns infolge einer völlig entgrenzten Ökonomie, die auf das *Immer mehr, Immer schneller und Immer besser* getrimmt ist, einer ständig wachsenden Optionenvielfalt gegenüber, die uns oftmals überfordert, ja über den Kopf wächst.

Nehmen wir als Beispiel das Reisen. Noch vor dreißig, vierzig Jahren war die Auswahl für eine deutsche Durchschnittsfamilie, wo sie ihren Urlaub verbringen wollte, relativ beschränkt. Im Zeitalter von easyJet dagegen stehen ihr zahllose Reisemöglichkeiten zur Verfügung. Allein die Auswahl zwischen den diversen Urlaubsorten, den günstigsten Airlines, Hotels und Mietautos samt Reiserücktrittsversicherungen zu treffen, die entsprechenden Buchungen zu tätigen und die nötigen Outdoor-Ausrüstungen zu beschaffen, kostet mehr Zeit (und Nerven), als wir gemeinhin glauben. Zumal wir ja nicht nur ein Mal, sondern drei Mal im Jahr verreisen und noch möglichst vor dem Eintreffen von Arthrose und Rheuma die Anden überqueren oder den Kilimandscharo besteigen wollen.

Ähnlich ist es bei der Wahl des Studiums: Für welchen der inzwischen 16 000 Studiengänge an deutschen Universitäten soll man sich entscheiden? Für »Accessoire Design« oder »Accounting, Auditing und Taxation«, für »Advanced Functional Materials«, oder »Adventuremanagement«, »Agrobiotechnology«, »Air Quality Control« oder für »Ambient Assistant Living«? – Und das ist nur ein winziger Bruchteil der Fächer mit A.

Gelächter.

Das A und O des öffentlichen Denkens hierzulande dreht sich um die Wettbewerbsfähigkeit unserer Wirtschaft. Anstatt zu fragen: Was brauchen wir für ein gutes Leben? »Die Folge der Wettbewerbslogik«, schreibt der Soziologe Harmut Rosa, »ist eine Beschleunigungsspirale, die uns in einem immer schneller rotierenden Hamsterrad gefangen hält. Wir müssen jedes Jahr schneller rennen, nur um mithalten zu können.«

In keinem Land der Europäischen Union werden so viele Überstunden, bezahlte und unbezahlte, geleistet wie in Deutschland. Dabei sind wir schon das reichste Land in Europa – und seit Langem Exportweltmeister. Und haben mehr als genug. Viel mehr, als wir zu einem guten Leben brauchen. »Im Schnitt« – schreibt Jörg Schindler – »besitzt jeder von uns inzwischen zehntausend Dinge. Das ist schön. Nur: Die Hälfte davon liegt, einmal angeschafft, ungenutzt und unbeguckt in der Gegend herum. Dinge, die nicht gebraucht werden, aber Platz brauchen. Weshalb auch unsere Wohnungen seit Jahrzehnten immer größer werden. Und damit teurer. Weswegen wir wiederum mehr arbeiten müssen, um sie uns leisten zu können.«

Überhaupt ist unser Leben vollgestopft mit Produkten, Dienstleistungen, Mobilität, Events und Kommunikationstechnologien. Da der Tag aber nur vierundzwanzig Stunden hat, die Anzahl der Dinge, die wir uns kaufen, die Anzahl der Events, die wir buchen können, jedoch geradezu explodiert, konkurrieren sie um die knappe Aufmerksamkeit. Folglich wird jedem Objekt, jedem Event eine immer geringere Zeitdosis zuteil. Gleichzeitig sitzt uns die Angst im Nacken, etwas zu versäumen, wenn wir uns zu lange mit einer Sache aufhalten. So wird Konsumwohlstand zur Strapaze und erhöht unseren Stresspegel.

Was fürs Haben und Konsumieren gilt, gilt auch fürs Wissen und Lernen. Wir glauben, nur durch permanente Fortbildung und – körperliche wie mentale – Selbstoptimierung im allgegenwärtigen Wettbewerb bestehen zu können. Wir schicken, wenn wir es uns leisten können, unsere Kinder auf teure Privatschulen, damit sie im globalen Wettbewerb nicht von den noch besser ausgebildeten Kindern anderer Nationen abgehängt werden. Leistung! Erfolg! Immer der Beste sein! – so lauten unsere ›kategorischen Imperative‹. Wir versuchen inzwischen sogar, den Reifeprozess von Kindern zu beschleunigen, indem wir sie schon in der Kita eine Fremdsprache lernen lassen. Vielleicht können wir wirklich eine Raupe schneller schlüpfen lassen. Doch ich bezweifle sehr, dass dann ein fertiger Schmetterling herauskommt.

Es ist, als habe sich die ganze Gesellschaft in ein riesiges Fitnessstudio verwandelt, in dem jeder Einzelne, schwitzend und mit zugestöpselten Ohren, immer schwerere Gewichte zu stemmen und seine Leistung zu steigern sucht. Der Exzess der Leistung verschärft sich zur Selbstausbeutung. Diese aber ist viel effizienter als die Fremdausbeutung, weil sie mit dem Gefühl der Freiheit und Freiwilligkeit einhergeht.

Das Ideal der Optimierung erlaubt auch nicht, dass wir dem Körper seine natürliche Zeit zugestehen, die er braucht, um gesund zu werden, sich zu entwickeln oder Muskeln aufzubauen. Da ist der Bodybuilder, der über normales Krafttraining zum Anabolika-Junkie wird, krebserregende Stereoide und Testosteronpräparate schluckt. Da ist der Student, der ohne Ritalin keine Hausarbeit mehr schreibt und in keine Prüfung mehr geht. Da ist der Börsianer, der seinen Jagdinstinkt aufputscht, um im Sekundentakt der Finanzmärkte ganz auf dem Sprung zu sein. Und da ist der Mann aus der Führungsetage, der mithilfe von Modafinil und anderen Psychostimulanzien die Angst zu betäuben sucht, die er um seinen Job hat.

Auch der Sport ist längst eine riesige Doping-Mühle geworden, an der alle Beteiligten, sosehr sie sich auch öffentlich entrüsten, mitverdienen: Sportverbände, Trainer, Mediziner, Pharmafirmen, Sportartikelhersteller und die Fitnessindustrie.
Wir trimmen unseren Körper und unseren Geist, unsere Manpower, um in einer immer komplexeren Arbeitswelt bestehen zu können. Aber vor den sozialen und psychischen Kosten dieser ständigen Leistungsolympiade verschließen wir die Augen.

In einer Gesellschaft der Optionenvielfalt steigen ständig die Ansprüche, gepaart mit Angst vor dem Scheitern und dem sozialen Abstieg. Denn auch für das Scheitern ist man jetzt selbst verantwortlich. Konnten die Menschen früher noch das Schicksal, niedrige soziale Herkunft, die Klassengesellschaft, Kriege und Notzeiten für ihr Scheitern verantwortlich machen, so scheinen sie jetzt selbst daran schuld zu sein und fühlen sich als Versager. Versagens- und Schuldgefühle aber sind der beste Nährboden für die Depression und die Sucht.

Anders als bei der Religion, die dem Sünder auch die Erlösung anbot, gibt es in unseren säkular-kapitalistischen Gesellschaften keine solche Entlastung mehr. Wir sind selbst schuld, wenn wir aus dem Arbeitsleben katapultiert werden. Daher auch so wenig Empörung über den Dauerskandal der Massenarbeitslosigkeit, die in den veröffentlichten Statistiken ständig heruntergerechnet wird.

Längst geht es für die einzelnen Individuen nicht mehr um Autonomie und Selbstbestimmung – wie einmal das große Versprechen der Moderne seit der Aufklärung lautete –, sondern nur noch darum, ihre Konkurrenzfähigkeit zu erhalten und nicht aus dem Hamsterrad herauszufallen. »Die Menschen haben das Gefühl«, schreibt Hartmut Rosa, »dass es jedes Jahr ein bisschen schneller geht und dass auch sie jedes Jahr ein bisschen schneller werden müssen. Aber im Gegensatz zu früher ist damit keine Bewegungs- und Entwicklungshoffnung mehr verbunden. Der Lebensstandard steigt nicht mehr spürbar durch den immer höher werdenden Druck ... Wir haben Strukturen geschaffen, die sich beschleunigen müssen; nicht damit die Dinge besser werden, sondern damit sie überhaupt bestehen können.«

Ebenso ist es auf der kollektiven und politischen Ebene. Den sogenannten Reformen des neuen Jahrhunderts wohnt gar nicht mehr die Absicht inne, eine grundlegende Verbesserung des Gemeinwesens nach sozialen, ethischen und ökologischen Maßgaben zu erreichen. Stattdessen ist es zum fast alleinigen Ziel politischer Gestaltung geworden, die Wettbewerbsfähigkeit der Gesellschaft aufrechtzuerhalten, für die vor allem das Wachstum des Bruttosozialprodukts als Indikator gilt. Nach dem Sinn dieser völlig verselbstständigten Wachstumsmaschine aber wird gar nicht mehr gefragt. Vielmehr hat der Glaube an stetiges Wachstum eine geradezu zivilreligiöse Qualität angenommen. Dabei »befinden wir uns überall, ob beim Klima, beim Konsum oder bei der Staatsverschuldung, bereits in der Phase des Schadenswachstums«, schreibt der Soziologe Sighard Neckel. »Es wachsen also nicht mehr der Nutzen und der Wohlstand, es wachsen nur noch die Schäden.«

Über dem Portal eines neu eröffneten Kaufhauses, das ich kürzlich passierte, stand in Leuchtschrift: KAUF DICH GLÜCKLICH. Indes zeigen alle Umfragen, dass es persönliche Freiheit, soziale Beziehungen, Gesundheit, Anerkennung und Wertschätzung in Beruf und Familie sind, die Menschen zufrieden machen – also Werte, die man nicht kaufen kann.

Die Welt, in der wir leben, wird dagegen fast ausschließlich von »ökonomischen Kriterien« bestimmt. Wir haben unser Leben zum Markt und uns selbst zur Maske, zur Verkäufermaske, gemacht. Wir haben uns bis zum Geht-nicht-mehr beschleunigt, wir sind gnadenlos effizient, kompetitiv und leistungsbereit. – Aber wozu das Ganze? Ist das wirklich ein gutes Leben?, fragen sich immer mehr Menschen. Und wo geht sie eigentlich hin – die eingesparte Zeit? Wer oder was stiehlt sie uns? Man könnte meinen, jene grauen Herren mit den schwarzen Köfferchen aus Michael Endes *Momo* haben nicht nur die Macht in der Gesellschaft übernommen, sondern führen längst auch in unseren Psychen Regie.

In unseren postindustriellen Wachstumsgesellschaften haben wir den materiellen Mangel überwunden. An seine Stelle aber ist eine neue Form des Mangels getreten: der Mangel an Sinn, an Zweck und Nutzen. Statt eines Berufes, der wirklich »ruft«, versehen die meisten Menschen heute einen Job, dessen einziger Sinn im Geldverdienen liegt. Und so wächst – wie Umfragen belegen – in den Betrieben, an Schulen und Hochschulen noch etwas anderes: das Gefühl der Sinnlosigkeit und die Depression. Von der Jahrhundertwende bis heute hat sich die Menge der Antidepressivaverschreibungen in Deutschland verdoppelt und die Zahl der Krankschreibungen verdreifacht. Es betrifft alle Branchen. Psychische Erkrankungen sind auch der häufigste Grund für Frühverrentungen geworden.

Werfen wir noch mal einen Blick auf die Hochschule. Der Bologna-Prozess hat den Stress im Leben der Hochschule enorm befördert. In die auf sechs, maximal acht Semester begrenzten Regelstudiengänge wird jetzt so viel Lehr- und Prüfungsstoff hineingepackt, wie sie früher auf zehn und mehr Semester verteilt gewesen waren! Kein Wunder, dass die Prüfungsangst so populär ist wie nie zuvor und dass jedes Jahr Zehntausende von erschöpften Studentinnen und Studenten die psychologischen Beratungsstellen des Deutschen

Studentenwerks aufsuchen, um sich Hilfe zu holen; die Zahl der Beratungen hat sich seit 2003 verdoppelt.

Auf der anderen Seite gibt es in Teilen der Gesellschaft, vor allem in der Jugend, auch Anzeichen für einen kulturellen Wandel: Personalchefs sehen sich neuerdings jungen Berufseinsteigern gegenüber, die nicht gleich nach höheren Gehaltsstufen und Aufstiegschancen, sondern erst mal nach Sabbaticals und Auszeiten fragen und die – unerhört! – auch noch einen Sinn darin erkennen wollen, was sie von montags bis freitags tun. Arbeiten bis zum Umfallen? Karriere um jeden Preis? Immer mehr Menschen suchen aus dem Hamsterrad auszusteigen oder gar nicht erst einzusteigen und nach dem Motto zu leben: Weniger ist mehr. Und: Selbstbestimmung statt Fremdbestimmung.

Die unter jungen Leute populäre Sharing-Ökonomie, das Teilen von Wohnungen und Fahrzeugen, das wechselseitige Verleihen von Klamotten und Dingen des alltäglichen Gebrauchs, regionale Tauschringe und Repair-Cafés, sind ebenfalls Ausdruck dieses kulturellen Wandels. Auch geht der Trend weg vom Auto hin zum Fahrrad, zum Wandern, zur Wiederentdeckung der Landschaft und des Landlebens.

Ist es, angesichts der hier skizzierten Entwicklungen, nicht längst an der Zeit für einen *Paradigmenwechsel*? Dass wir uns vom Fetisch des Wachstums und der Beschleunigung, von unserer rast- und maßlosen Kultur des Habens und Immer-mehr-Haben-Wollens, endlich lösen? Und über einen neuen Begriff von Zeit, Arbeit und Wohlstand nachdenken, der auf der Ebene des Seins, des *Wohlseins*, angesiedelt ist – wie die antiken Denker und Philosophen dies nannten? Statt zu fragen: Wie viel Wachstum und Beschleunigung können wir mit technischen Mitteln erreichen?, sollte die Frage lauten: Was brauchen wir für ein *gutes Leben*?
Angesichts der enormen und weiter wachsenden Produktivitätsfortschritte und Zeiteinsparungen unserer Ökonomie müsste eigentlich längst etwas auf der historischen Agenda stehen, was gerade wir Deutschen, die wir zu einem »Volk ohne Zeit« geworden sind, noch nie erlebt haben: nämlich *Zeitwohlstand*. Dann hätten wir alle mehr Zeit für unsere Familien, Kinder und Freunde, mehr Zeit für unsere Lieblingsbeschäftigungen, mehr Zeit, um unsere Talente

und Fähigkeiten zu entwickeln, mehr Zeit auch für gemeinnützige und ehrenamtliche Tätigkeiten. Zeitwohlstand würde den Stress in der Gesellschaft vermindern, den hohen Krankenstand reduzieren und das Gesundheitssystem, das ein Fass ohne Boden geworden ist, wieder entlasten.

Über diese und andere Fragen wollen wir mit den Referenten dieses Symposiums und mit Ihnen diskutieren. Ich danke für Ihre Aufmerksamkeit!«

Als ich meine Rede beendet hatte und das Podium verließ, herrschte erst einmal Schweigen. Niemand im Saal rührte sich, keine Hand hob sich, kein Mucks war zu hören. Hatte mein Vortrag die Leute so irritiert oder verstört, dass sie nicht wussten, wie sie reagieren sollten? Oder war dies die sprichwörtliche Ruhe vor dem Sturm?

Ich ließ meinen Blick kurz über die erste Reihe schweifen. Dem Pokerface von Rektor Söder, der mit vor der Brust verschränkten Armen neben Drehwitz saß, war keinerlei Regung anzumerken, er schien abzuwarten, wie der Saal reagieren würde. Dagegen bezeugte mir Monika durch ihren Blick und ihr Kopfnicken und Alfons durch seinen hochgereckten Daumen Anerkennung für den Vortrag, den ich ja auch mit beiden vorher genauestens durchgesprochen hatte.

Plötzlich aber wurde an verschiedenen Stellen des Saales Beifall laut, erst verhalten, dann langsam anschwellend. Immer mehr Hände begannen jetzt zu klatschen, immer mehr Füße trommelten gegen den Boden, und mit Genugtuung sah ich, dass nun auch Söder und sogar Drehwitz, wenn auch zögerlich und vermutlich zähneknirschend, in den allgemeinen Applaus einstimmten. Mir aber fiel ein Stein vom Herzen: Der Auftakt des Symposiums war gelungen. Das Publikum war auf das Thema angesprungen. Die Menschen schienen zu spüren, dass hier keine bloß akademische Angelegenheit, sondern ihre eigene Sache verhandelt wurde: tua res agitur – wie die Lateiner sagen.

Eine Woche später traf ich mich mit Monika und Alfons zu einem ersten Auswertungsgespräch. Mit dem Verlauf und Ergebnis des Symposiums konnten wir sehr zufrieden sein: Alle Veranstaltungen waren gut besucht gewesen, viele – auch viele junge – Menschen hatten sich an den Debatten beteiligt. Die Universität war in diesen Tagen wieder ein Ort des kritischen Denkens und Diskurses geworden. Mein Einführungsvortrag und Ausschnitte aus den einzelnen Panels waren per Livestream auch in die Hörsäle anderer Unis übertragen worden und wurden in den sozialen Netzwerken ausgiebig diskutiert. Inzwischen waren die Videomitschnitte der wichtigsten Veranstaltungen auf Youtube abrufbar und erzielten schon jetzt beachtliche Zugriffsquoten. Überhaupt übertraf das mediale Echo all unsere Erwartungen – wohl nicht zuletzt dank eines überraschenden Events, das über das Abschlusspanel am Freitagabend im voll besetzten Audi maximum im Wortsinne hereingebrochen war. Wie es dazu gekommen war, das wollten wir uns jetzt, auf der Miró-Couch vor dem Flachbildschirm sitzend, noch einmal zusammen anschauen. Das Panel, an dem die beiden Starprofessoren Dietmar Drehwitz und Heinrich Lux sowie Monika und ich teilgenommen hatten, trug den Titel: *Arbeit und Wohlstand neu denken! Was brauchen wir für ein gutes Leben?*

Alfons hatte das Video bereits auf die fragliche Stelle vorgespult. Monika wandte sich gerade mit Verve gegen die von Drehwitz vertretene These, dass nur durch Wirtschaftswachstum die Staatsschulden reduziert, der Sozialstaat gesichert, mehr Beschäftigung und damit »Wohlstand für alle« erzielt werden könne.

Monika: Ja, die Wachstumsfetischisten haben uns die Erzählung vom ›immer mehr‹ und ›immer schneller‹ als alternativlos verkauft. Dabei wissen wir doch alle: Der Klimawandel schreitet unaufhörlich voran, das Zeitfenster, ihn zu stoppen, wird immer kleiner. Schon jetzt hat die Menschheit so viele Ressourcen verbraucht, als ob wir über anderthalb Planeten verfügten. Wir haben aber nur einen. Umso notwendiger ist es, die Logik von Profit und endloser Kapitalakkumulation zu überwinden und unsere Vorstellungskraft zu befreien, die seit Jahrhunderten in dieser Logik gefangen ist. Wie können wir mit weniger Ressourcen- und Energieverbrauch besser leben? Wie können wir Arbeit anders als in der gewohnten Form der Lohnarbeit organisieren? Von welchen Energiefressern, von welchen Konsum- und Komfortkrücken ließen sich unsere überbordenden Lebensstile und schließlich die gesamte Gesellschaft befreien?

Moderatorin: Es geht also nicht ohne Verzicht.

Monika: Ist es denn wirklich ein so großer Verzicht, wenn wir mal nicht das allerneueste Smartphone von Samsung kaufen, dem – wie allen Handys – das seltene Edelmetall Coltan eingebaut ist, das die multinationalen Konzerne im Kongo schürfen lassen im Tausch gegen Waffen an die dortigen Warlords? Es wäre auch unserer Gesundheit viel zuträglicher, wenn wir unseren horrenden Fleischkonsum reduzieren würden, der die Getreide-, Mais- und Sojaernten gerade der Länder verschlingt, die selbst unter Hunger leiden. Und ist es denn wirklich ein so großer Verzicht, wenn wir, statt auf die Malediven oder nach Thailand zu jetten und den Himmel mit Kerosinstreifen zu sprenkeln, unseren Urlaub mal an der schönen Mecklenburgischen Seenplatte verbringen? Warum in die Ferne schweifen, wenn das Gute liegt so nah?

Drehwitz: Ich kann mir nicht helfen, aber Ihr Appell zum Verzicht hat für mich den schalen Beigeschmack von Askese. Ich fühle mich an die mittelalterlichen Bußprediger erinnert, die damals die Gläubigen auch zum Verzicht auf die Freuden des Lebens aufgerufen haben. Soll ich mich öffentlich dafür geißeln, dass ich mir noch den Luxus eines Zweitwagens gönne?

Monika: Das Geißeln wird Ihnen erspart, wenn Sie Ihren Zweitwagen abmelden und Ihren spritfressenden Jaguar durch ein Elektromobil ersetzen.

Eine Lachsalve ging durch den Saal. Drehwitz zog einen Flunsch wie ein Kleinkind, dem man sein liebstes Spielzeug wegnimmt.

Lux: In Anbetracht der ungeheuren Möglichkeiten, die uns das digitale Zeitalter eröffnet, haftet dem Appell zum Verzicht allerdings etwas Anachronistisches an. Überhaupt entstammen die hier bemühten Sozialutopien sämtlich dem vorigen Jahrhundert und dem analogen Zeitalter. Dabei hat doch die digitale Revolution soziale Umwälzungen längst überflüssig gemacht.

Fabian: Einspruch, Euer Ehren! Gerade in utopielosen und -leeren Zeiten wie den unsrigen ist es notwendig, wieder *das* »weitestreichende Fernrohr konkrete Utopie anzulegen, um den wirklichen Stern Erde zu sehen«, wie Ernst Bloch es formuliert hat. Der alte Traum der Menschen, für ein gutes Leben weniger arbeiten zu müssen, könnte – beim Stand unserer hohen und weiter wachsenden Produktivität – längst Wirklichkeit werden. Doch dazu müsste die Arbeit und der von allen erzeugte gesellschaftliche Reichtum endlich gerecht verteilt werden. Vor allem müssten wir ihn auch mit denen teilen, die jetzt scharenweise aus den Elendsquartieren der Welt und aus jenen zerstörten Ländern zu uns kommen, die wir mit Krieg überzogen haben. Eine Gesellschaft jedoch, die keine Vision von einem besseren Leben für alle mehr hat, wird ein stehendes Gewässer, ein fauliger Sumpf. Sie zerfällt bei rasendem Stillstand.

Lux: Ein besseres Leben für alle – Diese Vision ist es doch gerade, die die Pioniere des Silicon Valley beflügelt hat und die wir zu verwirklichen trachten. Der Digitalismus revolutioniert ja nicht nur die einzelnen Branchen – Zeitungen werden reihenweise dichtgemacht, Jobs werden durch Software ersetzt –, sondern auch die Art, wie wir denken, wie wir leben, wie wir uns selbst und die Welt erfahren. Nach dem mooreschen Gesetz verdoppelt sich alle zwei Jahre die Leistungsfähigkeit der Computerchips. Im Jahre 2028 – so prognostiziert Ray Kurzweil, Begründer der Singularity-Universität – werden Computer alles können, was der Mensch kann – nur viel besser!

Lux legte sich jetzt immer mehr ins Zeug, seine Augen begannen zu leuchten, seine Stimme ging ins Crescendo über, längst hatte er sich von seinen Gesprächspartnern ab- und dem Auditorium zugewandt, diesem mit ausgebreiteten Armen das neue Evangelium verkündend:

Lux: Die Entwicklung der Zivilisation der letzten zehntausend Jahre verlief lokal und linear. Jetzt aber verläuft sie global und ex-

ponentiell. Wir stehen kurz vor einem neuen Urknall, aus dem die Menschheit 2.0 hervorgehen wird: denkende Maschinen, selbstfahrende Autos, Onlineuniversitäten, schwimmende Städte, dreidimensionale Hologramme, verlängertes Leben und vieles andere mehr ... Wie Google-Glas das menschliche Gehirn als ständigen Begleiter unterstützt, so wird die Intelligenz der uns umgebenden Maschinen und Roboter in einen andauernden Dialog mit uns treten und all unsere sinnlichen und kognitiven Fähigkeiten optimieren. Dank winziger Nanoroboter, die beständig durch unsere Adern und Venen patrouillieren, um gefährliche Viren und Krebszellen aufzuspüren, werden die großen Volkskrankheiten Krebs, Diabetes und Alzheimer schon bald verschwunden sein. In zwanzig Jahren wird es möglich sein, das menschliche Gehirn einzuscannen und auf einem Computer hochzuladen. Bis zur Jahrhundertmitte wird dann auch der Körper – oder das, was von ihm geblieben ist – so weit sein und nicht mehr altern ...
Monika: HEINRICH, MIR GRAUT VOR DIR!

Ich weiß nicht, ob alle im Saal das Zitat aus dem »Faust« erkannt hatten, das Monika mit erhobener Stimme und gespieltem Entsetzen hervorstieß. Jedenfalls löste es ein orkanartiges Gelächter aus, das den Propheten der digitalen Menschheitsbeglückung auf der Stelle verstummen ließ. Verdattert, ja entgeistert schaute er ins Publikum, dann, mit noch immer ungläubiger Miene, wandte er sich Monika zu, die jetzt, Hand vorm Mund, in sich hineinkicherte wie ein übermütiger Teenie – ich hätte sie auf der Stelle umarmen wollen. Heinrich Lux aber schüttelte stumm den Kopf, er verstand die Welt nicht mehr, die er noch eben mittels seiner digitalen Wunderwaffen zu retten versprochen hatte.

Und dann kam ...

Der Überraschungsgast

Als ich die ersten Tropfen auf meiner Stirn spürte, dachte ich, es müssten Schweißtropfen sein; doch dann tropfte es auch auf meine Haare und Hände; kein Zweifel: Es regnete – regnete mitten hinein ins Audi maximum. Wie war denn so etwas möglich? Ich schaute fragend Monika an, die sich, noch eben kichernd, nunmehr verwundert die Tropfen aus dem Gesicht wischte. Und mit dem Regen kam auch der Wind; was heißt hier Wind? Es waren regelrechte Böen, die plötzlich pfeifend und heulend durch den Saal fegten, die Schlipse der Männer und die Röcke der Damen hoben, Blusen und Halstücher wie Segel blähten, lange Mähnen und Hochfrisuren zerzausten und alles, was nicht niet- und nagelfest war – leere Coladosen, Wasserflaschen, Plastiktüten, Taschentücher, Zettel und Papiere –, geräuschvoll durch den Saal wirbelten, indes der Regen, der wer weiß woher kam, jetzt nicht mehr bloß tropfte, sondern in schrägen Güssen auf das Publikum niederging; es war, als habe sich das Audi maximum plötzlich in eine riesige Duschkabine verwandelt, wobei man den Kopf der Brause irgendwo da oben, in der offensichtlich undichten Glaskuppel, vermuten konnte. Vielleicht aber befanden wir uns auch schon in einer von Lux' schwimmenden Städten. Und mit den Regengüssen kamen auch Donner und Blitz, weiße Kugelblitze, die den schwarzen Himmel über der Glaskuppel für Sekunden erhellten.

Ein richtiger Tumult brach zwar nicht aus, aber die Leute waren doch sehr irritiert, ja erschrocken über den plötzlichen Einbruch des Unwetters, das tags zuvor in den Nachrichten angekündigt worden war – mit orkanartigen Windstärken von hundert Stundenkilometern, in ein für wetterfest gehaltenes Haus. Eilig drängten sie zu den Ausgängen, vor denen sich regelrechte Staus bildeten. Monika und ich suchten Deckung in einer vorm Regen geschützten Nische am Rande des Podiums; von hier aus konnten wir das weitere Geschehen verfolgen, ohne selbst pitschnass zu werden.

Etliche Besucher, vor allem die älteren Jahrgänge, hielten sich an den Stühlen und Sitzbänken, teils auch aneinander fest, um nicht von den hereinfegenden Böen umgepustet zu werden; andere suchten, indem sie ihre Jacketts, Akten- oder Handtaschen über die Köpfe zogen, Deckung vor dem hereinprasselnden Regen. Denn natürlich hatten sie ihre Regenschirme an der Garderobe abgegeben. Rektor Söder eilte mit wehenden Haaren aufs Podium und ans Mikrofon und suchte die Leute zu beruhigen. Es tue ihm sehr leid, offenbar handle es sich um eine technische Panne, eine Betriebsstörung, die gewiss rasch behoben werden könne. Indes stöckelte seine Sekretärin, an jedem Ohr ein Handy, aufgeregt hin und her – sie sprach wohl mit der technischen Zentrale –, bis sich ihr blonder Rapunzelzopf, den sie wie eine Fahne hinter sich herzog, an einem Kamerastativ verfing. Das Stativ samt Kamera fiel um und Rapunzel auf die Nase. Während der Kameramann ihren Zopf vom Stativ wieder zu lösen suchte, fluchte und beschimpfte er sie: warum sie denn nicht aufpassen könne. Warum sie ihren blöden Zopf, der sowieso völlig »out of time« sei, denn nicht abschneiden könne. Warum ihm das gerade jetzt passieren müsse, da er die besten Bilder des Tages hätte schießen können. Während Rapunzel heulend am Boden lag, torkelte Drehwitz wie ein Betrunkener über das Podium. Vergebens suchte er die umherfliegenden Blätter, die vorher sauber gebündelt auf dem Beistelltisch neben seinem Stuhl gelegen hatten, wieder einzusammeln – offenbar handelte es sich um wichtige Papiere; doch kaum glaubte er, ein Blatt erhaschen zu können, kam eine neue Böe und wirbelte es von ihm fort. Dabei wäre es beinahe zu einer Karambolage mit Lux gekommen, der, die Augen gleichfalls am Boden, wie ein begossener Pudel über das Podium schlurfte, auf der verzweifelten Suche nach seiner Brille, die ja vielleicht schon ein Vorläufer der Google-Brille war und ihm blitzschnell jede gewünschte Info über sein jeweiliges Gegenüber auf die Linse hätte zaubern können.

Plötzlich trabte ein Trupp behelmter Feuerwehrleute, die einen Schlauch samt Spritze hinter sich herzogen, über den Mittelgang des Audi maximums. Doch wurden sie auf halber Strecke von Söder und seiner aufgeregt fuchtelnden Sekretärin aufgehalten. Man erklärte ihnen, dass es hier gar nichts zu löschen gebe, zumal ja – wie man sehe – Wasser genug vorhanden sei. Kopfschüttelnd, mit teils verärgerten, teils enttäuschten Mienen zogen die Feuerwehrleute wieder ab. »Ist das wirklich wahr, was wir hier sehen?«, fragte mich Monika, die aus dem Kichern kaum noch herauskam. »Oder sind wir unversehens zu Mitspielern einer Science-Fiction-Comedy geworden, die hier gerade gedreht wird?«

Was war geschehen? Auf dem Bildschirm, während der langsamen Kamerafahrt rund um die in Lamellen unterteilte gläserne Frontwand und dann nach oben zu auf die Glaskuppel, die das Audimax überragte, sah man es jetzt genauer: Sämtliche Luken und Luftabzugsschächte des Gebäudes standen offen, sie hatten sich, sei es infolge eines technischen Defekts, sei es aufgrund eines Fehlalarms, automatisch geöffnet. Darum regnete es auf das Podium und in die bestuhlte Arena hinein; darum konnte der Sturm, der draußen wütete und der, wie später in den Nachrichten zu hören war, zahllose Bäume, Strom- und Sendemasten umgelegt, ganze Hausdächer abgetragen und sogar Lkws mit Anhänger umgekippt hatte, auch durch das Herzstück der Alma Mater fegen.

Erst später, als der Saal sich schon fast geleert hatte, erfuhren wir aus dem Munde des technischen Direktors die eigentliche Ursache der Havarie: Der Sturm hatte den externen Sicherungskasten auf dem Vorplatz des Audi maximums beschädigt, vielleicht war auch ein Blitz eingeschlagen, wodurch ein Feueralarm ausgelöst wurde. Dieser wiederum hatte zur Folge, dass automatisch die Luftabzugsschächte und die Luken in den Front- und Seitenwänden des Audimax geöffnet wurden, damit der »Rauch«- abziehen konnte, auch wenn dieser – wie so vieles im digitalen Zeitalter – nur eine fiktive, ja eingebildete Größe war.

Alfons hielt den Film an.

Wir drei waren uns einig: Einen besseren Abschluss für das Symposium, eine bessere Klimax als diese hätte es gar nicht geben können: Die Technik versagt, und die Natur behält das letzte Wort. Und einen besseren Aufmacher für die Medien hätten wir uns kaum wünschen können. Das durch den Sturm verursachte Malheur und nachfolgende Chaos hatte einen solchen Sensationswert, dass auch die überregionalen Medien über das »sturmgebeutelte Symposium« berichteten, wenn auch nicht ohne Spott. Das Unwetter, schrieb eine Zeitung, sei ja wie bestellt gewesen, um auf den drohenden Klimawandel und die in seinem Gefolge auftretenden Wetterextreme aufmerksam zu machen. Und riet den Veranstaltern, bei künftigen Tagungen den Besuchern genügend Bademäntel zur Verfügung zu stellen und die Sitzbänke im Audimax mit Schwimmwesten auszustatten.

»Lasst sie nur spötteln«, sagte Söder, »Hauptsache, wir sind in den Medien.«

Sechzehntes Kapitel

Abschied von Mar Azul

Anfang Mai flog ich, ganz in der Frühe, mit Ryanair nach Spanien, um das kleine Ferienappartement in *Mar Azul* (nahe Sagunt) zu verkaufen. Ich war mir sicher, ohne Dorothea würde ich hier nicht mehr meinen Urlaub verbringen. Außerdem waren die fixen Kosten dieses Domizils mit den Jahren ständig gestiegen, auch wenn wir es oft in den Sommermonaten an Touristen vermieteten. Darum hatte ich das günstige Kaufangebot der jungen Anwältin Gema Belda angenommen, die uns vor Jahren in einem Rechtsstreit vertreten hatte.

Von meinem Fensterplatz aus ging mein Blick, an der Tragfläche des Fliegers vorbei, über die besonnten Wolkenlandschaften, die sich zu eigentümlich milchigen Gebirgsformationen auftürmten und eine zweite phantasmagorische Landschaft über den Französischen Alpen bildeten, die wir überflogen ... In Gedanken war ich noch bei der vorgestrigen Fachschaftsversammlung, bei der ich die gute Nachricht verkünden konnte, dass die Zahl der Anmeldungen für das kulturwissenschaftliche Studium an unserer Universität gegenüber dem Vorjahr erheblich gestiegen sei und damit auch die Kürzungspläne bezüglich unserer Fakultät vom Tisch seien. Dies löste großen Jubel aus. Desgleichen die Mitteilung, dass es gelungen sei, einen Schweizer Uhrenfabrikanten für unser Langzeit-Forschungsprojekt *Zeitwohlstand vs. Wachstum* als Sponsor zu gewinnen. Endlich hatten auch wir ein drittmittelfinanziertes Projekt vorzuweisen! Alfons fing vor Freude an zu tanzen, und Monika fiel mir spontan um den Hals: »Wir drei Musketiere der Fachschaft!«, rief sie mit glänzenden Augen. »Wir haben es geschafft!« Danach knallten die Korken, und die Versammlung mündete in eine ausgelassene Party.

Inzwischen hatte ich auch mit Rektor Söder und der Fakultät eine Vereinbarung getroffen, die meinem Wunsch entgegenkam, in Zukunft mehr Zeit zu haben: Zeit für mich selbst und die Neugestaltung meines Lebens, Zeit für die Kinder, Enkel und Freunde, Zeit für die Kunst, vor allem für jene Kunst, auf die sich Dorothea so gut verstand: die *Lebenskunst*. Ohne zu zögern, hatte Söder meinem Wunsch nach einem Sabbatical stattgegeben. Mit der einzigen Auflage, im nächsten Jahr wieder ein Symposium von ähnlicher Qualität und »stürmischen« Resonanz wie das eben stattgehabte zu initiieren; das stünde einer angehenden Exzellenz-Universität doch gut zu Gesicht. Und vielleicht würde ja das nächste Mal ein kleines Erdbeben den Eventcharakter des Symposiums befördern und für den nötigen medialen Schub sorgen.

Erst mit der Landung auf dem Flughafen traten die Gedanken an die Fachschaft und die Bilder unserer Party allmählich in den Hintergrund. Während ich im gemieteten Wagen die *Autostrada del Sol* Richtung Valencia entlangfuhr, tauchte ich in eine andere, frühere Erinnerungslandschaft ein.

Es war ein strahlend schöner Frühlingstag, die Luft so lau, über mir ein seidenblauer Himmel. Aber ach, wie anders war es doch, diese alte vertraute Strecke ohne Dorothea zu fahren. Fast wie im Traum zogen die zwischen schimmernden Küsten und karstigen Bergen wechselnden Panoramen an mir vorüber. Jede charakteristische Bergkette, die ich passierte, jede im Sonnenlicht funkelnde Bucht, jede Kathedrale, jede Burgruine, jeder ausgeschilderte Städtename der *Costa del Sol* waren mit der Erinnerung an unsre vielen Spanienfahrten verbunden.

Ab Tarragona legte ich Flamencomusik auf, die heißen Rumbas von Manita de Plata, die wir so oft zusammen gehört hatten. Manche Stücke, die ich besonders mit Dorothea verband, hörte ich vier- oder fünfmal hintereinander. So fuhr sie mit mir – und saß doch nicht mehr neben mir. Allein kaute ich jetzt meine belegten Brote, sonst hatte sie, während ich am Steuer saß, ein Stück Küchenrolle über meine Knie gebreitet, mir das gekochte Ei geschält, es mit Salz bestreut oder mit Mayonnaise beträufelt und es mir dann in den Mund gesteckt. Und ich machte es ebenso, wenn sie das Steuer führte. Und welche Freude, wenn sich, meist schon in Südfrankreich, die ersten Vorboten der südlichen Landschaft zeigten: die im Winde wehenden Tamarisken, die leuchtend gelben Ginster- und Mimosenbüsche, die roten Oleandersträucher auf dem Mittelstreifen der Autobahn, die weißen von Zypressen und Pinien eingehegten Haciendas – all dies Vertraute jetzt ohne sie.

Die zehn Tage in *Mar Azul* – Tage des Abschieds von unserem einstigen Ort des Glücks. Morgens genoss ich, wie früher vom Bett aus meinen Morgenkaffee trinkend, den weiten Blick über das Meer, das um diese Zeit noch keine Wellen bildet, vielmehr ganz ruhig daliegt, spiegelglatt wie ein See. Vom Balkon aus sah ich uns manchmal im Geiste, die Sandalen in der Hand, durch die sanft auslaufenden Brandungswellen die Playa entlanggehen. Wie wir uns hier und da nach einer besonders schönen Muschel, einer Austernschale oder einem bizarr geformten und geäderten Stein bückten, staunend, welch ungeheure Vielfalt an Farben, Formen und Mustern das Meer, dieser größte Designer der Welt, hervorbringt – bis wir das kleine, ausgetrocknete Flussdelta erreichten, wo der Strand wieder steiniger wird und wir unsre Sandalen anziehen mussten. Auf der Sonnenterasse des Hotels »Mar Azul« tranken wir dann unseren Cappuccino und kauten dazu geröstete Mandeln.

5. Mai
Erst jetzt, da ich sie nochmals durchstreife, werde ich gewahr, wie sehr diese Landschaft, ja die ganze Region unauflöslich mit dir verbunden

ist: die Dünen mit den prächtigen Silberdisteln, die Strandbar mit dem Bambusdach über den Tischen und den rustikalen Korbstühlen, die immer im Sande umzuknicken drohen – wie oft haben wir hier nicht zusammen gesessen, Calamaris und Muscheln gegessen; die gleich hinter der Küstenstraße beginnenden Orangenhaine mit den eingestreuten Palmen- und Pinieninseln, durch die wir abends so gerne geradelt sind; die hinter Sagunt sich erhebenden Berge und schroffen Felsenmassive, die terrassierten Hügel und Weinberge mit der roten Erde, die Canyons mit den Agaven und Oleanderbüschen in den rissigen und ausgetrockneten Flussrinnen, die langen kastilischen Ortsnamen, diese herrlichen Zungenbrecher mit den harten Ks, den rollenden Rs und den kehligen Vokalen, die lärmenden Bars mit den Zigarettenstummeln unterm Tresen und den vor Brettspielen sitzenden alten Männern mit der Baskenmütze auf dem Kopf. Es ist mir nicht möglich, dies alles wiederzusehen, ohne dich dabei und darin zu sehen ...

Einmal nahm ich ein Sonnenbad in den Dünen und legte mich in die sandige Mulde, unweit des hölzernen Telegrafenmastes, die unser Lieblingsplätzchen gewesen war. Es hatte sich auch in den vielen Jahren nicht verändert. Hier pflegten wir uns nackt auf die Badetücher zu legen; durch die kleinen, mit Dünengras und Silberdisteln bedeckten Buckel ringsherum fühlten wir uns vor fremden Blicken geschützt. Nicht immer allerdings. Ich erinnerte mich, wie Dorothea einmal einem spanischen Exhibitionisten eine Lektion erteilt hatte: Kaum hatte er sich, auf der Höhe der Sanddüne stehend, mit heruntergelassener Hose vor uns aufgebaut, sprang sie auf, ging entschlossen auf ihn zu und sprach ihn auf Deutsch an: »Was willst du? Mir Angst einjagen mit deinem Dingsda? Da hab ich aber schon ganz andere Kaliber gesehen. Geh und lauf zu deiner Mama, du großer kleiner Junge, und versteck dich unter ihrem Rock!« Und der Kerl, ein gestandener Mann in den Vierzigern mit Bauch und kurzen Beinen, der natürlich kein Wort verstand, schaute Dorothea sprachlos, mit vor Schreck geweiteten Augen an, sein Penis senkte sich auf Halbmast, dann zog er eilig seine Hose hoch und ergriff das Hasenpanier, noch im Flüchten über die Sanddünen krampfhaft den Gürtel festhaltend. – Wie haben wir über seinen komischen Abgang gelacht und wie bewunderte ich Dorotheas Courage.

Nicht nur das sonnige Klima und das hübsche Appartement mit dem unvergleichlichen Meerblick zog uns in den Ferien immer wieder nach *Mar Azul,* sondern auch die südländische Lebensart, der langsamere Lebensrhythmus hierzulande, jene Kunst des Verweilenkönnens im Hier und Jetzt, die die Bewohner der Mittelmeerländer im Blut haben. Hier schienen die Uhren nicht nur viel langsamer zu gehen als im Norden, es ging auch viel entspannter, unordentlicher und improvisierter zu als im perfektionistischen Deutschland. Wenn mal für ein, zwei Tage der Strom ausfiel, kein Lichtschalter, kein Fernseher mehr ging oder kein Wasser mehr aus der Leitung kam, zuckten die Spanier nur mit den Achseln und beruhigten die aufgeregten deutschen Touristen mit dem Zauberwort »Mañana«. Während diese ratlos vor ihren abtauenden Kühlschränken standen, vergebens die Spülung ihrer Klosetts drückten und auf die »spanische Schlampwirtschaft« schimpften, schöpften jene das Wasser geruhsam aus den Zisternen in den Gärten der Nachbarn, verrichteten ihr Geschäft diskret irgendwo in den Dünen oder den brachliegenden Orangenfeldern und saßen abends vergnügt bei Kerzenschein vor ihren dampfenden Paellapfannen. *Los alemanes saben trabajar,* pflegten sie zu sagen, *pero nosotros saben vivir.*

Ganz besonders schätzten wir an Spanien, dass es ein so kinderfreundliches Land ist. Wenn eine spanische Mutter mit ihrem Buggy die Strandpromenade entlanggeht, wie oft muss sie nicht anhalten, weil so viele Bekannte sich lächelnd über den Wagen beugen, um das Neugeborene gebührend zu würdigen. Ob auf der Promenade, der Piazza oder am Strand – das Kleinkind, das auf wackligen Beinchen seine ersten Gehversuche macht, zieht aller Augen auf sich, es ist der Star des Augenblicks. Wenn eine spanische Familie in einem Restaurant zu Mittag oder Abend speist und das Baby zu schreien anfängt, legt die Mutter es sich ganz selbstverständlich an die Brust oder packt es, unter den wohlwollenden

Blicken der Kellner, einfach auf den benachbarten Tisch, um ihm die Windeln zu wechseln.

Vor allem nutzten wir die Urlaube in *Mar Azul,* um unsere nie versiegende Leselust zu befriedigen. Besonders liebten wir es, in den Dünen liegend oder abends bei einem Glas Rotwein auf der Wohnzimmercouch, im Wechsel einander vorzulesen. Die gemeinsame Lektüre, das gemeinsame Sprechen, Lachen, Reflektieren und Disputieren erhöhte nicht nur den Genuss, es vertiefte auch die Leseeindrücke und eröffnete mitunter völlig neue Horizonte. Auf diese Weise hatten wir uns unter anderem Cervantes *Don Quijote,* Boccaccios *Dekameron,* Balzacs *Tolldreiste Geschichten* und Stendhals *Rot und Schwarz* zu Gemüte geführt. Wobei das Vergnügen an diesen literarischen Klassikern uns oftmals als erotischer Appetizer diente, als gleichsam literarisches Vorspiel zu unseren eigenen Liebesnächten.

Unter den vielen Erzählungen und Romanen, die wir im Laufe der Jahre unter dem mediterranen Himmel verschlungen hatten, waren manchmal auch solche, die in der ganzen Familie die Runde machten. Als Erste hatte Dorothea *Die Liebe in Zeiten der Cholera* von Gabriel García Márquez gelesen und dabei so oft und herzhaft gelacht, dass Sonja ihr den Roman, kaum hatte sie ihn zu Ende gelesen, buchstäblich aus den Händen riss. Ihr Gelächter wiederum – und sie lachte genau an denselben Stellen wie ihre Mutter – wirkte so ansteckend auf mich, dass auch ich mir den Roman griff, kaum hatte Sonja ihn ausgelesen. Wenn aber der gerade Lesende an einer bestimmten Stelle in Gelächter ausbrach, fragten die, welche den Roman bereits gelesen hatten: »Wo bist du gerade?« – und lachten, nachdem sie die entsprechende Auskunft erhalten, noch einmal mit.

7. Mai
Gestern lud ich unseren Verwalter, den alten Sergio, zum Abendessen auf unseren Balkon ein: Cordero con judías verdes, Hammel mit grünen Bohnen, unser spanisches Lieblingsgericht. »Una mujer muy dulce y muy fuerte« – nannte er dich. Muy dulce – das warst du

wirklich. Und muy fuerte. Von sanftem Gemüt und dabei so willensstark und charaktervoll.

Nachdem Sergio gegangen war, setzte ich mich mit einer Flasche Juan de Juanes auf die Wohnzimmercouch, betrachtete die alten, schon leicht vergilbten Familienbilder, die du, mit hübschen Kommentaren versehen, in das große Fotoalbum geklebt hast. Neben mir der leere Ledersessel, in dem du sonst saßest, die Beine auf dem niedrigen Couchtisch, Zigarette im Mund, Brille auf der Nase, neben dir das Rotweinglas. Und alles wurde wieder so lebendig in mir, auch unser erster gemeinsamer Sommerurlaub in Mar Azul ...

Sie war mit den Kindern schon vorgefahren, und ich kam mit dem Flieger nach. Vom Airport Alicante holten sie mich ab. Wie schön Dorothea aussah in ihrem weißen Jeansanzug, der ihre kupferne Bräune besonders zur Geltung brachte. Ihre blonden Haare waren von der Sonne noch blonder geworden, das Blau ihrer Augen unter den dunkelblonden Brauen strahlte noch heller als sonst. Und dank der Grübchen in ihren Mundwinkeln, diesen geheimen Glückszeichen, schien ihr Mund auch dann zu lächeln, wenn sie nicht lächelte.

Mein Glücksgefühl hielt an während der sechsstündigen Fahrt in sengender Augusthitze von Alicante nach Valencia, ungeachtet der drangvollen Enge in dem 2 CV, der klapprigen »Ente« mit den hochgeklappten Seitenfenstern, deren Motorengeräusch bei höherer Tourenzahl an das eines Panzers erinnerte. Sonja, Andreas und sein Freund Achim saßen hinten und feilschten buchstäblich um jede Minute wegen des stündlichen Sitzplatzwechsels, da keiner länger als der andere auf der unbequemen Stützstange der Hinterbank sitzen wollte. Ich saß neben Dorothea auf dem Beifahrersitz, mit Bello zwischen den Beinen, dem spanischen Rüden, der sich alle zehn Minuten im Kreise zwischen meinen Knien drehte und seine Schnauze zur Luftklappe über der Ablage streckte, um sie zu kühlen, und danach jedes Mal einen komischen Niesanfall bekam.

Wir fuhren auf einer holprigen Landstraße über rissige Asphaltdecken, immer auf der Hut vor Schlaglöchern, die man umfahren musste. Oft waren die Straßenschilder hinter Oleanderbüschen versteckt, oder man hatte die entsprechenden »Indicaciónes« einfach auf die Häuserwände gepinselt. Da es noch keine Rondells und Kreisverkehre und kaum Ampeln gab, wurde der Verkehr an den Straßenkreuzungen durch Polizisten geregelt, die aus ihrem Job eine regelrechte Kunst des Dirigierens machten. Die wenigen Tankstellen in der nahezu ausgetrockneten Landschaft, die an die Sierra Nevada erinnerte, wurden nicht nur von Lkw-Fahrern und Touristen, sondern auch von Bauern mit Strohhüten frequentiert, die ihre schwer bepackten Mulis zu den Wasserkränen führten.

Als wir am späten Nachmittag in *Mar Azul* ankamen und ich das erste Mal mit Dorothea auf dem Balkon des Appartements stand und auf die Playa, die Pinien und Palmen vor den Bungalows und auf das im Sonnenlicht gleißende Meer hinausblickte, dessen Horizont in das Azur des Himmels überging, war ich überwältigt von diesem Anblick. Kaum hatten wir die Kinder an den Strand geschickt, rissen wir uns die Kleider vom Leib – so hungrig waren wir nach vierwöchiger Abstinenz aufeinander. Und wie genoss ich ihren kupferbraunen Leib mit den zierlichen weißen Brüsten, den schmalen Fesseln und dem unvergleichlichen Hüftbogen, der durch ihre mädchenhaften Taille eine besondere Wölbung erhielt, wie bei der Eva auf dem berühmten Gemälde von Cranach. Seither nannte ich sie »meine Cranach-Eva«.

9. Mai
Habe heute die Familie Sanchez in Puerto de Sagunto besucht. Lucia konnte es kaum fassen, dass du so plötzlich gestorben warst, immer wieder kamen ihr die Tränen. Sie erinnerte sich, wie du noch vor anderthalb Jahren unter ihrer Anleitung eine Paella bereitetest, auf ihrem Herd, der wegen des Aromas mit dem Holz alter Rebstöcke beheizt wurde. Du weißt, sie mochte dich sehr, empfand dich come una mayor hermana, wie eine große Schwester.
Dann führte sie mich in das Krankenzimmer ihres Mannes: armer Joaquin! Ich weiß nicht, ob er mich erkannte, ein kurzes Aufleuchten

seiner Augen deutete darauf hin. Seit seinem dritten Schlaganfall vor zwei Monaten kann er nicht mehr sprechen, kaum noch hören, nicht mehr essen, nicht mehr gehen. Er wird per Infusion ernährt und muss gewindelt werden. Und was war er doch für ein lebensvoller Mann: Vater von sechs Kindern, Lehrer, Gelegenheitsdichter, Weinbauer, Agronom und Stadtrat. Und was für ein Genießer.

Mir unvergesslich die großen Grillfeste im Hof seiner Finca zwischen den Olivenbäumen. *Come, come, Dorothea; beve, beve Fabiano!* Unsere Teller waren noch nicht leer, schon legte Joaquin ein neues Stück Lammfilet darauf, unsere Wein- und Likörgläser noch halb voll, schon schenkte er nach. Protest ließ er nicht gelten. Und wir brauchten jedes Mal Stunden, um uns von diesen ebenso fröhlichen wie ausschweifenden Gelagen zu erholen.

Zu mir war er wie ein väterlicher Freund, manchmal nahm er mich in aller Frühe mit auf die Jagd zum Taubenschießen. Doch da er das schweigende Warten auf dem Hochstand nicht lange aushielt und irgendwann zu plaudern oder zu singen anfing, verscheuchte er die *palomas* wieder, und wenn doch mal eine in seine Nähe geflogen kam, schoss er für gewöhnlich daneben. Dass er meist ohne Jagdbeute nach Hause kam, war ihm vor seinen Söhnen zwar peinlich, aber um Ausreden war er nie verlegen: Mal waren ihm die Tauben zu klein, und auf Kinder schieße man nicht, mal hatte der Fuchs sie verscheucht, mal war ihm, gerade im entscheidenden Augenblick, die Munition ausgegangen.

Gern rezitierte er mit seiner sonoren Stimme den *Don Quijote* und disputierte mit mir über Gott und die Welt, wobei er meine Fehler im Spanischen mit Engelsgeduld korrigierte. Und wie stolz war er auf seinen *optimo alumno,* wenn dieser in der spanischen Konversation mit den Gästen eine gute Figur machte! Einmal las er mir sogar, noch mit seinen fünfundsechzig Jahren errötend, die teils frivolen, teils glühenden Liebesgedichte vor, die er als junger Mann für seine Braut Lucia geschrieben und in die Balken seiner kleinen Jagdhütte geritzt hatte.

Noch vor anderthalb Jahren haben wir Joaquin zusammen besucht; da hatte er gerade seinen zweiten Schlaganfall hinter sich und sah so elend aus, dass wir glaubten, er werde den Winter nicht überleben. Jetzt hat er dich überlebt – aber wie!

Ist es nicht besser, aus dem vollen Leben gefällt zu werden, als solch ein langsames Siechtum erdulden und mitansehen zu müssen? Muss ich dem Schicksal nicht dafür dankbar sein, dass du nicht mehr aus dem Koma erwacht bist und wir dich nicht als Blinde, Gelähmte, Sprach- und Gehörlose zurückbekommen haben? Nicht auszudenken, wie unser Leben dann ausgesehen hätte. Sofern man das deine überhaupt noch so hätte nennen können.

12. Mai
Heute vor einem Jahr haben wir dich zu Grabe getragen. Ich saß den Morgen über auf dem Balkon und schaute auf das funkelnde Meer, diesen ewigen Beweger des Lebens.

Was für ein Jahr ist dies gewesen. Es hat mich durch alle Tiefen und Höhen geführt, es hat mich wahrlich verändert.

Und doch frage ich mich noch immer: Wer bin ich ohne dich? Zwar bin ich mir noch ähnlich, die Koordinaten meines Denkens und meiner Werte haben sich nicht verändert, doch mein Lebensgefühl hat sich verändert. Die Molltöne haben sich vermehrt. Das Lacrimosa hat einen festen Platz in meinem seelischen Kanon erhalten, die Empfindung, dass und wie rasch alles Schöne vergeht, auch das, was wir am meisten lieben!

Später rief Sonja an. Wir sprachen lange über Dorothea und die Familie und tauschten Erinnerungen aus. »Und wie geht's dem kleinen Salvo in deinem Bauch?« »Oh, der regt sich schon mächtig, stupst mich mit seinen Beinchen, kann's offenbar kaum erwarten, das Licht dieser Welt zu erblicken. In drei Wochen ist es so weit.« – Ich erinnerte sie an den schönen Satz von Seneca, den wir auf den Kopf der Traueranzeige gesetzt hatten: *Wohin gehen die Toten? Dorthin, woher die Ungeborenen kommen.* – Ja, sagte Sonja, an diesen Satz habe sie in letzter Zeit oft gedacht. Nur schade, dass der kleine Salvo seine Großmutter nicht mehr kennenlernen wird. »Dafür aber seinen Großvater. Ich freu mich auf ihn.«

Am frühen Nachmittag beschloss ich, eine Fahrt in die Berge zu machen. Ich fuhr die malerische Uferstraße am Rio Mires entlang nach Lucena del Cid, jenes nach dem spanischen Nationalhelden benannte Dorf, das wie ein Schwalbennest am hohen Felsen klebt. Wie oft hatte ich diese Tour nicht mit Dorothea zusammen gemacht! Von dort ging es weiter auf einer engen, kaum befahrenen serpentinenreichen Straße, wo schon das Gras auf den Asphalt wucherte, hoch auf den Pass mit den imposanten, ringsum terrassierten Bergketten.

Als ich den Pass hinter mir hatte und sich die Landschaft vor und unter mir plötzlich weitete, erblickte ich den sich durch die Tiefe der Bergschlucht schlängelnden Canyon, der sogar ein wenig Wasser führte, und das Große Joch, jenen gewaltigen Felsblock mit der charakteristischen Höhlung in der Mitte, der die Schlucht wie ein riesiger Schild überragte. Ich parkte den Wagen in einer kleinen Straßenbucht, um noch einmal das fantastische Schauspiel zu betrachten, dessen Zeuge wir einmal geworden waren: wie die Strahlen der Abendsonne durch das große Felsloch brachen und einen gebündelten Kreis rotvioletten Lichts auf die dahinter aufragende Felswand warfen. Vom gegenüberliegenden Gipfel grüßte eine kleine weiße Kapelle, zu der ein Kreuzgang führte. Und ganz in der Ferne glitzerte das Meer. Damals waren wir beide so fasziniert vom Anblick dieser mythischen Berglandschaft mit dem tiefen Canyon gewesen, den die Wassermassen in Jahrmillionen gebildet hatten, dass wir ganz still und andächtig wurden. Nur hier und da war ein Pirol zu hören und das Rauschen des Windes. Und in dieser fast überirdischen Stille überkam uns plötzlich die Lust. Ich nahm Dorothea an die Hand und kletterte mit ihr einen Hang hinauf, bis wir in dem Unterholz, das nach Thymian und Minze duftete, unter einem Mandelbäumchen eine bequeme Stelle für die Liebe fanden. Nie aber werde ich ihren überbordenden Lustschrei vergessen – und seinen langen Nachhall in der Stille dieser einsamen Berglandschaft; es war, als ob sich die umliegenden Felsenmassive und die Schluchten des Canyons zu einem akustischen Tempel vereinigt hätten.

Bevor wir wieder abwärtsstiegen, pflückten wir zwei pelzige Früchte vom Mandelbaum, sie waren noch nicht reif, aber wir wollten sie ja auch nicht verzehren, betrachteten sie vielmehr als Talismane für den Erhalt unserer Liebe.

13. Mai
Las gestern Nacht Senecas »Trostbrief an Marcia«. Es gibt – sagt der römische Stoiker – zwei grundsätzliche Haltungen der Trauer und dem Schmerz gegenüber: ihm alle Gewalt über sich zu gestatten bis hin zum nicht mehr enden wollenden Gram, Lebensverzicht und Lebensekel. Oder den Versuch, dem Schmerz zu gebieten, ihm nicht zu erlauben, die Herrschaft über einen zu gewinnen.
Was haderst du mit dem Schicksal?, fragt er seinen Freund Marcia, dass es dir deinen Sohn so früh nahm? Hast du sein Dasein denn nicht genossen? Besinne dich auf diesen Genuss, den du an ihm hattest, statt die Götter zu verklagen, dass sie dir ihn so früh genommen.
Habe ich dich, dein Dasein, dein Wesen, deine Liebe denn nicht lange, fast dreißig Jahre lang, genießen dürfen – wie du die meine? Ein Geschenk, das in der heutigen Zeit der steigenden Scheidungsraten und der fragilen Beziehungen, deren Halbwertszeit immer kürzer wird, nicht mehr vielen Menschen zuteilwird. Und ist uns – nach deinem ersten Aneurysma und deiner wunderbaren Genesung – denn nicht ein zweites Leben geschenkt worden? Muss ich denn für dieses lange Glück nicht dankbar sein? Ich bin es. Es war ja auch unser gemeinsames Werk, unser intimes Kunstwerk. Was also soll ich mich beklagen? Und hast du mich nicht in einem Zustand zurückgelassen, in dem ich mein Leben auch allein gut werde bewältigen können?

Am nächsten Morgen fuhr ich mit Gema nach Valencia. Fast den ganzen Tag waren wir unterwegs, marschierten von Amt zu Amt, um die komplizierten bürokratischen und steuerlichen Modalitäten des Eigentumswechsels zu regeln; ohne Gemas Mithilfe hätte ich das nie bewältigt, für die spanische Amtssprache reichten meine Spanischkenntnisse nicht aus.

Um Gema und mich für die Mühsal dieser Ämterodyssee zu belohnen, lud ich sie zum Abendessen in ein Fischrestaurant der Altstadt ein. Danach gingen wir auf die Piazza an den Ufern des Rio de Turia, wo gerade ein Volksmusikfestival stattfand. Es war ein sehr gemischtes Publikum, vorwiegend Einheimische, viele dunkelhäutige arabischstämmige Besucher darunter, auch etliche Touristen. Verschiedene Flamencogruppen traten auf, Sänger, Gitarristen und Tänzerinnen, die das klassische Repertoire – von den *Bulerias* über die *Alegrias* bis zu den *Sevillanas* – darboten. Das Publikum klatschte begeistert mit.

Bei den melancholischen *Bulerias* hatte ich wieder Leas weichen Mezzosopran im Ohr. Noch ein Abschied, dachte ich traurig.

Doch änderte sich meine Stimmung, als nach den traditionellen Flamencogruppen eine achtköpfige Gitanoband aufspielte. Die bald schmissigen, bald schwermütigen Zigeunerlieder, von einer hinreißenden Sängerin mit pechschwarzem Haar und kehliger Altstimme dargeboten, verbanden sich mit lateinamerikanischen Rumbas und Sambas – wilde, anfeuernde Rhythmen, die eine ungeheure Ausgelassenheit erzeugten. Und so hüpften, sprangen und tanzten die Menschen mit emporgerissenen Armen, unter unentwegten »Olé«- und »Caramba!«-Rufen, über den nächtlichen, von Fackeln beleuchteten Platz. Mitgerissen konnte ich gar nicht anders, als mitzutanzen, angefeuert von meiner sympathischen schwarzlockigen Begleiterin, die sich bald mit glühendem Gesicht und geschürztem Rock vor mir drehte, bald mit ihren hochhackigen Schuhen, im Rhythmus der Trommeln, gegen das Pflaster stampfte. Dabei fiel alle Schwermut von mir ab. Ich fühlte mich so jung und lebendig wie lange nicht mehr, wunderte mich über meine eigene Ausgelassenheit und dachte: wie schön das Leben sein kann, auch wenn du nicht mehr da bist!

Vor meiner Abreise wollte ich noch einmal *Ahín* besuchen, jenes auf circa eintausenddreihundert Metern gelegene Bergdorf, das wir wegen seiner malerischen Lage und seiner einzigartigen Schönheit das »Dorf unserer Träume« zu nennen pflegten. Während ich hinter *Ecudía* die schmale Straße hinauffuhr, wurde der erste Ausflug nach *Ahín* vor dreißig Jahren wieder so lebendig in mir, dass ich zweimal anhalten musste, weil dieses Déjà-vu mir Herzklopfen verursachte.

Als ich den Pass erklommen hatte, musste ich vor einer Schranke mit Stoppschild anhalten: Die Straße war gesperrt. Da ich nicht auf halbem Wege umkehren wollte, räumte ich kurz entschlossen die Absperrung beiseite und fuhr weiter. Nach zwei Kilometern stand ich plötzlich vor einem Schutthaufen aus Geröll und Baumstrünken. Weiterfahrt unmöglich. Wie aber wenden auf dieser schmalen Bergstraße? Kein Mensch weit und breit, nur Vogelstimmen. Da stand ich im gemieteten Kleinwagen mutterseelenallein im spanischen Hochland – und wusste nicht mehr weiter. »Mein lieber Schatz«, hörte ich im Geiste Dorothea spotten, »das ist doch wieder mal typisch für dich. Verkehrs- und Verbotsschilder gelten dem alten 68er-Rebellen noch immer als Einschränkungen seiner persönlichen Freiheit und werden einfach ignoriert. Und jetzt wunderst du dich, dass du weder vor noch zurückkannst.«

Langsam, mit klopfendem Herzen setzte ich schließlich den Wagen zurück auf der schmalen Bergstraße, links unter mir der gähnende Abgrund, die Schlucht, rechts gefährlich bröckelndes Geröll, bis ich endlich eine kleine Straßenbucht fand, die mir nach mehrmaligem Vor und Zurück schließlich das Wenden ermöglichte. Als ich wieder auf dem Pass war, hielt ich an und stieg aus.

Ich hockte mich auf einen Baumstumpf und ließ den Blick über die Bergschlucht, die Bergrücken und den am Horizont schimmernden Küstenstreifen schweifen – und auf einmal kam eine große Ruhe und Gelassenheit über mich. Irgendwie erschien es mir richtig, dass ich hier nicht weiterkam, dass die Straße nach *Ahín*, zum »Dorf unserer Träume«, gesperrt war. Vielleicht wollte mir dies etwas sagen: dass ich aufhören sollte, die alten Wege zu gehen, die mich immer nur in die Vergangenheit, in das Reich der Schatten, führten, dem jetzt auch Dorothea angehörte ... Und mir fiel der Satz eines Schriftstellers ein, der mich einmal sehr beeindruckt und den ich mir notiert hatte: *Wir leben nur einen Bruchteil dessen, was an*

Möglichkeiten des Lebens – eines anderen Lebens – in uns steckt. Was geschieht mit dem großen Rest? Wie ich da auf dem Baumstumpf saß, mit Blick auf das in der Ferne bläulich schimmernde Meer, empfand ich eine fast verwegene Neugier auf das, was mir das Leben noch bringen würde, auf diesen »großen Rest« der ungelebten Möglichkeiten in mir.

Am nächsten Vormittag ging ich mit Gema und der Escritura zum Notar, der, auf seinem gepolsterten Lehnstuhl am ovalen Tisch uns gegenübersitzend, seine juristischen Belehrungen wie ein Automat herunterleierte. Während ich die nötigen Unterschriften leistete und dann Gema die Schlüssel des Appartements übergab, hatte ich einen Kloß im Hals. Als ich mich draußen von ihr verabschiedete und ihr viel Freude in »ihrem neuen Heim« wünschte, schossen mir die Tränen in die Augen: Mit den Unterschriften und der Schlüsselübergabe war der Abschied von unserem Ort des Glücks unwiderruflich geworden.

Drei Erinnerungsstücke nahm ich mit: den runden, bastumflochtenen Spiegel, der an der Wand des Wohnzimmers hing, das formschöne, an Schnürkordeln hängende griechische Kreuz und die orange Überdecke mit dem schwarzen Fischmuster, die unser Bett bedeckte.

Am Morgen meiner Abreise trat ich, den Kaffeepott in der Hand, auf den Balkon, um ein letztes Mal den Panoramablick über das im Morgenlicht gleißende Meer und den langen, sich in der Ferne verlierenden Küstenstreifen in mir aufzunehmen. Kein Lüftchen regte sich, die Playa war menschenleer.

Da verfiel ich in eine Art Tagtraum: Ich radle an Pinien und Palmen vorbei die alte Küstenstraße entlang, zu meiner Linken die grünen Orangenhaine, zu meiner Rechten die welligen Dünen mit den wehenden Tamariskensträuchern. Da kommt mir Dorothea entgegengeradelt in ihrem gelben T-Shirt und den weißen Shorts. Ich halte an. Als sie kurz vor mir ist und unsere Blicke sich begegnen, leuchten ihre Augen auf, sie lächelt mir zu – und fährt weiter, an mir vorbei! Verwundert schaue ich ihr nach, bis ihre Gestalt immer kleiner wird und schließlich hinter einem von weißen Gemäuern umschlossenen Zypressenhain verschwindet. Dann radele ich weiter in *meine* Richtung und fühle mich wohl dabei.

Danksagung

Bedanken möchte ich mich bei dem Regisseur Jens Pesel und Doktor Irina Mohr von der Friedrich-Ebert-Stiftung Berlin für ihre hilfreiche Kritik, als dieser Roman sich noch in einem frühen Stadium befand. Und bei Olaf Petersenn und Hannes Ulbrich vom Verlag Kiepenheuer & Witsch für das umsichtige und professionelle Lektorat.

Mein ganz besonderer Dank gilt Prof. Dr. Martin Hielscher vom C. H. Beck-Verlag, der diesen Roman in seinen verschiedenen Fassungen mit vielen guten Vorschlägen und weiterführender Kritik begleitet hat.

Mein persönlicher Dank gilt meiner Stieftochter Dr. Andrea Bertram, die mir die philosophischen Hintergründe des Qigong näherbrachte und Einblicke in die Traumabewältigung gewährte.

Inhalt

ERSTES KAPITEL 9
Ankunft 9 – Selig sind die Ausgebrannten 18 – Die Therapeutin 22 – Auf der Klangliege 28 – Der Freund 31 – Sonja 36

ZWEITES KAPITEL 38
Qigong 38 – Die Ausreißerin 41 – Thaimassage 51 – Vom Glück und alten Kinderwünschen 54 – Geschäftsbein 60 – Von der vergessenen Sprache der Organe 61 – Miniaturen 70 – Im Zeichen der Ewigkeit 73 – Thermalbad 84

DRITTES KAPITEL 94
Versäumnisse? 94 – Fluchttrauma 97 – Gefährdete Liebe 99 – Die Sirene 102 – Prüfungsangst 109 – Am See 114 – Universitas ade! 120 – Parenting 124 – Vom Wahn der Effizienz 129 – Galli-Theater 136

VIERTES KAPITEL 146
Daheim allein 146 – Das Hexenhäuschen 147 – Kuriose Nachbarschaft 151 – Glücklich ungleich 154 – Der Findling 160 – Ein neues Gefühl 165

FÜNFTES KAPITEL 168
Die Messingstadt 169 – Yuppieträume und ihr Preis 173 – Die Einladung 176 – Von den Paradoxien des digitalen Zeitalters 179 – Die Kranichfrau 186 – Ein Hilferuf 189 – Ersatzväter 191 – Von der Tücke der Aquarien 198 – Und die Liebe höret nimmer auf 201 – Künstlernamen 206 – Zukunftsszenarien 209

SECHSTES KAPITEL 219
Nicht alle sind tot, die begraben sind 219 – Asthma 226 – Kindheitsmuster 228 – Eklat 240 – Rückführung 241 – Ein Traum und eine Verabredung 244 – Fantasia erotica 247 – Die langen Schatten des Krieges 250 – Der selbstlose Vater 260

SIEBTES KAPITEL 274
Katharsis 274

ACHTES KAPITEL 296
Frankenstein reloaded! 296 – Geständnis 301 – Privare 305 – Ja – aber 308 – Was ist ein Kuss? 311

NEUNTES KAPITEL 322
Wo die Liebe hinfällt 322 – Die Erlaubnis 324 – Mehr als eine Affäre 327

ZEHNTES KAPITEL 339
Ein Winternachtstraum 339 – Eine Simulantin? 348 – Geld ist Zeit 351

ELFTES KAPITEL 360
Die Vermessung der Alma Mater 360 – Cats 366 – Die drei Musketiere der Fachschaft 375 – Das Heideröslein 383 – Shakespeare rechnet sich nicht 393 – Rittersporn und Rosen 403

ZWÖLFTES KAPITEL 411
Andreas 411 – Silvester in Prag 413

DREIZEHNTES KAPITEL 434
Von der Habgier 435 – Eros und Agape 448 – Der Renegat 458 – Hasenherz 467 – Die Gewalt der Geschwindigkeit 475 – Tristan-Akkord 488

VIERZEHNTES KAPITEL 499
Im Wartestand 499 – Déjà vu 507 – Wut 514

FÜNFZEHNTES KAPITEL 520
Volk ohne Zeit 520 – Der Überraschungsgast 537

SECHZEHNTES KAPITEL 541
Abschied von Mar Azul 541

DANKSAGUNG 557